KB186981

韓日 傾向小說의
線形的 比較研究

저자 김순전金順槙

소   속: 전남대 일문과 교수, 한일비교문학·일본근현대문학 전공
대표업적: ① 번역 :『일제강점기 조선총독부 편찬 초등학교 〈唱歌〉 교과서 대조번역』
                上, 中, 下 3권(제이앤씨, 2013년 8월)
          ② 저서 :『제국의 식민지 창가』 － 일제강점기 〈唱歌〉 교과서 연구 －
                (제이앤씨, 2014년 8월)
                『일본의 사회와 문화』(제이앤씨, 2006년 9월) 외 다수

한일 경향소설의 선형적 비교연구

초판 1쇄 발행 2014년 12월 22일
초판 2쇄 발행 2015년 09월 07일

저   자 김순전
발 행 인 윤석현
발 행 처 제이앤씨
등록번호 제7-220호

편   집 최현아
책임편집 김선은
마 케 팅 권석동

우편주소 서울시 도봉구 우이천로 353 성주빌딩 3층
대표전화 (02) 992-3253(대)
전   송 (02) 991-1285
홈페이지 www.jncbms.co.kr
전자우편 jncbook@hanmail.net

ⓒ 김순전, 2015. Printed in KOREA.

ISBN 978-89-5668-393-5 93830   **정가** 32,000원

韓日 傾向小說의 線形的 比較研究

김순전 저

제이앤씨
Publishing Company

머리말

　필자는 1982년 2월에 「二葉亭四迷와 이인직의 비교」로 문학석사를 받은 이래 현재까지 '한일 비교문학'과 '한국학 일본어자료'를 연구 정리해왔으나 아직도 해야 할 일이 산재해 있음을 실감한다.

　대한민국에는 일본학 특히 일본문학을 전공하는 사람은 많으나 한국인이 쓴 '한일 비교문학', '한국학 일본어자료'에 대한 연구서는 손가락으로 꼽을 정도밖에 되지 않는 것이 현실이다.

　종래의 한국과 일본에서의 문학연구를 살펴보면 상층문학과 하층문학, 자연주의 문학과 계급문학, 순수문학과 대중문학 등 상하와 이데올로기의 유무로 문학을 구별하여 상충·대립하였다. 따라서 연구도 이데올로기의 한계를 벗어나지 못할 뿐만 아니라, 미리 정해진 선악에 의해 연역적 방법으로 고착화되어버린 감을 떨칠 수 없다.

　또한 '한일 비교문학'에서는 독립적으로 한 사람의 작가와 작가 또는 하나의 작품과 작품의 대비·대조에 의한 수용·영향의 문제로 국한되었던 지금까지의 한계성도 부인할 수 없을 것이다.

　본 연구는 이러한 소설과 사회의 밀접한 상호 관련성을 기본 전제로 하여 한일 양국의 근대문학, 특히 '문학과 사회'의 관계가 훨씬 다양하고 진하게 얽혀있는 경향소설을 1860~1930년대의 약 70여 년간의 시간대를 통하여 비교 검토하는 것을 기본 축으로 삼고자 한다.

　1860~1930년대라는 특수한 역사적·사회적 시대 상황이 빚어낸 갖

가지 모순에 대해 객관적 인식을 바탕으로 변혁시키려 하는 현실 지향적 성격을 강하게 드러내 보인다. 이 시기의 경향소설은 바로 이러한 점 때문에, 그리고 우리의 경우 해방 이후뿐 아니라 오늘날에도 남북분단의 상황과 관련하여 현재성을 띠고 있다는 점에서 특히 관심의 대상이 되기도 한다.

한국과 일본에서, 시대적 상황과 문학의 상관성, 즉 '문학과 환경'·'문학과 사회성'·'문학과 정치' 등을 중심으로 허구화된 한일 경향소설을 대조함으로써, 한일 경향소설의 발생·성장·변화의 양상과 유사·상이성을 밝히려 했다.

경향소설이란 일본에서는 1870년대의 정치소설, 1890~1910년대의 사회소설·사회주의소설, 1925년대 중엽 이후의 프롤레타리아문학 등을 일컫는 경우가 많다. 한국은 일본의 경향소설을 대부분 수용하여 시대적 변화에 안내·계몽용으로 소개되었던 신소설·번안소설·신경향파소설·프롤레타리아소설 등이, 선전적 도구·수단의 전통을 이어받은 동일연장선상의 경향소설이라고 할 수 있을 것이다. 1890~1930년대에 일본에서 공부한 한국 유학생들은 귀국하여 당시 일본에서 유행하던 여러 사조를 한국에 계몽·선전·운동하기 위하여 경향소설로 발표하였던 것이다.

'한일 비교문학' 연구의 바람직한 지향 방향으로, 첫째 근대문학의 형성과정을 각자 민족의 문학적 가치에 대한 자각화 과정으로 포착할 필요가 있다.

둘째 문학활동을 파악할 때 작가와 작가, 작품과 작품을 독립적 영역으로 비교 연구했던 지금까지의 시각에서 탈피하여 어떤 형태로든 계속되는 시간대에서 상호 연계성의 공유가 있음을 인정해야 한다.

그리하여 문학을 시대와 분야별로 연계시키지 않고 파악했던 지금까지의 태도를 지양하고, 점點과 점이 아니라 시간의 동일 연장선상의 흐름으로 연결하는 선형적線形的 비교연구에 그 방점을 두어야 한다.

셋째 상충·대립 관계에서 벗어나지 못하는 '절반문학' 상태에 놓인 남북문학을 융화·공유·상승의 패러다임에 의한 '통일문학'으로 승화시켜야 할 것이다.

이 책은 위와 같은 점을 감안하여, 필자의 졸저인 『韓日 近代小說의 比較文學的 研究』(1998)를 토대로 종래 무관한 것으로 분류되어온 한일 경향소설들의 연계성 공유와 그 시간의 흐름에 중점을 둔 시각과 방법, 즉 선형적 비교연구로서 한국과 일본의 작품 각 7편씩을 선별하여 시대순으로 비교·고찰한 것이다.

이 책이 나오기까지 많은 분의 도움을 받았다. 연구의 결실을 얻기까지 지도해주신 정덕준 교수님, 쓰쿠바대학 객원연구원 시절에 연구활동의 진지함을 가르쳐주신 히라오카 도시오平岡敏夫 교수님, 연구환경을 배려하여주신 이케우치 데루오池内輝雄 교수님이 떠올라 다시금 감사의 마음을 전하고 싶다.

아울러 많은 담론으로 학문의 길을 제시하여 주신 동료 교수님들과 교정을 도와준 제자들에게 감사를 표하며 영리를 돌보지 않고 이 책을 출판해주신 제이앤씨 윤석현 사장님, 까다로운 교정에 애쓰신 편집실 여러분의 노고에도 감사드린다.

2014년 11월
김순전

차례

제1부 서론

1. 문제의 제기

바야흐로 지금 우리는 21세기 초에서 새로움을 향해 돌진하는 전환기적 시대를 통과하고 있다. 이 전환기적 시대는 과학과 자연, 과학과 인간이 평화롭게 '미래'를 맞이할 수 있는가 하는 문제로 관심이 직결된다. 삶의 뿌리를 위협하는 협소한 과학주의에 대한 반성과 자연과의 유기적 공존은 그 어느 때보다 절실히 요청된다. 또한 더 나은 삶에 대한 꿈은 '사회주의'가 실패로 돌아간 지금, 오히려 인류의 황금시대를 더욱 갈망하고 있다.

문명을 자부하는 오늘날, 우리가 살고 있는 사회가 추구하는 것은 경제적 가치이며 그곳에서는 정복과 패배, 지배와 종속이 인간관계를 지배하는 윤리적 원리가 됐다. 경제지상주의 가치관, 정복과 지배의 윤리관은 물질주의적 가치관과 철저한 개인주의적 인생관을 깔고 있다. 오늘의 사회를 움직이고 있는 이러한 이념은 사회주의 체제가 붕괴하고 자본주의 경제원리가 전세계를 석권하면서 더욱 명백하고 맹렬한 지배력을 행사한다. 사회주의의 붕괴는 자본주의 체제의 우월성을 입증하고, 자본주의의 승리는 오늘을 지배하는 물질주의와 개인주의를 정당화해준다고 볼 수 있다.

'문학과 사회'의 관계를 설명하려는 노력은 매우 오래 전부터 시도되어 왔다. 이것은 엄밀히 말해 문학을 통한 사회의 이해보다는 사회를 통해 문학을 해명하려는 쪽에서 더욱 활용되어 왔다는 뜻으로 해석해야 할 것이다. 특히 소설은 그 장르적 특성상 사회적 성격이 짙게 드러나는 문학 행위로서 사회적 변동기의 그 전개 양상은 곧 사회 변화의 양상과 깊게 관련되어져 있다는 사실은 이제 통설로 굳어져 있다. 말할 것도 없이 소설은 세상과 삶에 관한 이야기이다. 따라서 소설을 보는 시각은 세상과 삶을 보는 시각과 다를 바가 없다.

본 연구는 이러한 소설과 사회의 밀접한 상호 관련성을 기본 전제로 하여 한일 양국의 근대문학, 특히 '문학과 사회'의 관계가 훨씬 다양하고 진하게 얽혀있는 경향소설傾向小說을 약 70년여 간의 시간대를 통하여 비교 검토하는 것을 기본 축으로 삼고자 한다.

구한말 식민지 조선이나 군국주의 일본에서의 근대문학 특히 경향소설은 말할 나위 없이 시대 상황과의 동기적 관련 아래 형성되었고, 이들 소설은 동시대의 다른 소설 작품들과 마찬가지로 1860~1930년대라는 특수한 역사적·사회적 시대 상황이 빚어낸 갖가지 모순에 대해 객관적 인식을 바탕으로 변혁하려는 현실 지향적 성격을 강하게 드러내 보인다. 이 시기의 경향소설은 바로 이러한 점과, 우리의 경우 해방 이후뿐 아니라 오늘날에도 남북분단의 상황과 관련하여 현재성을 띠고 있다는 점에서 특히 관심의 대상이 되기도 한다.

한국의 근대화 문제는 현재에도 계속되는 과제의 하나이다. 근대화의 올바른 성취를 위해서는 그 방향 설정이나 방법론이 주어진 현실적 여건을 토대로 확고하게 정립되어야 하고 아울러 부단한 노력과 실천이 겸비되어야 한다고 생각한다. 나아가서 온당한 방향이나 방법의 모색을 위해 그에 관련된 인문학적 연구는 필수 불가결한 학문적 과제가 아닐 수 없다 하겠다.

한국의 근대문학은 고유의 전통적인 것과 외부의 충격이 서로 충돌·조화를 이루면서 성립되었다. 즉 우리의 고대문학적 전통을 이어가는 새로운 형식의 한국 개화기 문학이 선보였는가 하면 다른 한편으로는 일본 근대문학의 강한 영향권 아래 쓰인 작품이 나타나기도 했는데, 특히 원작의 유형구조를 그대로 살리면서 인물과 배경, 그리고 스토리와 플롯을 창의적으로 바꾸어 모작하는 이른바 번안소설 형태가 그것이다. 번안소설의 일본 측 대상은 주로 메이지기明治期의 소설작품들이었다. 따라서 한국 근대문학의 성격을 규명하고자 할 때 선결되어야 할 문제는 바로 일본문학에 대한 고찰과 아울러 비교문학적 영향관계를 검토하는 일일 것이다.

일본의 근대문학은 전통문학을 기반으로 하면서, 서구 근대문학의 영향하에서 출발하여, 서구의 근대문학을 섭취·모방하는 것에 의해 나름대로의 독자적 문학형태를 구축하였다. 한국의 근대문학도 일본과 마찬가지로 서구 근대문학의 영향을 받으면서 새롭게 계승·전개되었다고 볼 수 있다. 그러나 한국의 근대문학은 그 형성과정에서 일본의 식민지하에 처해 있었다는 특수한 사회적·정치적 현상이 그 배경에 깔려 있다. 이것은 단지 정치적으로 일본이 한국을 지배했다는 문제에 멈추지 않고, 그 충격이 한일 양국의 문학과 문화에까지 파급된다는 것을 의미한다. 즉 한국과 일본이 똑같이 서구의 강력한 충격과 영향아래서 각자의 근대문학을 구축하였음에도, 한국은 일본이란 이중적 창恣을 통하여 서구 근대문학의 문예사조나 문화를 수용할 수밖에 없었기 때문에, 한국의 근대소설 작가들은 자연히 일본의 그들과 교류하면서 상당부분 일본에서 형성된 문학 이론 및 실제의 영향을 받았으리라는 것이다.

1860~1930년대의 서구충격에 의한 일본사회의 변화, 그 변화하는 사회를 반영한 문학은 새로운 변화의 전환점에 존재했다고 할 수 있을 것이다.

1880~1930년대에 일본에서 공부한 한국 유학생들은 귀국하여 당시 일본에서 유행하던 사조를 한국에 계몽·선전·운동하기 위하여 계몽서·소설 등을 발표하고 단체를 조직하였으며 일본에도 그 단체의 지부를 두어 일본과 교류한 것은 모두 그러한 양국 간의 문화적 연계를 뒷받침해주는 역사적 사실이다.

한국 근대문학의 형성과정에서 아무래도 전신자轉信者(intermediaries)로서 일본의 영향은 부정할 수가 없다. 대단히 이질적인 서구의 새로운 문학을 미처 익히지도 못한 채, 수용·이해·소화하는 데 무리가 있었지만 어쩔 수 없는 과정이었다. 이에 대해서는 백철白鐵·조연현趙演鉉이 그들의 문학사에서 각기 신문학의 역사적 특성의 문제로서 유럽에 비하여 시간적 후진성 때문에 소화불량적이고 기형적인 취약성이 있다고 지적한 것도 그것을 염두에 두고 한 것일 터이다.[1] 이것은

---

1 李秉岐·白鐵, 『國文學全史』, 新丘文化社, 1968, pp.224~225 및 趙演鉉, 『韓國現代文學史』, 成文閣, 1969, pp.22~23 참조.

일본에 대한 저항의식이라든가 근원적인 적대관계와는 달리 당시의 동시대 문인들에게 일본문학의 아류성亞流性이 많았던 사실을 말해주는 것이기도 하다. 이는 우리의 문학적인 교류지交流地가 으레 동경을 중심으로 한 유학생들인데다 정치문제와 별도로 지정학적인 여건 내지 언어·정서적인 구조가 유사한 면이 많은 까닭일 것이다. 거기에다가 더 직접적인 이유의 하나는 당시 언론·출판의 단속에 따른 금제禁制 등으로 인해 문학의 공간영역空間領域을 식민통치의 본국인 일본에 의지해온 탓도 있다. 그래서 한국의 신문학은 한 때 일본문학의 경성지부京城支部라 불릴 정도로 문학의 퇴영성과 종속성을 탈피하지 못한 채 수난받는 침체의 수렁 길을 배회하였던 것이다. 즉 일본인들은 치안과 풍속 유지에 저촉되는 불온문서와 불온사상을 단속한다는 구실로 횡포를 자행했다. 결과적으로 문학의 정보원情報源을 봉쇄당하고 거의가 일본을 통해서만 수용되는 단일 채널 체제를 강화하게 된 원인이 되었던 것이다.

근대문학은 새로운 삶을 추구하는 인간적 자각에 의해 성립·발전했다. 그것은 사회적·정치적 관심을 포함한 모든 인간적 관심의 소산이다. 따라서 사회의 모순이 격화된 변혁의 시대에 문학자는 선두에 서서 대응했다. 문학과 정치는 이질적인 것이어서 모순이 내재될 수밖에 없는데, '문학의 정신'과 '혁명의 정신'은 서로 중첩되는 것이 있다.

근대의 여러 사상이 메이지明治시대와 구한말에는 소위 유교를 매개로 하여 비로소 이해되었음에 비하여,[2] 다이쇼大正시대와 한국의 개화기에는 개인주의·자유주의·민주주의·사회주의로 이해되어 뿌리내리고 널리 방법적으로 실용되는 단계로 들어섰다.

---

2 여기에 동양과 서양, 근대와 전통 등의 문제가 항상 해결되어야 할 과제로 존재했다.

이노 겐지猪野謙二는 근대일본의 소설사를 관류貫流하는 두 개의 흐름으로서, 쓰보우치 쇼요坪內逍遙·후타바테이 시메이二葉亭四迷로부터 자연주의에 이르는 주류主流로 간주되는 계열과, 정치소설·사회소설·사회주의소설(프로소설 포함)로 이어지는 방류傍流 즉, 비근대적인 정치사회문학의 흐름을 들고 있다. 이어서 이 두 개의 흐름이 전체로서 통일의 기회를 갖지 못한 것은 일본 근대소설의 큰 불행이었다고 주장하고 있고, 히라오카 도시오平岡敏夫 교수도 이에 동의하고 있다.[3]

당시 일본과 한국에서의 소위 비근대적인 정치사회문학의 흐름을 정리·도식화하면 다음과 같이 정리할 수 있다.

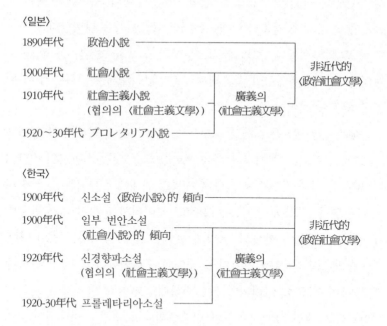

〈일본〉

1890年代	政治小說		非近代的
1900年代	社會小說		〈政治社會文學〉
1910年代	社會主義小說 (협의의 〈社會主義文學〉)	廣義의 〈社會主義文學〉	
1920~30年代	プロレタリア小說		

〈한국〉

1900年代	신소설 〈政治小說〉的 傾向		非近代的
1900年代	일부 번안소설 〈社會小說〉的 傾向		〈政治社會文學〉
1920年代	신경향파소설 (협의의 〈社會主義文學〉)	廣義의 〈社會主義文學〉	
1920-30年代	프롤레타리아소설		

---

3 平岡敏夫, 『日本近代文學史硏究』, 有精堂, 1977, p.126 참조.

필자는 위의 주류主流와 방류傍流라는 것을 문학용어로 보지 않고, 소위 문학의 독자성·정치 무관성을 띠는 주류 계열과 문학의 정치·사회와의 연계성을 강조한 방류 계열이라는 분류방법도 가능하리라 생각되어 이에 동의한다. 이런 방법으로 한국문학을 고려하면, 이광수에서 자연주의에 이르는 주류적 계열과 일부 신소설·신경향파 소설·사회주의소설·프롤레타리아소설로 이어지는 방류적 계열로 생각해 볼 수 있고, 한국과 일본에서의 근대문학의 분열·모순을 운명시·고착화하고 있다고도 말할 수 있을 것이다.

주류와 방류가 오늘날의 현대문학사에서 존재한다고 해도, 또한 그것이 정치와 문학의 분열과 통합, 독자적인 자율성의 검토는 무엇보다도 통합적統合的[4]인 근대문학사의 전개를 위해서도 필요하다고 본다.

그런데 종래의 한국과 일본 간의 비교문학적 연구에서는 근대문학의 형성과정을 각자 민족의 문학적 가치의 자각화의 과정으로서 포착하려 하기보다는, 독립적으로 한 사람의 작가와 작가 또는 하나의 작품과 작품으로 대비·대조에 의해 행하여지는 수용·영향의 문제로 국한하여 고찰하는 것이 대부분이었다. 그러기 때문에 개인 레벨의 비교가 중심이 되고, 수용하는 개인의 지식·감성, 나아가 취향이란 것으로 한정되어 근대문학의 형성과정이라는 역사적 시점이 결여되어 있었던 것이 사실이다. 그러나 한국 근대문학사를 논할 경우 현재

---

4 여기서 문학의 통합적 연구라는 것은, ① 소설가의 시초라 할 수 있는 중국의 패관稗官(항간의 이야기를 채집하러 다니는 하급 공무원 – 언령신앙)의 역할도, romance의 정치성과 novel의 경향소설에서의 정치적 유사성을 확인, ② 주류적 문학과 방류적 문학이 공존하는 상호보완적 연구, ③ 한반도에서 남북문학의 공존·상보적 연구로 통일문학의 분위기를 조성하는 세 가지를 뜻함.

의 학문적 요청을 고려한다면, 아무래도 동아시아 지역의 근대문학 형성과정이라는 세계문학적 시각이 필요하다. 그러기 위해서 우선 국내적으로는 남북문학의 통일적 정리라는 통일 문학적 차원과 이웃 일본 근대문학의 형성과정과의 관련을 역사적 시점에서 고찰하는 것은 피할 수 없는 일이라 생각된다.

앞서 밝힌 바와 같이 본 연구는 소설과 사회의 특수한 관련 양상을 전제로 하여 서구 문화의 충격과 대응 그리고 수용이라는 똑같은 개화의 시기를 통과한 한일 양국 간의 근대문학, 특히 경향소설을 포괄적으로 비교·조응함으로써 그 공통성과 변별성을 추출해 보이고자 하는 것이다. 변화 양상의 선후 관계는 있다 하더라도 양자간의 공통성은 공통성대로, 차별성은 차별성대로 양국간 근대 경향소설의 본질적 성격 규명은 긍정적 평가와 긍정적 해석의 중요한 길잡이가 될 것으로 생각된다.

2. 연구사 검토

근대문학에서 사회의 불합리·불공평에 대한 분노를 표출한 적은 있어도, 작가의 의식이 현실의 정부나 권력에 직접 충돌한 예는 일본 메이지기의 정치소설[5]을 제외하면 찾아보기가 어렵다. 작가의식의 대부분은, 표현의 자유를 포함하여 현실의 정부나 권력에 대한 저항적 의지를 소설적 형태로 담아내는 데 충분한 역량을 갖추지 못했다.

---

5 메이지明治·다이쇼大正·쇼와기昭和期의 정치소설·사회소설·사회주의소설·프롤레타리아소설 등 경향소설에 이런 경향이 상존했음.

그런데 프롤레타리아문학은 계급투쟁의 일환으로서 자신을 규정하고, 처음으로 표현의 레벨에서 현실의 정부나 권력에 충돌했던 것이다. 프롤레타리아문학 작가는 현실의 정부나 권력에 항의로서의 허구공간구축虛構空間構築(傾向的 小說製作)을 의식하고, 그곳에 표현자로서의 자기의 정체성을 찾아 나선 것이다. 그들은 이미 막연히 독자를 상정想定한 작자가 아니라 자신의 메시지가 제시해야 할 방향·상대를 명료하게 식별하고 있었다. 소위 그들은(경향소설 작가나 주인공들) 현실의 정부나 권력, 민중을 자신의 허구내虛構內 독자로서 강하게 의식한 것이다.

근대소설의 형성과정에서, 계몽·저항·선전·계급문학을 외부로부터 수용하여 이로 하여금 정치적 문제를 해결하려 했다는 점과 한국적 현실인 피지배 민족의 처지에서 패배의식이 팽배한 가운데 이를 극복하고자 하는 염원과 노력이 있었다는 점 등이 맞물려 '정치와 문학'이라는 관계의 새로운 문제를 낳았다. 이러한 사실은 내용 및 그러한 운동의 결과가 어떻게 되었든 간에 우리의 문학사에서 근대 경향소설이 차지하는 중요한 부분이라고 할 수 있을 것이다.

이같은 현상은 일본의 근대소설 형성기에서도 비슷하게 나타났다. 근대 지식인의 모순과 의식의 분열은 근대사회의 모순이 격화하여 그 비참한 양상을 뚜렷이 하였고 경향소설의 자기주장, 그 해방운동이 시대를 움직이기 시작했을 때 더욱 심각해졌다. 소시민적 지식인의 생활을, 사회의 기층基層에서 살아가는 사람들을 묘사하는 것에 의해 새로운 빛으로 조명했던 것이다.[6]

이 시기의 근대소설로서 신소설을 포함한 한국의 개화기소설에 관

---

6 伊豆利彦, 『日本近代文學硏究』 新日本出版社, 1979, pp.227~228.

한 연구는 지금까지 상당한 업적이 축적되어 왔다고 볼 수 있다.[7] 이들 연구의 대부분은 소설작품의 배경과 시대적 성격 규명에 치중되어 있기는 하지만, 크게 보아 대체로 다음과 같은 세 가지 연구방향으로 유형화할 수 있을 것이다.

① 작품의 소설적 성격을 겸한 작품해설 차원의 연구
② 서구문학 수용과정으로서 근대소설의 개화기적 성격연구
③ 문학사의 단절론 극복을 위한 고대소설과의 계승 문제 연구

①의 경우는 대체로 조연현과 전광용全光鏞에 의해 이루어졌으며, 『韓國新文學考』[8]와 「新小說 研究」[9]가 대표적이라 할 수 있다.

②의 연구유형은 한국문학의 전통에 대한 계승과 단절의 예민한 문제를 야기한 적이 있는 연구 성과로서, 임화林和의 『朝鮮新文學史』[10]와 신동욱申東旭의 「新小說에 反映된 新文化 受容의 態度」[11] 등이 대표적 성과물이라 할 수 있다.

③의 연구방향과 성과는 문학의 본질적 의미를 바탕으로 우리 소설사의 전통성 계승을 모색한 데 그 의의가 있다. 조동일趙東一은 그의 『新小說의 文學史的 性格』[12]을 통해 주인공의 영웅적 일생을 다룬

---

7 신소설에 대한 주요논문 및 저서로는 다음과 같은 것이 있다. 金台俊, 『朝鮮小說史』, 1939 ; 林和, 『新文學史』, 1940 ; 白鐵 『朝鮮新文學思潮史』, 1948 ; 全光鏞, 『新小說硏究』, 1955~1956 ; 趙演鉉, 『韓國新文學考』, 1966 ; 申東旭, 『新小說과 西歐文化受容』, 1970 ; 河東鎬, 『新小說硏究草』, 1966 ; 李在銑, 『韓國開化期小說硏究』, 1972 ; 趙東一, 『新小說의 文學史的 性格』, 1973 ; 宋敏鎬, 『韓國開化期小說의 史的硏究』, 1975 ; 金禹昌, 『韓國現代小說의 形成』, 1977 ; 芹川哲世, 「韓日開化期政治小說의 比較硏究」, 1977 등이 있음.
8 趙演鉉, 『韓國現代文學史』, 문화당, 1966.
9 全光鏞, 「新小說 硏究」 ①~⑤, 『思想界』, 1955년 10월호부터 1956년까지.
10 林和, 「朝鮮新文學史」, '朝鮮日報'와 '續朝鮮新文學史」, 『人文評論』, 1940년 연재.
11 申東旭, 「新小說에 反映된 新文化 受容의 態度」, 『東西文化』 4집, 1970.

고대소설 구조의 소설사적 계승이 신소설에 어떻게 이루어져 있는가를 밝히고 있고, 송민호宋敏鎬는 『韓國 開化期小說의 史的 研究』[13]에서 개화기소설의 소설사적 전개과정을 '① 고소설의 잔영 ② 전환기적 형태의 소설 ③ 신소설의 출현'이라는 세 단계로 설명하고 있다.

이들 연구 성과 이외에도 많은 업적이 축적되었으나, 앞서 진술한 대로 한일 양국 간의 근대소설을 비교문학적으로 접근한 연구성과는 매우 영세한 채로 있는 것이 현실이다. 다만 세리카와 데쓰요芹川哲世의 「韓日 開化期 政治小說의 比較研究」[14]와 정귀련의 「國木田獨步と若き韓國近代文學者の群像」[15]이, 이 분야의 첫 시도로 꼽히고 있을 뿐이다. 그러나 한일간의 정치소설 비교연구도 사회 변화의 토양 위에 자생적인 작품 출현으로 보지 않고, 상호 영향(실은 일본의 일방적인 영향으로 보았음)관계로서만 해석한 한계를 갖고 있다.

한편, 이데올로기를 중심 과제로 놓고 한국의 근대소설을 계급 문학적 관점에서 논의한 것은 그리 오래 전의 일이 아니다. 문학의 이데올로기에 대한 논의가 비교적 자유롭게 허용되어 왔던 일본과는 달리 한국의 입장은 그렇지 못한 것이 현실이었다.

프롤레타리아문학을 포함해 이른바 경향소설을 연구한 성과를 거시적으로 분류하면 다음과 같은 세 가지 입장으로 대별할 수 있을 것으로 본다.

① 반공 이데올로기에 젖은 비판적 연구

---

12 趙東一, 『新小說의 文學史的 性格』, 서울대 한국문학연구소, 1973.
13 宋敏鎬, 『韓國 開化期小說의 史的 研究』, 일지사, 1975.
14 芹川哲世, 「韓日 開化期 政治小說의 比較研究」, 서울대 석사논문, 1975.
15 丁貴連, 「國木田獨步と若き韓國近代文學者の群像」, 日本 筑波大學博士論文, 1996.

② 실증주의적 연구

③ 민족해방 운동의 입장에서의 리얼리즘 미학에 바탕을 둔 이른바
과학적 연구

그러나 이들 연구 방법이나 태도 역시 한일 양국의 근대소설 형성
의 자생적 토양을 비교 검토하는 일과는 거리가 멀고, 더구나 한일
경향소설의 문학적 공통성이나 변별성이 드러나는 성과를 기대하기
는 어려운 실정이었다.

연구 성과를 다시 세분하면, ① 신경향파 문학연구[16] ② 〈카프〉의 조
직과 방향전환[17] ③ 방향전환에서 야기된 문학논쟁[18] ④ 전향론[19] ⑤ 〈카
프〉 성원의 개별 연구(작가·작품론)[20] ⑥ 비교문학적 관점[21] ⑦ 문학사

16 徐經錫, 「1920~30年代 韓國傾向小說研究」, 서울대 대학원과 서울대·연세대 대학원
종합발표논문, 1987 ; 「1920年代 新傾向派文學의 再評價」, 『역사비평』 1988년 가을호.
鄭豪雄, 「1920~1930年代 韓國傾向小說의 變貌過程研究」, 서울대 대학원, 1983.
曺南鉉, 「1920年代 韓國傾向小說研究」, 서울대 대학원, 1974.
洪廷善, 「新傾向派批評에 나타난 '生活文學'의 變遷過程」, 서울대 대학원, 1981.
17 권영민, 「카프의 조직과 해체 Ⅰ~Ⅳ」, 『문예중앙』 1988년 봄~겨울호.
김두근, 「1920년대 한국프로문학운동연구」, 중앙대 대학원, 1988.
洪廷善, 「KAPF와 사회주의 운동단체와의 관계」 『세계문학』 39호 1986년 봄.
18 김윤식·정호웅, 『한국리얼리즘문학연구』, 탑출판사, 1987.
박남훈, 「카프 藝術大衆化論의 相互疏通論的研究」, 부산대 대학원, 1990.
이공순, 「1930年代 創作方法論小考」, 연세대 대학원, 1986.
19 金東煥, 「1930年代 韓國傾向小說研究」, 서울대 대학원, 1987.
20 金允植, 『박영희연구』, 열음사, 1989.
_____, 『林和研究』, 文學思想社, 1989.
金允植·정호웅 편, 『한국근대리얼리즘 작가연구』, 文學과知性社, 1988.
_____, 『한국문학의 리얼리즘과 모더니즘』, 民音社, 1989.
_____, 『韓國近代文學思想史』, 한길사, 1984.
朴哲石, 『韓國現代詩의 史的 研究』, 세종문화사, 1989.
손영옥, 「최서해 연구」, 『서울대 현대문학연구』 23집, 1977.
엄창호, 「김기진의 소설대중화론 고찰」, 연세대 대학원, 1986.
張師善, 「八峯 金基鎭 研究」, 서울대 대학원, 1974.
정덕준, 「'낙동강'의 구조, 시간양상」, 『한림어문학』 1집, 1994.
韓啓傳, 『韓國現代詩論研究』, 一志社, 1983.
21 金允植, 『韓國近代文藝批評史研究』, 한얼문고, 1973.

또는 부분사적 맥락[22] ⑧종합적 연구[23] 등으로 나누어 볼 수 있는 바, 이와 같은 다양한 기왕의 연구는 이제 프롤레타리아문학 연구가 본격적 단계에 진입하고 있음을 확인시켜 주고 있다.

한국과 일본의 근대문학의 역사와 그 체내에는, 정치에 대한 대항 요소가 충분히 배양되어 있었다고 할 수 없다. 정치와 예술이 상호 견제·질책하는 위기의식이 깊이 체험된 적이 없었다. 때문에 예술의 영역에 대한 정치의 무제한적인 지배를 허용했고, 반대로 정치에 대한 혐오가 정치 그 자체를 리얼하게 인식하지 않았다.[24]

따라서 프롤레타리아문학을 포함한 일체의 경향적 문예에 대한 자유스런 논의는 그 다양성과는 상관없이 그리 깊이 있게 이루어지지 못한 것이 사실이었다. 여기서 우리는 열악했던 연구 상황의 배경을 되돌아봄으로써 한국 근대소설의 논의를 새롭게 할 필요를 느끼게

_____, 위의 책, 개정판, 一志社, 1976.
임규찬, 『일본프로문학과 한국문학』, 연구사, 1987.
박명용, 『한국 프롤레타리아 문학 연구』, 글벗사, 1992.
서은혜, 「1920年代における韓·日兩國の文學の比較硏究序說」, 東京都立大學 碩士論文, 1985.
김순전·정덕준, 「한일 경향소설의 시간양상에 관한 연구」, 『한림대학 인문학연구』 2·3집, 1966.
芹川哲世, 「1920~30年代 韓日 農民文學의 比較文學的 硏究」, 서울대 박사 학위논문, 1993.
22 권영민, 『한국민족문학론연구』, 민음사, 1988.
金時泰, 「韓國프로文學批評硏究」, 동국대 대학원, 1977.
金允植, 『韓國現代批評史』, 서울대출판부, 1982.
白 鐵, 『朝鮮新文學思潮史』, 白楊堂, 1949
이선영 외, 『한국근대문학비평사연구』, 世界, 1989.
張師善, 『한국리얼리즘문학론』, 새문사, 1988.
鄭鐘辰, 『韓國現代詩論史』, 太學社, 1988.
趙演鉉, 『韓國現代文學史』, 成文閣, 1985.
洪文杓, 『韓國現代文學論爭의 批評史的 硏究』, 陽文閣, 1980.
23 역사문제연구소, 『카프문학운동연구』, 역사비평사, 1989.
24 森山重雄, 『序說 轉換期의 文學』, 三一書房, 1974, p.159.

된다. 그리고 이것으로 본 논고에서 다룰 한일 양국의 근대소설에 대한 비교문학적 접근에 중요한 단서를 얻을 수 있을 것으로 기대해 본다.

지금까지 행해진 식민지 시대의 경향소설에 대한 연구는 여타 문학 연구에 비해 상대적으로 다음과 같은 열악한 형편이었다.

① 경향소설은 예술성 추구보다 목적의식을 강조한 기계적 도식주의였기에 연구할 가치가 없다는 부정적 선입견이다. 경향소설이 당대 상황에 적절한 사상을 형상화하려 했다지만, 그 사상을 미학적인 차원에서 논의하지 못하고 비문학적非文學的 이데올로기의 과잉 노출로 끝나고 만 것도 숨길 수 없는 사실이다.

② 인접 분야 즉, 정치·경제·사회·문화 등 문학사에서 필요로 하는 문학 외적 학문이 경향소설 전모를 연구할 만큼 진전되지 못했다는 점이다. 본래 문학사는 정신사나 사상사를 도외시 할 수 없고 이들은 그 시대의 종교·사회·문화 등 제반 문제와 깊은 구조적 연관 관계에서 형성되는 것이므로, 어느 한 분야만을 떼어서 관찰해 가지고는 보편타당한 결론을 얻기란 불가능한 것이다.[25] 경향소설은 특히 문학 외적 사실에 연계되어 있어 이 주변 학문들의 충분한 연구 바탕 위에서 비로소 연구의 진척을 가져올 수 있었던 것이다.

③ 자료 수집이 곤란했다. 당시 체계 없이 출간된 숱한 간행물들이 제대로 보관·전수되지 못한 상태에서 그것들을 총체적으로 수집하기란 실로 어려운 일이라는 것도 결코 간과할 수 없다.

④ 대부분의 연구가 〈카프KARF〉 쪽에만 한정되거나, 당시 우리나라의 정치·경제·사회·문화 등에 대한 실증적인 자료만 열심히 구명

---

25 洪一植, 『韓國 開化期 文學思想研究』, 悅話堂, 1980, p.23.

하고 있을 뿐 사실상 〈카프〉가 수용한 일본 측 자료에 대한 실증적 검토는 기초자료 정도에 그침으로써 연관성의 관계규명이 소홀히 취급되었다.

⑤ 비평이 창작보다 우위를 차지했다지만, '프롤레타리아·리얼리즘'에 대한 비평이론을 일본의 프롤레타리아문학 이론에 대입시키는 것에 대한 비교연구 일변도로, 프롤레타리아문학작품에 대한 연구는 간과되었다.

⑥ 〈카프〉와 〈나프NARF〉 간의 관계, 〈카프〉 맹원들의 일본에서의 활동 규명 등이 미진했다.

⑦ 프롤레타리아문학과 정치와의 관계를 심도 있게 해명하지 못함으로써 오늘날 논의되고 있는 문학이론 또는 이데올로기 문제와 연계가 이루어지지 않았다.

우리는 먼저 위와 같은 상황적 인식의 필요성을 전제할 필요가 있다. 무엇보다도 개별적인 작품연구보다는 전체적이고 체계적인 상호연구가 요구되는 것이다. 여기서 전체적이라는 개념을 한일 개화기의 분명한 역사인식과 이어지는 식민지 시대의 역사적 성격과 함께 이의 자생적 산물로서의 근대문학에 대한 총체적 양상을 의미한다. 따라서 한일 양국의 모든 근대문학은 특히 소설의 경우, 그것을 토해낸 사회사적 특성과 문예의 본질적 특성을 함께 드러내는 논구가 되지 않으면 안 될 것이다.

3. 연구의 목적과 방법

한국의 근대소설은, '신소설을 포함한 개화기소설·신경향파소설·사회주의소설·프롤레타리아소설' 등 각각 개별적인 성격의 소설과 작품으로 연구되어 왔을 뿐, 근대소설의 동일연장선상에서의 연구 검토는 아직 찾아볼 수 없다. 즉 단절의 문학사였으며, 게다가 남북분단에 의한 사상적 대립으로 야기된 '절반문학折半文學'적인 파행성을 면치 못한 것이 사실이다.

우리는 자본주의와 공산주의와의 이데올로기적 대결의 문학으로 받아들이기보다는, 인류사적으로 대칭을 이룬 두 개의 세력중 하나로 이해해야 할 것이며, 어느 시대이든 어떤 형태로든 간에 '대립적 대칭' 또는 '상호보완적 대칭'을 이루는 양대 세력 중의 한 축으로 이해해야 할 것이다. 그래서 이 대립하는 대칭의 양대 세력 중의 하나가 완전히 붕괴되면 반대 측의 남은 한 세력도 그 보완·유지가 대단히 힘들어진다. 음양의 조화처럼 어떤 형태로든 간에 힘의 균형을 유지하기 위한 대칭적 양대 세력이 상호보완적으로 자연발생 되었다는 인류역사의 교훈[26]에서도 알 수 있듯이, 이 인간세계의 세력은 또 다시 양립하여 대칭축을 형성할 수도 있다는 대전제를 고려해야 한다.

'비교문학이란 문학의 형식·제재·이념 등 여러 가지 방면에 걸쳐

---

26 로마세력에 대항하는 유태세력의 생존을 위한 『탈무드』의 교육이나, 유럽의 십자군 전쟁에서 볼 수 있는 종교적 대칭 세력의 대립, 식민지를 많이 확보하여 자국自國의 세력 확장을 위한 제1차 세계대전 같은 정치와 경제로 인한 대칭 세력의 대립, 세계에서 자국의 위치 확보와 경제적 블록 형성 및 국가간의 역학적 관계 정립과정에서 벌어진 제2차 세계대전 같은 대칭적 세력의 대결도 결국은 같은 원리로 볼 수 있겠다. 또한 조화의 면에서도, 만물은 음과 양으로 이루어져 있는데 음 속에 양이 있고 양 속에 음이 있다는 것이 음양설의 핵심일 것이다. 즉 흑 속에 백이 있고 백 속에 흑이 있는 것이지 흑백 양단은 있을 수 없는 것이다.

일국—國의 문학이 다른 나라의 문학에 미친 영향의 흔적을 연구하는 것에 그 주안점을 두고 있다'[27]는 비교문학연구의 기본적 자세에 동의하면서 다른 한편으로 문학 그 자체를 생산해 낸 사회적 현실의 상호 비교도 매우 중요하다는 것을 상기할 필요가 있다.

한 사람의 작가가 외국문학에서 받은 영향의 연구와, 외국의 문학에서 암시·모방 등을 적출하는 연구, 즉 원천연구源泉硏究는 독서에 의한 간접적 영향과 직접적 영향으로 구분되는 것이 일반적이다. 다시 말하면 독서에 의한 영향의 연구에는 특정문학의 형식 및 특정작가를 원천으로 하는 추구와 일국 및 수개국의 문학작품에 걸친 광범위한 원천의 추구가 있다. 직접적 체험에 의한 영향 연구는 작가가 근거로 했던 원전原典 외에 외국에서의 직접적 체험에 의해 감득感得한 인상·지식·영향 등이 포함된다 할 수 있다.

한국문학 또는 한국문학사의 전망은 무엇인가. 그것의 제일은 현재로 볼 때, 통일문학이라 할 것이다. 반쪽의 문학사를 온전한 하나의 문학사로 만드는 것이다. 이것을 위한 대응·접목논리는 때늦은 감이 있지만 지금부터라도 발전시켜 나가야 할 것이다.

민족의 동질성을 회복하기 위해 필요 불가결한 것 중의 하나는, 분리 당시로 거슬러 올라가서 분리 요인 발생의 원인·전개·발전의 상황을 왜곡 없이 분석·판단하는 것이다. 서두르지 않고 처음부터 발생 근원을 인식하여 만날 수 없는 평행선과 같은 이질적 인식을 조정·교정하여, 양쪽 문학의 만남과 이해로 민족 동질성을 회복하는데 미력하나마 일조가 되었으면 한다.

당시의 특수한 상황이나 식민지통치 및 검열제도 같은 사항은 문

---

27 矢野峰人, 『比較文學』 南雲堂, 1956, p.9.

학의 비본질적 요소인 정치·사상 등의 사회적 조건에 속하는 것이다.

그러나 여러 병폐적인 역사적 특성을 지녀온 한국문학의 경우, 더구나 일제치하의 특수한 상황 아래서 성장해 온 신문학을 탐구하고 정리하는 일은 그 발상이나 성숙 과정이 특이한 구미의 그것과는 방법을 달리해야 마땅하다. 근대문학의 발신자로서의 구미와 전신자轉信者로서의 일본 그리고 수신자受信者로서의 한국의 연관 관계도 중요하지만 통치자와 피치자被治者라는 정치적 상관관계로서 일제의 그것은 특히 우리 문학의 형성과 발전에 막중한 영향을 끼쳐왔기 때문이다.

우리가 식민지시대의 한국 근대소설을 다루려면 실제의 문학작품 그 자체에만 치중하여 분석·평가 할 수 있는 구미와는 다른 접근이 시도되고 적용되어야 한다. 우리의 경우는 구체적인 작품의 해석에 앞서서 그 발상과 창작태도 내지 발표과정에 따른 검열 양상까지를 감안하여 고찰하지 않으면 안된다. 이와 같은 이중적인 천착 과정을 거쳐야만 당대 작가의 창작의식과 예술적 기교가 당시의 사회상과 어떻게 연결되고 있는가를 총체적으로 살필 수 있고 우리 문학의 다양한 실체를 정확히 파악할 수 있는 것이다.

이를 위해 본고에서는 한일 양국의 근대소설에서도, '개화기소설開化期小說'과 '경향소설傾向小說'로 나누어 비교하고자 한다. 따라서 시대적 배경을 1860년대부터 1930년대까지의 70여 년간을 선형線形으로 잡아, 양국의 근대적 사회 변동기의 소설적 환경을 폭 넓게 했다. 근대소설의 발생과 성장 그리고 변화과정의 비교를 통해 그 공통점과 상이점을 조명하는 것이 본 연구의 초점이 될 것이다.

한국의 근대소설은 대부분 일본을 중계자로 하여 수용되었기 때문에 비교문학적 관점에서의 연구는 사실관계의 구체적 규명뿐 아니라, 영향사影響史·이입사移入史를 포함하여 그것을 수용할 수밖에 없었던 이유와 내용이 갖는 의미를 추출해 내는 데에 중점을 두어 수행되어야 할 것으로 생각한다.

이러한 논구論究의 효율적인 수행과 성과를 위해 연구의 대상과 진술 순서를 다음과 같이 정하였다.

ⓐ 1860년대 일본의 메이지유신과 문학을 1890년대 한국의 갑오개혁과 문학을 대조함으로써, 당시의 개화양상과 '서구의 충격과 문학적 대응 양상'을 비교 검토한다.

ⓑ '한일 개화기소설의 전개 양상'을 비교 검토한다.

① 1870년대 일본 가나가키 로분仮名垣魯文의 『아구라나베安愚樂鍋』(1871)와 1900년대 한국 안국선安國善의 『금수회의록』(1908)을 통해 양국의 '전환기적 세태'를 조명한다.

② 1880년대 일본 스에히로 뎃초末廣鐵腸의 『셋추바이雪中梅』(1886)와 이의 한국어 번안인 구연학具然學의 『설중매』(1908) 그리고 최찬식崔瓚植의 『금강문』(1912)을 통해 양국의 '정치적 인간의 창조' 문제를 비교 검토한다.

③ 일본 후타바테이 시메이의 『우키구모浮雲』(1887)와 한국 이인직李人稙의 『血의 淚』(1906)를 통해 양국의 '타자로서의 정체성'을 비교 검토한다.

④ 일본 도쿠토미 로카德富蘆花의 『호토토기스不如歸』(1900)와 이의 한국어 번역인 선우일鮮宇日의 『두견성杜鵑聲』(1912~1913)을 통

해 양국의 '전쟁과 여성의 발견'의 문제를 비교한다.

ⓒ '한일 경향소설의 전개 양상'을 비교 검토한다.

    ① 1910년대 일본 미야지마 스케오宮嶋資夫의 『고후坑夫』(1916)와 1920
       년대 한국 최서해崔曙海의 「탈출기脫出記」(1925)를 통해 양국의
       '계급·식민지의 인식·유랑'의 문제를 비교한다.
    ② 1920년대 일본 하야마 요시키葉山嘉樹의 『우미니이쿠루히토비토
       海に生くる人々』(1926)와 1920년대 한국 조명희趙明熙의 「낙동강洛
       東江」(1927)을 통해 양국의 '노사대립과 식민지 인식'을 비교한다.
    ③ 1920년대 후반 일본 고바야시 다키지小林多喜二의 『가니코센蟹工
       船』(1929)과 1930년대 전반 한국 이기영李箕永의 『고향故鄕』(1933)
       을 통해 양국의 '제국주의 인식과 조국·고향의 발견'을 조명·비
       교한다.

본 비교연구는 실증주의에 의한 세계문학적 방법도 가미하고 있
다. 그러므로 직접적으로 수용이나 영향이라는 좁은 의미의 비교연
구에 머물지 않고, 수용·영향을 전제로 하지 않는 작가·작품도 연구
대상으로 하고 있다. 형식·양식적 분석방법을 적용하여 세계문학적
시야를 갖는 원리론에 입각하여 개개 작품의 특수성 및 보편성이나
항구성을 찾고자 하기 때문이다.

그러나 무엇보다도 문학연구라는 전제에 충실해야 하리라 본다.
본질적으로 본 연구가 문학의 해석이지 사회의 발견이 아니기 때문
이다. 그렇게 되기 위해서는 더 많은 작품들의 각론을 수반해야 할
것이나 이 문제는 또 다른 개별 연구를 기다릴 수밖에 없는 것이 한
계로 남아 있음을 밝혀두고자 한다.

제2부 서구의 충격과 문학적 대응양상

    문학을 한 시대의 산물이라 한다면, 문학은 당연히 그 시대의 정치·경제·사회·문화 등의 큰 흐름과 별개일 수 없다. 이는 문학연구가 그 연구대상에 대해 역사적 조류·사회환경적 조건 나아가서는 작품의 계승관계 등 전반에 걸쳐서 다각적으로 고려되어야 함을 의미한다.

    일련의 경우에 대응하는 모든 과정에는, 인간이 자신의 살아가는 환경을 어떻게 파악하고 환경에 대하여 어떻게 작용하며 그 결과를 어떻게 평가하는가가 포함되어져 있다. 이 경우, 그는 환경의 작용으로부터 자신이 파악한 이미지에 의하여 환경 그 자체에 작용하고 또한 그 작용의 결과에 의해 환경을 재인식함으로써 그 자신의 환경 이미지를 수정하게 된다. 따라서 인간의 생활의 장場은 인간이 전개하는 삶의 방법론과 그 전개에 따라서 양상을 나타내는 환경의 형성으로 이루어진다.

    물론 인간생활은 개인생활을 떠나서 생각할 수 없겠지만 그것이 집단형태로 이루어지는 한, 인간생활의 장場은 대량현상大量現象을 기저基底로 하는 수밖에 없는데 이 집단적 삶의 방법론을 '정신구조精神構造'라고 말할 수 있다.

흔히 스스로의 체험에 의한 것이어야만 적확하게 파악되는 것으로 생각하는 경향이 있지만, 그것은 소위 사실주의자 또는 체험주의자의 사고방식일 뿐이고 우리들은 그들 사실주의자 또는 체험주의자의 파악을 그대로 객관적이라고 말하기는 어렵다. 물론 자신이 체험하지 않았던 것에 대해서는 직접 이에 관계(종사)하는 타인의 관찰이나 체험을 기초로 하여 간접적으로 판단하지 않으면 안되기 때문에, 그 적확함을 반드시 보장받기 어렵다는 점은 사실이다. 게다가 모든 현상이란 끊임없이 나타났다가 사라져 가기 때문에 하나의 현상을 파악하기 위해서는 사라져 간 것들이 남긴 잔영을 찾을 수밖에 없는데, 그 잔영의 가장 확실한 보존자가 인간이라는 점 또한 사실이다. 하지만 인간이 보존하는 잔영도 그가 그것에 관계할 때의 태도나 인상, 그 후의 상황에 의해 규정되고 그 자체가 이미 변용變容되어 있을 뿐만 아니라 끊임없이 동요된다. 따라서 우리는 가능한 한 어떤 형태로든 이것을 고정하고 그것을 통하여 관찰할 수밖에 없다.[1]

동양에서 서구의 충격으로 표현되는 동양과 서양의 접촉은 전통적인 동양사회의 모든 기반을 송두리째 뒤흔든 것이었다. 싫든 좋든, 동양의 근대는 그 접촉의 양상 여하에 따른 결과라는 사실을 수긍할 수밖에 없다. 접촉했던 시기와 대상, 그리고 그에 대처했던 주체들의 의식 여하에 따라 그 모습은 수동적으로 변모되었다고 보아온 것이 지금까지의 일반적인 인식이었고, 또 그것은 어느 정도 실제에 부합될 수 있었던 것이다. 이러한 이유에서 근대화는 곧 서구화라는 등식이

---

1 神島二郎, 『近代日本の精神構造』 岩波書店, 1982, pp.1~12 참조.

성립할 수 있었다. 이는 동양의 전통적인 것과 변별되는 것만을 추출하여 서구로부터 유입된 새로운 것을 근대화의 대상으로 인식하는 방식을 취했기 때문일 것이다. 따라서 동양의 근대를 이해하기 위해서는 전통적인 것과 공통적인 것을 밝히는 작업이 마땅히 이루어져야 할 것이다. 이는 서구의 근대가 함의(含意)하는 긍정적인 제요소(諸要素)를 우리의 전통 속에서 찾고자 하는 노력이며, 이러한 노력이 결실을 맺게 될 때 우리는 서구화라는 단일개념이 아닌 근대화의 진정한 노력을 우리의 전통 속에서 확인할 수 있을 것이다.[2]

우리는 동양의 전통 속에서 확인된 근대적 자각에도 불구하고, 그것이 개화되지 못했던 까닭, 또는 동양이 각각의 모습으로 변모하여 가는 모습을 통하여 서구의 격랑이 몰아쳤던 우리의 한 시대의 모습도 확인할 수 있을 것이다.[3]

본 장에서는 1860년대 일본의 메이지유신과 1890년대 한국의 갑오개혁을 대조하여 서구의 충격에 대한 대응양상을 조명해 보겠다. 문학에 나타난 서구충격과 대응방식을 연구하는 것은 기존 연구 결과의 보완·확인과 더불어 앞으로의 연구방향을 제시하기 위함이다.

---

2 서양역사의 시대 구분에서 나타난 '근대'를 동양에 적용할 때, 그 역사와 문화의 차이 때문에 여러 가지 문제가 발생한다. 한국의 경우 이러한 논의는, 『한국근대사의 재조명』(서울대 신문사 편, 서울대학교출판부, 1977)과 『한국사 시대구분론』(한국 경제사학회 편, 을유문화사, 1973)에 정리되어 있다. 문학의 경우는 『근대문학의 형성과정』(고전문학연구회편(1983) 문학과지성사)에서 정리된 결과를 찾을 수 있다. 일본의 경우는 『日本近代の研究』(植手通有, 1974, 岩波書店)와 『近代文學成立期の研究』(越智治雄, 1984, 岩波書店), 『日本近代史史料』(大久保, 1984, 吉川弘文館) 등이 있다.
3 개화와 관련된 논의를 함에 있어, 한국과 일본을 동시에 고찰하는 것은 그 총체적인 이해를 위하여 반드시 필요한 일이다. 그 출발부터 동양의 서양문화 유입은 관계를 맺으면서 출발했기 때문이다. 선구적인 업적인 한국 유길준의 『西遊見聞』(1889), 일본 후쿠자와 유키치(福澤諭吉)의 『西洋事情』(1868), 중국 위원(魏源)의 『海國圖誌』(1842)가 발표된 시기는 이후의 역사 전개와 일치하고 있다.

1. 일본의 메이지유신과 문학

절동絶東의 고도孤島에 고립해 있는 일본사회는 예로부터 외부적 요
인 때문에 동요되는 일이 극히 드물었으므로, 생존을 위한 극한투쟁
의 경험이 적으면서도 한편으론 선진국과의 부분적 접촉이 가능했다.
이에 따라 본래 생활현실에서의 악전고투를 통해야만 형성되어질 이
념을 수월하게 밖으로부터 유입하는 기회를 갖게 되었다. 따라서 일
본인은 이념을 창조할 경우 겪어야 할 내면과정內面的 苦痛을 생략할
수 있었다. 이것은 대단히 중요한 점이다. 왜냐하면 내면과정의 결여
가 대체로 수입문화에 상당한 마술성을 부여하게 되기 때문⁴이다.

일본의 근대화는 대개 1868년의 메이지유신이 출발점으로 되어 있
다. 젊은 메이지 천황이 '明治(明らかなまつりごと＝밝은 政事, 투명
한 정치, 확실한 다스림)'를 원호로 택한 1868년 음력 3월, 천황은 〈5
개조의 맹서〉⁵를 발하여 구래의 폐습을 타파하고, 지식을 세계만방
으로부터 받아들여 만백성의 안전한 길을 확립하겠다고 나섰다. 이
어서 메이지 천황은 동년 음력 10월에 8세기 이후 줄곧 왕성이었던
교토京都를 떠나 에도江戶를 황거皇居로 정하고 에도를 도쿄東京로 개
칭하였다.

쇄국으로 일관해 온 일본에도 중국의 아편전쟁에 대한 소식과 유

---

4 예를 들면, 한자의 수입에 대하여, 이노쿠마 가네시게猪熊兼繁이 『日本生活史』(1954,
  p.61)에서, "한자는 형상문자라 해도 실은 대단히 변모된 결과이기 때문에, 문자에서
  바로 원래의 모습을 추측할 수 있는 성질의 것이 아니어서, 수입 당시, 일본인에게 한
  자는 일종의 기괴한 것으로 비쳤을 것이다"고 지적한 것은 대단히 시사적이다.
5 〈五箇條の御誓文〉① 廣ク會議ヲ興シ万機公論ニ決スベシ　② 上下心ヲ一ニシテ盛ニ
  經綸ヲ行フベシ ③ 官武一途庶民ニ至ル迄,各ソノ志ヲ遂ゲ, 人心ヲシテ倦マザラシメ
  ンコトヲ要ス ④ 舊來ノ弊習ヲ破リ天地ノ公道ニ基クベシ ⑤ 智識ヲ世界ニ求メ大ニ皇
  基ヲ振起スベシ.

립의 정세에 관한 정보가 들어오면서 정책을 수정해야 한다는 여론이 나타나기 시작하였다. 한편 1848년 이후 샌프란시스코 항구에서 출발하는 태평양 항로가 동양에 이르는 정상 항로로 되자, 미국 입장에서도 중국으로 상품을 운반하기 위하여 일본의 개항이 절실하게 요구되었다.

1853년 7월 페리제독은 흑선黑船이라는 군함을 이끌고 무력시위를 감행하였는데 이는 일본에게 커다란 충격을 주었다. 결국 일본은 1854년에 다시 찾아온 페리제독과 〈미일화친조약美日和親條約〉을 체결하게 되었다. 이것은 일본이 외국과 맺은 최초의 근대적인 불평등조약이었다. 그 후 1858년에 〈미일수호통상조약美日修好通商條約〉을 체결함으로써 일본은 화친조약에서 빠졌던 치외법권과 관세율을 확정하고 미국에 대한 최혜국 대우를 인정하였다. 이로 인해 일본은 영국, 프랑스, 러시아, 네덜란드, 독일 등과도 불평등한 조약을 맺을 수밖에 없게 되었다.

개국에 의하여 열강으로부터 받은 압력은 정치·군사적으로 막부幕府권력의 동요와 위기를 고조시켰으며, 값싼 공산품의 유입으로 인한 재래산업의 파괴 및 농촌경제의 재편을 초래했다. 이 과정에서 농민층은 급속히 몰락하여 갔다. 그에 따라 빈농을 주체로 하는 농민반란이 격렬하게 일어났으며, 그러한 위기에 대처하는 지배계급 내부에서도 분열과 항쟁이 격화되었다. 결국 위기의 해결방안으로서 절대주의적 통일국가의 형성이 제시되고 막부체제는 붕괴되었다.

1) 천황제와 입신출세

이러한 배경하에 성립된 천황제 권력은 그 기반이 매우 취약하였다. 따라서 표면적으로는 근대적 개혁(明治維新)을 내세우면서도 내부적으로는 아직까지도 잔존하는 봉건적인 생산관계에 제약당할 수밖에 없었다. 더욱이 메이지유신 과정에서 도태된 사족土族의 불만과, 막부체제하에서 겪어 온 과중한 조세부담을 새 정부가 제거해 주기를 기대하는 농민세력의 요구는 메이지 정부가 극복해야 할 커다란 과제였다. 이에 가장 유효하게 대두된 해결방안 중의 하나가 천황제를 유지·강화시켜 줄 자원을 획득하기 위해 타국을 침략하는 것이었다.

메이지유신의 정신적인 입지점立地点으로서 두 가지를 생각할 수 있다. 하나는 존왕양이론尊王攘夷論이고 또 하나는 공의여론사조公議輿論思潮이다. 이 존왕양이론과 공의여론사조가 메이지유신의 정신적인 배경이 된 것이다.

여기서 존왕양이론은 메이지유신을 통한 정치력 집중의 표현으로 이해할 수 있다. 이에 대하여 공의여론사조는 정치적 확대의 원리로서 등장한 것이다. 즉 존왕양이론이 정치적 정점으로 집중하는데 반하여 공의여론사조는 정치적 저변으로의 확대로 파악할 수가 있다. 이렇게 보면 메이지 정부는 두 요소의 대립·충돌을 통해 오히려 두 요소의 통일·조화를 기하고 있는 것이다. 이 존왕양이론에서 발전한, 정치적 집중의 원리가 중앙집권적인 통일국가 건설의 요소로 되고, 또 이것이 대외적으로는 공의여론사조에 의한 국권확장, 즉 국권론으로 발전되어 간 것이다.[6]

---

6 藤田省三, 『天皇制國家の支配原理』 未來社, 1976, pp.89~90.

일찍이 천황제는 국민의 '아래로부터 위로의' 정직한 욕망의 고백과 천황을 정점으로 하는 '위로부터 아래로의' 온정의 '하사품'이 연결되어 있기 때문에 실질 면에서 최대의 비도덕과 형식 면에서 최고의 도덕이라는 훌륭한 상호 보완적 체계를 가지고 비도덕적 도덕국가를 형성하고 있다. 여기서 보는 천황제의 모습은 그 형식 면에서의 도덕과 실질 면에서의 욕망과 자연주의의 완전한 괴리乖離를 나타내고 있다. 양자는 동일인 속에 존재하면서 각각 자기를 순수화했다. 천황과 가족주의는 단순한 형식으로 변하고, 사적私的 욕망과 가문家門은 아무런 내적인 컨트롤도 받지 않고 그 실질 그대로를 나타내고 있는 것이다. 이것은 천황제의 극한적 귀결인 것이다.[7]

메이지 원년(1868)에서 이듬해에 걸친 보신전쟁戊辰戰爭의 전화戰禍가 수습되자, 메이지 신정권은 '부국강병' '문명개화'의 기치 아래 번적봉환藩籍奉還·폐번치현廢藩置縣[8]을 비롯하여, 학제·징병령의 공포, 태양력의 채용 등 서양 제국의 정치·사회제도를 모델로 한 일련의 개화적인 정책을 펼쳐 근대적 통일국가의 면모를 보이게 되었다.

1873년에 대두된 정한론征韓論은 메이지 체제의 지배세력이 지니고 있던 팽창욕구의 한 표현이었다. 비록 그때는 내정內政에 충실하자는 측과 정대만론征臺灣論 측의 승리로 정한론을 주장한 측이 후퇴했지만, 그것은 그 이후에도 지속적으로 표출되는 메이지 체제의 본질적 흐름의 하나가 되었다.[9]

---

7 藤田省三, 『天皇制國家の支配原理』未來社, 1976, p.154.
8 藩은 土地, 籍은 人民을 의미하는데, 이 의도는 봉건제를 폐지하고 중앙집권제를 구축하는 것이었다. 그러나 1869년 6월에 奉還命令을 내려 藩籍奉還을 이루었지만, 舊藩主는 藩知事로서 여전히 그 세력을 유지하고 있었다. 이에 명실공히 중앙집권을 완성하기 위하여 1871년 7월 일거에 藩制를 全廢하고, 府知事·縣令을 중앙에서 파견했던 것이다.

이와 같은 상황에서 신시대에 적합한 인간의 존재양상, 사물의 견해 방법을 보급하려고 노력한 것은, 서구 사상이나 문화를 일본에 도입하는 사명감으로 충만한 메이로쿠사明六社[10]의 양학자들이었다. 당시의 청년들에게 학문에 의한 입신출세의 가능성을 계시한 것은 후쿠자와 유키치福澤諭吉[11]의 『가쿠몬노스스메學問のすすめ』였다. 서두의 명문구인 "하늘은 사람 위에 사람을 낳지 않고 사람아래 사람을 낳지 않는다"[12]는 인간평등 선언은, 봉건적 신분제도를 타파한 메이지 사회가 만민을 향하여 입신출세의 가능성을 지향하는 경쟁사회의 확인이기도 했다.

메이지 초기에 학문을 한다는 것은 현대보다 훨씬 출세로 직결되었다. 메이지유신 당시 정치·산업 등 모든 방면의 개혁에 뺄 수 없었던 것은 서구유럽의 학문이고, 학문을 닦은 신사회 조성의 일꾼인 지식인은 없어서는 안 될 존재로서 사회로부터 특별히 대접받았던 것이다. 능력 여하에 따라서는 가문의 격식에 고정된 막부시대까지의 봉건체제에서 상상도 할 수 없는 출세를 할 수 있었다. 마치 전국시대에 검술이 출세의 길이었듯이 학문이 출세를 위한 지름길이어서, 달리 출셋길이 없는 하급무사나 중류계급의 자제들은 메이지유신 후

---

9 한국민중사연구회, 『한국민중사』 II(근현대편), 도서출판 풀빛, 1986, pp.51~52.
10 1873(明治6)년, 아메리카에서 귀국한 모리 아리노리森有礼가 서양의 학회에서 본떠서 그 설립을 제안하여, 후쿠자와 유키치福澤諭吉·니시 아마네西周·가토 히로유키加藤弘之·나카무라 마사나오中村正直·니시무라 시게키西村茂樹 등의 양학자·지식인이 1874년 2월에 모여서 결성한 신사상가 집단. 기관지로 『明六雜誌』가 있음.
11 후쿠자와 유키치(1834~1901): 3회에 걸친 양행洋行 후 게이오의숙慶應義塾을 열고, 개인의 인간적 자각을 촉구하고 실용학문의 중요성을 역설하였다. 「華英通信」으로 시작되는 생애의 저작활동은, 지리·역사·정치·논리·교육·외교·법률·경제·물리·화학·상업·병술 등 백여 편, 잡문이 약 2천 편 있다.
12 "天は人の上に人を造らず, 人の下に人を造らず", 프랑스 루소의 『천부인권설』과 미국 제퍼슨의 〈독립선언문〉에서 그 기본적 사상의 영향을 받은 문장임. 후카자와 유키치, 『學問のすすめ』(제39쇄), 岩波書店, 1980, p.11.

다투어 학문을 닦았다.

후쿠자와 유키치의 실학사상은 『가쿠몬노스스메』(1872)의 초편初編에 뚜렷이 나타난다.

> 학문이란 단지 어려운 글을 알고, 난해한 고문을 읽고, 와카和歌를 즐기고, 노래詩를 짓는 등 세상에 실익이 없는 문학을 말하는 것이 아니다. (…중략…) 그 학문이 실제와는 무관하고 일상생활에 맞지 않는다는 증거이다. 이제는 이와 같이 실익이 없는 학문은 다음으로 미루고 오로지 전념할 것은 인간의 일상생활에 가까운 실학이라.[13]
>
> (필자 역, 이하 동)

이와 같은 실학적 공리주의의 제안에도 불구하고 서민의 희작戱作에 대한 애호심이 완전히 없어지지는 않았다. 가나가키 로분의 『세이요도추히자쿠리게西洋道中膝栗毛』(1870) 十編의 後序는 이러한 사정을 잘 표현하고 있다.

> 當編은 세계제일의 滑稽 稗史의 준족이다. 一鞭千里의 大評判이라. 일본인은 말할 것도 없고 요코하마의 築地에 거류하는 외국인도 다투어 구독한다. 모두들 짬짬이 읽고 있다. 벌써 尾州, 名古屋의 후루소데마치에 있는 극장에서 이를 각색하여 인기를 끌고 있다.[14]

이같은 인기와 더불어 니시 아마네西周같은 문학·예술의 이해자이며 계몽가들의 등장도 있어서, 일본 정부도 고압적으로 희작의 금지라는 입장을 취할 수 없었다. 오히려 서민에 직접 호소할 수 있는 힘

---

13 福澤諭吉, 『學問のすすめ』(제39쇄) 岩波書店, 1980, p.12.
14 仮名垣魯文, 「西洋道中膝栗毛」 第十編 後序, 『明治大正文學全集第』 二卷, 春陽堂, 1931, p.430.

있는 희작이나 연극을 정치적으로 이용하려 했다. 따라서 이것은 문학이나 연극의 가치를 인정치 않고, 문학이나 연극의 힘에 의해 정부의 정책을 서민에게 납득시키려는 공리적 사상을 기조로 하게 되었다. 이같은 일본 정부의 방침은 1872년 4월 文部省(교육부)에서 발령된 〈3조의 교육헌장三條の敎憲〉을 계기로 실현됐다.

    1. 敬神愛國의 취지를 체질화 할 것.
    2. 天理人道를 확실히 할 것.
    3. 皇上을 받들고 朝廷의 취지를 엄수케 할 것.

이 '3조의 교육헌장'은 일본 고대의 신도神道를 축으로 하여, 실학적 사상이나 합리적 정신을 가미한 국교 선포의 교육헌장이었다. 신도가神道家와 불교가佛敎家 나아가 민간 유식자까지 교도직의 이름으로 동원되어 이와 같은 취지를 설교하고 다녔는데, 희작자戱作者·배우俳優·강석사講釋師에게까지 교도직 역할을 맡겨 작품이나 무대를 통하여 계몽에 나서게 하였다.

1883년(明治16)부터 1887년까지의 5년간은 모든 방면에 '개량'이 핵심이 되었다 해도 좋을 정도로 여러 가지 개량의 시도가 이루어졌다. 이때 결성된 단체로 주택개량회·의복개량회·남녀교재개량회·풍속개량회[15] 등이 있었는데, 예술의 영역에서 이와 같은 개량열의 영향을 가장 직접·노골적인 형태로 받은 것은 연극이었다.

연극개량은 한때 근대화의 중심화제였다. 에도 막부 말기부터 메이지 초에 걸쳐 구미歐美의 땅을 밟은 일본인을 가장 놀라게 했던 사

---

15 中村光夫, 『明治文學史』, 筑摩書房, 1980, p.100 참조.

相事象의 하나는 서양과 일본의 사회에서 차지하는 연극에 대한 인식이었다. 서양의 경우, 극장은 주로 국립으로 운영되는 사교의 장이었고, 배우 역시 적어도 표면적으로는 어느 정도의 위치를 확보하고 있었다. 이에 반하여 일본의 극장芝居小屋은 사대부가 공공연히 들어가는 것을 부끄럽게 생각하는 곳이고, 배우는 떠돌이로 업신여김을 받는 실정이었다.

2) 언론과 자유민권운동

일본의 메이지 초기에 정부의 비호를 받아 성장한 신문은, 메이지 5년경(1872)부터는 정부 내부의 분열로 인하여 그 성격이 변했다. 즉 사실의 보도에 의해 국민계몽을 목적으로 하던 신문이, 사실의 보도에 멈추지 않고 정치의 변동을 논평하기 시작한다. 신문은 급진주의와 점진주의의 양파로 나뉘어 급진주의(『曙』, 『朝野』, 『郵便報知』)를 민권신문, 점진주의(『東京日日』)를 관권신문이라고 부르게 되었다.

그러나 지적 수준이 낮은 서민들은 그러한 정치적·사회적 문제보다도 그들의 주변에서 일어나는 시정市町의 사건에 더욱 흥미를 보였고, 지식인들이라 해도 논평 이외의 기사에 더 많은 관심을 기울이게 되었다. 여기서 보도적 흥미를 목적으로 한 '소신문小新聞'이 나타났다. '소신문' 이전의 논평적 경향의 신문을 '대신문大新聞'이라 하는데, 지식계급을 독자로 하여 보도기사도 정치·경제에 중점을 둔 '대신문'의 특징은 다음과 같다.

① 신문지 폭이 넓은 것.

② 사설을 게재하여 정치를 논한 것.

③ 사설, 잡보, 기고, 기타의 기사에 독음讀音을 달지 않은 것.

④ 잡보는 오로지 정치·경제상의 사건을 보도하고, 화류계·연예계·
   기타 비속한 기사는, 신문의 품위를 떨어뜨리는 것이라 하여 게
   재하지 않는 것.

⑤ 잡보의 글은 모두 '이더라', '하더라' 투로 무사계급의 문장체로
   한 것.

⑥ 소설(연재물)을 게재하지 않는 것.

⑦ 일매(한부)의 정가는 2전二錢 이상일 것.

⑧ 신문팔이가 가두판매 행위를 하지 않음.

'소신문'의 효시는 1873년 1월 발행한 『東京假名書新聞』인데, 3호로
폐간되었다.

중·하층을 대상으로 한 통속적인 신문인 '소신문'의 특징은 다음과
같다.

① 신문지 폭이 좁은 것.

② 사설을 게재하지 않고, 정치론에는 거의 관계치 않은 것.

③ 관청의 공고, 얘기, 기고 등 모두 독음을 단 것.

④ 정치상의 기사는 극히 간단하게 하고 주로 시정의 사건, 화류계,
   연예계 통신을 주로 게재한 것.

⑤ 잡보의 글은 '하옵니다', '이었사옵니다' 투로 서민의 이야기체인 것.

⑥ 연재물이라고 부르는 소설을 게재한 것.

⑦ 일매(한부)의 정가는 8리부터 1전 5리인 것.

⑧ 전통적 습관대로, "이것은 오늘 발행한 무슨무슨 신문"이라고 소
   리치고 돌아다니며 판매.[16]

1890년경 일본사회는 봉건사상적 불합리로부터 탈출을 서둘렀다. 구래의 속박·전통으로부터 지식적·정치적 해방을 추구하고, 자유와 합리적 정신을 신장하려 했던 시기였다. 새로운 시대의 목표는 '舊'를 버리고 '新'을 추구한 것이다. 따라서 이 시기는 미개의 상태를 하루라도 빨리 탈출하려는 시민사회의 신제도 형성기이고 새로운 체제로의 변혁기였다. 사상으로서는 공리주의·실용주의·주지주의의 풍조가 강하고, 온 일본이 서구화에 매진했다. 이런 시기적 성격으로 인해 신사회 건설의 노력은 주로 정치·과학 등의 현실적·합리적 방면으로 향했다. 그 결과 문예는 무시되고, 겨우 에도시대 말기부터 이어져 온 게사쿠문학戲作文學[17]이 잔존하는 정도였다.

한편으로는 이 시기에 서양의 문예를 소개하는 번역물이 등장했다. 이러한 번역물은 문학을 신문화 형성의 한 인자로 인식시켰으며, 문학이 신문화를 구체화하는데 기여하도록 가르쳐주었다. 이런 이유로 번역소설과 뒤이어 출현한 정치소설이 독자들의 관심을 끌게 되었다. 당시 일본을 풍미한 '자유민권운동'은 한편으로 루소를 비롯한 외국의 자유사상의 직역을 표방하였을 뿐만 아니라, 그 문학적 반영이었던 정치소설에도 영향을 미쳤다. 즉, 야노 류케이矢野龍溪의 『게이코쿠비단經國美談』과 같은 서구 역사를 소재로 한 작품과 도카이 산시東海散士의 『가진노기구佳人之奇遇』와 같은 사소설적 작품, 그리고 스에히로 뎃초末廣鐵腸의 『셋추바이雪中梅』와 같은 일본의 현실을 소재로

---

16 『明治開化期文學集』(『日本近代文學大系』 一), 角川書店, 1970, pp.20~22 및 中村光夫, 『日本の近代小說』, 岩波書店, 1979, p.19 참조.
17 전통적인 문학에 대하여 장난기 섞인 스토리 중심의 통속소설의 총칭. 이 무렵은 메이지 원년(1868) 가나가키 로분假名垣魯文의 『薄緣白浪』, 다메나가 슌스이爲永春水의 『厚化粧万年島田』 등을 의미한다.

하여 이를 전통적 수법으로 소설화한 작품 등이 그것이다.

'문명개화'나 '자유민권운동'이 공히 내셔널리즘nationalism(국수주의)을 내포하면서도, '문명개화'는 서구 중심적 보편주의를 근거로 하고 있어서 일본의 전통적 국민성nationality 파악이 약하고, '자유민권운동'은 무사적 정신주의를 토대로 하고 있어서 국가nation 의지의 결집에는 이르지 못한 것으로 생각된다. 그러나 1890년대에 들어서자 내셔널리즘은 드디어 국가 및 국민성의 실체 파악과 확립에 접근하기 시작한 듯하다. 1890년대 일본의 내셔널리즘은, 점차 성장하여 1894~1895년의 청일전쟁이라는 '자기증명'의 형태로 전개되었다.

청일전쟁 후, '평화주의'에서 '제국주의'로 변모한 도쿠토미 소호德富蘇峰가 '反官的 平民主義'를 버리고 관도官途에 붙어, 전 일본의 독자를 실망시켰을 뿐만 아니라 다년간의 동지도 잃고 민유샤民友社로부터 사라져버린 것은 잘 알려진 사실이다. 도쿠토미 소호가 '기회주의'·'공명주의'라고 비판받는 이러한 일례도 당시 일본에서의 내셔널리즘 대두를 보여주는 상당한 근거라 할 수 있겠다. 도쿠토미 소호의 '변절變節'이 후쿠자와 유키치의 '탈아입구脫亞入歐'에로의 지향과 통하는 내셔널리즘의 표현이기도 했던 것이다. 단지 그는 그 근저가 되는 국가 현실에 대한 본질적 파악을 수반하지 못함으로서 그는 일거에 관념적 국민의식의 발양發揚으로 내달렸던 것이며, 내셔널리즘 마력의 희생자 그리고 결과적으로는 그 가해자가 되었다고 할 수 있을 것이다.

1890년대에 등장한 낭만주의 시인들도 어느 의미로는 문명개화와 자유민권에서 출발했다고 할 수 있다. 단지 그들은 일찍이 문명개화와 자유민권에 실망해버렸다. 기타무라 도코쿠北村透谷를 비롯한 구니키다 돗포國木田獨步나 이와노 호메이岩野泡鳴도 일단은 기독교(문명개화의 정화精華)에 접하고서부터 교회의 형식주의를 추종하였다. 그들은 자유민권운동에 참가하였으나 그 운동의 정치주의를 따를 수 없었다. 외면적 서양풍 문화에 좌절했을 때, 그들은 그것을 통하여 자각하고 있던 자아人間의 가치를 혼魂의 내부에 살리고자 방향모색을 하기 시작했다. 그리고 로맨틱한 문학을 개화시킨 것이다.

그러나 이러한 환멸의 결과로 탄생한 개인주의자들도 내셔널리즘과 무관하지 않았다. 자아를 중시하고 개성의 진보를 추구한 그들은 그 자아의 확충을 국가적 자아의 확충에 의해서도 추진하는 방도를 찾으려 했다. 그들은 당연히 내셔널리티에도 유기체로서의 개성적 가치를 추구하여, 국가의 정신적 독립과 발전을 원했다. 그리하여 그 내셔널리티의 표현으로서의 내셔널문학을 탐구했다. 그 전형이 기타무라 도코쿠였다.

기타무라 도코쿠는 1881년 14세 무렵부터 자유민권운동의 자극을 받아 정치에 관심을 가졌다. 17세 무렵에 그 '야망'은 정점에 달했는데 그때의 기분을 "가련한 동양의 쇠운을 회복해야 할 한 사람의 대정치가가 되어서, 내 한 몸을 바쳐 만민을 위하는 큰 뜻을 품고"[18]라고 기록하고 있다. 그 후 그는 자유당 좌파의 '大阪國事犯事件'에 휘말리게 되어, 1885년 7월 결국 정치운동에서 이탈하여 관심을 문학으로 옮겼다.[19]

기타무라 도코쿠의 '政治에서 文學으로'는 단지 투쟁의 분야를 정

---

18 기타무라 도코쿠가 1887년 8월 18일 이시자카 미나石坂ミナ에게 보낸 서간. 龜井俊介, 『ナショナリズムの文學』, 硏究社, 1961, p.76.
19 小田切秀雄, 『日本近代の社會機構と文學』, 『小田切秀雄著作集』 第四卷, 法政大學出版局, 1970, pp.100~101.

치에서 문학으로 이행시켰다는 것만을 의미하는 것은 아니다. 정치적 투쟁에서 패배하고 자유민권의 민주주의적인 추구를 오로지 정신의 세계로, 내면적·미적으로 확립하는 방향으로 향했다. 자유민권운동의 민주주의적 요구는 정치적·제도적 또는 공리적인 측면에서 조금도 전개되지 않았다. 기타무라 도코쿠는 그것을 인간성과 내면적 자각으로까지 전개하고 심화시켜 근대문학의 기초인 근대적 인간관을 확립했으며, 동시에 민주주의적·인간적인 여러 요구의 정치적·제도적·사회적인 실현 대신에 주관적·관념적인 세계에서의 자기 확인으로 실현한 것이었다. 기타무라 도코쿠 자신은 이 실현을 위한 열정을 불태웠으나, 그 실현된 결과에 만족할 수 없어서 자살하여 사라져 갔다. '政治에서 文學으로'의 또 다른 의미가 바로 여기에 있다.

3) 종합·문학 잡지의 역할

일본의 근대정신을 형성하는 원동력 중에 하나로 잡지의 역할을 들 수 있다. 이는 1874년의 『明六雜誌』[20]가 2년도 안되는 발행기간에도 불구하고 그 충실한 내용에 의해 차세대에게 지대한 영향을 미쳤음을 보아도 알 수 있다. 1880년대 이후로 여러 종류의 종합잡지와

---

20 〈메이로쿠샤〉의 기관지였다. 1874년 3월에 창간하여 1875년 11월에 제43호로 폐간. 내용은 계몽적 원리론이다. 학자의 학문론, 문명개화론, 정치론, 경제론, 사회문제, 종교론, 법률론, 교육론, 과학지식, 사상문제, 여성문제, 외국인 문제, 일본어 문자 문제 등을 비교적 기탄없이 논하고 있다. 논설 중에는 「洋字ヲ以テ國語ヲ書スル論」(西周), 「平仮名說」(清水卯三郞), 「西學一斑」(中村正直), 「知說」(國學ヲ振興スベキ說)(神田孝平) 등은 주목할 만하다. 메이로쿠샤의 회원은 당시의 학계·사상계·교육계의 최고 권위자를 망라하고 있었던 만큼, 그 주장은 정부의 위정자나 민간 유지·청년학도 등이 신지식의 원천을 『明六雜誌』에서 얻는 양상으로, 문화보급·사민계몽의 영향은 실로 대단했다. 柳田泉, 『日本文學大辭典』第六卷, p.156 참조.

문학잡지가 일본인의 여론을 주도했다.[21] 또한 종교관계의 잡지는 정통적 기독교의 포교활동에 공헌하고 외국문학·사상 등 다채로운 내용을 포함하고 있었다.[22]

『女學雜誌』[23]는 미국문학[24]을 중요시했다. 특히 에머슨Ralph Waldo Emerson, 롱펠로Henry. W. Longfellow, 호손Nathaniel Hawthorne, 스토우 부인Mrs. Harriet Beedher Stowe 등은 『女學雜誌』의 도덕·교훈을 대변하고 있다고 생각된다.

에도시대에 체결한 〈미일수호통상조약〉의 개정을 목적으로 도미渡美한 이와쿠라 도모미岩倉具視 일행은 1872년에 보스턴을 방문하여 보스턴 상공회의소 주최의 환영회에 참석한 바 있다. 이때에 에머슨도 초대되어 일본과 무사도에 관한 연설을 하고 홈즈의 시「일본 사

---

21 종합잡지로는 『女學雜誌』(1885), 『國民之友』(1887)를 비롯하여 미야케 세쓰레이三宅雪嶺·시가 시게타카志賀重昂 등의 『日本人』(1887) 혹은 『太陽』(1895) 등이 있었고 문학잡지로는 오자키 고요尾崎紅葉가 이끄는 민유샤의 기관지인 『我樂多文庫』(1885), 야마다 비묘山田美妙의 『以良都女』(1887), 『同志社文學』(1887), 『都の花』(1888), 모리 오가이森鷗外의 『志がらみ草子』(1889), 쓰보우치 쇼요坪內逍遙의 『早稻田文學』(1891), 그리고 『女學雜誌』에서 독립한 『文學界』(1893), 『帝國文學』(1895), 『新小說』(1896) 등이 있었다.

22 오자키 히로미치小崎弘道의 『六合雜誌』(1880)를 비롯하여 우에키 마사히사植木正久의 『日本評論』(1890), 『福音新報』(1891)가 있고 우치무라 간조內村鑑三의 『聖書之硏究』(1900) 등을 들 수 있다.

23 『女學雜誌』(1885.7.20~1904.2.15)는 곤도 겐조近藤賢三에 의해 창간되었는데, 곤도 겐조의 급사急死로 인해 1886년 5월 25일(24호)부터 이와모토 요시하루岩本善治가 편집 책임자編集責任者를 맡다가 1903년 12월(524호)부터 아오야기 유비靑柳有美가 편집 책임編集責任을 담당, 1904년 2월 15일(526호)로 종간되었다.
『女學雜誌』의 목차는, 社說·論說·雜錄·家政言行·批評·理學·史傳·小說·兒籃·笑草·隨感·文學·寄書·時事 등으로 구성되어 있는데, 외국문학의 번역은, '小說'란, '兒籃'란, '寄書'란에 실리고 외국문학의 언급은 사설을 비롯, 雜錄·批評·隨感·文學 등의 난에서 취급되어 있다.

24 미국문학 외에도 바이런, 밀턴, 디킨스, 드라이든, 칼라일, 워즈워스, 브라우닝, 쿠퍼, 테니슨, 셰익스피어 등의 언급이 있다. 『女學雜誌』는 러시아문학·프랑스문학·독일문학보다는 영미문학에 대한 관심이 강했고 그 사상적 배경은 기독교적 휴머니즘에 있었다.

절단 환영연에 부쳐At the Banquet to the Japanese Embassy」를 낭독했다. 이후 『女學雜誌』에 처음으로 에머슨의 이름이 등장한 것은 1887년 4월 2일의 58호(147면)에서 여백 메우기로 "To make anyting useful or beautiful, the individual must be submittied to the Universal Mind."의 한 구였다.

『女學雜誌』에 롱펠로가 처음 등장한 것은 32호이다. 나카무라 유도中村由道에 의해 롱펠로의 「비내리는 날雨の日 : 'The Rain Day'」[25]이 7·5조調라는 신체시로 번역되면서 주목받았다. 롱펠로의 작품도 대체적으로 도덕적 교훈으로 받아들여졌다.

최초로 역출譯出된 호손의 작품은 1889년 1월 5일(143호)과 12일(144호)의 『女學雜誌』에 실린 쇼카와 교시湘川漁史 번역 「꿈아닌 꿈夢ならぬ夢 : 'David Swan'」이었다.

스토우 부인의 『Uncle Tom's Cabin』[26]이라는 소설은 흑인 노예해방에 공헌했다는 기록으로 메이지시대의 지식인 사이에 상당히 알려졌다고 상상할 수 있다. 1887년 당시로서 스토우 부인은 거의 작가활동을 하지 않고 있었음에도, 『Uncle Tom's Cabin』에 대한 폭발적인 인기로 일본에서는 이 작품을 중심으로 그의 이름이 언급되었다. 즉, 『女學雜誌』 55호(1887년 3월 12일)의 사설 「婦人論」에서 이와모토 젠지

---

25 『女學雜誌』 32호(1886.8.15), p.36에 번역된 시는 다음과 같다.
止みなき風に日は寒く/空かきくもりうすぐらき/いと物うしの雨の日に/破れまがきのぶたうづる/吹く木枯しに葉は散て/日はいとくらくもの淋し,/わが命こそいとさむく/風は止みなくあめそそぎ/心ぼそくも破れたる/過みしことにまつはれど/望は風にふきさられ/日はいとくらくもの淋し/穩かなれよわがこころ/悲む勿れなほそこに/雲のうしろに日は照ぞ/汝が運命は世のつねぞ/世わたるうちは雨も降り/物うきこともあるべけわ。

26 스토우 부인의 『Uncle Tom's Cabin』은 1851~2년에 걸쳐 『The National Era』에 연재된 후 1852년에 단행본으로 출판된 것으로, 20년 이상이 경과하여 일본에 전해진 것이다.

岩本善治는 "미국에는 스토우라는 재녀가『엉클 톰스 케빈』이라 칭하는 소설을 썼는데, 자신의 고향 하늘을 떠나 외국으로 팔려 가는 흑인 노예가 채찍과 혹사로 고통받는 처참한 상황을 세세히 묘사하여 이를 읽는 사람은 모두 흑인 노예의 불행을 안타까워하고 백인의 처사를 분노하기에 이르러 나중에 남북전쟁의 대란으로 이어지는 스토우 부인의 일필지휘에 힘입은 바 크다고 할 수 있다"고 소개했다.

『女學雜誌』는 메이지정신사明治精神史를 형성하는 의미에서 중요한 역할을 했는데, 그것은『明六雜誌』의 사상을 계승한 것으로서 근대적인 현모양처의 여성을 배출하고 외국문학을 소개하는 데 귀감이 되었다.

『國民之友』[27]는 사회비평에 역점을 둔 잡지였는데, 문학관계에도 관심을 두어 쓰보우치 쇼요·후타바테이 시메이·모리 오가이森鷗外·오자키 고요尾崎紅葉·고다 로한幸田露伴·야마다 비묘山田美妙·모리타 시켄森田思軒·야자키 사가矢崎嵯峨·미야자키 고쇼시宮崎湖處子·구니키다 돗포·도쿠토미 로카·이시바시 닌게쓰石橋忍月·우치다 로안內田魯庵 등의 작가들도 이 잡지를 통해 활약했다. 외국문학으로는 쉴러, 괴테, 토마스 모어, 워즈워스, 유고, 투르게네프, 디킨스, 도데, 톨스토이, 모파상, 어빙, 호손 등의 작품이 번역되었다.

『國民之友』의 목차는 대개 사설·논설 종류가 모두冒頭에 게재되고,

---

27 『國民之友The Nation's Friend』(1887.2~1898.8)는 도쿠토미 소호德富蘇峰에 의해 창간되어 처음에는 월간月刊으로, 제9호부터 월 2회 발행되었다. 그러다가 순간旬刊, 주간週刊으로, 1897년 9월부터 다시 월간으로 되돌아갔으며, 1898년 8월 10일 제372호로서 종간되었다. 『國民之友』는 찰스 노턴(Charles Eliot Norton, 1827~1908, 하버드대학 교수로 미국 단테 협회 회장을 역임하기도 했다. 1897년에 도쿠토미 소호는 노턴을 방문하여 친교를 맺고, 노턴이 보내온『エマソンの手紙Letter from Ralph Waldo Emerson to a friend』를 민유샤의 한 회원에게 번역시켜 출판한 적도 있다.)이 당시 편집하고 있던『國民 The Nation』에서 힌트를 받아 지은 이름이라고 한다.

다음에 特別寄稿, 藻塩草, 雜錄, 史論, 批評, 評論, 海外思潮, 時事 등이 이어진다. 외국문학의 번역작품은 「藻塩草」란에 게재되고, 문학작가에 대한 언급은 「雜錄」, 「批評」, 「海外思潮」란에 실렸다. 이 잡지에서 활동한 도쿠토미 소호德富蘇峰는 「근래 유행하는 정치소설을 평함 近來流行の政治小說を評す」(『國民之友』 6호, 1887.7.15)에서 유고, 밀턴, 디킨스, 듀마, 스코트, 리튼 등을 언급한 다음에, "에머슨Ralph Waldo Emerson 이 말하기를 '인간은 단지 인간을 묘사하고, 인간을 만들고, 인간을 생각한다.'고 했는데, 지당한 말이다"라고 공감하고 있다.

롱펠로에 대해서는 『新體詩抄』(1882)에서 비교적 일찍 관심을 보였으나, 『國民之友』에서는 1888년 2월 17일 鷹陸外史의 「情感の世界」(2권 16호)에서 「밤의 소리'Voice of the Night'」를 언급한 것이 최초이다. 1888년 5월 18일, 도쿠토미 소호가 쓴 「インスピレ-ション inspiration」(2권 22호)은 당시로서는 비교적 주목받은 문장인데, 마지막 부분에서 '영감은 순수로부터 온다.'고 했다.

1892년 10월 13일 『國民之友』(169호)에 실린 「북미의 두 문호 서거하다北美二文豪逝く」에서는 휘티어의 '略傳'[28]을 간단히 소개하고 있다. 『國民之友』는 일본의 근대화에 진력, 정치·사회·경제·문화 등의 다방면에 걸쳐 전 국민을 계도하였다. 특히 근대적 내셔널리즘을 주창하면서 동시에 외국문학 관계도 많은 소개를 곁들여 메이지기에 일본의 종합문화를 대표했다 할 수 있다.

---

28 Whittier, John Greenleaf(1807~1892) "1807년 12월 매사츄세츠주에서 태어나, 18세까지 부모의 농장에서 일하고 때때로 구두를 만들어 생계를 꾸렸다. 18세에 우애협회友愛協會의 학교에 들어가, 청교도적인 청빈 순박한 교육을 받아……"라고 간단히 소개하면서, '노예제도'를 반대하는 노래를 만들고, 신문기자가 되었고 시 「자유의 종」을 비롯, 「勞僑의 노래」, 「隱者의 절」, 「파노라마」, 「戰爭의 詩」, 「눈 갇힘」 등을 실었다.

『早稻田文學』[29]은 외국문학 소개에 주력했다. 여기에 소개된 외국문학은 그 양적 측면에서 영국, 독일, 미국, 프랑스, 러시아, 그리스, 이태리 등의 순으로 논문·기사가 많이 쓰여 있다.[30] 영국문학이 제일 많은 양을 차지했던 것은 주재자가 쓰보우치 쇼요였기 때문이다.『早稻田文學』에 미국문학자에서 가장 많이 오른 사람은 월트·휘트먼(49회), 랄프·에머슨(39회), 헨리·제임스(17회)이다. 이러한 빈도수는 관심도의 측정에 유효하다. 1892년 10월 25일『早稻田文學』에서 나쓰메 소세키夏目漱石는「文學界彙報」를 통해 월트·휘트먼을 소개한 바 있는데, 휘트먼은 다이쇼시대大正期(1912~1925)에 민중시파에 대한 영향이 컸다고 할 수 있다. 1892년 4월 15일『早稻田文學』의「沒理想の 由來」에서 쓰보우치 쇼요는 셰익스피어와 플라톤의 관계를 논하면서 에머슨을 언급했다. 한편, 이 잡지에서 헨리·제임스를 처음 소개한 것은 1892년 10월 15일호의 시문 비평「세익스피어의 고국」이다. 이 글은 세계의 극작가를 소개하는 자리에서, "헨리·제임스와 같은 사람도 일찍이 각본을 시도한 적이 있다"고 언급하고 있다. 지금까지 살펴본 것처럼『早稻田文學』은 근대문학의 보급에 진력했다.『早稻田文學』을 애독하며 성장했던 메이지의 문인들은 사회에서 활약하는데 필요한 사상의 일부를 이 문예잡지에서 흡수했다고 할 수 있다.[31]

전체적으로 일본의 근대문학은 메이지·다이쇼기의 아메리카 정신

---

29 『早稻田文學』(1891년 10월~1927년 12월)은 쓰보우치쇼요가 동경전문학교에서 창간하여 1898년 10월에 종간 하여 제1차『早稻田文學』을 마치고, 제2차는 1906년 1월에 島村抱月에 의해 재간되어 1927년 2월에 휴간되었다. 1(156), 2(263)차를 합치면 419책이 된다. 이것이『早稻田文學』의 전성기였다.

30 富田仁,「早稻田文學とフランス文學」,『比較文學』제9권, 1966, p.12 참조.

31 김순전,「日本近代精神雜誌文學」,『全南大學校 論文集』(語文編) 제30집, 全南大學校, 1985, pp.129~137 참조.

에 깊이 관련되어 있었다. 당시 일본의 종합·문학잡지에서 중시된 작가들은 한결같이 기독교주의에 근거한 도덕적 문학자였다. 이런 문학자들의 소개에 의해 아메리카 정신은 일본의 교육·계몽·서구화에 크게 공헌했다 할 수 있다. 아메리카 문학의 역할은 단지 문학뿐만이 아니라, 근대일본 정신으로서 이채異彩를 띠고 현대까지도 작용하고 있다고 할 수 있을 것이다.

2. 한국의 갑오개혁과 문학

사회학적 관점에서 보면 19세기 중엽의 한국 사회는 하나의 사회체제로서, 체제 위기 또는 체제 문제에 부딪쳤었다고 볼 수 있다. 이 체제 문제는 두 곳으로부터 나온 거대한 사회적 압력이 체제 내에 분절되어 발생시킨 것이라고 이해된다.

첫째는 체제 외부로부터 들어오기 시작한 사회적 압력, 즉 선진 자본주의 열강의 침입이 그것이었다. 이 새로운 도전은 ① 서학天主敎의 포교, ② 이양선異樣船의 연안 출몰, ③ 외국 상선의 통상 요구, ④ 중국을 통하여 들어온 서구제품의 시장 출현, ⑤ 歐·美·日 자본주의의 개항 요구, ⑥ 여러 선진 자본주의 국가들에 의한 식민지화의 위협 등으로 나타났다. 이 도전은 한국 사회에 대하여 종래의 폐쇄체제에서 개방체제로 전환을 요청하는 것뿐만 아니라, 개방체제로 전환 후 외부로부터의 도전을 적절히 자기의 힘으로 처리하지 못하면 민족 공동체 자체가 '식민지'로 전락할 수도 있게 된다는 의미였으므로, 이는 매우 심각한 성격의 것이었다.

둘째는 체제 내부에서 발생한 사회적 압력으로서, 민중(특히 농민)의 체제 개혁 요구가 그것이었다. 1811년의 '홍경래의 난'을 하나의 전환점으로 그 후 해마다 끊임없이 소규모의 '민란'이 일어났으며 특히 1862년의 진주민란은 체제개혁을 요구하는, 밑으로부터의 농민폭동의 대표적인 사례였다.[32] 이러한 체제개혁 요구는 농민층이 앞장섰지만 당시 광범위한 신흥 사회 계층의 지지 위에 선 것이었다.

당시 한국 사회에 대한 체제 안팎에서 이러한 도전은 기존의 사회체제를 심각한 위기에 직면하게 했다. 그 이유는 ① 체제 외부로부터의 도전이 구미 열강의 이질문명의 도전이었을 뿐만 아니라, 무엇보다도 그것이 산업 혁명을 거친 근대 체제의 전근대 체제에 대한 도전이었다는 사실과 관련된 것이었으며, ② 체제 내부의 도전이 종래의 신분사회체제를 폐지하고 새로운 구조와 유형의 자유 평등 사회 실현을 요구하는 근본적인 사회체제 개혁의 요구였다는 사실과 관련된 것이었으며, ③ 이 두 개의 어려운 사회체제의 과제를 '동시'에 '중첩'하여 해결할 것을 요구받는 도전이었기 때문이다.

이때의 한국사회를 객관적으로 볼 때, 자주독립과 사회발전은 불가분의 관계로 통합된 체제적 과제였으며 한국사회가 만일 자주적 근대화라는 사회발전을 실현하지 못하면 한국사회의 독립조차도 지킬 수 없게 될 상황이었다. 한국사회의 이러한 위기 상황은 특히 당시의 선각적 지식인들에게 위기의식을 불러일으켰다. 이에 그들은

---

32 조선왕조의 통치 체제는 1811년의 홍경래난에 의해 북한 일대의 통치 질서 근저에서 붕괴되기 시작하였으며, 그 후 1862년의 진주민란에 의해서 남한 일대의 통치 질서가 근저에서 붕괴되었다. 신체제의 수립에는 큰 작용을 하지 못했으나 구체제의 붕괴에는 '민란'이 큰 작용을 했다는 사실은 주목할 필요가 있다. '1894년 동학란'은 이러한 '민란'들의 연속선 위에서 고찰되어야 할 것이다.

이 체제적 과제를 해결하여 자기 조국을 구하고 위기를 타결해 나가려는 새로운 구상들을 창출하고 민중과 함께 이를 실천해 나가려고 하였다.[33]

한국은 일반적으로 갑오개혁을 전후한 시기부터 기미독립운동까지를 개화기라 통칭한다. 1875년 9월 일본의 군함 운양호가 조선의 강화도에 접근하자, 조선측이 운양호에 포격을 가했다. 이것을 계기로 일본 정부는 조선에 개국을 강요했다. 다음 해인 1876년 2월에 〈강화도조약〉이 체결되었다. 이때부터 조선은 이미 쇄국체제를 유지하기는 불가능해졌다. 일본은 구미열강에 앞서서 조선의 개국에 성공했던 것이다.

조선이 명성황후(1851~1895)일파의 보수정책, 즉 붕괴에 직면한 봉건적 지배권을 유지하기 위한 국내정책과 투항주의적인 개국정책에 의해 후발 봉건국가의 한계를 벗어나지 못하고 있을 때, 일본은 이미 서구의 근대자본주의 문명을 받아들여 '메이지유신'이라는 위로부터의 부르주아적 개혁을 단행하여 아시아에서 유일한 자본주의 국가로서 발전하고 있었다.

아시아에서 '선발대'인 일본은 '부국강병', '해외웅비'를 슬로건으로 당시 아시아 침략에 나선 구미열강간의 모순과 갈등을 교묘하게 이용하여 조선을 비롯하여 중국, 대만 등에 대한 침략을 시도하고 류큐제도琉球諸島를 이미 손안에 넣고 있었다. 성립 당초부터 극단적으로 군사적·침략적인 성격을 띤 일본 메이지 신정부의 대아시아정책은 다름 아닌 대조선정책이었다.[34]

33 愼鏞廈, 『韓國近代史와 社會變動』, 文學과知性社, 1983, pp.11~13.
34 朴春日, 『增補 近代日本文學における朝鮮像』 增補 第一刷, 東京: 未來社, 1985, pp.20 ~21.

고종은 1876년과 1880년의 2회에 걸쳐, 일본의 국정조사를 위해서 '수신사'를 파견했다. 이어서 1881년 1월에는 '신사유람단' 일행 62명이 일본에 파견되어 반년 남짓에 걸쳐서 일본 문명개화의 모습을 시찰했다. 시찰범위는 포병공창, 조선소 등의 15시설, 도서관, 학교 등의 13문물, 세관, 감옥 등의 8제도에 미치고 있다. 이 시찰내용은 '視察記', '見聞事件'으로 보고되었고 근대조선의 제도개편에 영향을 끼쳤다고 논하고 있다.[35]

일본시찰단의 시찰보고와 수행원 송헌빈宋憲斌의 『東京日記』, 강보성의 『日東錄』, 그리고 안종수安宗洙의 『農政新篇』 등은 개화사상의 계발에 큰 역할을 했다고 한다. 또한, 안종수를 통해서 쓰다 센津田仙의 존재를 알고, 쓰다 센에게서 새로운 농법을 배우려 했던 사람이 이수정李樹廷이었다.[36] 이수정은 안종수의 친구였던 것이다.

---

35 任展慧, 『日本における朝鮮人の文學の歷史』, 法政大學出版局, 1994, pp.5~6.
36 1882년 7월에 임오군란이 일어나고, 일본 공사관이 습격을 받아 불에 탔다. 이 사건의 해결을 위해서 조선은, 1882년 9월 22일 박영효를 대표로 하는 사절단 16명을 일본에 파견키 위해 인천으로 출발시켰다. 이 사절단에는 민영익과 김옥균이 동행했다. 이수정은 이때 민영익의 수행원으로, 처음으로 도일했었다. 배는 하나부사 요시모토花房義質 공사일행이 탄 메이지마루明治丸였다. 이때의 사절단으로는 정사正使→박영효朴永孝, 부사副使→김만식金晩植, 종사관從事官→서광범徐光範, 수행원 11명과, 국정시찰을 위해 동행하는 者→민영익·김옥균과 그 수행원 박의병朴義秉·이수정李樹廷·이고돌李古乭 3명이었다. 참고로 사절단의 여정은 다음과 같다.
1882년 9월 22일 인천 출발(박영효·민영익閔永翊 등의 사절단과 하나부사 요시모토 공사일행)→23일 09:10 마산 출발→24일 06:00 시모노세키 출항→25일 06:00 고베 항神戶港 입항→25일 09:15 고베 항 출항(하나부사 요시모토 공사일행만)→28일 요코하마 항 입항. 10월 10일 18:00 도쿄마루東京丸로 박영효·민영익 등의 사절단 고베 항 출발(사절단은 9월 25일부터 10월 9일까지 京攝地方視察)→(도중에 폭풍을 만나 紀州由良港에 피난하여 예정보다 하루 늦게 출발)10월 13일 16:00 요코하마항에 입항→10월 13일 19:00 기차로 출발하여 10월 13일 밤에 동경 지애탕芝愛宕의 靑松寺에 도착.
『日本外交文書』第十五卷, 事項 十一, 文書番號 一六八, 「朝鮮國使節歸國之儀上申 ノ件」에 의하면, 조선사절단은 3개월 후인 1882년 12월 28일에 동경을 출발하여, 요코하마 항에서 나고야 호에 승선하여 귀국 길에 올랐다. 그러나 이수정은 일본에 남아서 쓰다津田仙에게서 학문을 익혔다. 그리하여 동경외국어학교의 '조선어학과'의 교사로 취임하였다. 이후, 이수정은 1886년 5월 귀국하기까지 햇수로 4년을 일본에서 지냈다.

1884년 12월 4일, 박영효, 김옥균 등의 개화파가 정변을 일으켰지만 실패하여 일본으로 망명했다. 이때 조선 정부는 당시 동경에 있는 유학생들이 망명자들과 접촉하는 것을 우려하여 유학생들에게 귀국명령을 내렸다. 당시 동경에는 관비·사비 유학생 20명이 있었다.[37]

1) 개화론

이 무렵부터 『독립신문』, 『皇城新聞』, 『매일신문』 등의 민간신문과 『大朝鮮獨立協會會報』 등의 계몽잡지가 발간되고 또 배재학당과 같은 교육기관도 설립되어 개화운동이 본격적으로 확대되기 시작하였다.

이 시기의 신문논설에는 개화를 강조하는 근대적 주장이 강하게 반영되어 있다. 이를테면 조선백성의 문자생활에 있어 한글전용이 유익함을 말하고[38] 남자가 여자를 천대하는 야만적 현실을 비판하여 여권을 옹호하고,[39] 미신을 물리치고 옳고 유익한 일에 힘 쓸 것을 주장하고[40] 나라의 약함과 백성의 몽매를 극복하기 위해서 교육이 필요함을 역설하고[41] 병이 나지 않도록 몸과 집과 주위를 깨끗하게 해야 한다는[42] 것과 같은 신문 논조를 볼 수 있다.

그리고 근대일본에서 문필활동을 한 최초의 조선인이었다.
任展慧, 『日本における朝鮮人の文學の歷史』, 法政大學出版局, 1994, pp.10~13 참조.
37 任展慧, 『日本における朝鮮人の文學の歷史』, 法政大學出版局, 1994, p.35.
38 『독립신문』 1896년 4월 7일자 논설 및 지석영의 「국문론」(大朝鮮獨立協會會報 1호, 1896)
39 『독립신문』 1896년 4월 21일자 논설.
40 『독립신문』 1896년 5월 7일자 논설.
41 『독립신문』 1896년 5월 12일자 논설.
42 『독립신문』 1896년 5월 19일자 논설.

1880년대의 개화론자들은 서양 기술수용의 중요성과 필요성을 크게 강조하였다. 이 기술수용론은 실학파가 발전시킨 이용후생론에 그 근거를 두고 있는 것으로, 기술을 수용·개발하여 나라를 부강하게 하고자 한 것이었다. 그래야만 한국이 외세의 도전에 대응하여 독립국으로서의 명맥을 유지할 수 있다고 생각하였다. 이것은 당시 개화론자들의 공통된 생각이었다. 사실 임오군란 이전까지의 개화론자들은 이른바 온건파와 급진파의 구별이 없었다. 그런데 임오군란을 계기로 그들은 유교적 가치관에서 서양의 기술만 수용해야 한다는 온건개화파와, 기술수용과 아울러 서구적 가치관도 수용해야 한다는 급진개화파의 둘로 나뉘었다.

김홍집金弘集(1842~1896)·김윤식金允植(1835~1922)·어윤중魚允中(1848~1896) 등의 집권세력을 비롯하여 1880년대의 개화사상가들은 대부분 온건개화파에 속해 있었다. 김홍집은 1880년에 일본에 가서 그곳의 놀라운 발전상과 세계정세의 동향을 살피고 개화에 대한 의욕을 갖게 되었다. 일본의 군사·교육·산업의 현저한 발전상을 시찰하고 돌아온 그는 근대 서양의 과학기술을 받아들인 일본의 문물제도를 배워야 한다고 주장하였다. 1881년에는 어윤중·박정양朴定陽(1841~1904) 등이 일본에 가서 그 곳의 군사·교육·공업 등의 상황을 시찰하였다.

이와 같이 1880년대 초의 개화사상은 기술의 도입에 중점을 두었으나 점차 정치와 사회의 개혁을 중시하는 급진적인 개화사상으로 발전하여 1884년에는 갑신정변을 야기하기에 이르렀다. 그런데 갑신정변보다 2년 앞서 이미 임오군란 때에 개화 사상가들은 김윤식·어윤중과 같은 친청親淸 온건파와 김옥균·박영효와 같은 친일親日 급진

파로 갈라졌는데, 특히 갑신정변을 통하여 온건파와 급진파의 성격
은 더욱 뚜렷해진 셈이다. 그중에서 온건파는 정변을 주동한 급진파
와는 달리 항상 중도적인 입장에서 정권이 바뀔 때마다 사태의 뒷수
습을 감당하며 외세의 압력 하에 개화를 추진해 나갔다.

이들 친청 온건 개화파의 사상은 동도서기사상東道西器思想이었다.
김홍집과 더불어 중국의 '양무운동洋務(開化)運動'을 모델로 점진적인 개
화를 추진하려 한 김윤식이 "서양의 종교는 배척하되 그 기술은 가르
쳐야 한다斥其敎而敎其器"[43]고 한 말은 그와 같은 동도서기론東道西器論
의 단적인 표현이라 하겠다.

서양의 기술뿐만 아니라 제도와 사상까지도 받아들이자는 것이 친
일 급진개화론이다. 갑신정변을 일으킨 청년 정치가들에 의해서 형
성된 이 사상은 유교적 관념론을 벗어나 근대기술의 섭취와 개발을
주장하였고, 봉건적인 정치·사회의 제도를 급속히 개혁하려 하였다.
그런데 선진기술의 섭취는 앞의 온건개화론자나 개신유학자도 주장
한 터이지만, 기존 질서를 변혁하자는 생각, 즉 변법사상은 그렇지
않았다. 이 변법사상은 친일 급진개화론자만이 가졌던 주목할 만한
사상이었다. 이 사상은 갑신정변의 주동자인 김옥균(1851~1894)과
박영효(1861~1939), 『西遊見聞』의 저자인 유길준(1856~1914), 『독립
신문』(1896)을 발간한 서재필(1866~1951) 등에 의해서 형성·발전되
었다.

서재필은 1890년대의 개화운동을 민중적 차원으로 발전시킨 제일
의 공로자이다. 그는 『독립신문』과 〈독립협회〉·〈협성회〉 등을 만들
고 활용하여 한국인의 사상을 근대화의 차원으로 끌어올리는 데 전

---

43 김영호, 「근대화의 새벽」, 『한국현대사』 6권, 신구문화사, 1974, p.43 참조.

력을 다하였던 것이다.

2) 동학혁명·청일전쟁과 갑오개혁

철종 11년(1860)에 최재우가 동학東學을 창건한 것을 시발점으로 수많은 신흥종교 또는 민중종교가 발흥하는데, 한국 근대사에서 '동학혁명'은 빼놓을 수 없는 중요한 위치를 차지하고 있다.

동학은 19세기 중엽에 한국에서 팽배하였던 위기의식의 산물이었다. 1894년에 전봉준全琫準(1854~1895)[44]이 주동이 되어, 전라도 고부에서 일으켜 전국적인 규모로 확산된 사상 초유의 대규모 민란을, 오늘날은 '동학혁명' 또는 '갑오농민전쟁'[45]이라고 한다.

1894년 5월 31일, 내각 탄핵소추 결의안이 중의원에서 가결되어 정부가 큰 위기에 직면했을 때, 동학혁명의 기세가 커져 전라도의 중심 도시였던 전주가 농민군에 접수되었다. 이것은 완전히 우연의 일치였다. 일본 정부·군부는 이 기회를 놓치지 않고 추진해오던 대청국전

---

44 전봉준은 동학에 사대명의四大名義를 밝히었다. 〈東學農民軍 四大綱領(『大韓季年史』卷2)〉 ① 사람을 죽이지 말고 물건을 해치지 말라(不殺人 不殺物). ② 충효를 다하며, 세상을 구하고 백성을 편안케 하라(忠孝雙全 濟世安民). ③ 일본 오랑캐를 축멸하고 왕의 정치를 깨끗이 하라(逐滅倭夷 澄淸聖道). ④ 군대를 몰고 서울로 들어가 권세가와 귀족을 진멸하라(驅兵入京 盡滅權貴).
李光麟·愼鏞廈, 『史料로 본 韓國文化史』(近代篇), 一志社, 1984, p.126.

45 갑오농민전쟁甲午農民戰爭이란, 1894년(이 해의 干支가 甲午였다) 2월, 전라도 고부군에서 일어난 조선 농민의 반란으로 시작된 일련의 농민의 대반란, 무장봉기를 말한다. 일본에서는 이것을 동학당의 난으로 불렀는데, 반란에 가세한 농민에는 분명히 동학의 신자들이 적지 않았지만 모두 신자였을 리 없고, 반란 그 자체도 동학의 조직의 지도로 시작된 것이 아니고 아직 동학당이란 당은 존재하지 않았기 때문에 이 호칭은 바르지 않다. 1860년 이래, 조선에서는 동학이란 일종의 민족종교가 확산됐다. 이것은 몰락한 양반 최제우에 의해서 시작되어 오랫동안 조선인 사이에 뿌리를 내리고 있던 유교·불교·도교의 세 종교를 합친 종교로, 당시 조선에도 들어와 있던 천주교-그리스도교가 서학西學이라 불린 것에 대하여 동학東學이라 불린 것이다.

쟁對淸國戰爭의 계획을 실현하려고 전력을 다하게 된다.

동학혁명은 부패관리의 전형이라 할 수 있는 전라도 고부 군수 조병갑의 학정에 반대하는 농민의 봉기에서 시작됐다. 조선정부는 고부군수의 학정을 인정하면서도 이 반란이 오로지 동학교도의 선동에 의한 것으로 보아 동학교도를 탄압했다. 이 때문에 전봉준 등은 각지의 동학 지도자에게 격문을 띄워 궐기를 촉구하여, 반란은 대규모적 농민전쟁으로 발전했다. 진압에 나선 정부군은 전라도의 각지에서 농민군에게 패해 결국 1894년 5월 31일, 전주를 농민군에게 점령당하게 되었다.

전주는 전라도의 군사·행정의 중심도시일 뿐만 아니라 이조李朝 발상지이기도 하다. 때문에 이곳이 농민군에게 점령됐다는 사실은 조선 지배자들을 매우 놀라게 하였다. 그때까지 조선은 반란진압을 위한 청국군의 원조 요청을 망설였다. 그것은 청국군의 출동이 일본이나 러시아, 나아가 그 밖의 여러 자본주의 국가들의 출병을 초래하기 때문이었다. 그러나 조선의 지배자들은 결국 청국군의 출병을 공식적으로 요청하기에 이른다.[46]

그러자 일본 거류민을 보호해야겠다는 구실과 청나라 병사의 조선 주둔은 조선의 독립을 위협할 우려가 있으니 어찌 좌시할 수 있겠느냐는 구실로 일본군이 개입했다. 청국군과 일본군이 경인간에 투입됨으로써 조선을 둘러싼 약탈전이 벌어지고 마침내 패권을 일본이 차지하게 된 것이 바로 1894년 8월의 청일전쟁이었다. 오랜 세월동안 조선을 간섭해오던 중국은 이로 인해 그 무력함을 여실히 드러내고 말았고, 일본은 천여 년을 스승으로 모셔오던 중국을 상대로 한판승

---

46 中塚 明, 『近代日本と 朝鮮』(新版)(三省堂選書 4), 東京: 三省堂, 1984, pp.35~60 참조.

을 하여, 국민은 갑작스런 자긍심의 팽배와 국격國格의 상승으로 러일전쟁을 향하여 일로매진 하게 되었고, 여기서부터 조선의 사대주의가 서서히 방향전환의 기미를 보인 것이다.

그러나 중국의 군사적인 패배가 조선에서 완전한 거세를 의미하는 것은 결코 아니었다. 중국의 문화적인 세력이 잔존하는 한 일본의 군사력이 약화되면 중국의 군사적·정치적인 세력이 그와 반비례로 다시 부활할 가능성은 너무나도 분명한 것이었다. 따라서 일본은 또 하나의 청일전쟁을 치를 필요가 있었다. 새로운 문화를 도입하여 중국의 전통적인 문화와 대결시킴으로써 그것을 완전히 붕괴시키는 전쟁, 곧 군사적인 전쟁과 더불어 똑같은 동년 동월에 감행된 '갑오개혁'이었다.

1882년 임오군란을 거쳐[47] 1884년 갑신정변에서 인간성 해방에 눈을 뜬 조선백성은 1894년 청일전쟁에서 강대국의 전쟁에 피해를 입은 약소국의 어려움을 깨닫게 되었다. 1894년 갑오개혁 이후는 내외정세의 변천에 의해 민족주의가 발흥하고, 국가의 약체화를 초래한 과거를 반성하려는 자주정신을 자각하기 시작한 시기이다.

내부적으로는 국가자립이 급선무이고, 외부적으로는 외래사조의 격류가 국민의 생활을 동요시켜서 구시대의 생활신조가 날로 변화하

---

47 당시의 일본문학은 에도 게사쿠戱作의 잔존, 서구문학의 번역과 이입, 정치소설의 탄생과 신체시에의 모색, 저널리즘의 형성, '와카 개량和歌改良'이나 '연극개량' 등이 혼연한 계몽문학기의 초기, 즉 근대문학성립에의 과도기에 위치했었다. 그러나 일본의 저널리즘이, 임오군란에 대한 호전적인 주장을 행함에 의해 거의 그 형성을 이룬데 대하여, 문학은 근대문학 탄생에의 태동기에 침략적인 독소를 내포하지 않으면 안되었던 것이다. 근대일본문학이 최초로 각인한 조선상은, 좋든 싫든 간에 '정한征韓'이라는 위치의 발상에 의해 만들어진 것으로 조선·중국에 대한 적대의식과 멸시감은 일본국민의 불행을 내포하면서 일본국민 자신의 의식에 깊이 심어졌던 것이다.
朴春日, 『增補 近代日本文學における朝鮮像』, 未來社, 1985, pp.37~40 참조.

지 않을 수 없는 혼란기였다. 전 국민이 문호개방을 통한 근대사조의 수용과 독립유지를 위한 국제적 후원이 필요하다는 것을 깨닫게 되었다.

이조시대에는 계급적 신분이 크게 귀족계급인 양반과 평민으로 나뉘어져, 왕족·양반을 제외한 평민계급에는 중인·서출·상민·천민이 있어서 신분·직업에 의해서 사회적 차별대우를 받고 있었다. 그런데 이런 차별대우는 갑오개혁을 기점으로 명목상으로는 철폐되었다. 갑오개혁의 조목 중에는, 만인평등의 민권을 내용으로 하는 '계급철폐령'이 있었기 때문이다. 즉, "문벌·양반·상민의 계급을 타파하여 귀천에 관계없이 인재를 등용할 것과 문무존비의 제도를 폐하여 공사노비의 법전을 혁파하고 인신매매를 금할 것과 역인·창우·피공은 면천할 것"[48] 등의 사회적 대개혁을 이룬 조목이 있다.

이러한 급격한 사회개혁의 와중에서 민중의 근대화 운동은 계급제도에 반기를 들어, 그 모순과 양반의 부패상을 비난하는 사회운동의 성격을 띠게 되었다. 결국 갑오개혁은 개화파가 청일전쟁 중에 일본의 압력 등 온갖 우여곡절을 겪어가면서 정치·경제·사회·교육 등 각 방면에 걸쳐서 단행한 대개혁을 총칭하는 것이다.

〈갑오개혁의 개혁법령更張議定存案〉

1. 現今 以後로는 國內外의 公私文牒에는 開國紀元을 사용할 것.
2. 門閥과 兩班·常民 등의 계급을 타파하여 貴賤에 구애되지 않고 인재를 뽑아 쓸 것.

---

48 송민호, 『韓國開化期小說의 史的研究』, 一志社, 1976, p.6.

3. 文武尊卑의 구별을 철폐하고 다만 品階에 따라 相見儀를 규정할 것.

4. 죄인 자신 이외의 일체의 緣坐律을 폐지할 것.

5. 嫡室과 첩에 모두 子가 없는 경우에 한하여 양자함을 허가할 것.

6. 남녀의 早婚을 엄금하여, 남자는 20세, 여자는 16세라야 비로소 결혼을 허가할 것.

7. 과부의 재혼은 귀천을 막론하고 자유에 맡길 것.

8. 公私奴婢之典을 혁파하고 인신 판매를 금할 것.

9. 비록 평민이라 하더라도 利國便民할 수 있는 의견이 있다면 機務處에 上書토록 하여 토의에 부치게 할 것.

10. 각 衙門의 하인은 그 수를 조절하여 常置케 할 것.

11. 朝官의 衣制를 簡易化하여 漆笠(칠립)·搭濩(답호, 전쟁복)·絲帶(사대)로 하며, 士庶人의 복장은 漆笠(칠립)·周衣(주의)·絲帶(사대)로 하고 兵辯의 衣制는 근래의 예대로 尊行하되 將官과 兵卒의 구별을 명백히 할 것.

12. 大小官員의 公私行에 혹 타고 혹 걷는 것은 그 자유에 맡기되 平轎子·軺軒(높직한 一輪車)은 영구히 폐지하고, 다만 總理·議政大臣에 한하여 대궐 내에서 藍輿(남여)의 승용을 허가함. 宰臣의 扶腋(부액)도 폐지하나 老病者는 구애하지 말 것.

13. 各部衙門 官員의 隨行人員을 제한하되, 총리대신 수행은 4인, 贊成 및 각 衙門大臣은 3인, 협판은 2인, 都憲은 1인으로 한정할 것.

14. 在官親避의 規例는 子婿(자서)·親兄弟·叔姪에 국한하되 그 이외에는 私義로 媾嫌(구렴)하는 습관을 영구히 폐지할 것.

15. 공금 횡령한 관리에 대한 징계를 엄중히 하되, 횡령한 공금을 변상 납입케 할 것.

16. 朝官品級의 正·從의 구별을 없이하고, 각 아문이 마음대로 체포·시행함을 금할 것.
17. 驛人·倡優와 皮工 등의 천민대우를 폐지할 것.
18. 官人이 休官한 이후에 商業을 경영함은 그 자유에 맡길 것.
19. 科學文章으로만 取士함은 實材를 뽑아 쓰기 어려우니 임금의 재가를 주청하여 變通하되 따로 選用條例를 제정할 것.
20. 각도의 賦稅·軍保 등으로 상납하는 대소의 米太木布는 金納制로 대치하도록 마련할 것.
21. 대신 이하 士庶人에 이르기까지 木牌에 주소·관직·씨명 등을 명기하여 문머리에 달도록 할 것.[49]

갑오개혁을 통해 일본 측은 강경파 이노우에 가오루井上馨를 공사로 임명하여 내정간섭을 강화하였으며, 내각도 망명하였던 박영효가 귀국함으로써 1894년 12월 17일 김홍집·박영효의 연립내각이 수립되었다.

이 근대화는 조선이 자발적으로 요청하기 전에 이미 타율적으로 강행된 것이었다. 이미 군사적인 세력에 눌린 조선으로서는 갑오개혁이 취향에 맞든 안 맞든 거부할 도리가 없었다. 게다가 오랜 쇄국정치 때문에 후진국이 되어버린 조선은 묵은 전통을 버리고 근대화를 자발적으로 받아들일 수밖에 없었다. 이런 맥락에서 조선의 근대화는 이처럼 자의반 타의반의 형태로 이루어진 것이다.

---

49 李光麟·愼鏞廈, 『史料로 본 韓國文化史』(近代篇), 一志社, 1984, pp.163~164.

3) 일본유학과 문학적 대응

유길준[50]은 1881년 1월 '신사유람단' 일행 62명이 일본에 파견됐을 때, 교리 어윤중의 수행원이었다. 어윤중은 후쿠자와 유키치와 접촉하여 수행원 중의 유길준과 유정수를 게이오의숙慶應義塾에, 윤치호를 나카무라 마사나오中村正直의 도시샤同志社에 입학시켰다.[51] 유길준은 1882년 겨울에 귀국했다. 귀국 후 일본에서의 견문을 근간으로 구미제국歐美諸國의 모습을 소개하려고 했으나 그 원고를 분실했다. 그 후 1883년 7월, 민영익을 정사로 한 조선 최초의 방미사절단訪美使節團이 파견되었을 때, 수행원의 한사람으로 도미渡美한 유길준은 민영익의 명령을 받아 아메리카에 머물러 메사츄세츠주의 뎀머·아카데미에 입학하여 조선 최초의 미국유학생이 되었다.

1884년 김옥균·박영효 등의 갑신정변 소식을 듣고 귀국 의지를 굳힌 유길준은, 1885년 겨울에 귀국 즉시 체포되었고 포도대장 한규호의 배려로 집에 보호되어 사실상 연금되었다. 이 기간에 잃어버렸던 원고를 입수한 유길준은 이를 가필·증보하여 『서유견문』을 1889년 3월에 탈고했다. 그러나 『서유견문』의 출판은 자금사정에 의해 1895년 4월에야 동경의 交詢社에서 이루어졌다.[52]

유길준은 『서유견문』의 참고문헌 혹은 역출譯出 원서명 등을 확실

---

50 유길준은 1856년 서울에서 태어났다. 어려서부터 한문을 배우고, 실학자 박규수의 문하생이 되어, 여기서 5세 위인 김옥균·박영효 등과 알게 되었다. 자는 성무, 호는 구당矩堂으로, 박규수의 권장으로 일본 유학을 결심하였다.

51 任展慧, 『日本における朝鮮人の文學の歴史』, 東京: 法政大學出版局, 1994, p.36.

52 후쿠자와 유키치가 교순사交詢社 회원이었기 때문에 『서유견문』의 교순사 간행에는 후쿠자와의 원조가 있었다고 상상할 수가 있다. 재단법인 교순사는 1880년 1월에 후쿠자와의 제창으로 설립된 일본 최초의 사교클럽이다.

히 하지 않았다. 임전혜任展慧는『日本における朝鮮人の文學の歷史』
에서 유길준이 역출했던 주요 서적으로 후쿠자와 유키치의『세이요
지죠西洋事情』를 들고, 구성과 내용의 유사점과 상이점을 다음과 같이
들었다.

유길준의『서유견문』은 전 71항목에 걸쳐 후쿠자와의『세이요지죠』
에 근거하고 있다. 괄호 안은 후쿠자와의『세이요지죠』의 항목이다.

1. 「人民의 敎育」(外編卷之三「人民의 敎育」)
2. 「人民의 權利」(外編卷之一「人生通義 및 그 職分」, 二編卷之一
   「人間의 通義」)
3. 「人世의 競勵」(外篇卷之一「세상 사람이 서로 장려하고 경쟁하
   는 일」)
4. 「政府의 始祖」(初編卷之一「政治」)
5. 「政府의 種類」(外篇卷之一「政府의 本分을 論함」)
6. 「政治의 治制」(外篇卷之二「政府의 種類」)
7. 「政府의 職分」(「外篇卷之二「政府의 職分」)
8. 「收稅하는 法規」「人民의 納稅하는 分義」「政府의 民稅費用하
   는 事務」(初編卷之一「收稅法」, 二編卷之一「收稅論」)
9. 「政府의 國債募用하는 緣由」(初編卷之一「國債」)
10. 「貨幣의 大本」(初編卷之一「紙幣」)
11. 「法律의 公道」(外篇卷之二「國法 및 風俗」)
12. 「貧院」(初編卷之一「貧院」)
13. 「病院」(初編卷之一「病原」)
14. 「痴兒院」(初編卷之一「痴兒院」)
15. 「狂人院」(初編卷之一「癲院」)
16. 「盲人院」(初編卷之一「盲院」)

17. 「啞人院」(初編卷之一 「啞院」)

18. 「博覽會」(初編卷之一 「博覽會」)

19. 「博物館及動物園」(初編卷之一 「博覽會」)

20. 「書籍庫」(初編卷之一 「文庫」)

21. 「新聞紙」(初編卷之一 「新聞紙」)

22. 「蒸氣機關」(初編卷之一 「蒸氣機關」)

23. 「蒸氣車」(初編卷之一 「蒸氣機關」)

24. 「蒸氣船」(初編卷之一 「蒸氣船」)

25. 「電信機」(初編卷之一 「傳信機」)

26. 「상고(商賈)의 會社」(初編卷之一 「商人會社」)

이상의 26항목은 그 내용에 따라 다음 세 가지로 분류된다.

① 전적으로 『西洋事情』의 翻譯에 의한 것.(「博覽會」)

② 『西洋事情』의 번역을 骨子로 하면서, 『西洋事情』보다도 詳細한 記述로 되어 있는 項目(「收稅하는 法規」「人民의 稅納하는 分義」「政府의 民稅費用하는 事務」「政府의 國債募用하는 緣由」「貨幣의 大本」「狂人院」「書籍庫」「新聞紙」 등)[53]

③ 『西洋事情』의 번역을 골자로 하면서, 유길준의 評價·見解·자신의 體驗 등을 加筆하고 있는 項目(「人民의 敎育」「人民의 權利」「人世의 競勵」「政府의 始初」「政府의 種類」「政府의 治制」「政府의 職分」「法律의 公道」「貧院」「病院」「痴兒院」「盲人院」「啞人院」「博物館及博物園」「蒸氣機關」「蒸氣車」「蒸氣船」「電

---

53 예를 들면, 후쿠자와 유키치는 『新聞紙』에서 「新聞의 性質」, 「記事의 種類」, 「社說의 影響力」 등을 915자(50자×18.3행)로 극히 간략하게 서술하고 있다. 이에 비하여, 유길준은 유럽의 「신문의 역사」, 「販賣方法」, 「特派員 派遣」, 「독자의 投書의 意義」 등을 취급하고 있고 2,343자(35자×69.8행)로 되어 있다.

信機」「商賈의 會社」 등)[54]

『서유견문』과 『세이요지죠』의 큰 차이 중 하나는, '文明開化' 항목의 내용이다. 후쿠자와 유키치는 外篇卷之一 「세상의 문명개화世の文明開化」에서 "文明이란 活計의 길을 얻는 것"이라고 말하고 있다. 그리고 진정한 자유를 지키기 위한 법의 시행, 청결한 의식주, 장수, 교육의 보급 등을 들고 3쪽 44행에 걸쳐서 '문명의 의미'를 설명하고 있다.

이에 비하여, 유길준의 『서유견문』은 14編 「개화의 등급」에서 개화는 "人間의 千事萬物이 至善極美한 境域에 이른 것"이라 말하고, 그 '等級'에 대하여 10쪽 130행에 걸쳐서 자세히 설명하고 있다. 여기에 유길준의 개화사상이 잘 나타나 있다. 『서유견문』은 당시 개화의 교과서적 존재로서 조선인의 계몽에 큰 역할을 했다.

유길준 이후 조선인 학생의 일본 유학은 한때 주춤해진다. 1883년에 김옥균이 십여 명의 무관학생武官學生을 일본으로 유학시켰는데, 그들은 갑신정변 때 희생되었다 한다. 그 뒤 1895년 박영효가 內務大臣으로 있을 때에 제1회 정부유학생 백오십여명이 게이오의숙에 입학했다. 1904년에는 제2회 정부유학생 50명이 일본으로 보내졌다. 이때부터 사비유학생 수도 늘었다.

아래 〈표 1〉[55]은 1897년부터 1915년까지 19년간의 일본 유학생 수의 통계표이다. 항목의 '已在'는 이미 도일渡日해 있던 유학생, '新渡'는 그 해의 도일 유학생을 나타낸다.

---

54 任展慧, 전게서, 1994, pp.43~47.
55 任展慧, 전게서, 1994, p.54.

<표 1> 1897년부터 1915년까지 19년간의 일본 유학생 수의 통계표

年度	已在	新渡	總數
1897	150	160	310
1898	161	2	163
1899	152	6	158
1900	141	7	148
1901	-	-	-
1902	140	12	152
1903	148	37	185
1904	102	158	260
1905	197	252	449
1906	430	153	583
1907	554	181	735
1908	702	103	805
1909	739	147	886
1910	595	5	600
1911	449	93	542
1912	502	58	560
1913	430	107	537
1914	450	67	518
1915	342	-	-

이 통계표에 의하면 조선인 일본유학생수는 1904년부터 증가하고 있으며, 대부분이 사비유학생이었다. 그러다가 1910년 '경술국치'로 일시적으로 급격히 감소하는 현상이 있었음을 알 수 있다. 1895년 4월에 정부유학생들 150여명에 의해 결성된 〈대조선인일본유학생친목회大朝鮮人日本留學生親睦會〉를 비롯하여 〈태극학회太極學會〉, 〈낙동친목회洛東親睦會〉, 〈유학생구락부留學生俱樂部〉, 〈한금청년회漢錦靑年會〉, 〈광무학회光武學會〉, 〈공수회共修會〉, 〈동인학회同寅學會〉, 〈광무학우회光武學友會〉, 〈호남학회湖南學會〉, 〈대한학회大韓學會〉, 〈대한흥학회大韓興學會〉

등 1910년까지 10여 개의 조선인 유학생 단체가 결성되었다. 1905년
에는 〈을사늑약〉 체결, 주일공사관의 폐지 등 양국의 관계악화가 계
기가 되어 유학생 사이에 단체의 통일을 원하는 기운이 고조되었다.
결국 1909년 1월에 일본유학생단체를 통일한 〈대한흥학회大韓興學會〉
가 결성되었으나 1910년 8월 경술국치와 동시에 강제 해산되었다. 유
학생 단체가 난립에서 통일로, 그리고 다시 강제해산되는 과정에서
유학생들은 각기 소속단체의 기관지를 발행했다. 이 기관지들은『親
睦會會報』(1896.2~1898.4, 6권),『太極學報』(1906.8~1908.11, 26권),『大
韓留學生會學報』(1907.3~5, 3권), 『大韓學會月報』(1908.2~11, 9권),
『大韓興學報』(1909.3~1910.5, 13권) 등의 50여 권이었다.[56]

  〈철북친목회鐵北親睦會〉·〈패서친목회浿西親睦會〉·〈해서친목회海西親
睦會〉·〈경서구락부京西俱樂部〉·〈삼한구락부三韓俱樂部〉·〈낙동동지회洛
東同志會〉·〈호남다화회湖西茶話會〉 등 7단체 및 그 밖의 유학생들이 대
동단결 하여 1913년 가을에 〈재일본동경조선유학생학우회在日本東京朝
鮮留學生學友會〉가 결성되었다. 동회同會는 1945년 이전의 일본유학생들
이 일본에서 만든 최초의 잡지인 한국어 기관지『學之光』을 발행했
다.『學之光』은 1914년 4월에 창간되어 1930년 4월의 종간 호까지 29
권의 책을 냈다.『學之光』전 29권 중 압수처분이 1권, 검열에 의한
정정재판은 2권, 발매금지는 4권이었다.[57]

  유학생들은 조선에서의 구국운동의 방향을 제시하였고, 그 일환으
로 단체 활동을 했던 것이다. 한말 유학생 잡지의 지면을 차지했던
것은, 일본 제국주의의 조선침략에 대한 위기의식과 동포에게 민족

---

56 任展慧, 전게서, 1994, pp.53~54.
57 任展慧, 전게서, 1994, pp.74~75.

적 자각을 촉구하는 애국의 호소였다. 일본에서 배운 지식으로 국권 회복을 위한 활동가가 되자고 했던 진지한 열의와 긴장감을 느낄 수 있다.

이광수가 1916년 11월에 『每日申報』에 연재한 「文學이란 何오」는 시대와 함께 달라진 문학관을 좀 더 자세하게 논의하고 체계화한 논설이며, 문학관의 전환을 가늠하는 데 아주 중요한 위치를 차지한다. 이 논설의 주요 내용을 보면 다음과 같다.

① 오늘날 사용하는 문학이라는 말뜻은 재래와는 달리 서양의 listeriature를 번역한 것이다.

② 문학이란 특정한 형식 아래 사람의 사상과 감정을 기록한 것이며, 문학자란 사람으로 하여금 美感과 快感을 일으킬 만한 서적을 짓는 사람이다.

③ 문학은 사람의 <u>知·情·意 가운데 情의 요구를 만족케</u> 하는 사명을 지닌 것이다.

④ 문학예술은 인생의 생활상태와 사상 감정을 묘사하는 것이며, 가장 좋은 문학은 "最好한 材料를 最正·最精하게 描寫한 것"이며, 그러므로 "文學의 要義는 人生을 如實하게 묘사"하는 것이다.

⑤ 과거의 한국 문학은 유교식 도덕만 고취하고 <u>人情의 美</u>를 완상할 줄 모름으로 해서 발달하지 못했다.

⑥ 오늘의 문학은 종교와 윤리의 속박을 벗어나 인생의 사상과 감정과 생활을 극히 자유롭게 여실하게 발표하고 묘사하는 것이다.

⑦ 문학은 사람에게 情의 만족, 즉 美感 혹은 快感을 주는 것 이외에도 여러 가지 副産的 實效가 있으니, 첫째 문학은 독자로 하여금 <u>人情世態</u>를 엿보게 하므로 處世와 교훈에 필요하며, 둘째 각 방면 각 계급의 <u>人情世態</u>를 이해하여 만은 善行의 원동력이 되

는 동정심을 발생케 하며, 셋째 사람이 타락하는 경로와 향상하는 심리를 직접 보고 그것을 거울을 삼게 하며, 넷째 "자유로운 상상의 이상경에 소요하여 유한한 생명과 능력으로 경험치 못할 인생의 각 방면 각종의 생활과 사상과 감정을 경험할" 수 있게 하며, 다섯째 문학을 사랑하는 습관을 기르면 해로운 쾌락에 빠지지 않게 되며, 여섯째 선량한 문학은 일종 深大한 교훈을 나타내는 것이므로 그 독자로 하여금 "品性을 陶冶하고 지능을 계발하게" 하는 것이다.[58]

이상의 요약에서 알 수 있듯이 이광수는 서구적 문학론을 전개했다. 이는 '문학과 민족성'에 관한 언급 부분에 명백히 제시되어 있다. 또 ⑤와 ⑥에서는 재래의 한국문학을 비판하여 서구 문학을 은근히 강조하는 뜻도 비치고 있다. ⑦에서의 밑줄 친 '人情世態'는 일본의 쓰보우치 쇼요坪內逍遙의 『쇼세쓰신즈이小說神髓』에서 소설의 가장 주요한 것은 '人情'이고 이어서 '世態'가 이에 따른다는 '人情世態'의 묘사에 대한 부분을 참고했을 가능성도 보인다. 이를테면 여기에는 서구 근대문명에 대한 동경, 신교육사상·자유연애관, 그리고 기독교적 신앙 등 그의 서구 지향적 개혁사상을 젊은 세대에게 계몽하고 설교하는 사회교화 내용으로 일관되어 있다.

이광수는 『學之光』 12호(1917.4)에 「婚姻에 關한 管見」을 썼는데, 여기서 조선의 낡은 결혼관을 비판하고 있다. 당시 조선에서 연애결혼을 주장했던 것은 이 글이 처음일 것이다. 이광수는 여성의 인격을 인정하는 교육의 필요, 과부의 재혼을 금했던 '朝鮮의 貞操觀念'의 불합리 등을 주장했으며 '一夫多妻'를 폐하고 '一夫一妻制'의 정당성 등

---

58 이광수, 『이광수전집』 1권, 삼중당, 1963, pp.506~511 참조.

도 언급하고 있다.

개화기의 사회 상황 속에서 당시까지의 로맨스적 고대소설에 거역하는 신소설의 생성조건의 요인이 나타났다. 그것을 직간접적으로 구별하여 보겠다.

첫째, 직접적 요인은 다음 두 가지를 들 수 있다.

① 당시의 신교육은 문명개화를 실현하는 가장 구체적 방법이고, 개인의 사회적 지위를 높일 수 있는 유일한 방법이었기 때문에 일본에의 유학이 대단히 유행했었다. 그래서 유학생의 등장도 우연의 일치였다고 만은 할 수 없다. 〈강화도조약〉을 체결시킨 일본은 한국인의 대일적대감정을 완화시키기 위해, 또 일본의 유신개혁운동을 이해시킬 목적의 일환으로 한국의 양반 귀족의 자제를 일본으로 유학시키는 문화정책을 실시했다. 이를 추진했던 사람은 하나부사花房 공사와 후쿠자와 유키치 등이다.

② 신소설작가들의 수학과정 중 일본소설의 영향 등을 들 수 있다. 신소설작가들은 그 대부분이 일본에 유학하여[59] 당시 일본 문명을 직접적으로 접한 사람들이 그 주역이었다.

둘째, 간접적 요인도 다음 두 가지를 들 수 있다.

① 국어운동의 대두와 독서대중Reading Public의 확대라는 점이다. 신소설의 문장형태인 한글 사용과 언문일치言文─致 문장의 기점은 갑오개혁 이후의 국어운동에 두어야 된다고 생각한다.

한국의 개화기 민간신문의 발간과 성장이 신소설의 발생에 일조했다는 것은 이미 알려진 사실인데, 『大韓每日新報』 및 『皇城新聞』・

---

59 주로 정치·법률·경제 전공이어서, 본격적으로 문학 수업을 위해 유학했던 사람은 없었던 것 같다.

『帝國新聞』 등은 1906년 『血의 淚』 발표를 전후하여 개화사상과 국권 사상의 보급을 위해 문학을 이용하게 되었다. 이러한 문학의 공리성 功利性은 종래의 소설경시 사상의 의식공간을 변혁시켰다고 할 수 있겠다. 이것이 뒤에는 신문의 상업주의에 연결되었다 해도 문학 발표의 무대를 제공했던 공은 간과할 수 없을 것이다. 결국, 언문일치운동과 민간신문의 출현은 독자대중의 확대에 의한 신소설의 발표 기회를 확대시켰다고 할 수 있겠다. 이들 신문이 내세웠던 개화와 소설개혁의 지향은 상업주의 출판기업의 등장 및 서구학문의 이입을 용이하게 했다 할 수 있다.

②'신소설新小說'이라는 명칭이 일본에서는 1890년 6월 순요도春陽堂에서 발간된 문예잡지명으로 처음 사용되었으나, 한국에서는 1907년 광학서포廣學書鋪에서 발간된 『新小說 血의 淚』에서 처음 쓰였다.

이상의 직간접적 요인이 있는 상황 속에서, 당시의 봉건적 구세력은 신사상 유입에 큰 방해가 되었기 때문에 구세력에 대해 반발한 개화기 작가의 작품의식은 새로운 근대사상에의 지향 및 무조건적인 새로운 것의 동경으로 전환되어, 자기비판 없이 서구사상의 유입에 몰두한 감도 없지 않다.

3. 공격·방어적 대응

일본은 1853년 페리 제독의 '구로부네黑船 사건'에 의하여 〈미일화친조약〉을 맺은데 이어서 서양 각국과 수교하게 되었고, 한국은 1875년 '운양호사건'에 의하여 서구와의 공식적인 접촉이라 할 수 있는

〈강화도조약〉을 일본과 체결하게 되었다.

'전쟁'·'사건'에 의하여 '조약'이 성립됨으로써, 피동적일 수밖에 없었던 서구와의 공식적인 접촉은 각 나라의 현대사를 다양한 모습으로 전개시켰으며 그 반영일 수 있는 문학의 모습 또한 같은 방향으로 변화되었음을 짐작할 수 있다.

충격의 시기에는 문학적 형상화形象化의 작업이 분명하게 나타나지는 않았다. 그것은 그 충격을 정리할 수 있는 여유를 가진 다음에야 가능했던 것이다. 한국의 갑오개혁(1894)·일본의 메이지유신(1868) 등을 이러한 활동의 일환으로 이해할 수 있을 것이다. 이러한 기반 위에 성립된 한국의 개화기문학, 일본의 계몽문학 등은 유입된 서구의 문물에 대한 나름대로의 대응을 보여준 문학 형태일 것이기 때문이다. 이들의 대응은 그 시대의 성격상 서구에 대한 강한 경사를 드러내고 있다.

서구의 충격에 대하여 일본은 조직적·대등적·팽창적·공격적·제국주의적 세력 확장의 국가운영으로 작용·대응하였고, 한국은 상당부분 강제된 방어적·현상유지를 위한 국가·개인보호로 작용·대응 하였다고 할 수도 있다.

제3부 한일 개화기소설의 전개양상

개화기소설을 연구하는 데 있어서 고전소설과의 전통적인 맥락을 발견하는 것도 중요한 과제지만, 정치·경제·문화면에서 가장 밀접한 관계에 있었던 일본문학과의 비교문학적 연구도 선결되어야 할 과제이다.

여기서 다루고자 하는 내용은 다음과 같다.

① 1870년대 일본 개화기 세태를 스케치한 가나가키 로분의 희작소설戲作小說인『아구라나베安愚樂鍋』(1871)와, 1900년대 한국의 개화기 세태를 풍자하여, 임화가 정치소설로 평가한 안국선의『금수회의록禽獸會議錄』(1908)을 통해 양국의 '전환기적 세태'를 조명한다.

② 1880년대 일본의 정치소설政治小說인 스에히로 뎃초의『셋추바이雪中梅』(1886)와, 이의 한국어 번역인 구연학具然學의『설중매』(1908), 그리고 최찬식崔瓚植의 신소설『금강문』(1912)을 통해 양국의 '정치적 인간의 창조'를 비교 검토한다.

③ 일본 최초의 근대소설로서 서생書生과 하숙집 딸의 사랑을 다루고 있는 후타바테이 시메이二葉亭四迷의 『우키구모浮雲』(1887)와, 조선의 전쟁고아와 선각자의 사랑을 다룬 신소설로서 일본의 정치소설적 경향이 강한 이인직李人稙의 『血의 淚』(1906)를 통해 양국의 '타자로서의 정체성'을 비교 검토한다.

④ 1900년대 일본의 사회소설로서, 전통적인 관념과 신인류의 개몽적 인간성의 상충, 즉 '전쟁·결핵·가족제도'의 틈바구니에서 '여성'을 묘사한 도쿠토미 로카德富蘆花의 『호토토기스不如歸』(1900)와, 1910년대 한국에서 번안된, 제국주의적 러일전쟁의 와중에서 유사類似 서구화를 묘사한 선우일鮮宇日의 『두견성杜鵑聲』(1912~1913)을 통해 양국의 '전쟁과 여성의 발견'의 문제를 비교한다.

1. 전환기적 세태

흔히 '충격'으로 표현되는 서구와의 접촉에 의하여 동일 기반에 놓여 있었던 일본과 한국의 변모된 사회의식의 양상을 근간으로 생성된 문학 작품인 일본의 『아구라나베』[1]와 한국의 『금수회의록』[2]을 비교 검토함으로써 한일 양국의 '전환기적 세태轉換期的 世態'가 소설문학에 어떻게 투영되었는가를 인식할 수 있을 것으로 생각한다. 아울러 이를 보다 선명하게 하기 위해 일본의 『가진노기구佳人之奇遇』(도카이 산시)에 나타난 '조선상朝鮮像'과 경술국치로 인한 정치변혁과 신소설의 관련 양상 즉, '세태와 문학'을 함께 살펴보고자 한다.

---

1 假名垣魯文, 「安愚樂鍋」(1871), 『明治初期文學集』(日本現代文學全集 1, 講談社, 1980)
2 安國善, 「禽獸會議錄」(1908), 『新小說·翻案小說 2』(韓國開化期文學叢書 1, 亞細亞文化社, 1978)

1) 도카이 산시東海散士의 『佳人之奇遇』와 조선상

계몽사상은 전통사상을 완전히 배제하고 그것과 관계없이 형성된 것은 아니다. 일본이 처한 역사적 조건 때문에 일본의 근대화에 그러한 경향이 비교적 강하게 나타났고, '외발적 개화外發的開化'라는 특징이 지적되기도 하였다. 하지만 근대적인 관념·사상은 역시 당시까지 통용되던 관념·사상을 기초로 하여 전개된 것이고 그 발단은 더욱 그러하다. 왜냐하면 근대사상이 '진공상태眞空狀態'에서 발생할 수는 없기 때문이다.[3]

메이지의 계몽이 개인의 자유·권리가 언제나 국가의 자유·독립에 종속하여 존재한 것은 아니다. 개인의 자유·권리의 관념이 전개되어 감에 따라 국가의 수용 양상이 점점 전환되어, 국가는 국가를 구성하는 개인을 떠나서 존재할 수 없음을 자각하기 시작한다. 이런 의미로 보면 국가의 자유·독립을 지키는 것은 개인의 자유·독립을 지키는 것으로, 오히려 후자가 전자의 목적이 될 수도 있다. 그러나 어느 쪽이 목적이고 어느 쪽이 수단이든 간에 개인의 자유·권리는 국가의 자유·독립 없이 지킬 수가 없고, 반대로 국가의 자유·독립 또한 개인의 자유·독립 없이는 있을 수 없으므로 개인의 자유·독립과 국가의 자유·독립은 함께 달성해야 할 과제로서 제기되었다. 『가쿠몬노스스메學問のすすめ』에서 "一身獨立하여 一國獨立한다"[4]라는 말은 이 관련을

---

3 植手通有, 『日本近代思想の形成』 岩波書店, 1974, p.3.
4 1869년 2월, 후쿠자와 유키치福澤諭吉가 松山棟庵에게 보낸 편지 내용 중에 「小生敢て云ふ, 一身獨立して一家獨立, 一家獨立して一國獨立天下獨立と. 其の一身を獨立せしむるは, 他なし, 先づ智識を開くなり」라는 내용이 있음. 福澤諭吉, 『學問のすすめ』, 岩波書店, 1997년 70刷, 28면. 本鄕隆成 外編, 『近代日本の思想(1)』, 有斐閣, 1979, p.220.

단적으로 나타내고 있는데, 메이지시대의 계몽이 내셔널리즘 경향을 띠는 진정한 의미가 여기에 있다.

서구열강이 일본에 접근하여 옴에 따라 지배층 사이에서는 점차 대외적 위기의식이 고조되고, 양이론攘夷論이 앙양됨과 동시에 한편으로 서양사정西洋事情에 대한 관심도 증대한다. 이러한 흐름을 따라 드디어 서양제국西洋諸國과 대항하기 위해서는 서양문명을 도입하여 부국강병을 실현하는 길 외에 달리 방도가 없다는 사고가 전개되기 시작했다.

1884년 당시의 내외정세가 일본의 내정과 외교를 불가분의 것으로 하고 있었다 해도, 일련의 농촌경제의 위기, 즉 群馬事件[5]·加茂事件[6]·

---

5 1884년이 되자 일본 관동 각지의 농민생활은 더욱 궁핍해졌다. 군마 현群馬縣 간라 군甘樂郡의 많은 농민이 부채 때문에 빚잔치를 하게 되었다. 30여 개 마을의 농민은 채권자에게 교섭하는 한편 현청·재판소에 호소했으나 전혀 효과가 없었다. 이때 그 지역의 자유당원 淸水永三郎 등이 동경에서 官部襄·三田定一 등을 초청하여 개최한 정치 강연회가 미증유의 성공을 거둔 것도 이와 같은 위기를 배경으로 한 것이었다. 淸水永三郎 등은 농민 湯淺衛兵衛와 승려 小林兵衛, 강사 三浦桃之助 등과 도모하여 정부전복을 위한 봉기를 준비했다. 그러나 정부의 밀정 藤田錠吉 살해사건이 발생하여 淸水 등은 일시 피신하였고, 三浦는 甘樂郡으로 돌아와 조직활동을 계속하였는데, 5월초 일본철도 高崎驛 개통식에, 천황을 비롯한 정부고관이 참석할 것을 알고, 수천 명의 농민을 봉기시켜 정부고관을 몰살할 계획을 세웠다. 그러나 계획이 정부측에 발각되어 개통식은 연기되었다. 일시 상경해있던 三浦는 淸水·官部 등의 경거망동을 꾸짖었으나, 이미 인민대중은 봉기를 준비하고 있었기 때문에 湯淺·小林·三浦 등은 각지 경찰서등의 관공서 습격을 계획했다. 5월 15일, 수천 명의 농민이 집결하였고 16일에는 고리대금업자 岡部爲作의 집을 부수고 松井田 파출소를 공격하여 高崎 파출소를 향했으나 사기가 떨어져 도주하고 나중에 小林·湯淺·三浦 등은 체포되었다. 群馬事件은 준비부족과 농민자체의 지도층이 충분히 성장하지 못했기 때문에 실패했다. 춘궁기의 고리대금업자와의 투쟁 상황으로서, 궁핍기 농민층의 관동지방 최초의 봉기로 주목된다. 때문에 秩父事件 때에도 群馬事件이 의식되었다.

6 1884년 7월 23일, 岐阜縣 加茂郡에서 도검·죽창·낫 등으로 무장한 농민이 관공서의 관사로 몰려가 "① 地租를 地價의 백분의 일로 할 것 ② 地租 이외의 諸稅金을 폐지할 것 ③ 징병제를 폐지할 것"을 요구하며 岐阜縣領에게 전달하도록 강요하여 各村의 촌민을 봉기시켜 농성하게 했다. 주변의 농민들도 봉기하였다. 그 뒤 경찰에 저지되어, 250~260명이 다시 농성에 들어갔으나 2·3일 뒤에 57명이 체포되고 종결됐다. 이 사건은 愛知·岐阜 일대를 기반으로 한 민권운동의 결사 愛國交親社系의 활동가와 농민투쟁이 결합한 것이었다.

加波山事件[7]·秩父事件[8]·名古屋事件[9]·飯田事件[10] 등의 지방폭동과 자유민권운동에 대한 정부의 거듭되는 탄압, 더욱이 정부의 '불철저한 對 淸國 朝鮮 政策' 등에 대한 불만을 '조선개혁'에 의해 해결하려는 의도는 빗나간 것이었다.

---

7 加波山事件은 관동일대의 모순의 격화 속에서 일어난 것인데, 福島에서 민권운동 탄압의 장본인인 三島通庸이 1883년 10월 30일 도치기현령으로 겸임된 것이 발단이었다. 당시 도치기현은 전국 자유당원의 10%를 차지, 후쿠시마현과 함께 동일본 자유당의 거점이었다. 이곳에 三島通庸이 부임한 것은 탄압정책의 일환으로 큰 정치적 의미를 갖는다. 취임 반년후, 1884년 3월에 三島通庸은 거액의 토목공사를 시작하였다. 한편 1883년 후기부터 정세의 격화와 자유당간부의 우경화 때문에, 자유당 내부의 활동가 사이에 '급진적'인 경향이 나타났다. 이로써 자유당 내부에 혁명노선과 개량주의 解黨路線의 충돌·분열이 나타난다. 7월 19일에 예정된 정부관계자의 축하회에서 伊藤·黑田·山縣 등을 암살할 계획을 세웠지만, 폭탄제조가 되지 못했을 뿐만 아니라 축하회도 연기되었다. 그러나 8월 20일에 폭탄제조 실험이 성공했기 때문에, 9월 15일 우쓰노미야 현청 개청식에서 三島通庸을 암살할 계획을 세웠다. 23일 이후 도치기·이바라기에서는 대규모 검거가 행하여졌다. 1886년 7월 3일 사형 4명, 무기징역 7명, 유기징역 4명의 판결을 받았다.

8 1884년 혁명정세의 고조는 토지혁명을 저류로 하는 소작쟁의의 격화, 몰락에 직면한 자작농민층의 혁명화, 자유당 내부에 급진파의 대두 등 몇 가지 요소가 있었는데, 秩父事件은 이들 요소가 하나로 되어 서민의 요구에 근거한 혁명정부와 무장혁명투쟁의 문제가 제기되었다. 秩父地方은 당시로서는 群馬에 이은 양잠농가 지역이다. 농민들이 고리대금업자의 극에 달하는 횡포를 막아줄 것을 경찰에 부탁했으나 받아들여지지 않았고, 오히려 집단으로 고리대금업자에게 대응하려는 농민의 집회는 해산당했다. 이와 같은 상황에서 困民黨이 성장했다. 困民黨은 당초 延期黨으로 불리며, 고리업자에게 연기를 교섭하기 위한 농민조직으로 만들어졌다. 秩父事件의 중핵이 된 困民黨은 농민자체의 조직으로 성장하고, 또한 행동에서 부르주아 혁명의 방향을 추구, 자유당 조직과 관계를 갖으면서 입당하여 혁명이론에 접근하였다. 농민의 저항운동의 발전과 여기서 성장해온 지도자와 자유당 급진파의 갭을 알 수 있다. 9월 23일의 加波山事件의 영향도 컸다. 秩父事件 후, 일본에서 혁명정세는 쇠퇴해 간다. 이후 일본에서의 혁명과제는 프롤레타리아트와 토지혁명을 지향하는 소작농민층의 성장과 양자의 동맹으로 이어진다.

9 자유민권운동의 실패를 회복하기 위하여 조선의 독립당을 원조하여 조선에 민주주의 혁명을 일으켜 일본 정부를 반성시킬 목적이었으나, 1885년 11월에 발각되었다. 이 大阪事件은 일본 국내의 민주주의 혁명의 포기, 국권주의와의 혼란 등 상당한 문제점이 상존했는데, 그 근본적 원인은 일본에서 혁명정세의 퇴조였다.

10 1884년 12월, 중농·빈농을 중심으로 하여 名古屋 병영의 병사 200여명의 혈판을 받아 국가권력의 본질에 대한 자각을 하여 名古屋 兵營 공격을 계획하는 등, 인민투쟁의 계획으로서는 秩父鬪爭의 보완·수정으로서도 의미가 있다. 그러나 秩父鬪爭을 정점으로 하는 인민투쟁이 패배했을 때, 1881년 이래의 직접적인 혁명정세는 퇴조해갔다. 依田憙家, 『日本近代國家の成立と革命情勢』, 八木書店, 1971, pp.214~257 참조.

이러한 정세의 추이를 민감하게 반영한 문학작품이 도카이 산시東海散士의『가진노기구佳人之奇遇』[11]였다.

  東海散士가 하루는 필라델피아의 독립각에 올라, 자유의 타종을 올려다보고 독립 선언문을 읽고 (…中略…) 창에 기대어 내려다보니 두 사람의 아가씨가 계단을 올라오는데 비단 망사로 머리와 얼굴을 덮고 희미한 음영과 하얀 날개옷에 가느다란 무늬의 짧은치마를 입고……[12]

'志士와 佳人의 奇遇'를 작품화한 이『가진노기구』에서는 '政治'(思想)와 '文學'(虛構)이 훌륭하게 통일되었다.

이『가진노기구』는 갑신정변(1884)이 일어난 다음 해, 즉 大阪事件과 때를 같이 하여 1885년 11월부터 1897년까지를 시대적 배경으로 한 장편으로 갑신정변부터 을미사변(1895)에 이르는 조선문제도 다루어져 있는데, 작자 자신이 을미사변에 참가한 사실을 포함하여 매우 특이하게 읽혀지는 사소설적 정치소설이다.

"도카이 산시가 어렸을 적에 '戊辰의 變亂'[13]을 당하여 일가족이 헤어진 후 때로는 동서로 표류하기도 하고 때로는 붓을 던지고 군에 종

---

11 실질적 내용은 '지사와 가인의 기우'에 관한 것인데, 여기서 '지사'는 도카이 산시 자신이기 때문에 생략한 것으로 보인다. 이 '지사와 가인의 기우' 그 자체가 소설성을 띠고 있다. 中村光夫는 "일본의 청년 신사가 백인 미인과 우연히 만나 바로 깊은 우정으로 맺어진다는 설정 자체는 대단히 개화기적 풍경이다"라 했다. 中村光夫,「ふたたび政治小說を」,『日本近代文學史研究』, 有精堂, 1977, p.117.

12 東海散士,『佳人之奇遇』第1권 冒頭,『現代日本文學全集 1』, 改造社, 1931, p.141.

13 慶應4년 1월 3일 京都의 鳥羽伏見에서 사쓰마・조슈・도사한(藩)의 군사가 舊幕府軍을 공격하여 시작된 戊辰戰爭을 말한다. 舊幕府軍이 병력에서는 3배나 우세했으나, 討幕派 군대는 사기가 넘치고 훈련도 잘 되어 있을 뿐만 아니라 洋式 裝備를 갖추어 겨우 3일만에 승부를 가른 鳥羽伏見 전쟁으로, ① 西日本 各藩의 동향을 討幕派로 경사시켰고, ② 新政權의 내부에서 討幕派가 主導權을 쥐게 되었으며, ③ 大商人들이 新政府 支持를 결정케 하는 등 단순한 局地戰에 머물지 않고 그 勝敗의 의의는 무척 컸다. 安岡昭男,『日本近代史』, 藝林書房, 1982, pp.102~108 참조.

사하여 처연한 신세에 여가가 없어"[14]라는 '自序'로 시작되는 이 작품
은 모두 '도카이 산시'라는 '젊은 신사'의 눈을 통하여 '철두철미하게
모든 것을 비장한 담론'으로 아시아나 유럽에서 일어난 '약소국 멸망
의 역사', 혹은 한 나라의 '부정의파不正義派의 횡포'를 들어 취급하는
형식으로 진행된다.

스토리의 무대는 미국을 비롯한 이태리·프랑스·이집트·중국·조선
등으로 펼쳐지고[15] 등장인물도 스페인의 미녀 幽蘭, 아일랜드의 미녀
紅蓮, 헝가리의 코스트부인, 중국의 鼎泰璉, 조선의 김옥균, 박영효,
대원군, 명성황후까지 등장하는 다채로움을 가지고 있는데, '散士'라
는 주인공을 둘러싼 幽蘭과 紅蓮의 사랑을 짜 넣으면서 大國의 진출
에 반항하는 우국지사들과 '散士'와의 비분강개에 찬 대화나 모험이
행해지고, 마지막에 가서는 을미사변에 가담한 '散士'가 히로시마의
감옥으로 호송되면서 소설의 막이 내린다.

주인공은 항해 중에 헤어진 幽蘭이 이집트에 살고 있는 것을 알고
일본으로 돌아와서 조선에 관심을 갖게 된다.

"한 친구가 散士에게 일러 말하기를, 요즘은 은화의 변동이 대단히
심해서 지난밤 경성의 담판이 결렬됐다는 소문으로 은화가 급등했으
나 오늘 아침에 조절될 것 같다는 소문이 있고서는 다시 크게 떨어졌
다." '散士'는 이 친구의 이야기를 이해할 수 없어서 "어어! 경성의 담판
이라니 무어야?"라고 묻자, 친구는 "오오! 자네는 아직도 조선의 변란

---

14 東海散士, 『佳人之奇遇』, 『現代日本文學全集 1』, 改造社, 1931, 140면.
15 메이지유신 후의 일본인의 세계사에 대한 관심의 고조는 福澤諭吉의 『世界國盡』
(1869)·『西洋事情』(1869), 假名垣魯文의 『西洋道中膝栗毛』(1870~1876)를 비롯하여,
村田充實 譯, 『西洋開化史』(1875), 土居光華 譯, 『英國文明史』(1879) 등의 소위 正史
도 유입되어 읽혀졌다.

을 모르는가? 지금 우리 일본이 이웃 청국과 성문을 열고 병사를 사용
할지도 모르는 상황으로 모두 고개를 길게 늘어뜨리고 경성의 소식만
을 기다릴 뿐"이라고 대답한다.

(『佳人之奇遇』, p.213. 밑줄 필자, 이하 동)

여기서 '조선의 변란'이란 '갑신정변'을 말하는데, 이러한 대화로 조
선문제에 관심을 가지게 된 '散士'는 드디어 어느 '진신縉紳'(고위관리)
과 다음과 같은 논쟁을 펼친다.

'縉紳'은, "대저 조선은 그 힘을 알지 못하고 우리에게 여러 차례 불
경하여, 이를 양해하기를 이미 여러 번이다. 그들이 진심으로 사죄하
지 않으면 군사를 일으켜 정복하는 것뿐"이라고 말한다. 그러나 '散士'
는 이 견해에 반대하여 다음과 같이 단정한다.

대저 조선 백성들의 폭거는 우리들 역시 대단히 싫어하는 바이나
나 자신 돌아 보건데, 조선에 양당이 있어, 한쪽은 일본에 가깝고 다른
한쪽은 청국에 의지하는 지금이야말로 우리들에게 가까운 쪽의 朋黨
이 敵黨의 수령을 습격하여 이를 죽이고 이를 상처 내어 가령 외국의
간섭을 우분하여, 순수하게 독립을 희망하는 마음에서 출발했다고 해
도 그 행사는 문명세계의 악덕으로 실로 혐오해야 할 것이다.

(『佳人之奇遇』, p.214)

이는 갑신정변에 대한 비판인데, '散士'는 일본이 조선에 군대를 주
둔시키고 있는 문제에 대해 "주제넘게 독립국 안에 병사를 주둔시킬
수 있는가? 일본군은 일본 국민의 수호병이지 조선국의 수호병이 아
니다"라고 주장하고, 조선의 민중을 수탈하는 일본 상인에 대해서도
"재난의 소식을 간당의 간상에게 흘려 투기와 미곡의 매매를 일삼아

만금을 일조일석에 도둑질해 낸다니 이건 도대체 어찌된 일인가?"라고 탄식하고 있다.

그러나 이보다 더 중요한 '散士'의 지적은 일본이 조선의 내정에 간섭하는 것이 일찍이 프랑스가 조선에 침입했던 것과 동질의 것이라고 진술한 것이다.

그 후 '독립당의 영수인 박영효, 김옥균 등 십오륙명이 온갖 어려움을 헤치고 일본에 도래'했던 것을 계기로 '散士'는 김옥균의 "패잔한 실의의 무리가 사업의 沈頓으로 국가를 위하여 죽지 못하고 살아있는 부끄러움을 참고 견디며 흘러와 귀국의 누를 끼침에 심히 괴로운 바이다"라는 '강개'의 진술을 듣고서, "나 또한 망국의 패잔한 사람이라."라고 김옥균을 위로하고, 그 '기우에 감격하여' 드디어 그들을 '보호하여 바다를 건너지 않게 하려는 바이라.'고 결의하기에 이른다. 그리고 '散士'는 을미사변에 참가하는데, 그 목적은 '征淸과 朝鮮의 獨立'[16]이었다. '어느 달밤에 친구들 십여 명이 술을 마시며' 의견을 교환하였는데, '宣戰의 大勅令을 받들어 獨力扶植의 初志를 관철해야 한다.'는 '메이지 정부의 책략'에 따랐던 '散士' 등은 결국 을미사변을 일으켜 명성황후를 살해한다. 이로 인해 '히로시마의 옥에 갇히게' 된다. '散士'는 옥중에서 김옥균의 꿈을 꾸고, '(꿈을) 깨어보니 눈보라가 사방에서 노호하고, 칠흑처럼 어둡고 기나긴 밤에 다만 창검을 울리는

---

16 東海散士,『佳人之奇遇』,『現代日本文學全集』第16卷, 1931, p.324. 그 내용은 다음과 같다.
"민비 일파가 다시 대권을 장악하자마자, 먼저 일본인이 훈련시키는 근위군을 해산하고, 대원군을 독살하고, 대제상 김굉집 이하 일본인과 친교를 맺고 있는 요인 수십 명을 도륙하고, 북강을 러시아에 할양하고 보호를 요청하여 정권을 회복하고자 한다. 이에 우리 黨은 은밀히 밀계를 진행하여 기선을 제압하고자 한다. (…中略…) 우리 동지 7, 8명과 일본인 15, 6명이 대원군을 孔德里 별장으로 찾아가, 사안의 긴급함을 이해시켜 가마를 태워 대궐로 향했다."

소리만 은은하게 들려온다.'고 하는 곳에서, 작자 도카이 산시는 『가진노기구』의 스토리를 '무겐노夢幻能'『松風』의 결말을 연상케 하면서 끝내고 있다.

도카이 산시의 『가진노기구』에서 조선에 관한 부분은 작자의 현실적인 체험과 밀착되어 있고, 그 부분이 작품의 핵심을 이루고 있다. 더욱이 『가진노기구』는 일본 근대의 사소설적 작품私小說的 作品[17]에서 조선상朝鮮像을 각인 했고, 동시에 극히 중요한 문제의식을 내포하고 있다.

도카이 산시는 을미사변에 참가한 주인공 '散士'를 김옥균 등과 같은 '망국 패잔의 인간'으로 묘사하고 있다. 즉, '大國'에 압박당하는 '小國', 구미열강에 침략 당한 피압박 민족으로서 공통의 '비분강개' 내지 '운명'이라는 '의식'이다. 『가진노기구』에서는 '갑신정변'에서 볼 수 있는 일본의 간섭도 비난하는 예리한 비판력을 가지고 있었으나, 그러한 시점은 그 뒤의 스토리에서 발전되지 못하고 청국을 '대국'으로 대체하여 놓고 그 압박을 받는 '소국'을 '조선'과 '일본'이라는 문제의식으로 반전시켜, 거기에 '비분강개' 내지 '운명'을 발견하여 '정청征淸과 조선의 독립'으로 향하게 하고 있는 것이다.

여기에는 분명한 모순이 있다. 즉 갑신정변을 일본의 조선에 대한 내정간섭으로 보고 더욱이 일본 군대의 조선 주둔이 부당하다고 주장했던 '散士'가 결과적으로는 조선에 주둔한 일본 군대를 배경으로

---

17 고지마 마사지로小島政二郎는 『佳人之奇遇』(『現代日本文學全集』 卷末解題, 『佳人之奇遇』, 改造社, 1931, p.614)에 대하여, "이 소설은, 이 시대의 소설로서는 드물게 보는 私小說이다. 冒頭에서부터 알 수 있듯이, 도카이 산시라고 불리는 작자 자신이 주인공으로 되어 있다. 그리하여 그 생활 속에서 조우한 '시대' '인물' '견문'을 묘사하였으며, 또한 자신의 생활을 이야기하고 있다."고 기술하고 있다.

명성황후를 살해하는 대음모에 가담했기 때문이다. 도카이 산시 개인적으로는 '정청과 조선의 독립'에 그 목적이 있었지만, 객관적으로 보면 이것은 메이지 정부의 조선침략을 초래했다. 이는 메이지 천황 정부의 탄생에서부터 잉태한 '부국강병', '해외진출'의 세력 확장에 몸부림치는 모순이 소설에서도 타국에 대하여는 '고등유민적高等遊民的 한계'를 벗어날 수 없는 국수주의의 내용에 휴머니즘의 외장을 한 것에 지나지 않은 것이다.

2) 가나가키 로분仮名垣魯文의 『安愚樂鍋』

가나가키 로분仮名垣魯文[18]의 『아구라나베安愚樂鍋』[19]는 아사쿠사淺草의 쇠고기 전골집牛鍋屋에 오는 손님의 대화가 주를 이룬 작품이다. 당시의 쇠고기전골은 문명개화를 상징하는 요리로, 전골냄비 앞에 정좌하여 술을 마시면서 허풍떨고 있는 손님들의 정경을 떠올리게 한다. 모두冒頭에 유교 이론으로 시작하여 쇠고기를 먹어야 개화인이라 하여, 개화를 예찬한 다음과 같은 서술은 개화에 대한 이 소설의 의미 있는 암시를 던져 준다.

천지는 만물의 어버이. 인간은 만물의 영장. 고로 오곡 초목 鳥獸 魚肉 등을 먹을 것으로 하는 것은 자연의 섭리로서, 이런 것을 먹는

---

18 1829년 1월 6일 京橋 생선 집의 아들로 태어남. 에도 말기의 희작자 중에서도 순수한 서민이라 할 수 있다. 무사계급 출신인 다메나가 슌스이가 출신계급에서 오는 중압감을 항상 느끼는데 반하여 가나가키 로분은 언제나 무사상으로 부담 없이 시세에 응하여 전신轉身할 수 있는 원인이 여기에 있었다.
19 1871년 4월에 「安愚樂鍋」 일명 「奴論建」 초편을 간행했다. 이어서 2편 상·하 2권이 간행되고, 1872년 봄에 3편 상·하 2권도 간행됐다.

것은 인간의 특징이라.　　　　　　　(『安愚樂鍋』, 「開場」, pp.55～56)[20]

(1) 일본의 개화 상징

네발 짐승을 먹지 말라는 불교의 금기는 이 무렵 미개한 미신으로 배척당하고 후쿠자와 유키지福澤諭吉 등의 개화론자는 일본인의 영양·체격 향상을 위해 육식肉食할 것을 권장했다. 쇠고기 전골집에 드나드는 가지각색 개화의 상징물과 인물을 통하여 신시대를 묘사한 『아구라나베』의 등장인물들도 정도의 차이는 있지만 육식을 옹호한다. 서사되는 과정에 이야기는 가끔 탈선하는데, 이런 것에는 상관 않고 당시의 회화체를 교묘하게 서사하여 시대상을 잘 파악한 것이 이 작품의 특징이다.

　　세계 각국의 속담에 프랑스의 의상 사치 풍조, 영국의 음식 사치 풍조, 옷이 몸을 덮는 것이고 음식이란 목숨을 유지케 하는 건데, 활짝 핀 벚꽃보다 경단, 남녀가 교제하는 것보다도 식욕, 식욕을 앞세워 진미육식 소에 끌려……허虛와 실實의 내외를 서양풍미로 섞어서……문명개화 개척의……　　　　　　　(『安愚樂鍋』, 「自序」, p.54.)

『아구라나베』 초편의 이 '自序'는 내용이나 문체가 모두 현실적·실용적이면서도 골계滑稽적이라 할 수 있다. 먼저 등장하는 것은 '西洋好'의 남자로, 작가는 그 시대의 전형典型을, 이 남자를 통하여 이루어 냈다. 이 남자는 '오데코로리라는 향수를 쓰는지 머리 윤기가 좋고', '꽃무

20　天地ハ萬物の父母。人ハ萬物の靈。故ゆゑに五穀草木鳥獸魚肉。是が食となるハ自然の理にして。これを食ふこと人の性なり。興津要, 『明治開化期文學集』(日本近代文學大系 1), 角川書店, 1978, pp.55～56.

늬 속옷'을 보이고 있다. 옆에는 '쇠줄로 만든 박쥐우산'을 놓고 '싸구려 손목시계를 팔에서 빼어 시각을 보고 또 보면서' 육식을 찬미한다.

> 어-이! 우리나라도 문명개화라 하여, 열어놓고 있으니까 우리까지도 (쇠고기를) 먹을 수 있게 된 것은 정말로 감사한 일이야. 이것을 아직도 야만적인 폐습이라 하여 개방하지 않는 녀석들이, 육식을 하면 신불神佛에 벌을 받는다고 무식한 말을 하는 것은 究理學을 배우지 못하여 알지 못하기 때문인데, 그런 촌놈에게 후쿠자와 유키치福澤諭吉가 쓴 육식의 설교라도 읽게 해야 해!
>
> (『安愚樂鍋』, 「西洋好의 聽取」, p.57)

이처럼 가나가키 로분은 문명개화를 자랑하고 증기차, 전화기, 풍선風船 등에 대한 신지식을 자랑하는 식의 태도로 당시의 풍속도를 묘사하고 있다.

「西洋好의 聽取」에서는 후쿠자와의 『세키이쿠니즈쿠시世界國盡』에서 간접적으로 얻은 지식을 응용하여 개화의 상징이랄 수 있는 쇠고기를 먹어 하루 빨리 문명개화하자는 내용을 담고 있는데, 개화의 기본 개념을 착각하고 있는 부분이 상당히 많다. 그것은 전통적 사고방식에 의한 기존의 지식으로 新天地·新世界를 개념적·추상적으로 주장하고 있기 때문이다.

「게으름뱅이의 유곽얘기」에서는 鶴泉, 平泉, 松田屋, 岡本, 金甁大黑尾彦, 大文字屋, 伊勢六, 岡田屋, 甲子屋 등의 유곽 이름을 나열하면서 난봉꾼도 개화풍의 쇠고기를 먹고 있다고 알려주고 있다.

「시골 무사의 獨杯」에서도 쇠고기를 대단히 영양가있는 것으로 묘사함에 따라 개화의 자양분으로도 좋은 것으로 비유하여 개화를 예찬하고 있다.

「車夫의 혼잣말」에서는 차부車夫의 상황이 생생하게 묘사되고, 「商人의 속셈」에서는 신세대의 상법商法을 과시하며, 「돌팔이 의사의 不攝生」에서는 시대에 역행하는 한방의를 묘사하는 등 개화의 풍속도가 여실하게 전개되어 있다. 그러나 이것은 어디까지나 에도江戶 골계풍滑稽風의 묘사로서 문명개화에서의 천박한 과정을 비판한다거나 풍자하는 고도의 문학에는 이르지 못했는데, 이 점이 가나가키 로분의 한계이기도 하다.

개화기의 민중은 위로부터 '열려지는' 것에 만족치 않고 오히려 그들 자신의 힘으로 '개방ひらける'하는 것을 바랬었다.[21] 예를 들면, 서양마차에서 힌트를 받아 개발한 '인력거'는 위로부터의 '개화'를 적극적으로 수용하려 한 민중의 '개방'의욕의 산물이었다. 문명이 제공하는 엄청난 사물의 집합은 일단 민중의 욕망의 깊이를 빠져나가는 것으로 그 의미하는 것이 끊임없이 다시 읽혀져 새로운 의미가 창조되어 간다.

제2편 이후에서는, 타인의 앞에서는 아직 쇠고기에 손을 대지 않고 집에서 몰래 먹고 있다는 이야기가 나오는데, 예를 들면 동경에서 외국인을 상대로 영업하는 몸이 허약한 기생 등이 요코하마橫浜에 가서 남몰래 쇠고기를 먹는 이야기가 나온다.

---

21 가나가키 로분仮名垣魯文의 「安愚樂鍋」에 등장하는 서민들은, 'ひらける'라는 말을 자주 쓴다. 예를 들면, "當時の形勢はおひおひひらけてきやした"(「半可の江湖談」)라는 식으로 쓰인다. 이 'ひらける'에는 '문명개화'의 새로운 시대를 수용한 민중 측의 소박한 생활감각이 스며있다. 그것은 '계몽啓蒙'의 '啓(ひら)く'와 통할뿐만 아니라, '世直(よなおし)'의 환상, 닫힌 생활세계의 확대, 미지의 서양에 향해진 왕성한 호기심 등 실로 갖가지 욕구와 기대가 폭주하던 말이다.

쇠고기란 것을 먹었더니 여기(東京)에 돌아와서도 사흘 동안 먹지 않으면 왠지 몸의 상태가 나쁜 것 같아. 이 집의 고기도 상당히 맛있지만 하마(요코하마)에서 도살하여 요리사가 당근 등 여러 가지 채소를 함께 삶아 그것을 잘 익힌 것을 먹으면 정말로 그렇게 맛있는 것은 없다고 생각해!　　　　　　　(『安愚樂鍋』, 「기생의 좌담」, p.77)

처음에는 쇠고기가 맛이 있고 몸에 좋다는 것을 대개의 사람들이 몰라서 먹으려고 하지 않았으나, 먹고 보니 맛도 좋고 몸에도 좋다는 것을 알게 되어 많은 사람들이 먹게 되었다는 식으로 이론을 유도해 간다. 즉, 개화도 저항감을 느낄지 모르나 인간에게 이로운 것이니 문명개화에 힘쓰자고 권유한다.

「귀동냥 지식인의 쇠고기전골」에서의 신문이나 귀동냥으로 얻은 지식을 자기주장인양 하여 구습의 폐해에서 벗어나자고 하는 모습이나 비판적인 시각의 비아냥거림 등은 마치 한국의 「車夫誤解」를 연상케 하는 면이 있다.

마지막으로 등장한 것이 「新聞好」의 사내로 낡아빠진 헌 양복을 입고 있는데, 서양에 대해 완전히 몰입하여 문명개화의 정신으로 생애를 보내려고 결심하고 있다. 친구들을 향해서 '洋學이 아니면 날이 새지 않는' 시대이기 때문에 아들에게는 양학을 공부시키기로 했다고 득의만만해서 말한다. 이 사내는 사민평등·자주주권의 세상, 서민도 성姓을 허락 받고 양복도 자기 마음대로 입을 수 있는 세상을 자주 칭찬한다. "세간의 지각을 열고 인간의 지식을 넓히는 것은 신문"이라고 했다.

(2) 회중시계의 문화기호

가나가키 로분의 『아구라나베』(1871)에서, 개화시대에 신사의 계급 상징이며 고급 장신구였던 회중시계가 1885년경에는 서생이나 관원의 일상생활에서 필수품까지는 아니어도 필요한 소도구의 하나로 취급되었다.[22]

1885년경 요코하마橫浜에 외국인 상관商館을 통하여 수입된 스위스제나 미제 회중시계는 매년 2만 개에서 3만 개의 수량이었다 한다. 벽걸이 시계나 앉은뱅이 시계의 수입에 비해 거의 2배였다.[23] 당시 이회중시계는 실용적인 기능보다도 문명의 상징과 근대적인 시간의 관념을 의미하는 기호로서의 역할을 내포하고 있었다. 조끼의 주머니에 넣어진 회중시계는 그 소유자가 메이지 국가의 개명적인 부분의 확실한 표상이었던 것이다. 그리고 도쿄 시중에 높이 솟아 있던 스무개 정도의, 대중의 구매의욕을 유발시키는 선전매체인 시계탑은 이러한 시계를 둘러싼 갖가지 욕구나 환상을 도시공간의 형태로 변환하여 보여주는 장치였다.

문화적인 기호로서 회중시계의 이미지는, 메이지 20년(1887)에 황후가 '華族女學校'에 회중시계를 하사하여 이윽고 전국의 여학교에서 축제일에는 반드시 부르게 된 「금강석의 노래金剛石の歌」의 1절에 요약되어 있다. '끊임없이 시계 바늘이 돌아가는 것처럼 촌음도 아껴서 노력하면 무슨 일을 이루지 못할쏘냐.'[24] ─ 이 가사는 입신출세를 약속

---

22 쓰보우치 쇼요의 『當世書生氣質』에서는 식당 객석에서 일어서면서 '四円 안밖의 싸구려' 외제시계를 보며 기숙사의 문 잠그는 시간을 확인하는 서생이 묘사되어 있다.
23 핫도리시계점服部時計店의 정공사精工舍가 'Time Keeper'형의 회중시계 제조에 성공한 1895년까지 일본산 회중시계는 시제품 수준을 넘지 못 했기 때문에 그 수요는 거의 수입품에 의존했던 것이다. 메이지 20년경(1887년경)까지 회중시계의 보급률은 1%의 비율에도 미치지 못했을 것이다.

하는 근면·극기의 덕목에 편승한 근대적인 시간관이 국가적인 수준
으로 이해되었음을 보여준다. 회중시계의 수입량은 「금강석의 노래」
가 발표된 1887년에 7만 4천 개에서 1888년에는 15만 4천 개로 비약
적인 증가를 나타냈다.[25]

가나가키 로분이 후쿠자와 유키치의 『세카이쿠니즈쿠시』, 『세이요
지죠』나 타인의 이야기에 의해 간접적으로 알게 된 지식을 응용하여
공상의 세계를 묘사한 『세이요도추히자쿠리게西洋道中膝栗毛』와는 달
리, 『아구라나베』는 실제의 관찰에 근거한 메이지 초기의 동경이 묘
사되어 있다. 그다지 세세하지 않은 관찰로 이야기의 순서도 엉망이
지만 초기 東京人들의 캐릭터가 작품 안에서 약동하고 있는데, 이는
『아구라나베』보다 60여년이나 빠른 시키테이 산바式亭三馬[26]의 『우키
요부로浮世風呂』나 『우키요도코浮世床』[27] 등의 골계滑稽적 방법으로 묘
사한 것이다. 『아구라나베』를 읽으면, 후쿠자와 유키치를 비롯한 진
보주의자의 의견이 어떤 식으로 서민에게 침투하였는가도 알게 되어
매우 흥미롭다.

---

24 「金剛石の歌」'時計のはりのたえまなく/めぐるがごとくときのまも/光陰惜みてはげみ
　　なば/いかなる業かならざらん'
25 前田愛, 『都市空間のなかの文學』, 東京: 筑摩書房, 1983, pp.151~152.
26 式亭三馬(1776~1822). 에도 후기의 酒落本·黃表紙·滑稽本·合卷의 작자. 어려서부터
　　아버지의 서점일 하는 데서 일을 배우고 서점의 데릴사위로 들어가 작가 수업을 쌓아
　　희작을 많이 썼다.
27 『浮世風呂』, 『浮世床』: 1682년 이하라 사이가쿠井原西鶴의 『好色一代男』이 출판된 이
　　래 유행했던 소설류. 浮世의 의의는 불교의 무상관에 근거한 중세의 요구와 결합하여
　　나타났다. 浮世는 향락해야 할 현세의 의미로, 때로 호색好色의 의미가 강하기도 하고
　　때로는 당세의 의미가 강할 때도 있다. 위의 두 작품 다 사교장이었던 이발소·목욕탕
　　에 모여드는 여러 종류의 인간들의 대화를 묘사하고 있다.

3) 경술국치와 신소설

대한제국 시대의 국내정세는 정치적으로나 문화적으로 격동의 와중에서 갈피를 잡을 수 없었다. 정치적으로는 주권을 제약받아 민족적 비운이 다가오는 시기였고, 문화적으로는 갑오개혁(1894) 이후의 근대화과정에서 신구의 혼합 상태를 노정하여, 이제까지의 모든 질서가 흔들리기 시작했던 시기였다.

한국근대사에서 1905년 이후의 시기는 그 이전의 시대와 근본적으로 성격을 달리하고 있다. 1905년 11월 소위 〈을사늑약〉에 의하여 국권을 박탈당하고 1905년 12월에 일본 제국주의의 통감부가 설치되자, 한국민족의 과제는 일본 제국주의로부터의 국권회복에 집중되게 되었다.

이때는 밖으로부터 밀어닥치는 일본 제국주의의 침략에 대응하여 민족자주정신의 확립이 요구되었고, 또 한편으로 전근대적인 사회체제를 혁신시켜 가야 하는 두 개의 상충되는 과제를 안고 있었던 시대였다. 따라서 이 시대의 문학은 이른바 수용적인 근대화와 방어적인 민족주의가 함께 문제시되던 시대를 토대로 하고 있으며 민란과 전쟁, 그리고 식민지화 등의 사회적 재난과 정치적 혼란을 사회 배경으로 하고 있다.

일제의 조선침략이 그 초기부터 미국과 영국의 지지와 협력으로 추진되었으므로 일본 정부와 관헌의 구미제국에 대한 태도는 대단히 저자세였다. 때문에 이들은 '합병'에 대한 열강의 반응에 민감했다. 언론계도 기본적 자세는 마찬가지였는데, 오히려 열강의 '호의적' 반응을 강조함으로써 침략을 합리화하는 논조가 일반적이었다.

경술국치 직후 일본의 언론계는 다음과 같은 논지를 폈다.

① 조선에 대한 침략을 지지하고, 이에 반대 또는 이의를 표하는 자
　 가 전혀 없다는 것이다.
② '한일합방'의 정당화를 위해 모든 동원 가능한 논리를 구사하고
　 있다.
③ 통치정책에 대한 주장이 일본 정부보다도 오히려 강경하고, 더
　 억지스런 면이 있다.
④ 언론계가 체제에 대한 비판자가 아니라, 오히려 정부의 홍보기관
　 의 역할을 할 정도이다.
⑤ 침략행위에 대한 정당화를 위해, 흑백이 반전反轉 된 역사의 위
　 조를 태연스럽게 하고 있다.
⑥ 피해자인 조선민족의 입장이나 반침략투쟁에 관해서는 전혀 다
　 루지 않고, 침략자 측의 일방적 입장에서 물사物事를 보았다.
⑦ 조선인 멸시를 왕성하게 고취시키고 있는 것 등이다.[28]

일본헌병의 한국주둔은 1896년 군용전신軍用電信을 수비케 하는 것
으로 시작되었는데 1904년 러시아와 일본 사이의 사태가 긴박하게
되자, 당시 경성京城과 함경도 지방에서 헌병에 의한 군정을 실시하였
다.[29]
　신소설[30]의 현저한 특징 중의 하나는 문화변용론文化變容論과 새로

28　姜東鎭, 『日本言論界と朝鮮 1910〜1945』, 法政大學出版局, 1984, pp.56〜81 참조.
29　朝鮮總督府, 『朝鮮の保護及倂合』, 1918, p.183.
30　대개의 신소설에 상징된 일본의 경우는 유례없이 예찬적이고 긍정적이다. 그래서 신
　　소설에는 일본이 해외유학의 중심지로 되어 있고, 일본적인 생활양식을 모방하는 모
　　드가 유행됨을 보여주고 있다. 뿐만 아니라 닥상·각계시·나지미상·히사시가미·난데
　　스까·이랏사이·죳도맛데요·신단지·사요나라·고멘구다사이 등 일본어가 많이 사용된
　　서술이다.

운 준거에 대한 동화同化의 문제이다. 낡은 제도와 질서를 허물어 버리고 새로운 것을 확립해 가는 과정에서 이상적인 모델로서의 준거집단이 전제되는데, 준거의 모형이 신소설에서는 바로 서양과 일본으로 나타난다.[31]

신소설이 발생하게 된 몇 가지의 필연적 요인은 대략 다음과 같다.

① 1876년의 개항을 비롯하여 1894년 '갑오개혁'의 사회제도 개편작업 등은 삶의 양식을 바꾸어 놓았다.

② 문학 사회학적으로, 생산자(작가) – 분배자(출판업자 및 서적 판매업자[32] = 流通業者) – 수요자(독자)라는 교환회로(유통체제)의 관계가 새롭고 원활하게 형성되었다.

③ 민간신문의 출현이 신소설 발생의 중요한 역할을 했다. 관보官報와는 달리 민간신문[33]은 경영을 위해서 불가피하게 상업주의와 계몽적 기능을 하였는데, 개화기의 소설발표의 매개체가 되었다.

④ 소설의 내재적인 전통 축적 및 외국문학의 영향을 들 수 있다. 신소설은 비록 전대의 소설문학에 대한 반작용의 결과로 이루어진 것이지만, 전통의 축적 없이 이루어진 것은 아니다. 이 점은 신소설에서 지속되고 있는 여러 가지 전대 소설적 요소가 뒷받침한다. 여기에 서구의 지성 및 문학의 수용에 의한 영향이 있었다.[34]

---

31 李在銑, 『韓國現代小說史』, 弘盛社, 1979, p.76.
32 출판사 내지 책사로는 회동서관滙東書館・朱翰榮書舗・廣學書舗・大東書市・廣文社・東洋書院・薄文書館・中央書館・普成館 등이 있었다. 이들은 새로운 인쇄기를 도입했으며 서적 판매까지도 겸했다. 李在銑, 『韓國現代小說史』, 弘盛社, 1979, p.58 참조.
33 『皇城新聞』(1897), 『제국신문』(1897), 『大韓每日新報』(1905), 『萬歲報』(1906), 『慶南日報』(1909) 및 일본인이 발간한 『中央新報』(1906), 『大韓日報』(1904) 등은 1906년경의 지면확장과 더불어 거의 모두 소설을 연재하였으며 이른바 '딱지본'이란 단행본은 일단 신문에 먼저 발표되었던 것들이다.
34 李在銑, 『韓國現代小說史』, 弘盛社, 1979, pp.125~126.

한국의 신문학은 그 새싹이 움틀 무렵부터 일제통치의 그늘 밑에서 끈질긴 저항으로 생명을 부지해 온 셈인데, 일제 또한 이에 비례하여 그 시대마다 갖가지 규제를 동원하여 언론 및 창작 활동에 대한 단속을 꾸준히 하였다. 한말韓末부터 '3·1운동'에 이르는 동안에 〈군사경찰훈령軍事警察訓令〉(1904.7.20.)과 〈신문법新聞法〉(1907), 〈보안법保安法〉(1907), 〈신문지 규칙〉(1908), 〈신문지·잡지 단속 규칙新聞紙·雜誌取締規則〉(1909), 〈출판 규칙〉(1910), 〈예약출판법豫約出版法〉(1910)을 공포하여 전국적으로 통제함은 물론, 실제로 각 지방에 산재해 있던 각 이사청理事廳별로 예의 신문·잡지의 발매, 기타 영업상의 취체에 관한 件[35] 따위로 얽어매는 일을 철저히 하였다.

4) 안국선의 『금수회의록』

안국선[36]의 신소설 『금수회의록』은 1908년 2월에 단행본으로 발간된 우화형식의 풍자소설로, 동물우화 형식 토론문의 대표적인 위치를 차지한다.

신소설과는 다른 성격을 지닌 역사전기문학을 제외한 작품에서 간접·부분적으로나마 일본을 부정적으로 묘사한 것은 금서禁書로 판정

---

35 桂勳模 編, 『韓國言論年表』 附錄 言論關係法令, 1973, 대한민국 국회도서관 및 崔民之, 『日帝下民族言論史論』, 日月書閣, 1978, pp.76~116 참조.

36 安國善(1873~1926)은 일본 유학을 하고 돌아와 독립협회 간부였던 사람들과 함께 애국계몽운동을 하다가 체포되고, 유배되었던 경험이 있다. 1907년에 『演說方法』을 내서 애국적인 정열을 토로했으며, 1908년에는 우화형식의 연설토론문 「禽獸會議錄」을 통해서 일제의 침략을 준열하게 규탄하고, 사라져가는 기성도덕에 대한 아쉬움과 신사조를 풍자했다. 1908년에 탁지부 서기관으로 근무했고, 1911년 2월부터 1913년 7월까지 청도 군수淸道郡守를 지냈다. 1915년 흥미 본위의 단편소설집인 『共進會』를 발표하였다. 외세 침략에 절의를 지키기 힘들던 개화기 지식인의 한 전형을 안국선에서 찾아볼 수 있다.

된 안국선의 『금수회의록』뿐이다.

『금수회의록』에 나타난 동물우화의 의미는 그 풍자의 대상이 인간 사회의 모순과 허위성이고, 또 그 풍자정신도 이러한 사회적 존재(도덕적 인간)로서의 인간관계의 비리와 표리부동성 등에 대한 날카로운 인간고발에 있는 것이며, 근대성의 지향기指向期에서 비롯된 여러 가지 외적변화 못지않게 내적인 변화에 대한 깊은 우려로서의 준엄한 힐책이 동반되어 있는 것이다.

1907년에 안국선은 『演說方法』을 썼다. 이것은 연설에 관한 교과서의 일종인데, 그러한 교과서에 의거하여 『금수회의록』은 연설에 관한 여러 가지 논의가 가능해진 것이다. 연설적 공간이 품고 있는 과제란 원래 정치적 기능에 있는데, 정치학을 전공하고 『演說方法』을 쓴 안국선은 '토의적 수사법討議的 修辭法(deliberative rhetoric)'에 친숙해 있었을 것이다.[37]

구한말 〈만민공동회〉 또는 〈독립협회〉에서 대단히 빈번히 행해진 것이 연설이었다. 그러나 그 정치적 기능이, 조선총독부의 〈치안유지법〉이나 〈신문지법新聞紙法〉 등에 의해 차단되는 상황을 맞이하게 되자, 연설은 교육의 기능으로 한정되고 말았다.

『연설방법』은 연설방법을 설명한다는 구실 하에, 정부를 공격하고 민권을 주장하는 연설의 본보기를 보였는데, 『금수회의록』에서는 가상적인 내용이라는 구실을 내세웠으므로 그보다 한 걸음 더 나아갈 수 있었다. 금수禽獸들이 차례로 나서서 열변을 토하면서 사람들의 업신여김을 당하는 그런 짐승들이 오히려 바른 도리를 실행하고 있어,

---

37 金允植,「開化期 文學樣式의 問題點」,『韓國文學史論攷』, 一志社, 1973, p.115 참조. 여기에서 김윤식은 『금수회의록』의 우화적 양식을 연설에 직결된 토론성의 기능임을 지적하고 있다.

사람들의 잘못을 낱낱이 지적할 자격을 갖추었다고 했다. 다른 짐승들의 발언을 거치면서 주제가 다각도로 구체화되었다. 그런데 거듭되는 공격의 목소리를 전부 들은 서술자는 끝으로 참담한 느낌에 사로 잡혀 회개하면 구원이 있다는 기독교의 교리를 내세우기만 하고, 구국을 위해서 구체적으로 어떻게 해야 하는지 깨닫지는 못했다.

짐승들이 모여서 잔치나 회의를 한다는 장면 설정은 우화소설에서 흔히 볼 수 있다. 그런데 『금수회의록』에서는 짐승들이 회의를 하게 된 연유에 대한 해명이 없고, 회의의 결과 어떤 일이 벌어졌는가에 대해서는 말하지 않았다. 짐승들이 사람으로서의 성격을 지니도록 의인화되어 있지 않고 그 자체인 채로, 사람이 짐승만 못하다는 논설을 펴면서 작자의 주장을 대변하도록 했다. 그러므로 우화소설과 상통하는 허구적인 설정을 빌려 오기는 했어도, 서사문학다운 전개는 찾을 수 없고 논설이라야 더 잘 어울릴 수 있는 내용을 간접적이고 우회적인 방법으로 나타내 언론의 규제를 피하고 흥미를 가중시키고자 했다. 이 작품은 흔히 소설이라고 하지만 동물우화에 의거한 토론문의 전형적인 짜임새를 갖고 있고, 후속 작품에 이용될 수 있는 모형을 제공했다.

(1) 조선개화의 이면裏面 비판

『금수회의록』의 구성을 이루는 회의형식은 비록 대화식의 토론진행은 아닐지라도, 단상에 나와 발언할 때에는 회장으로부터 발언권을 얻고 나오는 것이라든지 합당한 발언(사회현실에 대한 비판이 절정에 이르는 발언)에 이르러서는 '손뼉치는 소리가 천지를 진동'할 정도로 공명을 얻는 광경 등, 일련의 회의진행이 근대의 정견발표회를 방불하게 한다.

이와 같은 형식과 내용을 두고 『금수회의록』을 '정치소설'로 보는 견해가 있어 왔다. 특히 임화는 "『금수회의록』을 정치소설에다 넣고 보면, 이것은 우리나라에서 제일의 걸작이다"[38]고 평가했으며, 김윤식도 개화사상의 질적 전환을 시도한 연설 토론적 성격의 이 같은 소설방법은 '정치소설의 한국적 전개' 양상으로 파악함으로써 정치적 경륜과 결부되는 해석이 바람직하다고 했다.[39]

이 소설은 이렇다 할 이야기의 줄거리도 없고 흔히 볼 수 있는 소설적 사건까지 철저히 배제되어 있는, 당시 소설형식의 한 파격이라 할 수 있다. 비단 형식뿐만 아니라 내용에서도 당시 다른 신소설 작품과 그 유형類型을 달리하는 특이한 소설이라 하겠다.

소설의 도입은 「序言」으로 되어 있다. 다른 신소설에서도 이런 도입형식을 볼 수는 있으나, 『금수회의록』은 또 다른 효과를 의도하고 있는 것이다. 가령 이인직이나 이해조 작품의 경우는 「序言」이 소설의 구성에 별다른 영향을 주지 못하지만, 이 작품의 경우는 소설 전편이 우의寓意적인 대사臺詞형식이란 점과 그 구성면에서 매우 긴밀한 관련을 맺고 있기 때문이다. 작품의 본문 내용이 약간의 지문地文을 사용하지 않은 것은 아니지만, 대체로 '금수禽獸'들의 발언형식對話文으로 서술되어 있어, 이에 따른 필요한 사항의 제시가 불가피한 것이다. 「서언」에서 전제된 「금수 회의소」의 배경이나 "슬프다! 착한 사람과 악한 사람이 거꾸로 되고 충신과 역적이 바뀌었도다. 이 같이 천

---

38 林和, 「新小說의 擡頭」, 『朝鮮新文學史』(『朝鮮日報』 連載, 제13回)
39 金允植·김현 共著, 『韓國文學史』, 民音社, 1973, p.103.

리에 어기어지고 덕의가 없어서 더럽고, 어둡고, 어리석고, 악독하여 금수만도 못한 이 세상을 장차 어찌하면 좋을꼬?"[40]와 같은 작의作意의 암시가 그런 것이다.

이 소설은 이른바 개화풍조에 편승하여 가치관의 혼미를 거듭하고 있던 당시 사회 각층의 의식구조와 지배층의 학정으로 인하여 온갖 비리가 횡행하던 양반관료의 부패상에 대한 날카로운 매도로 일관되어 있다. 작자가 의인법을 써서 인간의 비리를 고발하되 금수의 발언을 통하는 형식을 빌 수밖에 없었던 저간這間의 사정을 알게 하는 요소가 되고 있다.

이 소설은 당대의 열강들이 각기 식민지 확보에 혈안이 되어, 평화를 가장하고 약소민족을 침탈하는 국제정치의 판도를 예리하게 비판하면서, 이러한 정치풍토의 위선성을 폭로하고, 도덕에 기초한 평화를 열망하는 정치의식이 노정 되어 있는 것이다.

'금수회의'에 참석하게 된 유일한 인간인 '나'는 참석 자체가 '아이러니'할 뿐 아니라, 소설 구성상의 합리성을 잃고 있지만, 그러나 풍자적 효과를 감소시키지는 않는 것이다.

안국선의 풍자의식은 '사람들'을 그들의 패악悖惡에서 구제하고, 잘못을 교화시키기보다는, 비리를 폭로하고 단죄하는 쪽으로 집중되어 있다. 또한 급격한 사회변동에서 야기된 기존 윤리체제의 해체에 대한 경종과 그 확립을 내재하고 있는데, 이것은 인성의 본질적인 패악성을 말하는 것이 아니고 일시적 혼란된 모습의 경거망동을 말하는 것이다. 수세기 동안의 엄격한 통제사회(정치적인 측면보다도 윤리

---

40 安國善, 「禽獸會議錄」 序言, 宋敏鎬, 『韓國開化期小說의 史的 研究』, 一志社, 1976, p.308.

적인 입장에서) 내지 폐쇄사회에 급격히 불어 닥친 새로운 이변들은 오히려 지식인들이나 지배계층에 더욱 민감하게 감응되어 지조를 팔고, 그들의 엄격한 계층을 지탱시켜 주었던 유교적 가치체제를 일조일석에 포기해 버림으로써, 그에 대체할 이념의 상실을 가져왔던 것이다. 이것은 바로 패륜과 패악의 직접적인 원인이 된 것이며『금수회의록』은 이러한 윤리상실에 대한 자기 보호적인 의식을 내재하고 있는 것이다.

『금수회의록』의 구상은 적어도 출판되던 1908년 이전이었는데, 저간의 국내사정은 왕조의 붕괴와 열강의 침탈정책이 본격화되었던 시기였고, 특히 이러한 외세에 대한 방어책으로 조직된 독립협회와 이에 맞선 반동단체로서 황국협회皇國協會 등의 각축 속에서 왕조는 외세에 농락당하고 정치적 부패상은 극도에 다다랐다.

(2) 표상表象의 반전

『금수회의록』은 8종의 동물들이 등장하여 발언하는 방식으로 구성된 소설이다.

『금수회의록』의 내용을 단락별로 살펴보면 다음과 같다.

①序言 ②開會趣旨 ③제일석·反哺之孝(까마귀) ④제이석·狐假虎威(여우) ⑤제삼석·井蛙語海(개구리) ⑥제사석·口蜜腹劍(벌) ⑦제오석·無腸公子(게) ⑧제육석·營營之極(파리) ⑨제칠석·苛政猛於虎(호랑이) ⑩제팔석·雙去雙來(원앙) ⑪閉會

위 단락에서, ①과 ⑪은 각각 일반 소설형식의 도입부와 종결부에 해당하는 것이며, 그 밖의 단락은 본문을 이루는데, 서로 다른 주제를 병렬식으로 서술하고 있다.

전술한 단락 중 ③과 ⑧은 인간의 윤리적 성정면性情面을, ④와 ⑤, 그리고 ⑥과 ⑦은 당시 혼미한 현실을 정당하게 판단할 줄 아는 인간의 의식면을 강조하였다. 특히 ⑦은 당시 양반관료를 비롯한 지배계급의 부패상을 통렬히 풍자한 것으로서, 이 작품의 중핵을 이루는 부분이다.

　『금수회의록』에서 근본적인 인간의 성정으로서의 패악을 풍자하고 비판하는 것과, 악덕을 생득生得적으로 혹은 인간의 집단사회에서 필연적으로 가지고 있는 결함으로 보는 태도는 작품에 나타난 외견적 표시이고, 당대 현실사회의 시대적 상황이라는 특수한 여건 속에서 비롯된 계층간의 불공평성, 특권계급들의 부패상과 비리, 사회구조적인 측면에서 본 전통적인 윤리가치의 급작스런 붕괴, 인간성의 해체, 기회주의적이고 위선적인 태도 등을 신랄하게 풍자·비판하고 있다. 그럼으로써 이러한 사회적 모순을 구제하고 수정해야겠다는 사회개조 의식이 내재적 표시로서 작품 속에 잠재되어 있다.

　도입부의 ①「序言」에서,

　　이같이 천리에 어기어지고 덕의가 없어서 더럽고, 어둡고, 어리석고, 악독하여 금수禽獸만도 못한 이 세상을 장차 어찌하면 좋을꼬?
　　나도 또한 사람이라, 우리 인류사회가 이같이 악하게 됨을 근심하여 매양 성현의 글을 읽어 성현의 마음을 본받으려 하더니, 마침 서창에 곤히 든 잠이 춘풍에 이익한 바 되매 유흥을 금치 못하여 죽장망혜竹杖芒鞋로 녹수를 따르고 청산을 찾아서 한곳에 다다르니, 사면에 시화요초는 우거졌고 시냇물 소리는 종종하며 인적이 고요한데, 흰구름 푸른수풀 사이에 현판懸板하나이 달렸거늘, 자세히 보니 다섯글자를 크게 썼으되 '금수회의소'라 하고 그 옆에 문제를 걸었는데, "인류를 논박할 일"이라 하였고, (···중략···) 그곳에 모인 물건은 길짐승, 날짐승, 버러지, 물고기, 풀, 나무, 동물이 다 모였더라.

(『금수회의록』, 「序言」, pp.308~309)

라고 하여 극적 형식으로 전개되었다.

몽유서술자夢遊敍述者는 짐승들의 회의에 나서지 못하며 구경만 하고, 짐승들의 회의는 그 자체로서 완결된 짜임새를 가지고 있다. 이러한 극적공간에서 온갖 물건들은 의인화되어 관객으로 참여하고 있다. 그러므로 작중인물들은 실은 동물의 껍질들을 쓴 인간인 것이며 자아의 풍자방식, 즉 자조적이 되는 것이다.

② 「開會趣旨」에서 풍자의식의 소재가 집약적으로 나타나 있다.

'어서 들어 갑시다. 시간이 되었소'하고 바삐 들어가는 서슬에 나도 따라 들어가서 방청석에 앉아보니, 각색 길짐승, 날짐승, 모든 버러지, 물고기 동물이 꾸역꾸역 들어와서 그안에 빽빽하게 서고 앉았는데, 모인 물건은 형형색색이나 좌석은 제제창창濟濟蹌蹌한데

(『금수회의록』, 「開會趣旨」, p.309)

'금수회의'가 열리게 되는 구체적인 배경 서술로서 이 소설의 작의作意가 명료하게 드러나 있는 단락이다. 즉, 이 회의에서 결의할 조건으로,

제일, 사람된 자의 책임을 의론하여 분명히 할 일.
제이, 사람의 행위를 들어서 옳고 그름을 의론할 일.
제삼, 지금 세상 사람 중에 인류 자격이 있는 자와 없는 자를 조사할 일.

(『금수회의록』, 「개회취지」, p.310)

등 세 가지를 들고 있다. 이 3종의 회의조건은 작자가 이 작품을 통하여 말하고자 하는 것을 포괄적으로 요약하고 있다. 이 같은 세 가지 요건을 구비함으로써 사람으로서의 구실을 할 수 있게 된다는 것이 작품 전편에 나타나 있는 주요 골자다. 이것은 이 작품이 인간의 근본적인 문제를 제기하고 있는 것이며, 인간의 행동양식을 풍자하고 비판하는 '알레고리'적 성격을 가지고 있음을 보여주는 것이다.

③ 제일석의 '까마귀'는 그에게 가해진 흉조凶鳥로서의 '이미지' 갱신을 위한 반포지효反哺之孝를 들어 인간을 매도한다. 당대 사회의 사회적 변화요인으로서 윤리체제가 붕괴된 가치에 대한 진위를 묻는 교훈적 '알레고리'가 놓여 있는 것이다. 동시에 '아이러니'로서 '까마귀'와 '인간'의 반전反轉(Inversion)에 대한 풍자적 '알레고리'가 암시되어 있다.

> 또 우리는 아침에 일찍 해뜨기 전에 집을 떠나서 사방으로 날아 다니며 먹을 것을 구하여 부모봉양도 하고 (…중략…) 사람들은 한 번 집을 떠나서 나가면 혹은 협잡질하기, 혹은 술장보기, 혹은 계집의 집 뒤지기, 혹은 노름하기, 세월이 가는 줄을 모르고 저희 부모가 진지를 잡수었는지, 처자가 기다리는지 모르고 쏘 다니는 사람들이 어찌 우리 까마귀의 족속만 하리요." (『금수회의록』, 「反哺之孝」, pp.312~313)

'아이러니'한 풍자로서 인간의 타성과 속물성, 그리고 무책임성이 불효와 함께 폭로되고 있다. 당대 사회를 지탱하고 또 과거의 전통적인 윤리양식의 핵이랄 수 있는 최고의 가치체제가 바로 반포지효인데, 가장 저급한 동물에 의해서 부정되고 있다.

> 지금 세상 사람들은 말하는 것을 보면 낱낱이 효자같으되, 실상 하

는 행실을 보면 주색잡기酒色雜技에 침혹하여 부모의 뜻을 어기며, 형제
간에 재물로 다투어 부모의 마음을 상케하며, 제 한 몸만 생각하고 부
모가 주리되 돌아보지 아니하고, (⋯중략⋯) 인류사회에 효도없어짐
이 지금 세상보다 더 심함이 없도다. 사람들이 일백행실의 근본되는
효도를 아지 못하니 다른 것은 더 말할 것 무엇 있소.

(『금수회의록』, 「反哺之孝」, p.311)

까마귀가 '반포지효'를 가지고 인간을 고발하는 이 풍자에서 '효孝'
를 인간의 전유물인 것처럼 말하는 '시니컬'한 조소와 함께 근본적인
패륜을 풍자하고 있다.

군신간의 충의, 붕우朋友 간의 신의, 남녀의 절의, 부모에 대한 효성
등 인간의 도덕적 가치로서 유교사상을 옹호하고, 이러한 인륜도덕
의 급작스런 붕괴를 개탄하며 타락된 인심을 공격하여 자각을 촉구
한 것이라 하겠다.

이렇게 유교적 가치인 인륜을 옹호한 안국선은, 그 자신이 몰입했
던 개신교의 교리가 자유평등사상에 기초한 인간의 도덕적 가치를
중시하므로 '모럴리스트'로서의 도덕성을 작가의식으로서 수용하고
보수와 개신사상의 완충장치로서 인간의 근본적인 '사람 구실'을 앞
세웠던 것이다.

사람들의 옳지 못한 일을 모두 다 말씀하려면 너무 지리하겠기에
다만 사람들의 불효한 것을 가지고 말씀할 터인데, 옛날 동양성인들이
말씀하기를 효도는 덕의 근본이라, 효도는 일백행실의 근원이라, 효도
는 천하를 다스린다 하였고, 예수교 계명에도 부모를 효도로 섬기라
하였으니, 효도라 하는 것은 자식된 자가 고연古然한 직분으로 당연히
행할 일이 올시다. (『금수회의록』, 「反哺之孝」, p.311)

『금수회의록』에서는 이처럼 공자의 '天'과 예수의 '하늘나라'가 함께 혼효混淆되어 진술되었고, 이러한 두 개의 종교적 사상의 합치점으로서 도덕률을 강조하고 있다. 이것은 전통적인 유교사상과 새로운 서구사상인 기독교사상이 교차하는 시대의 두 의식이 도덕적 질서 위에서 서로 만나고 있는 현장을 말하는 것이며, 특히 『금수회의록』에서는 이러한 뿌리를 달리하는 이질적인 두 사상을 작품 속에서 합일시키려는 노력이 여타 초기소설에 비해 현저한 것이 특징이라 할 수 있다.

④ 제이석·「狐假虎威」는 '여우'가 요망·간사하다는 표상表象을 변호하고,

> "지금 세상 사람들은 당당한 하나님의 위엄을 빌어야 할 터인데, 외국의 세력을 빌어 의뢰하여 몸을 보전하고 벼슬을 얻어 하려 하며, 타국사람을 부동하여 제 나라를 망하고 제동포를 압박하니, 그것이 우리 여우보다 나은 일이오? 결단코 우리 여우만 못한 물건들이라 하옵네다."(손벽소리 천지 진동) (…중략…) "만일 우리더러 사람같다 하면 우리는 그 이름이 더러워서 아니 받겠소 내 소견 같으면 이후로는 사람을 사람이라 하지말고 여우라 하고 우리 여우를 사람이라 하는 것이 옳은 줄로 아나이다."   (『금수회의록』, 「狐假虎威」, pp.313~314)

라고 '인간'을 혹독하게 공격하고 '인간'과 '여우'의 위치를 반전反轉시키고 있다.

아울러 전통적인 양반관료들의 부패상과 지배층의 학정과 무지에 대해 공격하고 있다. 엄격한 이조사회 계층조직이 와해되는 과정에서 이들 양반층들의 비겁함과 기만성, 곡학아세曲學阿世하는 모습이

사회변화라는 측면에서 예리하게 풍자됐다.

　　또 나라로 말할지라도 대포와 총의 힘을 빌어서 남의 나라를 위협
하여 속국도 만들고 보호국도 만드니, 불한당이 칼이나 육혈포를 가지
고 남의 집에 들어 가서 재물을 탈취하고 부녀를 겁탈하는 것이나 다
를 것이 무엇 있소.　　　　　　　　　（『금수회의록』, 「狐假虎威」, p.313)

　　이러한 발언은 당대의 위정자와 또 현실적 문제, 즉 속국화 된 원
인을 단순히 외침에 탓할 것이 아니라 내부의 타락과 부패 등에 대한
주체적 자각이 없었고 혼미한 사조가 만연했음을 한탄하고 있는 것
이다.

　　⑤ 제삼석·「井底之蛙」라 지칭되는 좁은 소견의 '개구리'가 '바다'를
말하겠다는 식의 구성으로 인간의 무지와 오만성을 비난하고, 무능하
고 안일 무사한 벼슬아치들을 풍자하는 방식을 취하고 있다. 이 단락
에서는 '공자'를 비유하면서 '천지의 이치'를 각성하라는 유교적 교훈
과 더불어, 역시 도덕적이고 정치적인 의식의 일면을 제시한 것이다.

　　사람들은 거만한 마음이 많아서 저희들이 천하에 제일이라고, 만물
중에 가장 귀하다고 자칭하지마는, 제 나랏일도 잘 모르면서 양비대담
攘臂大談하고 큰소리 탕탕하고 주제넘은 말하는 것들 우습디다.
　　　　　　　　　　　　　　　　　　　（『금수회의록』, 「井底之蛙」, p.315)

　　인간의 오만한 성정을 힐난하는 풍자이다. '개구리'를 '정저지와井底
之蛙'로 무지하다고 매도하는 인간이 더욱 무지하다는, 어리석은 성정
을 통박한 것이다.

사람들은 좁은 소견을 가지고 외국형편도 모르고 천하대세도 살피지 못하고 공연히 떠들며, 무엇을 아는체 하고 나라는 다 망하여 가건마는 썩은 생각으로 갑갑한 말만 하는도다.

(『금수회의록』, 「井底之蛙」, p.315)

1905년 〈을사늑약〉을 전후한 시기의 사회현실에서 개화운동은 민족의 자주독립과 신문명의 호흡이라는 자강책인 데 반해, 현실적인 의식구조는 맹목과 허세가 팽배하고 외세에 굴신屈身하여 보신주의로 흘렀던 것이다. 그러므로 『금수회의록』은 부패한 지배계층의 타락상을 풍자하고 이들의 일대 각성을 촉구하는 발언이라고 할 수 있겠다.

⑥ 제사석·「口蜜腹劍」 '벌'의 근면성과 협력체제를 옹호하고 인간의 이기적인 탐욕성을 폭로한다. 그러므로 인간의 대타관계對他關係에서의 공동의식의 결여성, 속악성俗惡性, 이기적인 침탈근성 등을 포괄적으로 풍자하고 있다.

우리의 입은 항상 꿀만 있으되 사람의 입은 변화가 무쌍하여 꿀같이 단 때도 있고, 고추같이 매운 때도 있고, 칼 같이 날카로운 때도 있고, 비상같이 독한 때도 있어서, 맞대하였을 때는 꿀을 들어 붓는 것같이 달게 말하다가 돌아서면 흉보고, 욕하고, 노여하고, 악담하며, 좋아지낼 때에는 깨소금 항아리 같이 고소하고 맛있게 수작하다가, 조금만 미흡한 일이 있으면 죽일 놈 살릴 놈 하며……

(『금수회의록』, 「口蜜腹劍」, p.317)

「口蜜腹劍」은 '벌'의 속성이지만, 이것은 인간의 위선성에 그대로

대응하는 것이기도 하다. "입엔 달콤한 꿀, 배에는 날카로운 비수" 이
것이 표리부동한 인간성으로 반전되어 있다.

⑦ 제오석·「無腸公子」 '게'의 우화이다. 일제의 침탈에 대한 허약성
이 폭로되어 있고, '창자 없는 게'보다 못하다는 야유와 조소가 담긴
내용으로 민족의 허약성과 음란하고 속된 현실의 타락상을 힐책하고
있다.

> 이런 것들이 창자 있다고 사람이라 자긍하니 허리가 아파 못살겠소.
> 어찌하면 좋겠소? 나라에 경사가 있으되 기뻐할 줄 알지 못하여 국기
> 하나를 내어 꽂을 줄 모르니 그것이 창자있는 것이오? 그런 창자는 부
> 럽지 않소.   (『금수회의록』, 「無腸公子」, p.319)

주체적 자아의 각성이라는 입장의 민족주의의 지향을 읽을 수 있
고, 안국선 자신이 고급 관리를 지낸[41] 만큼 자아에 대한 자조적인 의
식이 내포되어 있고, 식민지 지식인들의 무력과 훼절로부터의 갱생
을 촉구한 웅변적 비유가 담겨있는 것이라 하겠다.

우국지사·지식인으로서 여타의 문사들의 작품에서 보다 『금수회
의록』에 정치의식이 극명하게 제기된 점에서 안국선의 정치의식의
강도와 진폭을 단적으로 드러내는 것이라 하겠다.

『금수회의록』에서 안국선이 지향했던 작가의식의 핵심은 당대의
식민지화된 사회현실의 근본적인 원인이 외침에도 있지만, 피폐한
민심과 인간성의 도덕적 타락에서 찾고 있음을 알 수 있다.

---

41 안국선은 이능화의 『朝鮮基督教 及 外交史』(永信아카데미(1977) 韓國學研究所 影印,
   p.203)에 會寧郡守라는 직함으로 등재된 것을 보면 상당한 벼슬도 했던 것으로 보이
   나 곧 낙향하여 은둔생활을 했다고 한다.

지금 어떤 나라 정부를 보면 깨끗한 창자라고는 아마 몇 개가 없으리라. 신문에 그렇게 나무라고, 사회에서 그렇게 시비하고, 백성이 그렇게 원망하고, 외국 사람이 그렇게 욕들을 하여도 모르는 체하니, 이것이 창자 있는 사람들이오? 그 정부에 옳은 마음먹고 벼슬하는 사람 누가 있소? 한 사람이라도 있거든 있다고 하시오. 만판 경륜이 임군 속일 생각 백성 잡아 먹을 생각, 나라 팔아먹을 생각밖에 아무 생각없소. 이같이 썩고 어럽고 똥만 들어서 구린내가 물큰물큰 나는 창자는 우리의 없는 것이 도리어 낫소.　　　(『금수회의록』, 「無腸公子」, p.319)

'무장공자無腸公子·게'의 말을 빌어서 공박攻駁하고 있는 정부는 실상 한말韓末의 피폐한 현실 그 자체인 것이다.

⑧ 제육석·「營營之極」은 그야말로 저급한 동물인 '파리'가 중국의 고사를 인용하여 인간의 간악성을 여지없이 비방한다.

세상에 제일 더러운 것은 똥이라 하지마는, 우리가 똥을 눌 때 남이 다 보고 알도록 흰데는 검게 누고, 검은데는 희게 누어서 남을 속일 생각은 하지 않소.
　　　사람들은 똥보다 더 더러운 일을 많이 하지마는 혹 남의 입에 오르내릴까 겁을 내어 은밀히 하되, 무소부지하신 하나님은 먼저 아시고 계시오.　　　(『금수회의록』, 「營營之極」, p.321)

인간의 위선성이 신랄하게 풍자되어 있다. 이러한 위선과 기만성을 당대사회에 대한 현실의식에서 보다 인간의 본질적인 성정에 은폐되어 있는 이중성임을 풍자동물인 '파리'에 의해서 폭로되어져 있고, 가장 더러운 미물인 '파리'가 '인간'을 통렬하게 비난한다는 풍자의 강도를 한층 더 가혹하게 하는 것이다.

⑨ 제칠석·「苛政猛於虎」은 '가정맹어호苛政猛於虎'라는 고사故事를 빌어 '호랑이'가 인간의 잔학성과 탐관독직, 수탈행위 등을 풍자하고 있다. 또 의리를 배신하고 은혜를 모르는 냉혹한 비정의 인간사회를 비난한다. 특히 당시 사회 각층의 의식구조와 '호랑이'로 표상되는 지배층의 온갖 비리가 횡행하던 양반관료의 부패상에 대한 날카로운 매도와 계층사회의 혼미상을 고발한 풍자라 하겠다.

⑩ 제팔석·「雙來雙去」는 '원앙'새로 부부윤리를 이야기하고 일부다처를 음란성으로 매도하면서 유교윤리의 부부관과 부부지정의 화락을 '원앙'에 비유해서 설교조로 훈계하고 있다. 이것은 사회적 폐습인 축첩과 부도덕한 불륜이나 사통私通을 비판한 것이지만, 개화기의 중요한 근대지향의 표적이었던 자유연애를 고조시킨 여타 초기소설과는 그 지향이 다를 뿐 아니라 수절이라는 전근대적 윤리규범을 옹호하고 있음이 주목된다.

⑪ 「閉會」는 연극적 '에피소드'의 방식으로 역시 관객의 한 사람이었던 관찰자가 이상의 장면을 정리하는 구성으로 되어 있다.

슬프다─여러 짐승의 연설을 듣고 가만히 생각하여 보니, 세상에 불쌍한 것이 사람이로다. 내가 어찌하여 사람으로 태어나서 이런 욕을 보는고! 사람은 만물 중에 귀하기로 제일이요. 신령하기도 제일이오, 재주도 제일이오, 지혜도 제일이라 하여 동물 중에 제일 좋다 하더니, 오늘날로 보면 제일로 악하고 제일 흉괴하고 제일 음란하고 제일 간사하고 제일 더럽고 제일 어리석은 것은 사람이로다. ……사람이 떨어져서 짐승의 아래가 되고, 짐승이 도리어 사람보다 상등이 되었으니, 어찌하면 좋을꼬?　　　　　　　(『금수회의록』, 「閉會」, pp.324~325)

이 「序文」과 「閉會辭」에서 작가의식의 직설적 표출이 드러나 있고, 전체 여덟 장면의 여러 동물들의 우화양식에서 화자의 동물적인 인습성을 인간과 인간사회에 대입시킴으로써 인간성의 동물화로 전락하게 된다. 결국 표면적으로는 동물의 인간화이지만 소설적 효과면에서는 그 반대인 인간의 동물화라는 반전이 성립되는 것이다. 사실 이 작품에 등장하는 8종의 동물들은 당시 한반도에서 각축을 벌이던 열강제국列强諸國들을 비유·상징하고 있다. '여우', '호랑이', '파리', '까마귀' 등의 표상은 열강의 상징적 동물로, 그 밖의 '게', '원앙', '벌' 등은 자국의 상징적 요소로 설정 했음직하다.

작품에 등장하는 동물들의 본래의 표상과 반전反轉된 표상 그리고 풍자대상을 살펴보면 〈표 2〉와 같다.

〈표 2〉 표상의 반전과 풍자대상

〈본래의 표상〉	〈반전된 표상〉	〈풍자대상(인간에 대해)〉
① 까마귀-검은 마음, 흉조	효도	패륜, 어리석음
② 여우-간사, 교활함	분수를 지킴	침탈, 위선
③ 개구리-미물, 좁은 소견	정직	오만성과 부패상
④ 벌-근면, 협동	근면	나태와 인간의 속된 성정
⑤ 파리-우정	더러움, 왜소함	소인의 성품, 간교함
⑥ 게-우둔, 못남	솔직성과 분수	행악, 무력성, 비겁성
⑦ 호랑이-위엄, 잔인성	은혜, 의리	가정苛政, 부패, 탐관, 독직
⑧ 원앙-화합, 다정	인륜, 절개	패륜, 훼절, 축첩

여기에서 본 바와 같이 8종의 동물들에서 벌과 원앙을 제외한 다른 동물들은 일반적으로 통념화되어 있는 표상과는 반대되는 개념, 즉 표상의 반전反轉으로, 풍자대상인 인간을 통박함으로써 현실을 우의하고 있다.

5) 세태와 문학

도카이 산시의 『가진노기구佳人之奇遇』에는 세계가 제국주의 단계로 들어가기 전야의 식민지·약소민족의 우려·굴욕·분노의 소리가 강하게 울려 퍼진다.

시키테이 산바가 소재로 선택한 목욕탕과 이발소는 지역적으로 한정되어 있고 일종의 공동성을 여러 인물에서 볼 수 있다. 그러나 가나가키 로분의 『아구라나베安愚樂鍋』(1871)는 지역에서나 계층에서나 훨씬 넓다는 특색이 있고 시세를 읽는데 민감한 가나가키 로분은 문명개화의 음식물로서 인기를 끌기 시작한 '쇠고기전골' 집을 작품의 무대로 선정하여 거기에 모여드는 신구시대적인 인물·풍속 등을 묘사, 문명개화의 풍속도가 전개된다.

가나가키 로분은 『아구라나베』에서 무사상적 희작자戱作者로서, 메이지 초기의 시대사조와 세태에 재빨리 편승하여 쇠고기 전골을 개화의 상징으로, 회중시계 등을 문화기호文化記號로 작품화한 전통적 서사기법으로 새로운 문화를 창조하였다. 메이지 신체제하의 신제도·신풍속에 대한 긍정을 근저에 가지고 있음을 시사하고 있다.

안국선의 『금수회의록』(1908)은, 인간만이 독점하고 있는 가치체계라고 할 '효', '분수', '정직', '우정', '의리', '인륜', '충성' 등이 동물들의 것으로 반전되고, 오히려 동물의 표상들인 '검은 마음', '간사함', '좁은 소견', '왜소함', '우둔함', '잔인성' 등이 인간의 성정性情으로 반전되었다. 즉 '인간'과 '짐승'의 반전이었다고 할 수 있겠다. 이는 안국선에게 도덕론자·평화주의자·인도주의자·종교가로서의 사상적 지향이 저류低流하고 있음을 시사한다.

전통에 대한 안타까움과 복제 신 풍속에 대해 표상적 상징으로 묘사했다. 1896년에 미국선교사 언더우드와 아펜젤러에 의해서 한글 번역판『신약전서』가 나옴으로써 조선에 한글 사용운동이 전개된 뒤부터 그들 선교사는 학원설립에까지 나서서 한국근대화 과정에 크게 공헌했다.[42] 기독교가 당시의 지식인들에게 커다란 영향력을 가지고 전파되었고, 이러한 기독교 사상은 지식인들로 하여금 민족에 대한 중대한 지표를 제공했다. 안국선은 이상재李商在, 이승만李承晚, 장지연張志淵 등과 더불어 개신교의 열렬한 신자이었다는 점[43]에서 이러한 종교적 포교방식을 빌어 당대사회를 풍자하였다. 또한 그의 사회의식의 귀결점도 기독교적 저항방식에 의한 민족비운의 구제로, 혹은 기독교의 교리를 포교하고 선교해서 현실적인 비리들을 회개하여 구원을 얻고자 하는 선교적인 의식으로 보인다.

『아구라나베』와『금수회의록』은 근대화의 순기능과 역기능에 대한 묘사라는 상이점에도, '전환기적 세태'를 상징적 풍자로 묘사하고 있다는 공통점이 있다.

2. 정치적 인간의 창조

일본문학사에서의 '정치소설'이란 메이지 10년대(1880년대) 자유민권운동을 배경으로 하여 성립한 소설을 말한다.

메이지유신에 의한 새로운 정권의 탄생은 정치적 목적을 이루기

---

42 金宇鐘,『韓國現代小說史』, 成文閣, 1978, p.104.
43 李能和,『朝鮮基督教及外交史』(永信아카데미(1977) 韓國學研究所 影印, p.203)

위한 문학을 요구하게 되는데, 그에 부응하는 문학적 표현이 바로 정치소설이다. 봉건제에 의한 속박과 전통으로부터 지식과 정치의 해방을 계몽하는 정치소설은, 정치적 변혁기에 문학을 정치적으로 이용하고자 하는 시대사조의 산물인 것이다.

일본에서의 정치소설은 1880년대의 정치열풍, 즉 봉건타파를 부르짖는 자유민권의식의 상승에 따른 귀결적 문학 표현이라 할 수 있다. 야나기다 이즈미柳田泉는 정치소설의 역할을 '첫째는 理想文學의 존재형태, 둘째는 戱作文學에 대한 비판, 셋째는 新作文學出現에 대한 자극'[44]으로 보고 있으며 오다기리 히데오小田切秀雄는 메이지 절대주의 권력에 대한 아래로부터의 부르주아 민주주의 혁명으로서 자유민권운동의 투쟁과정에서, 그 투쟁의 수단으로 정치소설의 역할을 강조한다.[45]

이러한 변혁기의 문학은 대체로 메이지 정부에 대한 저항적 자세를 표현하고 있는데, 그것은 메이지유신 직후의 풍속을 희화화戱畵化하기도 하며, 서양의 근대문물을 소개하는 내용을 담고 있다. 그 작품군은 대체로 3기로 나눌 수 있다.

제1기의 작품은 도카이 산시의 『가진노기구』로, 김옥균[46]의 갑신정변에서 을미사변에 걸친 한국의 정치적 사건을 사실적으로 그리고 있다.

제2기에 해당하는 작품은 러일전쟁 후 조선이 외교권을 상실한 「시일야방성대곡是日也放聲大哭」 이후 기독교 사회주의자이며 이광수에 깊

---

44 柳田泉, 『明治初期の文學思想』(上)(春秋社, 1965, p.190)에서, "第一は理想文學のあり方, 第二は戱作文學への批判, 第三は新作文學出現への刺戟"이라고 적고 있다.
45 小田切秀雄, 『小田切秀雄著作集』, 法政大學出版局, 1970, p.33.
46 『佳人之奇遇』의 二卷末에는 金玉均의 跋文이 씌어 있다.

은 영향을 미친 바 있는 소설가 기노시타 나오에木下尙江, 나쓰메 소세키, 구니키다 돗포 등의 작품이다.

제3기는 조선총독부朝鮮總督府 설치에서 관동대지진關東大地震(1923) 이전까지라 할 수 있고, 이에 해당하는 작품으로는 다카하마 교시高濱虛子의『朝鮮』, 나카니시 이노스케中西伊之助의『황토에 싹트는 것あか土に芽むもの』, 유아사 가쓰에湯淺克衞의 단편「간난이」(『文學評論』, 1936), 가와바타 야스나리川端康成의 콩트「朝鮮人」등을 들 수 있다. 특히 나카니시 이노스케의 작품은 토지조사령에 의한 조선 농민의 몰락을 파헤친 것으로, 당시 한국에서 싹 트기 시작한 신경향파 문학에 영향을 끼친 작품이다.

한국의 개화기소설은, 신소설新小說·정치소설政治小說·가정소설家庭小說·토론소설討論小說·윤리소설倫理小說·연극소설演劇小說·애락소설哀樂小說 등 여러 가지 명칭으로 불리고 있고 전체를 정치소설로 총괄하기는 어렵지만 일부 개화기소설을 정치운동의 수단으로 사용했다는 점에서 정치소설의 영역에 들어가며, 그 영향은 일본 정치소설에서 받았다는 점은 부인할 수 없다.

조선 근대화의 물결은 정치형태에 있어 귀족정치를 청산하고 평민정치와 주권의 독립에 대한 주장을 불러일으켰고, 경제적으로는 농산본위農產本位의 구태에서 벗어나 신흥 상공업의 발흥을 시도하게 되었다. 또한 사회적으로 개국기원開國紀元의 사용, 계급타파, 조혼의 금지, 과부재혼의 자유, 노비제도의 혁파, 연좌법의 금지 등 개혁을 통해 근대적 사회체제를 지향해 갔다.

그러한 시대적 요청에 의해 한국의 소설문학도 변화에의 모색이 필요로 하게 되었다. 일본이 메이지유신으로 서구 근대문물을 받아들이고, 서구제국과 맺었던 불평등 수교조약을 동아시아제국(한국·중국·대만)에 강요하여 제국주의의 씨를 뿌리려고 문화와 군사력으로 실력행사를 벌이던 시기로, 한국 지식인들의 입장이 소설문학에 그대로 영향을 끼치게 된다.

당시 한국 사회를 이끌어 가는 지도층은 1900년대 초에 관비유학으로 일본에 가서 대부분이 법률과 정치학 분야를 전공했다. 그들은 유학기간 중 일본을 휩쓸었던 문명개화운동, 특히 내셔널리즘, 하층계급의 입신출세, 남녀평등, 여성의 학문권장, 여성의 참정권 등 계몽사상을 접하여 한국에 귀국하여서도 일본에서 영향 받았던 계몽사상을 신소설이라는 형식을 빌려 한국의 국민에게 전파하기 위해 노력했다.

일본의 스에히로 뎃초는 『셋추바이雪中梅』에서 일본 미래의 바람직한 정치 유형을 제시했다. 일본의 『셋추바이』[47]와 이를 번안한 한국의 『설중매』,[48] 그리고 최찬식의 『금강문』[49]을, '정치적 인간의 창조'라는 주제에 맞추어 비교 하고자 한다. 아울러 이를 보다 선명하게 하기 위해 '일본 정치소설의 발생'과 '한국 유사정치소설類似政治小說의 발생'을 다뤄 당시 소설의 정치와 문학 즉, '사상성思想性과 허구성虛構性'을 함께 살펴보기로 한다.

---

47 末廣鐵腸, 『雪中梅』, 『政治小說集』(『日本現代文學全集』 3, 講談社, 1980)
48 具然學, 『설중매』(1908) 『新小說·翻案小說 3』(『韓國開化期文學叢書』 1, 亞細亞文化社, 1978)
49 崔瓚植, 『금강문』(1912)(『韓國新小說全集』 卷四, 乙酉文化社, 1968)

1) 일본 정치소설의 발생

에도막부 봉건체제를 타도한 메이지유신에 의해서 근세문학이 근대문학으로 전개되는 것은 아니었다. 무사도 서민도 유학자도 희작자戲作者도 각기 자신의 삶을 영위하지 않을 수 없었다. 정치의 변혁이 그때까지의 봉건적 지역성과 봉건적 신분제를 해방하는데 주도적 역할을 한 것은 계몽사상가들이었다. 그들의 대부분은 무사계급 출신인데 소위 무사계급에서 문학의 가장 첨단적인 부분이 계몽사상으로 나타났다고 할 수 있다.

1882년경에 이르러 수년래 고조되었던 자유민권론이나 일반의 정치열이 절정에 달했을 때, 메이지 정부는 민간의 언론·출판의 자유를 억압하여 신문·연설·결사·집회 등의 규칙을 엄중하게 함으로써 이 흐름을 저지하고자 했다. 그래서 정치적 불평을 털어놓을 기회와 기관을 잃어버린 정론가政論家·문필가文筆家들은 예전에는 그렇게 중시하지 않았던 소설이라는 문학형식을 빌어 자신의 소견을 발표하기에 이르렀다. 주로 그들에 의해 이루어진 1872년 전후의 번역문학이 강한 정치적 색채를 띠고 구미의 정치소설 내지 정치문학을 소개할 뿐만 아니라, 정치에 인연이 없는 순문학까지도 정치적 제목을 달기도 하고 정치적 의미가 있는 것처럼 가장 하였다. 이로서 자기편의 이론 또는 자신의 흉금을 소설화하기 시작하여 정치소설의 전성시대가 나타났고, 정치문학이 한때 문단의 주류를 이루었던 것이다.

1880년대의 정치소설은, 과거의 희작소설과 근대소설의 가교역할을 수행한 것으로 일본문학사에서 뺄 수 없는 사항이었다. 문학적인 표준으로는 그다지 문제작이 되지 못하는 것이 대부분이다. 그러나 당대의 가장 문필에 재능 있는 작가는 오로지 진지한 외길로 정치소설이란 분야에 도전했다. 그 진솔한 노력은, 얼마 지나지 않아 그들에 이어서 등장하는 근대소설 작가군을 위해 나아가야 할 길을 개척한 역할을 연출했던 것이다.

일본의 신문들이 정치소설을 다투어 연재함으로써 신문의 위세를 정치의 소용돌이 속으로 몰아넣는 것은 일본적인 독특한 정치운동을 말해주는 것이기도 하다. 일본에서 말하는 정치소설이란 정치와 소설의 관계라든가 정치가 문학에 어떤 영향을 끼치는가를 문제 삼는 것이 아니라 하나의 문학사적 양식을 이루는 개념이어서 그 사회적·역사적 배경을 떠나서는 이해되기 어렵다. 일본 근대문학사에서 말하는 정치소설의 조건을 살펴보면 다음과 같다.

① 메이지유신을 계기로 강력한 입헌군주제를 시행한 관의 독주와 이에 맞선 민권파民權派 사이의 대결이 치열해지기 시작한 1881년에서 비롯된다. 메이지 정부가 〈참방률讒謗律〉, 〈신문지조례新聞紙條例〉 등의 법률을 만들어 민권파를 탄압하자, 이에 맞서는 방법으로 민권파 측에서 민중의 오락인 연극新派劇, 가요唱歌, 그리고 풍자적인 작품戲作을 이용하였는데, 여기서 발생한 것이 정치소설이다.

② 권선징악적인 종래의 서민들의 문학관을 정치 쪽에서 그대로 이용하여 정치 속의 권선징악이라는 더욱 현대적인 국면으로 쉽게 바꿔 놓을 수 있었다는 점.

③ 유학생들이 서양을 배우는 과정에서, 그들이 서양 문학에 관심을 갖게 된 것은 정치를 통해서였다. 서양의 정치가들(디즈레일리나 빅토르 위고 등)이 소설에 깊은 흥미를 갖고 또 직접 쓰기도 했

음을 그들은 보았던 것이다.

④ 정치 운동가들의 대부분이 사족 출신이었다는 점. 동양의 전통인 군담류, 역사류 등 패사稗史를 탐독한 그들의 교양이 요인의 하나를 이루었다. 정치소설의 작가는 이들 사족출신의 정치가 자신이었던 것이다.[50]

야노 류케이矢野龍溪[51]는 『게이코쿠비단經國美談』의 「序」에서 소설을 무용無用의 유희遊戱라고 단언했다. 당시 일반 사족이 문예를 어떠한 것으로 보았던가 하는 최대공약수였다.

1880년대의 정치소설은 과거의 희작소설과 근대소설의 가교역할을 수행한 것으로 일본문학사상에 뺄 수 없는 존재였다. 문학적인 표준으로는 그다지 문제작이 되지 못하는 것이 대부분이다. 그러나 당대의 가장 문필에 재능 있는 작가는 오로지 진지한 외길로 정치소설이란 분야에 도전했다. 근대의 여명기에 사족이 수행한 역할은 문학에서도 예외는 아니었다. 근대문학 수립의 역할은 사족 지식인의 손으로 이루어졌기 때문이다. 쓰보우치 쇼요가 그렇고 후타바테이 시메이가 그러했다.

정치소설과 희작 모두가 근대문학의 본질에 대한 치명적인 불감증이 있다. 이것을 공통항共通項으로 하면 양자 사이에 존재하는 거리는 먼 것 같으면서도 가깝다. 그러나 이 갭을 메우는데 10년의 시간이 필요로 했던 것이다. 일본의 근대문학은, 정치소설밖에 쓰지 않았던

---

50 柳田泉, 『政治小說研究(上)』, 春秋社, 1967, pp.3~5.
51 야노 류케이矢野龍溪(1850~1931): 본명은 文雄으로 게이오의숙에서 공부했고, 1884년에 정치소설 『經國美談』을 출간하여 문단에서 크게 환영받았다. 1885년 유럽에 갔다가 귀국하여 개신당改新黨의원으로 활약하였다. 1889년 정계에서 은퇴하였으며 『浮城物語』, 『新社會』 등의 작품이 있다.

지식인이 희작을 쓰게 되면서 문예 방향으로 일보를 내딛은 것이다. 이는 정치소설의 번역자이고 희작의 문도門徒이기도 한 쓰보우치 쇼요와 그가 '희작의 개량'을 목표로 하여 쓴 『쇼세쓰신즈이小説神髓』로 상징된다. 일본의 근대문학은 소위 정치소설과 희작이 만나는 접점에서 태생한 것이다.

(1) 『經國美談』·『佳人之奇遇』의 사상과 허구虛構

정치소설이 드디어 체재를 정리하여, 널리 독자에게 환영받게 되기에는 1883년에 第一部가 출판된 야노 류케이의 『게이코쿠비단經國美談』[52]에서부터이다.

야노 류케이는 자유민권운동과 의회개설운동의 기수였던 『郵便報知新聞』에 부주필로 입사했다. 英美의 법률에 밝은 야노 류케이의 논설은 널리 세간의 주목을 받아 자유사상의 주창자였던 이타가키 다이스케板垣退助(1837~1919) 등과도 친교를 갖게 되었다.[53]

야노 류케이는 개진당改進黨 창당을 위해 분주히 뛰다가 1882년에는 과로로 병상에 쓰러졌다. 야노 류케이는 병상에 누워있는 동안 소설을 구상했다. 라이 산요賴山陽의 『日本外史』가 에도막부 말기 사람들의 마음을 움직여 왕정복고를 달성했던 것에서 깨달아, 개진당改進黨의 정견을 민중에게 호소하기 위한 소설을 쓰려했던 것이 그의 의도였다.[54]

---

52 初版의 表紙에는 "Young Politicians of Thebes"란 영어 제목으로 표시되었다.
53 도날드 킹Donald Keene 著, 德岡孝夫 譯, 『日本文學歷史 ⑩』(近代·現代篇 1), 中央公論社, 1995, pp.133~134 참고.
54 도날드 킹 著, 德岡孝夫 譯, 『日本文學歷史 ⑩』(近代·現代篇 1), 東京:中央公論社, 1995, p.135.

『게이코쿠비단』은 역사서와 소설의 접점에 위치한다고 할 수 있을 것이다.

작품 중에 등장하는 페로피다스, 이파미논다스, 메론 등의 영웅은 유교적 도덕률 속에서 성장한 사족들의 눈에는 각자 지인용智仁勇의 전형으로 비춰졌다. 메이지 초기의 희작소설을 대단히 멸시하던 사족계급이 영웅적인 테베 사람 속에 자신을 투영하였던 것이다.

야노 류케이는 등장인물의 입을 통해 때로는 직접으로, 때로는 사실의 서술을 선택함에 의해 간접으로 자신의 정치신념을 작중에 피력했다. 그것은 개진당을 움직이고 있는 정치이념이었다. 야노 류케이가 목표한 것은 혁명이 아니라 질서를 유지한 '개진'이었다. 후편(1884年刊)에서 영웅들의 노력이 폭도·난민들의 무질서한 봉기 때문에 수포로 돌아가 버리는 부분은 더더욱 그 좋은 예라고 할 수 있을 것이다.

『게이코쿠비단』의 성공은 정치소설의 미래를 약속하기도 했다. 여기서 새롭게 나타난 것이 도카이 산시[55](1852~1922)의『가진노기구佳人之奇遇』(1885~1897)이다.

도카이 산시는 아이즈會津 폐번 후에 일본 각지를 전전하면서 수학修學(특히 영어)하다가 세이난전쟁西南戰爭 중에는 관군官軍의 임시장교로 종군하는 우연을 겪었다. 1879년에 후원자를 만나 미국으로 유학을 갔다. 채미滯美 기간 6년에 걸쳐 주로 펜실바니아 대학에서 공부했다. 유학 중에 도카이 산시가 깨달은 것은 세계각지에서 일어나고

---

55 도카이 산시는 아이즈 번會津藩 사족士族의 아들로 1868년의 도바 후시미鳥羽伏見의 싸움에서 아이즈 번의 병사로 종군했다. 아이즈會津에 돌아와서 관군과 싸웠으나 패하여 아버지는 부상하고 형은 전사, 어머니와 여동생은 자결하였다. 도카이 산시의 이와 같은 체험을『佳人之奇遇』에 용해시켰지만 은연중에 알 수 있는 형태로 주입했다.

있는 내셔널리즘의 앙양이었다.[56] 그는 미국 체재 중에 정치소설을 쓸 것을 마음먹고 동생에게 보낸 편지에 '佳人之奇遇'라는 제목까지도 예언하였다.[57]

『가진노기구』는 주인공인 도카이 산시 자신이 필라델피아의 인디펜던스·홀에서 두 사람의 가인을 조우하는 장면으로 시작된다.

기념탑의 맨 위층에 올라간 도카이 산시의 시선은 눈 아래에 펼쳐진 필라델피아의 파노라마를 계기로 미국 독립혁명의 역사를 구성하여 간다. 자유의 이념을 상징하는 이 탑은 제국주의를 준엄하게 고발한 이 서사시적 작품의 원점이라 해도 좋을 것이다. 도카이 산시가 내다 본 두 사람의 가인(幽蘭과 紅蓮)은 스페인과 아일랜드의 독립운동에 헌신하는 여지사女志士인데, 도카이 산시와 그들 사이에 커 가는 순수애정에도 자유와 연대하는 우의寓意가 담겨져 있다. 상승과 전망의 모티브는 자유에 대한 끝없는 동경을 내면에 담고 있는 정치적 낭만주의의 암유인 것이다.

두 사람의 아름다운 아가씨에게는 말 한 마디 걸지 못한 채, 도카이 산시는 필라델피아를 떠난다. 그런데 실로 우연히 그는 델라웨어 강을 유람 중에 두 '佳人'을 '奇遇'한다.

(2) '감옥'과 '도시'의 공간 전이轉移

감옥과 유토피아의 양극 상통을 시사하는 움직일 수 없는 증거 중

---

56 아일랜드에는 파넬이 이끄는 국민당國民黨을 선봉으로 자치요구운동이 있고, 이집트에는 아라비·파샤에 의한 反터기, 反유럽의 알렉산드리아 폭동이 있고, 스페인에는 카롤로스파의 봉기가 있었다. 약소국의 저항을 알게 된 도카이 산시가 걱정한 것은 일본 또한 세계적인 제국주의의 물결에 휩쓸리지는 않을까 하는 것이었다.

57 柳田泉, 『政治小說研究』上卷, 春秋社, 1967, p.473.

의 하나는 유토피아 문학이 가끔 실제의 죄수에 의해 구상되었다는 것이다. 그들은 감금장소로서의 감옥이 몽상夢想의 장소이기도 하다는 패러독스를 말 그대로 실행하면서 살았던 사람들이었다.[58]

스에히로 뎃초는 이때의 옥중체험에 임하여『셋추바이雪中梅』의 주인공 구니노 모토이國野基가 투옥되는 장면을 묘사했다. "옛날에는 서양도 마찬가지였지만, 벤삼이라는 사람이 나와서 교도소구조의 건축방법이나 죄수의 분류 방식에 법칙이 있음을 주장하여 각국 정부도 이 주장을 채용하여, 교도소구조의 방식도 변했기 때문에 점차로 죄인의 수가 줄었다고 들었는데, 일본에서도 빨리 교도소제도를 개량했으면 한다." 이것은 구니노 모토이가 같은 방의 죄수들을 상대로 교도소개량의 의견을 개진하는 부분이다.

'감옥監獄'은 메이지 정부의 압제를 형상화한 효과적인 암유일 뿐만 아니라, 정치소설의 작가 자신이 가끔 옥중생활의 체험자이기도 했던 것이다. 스에히로 뎃초의『셋추바이』(1886년)에는 스에히로 뎃초가 참방률(집회·시위에 관한 법)에 저촉되어 나리시마 류호쿠成島柳北와 같이 카지바시감옥鍛冶台橋監獄에 투옥된 체험이 주인공 구니노 모토이[59]의 옥중생활의 묘사에 투영되어 있다.[60]

유토피아 문학이 '막힌 공간', '조직화된 공간' 속에서 인간의 행복

---

58 前田愛, 『都市空間のなかの文學』, 東京: 筑摩書房, 1983, p.165.

59 『雪中梅』의 주인공은 '구니노 모토이國野基'(국가의 基礎·根本이라는 의미)라는 청년 지사로, 극도로 이상화된 성격의 주인공이다. 여주인공은 '富永お春'라는 부호의 젊은 딸로서, 역시 '富'라는 글이 성명에 들어 있는 것처럼 대개의 등장인물의 이름이 작품에서의 역할·성격 등을 암시하고 있다.

60 『朝野新聞』의 나루시마 류호쿠와 스에히로 뎃초가 〈참방률〉에 걸려, 이 카지바시 감옥에 수감되었던 것은 1876년 2월이다. 나루시마 류호쿠는 1872~1873년에 걸쳐서 히가시혼간지東本願寺 법주를 수행하여 구미를 돌았을 때에 파리나 런던의 감옥을 견학할 기회가 있었다. 나루시마 류호쿠가 출옥 후에 『朝野新聞』에 연재했던 「감옥 이야기獄內ばなし」에 이 일본 최초의 서양식 감옥에 관한 일절이 있다.

을 실현하려하는 치열한 몽상夢想의 산물이라면, 그것은 깊은 의미에서 감옥이라는 권력의 장치와 유사한 관계를 가질 것이다. 감옥도 유토피아도 '도시'를 모태로 하여 만들어진 것이기 때문이다. 주위를 성벽으로 둘러쳐 농촌적인 자연과 대치하는 생활공간을 구축했던 중세 유럽의 도시상都市像은 이윽고 그 '正'과 '反'의 양극으로 격리와 징벌의 장치로서의 감옥과, 인간의 자유와 해방을 약속하는 유토피아의 환상을 창출한다. 아마 근대의 중앙집권국가가 예전의 도시에 허락되어진 특권과 자유를 차례차례로 빼앗김으로써, 그 해체와 변질을 촉진해 가는 과정에서 이 양극이 사람들의 의식에 포착된 것이다. 유토피아는 현실 국가의 지배로부터 벗어나려고 하는 '도시적인 것'이 환시됐던 또 하나의 '국가'이고, 감옥은 국가권력이 '도시적인 것'을 전이轉移시켜서 도시의 태내胎內에 집어넣은 또 하나의 '도시'였다.[61]

스에히로 뎃초가 감옥에 감금되었던 사실이 『셋추바이』의 주인공 구니노 모토이가 투옥되어 감옥 시설의 개량을 주장한 것으로, '감옥'이 '도시' 공간으로 전이轉移된 것이라고 할 수 있다.

이 정치소설은 '상류층문학上の文學'과 '서민층문학下の文學'[62]으로 분열되어 있던 근세적 문학상을 통일·극복하려한 최초의 시도였다. 자유민권사상을 민중에게 침투시키려는 수단으로 소설형식의 유효성이 검증되는 과정에서 '상류층문학'의 사상성思想性과 '서민층문학'의 허구성虛構性이 접목·융합되었다고 할 수 있다.

---

61 前田愛, 『都市空間のなかの文學』, 筑摩書房, 1983, pp.182~184.
62 '上の文學'이란 ① 전통적 문학을 기반으로 ② 사상성이 있고 ③ 무사계급을 위주로한 독자층이며 ④ 한자로 표기된 한자문학으로 ⑤ 통치를 목적으로 한 통치문학이다. '下の文學'이란 ① 통속적 문학을 기반으로 ② 戱作調의 허구성이 있고 ③ 서민과 町人을 위주로한 독자층이며 ④ 假名으로 표기된 假名文學으로 ⑤ 쾌락을 목적으로 한 쾌락문학이다.

2) 스에히로 뎃초末廣鐵腸의 『雪中梅』

스에히로 뎃초가 정치소설에 관계를 맺게 된 경위는 다음과 같은 사회여건과 병력病歷에 의해서다.

1875년 6월 스에히로 뎃초[63]가 『曙新聞』에 입사한 2개월 후에 메이지 정부는 〈참방률〉·〈신문지조례〉[64]·〈출판조례出版條例〉[65] 등을 발포했다.

스에히로 뎃초는 1882년에는 폐렴 진단을 받았고, 1883년에는 장티브스를 앓았으며 그 이후도 항상 심신이 약하였다. 그래서 여름과 겨울은 아타미熱海·하코네箱根 등지를 전전하면서 정양했으나 별 효과를 보지 못했다. 게다가 1884년 11월에 나리시마 류호쿠가 죽어서 『朝野新聞』을 이어 받아 무리를 했기 때문에 건강은 점점 나빠져, 1885년 3, 4월에 주치의로부터 꽤 심한 蜜水病(당뇨병糖尿病)을 앓고 있다는 진단을 받았다. 스에히로 뎃초는 〈郵便報知社〉로부터 이누카

---

63 末廣鐵腸; 鐵腸은 별호이다. 末廣重恭, 字는 子儉, 号는 浩齊이다. 1849년 2월 21일 伊預國守和島城下(藩主伊達氏)에서 태어났다. 士族 출신의 인텔리인 것은 당시 대개의 정치운동가·문필가·정치소설가들과 마찬가지다.

64 자유민권운동을 탄압하기 위한 대표적인 법령은 〈참방률〉과 〈신문지조례〉이다. ① 참방률 : 일본 최초의 명예보호에 관한 법률. 1875년 6월 28일 공포. 全8條. '참방讒謗'이란 명예회손을 의미하는 '참훼讒毀'와 모욕을 의미하는 '참방讒謗'을 정리한 말(1조). 그러나 참방률에는 天皇(2조), 皇族(3조), 官吏(4조)에 대한 훼손죄가 우선적으로 규정되고, 이어서 5조에서 일반인에 대한 명예훼손죄를 규정하고 있지만, 형벌은 전 3개조보다는 가볍다. 게다가 실제로는 이 무렵에 급증한 신문의 관리비판을 막기 위함이었다. ② 신문지조례 : 메이지기의 신문취체법. 1875년 6월 29일 공포한 후 수차례의 개정을 했다. 이 규정의 발동으로 한때 체포·투옥되는 기자가 속출한다. 〈신문지조례〉는 1909년 5월 6일부로 개정되고 명칭도 〈신문지법〉으로 바뀌었다.

65 당시의 신문지상에서 정부공격의 논진을 편 신문인으로는 『郵便報知新聞』의 栗本鋤雲, 『朝野新聞』의 成島柳北를 비롯한 舊幕府臣下가 많은데, 『朝野新聞』은 논설에서 〈신문지조례〉의 입안자인 井上毅·尾崎三良를 비방한 것으로, 1875년 12월 成島柳北 사장과 末廣鐵腸(重恭)가 기소되었다. 나중의 〈신문지법〉(1909년 5월)의 원형이다. 메이지 정부가 언론탄압을 하여도 오히려 반정부운동과 자유민권운동이 격화될 뿐으로, 이 무렵부터 『政治新聞』→『政治小說』의 발전을 보게 된다.

이 쓰요시大養毅를 영입하여 자신의 대리로 하고 당분간 요양에 전념하였다. 입원 약 3개월 후 하코네로 가서 요양을 2개월 남짓하여 조금은 당뇨병이 호전되었으나 격무는 피하고 복약과 정양을 계속하여 의사로부터 재생의 선언을 받은 것은 1886년 6월이었다. 이 기간에 스에히로 뎃초는 소설에 많은 관심을 가진 것 같다.[66]

스에히로 뎃초의 정치소설『셋추바이』는 1886년 8월에 상편이, 동년 11월에 하편이 박문당博文堂에서 나왔다. 상편은 7회, 하편은 8회로 모두 15회의 장章으로 되어 있다. 매 편의 서두에「發端의 章」이 있고, 매 회마다 그 내용을 요약한 詩體文句[67]가 있는 것이 특징이다.

> 『朝野新聞』의 末廣重恭씨가 저술하고, 日本橋區 久松町 박문당 출판의 정치소설『雪中梅』상편 一冊(六十錢)을 최근 발매하였다. 몇 편으로 끝날지 모르지만 상편의 기록은 7장으로 먼저 그 단서를 열어놓은데 불과하다. 작품 중의 인물은 한 서생과 한 소녀를 중심으로, 오늘날 일본사회의 현상을 묘사하는데 노력하여……[68]   (필자 역)

---

66 中山泰昌,『新聞集成明治編年史』第6卷, 財政經濟學會, 1937, p.332
   1886년 10월 2일 자 朝野新聞 雜錄, 小說改良欄은 신문소설의 개량을 주장했다. 필자인 虎門居士는 末廣鐵腸이다(虎門에 거주했기 때문). 이 글로써 소설 섭렵을 감지할 수 있다.

67 「上編」(發端) 祝砲震天國會逢百五十回開期 斷碑出地父老想十九世紀名士 (第一回) 老母憑沈示遺訓 少女揮淚告素懷 (第二回) 壯士盛試辯論正義社員 少年初轟名聲井生村棲 (第三回) 鳥几讀書獨傷情懷 赤心對客大談形勢 (第四回) 數月連債店主屬窮生 一字誤寫郵書釀奇禍 (第五回) 書生閱新聞驚志士拘留 警官築證左諭囚徒首服 (第六回) 獄中半日雨暗斷腸 巾上一首歌忽激志 (第七回) 少女動名士心十三絃 秀才認人書州一字
   「下編」(第一回) 天緣未熟曉窓讀告別書 人事無常山店逢相識客 (第二回) 醉步倒屏妨隣房奕碁 團坐傳杯談地方形勢 (第三回) 論劇場改革暗陣感慨 聞新聞評說竊惱心情 (第四回) 讀碑史少女欽貞婦 出遣書老獪强新婚 (第五回) 閑室置碁籍談 詭計 (第六回) 一紙新聞巧離間佳人才子 三杯醇酒將腐爛石心鐵腸 (第七回) 忠婢談事實明散疑惑 淑女說心情陽約婚姻 (第八回) 淡臘雪氷姿長立寒風 逐春風金羽將喬木

68 中山泰昌,『新聞集成 明治編年史』제6권, 財政經濟學會, 1937, p.322.

라고 1886년 9월 4일 자『時事新聞』에『셋추바이』의 출판을 광고했다.

(1) 정치와 문학의 만남

『셋추바이』[69]의 제목처럼 지사志士를 설중雪中의 한매寒梅에 비유하는 사상은 중국취향인데, 이는 스에히로 뎃초의 한학漢學에서 유래한 것으로 추측된다. 스에히로 뎃초는『셋추바이』상편을 1886년의 晩春·初夏 중에 탈고한 것 같은데, 서두르지 않고 추고하여 8월에 이르러 발표했다. 발표된『셋추바이』의 인기가 높아지자 힘을 얻어, 손님을 피해 하코네로 가서 하편을 완성하여 연말에 공개했다.

스에히로 뎃초는 자유당 설립(1881)에 참가했는데, 그 정치사상은 구니노 모토이가 다케다 다케시 등과 같은 급진주의를 비판하는 것

---

69 남자 주인공 구니노 모토이國野基는 몇 년에 걸친 고학 끝에 많은 곳을 돌아보며 일본의 형세를 살핀 후에 식견을 넓혀 재야 청년정치가의 한 결사인 정의사正義社의 책임자가 된 후, 이부무라로井生村樓의 연설회에서 가끔 웅변을 토하여 갈채를 받았는데, 하숙에 돌아와 밀린 하숙비를 재촉당하여 곤란해 할 때 익명의 여자로부터 편지 한통이 구니노 모토이 앞으로 배달되었다. 그 안에는 상당한 돈과 국가를 위해 사용해 달라는 글월이 있었다. 얼마 지나지 않아 과격파인 다케다 다케시武田猛에게 보낸 편지의 잘못된 글자(「다이아몬드(小型英語辭典)」와 「다이너마이트」의 오기誤記로 이 여자 글씨의 편지 발송처가 의심받아 구니노 모토이와 다케다 다케시는 투옥된다. 그러자 다시 감옥으로 사입私入이 들어와, 손수건에 한 수의 와카和歌를 보내와 구니노 모토이를 격려하는 사람이 있었다. 이미지의 여주인공 오하루お春는 부호의 딸로서 和漢洋의 학문을 익히고 여교사 자격까지 딴 신여성이었다. 오하루는 부모가 정해준 미혼의 남편 深谷某氏가 있었는데, 그 사람이 동북지방으로 주유를 떠난 채 소식이 끊어졌기 때문에 만나고 싶은 심정이 간절해진다. 정치운동에 대해 깊이 이해하고 있어서, 이부무라로 연설회에도 자주 나가 구니노 모토이의 연설을 듣고 감탄하여 경사되었고, 익명의 돈과 손수건도 모두 오하루의 진심을 표현한 것이었다. 2개월의 구류 끝에 석방된 구니노 모토이는 옥중의 피로를 풀기 위해 하코네箱根에 갔다가 익명의 편지와 같은 필적의 명찰표지를 줍는다. 명찰의 주인은 옆자리에 아주머니와 함께 온천치료차 와있는 재녀 오하루란 것을 알게 된다. 구니노 모토이는 오하루를 사랑하게 된다. 하지만, 외숙 부부는 어떻게든지 오하루를 다른 남자에게 결혼시키려고 한다. 어느 날 (이 모든 것이 우연으로 진행된다) 구니노 모토이는 오하루가 'MY LOVER'라고 써서 간직하고 있던 사진을 본다. 그것은 예전에 후카타니深谷의 성을 쓰던 자기 자신이었다. 아버지의 유언장에 숙부도 자신의 의견을 굽히고, 구니노 모토이와 오하루는 결혼하게 된다.

을 보면 점진적 자유사상임을 알 수 있다.

『셋추바이』는 점진적 진보를 부르짖는 구니노 모토이와, 프랑스나 러시아의 혁명에 영향 받아 급진개혁을 부르짖는 다케다 다케시를 비판하는 주인공 구니노 모토이의 기나긴 연설을 통해 확인할 수 있다. 또한 뜻은 높아도 가난한 구니노 모토이와 많은 재산을 가진 오하루가 결혼하는 결말은, 정치개량을 위해서는 무산자無產者와 유산자有產者의 결합에 의한 지력知力, 재력財力의 협력이 없으면 안 된다는 작자의 정치관을 잘 대변해 주고 있다.

스에히로 뎃초의 필치가 너무 유창했기 때문에 평론가들은『셋추바이』를 일본소설의 신기원을 연 작품이라 칭송했다. 오자키 고요尾崎紅葉(1858~1954)는 하편에 넣은 '序'에서, 『셋추바이』가 새로운 것은 전기傳奇(romance)가 아니고 소설小說(novel)이란 점이고, 읽어서 재미있고 유익하기 때문에 "처음으로 유용한 소설이라 할 수 있을 것"[70]이라고 호평했다.

일본 정치소설의 서사적 특징은 지사志士와 가인佳人의 이야기다. 거기서 생성되는 연애愛情는 정치적 이상을 양자가 공유·지속하는 한 보다 높은 정신적 차원을 추구하는 것이다. 스에히로 뎃초의『셋추바이』도 지사志士 구니노 모토이와 가인佳人 오하루를 중심으로 한 정치와 연애를 자연스럽게 묘사하고, 나아가 총선거에서 대승을 거두는 형식을 취하고 있는 대표적인 정치소설이다.

『셋추바이』의 발단은 대단히 화려하게 시작된다.

제국의회 150주년을 기념하는 대포와 나팔소리도 요란한 메이지 173년, 서기 2040년으로 시공간이 설정되어 있다.

---

70 柳田泉, 『明治政治小說集』(二), 1967, pp.135~136.

온 세계에 일장기가 펄럭이지 않은 곳이 없고, 교육이 전국에 보급되어 문학이 왕성하니 만국에 어깨를 겨룰 나라가 없고, 게다가 정치적으로 무슨 일이 있으면, 위로는 지존 지엄한 황실이 있고, 아래로는 지식과 경험이 풍부한 국회가 있고, 개진 보수 양당의 경쟁에 의해, 매끄럽게 내각을 교대하고, 헌법을 확정하여 법률을 잘 정비하였을 뿐만 아니라, 언론도 집회도 완전히 자유롭게 하여, 이 이상 폐해 없는 것이 古今의 역사상 그 유례를 찾을 수 없다고 생각합니다.[71]

스에히로 뎃초가 공상한 미래의 일본은, 항구에는 세계 각국의 배가 드나들고, 뭍에는 수십만의 육군과 바다에 수백의 군함을 가진 강국으로, 이 모두가 영명한 천황과 입헌정체立憲政體의 덕분이라고 되어 있다.[72]

구니노 모토이가 오하루お春의 재산에 의해 총선에서 승리하여 평생의 뜻을 이룰 수 있게 된다는 『셋추바이』의 대단원은 작자의 이데올로기를 나타낸 것으로, 아무리 학문이 출중하고 정치열정이 있어도 무산자로서는 정치개량의 뜻을 이루기 어렵다는 것을 의미한다. 즉 '知力·財力의 結合論'을 작품에 강조하여 제시하고 있는 셈이다.

스에히로 뎃초는 『셋추바이』에서 연극개량에도 관심을 보이고 있다. 이 당시는 소설과 연극이 확실하게 구별되지 않았던 시대였기 때문에, 소설개량을 의도한 스에히로 뎃초가 연극개량을 생각한 것은 이상할 것도 없겠지만, 하편 제3회의 구니노 모토이와 다케다 다케시

---

71 末廣鐵腸, 『雪中梅』, 『政治小說集』(日本現代文學全集 3, 講談社, 1980, p.257) 이하 동.
72 메이지 이래 근대 일본에서 '천황天皇'이란 단어의 의미연관意味連關은, 실로 복잡다기하다. 모든 정치적 상징은 그것이 취할 수 있는 정치적 상황과 그것을 조작하는 정치적 세력의 기도 여하에 따라 전혀 반대의 의미 내용을 표상하는 일도 있다. 그러나 '천황' 관념의 다양성은 완전히 같은 정치적 상황 하에서 같은 정치적 지배자 안에 동시에 주관적 진실로서 존재하고 있다는 점에서 실로 '만국에 통하는 바'가 있었다.

가 지방유지와 담론하는 장면에 구니노 모토이의 연극개량에 대한 의견과 개량각본의 줄거리를 진술하고 있다.[73]

구니노 모토이國野基는 얼굴에 웃음을 띠고 "나에게는 일찍이 하나 생각해둔 것이 있습니다.

기원 몇 백 년엔가 희랍에 한 왕국이 있었는데, 왕은 현명한 사람으로서 '아젠'이나 '스파르타'의 학문을 배우고 국민의회를 개설하였습니다. 나라 안에 정부당과 국민당이 있었는데 국민당이 점차 세력을 키워 정부당이 상대하기에 힘겹게 되었기 때문에 재상宰相은 내각 회의를 열어 20년이나 유지했던 정권을 국민당에게 넘기는 것은 유감이지만 옛말에도 취하고 싶으면 먼저 주라고 했던 것처럼, 국민당에는 한때 인망 있지만 정사상政事上의 경험이 부족하므로 충분히 내각을 조직할 수 없을 것이므로, 한번 이들에게 지위를 양보하여 그 하는 양을 보는 것도 좋을 것이라고 하였다. 이에 중의로 결정하여 일동이 사표를 내어 결국 국민당의 내각이 들어서니 과연 신내각에는 인물이 부족해서 아무 일도 이루지 못하여 다시 정부당이 세력을 얻게 되었다. 그 신진교대 사이에 제도법률도 많이 고쳐졌고, 국민당도 첫 실패를 잘 공부하여 스스로 힘을 길러 결국 정당정치의 단서를 만들고, 나라는 더욱 번성하고 인민은 국왕의 만세를 축하 운운한다는 줄거리는 어떻습니까?
(『雪中梅』, pp.288~290)

연극을 국정에 적용한 일종의 우의담으로, 연극개량의 각본인데 윤곽은 재미있다.

---

73 스에히로 뎃초의 작품이므로 연극에도 자유 행복의 기상을 묘사하려 했다. 그 시공간적 배경을 서양 기원전의 그리스로 하고 있는 점, 줄거리 등으로 보아 야노 류케이의 『經國美談』의 스토리를 연극개량의 각본으로 인용한 듯한 느낌을 준다.

스토리 진행이 상편에서는 기우·기연을 추구한 바가 있고 하편에서는 일상의 자연스러움을 추구한 것으로 보인다. 중국소설의 지식도 응용된바 있는데[74] 일본의 구소설, 특히 닌조본人情本의 서술적 기법이 활용된 듯하다.

상편의 제1회에서 노모의 유언을 보더라도 진부한 표현으로 일관돼 있고, 제2회에서의 연설 대목은 생경하다. 제3회에서 주인공이 하숙비로 어려움을 당하는 모습은 그런대로 현실감이 있지만, 제4회에서 무명씨의 편지로 하숙비를 해결한다는 설정은 너무 작위적이라 아니할 수 없다. 같은 편지라도 다케다 다케시에게 보낸 편지의 잘못된 글씨가 사건으로 연결된 것은 그런대로 재미있고, 제6회 감옥에서의 일을 모두 꿈으로 처리한 것은 대단히 부자연스러운데, 구니노 모토이의 꿈속 상상인지 작가의 묘사인지 불분명하여 혼란스럽다. 이어서 하코네箱根 온천의 상황은 느닷없어서 전혀 어울리지 않는 괴담처럼 느껴지기도 한다.[75] 제7회에서 구니노 모토이와 오하루의 기우奇遇는 아무리 전부터 사모하고 있던 인물이라 해도, 오하루의 기탄없는 고백은 너무나 급하다. 이에 대하여 오하루의 성격에 대한 설명이 있지만, 그 설명으로 부자연스러움을 극복하기는 무리라 생각된다. 더욱이 목욕탕 부근에서 명찰표지를 주워 무명씨를 알게 된다는 설정도 지극히 우연의 연속이다.

그러나 하편에서는 비현실감과 부자연스러움이 극복, 이른바 근대

---

74 스에히로 뎃초는 5세 때 선생을 따라서 구독句讀을 배웠는데, 소질이 좋아서 11세 때 사서오경四書五經을 습득했다. 15세 때 번학명륜관藩學明倫館의 기숙사에 들어가 정식으로 공부했다. 뎃초는 여기서 무엇을 누구에게 배운지 알 수 없으나 그는 시부詩賦 보다도 역사歷史·문장文章·경의經義에 정진한 것 같다.
75 스에히로 뎃초도 재판 이하에서 이것을 다소 정정했다. 그것은 한편으론 위장의 필요성 때문이었을지도 모른다.

소설적 특성이 잘 나타나게 된다. 제1회에서 구니노 모토이와 오하루를 다음날 헤어지게 한 것은 낡은 수법이지만 지능적이다. 구니노 모토이가 병으로 오하루의 뒤를 바로 쫓지 않고 돌아오는 길에 조우遭遇하게 하는 구성은 좋아진 편이다. 제2회에서의 정치론은 자칫 상편처럼 생경하게 되어버릴 것을, 상편에서의 서술경험을 쌓은 만큼, 여러 가지 방법을 사용하여 생경함을 많이 해소하고 있다. 제2회에서 오하루의 험담을 신문에 내고 제3회에서 설명하고 있는 것도 어색하다. 제4, 5회에서는 오하루가 구니노 모토이에 대한 진술설명을 위하여 설정한 것인데, 시간적으로 착오를 일으킬 소지가 있다. 유산쟁탈전이라는 상투적 플롯도 문제가 된다. 제7회에서 오마쓰お松(하녀)에 대한 것도 혼선을 일으키고 있다. 이제 겨우 두 번 만났을 뿐인데 구니노 모토이에게 오하루의 가짜 남편이 되어 달라고 부탁하는 것은 어색하다. '志士와 佳人의 理想'이라는 큰 덕목에 손상을 입히게 될 수도 있는 설정이다. 제8회의 문제점은 소도구로 택한 '사진'이다. 사진을 통해 비로소 구니노 모토이가 오하루의 약혼자 후카야 우메지로深谷梅次郎라는 사실을 알게 되는데, 억지스런 면이 없지 않지만 작가의 특이한 발상일 수도 있다.

(2) 지사志士의 이상과 가인佳人의 사랑

구니노 모토이는 주인공이고 스에히로 뎃초의 이상적 정치론을 발표하는 기관으로 되어 있는 만큼, 이상화된 지사志士로 되어 있으나 그의 출신이나 내력이 명료하지 않아 의심스럽다. 더욱이 그의 지나친 지사적 성격은 오히려 반감을 주기도 한다. 이부무라로井生村樓에서의 연설회나 감옥에서의 장면은 더욱 그렇다. 인간적 고뇌나 고통은 없고 온통 국사형國士型의 지사적 생각뿐이다. 스무 살을 얼마 넘지 않은 젊은 청년이 정치적으로는 대단히 사려 깊어 조금도 젊음을 느낄 수 없었지만, 범사에 대해서는 너무나 무지·무경험의 서생이어서 국사國士의 면모를 잃고 만다. 구니노 모토이가 오하루를 대하는 태도는 갑자기 익숙해지고, 의심하다가 의심이 풀리는 상태로 판단력을 잃어버린다. 보통사람이라면 이것이 자연스러울지 모르겠지만 일국의 정치를 개량하려고 노력하는 국사적國士的 인물로서는 성격파탄이라고 할 수 있다. 정치개량론도 자신의 정욕을 채우는 구실에 지나지 않는 결과가 된다.

작자는 여주인공 오하루를 신시대 교육을 받은 활발한 독립정신이 넘치는 여성으로 묘사하고자 했다. 그래서 규중처자와는 달리 생생하고 활발한 구시대의 분위기나 습관에 속박되지 않은 여성을 묘사하는 데는 성공했지만, 통일성이 없고 철저하지 못하다. 만약 실제로 그런 여성이었다면, 행방불명된 미혼의 약혼자 때문에 끙끙대거나 외숙 부부의 간계에 넘어가지 않았을 것이다. 그러나 구니노 모토이와 상대할 때만은 완전히 구시대의 처녀같은 태도로 변한다. 어머니의 임종 시 베개머리에서 약혼자 후카야深谷를 찾아서 결혼의 약속을 지키겠다고 맹서하는 구시대적 태도와 얼마 지나지 않아 구니노 모토이를 사모하는 마음을 품는 신시대적 태도는 모순된다. 이것은, 구니노 모토이와 후카야를 동일인일 가능성이 처음부터 제시된 것이다. 전체적으로 구니노 모토이에 대한 묘사도 부자연스럽지만 오하루의 묘사는 더욱 자연스럽지 못하고 공감대도 없다.

다케다 다케시는 구니노 모토이와 대조적으로 조형造型된 과격한 인물로 『셋추바이』에서 구니노 모토이의 보조역으로 설정되었는데, 당시 정치계의 풍조에 다케다 형型의 성격이 많았고 그런 의미에서 비교적 무리 없이 소화된 인물이다.

가와기시川岸는 다케다와 대조적인 성격으로, 다케다가 남성적임에 대하여 가와기시는 여성적이고 음험한 책사형策士型 인간이다. 그런 만큼 세속적 지혜로서는 구니노 모토이나 다케다 등이 당하지 못한다.

작중의 배경으로서 하코네온천은 스에히로 뎃초가 여러 번 가본 곳이라서 숙지하고 있는 지방인만큼, 그 하코네의 풍경·목욕탕의 묘사는 피상적인 면도 있지만 실감이 있다.

> 온천에서 급하게 흐르는 하천을 따라 오마장쯤 올라가 탑이 있는 습지에 이르렀다. 거기도 많은 온천이 있다. 거기를 지나면 일곱 고개라는 험한 고개가 있다. 겨우 오르니 산은 높고 계곡은 깊어서 수목이 울창하고 곳곳에 비폭飛瀑이 있다. 계곡에 울리는 요란한 물소리와 풍경의 유려함이 사람으로 하여금 오르는 어려움을 잊게 한다. 오르기를 십리쯤 해서 태평대에 이르니 하나의 촌락이 나타나 많은 인가가 있다. 온천 부근의 산들은 발아래 출몰하고, 멀리 수십리 밖으로 사가미相模 바다가 보인다. 바다 빛이 거울 같고, 흰 돛배의 왕래가 뚜렷하다. 길가의 거목 아래에 찻집 하나가 있다. 찻집 앞에 난간을 설치하여 엄청난 비천飛泉이 그 사이로 분출한다.　　　　　　(『雪中梅』, p.282)

정치적 주제가 분명하기 때문에 『게이코쿠비단』·『가진노기구』 등과 같은 부류의 정치소설로 분류되고 있지만, 『셋추바이』에는 정사正史·실사實事 혹은 작자 자신에 의한 작품세계의 보증은 아무것도 없다. 그러나 다른 정치소설보다 널리 알려진 것은 역시 소설성에 대한 흥미 때문일 것이다. 『셋추바이』에서는 구니노 모토이의 정치적 이상에도 불구하고 구니노 모토이와 오하루가 서로 모른 채 우연히 만나서 이야기하고, 사진 등의 소도구에 의하여 우연히 서로의 근본을 알고 해피·엔딩 하는 '소설성'과 구니노 모토이가 봉기를 계획했다고 하여 체포되는 '정치성'의 절묘한 조화로 인하여, '정치'와 '문학'의 '결합'을 기한 것이다.

3) 한국 유사정치소설의 발생

신소설은 대한제국의 성립과 함께 형성되기 시작한다. 대한제국 성립은 전통적으로 자주독립국이며 임오군란 이후 청국의 간섭, 청일전쟁 이후 일본의 간섭, 아관파천 이후 러시아의 간섭과 같은 것들을 더 이상 허용하지 않을 것임을 상징적으로 선언한 셈이었다.

그러나 그것은 한국이 받아들이기에는 너무 힘든 것이었다. 이 시기에 견해를 달리하는 두 개의 사회집단이 형성되었다. 하나는 대한제국을 '전제군주국'의 형태로 둔 채 사회적 과제를 해결하려고 한 '수구파'였고, 다른 하나는 대한제국을 '대의군주국'으로 개혁하여 모든 과제를 발전적으로 해결하려고 한 '개혁파'였다. 독립협회는 이런 개혁파 중에서 민중의 요청을 잘 대변하고 그들의 힘을 동원하여 과제를 해결하려고 노력한 대표적인 사회단체였다.[76] 이와 같은 독립협회의 개혁주의적 운동은 당대의 사회에 큰 영향을 끼쳤고, 그 이후 우리의 역사 발전에 지대한 공헌을 하였다. 일제하의 애국계몽운동·항

---

76 강재언, 『朝鮮の開化思想』, 岩派書店, 1980, pp.229~246 참조.

일독립운동·민권운동·자강운동·민족문화운동에 원동력으로 작용한 것이 바로 이 독립협회의 역할이었다.

한국에서도 신소설의 주요 서술 단위가 되고 있는 서술적인 논평에는 봉건 관료의 횡포나 무능에 대한 비판이 상당한 침투력을 갖고 제시되어 있다. 이런 공격과 도덕적인 적의는 비록 당대의 문학에서만 제기된 것은 아니다. 그러나 이때는 갑오개혁에 의한 반봉건적 정치의식의 대두와 함께 이른바 정치소설의 사회적 의식의 상승화와 일본의 『게이코쿠비단』, 『가진노기구』, 『셋추바이』 등의 정치소설 현재화顯在化의 영향을 타고 더욱 성행하게 되었던 것이다. 이처럼 신소설은 처음부터 정치소설 성격을 지니고 등장했다.

임화는 그의 『新文學史』에서 신문학의 발생과정으로서 정치소설과 번역문학에 관해 5회에 걸쳐 신문에 연재했다. 그는 과도기문학의 형태로서 '정치소설'을 민중계몽의 목적으로 정치소설이 쓰였다고 했다.

> 과도기문학의 선구는 새로운 조선의 정치적 이상을 선전하고 깨우지 못한 민중을 계몽하려는 의도가 직접적 또는 노골적으로 표현된 정치소설에서 시작한다. (…中略…) 단일한 정치목적을 추구하기 위해 史實을 借用하고 說話에 假託하기 때문에 우리는 또한 그것을 정치적 散文으로, 즉 정치소설로 볼 수 있는 것이다.[77]

임화의 이와 같은 진술은 한국 신소설의 전단계를 정치소설에 두었음을 의미하는 것이다. 이미 앞에서 살펴본 바와 같이 '정치소설'이란 개념은 일본 메이지시대의 소설임이 분명하고 일본에 유학했던

---

77 林和의 『朝鮮新文學史』第3章 '新文學의 胎生' 중 第2節 政治小說과 飜譯文學(『朝鮮日報』連載)

지식인들에 의해 국내에 유포되는 일은 자연스런 것이다. 한국에서 처음으로 '정치소설'이라 표기된 것은『서사건국지』인데 그 머리말을 보면 그 개념과 발생배경이 보다 명확해진다.

> 대저 소설이라 하는 것은 사람의 마음을 감동하며 사람의 정신을 활동하게 하는 한 기관이니 (…중략…) 어떠한 나라는 <u>인심 풍속</u>이 어떠하고 어떠한 나라는 <u>정치 사상</u>이 어떠한지 다 능히 아는 고로 사람의 성품을 배양하며 백성의 지혜를 개도하거늘 우리 나라는 여간 <u>국문소설이 있다 하나 허탕무거하거나 음탕패설이오 한문소설이 잇으나 또한 허무하여</u> 실상이 적어서 족히 후세에 감계와 모범이 되지 못할지라 오직 이『서사건국지』라 하는 책은 서사국 사기니 구라파 중 한 작은 나라인데 인방의 병탄한 바 되어 자유 활동치 못하고 무한한 학대와 간고한 기반을 받다가 기국 중에서 영웅이 창기하며 의사를 규합하여 강인의 독소를 벗어나고 열방의 수치를 면하며 독립기를 높이 세운 한 쾌한 사기는 대부인과 학식 부족하신 이라도 보기 편리하게 국문으로 번역하였사오니 첨군자는 구람하시기를 바라나이다. 박문 서관 노익형 자서[78]　　　　　　　　　　　　　　　　　　　　　　　　(밑줄 필자)

여기서 주목되는 것은 '인심 풍속'과 '정치 사상'을 대립시킨 점이다. ① 국문소설은 '허탕무거·음탕패설'이며, ② 한문소설은 '허무'한데, ③ 정치소설은 '인심·풍속'과 '정치·사상'이 함께 담겨 있어 족히 후세에 감계와 모범이 된다는 것이다. 이러한 견해 속에는 소설의 개념을 한층 확대하여 종래의 '인심 풍속'적 소설 개념에다 정치사상이라는 것을 덧붙여 계몽적인 성격을 넣고자 하는, 시대적 요구에 따른

78『신소설·번안소설』제8권, 아시아문화사. 인용은 현대말로 고침. 이하 동.

것이라 할 수 있다.

한국의 중요한 신소설 작가로는 이인직을 비롯하여 이해조·최찬식·안국선·김교제 등을 들고 있으며, 주로 번안에 종사한 사람은 구연학·조일제·이상협·민태완 등을 들고 있다.[79]

4)『설중매』와『금강문』

봉건에서 근대로의 전환기에는 혼란이 가중된다. 이에 따른 사회 정화는 시대적 요청이었다. 그에 부응하는 신소설의 내용도 근대법의 건전성과 그 기능의 유효함을 적극 수용하고 있다. 즉 범죄나 폭력에 대한 법의 사회적 제어기능을 주요 테마로 삼고 있는 것이다. 근대적 재판 과정이 다루어진 소설이 수적으로 많아졌고, 소설의 인물도 재판관과 경찰이 빈번히 등장하게 되었다.『설중매』와『금강문』도 예외는 아니다.

물론 이전의 문학에서도 '공안류소설公安類小說'이라 해서 재판의 판례집을 연상시키는 재판소설이 있기는 하였다. 그러나 그것은 근대적 재판과정을 그린 것은 아니었다. 근대적 재판이란 나쁜 일을 하면 징계를 받는다는 사실의 확인이었다. 신소설에서도 권선징악을 주제로 삼고 있다. 법의 준수와 응징이 합법적 절차에 의해 실행된다는 점을 유독 강조한다. 남을 복수하고 처벌하는 문제도 신소설에서는 개인적이고 범죄적인 응징보다는 재판에 회부하는 합법적인 절차를 택하고 있다. 이러한 현상은 법정의 합법적인 재판 체계가 근대에는

---

79 전광용,『韓國小說發達史』(下)(韓國文化史大系 Ⅴ), 高麗大 民族問題硏究所, 1969, p.1181 참조.

효과적인 통제 기능이라는 사실을 계도하려는 의도이다.

(1) 구연학具然學의 『설중매』

구연학의 『설중매』는 건양建陽(1896)·광무光武(1897~1906)·융희隆熙(1907~1908)년간 초까지의 조선 말기의 사회를 배경으로 하고 있으며, 특히 1896~1898년에 일어났던 독립협회 운동을 중심으로 청년들의 활약상과 시대정신을 묘사하고 있다.

구연학의 『설중매』에 등장하는 남주인공 이태순은 독립협회 연설회에 나가 정치개량을 주장하는 한편 지방의 독립협회 지회활동에도 관심을 기울인다.

이태순은 독립협회의 창설에 대하여 "우리 형제동포중에 신공기를 흡수하신 신사들이 정치사상이 간절하여 독립협회를 창기하였으나, 생각하면 마치 떠나 갈 사람이 처음으로 집을 떠나서 백리 운산을 운무 아득한 중에 바라보는 것같다"고 비유하였다. 그는 독립협회의 개량에 대하여 다음과 같은 조건을 제시하였다.

> 데일은 문벌에 거르끼지 아니하고 다만 인재를 가리여 정부에 등용함이오 데이는 널리 배온 션비와 실지 공부있는 사람을 회중에 망라하야 활발한 운동을 시험함이오 데삼은 허탄하야 사실의 기초가 되지 못하고 격렬하야 공격하는 셩질을 포함한 언론을 금지하야 젼국에 졍치사상을 일으킴이오 데사는 회중에 과정을 나누어 립법 행정의 사무를 조사하야 어느때든지 국가의 대사를 담당할만한 준비를 졍리함이니 회중에 이같은 졍당이 없으면 협회가 확장될지라도 실디의 리익을 보지 못하리로다.[80]
> (구연학의 『설중매』)

이와 같은 조건의 제시는 정부의 국가 운영에 큰 도전이 아닐 수 없는데, 소설이라는 형식을 빌려 정치개혁을 꾀한다는 일본의 정치소설과 그 맥이 닿아 있음을 알 수 있다.

이어서 주인공 이태순은 '前程의 方針'이라는 네 가지 정치현안을 제시한다. 즉, ① 학문가學問家와 실제가實際家의 화동和同, ② 문벌의 타파, ③ 언론의 正道化, ④ 제도개량을 위한 실무습득實務習得(구연학, 『설중매』, p.14)이 그것이다.

이같은 주장은 정부차원의 정책상 문제인데, 일개 사회단체인 독립협회의 방침과 동일시된다는 것은 독립협회가 장차 정치주역이 되어야 하고 그 노선이 정치개량의 정도가 되어야 한다는 의미를 가진 것이다.

그런데 이태순의 정치적 성향은 점진개화론이고 그에 대응하는 인물인 전성조는 급진개혁론의 입장이어서 소설의 갈등구조가 조성된다.

> (전성조) 자네 말데로 년전에 협회당이라고 떠들든 사람의 리허를 파보면 결심이 조곰도 업셔 목숨만 도라보는고로 대사를 이르지 못한지라 소홀이 사회를 개혁고져 함은 부즈럽슨 일이로다. 우리도 여간 운동으로는 목력을 달치못하리니 결사당을 조직하야 비밀한 슈단을 쓸밧게 업네.
> (이태순) 자네도 년젼 협회당의 하던 말을 또하나 깁히 생각하야 볼지니 전국에 순검과 병정이 편만하야 민간에 아모리 불평한 일이 있을지라도 셰력으로 별안간에 정부를 항거치 못하리니 원래 사회라 하는 것은 강한자가 이기고 약한자가 패할지라 정치가로써 자담하는 쟈는

---

80 구연학, 『설중매』, 『신소설·번안소설』 3(『한국개화기문학총서』 1), 아세아문화사, 1978, p.13.

정치권리를 바라지 아니할자 업슬것이오 정부에 있셔 디위를 엇은 쟈
는 권력을 유지하야 타인에게 빼앗기지 아니하도록 쥬의 할 바요, 사
회중에서도 뜻을 엇은 쟈는 기회를 타서 정권을 잡으랴 함은 곳 생존
경쟁하는 자연한 형세라.　　　　　　　　　　　　　(『설중매』, pp.21~22)

　위의 예시문에서 볼 수 있듯이, 독립협회를 협회당協會黨이라고 쓰
고 있는데 이는 정치결사라는 개념이고, 장차 의회가 생긴다면 하나
의 정당으로서의 역할을 수행할 수 있어야 한다는 의미가 내포되어
있는 것이다. 결사당結社黨의 필요를 역설하는 것은 급진개화론자의
입장으로서, 이 작품에서는 전성조가 그에 해당된다. 그리고 작자는
이태순을 통해 온건론의 입장에서 정치개량의 의식을 표현하고 있다.
　그런데 왜 작가는 정치개혁을 급진론이 아닌 온건론의 입장에 서
서 주장하고 있는 것일까? 주지하는 바와 같이, 19세기 말엽에 일어
난 동학과 을미의병의 폭력혁명은 오히려 열강을 불러들이는 화를
초래하게 되었고, 때문에 국정의 혼란과 간섭으로 인한 분열을 겪을
수밖에 없었던 것이다. 독립협회 회원들은 그 경험을 고려하지 않을
수 없었던 것. 외세를 막으면서 민중의 힘을 결속시키는 한편, 개혁과
변혁을 동시에 시도하려는 생각이었다.[81] 따라서 소설의 주인공 이태
순의 행동양식은 외유내강의 점진적 자세로 표현된 것이다.

　　　구라파에서도 영미 졔국은 동등권리의 쥬의를 행하고 호올로 압제
　　　를 쥬장하는 덕국과 아라사 등국에는 젼졔졍치를 행하야 행법상에는
　　　편리하나 인민의 권리는 조곰도 진보되지 못하얏스니 여러분은 우리
　　　나라 졍치개량을 영미졔국을 본밧을 지오 덕국과 아라사갓치 젼졔졍

---

81 신용하, 『獨立協會와 萬民共同會』, 社會思想 編, pp.212~215.

치를 행치 말지어다.　　　　　　　　　　(『설중매』 제2회, pp.10~11)

이러한 이태순의 주장은 소설 속에서 계속 반복되는데, 그 주장에 대한 구체적 해결방안이 제시되지 않고 있으며 명료한 의지도 보이지 않는다는 데 아쉬움이 남는다.

구연학의 『설중매』에서 여주인공인 장매선의 성격은 극히 나약하다. 변화하는 시대상을 분명하게 인식하고 거기에 능동적으로 대처하는 진취적인 여인상이라기보다는 부모가 맺어준 약속에 따라 행동하는 구시대적 여성으로 묘사되어 있다.

(모친) 지금 세상의 계집아해는 녜젼 풍기와 갓지 아니한 고로 침션방젹은 대강이나 아러두면 고만이로되 학문은 넉넉히 힘쓰지 아니치 못한다 하야 너로 하야곰 셔책에 종사케 하시고……　　　　(제1회)

(이태순) 부인의 교육이 발달됨은 사회에 대하야 큰 행복이라……
　　　　　　　　　　　　　　　　　　　　　　　　　　　(제9회)

멀지 아니하야 필경 셔양풍속을 본밧아 품행이 단정치 못한 부녀는 상등사회에서 밧지 아니하리니……　　　　　　　　　　(제12회)

이상과 같이 여성의 문제에 대한 발언은, 모두가 여주인공 자신이 아닌 타자他者에 의해서 간접적으로 시사되고 있을 뿐 장매선의 근대화된 자각과 자발성은 쉽사리 찾아보기 어렵다.

작품의 갈등에서 보인 주인공의 시련이나 고난의 극복까지도 정치·사회적 개화의 장애를 제거하기에는 이르지 못하고 있다. 다만 여주인공의 신상문제의 해결에서 온 성과로서 두 주인공의 승리라는 대단원을 이루었다. 이것은 작품에서 인물의 중심적 갈등을 해소하는 데까지는 이르지 못하면서, 두 주인공의 개인문제에서만 그 승리감을 공감하게 하려는 것이다.

이태순은 남덕중과 이야기하는 중에 연극개량에 대하여 언급한다. 그는 풍속을 개량하는 데 있어 연희演戲의 역할이 크다고 전제하고 서양에서는 연희를 통해서 큰 효과를 거두었다고 말하면서, 우리나라의 연희에 대하여 다음과 같이 나름대로의 비판을 덧붙였다.

> 우리나라 연회장은 건축함은 약간 셔양제도를 모방하얏스나 다만 외양 뿐이오 그 유희하는 규모는 모다 이십년전 구풍으로 압졔명치만 알던 시대의 사상을 슝상하야 리도령이니 춘양이니 하는 잡셜과 어사니 부사니 하는 기구를 쥬장하며 꼭두니 무동이니 의미업는 유희로 다만 부랑랑자의 도회장이 되야 문명풍화에는 조금도 유익할 바가 업스니
>
> (『설중매』 제10회, pp.51~52)

연희演戲를 개량해야 한다는 주장으로 시기적으로 매우 당위성이 있으나 그 방법에 구체적인 대안이 미약하고, 『春香傳』이나 민속연희인 '꼭두각시놀음' '무동놀이' 등을 부랑자들의 연희로 인식하고 있는데서 한계성이 나타난다. 개량에는 그 대상이 있게 마련이고 그 대상은 으레 전통적인 고전이 되는데, 전통적 기반자체를 송두리째 부정하고 나서 무엇을 어떻게 개량한다는 것인지 애매모호하다.

한편 장매선이 숙부의 음험한 책략을 거절하는 장면에서도 여전히 서양풍속의 예찬은 입버릇처럼 삽입된다.

셔양서는 마암에 합당한 사람으로 부부의 언약을 명한 후 외양으로
만 그 부모에게 의론한다 하오니……결혼 일사는 소녀의 마암대로 하
게 바려두심을 바라나이다.   (『설중매』 제11회)

이상에서 살펴본 바와 같이 제도와 풍속의 개량을 소설화시킴에
있어, 그것이 당대의 현실에 토대를 둔 인물들의 행위나 구체적인 사
건 혹은 묘사를 통해서 설득력 있게 표현되는 것이 아니라, 덮어놓고
서양식이니까 그대로 수용해야 한다는 주장으로 일관되고 있다. 극
심한 서구 편향주의에 감염되어 있었음이 확인된다. 서양이라고 했
지만 국적도 불명이고, 어떠한 사회적 조건에서의 바람직한 제도·풍
속이기에 그대로 받아들여야 하는 지는 막연하다.

구연학의 『설중매』의 문체적 특성은 다음과 같다.

첫째, 번역의 성격이다. 원작과 번안을 자세히 대조해 보면 전체적
인 문맥에 있어 번역의 비중이 크게 드러나고, 분량은 발췌번안을 해
놓은 관계로 번안작이 원작의 길이 보다 훨씬 짧게 되어 있다. 번역
과정에서는 일본식 풍습이 그대로 직역된 부분도 있다.[82]

둘째, 창의적 요소의 첨가가 보이지 않는다. 원작에서 의회의 개설
을 앞둔 자유민권운동을 '정의사'라는 결사의 활동을, 번안에서는 '독
립협회운동'으로 대치시키고 있으나 번역된 문맥과 첨가된 문맥사이
에 긴밀한 연관성이 이루어지지 않아서 조화를 이루지 못하였다.

셋째, 한문투의 잔존이다. 이는 원작이 지니고 있는 우아한 고전적
분위기를 그대로 살려보려고 한 데서 연유된 것으로 생각되는데, 번
안에서는 그러한 우아한 멋과 지성적인 품격을 문장의 여운을 통해

---

82 전광용 교수도 「新小說硏究」 "後"(『思想界』, 1955.10), p.263에서 이 점을 지적하고 있다.

되살려 내지 못하였다. 그러한 결과가 고대소설과 흡사한 한문투의 문장으로 된 것으로 판단된다.

넷째, 가장 중요하다고 여겨지는 문체의 사실화가 문제이다. 구연학은 번안 과정에서 번안문은 사건의 전개에만 치중하고 있을 뿐, 살아있는 인간을 묘사하고 그것을 새롭게 창조해 보이는 노력에는 소홀함을 드러내고 있다. 다만『설중매』의 번안에 있어 문체상의 공적을 든다면 과도기적인 형태로나마 언문일치에 기여한 공로를 간과할 수 없다는 점이다.

(2) 최찬식崔瓚植의『금강문』

최찬식은 1881년 8월 16일(음력)에 경기도 광주군 동부면 덕흥동 온천리京畿道 廣州郡 東部面 德興洞 溫泉里[83]에서 아버지 최영년崔永年과 어머니 청송 심씨와의 사이에 오남 일녀중 장남으로 태어났다.

최찬식의 아버지 매하산인 최영년은 고종 때 문족門族 최익현의 일로 일본에 망명하였다가 사면되기도 했고 동학운동 및 개화당에도 관계한 사람이다.[84]

1881년 출생하여 1951년 '1·4 후퇴' 당시 뚝섬에서 동사凍死한 것으로 되어 있는 동초 최찬식의 생애가 지니는 시대적 의미는 무엇일까?

임오군란(1882)·갑신정변(1884)·청일전쟁(1894)·갑오개혁(1894)·러일전쟁(1904)·을사보호조약(1905)·경술국치(1910)·기미독립만세

---

83 一名 더운물 골, 現 남한산성의 온수골.
84 정숙희는 최찬식의 독자 최영택의 증언을「新小說作家 崔瓚植硏究」(석사논문, 경희대, 1974)에서 기술하고 있다. 최영년은 親日論者로서 동학란과 개화당에 관련되어 일본에 갔을 가능성이 있고, 이것이 사실로 판명되면 동초에게도 큰 영향을 주었을 것으로 추측된다. 최영택이 최익현의 일과 연결시켜 최영년이 일본에 갔다는 말은 미화시키려는 의도도 있을 수 있다.

(1919)·만주사변(1931)·중일전쟁(1937)·태평양전쟁(1941)·해방(1945) 과 6·25전쟁(1950) 등으로 점철된 그의 70평생은 한민족이 겪었던 고난의 과정과 일치한다. 그러나 작가적 삶과 관련되는 범위 안에서 보자면 1926년 11월 30일 조선도서주식회사에서『龍井村』과『子爵夫人』의 초판을 발행한 것을 끝으로 문필활동을 중단하고 있음으로 해서 1926년까지 그의 개인사個人史가 주목의 대상이다.

최찬식은 1907년 상해에서 발행한 소설집『說部叢書』를 번안, 신소설 분야에 손을 댔다. 이어서 동경에 본사를 두고 경성에 지사를 둔 '半島詩論社'의 기자생활을 하던 1910년대 후반에 여러 편의 글을 발표했다. 그중에는 「支那의 風雲은 南北分立의 兆乎」(1917.7)와 같은 아시아 정세에 대한 친일적 시국론과 「대자연의 금강」(1917.10), 「如繪如花의 秋金剛」, 「嶠南의 名勝과 古蹟」(1917.12) 등 기행문 형식의 여행특집 기사, 그리고 「風紀肅淸의 要點은 父子有親」(1917.5), 「開城人과 其生活」(1917.9), 「生活寫眞을 觀覽하는 趣味」(1917.4) 등 기타 잡문이 눈에 띠는데 여행특집 기사는 작품 속에 빈번히 등장하는 여행 모티브와 밀접한 관계가 있는 것으로 보인다.[85]

이인직, 이해조처럼 최찬식은 언론·출판에 얼마동안 종사했으며, 특히 1910년대에 일본인이 낸 잡지『新文界』,『半島時論』등의 기자를 하면서 기사, 단편소설, 가사 등을 발표한 것들도 남아 있다. 그러나 단행본으로 출판한 장편 10편이 가장 중요한 문학활동이다. 그 기간이 1912년부터 1926년까지였다.

『금강문』[86]은 1914년 8월 19일 동미서시東美書市에서 처음 나왔다

<hr/>

85 정숙희, 「新小說作家 崔瓚植硏究」, 경희대 석사논문, 1974, p.34.
86 재동학교의 김교원과 부인이 죽게 되자 그 딸 경원이 상속하게 될 은행 저축금 9,000원과 백여 석의 전장을 편취하려는 외숙 포천 전먹통이 등장한다. 전먹통은 협잡으로

하나 확실치 않으며, 1922년 1월 5일 발행한 5판은 박문서관博文書館으로 되어 있다.

근대적인 재판제도를 오리엔테이션하는 대표적인 작품으로는 최찬식의 『금강문』이 있다. 이는 인과응보의 주제가 재판과 헌병의 치안력에 의해서 실현되는 작품이다. 따라서 이 작품에는 이른바 신법률제도 확립 이후의 재판 과정의 용어가 많이 제시되고 있다. 소장·검사국·예심·검사·당범·종범·호출장·기소·판사·공판·변호사·형법대전집·징역·금고·선고 등이 그것이다.

재판에서 극적인 전환이 이루어지는 것은 대부분 위기의 순간에 증인과 증거 제보자가 마지막에 나타남으로써 재판에 결정적인 역할을 하게 하는 방법이다.

식민지에 대한 군사적인 억압의 주도적인 역할을 하는 헌병이 오히려 폭력의 통제 기능으로서 서술되고 있는데서 주체적 역사의식이 없었음을 느끼게 한다.[87]

신소설에서, 죽음은 인과론적인 자업자득적인 결과이지만 미신적인 미망迷妄에 의한 자폭적인 요인도 적지 않다. 이와 같이 미신적인 의식이 범죄의 고백적인 확인 단계로서, 또 복수의 한 예로서 나타나

살아가는 위인이었기 때문에 경원과 이정진과의 약혼조차 간계로 파약시키고, 구소년을 끌어들여 강제로 결혼시키려 든다. 구소년을 김교원의 양자로까지 입양시키면 재산은 전부 편취할 수 있기 때문이다. 전먹통이 경원의 도장을 훔쳐 재산을 완전히 편취하고 구소년과의 결혼을 강요하자 경원이는 금강산의 금강문까지 도망갔다. 남주인공은 유학을 떠났다가 파선破船을 겪은 탓에 생사를 모르던 남녀 주인공이 극적으로 만나는 공식화된 '남녀 이합형男女 離合型'의 구성이 되풀이된다. 한편 경원의 협조자인 신부인이 이들의 모든 범행을 파악하고 이들을 재판에 회부하여 전먹통으로 하여금 10년의 징역형을 선고받게 한다. 그런데 남주인공에게는 부모가 정해준 신부가 있어서 만국기를 걸어놓고 야단스럽게 거행하는 혼례식장에 신부가 둘이었다. 이처럼 신구의 가치관을 절충시켜 양쪽 독자의 환심을 사려는 태도를 취했다.

87 李在銑, 『韓國現代小說史』, 弘盛社, 1979, p.82.

는 것은 신소설의 특성이다. 『금강문』에서도 가장된 굿에 의해서 범죄의 흉계 및 악행의 단서를 확인하고 보복을 성취하게 된다. 무당을 매개로 한 굿과 기도가 이렇듯 보복을 위한 범죄의 확증적인 단서 또는 고백이 되는 경우가 허다하다. 최찬식 역시 반미신反迷信의 합리성을 제기하고 있다.

> 슬프다. 조선여자계에 크게 폐단되는 것이 무엇이뇨? 꼭 귀신을 믿고 요사한 말을 미혹하는 것이로다. 사람의 길흉화복을 귀신이 어찌 농락하리요마는 무당 판수 전래집 같은 요사한 무리들이 이 음흉한 수단과 요괴한 말로 사람을 속이고 재물을 취하며, 무지각한 여자들은 그것을 혹신하여 저간에 귀중한 재물을 소비하고 총명한 정신을 손실하여 비상한 악영향이 전국 여자계에 편만하니 어찌 탄식지 아니할 바리요.[88]

이는 최찬식의 『금강문』에 나타난 서술자의 논평이다.

여주인공 경원이 불행에 빠지게 되자 협조자인 신교장 부인이 무당으로 가장하여 하수인인 방물장수 노파를 찾아간다. 마침 딸의 병때문에 괴로워하는 것을 보고, 그런 재난이 모두 여귀의 저주에 의한 불길한 징조라고 속여 노파의 고해를 통해서 범행의 단서를 얻게 된다. 그리하여 천벌의 현대적인 등가물인 법의 재판정에 범죄자를 고발하게 한다. 이는 범죄자의 불안한 심리를 미신의 위력으로 굴복시키는 방법이다. 그리고 인용한 논평과 마찬가지로 축귀逐鬼의 주술적인 민간 신앙이 얼마나 허망하며, 또 사회에서 반윤리적인 위험성을

---

88 최찬식, 『금강문』, 『최찬식편』(韓國新小說全集 卷4), 을유문화사, 1968, p.209.

갖고 있는가를 제시하는 것이다. 특히 최찬식은 이러한 경향이 남성보다는 여성에게 더 편중되어 있음을 강조하고 있다.

폭력과 범죄는 개인뿐만 아니라 무리에 의해서도 이루어진다. 집단적인 행위에 의해서 이루어지는 반사회적·비정상적인 폭력행위를 폭동이라 한다. 재래식의 용어로는 주로 '민요民擾' 또는 '민란', '화적火賊 난리' 또는 '산적 난리' '수적 난리'라고 일컬었고, 그 개념은 조금씩 다른 의미를 내포하고 있다. 신소설의 시대적인 배경이 되고 있는 근대사에서, 전형적인 폭동은 농민 봉기의 민란을 들 수 있다. 민란은 사회적 파국에 대한 정치적인 반응이다.

당시의 민심의 동요와 도둑 따위의 질서 괴란적 횡포에 대하여, 한우근은 다음과 같이 언급하고 있다.

> 사회의 불안이 점점 더해감에 따라 中外 각처에서 도적이 일어났다. 그러한 무리 중에서 애초부터 무기를 휴대한 火賊이나 水賊이 출몰하게 되었다. 火賊은 山賊과 같은 육지의 도적을 말하고 水賊은 해안이나 하천을 무대로 하는 도적을 말한다. 그들은 점차로 집단화되는 경향조차 띠었다. 그것은 단순한 도적의 성격을 넘어서, 일종의 불평집단의 성격을 띠게 되었다. 그럼에도 불구하고 나라의 收取體制는 문란한 대로 시정되지가 않았다. 농민들은 향리들의 誅求와 土豪들의 전횡 속에서 기근과 질병에 허덕여야 했고, 火賊·水賊의 위협을 받아야 했다. 그들은 그들의 고난을 호소할 데가 없었다.[89]

---

89 韓㳓劤, 『韓國通史』, 을유문화사, 1970, pp.379~380.

학정과 기근은 민란을 유발하고 무장된 약탈자들의 폭력을 증가시키는 것이다.

> 이때는 지방에 폭도가 강성하여 이삼 십 명 혹은 사오 십 명씩이 작당을 하여 촌가에 횡행하여 재물을 노략하고 부녀를 겁탈하다가 조그만 수에 틀리면 무죄한 사람을 함부로 살해하는 고로, 어리석은 지방 백성들은 그놈들이 눈에만 띄면 꿈쩍을 못하고 관헌을 속여가며 쌀섬·동냥을 있는 대로 빼앗기는 시대라.　　　　　(『금강문』, p.239)

도둑떼가 가족과 개인에 대한 적대 관계라는 점이다. 사회 질서를 교란시킴은 물론 가족을 유리시키고 불행한 개인을 더욱 불행하게 하는 반사회적이고 반도덕적인 악의 집단이다. 도둑이 재난과 위기의 구성 원칙으로서 크게 문제가 되고 있는 것은 가공적으로 사회와 개인이라는 관계의 불화 상태를 단순히 이야기로서 편성하려는 데 있다기보다는, 그러한 폭력적 집단 행위가 발호하고 있는 현실적인 경험 세계의 반영 때문이다. 한편 문명에 대한 촉진 작용을 유발하려는 것이 신소설의 의도이기도 하기 때문에, 이들 도둑들은 소설에서 결국은 사회적인 통제를 받는다.

이들에 대한 사회적 통제는 경찰이나 수비대 또는 일본 헌병들에 의해 이루어진다. 이 점은 개화 정책의 지지 및 신소설 작가들의 친일의식의 증거라 할 수 있다.

이상은 〈표 3〉과 같이 정리할 수 있다.

<표 3〉『雪中梅』·『설중매』·『금강문』의 구성

	① 末廣鐵腸의 『雪中梅』	② 具然學의 『설중매』	③ 崔瓚植의 『금강문』
著作年	1886년 8월~11월, 博文堂	1908년 5월, 滙東書館	1914년 8월 19일, 東美書市
構成	上篇→7회, 下篇→8회, 各篇마다 〈發端의 場〉	全 15回 單行本 長篇小說	스토리 중심의 單行本 長篇小說
登場人物	① 國野基(深谷梅次郎) ② 富永お春 ③ 天野權次郎 ④ 秋野鶴三郎 ⑤ 武田猛 ⑥ 川岸萍水 ⑦ 須田蠅之助 ⑧ 斉藏 ⑨ お松 ⑩ 藤井夕力 ⑪ 藤井權兵衛 ⑫ 富永正左衛門 ⑬ 松田棨 ⑭ 玉助 ⑮ 梅吉 ⑯ 母(お春의 母)	① 이태순(沈郎) ② 장매선 ③ 권중국 ④ 전학삼 ⑤ 문전철 ⑥ 하상천 ⑦ 전성조 ⑧ 여관주인(구두쇠) ⑨ 하녀 ⑩ 숙모 ⑪ 숙부 ⑫ 매선 아버지 ⑬ 중매인(숙부의 대리인) ⑭ 기생1 ⑮ 기생2 ⑯ 매선母	① 李正珍 ② 金慶媛 ⑥ 具소년 ⑨ 신교장 ⑩ 외숙모 ⑪ 외숙부(전목통) ⑫ 金教員 ⑬ 방물장수 ⑭ 누이 ⑮ 역부 ⑯ 金慶媛의 母
志士와 佳人의 遭遇 場所	箱根溫泉 福住樓	白雲臺 北漢寺	金剛山 金剛門

5) 『雪中梅』·『설중매』·『금강문』의 대조 분석

ⓐ 유사점類似點

① 위 세 작품의 서두 부문은 다음과 같이 시작된다.

콜록 콜록 콜록 오하루야 이리 좀 오너라. 오하루 거기 있느냐고 오십 남짓 먹은 부인이 병으로 수척해진 얼굴을 묻는 베갯머리에 놓는 것도 괴로운 듯이 기침을 하면서 부르는 소리에 스윽 장지문을 열면서 들어오는 나이 십육 칠세의 소녀가 조용히 베개머리에 앉아 얼른 환자의 얼굴을 바라보며, "어머니 무슨 일이에요 조금 전까지 옆에 있었습니다만 너무 곤히 잠드셔서 잠시 저쪽에서 신문을 읽고 있었사옵니다. 벌써 네 시가 되었사오니 약을 드시지 않으시겠습니까? 하고……"

(스에히로 뎃초의 『雪中梅』, p.9)

아가 매선아 이리좀오너라 매선이 거기있느냐 하는 소리는 한 오십여세된 부인이니 긴병이드러 전신이파리하고 근력이 쇠약하야 자리에서 이지못하고 누어 바튼기침을 하면서 그딸장소저를 부르는것이라 소저의 나히 십육칠세는 되었는데 나즉한소리로 선듯대답하며 문을 열고 조용히 들어오더니 벼개엽해와 나부시 안지며 어마니 부르섯습닛가 앗가까지 겻혜뫼시고 있삽더니 어마니게서 잠이 곤이드신듯하기로 밧게 좀나아가 신문을 보앗삽나이다 벌서네시가 되엿사오니 약을 잡스시지 아니하시려나닛가.

(구연학의 『설중매』, p.3)

그집 마루 분합 밖에는 청동화로에 약을 안쳐놓고 그 옆에 앉아서 불 붙이는 사람은 나이 열육칠세가 될락말락한 처녀라 (…중략…)
그약은 무슨 약인지 단정히 앉아서 정성스럽게 달이더니 (…중략…)
방에서 밭은기침 소리가 콜록콜록 두 번 나며, "이애 경원아 어데 갔느냐? 이리 좀 오너라" 하는 말에 약 달이던 처녀가 벌떡 일어서며, "네,여기 있습니다. 왜 그립시오?" 하고 바삐 들어가는데, 그 안방 아랫목에는 나이 근 육십된 부인이 이불을 덮고 안석에 의지하여 누워서 숨이 차고 기운이 부쳐 간신히 하는말로……

(최찬식의 『금강문』, p.163)

세 작품이 공히, 오하루·장매선·김경원이라는 이름으로, 16, 17세 정도의 아름다운 소녀로 주인공을 설정하였으며 병고에 시달리는 홀어머니를 위하여 약을 달이고 있고 홀어머니가 밭은기침을 하면서 딸을 부르는 장면에서 시작되고 있다.

② 여주인공의 상황

　　너의 부친 (…중략…) 말삼하시기를 (…중략…) 시골소년에는 한사
람도 합의한자업기로 경성에가서 서서리 가량을 택하야 기별하리라
하시고 서울로가시더니 그 후심랑의 인품을 편지로 자세히 기별하시
되 장안에 이같이장취성잇고 자격이합당한남자는 처음보았기로 사위
를 삼을터이라하시 사진까지 박아보내신것을 너도보고 흠양한바이어
니와 내가 너를 다리고 경성에왔더니 심랑은 그전에 일본으로 드러갔
다하나 (…중략…) 아바님게서 일즉이 말삼하시되 심랑의 문장과 학
문이 타인의 비할바아니오 이미통혼 하얏으니 경선이 타처로 언약을
말나하셧슬뿐더러 소녀도 또한 미통혼 하얏으니 경선이 타처로 언약
을 말나하셧슬뿐더러 소녀도 또한 심랑의 사진을가젓사온즉 만일 어
마님게서 회춘치못하면 가사는숙부에게 부탁하옵고……

(구연학의 『雪中梅』,[90] pp.7~8)

　　너의 아버지 생존해 계실 때에 (…중략…) 이정진이라는 학도가 그
중 인물도 헌앙하고 심지도 활발하며 연령도 경원이와 동갑이오, 학업
이 또한 장취성이 있어 우등 첫째는 시험마다 내놓지 아니하여 그 학
도의 전정이 대단히 유안한지라, 김교원보기에 가장 가합한 고로 곧
그 학도와 통혼하고 싶은 마음이, (…중략…) 그 끝에 자기 딸 경원이
를 정진이와 통혼하여달라고 간청하매, 신교장이 대단히 찬성하고 즉
시 그 부인에게 부탁하여 경원의 혼사를 소개케 하니, (…중략…) 『나

90　스에히로 뎃초의 『雪中梅』와 具然學의 「설중매」는 거의 비슷하므로, 앞으로는 구연
　　학 「설중매」의 예문만을 들겠음.

죽기 전에 불복일로라도 초례를 시켜야 하겠는데 그 주선인들 누가 할 사람이 있어야지. 기닿게 할것 없이 자네 올해 농사를 생각하지 말고 솔가해서 우리집으로 올라오는 것이 어떠한가?

(『금강문』, pp.166~174)

세 작품 공히 무남독녀인 여주인공의 아버지가 적극적으로 나서서 딸의 정혼을 하고 많은 재산을 남기고 죽었으며 홀어머니가 병을 앓고 있고 후견인으로 숙부내외가 등장하고 있다.

③재산 관리인인 숙부내외의 후견인 자세

권첨사가 그로 처를대하야 숨을 휘이 내야쉬며 계집아이가 주제넘게 글자를 보아서 세밀한일까지 모르는것 업슴으로 이번에내가 땀을 흘녀도다 그러하나 저의부친이 도장찍힌 유서가 있는데는 할일업슬지니 하상천의 지혜는 짐짓 탄복할바이오 이외에 송교관이 잘꾀얏으면 하상천과 혼인이 십분의구는 되기 무려할지라 종자이후로 전당잡힌문서도 발각될넘려가 업슬뿐아니라 천원이나 되는 큰돈이 손에 들어올지니 엇지다행치 아니리오 마누라여 보오 하인불러 압집에가서 술이나 좀 받아오라하오 우리 이일잘되라고 축원을 하야보옵시다

(『설중매』, pp.61~62)

"오래간만에 만나서 이말 저말 하다가 저를 경원이와 혼인만 하게 해주면 무슨 일이든지 하라는대로 시행할 터이오, 우리 평생은 걱정말라고 합디다. 기닿게 할것없이 저기를 파혼하고 그 사람에게 시집을 보냅시다』 (남)『여보, 그놈의 속은 누가 안단 말이오? 그게 다 얼렁얼렁 꼬이는 수작이지, ……"

"······그 사람이 못 믿겠거든 계약이라도 받으리라"

(『금강문』, pp.183~184)

후견인으로서 재산을 관리하는 숙부내외가 여주인공의 재산을 탐내 정혼자와의 약혼을 파혼시키고 다른 남자에게 결혼시키려고 노력한다. 그러나 여주인공은 호락호락 넘어가지 않고 계속해서 반대한다.

④ 그래서 숙부내외가 여주인공을 중상모략하는 장면을 설정하고 있다.

> ······형은 아즉 그 소문을듯지못하얏도다 성조가 형을모함한죄로 반좌률을 당하야 지금까지 감옥서에잇거니와 성조와 형이 무삼큰 혐의가 있기로······림주사가 신문한장을들고 차례로 보와 내려가다가 언의 녀자의리약이를 보는 모양이더니 박장대소하며 송교관을 바라보거늘 송교관이 뭇되 무슨 말이 있나 여려시듯도록 크게일거보게 림주사가 소리를 높혀갈아되 남촌근처인데 골목이름과 통호수는 자세치못하나 면람에 석회침하고 수목이 울창한중에 후원초당잇는집이오 그이름은 매화라 하던지 매향이라하던지 하는 여자인데 그자색이절등하야 달이시기하고 꽃이부끄러 하는듯할뿐만아니라 개명한 학문도 잇기로 근처에 소문이 유명하야 사람마다 흠모하던바이더니 청보에 개똥을 쌌다는 말과같이 그여자가 음란행실이 한두번아니라 일전에도 신병이 잇셔 피접간다칭탁하고······그절에서 어느남자를 또사귀엇던지 도라오는길에 그소년을보고 남이부끄러운줄 모르고 교중에서 은밀한 약조를 정한후 경성으로 드러왔다하니······　　　（『설중매』, pp.68~69）

……하루는 그 노파를 은근히 보고 비밀한 계교를 말짜듯 단속한 후에 방물 장수를 꾸며 곧 신랑 이정진의 집으로 보냈더라……"저, 삼청동 김교원의 딸이라고 얼굴도 얌전한 시악시인데……혼인날이 가깝다고 하기에 분이나 좀 팔아볼까하고 갔더니……내가 내일은 시집을 갈터인데 신랑이 내 마음에 맞지 아니할 뿐 아니라 남부끄러운 말로, 나는 친히 백년을 계약한 남편이 따로 있은즉, 내일 장가 들러오는 신랑에게로는 기어코 시집가기가 싫으나 아무리 생각하여도 모피할 수가 없으니, 당신이 내일와서 수모 노릇을 하다가, 신랑의 요기상에 독약을 풀어주면 그 신세는 어데까지든지 갚으리라 합디다 그려"……이 편지나 좀 전해 달라고 하며 품에서 편지 한 장을 내어 줍디다.

"……그 일은 그대로 할 터이오니 부디 안심하시고, 나는 오늘 출입할 수가 없어 두어자 기별하오니 아비산亞砒酸한 구람만 구하여 오늘로 곧 보내주시압. 더 할 말 없삽고 편지하는 사람은 필적 보면 아실 듯"

(『금강문』, pp.187~190)

신문을 숙부내외가 여주인공을 파혼시키기 위하여 모함의 수단으로,『설중매』는 악용하고 있으나『금강문』에서는 방물장수와 편지를 악용하고 있는 것이 서로 다르다고 할 수 있다. 그러나 공히 후견인인 숙부내외가 여주인공을 제3의 남자와 결탁하여, 모함하는 면에서는 동일선상에 있다.

⑤숙부내외의 모함이 있은 후, 남녀 두 주인공의 애정의 진전상황

금년이 대경소괴하야갈아되 서방님께서도 그런말을 고지드르시고 이갓치 말삼하시니 진실로 한심하여이다 근일신문의 해괴한말을 기재하야 사람의 이목을 의혹케함은 정녕히 심사불량한 권첨사영감과 어느

양반이라든지 성명은 있었으나 그아씨를 욕심내야 백가지로 결혼하기를 꾀하다가 뜻과같이못하야 함협하고 있는자가 흉칙한계교로 욕설을 쥬작하야 신문에내민 것인듯하오니 바라건데 서방님은 소인의 참소로 옥같은 아씨를 의심치마르소서 태순이 이리저리 생각하다, ……

(『설중매』, p.73)

……쫓아가던 신교장부인은……바로 소안동 노파의 집으로 가서…… 의외의 재판의 심문을 당하고 돌아와……하루 아침에는 신문을 보는데 삼면 제잡보란내에 뚜렷한 이호자로 『박현어은』이라 제목하고 경원의 외삼촌이 그 재산을 탐욕하던 말, 거짓 방물장수를 보내어 파혼시키던 사실이며, 경원이가 다른 곳으로 시집보내려는 눈치를 알고 승야도주한 일과, 음모가 발가되어 재판소에서 전먹통 공판하였다는 말이 소상하게 게재되었는지라 그 신문을 보매 경원의 애매함은 물론이오, ……

(『금강문』, pp.206~213)

『설중매』에서는 숙부내외가 제3의 남자와 공모하여, 신문에 실린 여주인공에 대한 모함이 '금년'이라는 하녀에 의하여 오해가 풀리게 되었다.『금강문』에서는 방물장수와 편지에 의해 여주인공을 모함했던 사실을 중매에 나섰던 신교장 부인의 기지로 방물장수가 자수하게 하였고, 이것이 신문에 실린 것을 남주인공의 어머니가 보고 알게된다. 이것은 세 작품이 제3의 여자의 협조에 의해 여주인공에 대한 오해가 풀리는 방법을 취하고 있음을 볼 수 있다.

⑥ 결말구조

『설중매』는 숙부내외의 반성과 함께 남·여주인공이 결혼을 할 것을 약속하고『금강문』에서는 후견인인 숙부내외가 법의 심판을 받아 구속이 되어 여주인공이 금강산에 가 있을 때, 남주인공과 약혼을 한 윤씨 아가씨가 어렵게 된 것을 알고 여주인공의 권유에 의해 한 남자 주인공과 두 여자가 결혼을 하게 된다. 결국 두 작품이 숙부내외의 음모를 파헤친 뒤 정혼했던 남여주인공이 결혼에 이르러 해피엔드의 결말結末을 구성하고 있다.

⑦ 고대소설과의 연계관계

이야기하는 사이에 天德寺의 저녁종소리가 공-공-울려 퍼지고 가을 바람에 떨어지는 나뭇잎이 팔랑팔랑하고 창을 두드린다.
(스에히로 뎃초의『雪中梅』, p.11)

이럭저럭 담회하다가 정토사의 저문쇠북이울고 추풍이 소슬하야 낙엽이 창을 두다리더라. (구연학의『설중매』, p.7)

위는 에도말기에 유행한 다메나가 슌스이爲永春水의 닌조본『슌쇼 쿠우메고요미春色梅兒譽美』에서 여자 주인공이 해질녘에 돌아가는 정 경과 비슷하며, 아래는 한국의 전통적인 불교사상과 관계있는 서술 로서 고대소설에서 많이 사용되는 분위기의 내용이다.

바람은 잔풍하고 아지랑이는 아물아물, 늦은 봄 일기가 정히 화창 한데, 새로 트는 버들눈은 낱낱이 나풀나풀, 처음 피는 홍도화는 방울 방울 방긋방긋, 이 나무 저 나무 파릇 발긋한 빛이 가지가지 춘광을 자랑하여 곳곳이 금수강산을 이루었고, 벌의 소리, 나비 춤은 봄빛을 사랑하여 꽃떨기마다 요란한데, 그중에 나비 한마리가 삼천동 시냇가로 팔팔 날아내려오며 향기를 쫓아 임으로 다니다가 무슨 냄새를 맡았던지 희고흰 면회담을 팔짝 넘어가더니, 뜰에 가득히 기려한 꽃을 하나도 거르지 않고 낱낱이 점고한 듯, 이 꽃에도 앉아보고 저 꽃에도 앉아보며, 혹 꽃술도 물고 늘어져서 차마 떠나지 못하는 듯이 백옥 같은 나래를 접었다 벌렸다, 유사 같은 수염을 감았다 폈다 제 흥을 못이기어 날아갈 줄을 모르더라.   (『금강문』, p.163)

이는 『금강문』의 맨 첫 부분인데 마치 『춘향전』에서, 광한루에서 춘향이가 그네 타는 장면에서 화창한 날씨를 묘사하는 부분과 흡사하다. 여기에다 남주인공이 공히 이상형으로 묘사되어 있다. 이로 볼 때 고대소설의 장면묘사나 귀족적인 영웅소설을 긍정적으로 계승했다고 할 수 있다.

⑧ 장면의 시간적 위치에 대한 구성

병든 홀어머니를 위하여 탕약을 달이는 장면에서 시작되고, 다시 과거로 거슬러 여주인공의 아버지가 호걸풍의 장래성 있는 남자와 혼약을 하는 과정으로 올라갔다가, 다시 현실로 거슬러 오는 방법을 택하고 있다. 즉 첫 장면이 전체의 중간 부분쯤 되어 인과관계가 사건 발단 초기로 소급하여, 사건진전의 전후 순서를 반전함으로써 독자의 시점을 제1장면에 전개되는 사건에 대하여 그 원인을 추구하고 싶은 욕구를 갖게 되는 '해부적 구성'을 하고 있다.[91]
고대소설의 종합적 구성 방법이 근대소설로 넘어오면서 해부적 구

___
91 『춘향전』은 작품이 시간의 순서대로 되어 있는데, 이를 '總合的 構成'이라 한다.

성 방법으로 전환되었다 할 수 있다.

⑨ 여주인공의 의지의 실천방식

『셋추바이雪中梅』와 『금강문』의 여주인공이 당시의 수준으로서는 그들에게 다가온 현실에 대해 적극적인 자기표현력과 행동력을 보여 결국은 지사와 가인의 결혼으로 결말을 이루는 구성을 했다.

⑩ 스에히로 뎃초의 『셋추바이』(1886~1887)를 구연학이 『설중매』 (1908)로 번안했으므로 일본인명과 한국인명만 다를 뿐 등장인물의 작중 역할은 같다. 여기에 최찬식의 『금강문』(1914.8.19)은 등장인물의 인원수가 더 적고 역할은 비슷하다.

또 스에히로 뎃초의 『셋추바이』와 구연학의 『설중매』, 최찬식의 『금강문』이 각각 하코네箱根·북한사·금강사로, 지명은 다르나 공히 '지사志士와 가인佳人의 기우奇遇'의 장소로 설정되어 필연성이 결여된 기우의 연속으로 위기를 탈출하고 있다.

ⓑ 상이점相異點

①『셋추바이』는 남여 주인공이 1 대 1의 결혼을 하는데 반해,『금강문』에서는 남자 주인공이 두 사람의 여자와 결혼한다.

②『셋추바이』는 평등사상과 결부된 국가관을 나타내고 있으나,『금강문』에서는 문명개화라든가 신사조·외국유학 등이 대두되나 이는

작품의 상황전환을 위한 도구로 이용하고 있다.

③『셋추바이』는 여주인공을 모략했던 숙부내외가 결국 반성하고 여주인공과 共生을 하나,『금강문』은 여주인공을 모략했던 숙부내외가 10년 징역살이를 선고받는 구성이다.

④『셋추바이』에서는 여주인공이 숙부내외가 권하는 결혼을 반대하나,『금강문』에서는 금강산으로 피신을 하는 구성을 하고 있다.

ⓒ 主題意識

① 결혼관

자유연애를 기반으로 하는 애정의 삼각관계가 부모의 정혼에 수긍하는 기성윤리와 타협하고 있다. 이것은 어느 면에서는 기성윤리인 구사상이나 개화사상인 신사상이 소설의 발전·전개 혹은 남여주인공의 기우를 위한 도구로 쓰였다고 볼 수 있다. 자유연애를 주장하면서도 부분적으로는 전통적 결혼관도 기술하고 있다.

② 선·악, 신·구 사상의 대립

『설중매』에서는 이태순과 장매선의 사이에 권첨사 부부가 하상천을 끌어들여 애정의 삼각관계로 되는데, 이를 신구사상의 대립으로 도식화하면 다음과 같다.

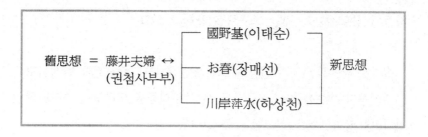

같은 방법으로, 『금강문』은 다음과 같다.

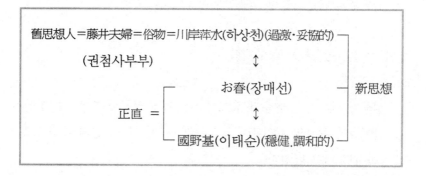

또 다른 하나는, '정직'하고 '온건파'인 신사상인 이태순과 '속물'이
고 '과격·타협적'인 신사상인 하상찬과의 사이에 장매선이 개입하여
애정의 삼각관계를 맺고 있다. 이것을 도식화하면 다음과 같다.

舊思想人＝藤井夫婦＝俗物＝川岸萍水(하상천)(過激·妥協的)
　　　　(권첨사부부)　　　　　　↕
　　　　　　　　　　　　　　お春(장매선)　　新思想
　　正直　＝　　　　　　↕
　　　　　　　國野基(이태순)(穩健.調和的)

같은 방법을 적용시키면 『금강문』에서는 다음과 같다.

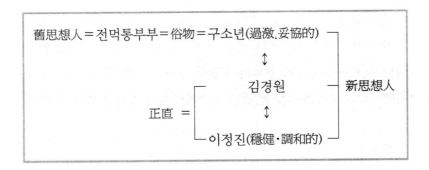

위의 네 개의 도표를 하나로, 즉 스에히로 뎃초의 『雪中梅』, 구연학의 『설중매』와 최찬식의 『금강문』의 신구사상의 대립은,

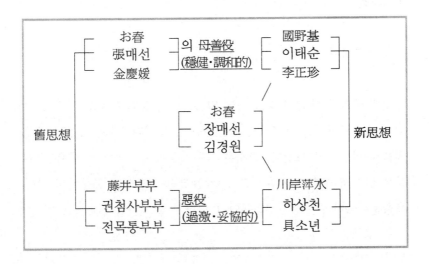

이와 같은 도식으로 나타낼 수 있다. 즉 『雪中梅』는 네 개의 극의 중간에 오하루·장매선·김경원을 놓고, 오하루·장매선·김경원이 각

각 동조 또는 협조·반발하여가는 동요의 상황을 묘사하여 '일본 문명'
과 '한국 문명'의 장래를 설계한 것이다.

『금강문』에서 선역善役·조화調和는 근대정신이라고 할 수 있겠다.
그러나 위의 세 작품을 자세히 보면 신구사상의 대립의 구도는 확실
하나, 대립에 의한 갈등보다는 상황의 전환을 위한 도구로 전락되고
나아가 스토리에 중점을 둔 흥미 위주에 치우친 점도 부정할 수 없다.

③ 교육관

피상적이나마 계몽적인 면에서 혹은 입신출세의 방편으로 근대적
자아의 각성·서구유럽에 대한 흥미·여성교육·외국유학 등이 대두되
고 있다.

④ 문벌타파

문벌 등에 구애받지 않고 차별 없는 인재등용을 논하고 있으나 지
식을 위주로 한 권위주의 및 오만감을 갖고 있다. 이는 시대적 한계
성을 나타낸다고 보인다. 그것은 정치소설에 등장하는 인물은 대부
분은 당시의 사회를 지배하고 있던 봉건적인 양식과 충돌하지 않는
유형뿐이었다[92]는 점에 그 원인이 있다고 할 수 있겠다.

---

92 中村光夫, 『日本の近代小說』, 岩波書店, 1979, p.29 참조.

⑤ 구성

　　㉠ 등장인물의 배역과 그 성격이 유사한 것.

　　㉡ 지사와 가인이 각각 하코네 온천의 福住樓·북한산의 북한사·금
　　　 강산의 금강문에서 기우한 점.

　　㉢ 16, 17세의 여주인공이 병을 앓고 있는 홀어머니를 위해서 탕약
　　　 을 달이고 있는 장면에서 시작되고 있는 점.

　　㉣ 여주인공의 부친이 외동딸의 배필을 스스로 정한 후 많은 재산
　　　 을 남기고 죽은 점.

　　㉤ 후견인으로 되어 있던 숙부내외가 재산을 자기 것으로 하기 위
　　　 하여 다른 곳으로 결혼할 것을 권하고 있는 점.

　　㉥ 숙부내외와 결탁하여 여주인공과 결혼하려고 하는 남자는 남주
　　　 인공을 속이지만 제3자의 도움으로 오해가 풀렸다는 점.

　　㉦ 여주인공은, 숙부내외가 다른 곳으로 결혼할 것을 강권하지만 완
　　　 강히 반대하여, 결국 음모를 헤치고 정혼자와 결혼하게 된 점.

　　㉧ 필연성이 결여된 우연의 연속이라는 점.

　　㉨ 고대소설의 귀족적인 영웅소설을 긍정적으로 계승한 점.

　　㉩ 해부적인 구성을 하고 있는 점.

⑥ 주제의식

　　㉠ 단순한 상황의 진전에 쓰인 애정의 삼각관계에 의한 신구사상의
　　　 대립.

　　㉡ 입신출세 및 어려운 현실도피를 위한 신교육과 여성교육의 주장.

　　㉢ 차별 없는 인재등용을 위한 만민평등의 사상을 주장.

⑦ 추론

이로 미루어 볼 때, 이 시기를 전후하여 신문기자와 창작활동을 하고 있던 최찬식으로서는, 다음 ⑦－㉣의 모두 또는 하나 이상에 접했을 가능성이 있다고 하겠다.

> ⑦ 스에히로 뎃초가 1886년 발표한 『셋추바이』가 1905년의 을사조약의 체결을 전후하여 한국에 들어왔을 가능성이 있고,
> ㉡ 최찬식의 부친인 최영년이 일본에 갔다 왔다는 기록이 사실이라면 이때 『셋추바이』를 가지고 왔을 가능성도 있으며,
> ㉢ 『셋추바이』를 1908년 구연학이 한국어로 번안·출판했고,
> ㉣ 1909년 『설중매』를 한국최초의 신극으로서 이인직이 원각사극장에서 공연했다.

최찬식은 1914년 『금강문』을 발표했는데, 이의 구성과 주제가 『셋추바이』와 유사한 바가 대단히 많은 것은 위의 ⑦～㉣의 어느 것인가와 접했을 가능성도 있었을 것이다.

스에히로 뎃초는 쓰보우치 쇼요의 『쇼세쓰신즈이小說神髓』의 영향을 받아, 정치와 희작戱作이 만나는 인정세태소설人情世態小說 『셋추바이』를 1886년에 쓰고, 구연학이 이를 1908년에 번안했다. 이것을 김태준의 『朝鮮小說史』와 김재철의 『朝鮮演劇史』에서 1909년에 이인직이 원각사 극장에서 신극으로 공연되었음을 밝혔다. 여기에 최찬식의 『금강문』이 1914년 8월에 출판되었으니, 구연학의 『설중매』와 『금강문』은 6년(연극5년)의 시간적 차이를 갖고 있고 일본의 『셋추바이』와는 28년의 차이를 나타내고 있다. 이런 점을 고려하면 최찬식은 일본의 『셋

추바이』, 한국의『설중매』혹은 원각사에서 공연된『설중매』의 어느 것에선가 힌트를 얻어『금강문』을 창작했을 개연성도 있을 수 있겠다.

6) 사상성과 허구성

일본의 경우, 정치소설은 '상류층의 문학'과 '서민층의 문학'으로 분열되어 있던 근세적 문학상을 통일·극복하려한 최초의 시도였다. 문명개화사상을 민중에게 침투시키려는 수단으로 소설형식의 유효성이 검증되는 과정에서, '상류층의 문학'의 사상성과 '서민층의 문학'의 허구성이 접목·융합했다고 할 수 있다.

스에히로 뎃초의『셋추바이』는 정치소설이 사실적 경향을 나타내게 된 대표적인 예로 들 수 있는데, 작자의 눈은 두 개의 방향을 향하고 있다. 즉 스에히로 뎃초는 현실을 리얼하게 보려고 하면서, 한편으로는 민권운동의 승리라는 정치적 희망을 버릴 수가 없었다. 그러나 미래에 대한 기대가 선행함으로 인해, 그 자체가 현실의 깊은 모순을 파헤치는 차원에까지는 이르지 못하고 풍속적 차원의 사실을 전면에 대두하게 하는데 그쳤다.

한국에서도 신소설의 주요 서술 단위가 되고 있는 서술적인 논평에는 봉건 관료의 횡포나 무능에 대한 비판이 상당한 정도로 제시되어 있다. 이런 공격과 도덕적인 적의는 비록 당대의 문학에서만 제기된 것은 아니다. 그러나 이때는 갑오개혁에 의한 반봉건적 정치의식의 대두와 함께 이른바 '정치소설'의 사회적 의식이 상승화하게 되고, 일본의『게이코쿠비단』,『가진노기구』,『셋추바이』등의 영향을 타고 더욱 성행하게 되었다. 때문에 신소설은 처음부터 정치소설적 성격을 지니고 등장했다고 할 수 있다.

구연학이 1908년에 회동서관에서 낸『설중매』는 일본의 스에히로 뎃초의『셋추바이』를 번안한 것으로, 개화사상을 가진 주인공이 박해를 받으면서 자유·민권·입헌정치를 위해서 투쟁하는 과정을 남여이합男女離合의 사건에 편승시켜 다루었다. 그 자체로 보아서는 진보적인 주제를 갖추었다고 할 수 있으나, 외세의 침략을 물리쳐야 하는 더욱 중요한 과제는 제기하지 않았음은 물론이고 문화이식을 통해서 일본에의 예속을 촉진하는 구실을 했다.

일본 스에히로 뎃초의『셋추바이』는 일본에서 새로운 정치·제도 스타일을 선전·계몽하기 위한 학습안내의 역할을 하였고, 한국 구연학의『설중매』와 최찬식의『금강문』은 미몽迷夢의 전근대적 안목이지만 정치에 의한 근대화를 묘사했다. 정치소설은 요컨대 지배자와 피지배자만이 존재되던 시대에 정치적 인간의 존재 양상을 감득한 '정치적 인간의 창조'였던 것이다.

3. 타자로서의 정체성

개화기소설의 연구에서, 특히 이인직의 소설을 검토함에 있어 고대 소설과의 경쟁관계 연구보다 외래적인 정치소설과의 경쟁관계 연구가 소홀했음은 사실이다. 이는 당대의 정치적·사회적 배경과 깊은 관련을 지니고 있다는 의미이다.

이인직 작품의 경우로 보면, 정치소설과 신소설의 관계는 경쟁관계에 속하기 때문에 더욱 그 중요성이 증대되고 있다.『血의 淚』에서 출발한 이인직의 소설이, 그것의 하편인 『모란봉』(1913)에 이르면 끝도 내지 못하게 되어 문학적 문맥에서의 일탈현상을 선명히 드러냈던 것이다.

본 장에서는 일본 최초의 근대소설로서 서생書生과 하숙집 딸의 사랑을 묘사한 『우키구모』[93](1887)와 1900년대 조선의 전쟁고아와 선각자의 사랑을 다룬 신소설로서 일본의 정치소설적 경향이 강한 『血의 淚』[94](1906)를 '타자로서의 정체성'을 주제로 비교하고자 한다. 아울러 이를 보다 선명하게 하기 위해, '일본 소설이론의 전개'와 '한국 개화기 지식인의 정보전달'을 다루어 새로운 문학이론의 전개와 신지식의 전달과정 즉, '지식인과 문학'을 함께 살펴보기로 한다.

두 작품에서 『우키구모』가 일본 최초의 근대소설로 평가되는 면모를 보여주는 것과는 대조적으로 『血의 淚』는 신소설 수준이었다. 그렇다면 이 두 작품은 근대성에서 언밸런스한 점이 있다. 본장에서는 작가적 환경과 작품의 주제·구성·문체 등의 유사점과 상이점을 추출하고자 한다. 후타바테이 시메이와 이인직이 활동한 시기가 한일 양국의 개화기에 해당되고, 두 사람의 삶의 과정이 유사한 경세가적 지사형의 인간으로서 활동을 했는데, 이런 두 사람의 작품에 시대관이 어떠한 내용과 형태로 표현되었는가를 조명하고자 한다.

『우키구모』와 『血의 淚』에 대한 비교연구는 한일양국의 근대화·근대의식, 특히 자아自我의 정체성正體性에 대한 조명은 근대인의 존재양상을 점검하는 의미에서도 중요성을 갖고 있다.

---

93 二葉亭四迷, 『浮雲』(1887)(『坪內逍遙·二葉亭四迷·北村透谷集』, 『筑摩現代文學大系』 1, 筑摩書房, 1980)

94 李人稙, 「血의 淚」(1906)(『新小說·翻案小說 1』, 『韓國開化期文學叢書』1, 亞細亞文化社, 1978)

물론 본고에서는 문학의 영향관계를 전제로 하지 않는 세계문학적 비교연구에 중점이 있음을 밝혀둔다.

지식인은 정보의 처리와 운반을 그 본령으로 하고 있다. 그러나 일본의 근대지식인은 그 운반경로가 조직화되자 오로지 정보의 운반을 전념하게 되고 이 때문에 주체성을 현저히 잃지 않을 수 없게 되었다. 일찍이 아돌프 히틀러가 일본 민족을 "문화를 창조하는 민족이 아니라 문화를 운반하는 민족"으로 평했던 것도 타당한 것이다.

근대 이전에는, 정보경로가 문자를 매개로 하는 것은 오히려 통제를 받았고 입에서 귀로 정보가 세대적·사회적으로 혼합된 다양한 운반경로가 있고, 운반계통의 중심도 대개 다원적이었다. 메이지의 변혁은 혁명의 사도로서, "황기皇基를 진작하기 위해 자진하여 지식을 세계에서 구하게" 하여, 그것에 머물지 않고 널리 인민들로 하여금 신지식을 추구하게 한 것이다. 이는 흡사 제이차 세계대전 패전 후의 민주화와 닮았지만, 그것이 너무나 조용히 종식된 것에 비해 메이지 초기의 그것은 적어도 중기까지 이어졌기 때문에, 그만큼 운반계통이나 그 중심의 다원성이 유지되고, 무사적 관습을 중핵으로 신지식이 섭취되어 범국민적으로 삼투되었다.

역사적으로 볼 때, 근대 일본의 지식인에는 서로 대립하는 양극의 두 가지 타입이 있다. 양자는 언제나 반드시 순수한 형태로 나타나지만은 않고 실제로는 얼마큼 뒤섞여 나타나는 경우가 많은데, 본질적으로 이러한 구별이 존재하는 것은 부정할 수 없다.

하나는 사용인적使用人的 지식인이고 또 하나는 비판적·독립적 지식인이다. 지식인을 인텔리겐치아라고 칭하는 경우, 엄밀하게는 후자 즉 비판적·독립적 지식인을 가리킨다.[95]

1) 근대일본의 소설이론

본 '근대일본의 소설이론'은 일본의 근대화 문제와 관련해 다양하게 전개되었던 각종 담론이 결국은 대부분 사회제도나 생활양식의 변천 쪽에 집중되었던 것을 반성하고, 문화교류 과정에서 나타난 수용과 대응, 전통성과 근대성의 변별을 천착하고자 하는 것이며 그중에서도 19세기 후반기 문학 활동 가운데 가장 심각하고 중심적 논의였던 '소설이론'의 전개와 논의 양상 및 실제 창작인 소설의 주된 특징을 파악하는 쪽에서 진행하고자 한다.

여기서는, ①'에도에서 메이지로의 전환에 따른 사회와 문학'을 당시 일본의 사회·문학적 배경으로 하여, ②쓰보우치 쇼요의 『쇼세쓰신즈이小說神髓』와 『一讀三歎 當世書生氣質』 ③후타바테이 시메이의 「쇼세쓰소론小說總論」과 『우키구모』를 기본 텍스트로 한다.

전통성 존속의 확인을 위해 에도시대의 평론·골계본·닌조본·독본과 메이지 계몽기의 희작류를 들고자 한다. 그 작품으로는, 모토오리 노리나가本居宣長의 『겐지모노가타리노오구시源氏物語玉の小櫛』(1799), 짓펜샤 잇쿠十返舍一九의 『도카이도추히자쿠리게東海道中膝栗毛』(1802~1822), 시키테이 산바의 『우키요부로浮世風呂』(1809~1813)와 『우키요도코浮世床』(1812~1814), 교쿠테이 바킨曲亭馬琴의 『난소사토미핫켄텐南總里見八犬傳』(1814~1842), 다메나가 슌스이의 『슌쇼쿠우메고요미春色梅兒譽美』(1832), 가나가키 로분의 『아구라나베安愚樂鍋』(1871~1872)를 컨텍스트로 한다.

---

95 小田切秀雄, 「日本近代の社會機構と文學」, 『小田切秀雄著作集』第四卷, 法政大學出版局, 1970, p.18.

(1) 에도에서 메이지로의 전환에 따른 사회와 문학

에도시대의 막번체제幕藩體制에서 1853년 페리 제독이 '黑船'이라는 군함을 이끌고 무력시위를 감행하여 충격을 불러 일으켰고, 결국 일본은 1854년에 다시 찾아온 페리 제독과 〈미일화친조약〉을 체결하였다. 이로 인해 일본은 영국, 프랑스, 네덜란드, 독일 등과도 속속 불평등 조약을 맺을 수밖에 없게 되었다. 그 후 1858년에 〈미일수호통상조약〉이 체결됨으로써 일본은 화친조약에서 빠졌던 치외법권과 관세율을 확정하고 미국에 대한 최혜국 대우를 인정하였다. 쇄국의 철폐에 의한 충격을 받아, 막부의 권력은 국가주권으로서의 약체를 드러내고 대신하여 역사적 신권성神權性을 가진 천황조정天皇朝廷이 정치력을 회복하여, 한 때 '조정'과 '막부'의 이원적체제로 되었다. '대정봉환大政奉還'과 '왕정복고王政復古'의 두 과정은, 이원적 국정의 일원화를 꾀하는 '정체개혁안'이었다.

근대국가체제도 이 국정 일원화의 촉진에 의해 제일보를 시작했다. '근대사상의 소지素地'를 가진 초기의 계몽사조는, 당연히 '근대문학의 소지'도 준비하게 된다. 가토 히로유키加藤弘之[96]에서 도야마 마사카즈外山正一에의 계보를, 초기 계몽사상에서 문학적 계몽기의 전개로 볼 수 있을 것이다. 동경대학에서 도야마 마사카즈의 강의를 수강했던 쓰보우치 쇼요가 스승의 시도를 이어받아 희작의 개량을 의도한 『쇼세쓰신즈이』(1885)를 썼을 때 일본의 근대화와 문학의 근대화가 서로 닮은꼴(類似型)을 하고 있음을 알 수 있다.

---

[96] 가토 히로유키加藤弘之(1836~1916): 메이지시대의 계몽적 관료학자. 1861년 일본 최초의 입헌사상의 소개서『鄰草』를 저술하여 막부의 개화노선에 洋學者로서 봉사. 1877년 동경대학 초대 총장으로 취임. 明六社員으로도 활동했다. 말년에는 男爵, 樞密院 顧問官, 帝國學士院院長 등을 역임하였다.

「햄릿」의 비평에 대한 실패의 반성을 그 기점으로 한 『쇼세쓰신즈이』의 성립 과정에 '낡은 자아로부터의 탈각'을 위한 노력으로 볼 수 있다. 쇼요가 훗날 회고에, 『쇼세쓰신즈이』 이전의 '내면적 자기변혁'에 대한 충동과 1886년경 후타바테이 시메이와의 충격적인 교제가 오로지 내면적 자기납득의 길로 봐도 좋을 것이다.

쇼요의 『小說神髓』는 정치소설의 선전·선동이나 문학적인 경향성에 대한 반발에서 비정치주의적·풍속소설적인 리얼리즘의 주장을 전개했다.

『쇼세쓰신즈이』의 공적을 한마디로 말한다면, 개인심리의 진상과 그 심리(人情)에 비치는 외계外界(世態)의 묘출描出을 주제로 개인의 자립론을 소설의 자립론으로 주장한 것에 있다. 영국의 18~19세기의 '노벨novel'을 표준으로 한 희작의 레벨 업은, 자연히 '개인에 침투해온 희작전통戲作傳統이 갖는 폐해에 대한 부정'으로 시작되었다.

시메이의 「쇼세쓰소론」은 쇼요의 『도세이쇼세이카타기当世書生氣質』와 『쇼세쓰신즈이』(1885. 9~1886.4, 晚靑堂刊), 특히 「쇼세쓰소론」, 「쇼세쓰노헨센小說の変遷」, 「쇼세쓰노슈간小說の主眼」의 비평의 논리적 근거를 제시한다는 면과, '베린스키 예술론의 개략적인 것을', '가능한 통속적으로 자신의 것으로 소화하여 써달라'는 쇼요의 권유로, '대단히 고심하여 그야말로 개략을 쉬운 문장으로 썼다'(坪內逍遙, 「二葉亭の事」, 『栃の帶』, 中央公論社刊, 1933.7)는 내용도 포함되어 있다.

(2) 쓰보우치 쇼요坪內逍遙의 이론과 실제

①『쇼세쓰신즈이』의 이론

쇼요는『쇼세쓰신즈이』[97]의「緖言」에서, 당시의 소설·稗史가,

> 근래 간행된 소설, 稗史는 대부분이 바킨瀧澤馬琴, 다네히코柳亭種彦의 모방이 아니면, 잇쿠十辺舍一九, 슌스이爲永春水의 아류가 많다.
>
> (『小說神髓』, p.41)

라고 하여 졸렬한 취향이 심해지고, 사회적으로도 천시되는 현상을 간파하여 종래의 진부한 소설작법의 개량을 의도하여, 소설이란 허구를, 다키자와 바킨瀧澤馬琴[98]의 인간성화人間聖化와 시키테이 산바[99]나 짓펜샤 잇쿠[100]의 골계滑稽, 다메나가 슌스이[101]의 인정人情을 불식

---

97 『小說神髓』 9分冊을 1885년 9월부터 1886년 4월에 걸쳐서 松月堂에서 간행. 1886년 5월 上下 2책의 합본으로 나왔음. 내용은 上卷이「緖言」,「小說總論」,「小說의 變遷」,「小說의 主眼」,「小說의 種類」,「小說의 裨益」으로, 下卷이「小說法則總論」,「文體論」,「脚色의 法則」,「時代小說의 脚色」,「主人公의 設置」,「敍事法」으로 구성되어 있다.

98 「小說의 主眼」에서 "曲亭馬琴의 걸작인『南總里見八犬傳』에 나오는 여덟 무사는 仁義八行의 귀신으로, 결코 인간이라 할 수 없다. 작자의 의도도 원래 여덟 귀신을 의인화하여 이야기를 창작해야 하기 때문에, 어디까지나 여덟 무사의 활동을 완전무결한 것으로 권선징악의 의도를 접목했다. 그래서 권선징악을 목표로 하여『南總里見八犬傳』을 평할 때는, 동서고금에 그 예가 없는 좋은 이야기라 할 수 있지만, 달리 人情을 중점으로 하여 이 이야기를 논한다면, 흠 없는 구슬이라 할 수 없을 것이다.(『小說神髓』, p.70)"라고, 소요의 판단은, 여덟 무사를 이상적인 인물로 설정하여, 자연의 性狀을 왜곡하고 권선징악으로 일관하려는 자의적 방법과 첨예하게 대립한 것을, 쇼요는 날카롭게 지적하고 있다.

99 「小說의 種類」에서, "치졸한 우스개를 묘사한다든가, 혹은 추행으로 부끄러운 것을 창작하여, 훈계(勳階)하려고 애쓰는 사람이고, 曲亭의『夢想兵衛』의 이야기, 式亭의『浮世床』,『浮世風呂』를 비롯하여 福內鬼外의 戱作들은 대체로 이런 종류의 것으로 생각된다.(『小說神髓』, p.79)"고 비판하고 있다.

100 「小說脚色의 法則」에서 "순수한 쾌활 소설을 창작함에 있어 가장 기피해야 할 조건은, 저질 외설적인 것이다. 작자의 견식이 낮을 때에 가끔 익살이나 해학의 재료를 구하기 힘들어 괴로워하여, 대단히 천박한 것마저도 그 얘기에 집어넣어, 웃음을 팔

하고, 일본 근대소설의 큰 줄기를 사실적寫實的 묘사로 특징지을 단서를 만들었다. 이어서,

> 결국 유럽소설의 수준을 능가하여, 繪畵, 음악, 詩歌와 함께 예술계의 빛나는 일본의 物語를 보고자 한다.　　　　　(『小說神髓』, p.42)

라고 소설개량을 희구하였는데, 이 『쇼세쓰신즈이』의 구체화라 할 수 있는 『도세이쇼세이카타기』과 함께 당시 일본인들의 소설에 대한 인식을 일변시켰다고 할 수 있는 소설 이론서이다.

쇼요는 「쇼세쓰소론」의 모두冒頭에서, "소설이 美術인 이유를 밝혀보면(『小說神髓』, p.43, 밑줄 필자)"이라 하여, 소설을 미술(예술)로서 파악하여 논한 것은 소설의 독자성을 확보하기 위함이라 할 수 있을 것이다. 이는 소설을 문화적으로 낮은 위치에 두었던 당시의 사회적 통념에 대한 저항의 의미가 담겨져 있다. 이어서, "소설이 목표하는 바는 오로지 人情世態에 있다.(『小說神髓』, p.48)"고 하여, '人情世態'의 철저한 묘사에 의해 소설의 형상은 그대로 「人生의 批評」의 역할을 수행하고, 반대로 「小說의 主眼」에서 '人生의 批評'으로 '人情世態'의 '모사模寫'에 전념할 때 "이 인간 세상의 因果의 비밀(『小說神髓』, p.75)"의 묘출描出이 가능케 된다는, 상당히 명료한 소설정의로 되어 본질론으로서의 소설 자립론과 방법론으로서의 '人情世態' 모사론模寫

고자 하는 일도 있다. 짓펜샤 잇쿠의 『東海道中膝栗毛』, 긴가金鵞의 『七偏人』과 같은 것이 이런 종류이다.(『小說神髓』, p.133)"라고 비판하고 있다.

101 「主人公의 設置」에서 "현실파는 (중략) 실존하는 사람을 주인공으로 한다. 『春色梅兒譽美』의 단지로丹次郎, 『源氏物語』의 히카루 기미光君와 같은 주인공이다. 슌수이의 시대에는, 단지로와 같은 사람은 얼마든지 세상에 있을 수 있고, 또한 시키부의 시대에는, 저 히카루 기미와 닮은 사람이 귀인이나 신에도 있을 수 있다.(『小說神髓』, p.159)"라고 비판하고 있다.

論이 고도의 소설정의로서 통일되어 있다.

또한 모노가타리物語(romance)에서 소설小說(novel)로의 개념 전환을 위하여 '미술'의 개념을,

> 세상에 미술이라 칭하는 것을 하나로 말하기는 어려우므로, 두 가지로 말해보고자 한다. 이른바 '유형의 미술'과 '무형의 미술'이다.
> '유형의 미술'은, 繪畵, 彫刻, 木細工, 織造, 銅器, 建築, 造園 등을 말하고, '무형의 미술'은, 音樂, 詩歌, 戲曲(淨瑠璃) 등을 말한다. 그리고 舞蹈, 演劇 같은 것은, 위의 二種의 성질은 겸하여 인간의 마음을 즐겁게 한다. (『小說神髓』, p.45)

라고 하여, '미술'을 현대적인 의미의 미술·건축 등을 일컫는 '유형의 미술'과 음악·문학·무대예술 등을 일컫는 '무형의 미술'로 구별하여 미술=예술=문화·문학 등의 개념을 도출하고 있다. 이어서 무시되어 왔던 문예, 특히 和歌·俳句 등의 '운문'보다 낮게 평가되던 物語·滑稽本·人情本·讀本 등의 '산문'을 '운문'과 같은 '미술'의 범주에 넣어 상향조정했다고 할 수 있다. 나아가 '학문'과의 연계도 고려할 수 있는데,

> 옛 사람은 순박해서, 그 정서도 단순하기 때문에, 겨우 31字로서 마음속을 토해냈지만, 요즘의 人情을 겨우 수 십자의 언어로서 다 표현할 수 없을 것이다. 설령 감정만은 수 십자로서 표현할 수 있다해도 다른 情態를 묘사할 수 없으면 완전한 詩歌라 할 수 없기 때문에, 서양의 시가와 함께 예술 단상에 서기 어려울 것이다.(중략)그렇기 때문에 年前에 도야마外山, 야다베矢田部, 이노우에井上 등이 이를 아쉽게 생각하여 『新體詩秒』를 세상에 내놓은 것이다. (중략) 소설은 無韻의

<u>詩라 할 수 있고, 字數에 구애받지 않는 노래라 할 수 있을 것이다.</u>
(『小說神髓』, p.47)

라 하여, '산문'을 '운문'과 동류항인 '미술'로 승격시켜 和歌·俳句 중심
에서, 메이지 이후에 신체시[102]·소설중심 문학으로의 전환논리를 설
명하고 있다. 이는 서양의 산업사회 이후의 문학양상과 유사하다고
할 수 있다.

「쇼세쓰노슈간小說の主眼」의 모두冒頭에, "소설의 중핵은 인정人情이
고, 세태풍속世態風俗은 이에 따른다"(『小說神隨』, p.68)고 하여, 소설
의 주안점을 우선 인식시키고, 인정이란 인간의 정욕으로서 소위 '백
팔번뇌'인데, 어떠한 賢人·善者라도 내면으로는 정욕을 가지고 있다
고 해설하고 있다. 이는 실로 인간의 자연스러움이다. 때문에 소설은,
인정을 피상적으로 혹은 자신의 판단에 따라서 '남녀노소, 선악정사'
라는 형식적으로 묘사해서는 안 된다고 주장하고 있다.

「쇼세쓰노슈간」의 끝부분에 『겐지모노가타리노오구시源氏物語玉の
小櫛』의 일절이 길게 인용된 것으로 모토오리 노리나가의 영향도 알
수 있는데,

　　모토오리 노리나가本居宣長가 『玉小櫛』에서 『源氏物語』의 대강의
　　요지를 논하여 이르기를, "이 이야기의 대강의 요지는 예부터 여러 설
　　이 있지만, 모두 모노가타리物語라는 것의 개념을 정리하지 않고, 단지

---

102 新體詩秒 : 일본 근대시사 최초의 신체시집. 1882년 8월 마루젠丸善에서 출간. 全19篇
　　(번역시 14편, 창작시 5편). 이 책의 서문에 뚜렷한 진화론적 문학관에서도 쓰보우치
　　쇼요坪內逍遙는 어느 정도 참고할 것이 있었던 듯하다. 편자는 도야마 마사카즈外山正一,
　　야타베 료키치矢田部良吉, 이노우에 데쓰지로井上哲次郎이다. 도야마 마사카즈는 사회
　　학자. 1877년 동경대 문학부 교수, 1886년 동경대학 문과대학장, 1897년 동경대 총장.
　　야타베 료키치는 식물학자이자 동경대 교수, 1898년 고등사범학교 교장. 이노우에 데
　　쓰지로는 철학자이자 동경대 문학부 교수로 1901년 동경대 문과대학장을 역임했다.

세상의 일상적인 儒佛의 경전의 취향으로 논하는 것은 창작자의 의도
가 아니며, 때로는 儒佛의 경전과 어느 정도는 닮은 점도 있지만, 전체
가 그렇지는 않고, 전체적인 취향은 상당히 다른 것"

(이하 略, 『源氏物語玉の小櫛』의 「大むね」의 冒頭,

國書刊行會, 1974. p.74)

앞에 인용한 논의 같은 것은, 소설의 주지主旨를 잘 해석하여, 모노
가타리의 성질을 잘 정리했다고 할 수 있을 것이다. 일본에도 노리나
가와 같은 혜안을 가진 독자가 없는 것도 아니지만, 아주 드물 뿐만
아니라, 잘못된 지식에 의해 왜곡되어, 이 『겐지모노가타리』마저도
견강부회하여 권선징악을 주된 목적으로 보는 등, 작위적으로 강석講
釋하는 일본 학자들도 많다고 한다. 어찌 이런 심한 실수를 할 수 있단
말인가?   (『小說神隨』, pp.76~78)

라고, '人情'을 '儒佛의 善惡'과 관계없이 '美'의 관점에서 보는 문학관
으로『겐지모노가타리노오구시』의 반영[103]을 생각게 하는 '권선징악'
의 방편화의 부정과 '人情小說'의 원형도 서술하고 있다.
「小說の裨益」에서도,

소설은 미술(예술)이고, 실용을 동반해야 하는 것이 아니어서, 그
실익을 논하려는 것이 대단히 이치에 맞지 않는 것이다. (중략) 직접적
인 이익은 사람을 즐겁게 하는데 있다. (중략) 간접적인 효용은 하나

---

103 本居宣長의 『源氏物語玉の小櫛』에는, 다음과 같은 문장들이 있다. ① これすなはち
勸善懲惡にて、(中略)、物語は、儒仏の書と、趣いたく異なりといふはいかが、(中
略)物語にいふよきあしきは、儒仏の書にいふ、善惡是非とは、同じからざることお
ほき故に、(早坂礼吾・北小路健(1974)『源氏物語玉の小櫛』一の卷 二の卷 國書刊行
會, p.86)

둘이 아니다. 소위 사람의 <u>인격을 고상하게 하는 것</u>, 사람을 <u>勸奬懲誡</u>
<u>하는 것, 正史를 보충하는 것, 문학의 師表로 하는 것</u> 등이다.

(『小說神髓』, pp.82~84)

라 하여, 당시 서구화의 표상이라 할 수 있는 '學問'의 직접적인 실용
성만을 부각시킨 반면, 허망한 것의 표상으로 稗史(소설)를 비하하던
당시의 시대사조에 정면으로 반박하여 대등한 자격으로 대칭시켜 前
代의 '散文'과 '韻文'을 동류항화한 '미술'을 '학문'과 동격화 했다고 할
수 있다.

쇼요가 『쇼세쓰신즈이』의 주제형식을 구상했다고 생각되는 기반
으로써, 독서이력·학문적 토양은 쇼요의 기억에 의하면 다음과 같다.

㉠ 동경대학의 도서관도 그 무렵에는 빈약하여, 셰익스피어의 주석
은, 롤프와 갓나온 클라레든판 정도이고, 소설도 듀마, 릿튼, 딧켄즈
등이었고, 단행본의 문예론이나 미술론의 영어 서적은 전무하고, 修辭
書도 베인 정도가 고작이었을 것이다. 이러한 상황이었으므로, 나는
性格解剖法(캐릭터 연구)의 참고로는, 주로 당시 외국잡지의 문학평
론 혹은 영문학사 등을 잡히는 데로 읽었고, 이해 가능한 모든 것을
정리했다.　　　(「回憶漫談」, 春陽堂版 『坪內逍遙選集』 제12권 所收)

㉡ 내가 『쇼세쓰신즈이』 발간 이전에 보고 있던 문예에 관한 일본
서적으로는, 도야마外山, 이노우에井上, 야다베矢田部 씨의 '新體詩論'이
라든가, 菊池大麓씨의 『修辭及華文』이나 페놀노사[104]의 『美術論』의

---

104 Ernest Fenollosa(1853~1908) : 미국의 철학자. 예술연구가. 1878년 동경대학에 들어
　　가 정치학·경제학·철학·논리학을 강연했다. 가노 호가이狩野芳崖·하시모토 가호橋本
　　雅邦를 높이 평가하여 일본화日本畵의 융성에 노력했는데, 예술단체인 료지회龍池會의
　　의뢰로 교육박물관 觀書室을 회장會場으로 예술繪畵을 논하여, 그 내용을 大森惟中

번역이라든가, 岡倉覽三씨의 『글은 예술이다(書は美術なり)』 정도였다고 생각한다.   (「回憶漫談」)

　ⓒ 참고서는 주로 영국문학사(저자명은 잘 기억나지 않음) 두 세 종류로, 잡지는 Comtemporary Review, Nineteenth Century, The Forum 등이고, 그 외에 Bain 기타 修辭書 두 세 종류, 미학에 관한 책은 한 권도 알지 못하며, 철학사는 페놀로사에게 배웠지만 거의 기초에 불과하고, 문학론 다운 강의는 들어본 적도 없다.

                                    (木村毅氏宛坪內逍遙書簡)

　앞의 쇼요의 회고에 근거하여 『쇼세쓰신즈이』에 영향을 끼쳤다고 추정되는 쇼요의 독서영역·학문적 토양을 고증한 것이다. 세키료이치關良一의 「『小說神隨』の成立」--特に文獻との交涉について--」(『國語國文』1940.8)에 의하면 『쇼세쓰신즈이』에서 인명의 빈도는, 교쿠테이바킨 46회, 다메나가 슌스이 11회, 시키테이 산바 8회, 스코트 9회, 리튼 8회로 다른 사람보다 훨씬 많다. 이 빈도수로도 『쇼세쓰신즈이』의 주제 논증에 동원된 쓰보우치 쇼요의 독서량과 폭을 짐작할 수 있게 한다.

　『쇼세쓰신즈이』의 전거에 대해서는 『쇼세쓰신즈이』 중에 스코트, 리튼, 삿카레 등을 긍정하고, 人情本의 '人情'을 반추하고 있는 사실로 추측컨대, 희작수준의 인정본 개량을 「겐지모노가타리노오구시」의 'もののあはれ'적 인정관을 차용하여 베인, 헤븐을 참고하면서 영국의 18~9세기 소설에서 취한 사실寫實의 관념을 추가하여 배양된 소설관을 정리하여 인정소설론人情小說論의 정형을 취했다고 볼 수 있다.

─────────
이 필기筆記한 『美術眞說』(1882.10)로서 간행되었다.

② 『도세이쇼세이카타기當世書生氣質』의 전통과 개량

　쓰보우치 쇼요의 『도세이쇼세이카타기』는, 메이지시대의 서생생
활을 묘사한 寫實小說로서, ㉠개화의 시대사조에 흔들리는 다감한
청년들의 풍속화이며, ㉡江戶戲作의 방법으로 서양소설의 작법을
채용한 새로운 스타일로서, ㉢『쇼세쓰신즈이』의 이론을 실천화한
작품이라 할 수 있다.
　쇼요와 에도희작의 관계는 깊다. 아울러 가부키歌舞伎를 비롯한 전
통예능과의 관계도 깊다. 외가 쪽에 학예·문예를 사랑하는 혈통이어
서, 언제나 어머니와 동행하여 나고야에서 흥행한 에도·교토의 가부
키를 보았다. 또, 나고야의 대본소貸本所에서 에도 희작류를 빌리고,
때로는 도시락을 지참하여 계속 탐독하여 그 대부분을 독파했다. 후
에 상경하여 開成學校(나중의 東京大學)에 입학했을 때도, 에도를 해
석하는 데는 결코 남에게 뒤지지 않았다. 쇼요 자신이, "메이지 13～
14년까지는 바킨曲亭馬琴 숭배자였던 나는 히토쓰바시(一つ橋, 開成學
校, 나중에 東京大學)에 재학 당시, 서투르게 바킨류를 흉내 내는 이
상한 역사소설을 쓰기 시작한 적이 있다(實演臺帳 『桐一葉』序)"고
말하고 있다.

　　"정말로 감흥을 가지고 탐독한 것이라면, 주로 文化·文政期의 戲作
　類만은, 대개 빠짐없이 읽으려고 했는데, (중략) 化政期의 저술이라도
　고증이나 수필로는, 種彦·馬琴·京傳 등의 것이 눈에 뛰었다. 헌데 외
　국의 문학사나 문학평론 등을 연구하는데 있어서, 작자의 인격 및 경
　력과 저작과의 관계에 깊은 흥미를 갖게 되었다"
　　　　　　　　　　(坪內逍遙 「曲亭馬琴」, 『坪內逍遙選集』 제12권 所收)

쇼요는 다네히코種彦, 슌스이春水, 잇쿠一九, 산바三馬에도 관심이 깊었기 때문에, 滑稽本 종류의 작품을 많이 탐독했다.

『쇼세쓰신즈이』를 형성하는 소요逍遙의 지적 공간이, 가부키歌舞伎·우키요에浮世繪·게사쿠戱作의 세 분야를 포함한 민간예술을 기초로 하고 있음을 알 수 있다. 이 사실을 확대하여 해석하면, 『쇼세쓰신즈이』는 '漢詩文에 대한 戱作', '能에 대한 歌舞伎', '山水墨畫에 대한 浮世繪'라는 식의 민간예술 세 분야를 종합하는 형태로, 민중적 규모의 문화권에 이론적 토대를 가지고 있다.

쓰보우치 쇼요의 『도세이쇼세이카타기』[105]는 쇼요 자신이 『쇼세쓰신즈이』에서 부정했던, 즉 시키테이 산바의 『우키요부로浮世風呂』[106]·『우키요도코浮世床』[107]나, 다메나가 슌스이의 『슌쇼쿠우메고요미春色梅兒譽美』[108], 가나가키 로분의 『아구라나베安愚樂鍋』[109], 짓펜샤 잇쿠의 『도카이도추히자쿠리게東海道中膝栗毛』[110] 등의 구성이나 문장 또는 취

---

105 『當世書生氣質』에는, 書生과 藝妓의 戀愛가, 꽤 중요한 조건으로서 다루어지고 있다. 그러나 그 愛情은 이루어지지 않고 도중에 끝났지만, 남녀간의 情欲, 그 연장선상의 부부관계, 부부의 애정, 이것은 쓰보우치 쇼요의 실생활에서도 절실한 과제임과 동시에, 사회 윤리의 기본으로 연결되는 중요 문제였다.
106 『浮世風呂』: 1809~1813. 시키테이 산바 작. 滑稽本. 4편 9책. 에도 시중市中의 공중목욕탕에 드나드는 남녀의 회화 등에 의해, 世相이나 서민생활의 실태를 묘사한 것.
107 『浮世床』: 1812~1814. 시키테이 산바 작. 滑稽本. 2편 5책. 『浮世風呂』와 마찬가지로, 일종의 사교장이었던 이발소에 모여드는 여러 종류의 인간의 회화를 묘사했다.
108 『春色梅兒譽美』: 1832. 1. 2 編刊. 단지로丹次郎와 세 여인간에 일어나는 義理와 人情으로 얽힌 사랑의 갈등을, 花柳界를 중심으로 묘사한 것으로, 人情本의 전성기를 구가한 작품.
109 『安愚樂鍋』: 1871~1872. 假名垣魯文 작. 戱作. 당시에 유행하던 쇠고기 전골남비집을 무대로, 드나드는 손님의 잡담을 통하여 세태풍속을 묘사하고 있다.
110 『東海道中膝栗毛』: 1802~1822. 짓펜샤 잇쿠 작. 滑稽本. 에도의 야지로베野次郎兵衛가 기타하치喜多八를 동반하여 이세진구伊勢神宮 참배로 시작하여, 나라, 교토를 거쳐 오사카에 이르기까지의 우스운 이야기를 正編으로 하고, 歸路에 시코쿠, 中國地方을 돌아 구사쓰草津를 거쳐 에도로 돌아오기까지를 속편으로 하고 있다. 여행중의 우스갯거리나 실수담, 재담을 섞어 묘사한 여행기.

향이 자신도 모르는 사이에 적용되었다고 할 수 있다. 취향과 문장이라는 상태로, 확실히 분류되지는 않지만 '스토리의 개요', '상황의 전개', '장면의 寫生', '인물의 造形'에 관하여 讀本, 合卷, 滑稽本, 人情本 등의 취향이나 문장을 채택했다고 할 수 있다.

에도희작에 익숙하던 쇼요는, 東京大學에서 서양문학의 유행에 부딪혔다. 셰익스피어도 다카다 한보高田半峰가 쇼요에게 추천했다고 한다. 그밖에 리튼, 스코트, 디킨스 등의 소설, 유고, 듀마 등의 영어번역의 문예는, 에도희작과는 또 다른 재미를 느꼈을 것이다.

「쇼세쓰노슈간小說の主眼」은 인정본 중심의 戱作改良案인데, 傳統改良·民間藝術改良論이기도 했다. 그 개량론은 '寫實'을 전통개량의 규범으로 차용하는 즉, '寫實'의 개념을 매개로 하는 서양문학과의 대치對峙라는 실질로, 서양문학론의 전면적 '移入'의 개량이 아니며, 개량을 널리 민중적 규범으로 둔 점진적 개량주의였던 것이었다. 서구개량주의의 일환으로 출발하면서 인정을 여러 관념으로 구속하고 시대적 요청에서 벗어나기도 하면서 개량적 세계로 자립하는 지점에 설 수 있었다. 메이지 10년대(1877년경)의 근대화 과정에서, 여러 학문·기술의 모방이 일방적으로 작용한 세태에서 스스로 서양식 寫實主義에 입각하여 모방해야 할 것을 이론서 『쇼세쓰신즈이』에서 논하며, 그 모방해야 할 '寫實'로서 모방시대의 '人情'·'世態'를 소설 『도세이쇼세이카타기』로 '묘사'하는 작업을 접목하는 형태로, 쇼요는 傳習技術로서의 實寫를 近代技術로서의 寫實로 變革하여, 일본의 기술로서 재단련하는 방향을 정하여 근대사실주의의 실효성 있는 원점을 만들었다.

(3) 후타바테이 시메이의 「小說總論」의 소설이론

① 「쇼세쓰소론小說總論」의 이론

후타바테이 시메이의 「쇼세쓰소론」[111]을 읽고 먼저 느끼는 것은, 여기에 나타난 소설론이 실로 명료한 논리로써 구성되어 있다는 것이다. 시메이는 소설론을 전개하는 데 그 기초로 '자연自然'[112]에 대하여 논하고 있다. 그리고 이어서 자연에 대한 해석 내지는 연구의 한 형태로서 예술일반을 과학과 대비시켜 논하고, 마지막으로 자연 속에 있는 '眞'을 묘사하는 것으로 사실소설을 들어, 인간의 주관적인 자의에 의해 자연의 '眞'을 왜곡하고 있는 권선징악 소설과 대치시켜 근대적인 리얼리즘문학론을 유도하고 있는 것이다.

> 形은 우연偶然한 것으로서 모양이 일정하지 않으며, 意는 自然스런 것으로서 만고萬古에 변치 않는다. 변하지 않는 것을 목표로 해야 할 것으로, 일정치 않는 것을 어찌 목표를 할 것인가?
>
> (「小說總論」, p.405)

시메이의 「쇼세쓰소론」에서 두 개념의 상호관계의 설명을 중심으로 전개하고 있다. 두 개의 중요한 개념이란 시메이의 용어에 따르면, '形form'과 '意idea'이다. 진행해 가는 과정에서, 전후 관계에 맞추어 '現

---

111 「中央學術雜誌」 제26호(1886, 4, 10)에 '冷々亭主人'이란 필명으로 발표. 후타바테이 시메이의 처녀논문. 후에 『明治文化全集』 제12권 『文學藝術篇』(1928년 10월 日本評論社刊)으로 翻刻.

112 "①實際箇々のの人に於ては各々自然に備はる特有の形ありて、②意は自然のものにして萬古易らず。③偶然の中に於て自然を穿鑿し、(「小說總論」, p.405)"와 같이, 3회 사용되었는데, 여기서 '自然'은 必然으로, '偶然'의 對語의 뜻으로 쓰이고 있다.

象'과 '情態', '實相'과 '虛相'으로도 바꾸고 있다.

1886년 4월에 발간된 시메이의 「쇼세쓰소론」에서는, "模寫는 소설의 중핵"이다. 그리고 그 '模寫'란 "實相을 빌어서 虛相을 묘사하는 것"이라 했다. 그러나 "實相界에 있는 여러 현상에는 자연의 뜻意 없는 것이 없지만, 그 우연한 형에 숨겨져 확실히 알 수 없는 것"이다. "우연의 형속에 명백히 자연의 뜻意을 묘사"하려면, 소설가에게 특수한 능력이 필요하게 된다. 시메이는 이에 대해 "언어의 기법, 각색의 모양(「小說總論」, p. 407)" 여하에 있다고 말하고 있다. 허상을 내포한 현상을 포착하여 이것을 매개로 하여 깊은 진실, 즉 보편적인 본질을 추구하여 현상과 본질과의 관계에서 포착할 필요성을 주장했다. 따라서 모사模寫의 목적은 실상(현상·형식)을 빌어서 허상(관점·본질)을 묘사해 내는 것에 있다고 할 수 있다.

작자가 현상을 보고 그 현상의 본질을 감득하여 작품화한다. 그것을 독자가 작품을 통하여 현상의 본질을 감득할 수가 있다는 것이다. 이 논리구조는, '현상現象(모양形)→작자作者→(의미意]의 감득感得→작품作品→사람人(독자讀者)→(의미意]의 감득感得'이라는 것으로 되어, 작품과 독자의 관계에서 [의미意]의 감득이 성립한다는 전제 아래 시메이의 이론이 성립하게 되는 것이다. 이어서,

> 첫째 지식으로써 이해하는 학문상의 천착, 둘째 감정으로써 감득하는 미술상의 천착이다. (「小說總論」, p.405)

라고 주장하였다. 이는 시메이 예술론의 결론이라 할 수 있는 곳이다. '학문'은 과학, '미술'은 예술로 인식하여 예술에 과학과 대등한 존재

이유를 주었다. 여기에 시메이의 새로움이 있다. 종래의 문학관을 혁신하여 문학을 독립된 예술로서 인정시키려던 것이 쇼요의 『쇼세쓰신즈이』 집필의 큰 동기였다면, 시메이는 그것을 더욱 진전시켜, 예술에 학문·과학과 대등의 존재이유를 부여하려 했던 것이다.

여기에, 쇼요와 시메이의 차이가 크다. '의를 천착하는意を穿鑿する' 것을 중시한 시메이의 예술관은, 쇼요가 '권선징악'을 배척하는 것에 의해 오히려 매몰되기 쉬운 무사상성, 현실에 대한 무비판성의 경향을 바로 잡아, 예술의 사상성, 현실에 대한 비판적 태도를 회복하는 역할을 한 것이다.

시메이가 쇼요를 처음으로 방문한 것은 1886년 1월 25일[113]로 추측되는데, 쇼요에 의하면,

> 『小説神髄』를 지참하여 하나하나 질문이 시작됐다. 들여다보니 대개 2, 3매마다 쪽지 종이가 끼어져 있었다. 그것을 꺼내어 대단히 겸손히, 그러면서도 비굴한 모습은 조금도 보이지 않고 극히 온건한 상태로 하나하나 질문을 했다. (중략) 하세가와 다쓰노스케(長谷川辰之助 --시메이의 원명)君은 러시아 베린스키의 審美論을 제대로 소화하고서 하는 질문……[114]

이라고 기록하여 그 진지한 모습을 상상할 수 있다. 이것은 일본 근대문학 성립 전야를 예고하는 중요한 만남이었다.

> 멋대로 마구 '권선징악'을 되풀이 하는 것은 어찌된 일이냐고, 근래

---

113 쓰보우치 쇼요의 일기, 1886년 1월 25일 자에, "長谷川辰之助가 오다. 많은 藝術을 論함"이라는 기록이 있다(關良一, 「浮雲考」, 『日本文學研究資料叢書』, 1979, p.203).
114 關良一, 「浮雲考」, 『日本文學研究資料叢書』, 1979, p.197.

두 세 학자 선생이 분노하며 안타까워하는 것은 당연지사라고 생각한다. (중략) 직접 전하려면 모사模寫가 아니면 안 된다. 그래서 모사가 진정한 소설이라는 것은 명백하다. (「小說總論」, p.407)

이 또한 시메이 예술론의 근본주장으로써, 쇼요는 소설이 寫實이 아니면 안 되는 철학적·원리적 근거를 제시하지 않았다. '소위 진화의 자연에 대한 저항할 수 없는 세력'(「小說の變遷」) 때문에, 문학은 이제는 권선징악 소설의 단계를 끝내고 寫實小說의 단계로 향하고 있다는 식으로 생각했다.

『쇼세쓰신즈이』가 각색의 수미일관을 주장하여 예술을 傳習的인 미의 표현이라고 인식하였기 때문에 리얼리즘과의 사이에 모순이 생겨 그것을 호도하기 위하여 어정쩡한 타협이 행하여질 수밖에 없었음에 반해, 「쇼세쓰소론」은 '예술이란 감정에 의해서 진리를 인식하는 것이다藝術とは感情によって眞理を認識するものである'라는 인식에서, 언어형상에 의해 현실을 인식하는 것을 목적으로 하는 올바른 의미의 근대 리얼리즘의 초석이 되었다고 할 수 있다.

②『우키구모浮雲』의 전통과 혁신성

후타바테이 시메이의 『우키구모』는, 메이지유신의 변혁으로 신분상의 특권이나 생활의 보증을 잃어버린 사족의 자식으로 태어나, 일찍이 아버지를 잃은 우쓰미 분조內海文三라는 주인공이 학업에 열중하여 우수한 성적으로 학교를 졸업하고 어느 관공서의 직원이 되었지만 결국 공무원 생활이 몸에 베이지 않아, 상사의 비위를 맞추지 못

했기 때문에 구조조정으로 감원할 때 감원대상으로 되어, 이윽고 면직 당하는 곳에서부터 시작된다. 분조는 숙식하고 있는 숙부 소노다園田의 딸 오세이お勢와 좋아하는 사이로, 분조가 재직 중에는 두 사람의 사랑을 호의를 가지고 지켜보던 숙모 오마사お政는 분조의 해직과 동시에 두 사람 사이를 방해하고, 수완이 좋고 처세가 능한 분조의 동료였던 혼다 노보루本田昇와 오세이를 짝지으려고 한다. 오마사는 분조에게 복직운동을 하도록 권하지만 분조는 결국 이것도 듣지 않는다. 이리하여 분조는 결국 외톨이로 바보취급을 당하게 된다. 오세이는, 처음에는 분조의 교화로 영어학원에도 나가고 자유결혼 등 자기 나름대로 터득한 '서구주의'를 결혼에도 적용하는 척 했으나, 과묵하고 무뚝뚝한 분조보다는 눈치 빠르고 생활력 강하고 출세욕이 강한 혼다쪽으로 기울어간다. 결국 분조는 자신의 이층 방에 틀어박혀서 머리를 싸 메고 생각하는 것으로 시간을 보내는 곳에서 중단되었다.

일본 근대소설의 효시라 일컬어지는 『우키구모』는 미완이지만 많은 가능성을 내포한 야심적 역작으로, ① 희작문에서 탈피하여, 구어체에 의한 서구적 사실문체를 확립하였고, ② 시대의 조류에서 방황하고 고뇌하는 새로운 지식인상을 창조하였으며, ③ 근대 일본의 사회·문명에 대한 날카로운 비평을 하였다고 할 수 있다.

『우키구모』는 현저하게 심리 소설적인 취향을 나타내면서도 메이지 절대주의의 관료 기구의 본질 파악 위에서 잡계급적雜階級的 지식인의 운명을 추급했던 것은 뚜렷한 대조를 보이고 있다. 시메이는 자유민권운동과 19세기 러시아의 반절대주의적反絶對主義的인 비판적 리얼리즘의 강한 영향 아래서 인간성에 대한 일본의 절대주의 권력의 관계를 객관적으로 묘사한 것에 의해, 절대주의 아래에서 고통 받는 일본 국민에 대한 깊은 관심과 결부된 문학적 가능성을 창출했는데, 주인공의 고뇌하는 심리 묘사란 것에 중점을 두었기 때문에 주인공 자신을 비판하면서 미래를 암시할 수가 없었다. 시메이의 『우키구모』에 이르러 드디어 근대적 자아의 각성이라는 근대소설의 특징을 이루었다고 할 수 있다.

(4) 외발적 '이데아'론에 의한 '미술의 진리'

시메이가 처음으로 '진리idea'라는 용어를 사용한 것은, 시메이 문예 이론의 성립에 막대한 영향을 끼친 러시아의 문예 이론가 베린스키 (Belinskii, 1811~1848)의 평론 「예술의 이데아」(Идея искубсства, 1841)를 번역한 것에서 유래한다.

> 베린스키가, 세상에 유일하게 <u>의장意匠이 있으므로 존재한다</u>고 말했던 것도, 제멋대로의 억지는 아닐 것이라고 생각된다.
>
> (「小說總論」, p.404)

여기서 시메이는 「쇼세쓰신즈이」에서 사물의 존재를 '의意'(idea)와 '형形'(form)으로 이분하였을 때, '意'에 해당하는 '이데아'를 다음과 같이 번역하고 있다. 즉 시메이는 '이데아'를 "의장意匠이 유래하는 곳은 진리이다"라는 문장에서 보는 바와 같이 '진리'라는 용어로 번역하고 있다.[115] 그런데 이 번역문의 현대역을 보면 '사유思惟의 출발점·기점은 신의 절대적 이념(이데아)이다.'라는 의미가 된다. 여기서 시메이는 '신의 절대적 이데아'에 해당하는 용어를 '진리'로 번역한 이유는

---

115 『日本近代文學大系』 4, 『二葉亭四迷集』, 角川書店, 1971, p.470 참조.

어디에 있는 것일까? 이것이야말로 시메이의 '진리'라는 용어에 대한 강한 집착을 드러내는 것이라 할 수 있다. 더구나 모든 존재의 근원을 의미하는 '신의 절대적 이데아'라는 용어를 '진리'로서 사용한 의도는 바로 「쇼세쓰소론」에서 '학문'의 '意'(idea)와 '예술'의 '意'를 같은 차원에 두고 있다는 점에서 잘 드러나고 있다. 즉, 「쇼세쓰소론」에서 '意'(idea)에 해당하는 '신의 절대적 이데아'를 '진리'로 번역하고, 그 '意'(idea)가 '학문'·'예술'의 궁극적 도달점으로 논리화하여 학문연구와 소설창작으로 길을 달리한다 하더라도 도달점은 '진리'라는 곳에, 시메이가 인지하는 '지知'의 근원으로서 '진리'의 성립을 엿볼 수 있다.

'예술의 진리'가 '과학의 진리'나 '철학의 진리'와 비교·대칭되어 예술과 학문 사이에 보편적이고 궁극적인 근거가 설정되어 있는 것이다. 따라서 '예술의 진리'라고 할 경우의 '진리'란 '철학'(인문과학) 또는 '과학'(자연과학)에서 지智의 근원인 '진리'와 등가等價의 의미를 가지고 있다고 할 수 있다. 왜냐 하면, '소설'이나 '예술'에서의 '진리'가 언제나 학문상의 진리, 나아가 '실용'적 학문의 진리와 동등한 위치에 놓여 있어서 이 두 영역이 모두 '진리'를 추구한다는 의미에서 동일한 목적을 공유한다고 주장하고 있기 때문이다.

이상의 고찰을 통해 알 수 있듯이, 시메이의 문예용어인 '진리'라는 개념은 시메이의 문예론에 가장 큰 영향을 미쳤던 러시아 베린스키의 '이데아'(또는 '신의 절대적 이데아')라는 말에서 유래하고 있다고 할 수 있다.

쇼요와 시메이가 문학론을 구축할 때, '진리'라는 개념을 그 중심에 자리매김한 것은 '실용학문 존중' / '문학 무용無用'이라는 1880년 전후의 시대사조를 불식하여 문학예술의 가치를 고양시키려고 하는 의도가 있었음을 알 수 있다. 즉, 당시 지知의 근거를 의미함과 동시에 실리실익實利實益의 원천이라 여기던 실용학문은 '진리'의 문맥에 의해 문예론을 구축시키고자 하였던 것이다. 그 결과 문학에서 '진리'가 내포하고 있는 역할은 문학과 학문의 동등성이라는 가치부여뿐만 아니라 개량의 규준, 즉 전근대의 소설(物語·草子·滑稽·讀本·人情本·戲作類 등)과 단절시키는 수단으로서도 기능하고 있었다.

쇼요가 서양의 시나 소설, 특히 소설을 이것저것 읽었다고 하여도 평론이나 이론은, 반드시 열심히 파고들지는 않았을 것이라 추측된다. 이미 배웠을 '性格解剖法'조차도, 다시 확인할 필요가 있었을지도 모른다. 베인의『修辭學』도 드물게 보는 것이 아니었을 것이다. 번역으로는, 기쿠치 다이로쿠菊池大麓가 번역한 첸바노의『修辭及華文』, 페놀로사의『美術眞說』도 있다. 게다가 쇼요가 숭배하던 교쿠테이 바킨의 소설론도 다시 음미할 필요가 있었을 것이고, 모토오리 노리나가本居宣長의 겐지모노가타리源氏物語론의 존재에도 주목했을 것이다.

문학 이론에서 쇼요와 시메이는, 당시 서구주의 사조의 키워드라 할 수 있는 '학문·과학의 진리'에, 무용시無用視되던 문예를 '예술의 진리'라는 궁극적 목표의 동일한 '진리'로 레벨·업 시킴으로서, '학문·과학=예술'이라는 개념으로 상승시켜 'romance'를 'novel'화 시켰다 할 수 있다.

쇼요는, 이론에서 예전에 발표된 닌조본·곳케이본滑稽本 등의 권선징악의 방편화의 부정에서 출발했으나 실제 작품에서는 기성작품의 구성과 취향을 벗어나지 못했다고 할 수 있다. 이는 외부의 영향을 받아 이론화 할 수 있으나 그 이론을 소화(자기화)한 뒤에야 실제가 이루어지는 인간의 보편적 행동양상에 연유한다고 할 수 있을 것이다. 특히 쇼요가 많이 섭렵했다는 게사쿠, 가부키, 우키요에는 전통사회에서 고급예능으로 취급받던 한시문漢詩文, 노能, 산수묵화山水墨畫와는 대칭적으로 천시되던 하급예능이라는 것과, 이의 방편화를 부정했지만 결국 이 틀을 완전히 깰 수 없었다. 그의 한계였을 것이다. 그렇지만 이것은 상층계급의 예술에서 하층계급의 예술 즉 민간예술의 대중화에 기여한 아이러니이기도 하다. 이는 곧 문학의 운문중심에서 산문중심으로의 이동을 의미하기도 한다. 그러나 시메이의 문예이론인「쇼세쓰소론」과 실제인『우키구모』에 이르러 '근대적 자아를 각성'하는 인간상을 묘사했다고 할 수 있다.

근대 개화기에서 '內發(自然生長의 傳統)'과 '外發(외부의 영향)'로 구별해보면, 에도 중기 모토오리 노리나가本居宣長의 '人情の眞實' 등을 비롯한 전통문예의 기법을 이어받은 부문을 '內發'이라 한다면, 서구의 충격에 의한 영향 및 변용을 '學問の眞理'로 포착하여 '外發'로 볼 수 있을 것이다. 이런 관점으로 본다면 쇼요의 문학은, 문예론은 전통문예의 '권선징악'의 방편화의 부정과 서양의 사실묘사를 추구, 즉 외발적이었으나 소설창작에서 전통적·종합적 민간예술로 이어진 문예기법으로부터 자연발생 된 '內發'과 서양문학이라는 외부로부터의 '영향'이라 할 수 있는 '外發'의 혼용이었다 할 수 있다. 또한 시메이의 문학은 문예론에서 서양의 문학관념이라는 외부로부터의 '영향'이라 할 수 있는 '外發'로 볼 수 있고, 소설에서는 外發的 요소가 현저하지만 地文에서는 내발적 요소인 전통적 기법이 상당히 작용했다고할 수 있을 것이다.

'近代思想의 素地'를 가진 초기의 계몽사조는, 당연히 '近代文學의 素地'도 준비하게 된다. 가토 히로유키加藤弘之[116]에서 도야마 마사카즈外山正一로의 계보를 초기 계몽사상에서 문학적 계몽기로의 전개로 볼 수 있을 것이다. 도야마 마사카즈가 가토 히로유키를 총장으로 하는 동경제국대학의 교수라는 사실도 결코 우연은 아니다. 도야마 마사카즈의 동료인 야타베 료키치矢田部良吉나 이노우에 테쓰지로井上哲次郎 등과 의논하여 전통적인 시가詩歌의 개량을 목표한 「신타이시초新體詩抄」(1882)를 시도했다. 이어서 도야마 마사카즈의 강의를 수강했던 쓰보우치 쇼요가 스승의 시도를 이어받아 희작의 개량을 의도한 『쇼세쓰신즈이』(1885)를 썼을 때 일본의 근대화와 문학의 근대화가 서로 닮은꼴類似型을 하고 있음을 알 수 있다.

메이지 이래 지식인의 두 개의 타입은, 쓰보우치 쇼요의 『一讀三嘆・도세이쇼세이카타기』와 후타바테이 시메이의 『우키구모』로 시작되어, 메이지 30년(1896) 전후부터 문학에 예민한 대조로서 나타난다. 『一讀三嘆・도세이쇼세이카타기』는 그 작중인물인 학생들도 작자 쓰보우치 쇼요도 메이지 사회의 질서에 아무런 갈등도 갖지 않고 '진지하게 학업에 전념하여' '국가유용'의 지식을 몸에 익히기만 하면, 이윽고 '관료'로 입신출세할 수 있기 때문에 실로 낙천적으로 에도 이후의 메이지 판도를 즐겼다.

쓰보우치 쇼요의 『쇼세쓰신즈이』는 정치소설의 선전・선동이나 문학적인 경향성에 대한 반발에서 비정치주의적・풍속소설적인 리얼리즘의 주장을 전개했다. 그러나 후타바테이 시메이의 『우키구모』는 현저하게 심리소설적인 경사를 나타내면서도 메이지 절대주의의 관

---

116 加藤弘之(1848~1900): 메이지시대의 철학자, 교육자. 1866년 나카무라 마사나오中村正直 등과 함께 영국으로 유학. 1870년 渡美하여 미시간대학에서 철학・理學을 배워 1876년 귀국하여 동경대학 교수가 되어 사회학, 철학을 강의하였다. 1897년 동경대 총장, 1898년에는 2개월간 文部相이 되었다.

료 기구의 본질 파악 위에서 잡계급적雜階級的 지식인의 운명을 추급하는 뚜렷한 대조를 보이고 있다. 후타바테이 시메이는 자유민권운동과 19세기 러시아의 반절대주의적反絶對主義的인 비판적 리얼리즘의 강한 영향 아래서 인간성에 대한 일본의 절대주의 권력의 관계를 객관적으로 묘사한 것에 의해 절대주의 아래에서 고통받는 일본 국민의 깊은 관심과 결부된 문학적 가능성을 창출했는데 주인공의 고뇌하는 심리 추급이란 것에 주제를 두었기 때문에 주인공 자신을 비판시키면서 미래를 암시할 수가 없었다. 후타바테이 시메이의 인생적·개혁적 정열은 민권운동의 좌절에 의해 사회적으로도 완전히 고립되어 있었던 것이다. 후타바테이 시메이는 문학으로부터 후퇴하여, 소년 시절부터의 사회적 정열을 '東洋浪人化'하는 것으로 행위로 옮기려 했다. 민권운동이 안고 있던 '아래로부터'의 내셔널리즘이 민권운동과 함께 국권주의적 내셔널리즘으로 흡수되어 가는 흐름 속으로 후타바테이 시메이도 말려들어 간 것이다. 그러나『우키구모』는 민권운동과 정치소설의 시도를 근대적 인간의 내면적 파악과 근대적 문학관념·문학방법으로 결부하여 근대문학을 국민적인 규모로 실현하는 국민문학의 방향을 만들려 했다는 점에서 일본 근대문학의 국민적 동향의 최초의 달성을 나타낸 것으로 되었다.

일본 근대문학에서의 '대중적 동향' 및 '대중성'의 개념은, 직접으로 인민생활을 묘사한 것만을 말하는 것은 아니다. 대중적 동향은 다이쇼기에서 발전의 하나로서 나타나는 소위 노동문학이 기층 노동자 생활의 비참과 굴욕과 막연한 반역적 기분을 묘사한 것에 불과한 것과 마찬가지 방법으로 문학에서의 대중성을 파악하는 것은 불충분하고 부당하다. 대중생활에 밀착하여 이를 묘사한 것은, 대중성에서 기

본적인 조건의 하나이긴 하나, 직접으로 그것을 묘사한 것만이 고도
의 대중성으로 귀결하는지 어떤지는 별도의 문제이다. 『浮雲』은 잡
계급적雜階級的인 가난한 하급관료를 주인공으로 하고는 있지만 작자
의 관심은 그 주인공의 지식인적인 고뇌하는 심리의 추급에 많이 할
애되어 있고, 여주인공은 본질적으로는 오자키 고요의 『곤지키야샤金
色夜叉』의 '오미야お宮'의 선구자로서 뿌리 없는 지적知的 하이칼라(知
識人) 여성으로 설정되어 있고, 여주인공의 모친도 에도 이래의 항간
의 아낙네의 실리적인 천박한 측면에 대해서만 묘사된 것에 불과하
다. 이와 같은 작품이 대중적 동향의 최초의 높은 달성이었다는 것은,
이들 인물들의 생활과 잠재된 동기와 운명이, 절대주의 관료기구 및
그 지배하의 메이지 사회의 비인간적인 압력의 조직에 대한 필연적
인 관계 속에서 상당히 강하게 묘사되었기 때문이라 할 수 있다. 그
결과 메이지 사회의 본질은 이에 충돌하는 주인공의 인간관계의 객
관적·필연적 전개 과정에서 조응되어, 권력·사회체제에 의하여 고통
받고 있는 많은 대중의 생활에 깊이 결부되어 가는 가능성을 창출한
것이었다.[117] 직접 대중을 묘사하지 않아도 대중을 억누르고 있는 것
의 인간적인 의미를 객관적으로 창출하는 것으로, 고도의 대중성에
도달하는 실마리를 『우키구모』는 창출했다. 일본문학은 'Romance'에
서 'Novel'이 된 것이다.

---

117 小田切秀雄, 『日本近代の社會機構と文學』, 『小田切秀雄著作集』 第四卷, 東京: 法政
大學出版局, 1970, p.49.

2) 후타바테이 시메이二葉亭四迷의『浮雲』

『우키구모浮雲』의 작자 후타바테이 시메이[118]는 1881년 17세 때, 세 번이나 응시하였으나 지독한 근시로 인하여 불합격한 육군사관학교를 단념하고 동경외국어학교 러시아어과를 응시하여 합격하였다. 후타바테이 시메이가 러시아어과를 선택한 이유는,

> 그것은 이렇다. 무엇이든 러시아와의 사이에, 저 가라후토치시마樺太千島교환이란 사건이 일어나, 상당히 세상이 시끄러워지고서,『內外交際雜誌』등에서는, 러시아에 대하여 왕성하게 적개심을 고취시켰다. 따라서 세상의 여론이 비등한 때도 있었다. 헌데 내가 어릴 때부터 계속 가지고 있던 사상의 경향-유신의 지사기질이라고도 할 수 있을 경향이, 머리를 채우고 있어서, 즉 애국이라는 여론과 나의 그런 사상이 혼합된 결과, 장래 일본의 심우대환深憂大患이 될 것은 러시아이다. 이것을 지금 어떻게 알아두지 않으면 안 될 거다-그럴려면 러시아어가 제일 필요하다.[119]

라고 생각했기 때문이다. '일본의 큰일은 장래에 반드시 러시아와 벌어지고, 거기서 활약하는 것이 군인에 버금가는 애국으로, 보람도 있다.'고 생각했기 때문이었다. 즉, 후타바테이 시메이의 러시아어 전공

---

118 후타바테이 시메이(本名 長谷川辰之助)는 1864년 2월 28일,「江戸市ケ谷合羽坂の尾州藩上屋敷」에서, 하급무사 長谷川吉數의 아들로 태어났다. 이는 메이지유신의 4년 전으로, 에도 말기 하급관리 풍으로 살고 있던 가문이었다. 1878년, 14세 때, 후타바테이 시메이는 상경하여 '육군사관학교'를 응시했으나 이 시험에 연속 세 번이나 실패했다. 원인은 지독한 근시 때문이었다. 육체적 결함이 원인이라면 합격이 무리인데도 불구하고 세 번이나 응시한 것은 후타바테이 시메이의 끈질기고 철저한 성격이라고도 할 수 있다.

119 二葉亭四迷,「予が半生の懺悔」,『筑摩現代文學大系』1, 筑摩書店 1977, p.342.

은 러시아의 문물이 좋아서 택했던 것이 아니라 러시아는 일본이 좌
시할 수 없는 소위 가상적국假想敵國이기 때문에, 적을 알고 나를 안다
는 의미에서 러시아를 연구하려 한 것이었으나 수학 중에 알게 된 러
시아 문호들로부터 큰 영향을 받았다.

그는 외국어학교에서의 문학애호 취향에 대하여,

> 나는 보통의 문학자들과 같이 문학을 애호했던 것이 아니다. 오히
> 려 러시아의 문학자가 취급하는 문제, 즉 사회현상 (…중략…) 을 문
> 학상으로 관찰하고, 해부하며, 예견하기도 하는 것이 대단히 흥미 있
> 는 것으로 되었던 것이다.[120]

라고 말하고 있다. 후타바테이 시메이는 처음부터 문학자가 될 작정
은 아니었다. 따라서 외국의 소설을 기술적으로 모방할 사람으로서
가 아니라 순수한 인간적 흥미에서, 직접 원어로 작품에 접하고 작중
인물의 성격분석, 작품비평을 되풀이했다. 이러한 과정에 의하여 후
타바테이 시메이는 작품 중에 내포되어 있는 윤리적·사회적 문제를
생생하게 감득했던 것이다. 공부하는 중에 외국문학을 정상적으로
섭취하는 뛰어난 소양을 길렀던 것이다.

후타바테이 시메이가 19세기 러시아 문학의 정수精髓를 몸에 익힌
것은, 일본근대문학사에서 하나의 결정적 계기가 되었다. 후타바테
이 시메이는 러시아어를 익히자 베린스키의 평론을 읽고, 19세기 러
시아문학에 대한 이해를 통하여 근대적 인간성을 자각하고 민주주의
적인 요구의 내면화에 의한 근대적인 인간파악, 생활 현실에서의 인

---

120 二葉亭四迷, 「予が半生の懺悔」, 『筑摩現代文學大系 1』, 筑摩書店, 1977, p.342.

간과 상황과의 긴장된 대립관계 등을 그 시대의 틀 안에서라는 한계는 있었지만, 분명히 후타바테이 시메이 자신의 것으로 소화해 갔다.

1885년, '동경외국어학교'는 폐지되고 러시아어과는 '동경상업학교'(현재의 히토쓰바시대학─橋大學)로 합병되었다. 당시 외국어학교에는 무사계급의 자제가 많았고 상업학교에는 상인町人의 자제가 많았었다. 사족기질土族氣質이 남아있던 외국어학교 학생들은 상업학교의 학생들을 우습게 보는 경향도 있었지만, 무엇보다도 정부의 방침을 납득할 수가 없었던 때문에 강경한 반대자는 자퇴서를 냈다. 후타바테이 시메이도 그런 경향의 한사람이었다. 후타바테이 시메이의 희망은 관리가 되어 러시아 외교의 첨단에 서서 국가의 중대사에 일조하고자 했으나, 일본의 관료제도는 당시에 이미 학력중시주의로 굳어져 있고 학력이 나쁜 사람은 중요한 지위에 등용되지 못했기 때문에 중퇴한 후타바테이 시메이로서는 생각처럼 좋은 취직자리가 나타나지 않아서 실업자 생활을 계속했다.

이러한 후타바테이 시메이를 문학계로 향하게 한 동기가 되었던 것은 쓰보우치 쇼요가 쓴『쇼세쓰신즈이小說神髓』로서, 이는 메이지 문학사상 최초의 조직적인 소설론 또는 소설작법을 위한 이론서였다.

쓰보우치 쇼요를 후타베테이 시메이가 처음으로 방문한 것은 1886년 1월 25일[121]로 추측되는데, 쓰보우치 쇼요에 의하면,

「小說神髓」를 지참하여 하나하나 질문이 시작됐다. 들여다보니 대개 2, 3매마다 쪽지 종이가 끼어져 있었다. 그것을 꺼내어 대단히 겸손

---

121 쓰보우치 쇼요의 일기, 1886년 1월 25일 자에, "長谷川辰之助가 오다. 많은 藝術을 論함"이라는 기록이 있다.(關良一,「浮雲考」,『日本文學硏究資料叢書』, 1979, p.203)

히, 그러면서도 비굴한 모습은 조금도 보이지 않고 극히 온건한 상태로 하나하나 질문을 했다. ……하세가와 다쓰노스케長谷川辰之助 군은 러시아 베린스키의 심미론審美論을 제대로 소화하고서 하는 질문……[122]

라고 기록되어 있어, 그 진지한 모습을 상상할 수 있다.

이것은 일본근대문학 성립 전야를 예고하는 중요한 만남이었다.

(1) 서생과 하숙집 딸의 사랑

「쇼세쓰소론」은 '意'와 '形'이 중심이 되어 있고, 그 이론을 배경으로 하여 다음 해인 1887년 6월에 일본 최초의 근대소설이라고 일컬어지는 『浮雲』 제일편이 금항당金港堂에서 출판되고, 이어서 1888년 2월에 제이편이 같은 서점에서 출판되었다. 1, 2편은 표지·속지 공히 쓰보우치 쇼요 저著로 되어 있고, 서문은 일단 후타바테이 시메이의 작품으로 되어 있는데 그밖에는 본문 내제內題에 쓰보우치 쇼요와 후타바테이 시메이의 이름이 나란히 있고 그 밑에 합작合作이라고 쓰여 있다.[123] 그러나 제삼편은 1889년 7월부터 후타바테이 시메이 한 사람 이름으로 잡지 『都の花』에 연재되었다.

후타바테이 시메이의 『우키구모』는 당시 서구 지향적 일색의 일본 문명비판의 첫 시도였다. 이 소설의 주제가 문명개화 풍조에 잠재하는 '浮雲'(뜬구름, 위험)같은 일본인에 대한 비판을 의미하고 있음은, 후타바테이 시메이의 친구였던 '야자키사가노야矢崎嵯峨の舎'가 작자의 의도라고 했던 것은 오늘날도 거의 정설로 인정되고 있다.

---

122 關良一, 「浮雲'考」, 『日本文學研究資料叢書』, 1979, p.197.
123 福田清人·小倉水蔘, 『二葉亭四迷』, 清水書院, 1980, p.110.

長谷川君의 걸작으로, 유명한『浮雲』……그것은 소노다 세이코園田
勢子라는 여자가 주인공이었습니다. 이 세이코같이 대단히 순진한 사
람은 상대하는 사람에 따라 어떻게든 되어간다는 것이, 일본인의 성질
이다. 즉 자동적이 아니고 타동적이며 능동적이 아니고 수동적인 것입
니다. 이렇게 타동적이므로 좋은 사람이 인도하면 좋지만, 나쁜 사람
에게 이끌리면 나빠진다. 이것이 일본인이고, 이 세이코가 일본인을
대표한 자라고 한 것이『浮雲』의 사상이었다.[124]

『우키구모』라는 주제에 대하여 후타바테이 시메이는, "아무튼, 작
품의 사상면에서 러시아 문학의 영향을 받은 것은 사실이다. 베린스
키의 비평문 등을 애독하고 있던 시대였기 때문에, 일본 문명의 이면
裏面을 묘사해 내려는 마음도 있었다"[125]라고 쓰고 있다.

후타바테이 시메이는 그의「나의 반생의 참회」에서,

혹은『浮雲』의 중심이 되어 있는 사상은, 내가 러시아 소설을 읽고,
러시아의 관리가 대단히 싫어졌다. 그 감정을 일본에 응용했던 것인지
도 모르겠습니다. 관존민비官尊民卑라는 것이 싫었습니다. 그 생각이 중
심이었는지 모르겠습니다.[126]

라 하여, 러시아어를 배우는 사이에 점차 반관료주의자가 되었음을
표명하고 있다.

때문에『우키구모』의 남주인공은 하급계층의 지식인으로서 관료

---

124 矢崎嵯峨の舍,「浮雲'苦心思想」,『新小說』明治42년(1909) 6월, 福田淸人,『二葉亭
四迷』(人と作品), 淸水書院, 1980, p.117.
125 二葉亭四迷,「予が半生の懺悔」,『筑摩現代日本文學大系』1, 筑摩書店, 1977, p.344.
126 二葉亭四迷,「予が半生の懺悔」, 위의 책, p.342.

체계 말단의 보잘것없는 일을 하면서 관료주의에 비판적인 인물로 설정되었다.

　작자 후타바테이 시메이는 『우키구모』에서 점차 궁지로 밀리는 분조가 수동적으로 괴로워하는 마음에 밀착·추급하여, 농밀한 심리적 리얼리티를 구사해간다. 그것이 제이편의 단고자카団子坂의 국화구경에, 숙모 오마사·오세이·혼다가 인력거를 타고 나가는 것을 보는 분조의 심리묘사를,

　　　아 따분하다. 분조는 어제 오세이가 "분조씨도 같이 가지 않겠어요?" 하고 물었을 때, 가지 않는다고 대답했더니, "응 그렇습니까?"라고 아무렇지도 않은 듯이 침착하게 대꾸한 것이 기분 나쁘다. 분조의 마음 속에서는 이왕이면 같이 가자고 권해주기를 바랐다. 그래도 계속해서 고집을 부리고 가지 않는다고 하면, "분조씨와 같이 가지 못한다면 저도 그만두겠어요."라고 말하기를 바랐다.

　　　"그러나 이것은 질투가 아냐……" 생각난 듯이 자신에게 말해보았으나, 어딘가 놀림당한 듯한 ……불안감으로. 가는 것도 싫고 집에 혼자 있는 것도 싫어서 마음이 안절부절못해 화가 치민다. 누가 나를 못 가게 말린 것은 아니지만 화가 난다. 뭔가 화급한 일이 있는 듯하기도 하고 없는 듯하기도 하고, 없는 것 같기도 하면서 있는 것 같고, 안정할 수가 없다.　　　　　　　　　　　　　(『浮雲』, p.123)

라고 하여, 후타바테이 시메이가 이러한 인물을 주인공으로 설정했던 것은, 사생활까지 간섭하여 인간을 속박하는 관료체제의 중압감과 그에 대하여 강력하게 대처하여 투쟁하여 가는 주체적인 힘이 지식인의 어디에서도 찾아 볼 수 없는 현실을 지적하고 있다.

분조가 묵고 있는 소노다園田의 집에서, 숙모, 딸, 그리고 그들에게 교묘히 접근하는 혼다 등이 엮어내는 인간관계 속에서 상징적으로 묘사되었다. 오마사는 분조의 실직 사실을 듣고 실망하여 분조의 무능을 원망하고 복직운동을 거절하는 분조의 자존심을 이해해 주지 않는다. 오마사의 이 분격은 관리인 분조에게 오세이를 시집보내려는 속셈이 좌절되어버린 실망감이었다.

『우키구모』의 또 하나의 주제는 신구사상의 대립에 의한 갈등구조이다.

> 3회쯤에서부터 일본의 신사상과 구사상을 써볼 마음이 든 것은 기억하고 있습니다. 오마사에게 일본의 구사상을 대표시키고, 오세이·혼다·분조 등에게는 신사상을 대표시켜본 것입니다.[127]

분조에게 걸고 있던 기대를 배신당한 오마사의 분노와 실망은 분조의 독선적인 자존심을 깨버리는 가차 없는 징벌로 나타난다. 오마사가 오세이에게, '이제까지의 분조와 지금의 분조가 다르다'고 주의시켰듯이, 분조에 대한 처우는 준가족으로부터 귀찮은 하숙인으로 추락 당해버린다. 그런 만큼 오세이에게 이층에 올라가는 것을 금지시킨 오마사의 조치는, 분조를 고립으로 몰아넣는 효과적인 보복이었던 것이다. 예전에는 두 사람에게 관용적인 보호자로 행동하던 오마사가 안방에서 끊임없이 이층의 기색을 살피는 감시인 역할을 하기 시작한 것이다.

오세이는 해직된 분조에게 변함없이 호의를 보이지만, 이 호의가 오마사의 감시로 점차 위축되어 가는 것을 깨닫지 못한다. 예를 들면,

---

127 二葉亭四迷, 「作家苦心談」, 『日本文學硏究資料叢書』 1, 有精堂, p.204.

4회에서, 안방에서 이층으로 올라가려는 분조를 불러 세운 오세이는 다 읽은 신문을 가지러 감을 구실로 같이 이층으로 올라가 이야기를 한다. 극히 일상적인 언행으로 약혼한 사이의 친근함이 암시된 장면이다. 그러나 파국의 징조가 보이기 시작했을 때, 오세이는 오마사가 부르는 소리에 재촉하듯이 이층을 내려가지 않으면 안 되었다. 분조의 방에 놀러온 동생 이사무勇에게 오세이가 소리 지르는 9회의 장면에서는, 사다리 '중간에서 얼굴만을 내밀고' 방으로는 들어오려고 하지 않는다. 10회의 오세이가 혼다와 같이 분조의 방에 나타나는 장면에서, 오세이는 잠깨는 레몬수를 혼다에게 권하려고 부엌에서 이층으로 올라온 것이 분조의 방을 오세이가 찾은 마지막 장면이다. 이렇게 적극적 자세에서 점점 소극적으로 분조의 방을 찾아가는 오세이의 동선動線의 미묘한 변화로도 알 수 있는 것이다.

일본 주택의 공간문제에서 '이층ぉ二階'이라는 말이 있다. 'ぉ'라는 접두어가 첨가된 것만으로, '이층'이라는 말이 갖지 않았던 미묘한 의미의 어두운 그늘을 띠기 시작한다.

> 일본의 이층은, 서양의 지붕아래 방처럼 고독하게 숨는 장소이며, 한편으로는 '아래층'의 세계와도 긴밀한 연계를 차단당하고 있는 것이다. 이층의 방주인(하숙인, 손님)은 아래층의 세계에 감돌고 있는 농밀한 인기척으로부터 완전히 자유로울 수 없고(아랫방 사람들의 동정에 관심을 둠), 아래층의 세계도 이층의 사람의 존재에 무관심할 수 없다.[128]

후타바테이 시메이의 『우키구모』는 이층의 하숙생인 우쓰미 분조

---

128 前田愛, 『都市空間のなかの文學』, 筑摩書房, 1983, pp.251~252.

를 둘러싼 이야기이다.[129] 분조는 소노다園田 집의 질서에 조화된 충실한 동거자였다. 이야기가 시작되는 직전의 시점에서는 오세이의 약혼자로서 장래를 약속하여 거의 가족의 일원이었다. 분조로부터 면직당한 것을 들은 오마사가 폭발하는 분노는 가장 알기 쉬운 증거의 하나이기도 하다. 그러나 분조는 해직을 계기로 가족의 일원으로부터 예상치 못한 하숙인으로 전락당하고 마는 역할의 급전이 의미하는 것을 이해하지 못하고 고뇌 속에 상기하는 것은 예전의 소노다 집에 넘쳐흐르고 있던 따뜻한 분위기이다.

분조가 혼다에게 기울어지고 있는 오세이의 마음을 붙잡기 위해 오세이의 방을 찾은 것은 오세이의 방문이 뚝 끊어진 12회에서다. 혼다의 비열함을 비판하는 분조의 말에 곤란해진 오세이는 어떤 계기로 혼다에 대한 호감을 말한다. 분조가 구애자의 역할을 자각했을 때 오세이의 마음은 이미 분조로부터 멀어져갔다. 분조가 연출하는 것은 극히 어설플 수밖에 없다.

---

129 주거에서 밖/안, 혹은 겉/속의 영역을 분리하는 것은, 평면도에서 측정 가능한 물리적 거리보다는, 오히려 거주자의 의식과 장소에 결부된 금기의 상관관계로부터 발생된 별개의 '거리'로서, 두 개의 거리는 꼭 일치한다고는 할 수 없다. 거리공간으로 나타나는 용기로서의 가옥에 대하여, 살아온 집의 위상은, 가옥공간이 유효한 모델이 된다. 문학작품에 묘사된 '집'은, 살고 있는 집의 위상을 텍스트공간으로 사상射像된 또 하나의 위상공간으로 볼 수 있는데, 겉/속이라는 주거의 코드가 강력하게 작용했던 메이지·다이쇼시대의 문학작품에는, 가옥 안에 숨겨진 여러 금기를 이유로, 작중인물의 무의식의 모습이 해독되는 텍스트가 적지 않다. 후타바테이 시메이의 『浮雲』, 田山花袋의 『蒲團』, 夏目漱石의 『門』, 島崎藤村의 『家』 등이 그렇다. 주거의 공간에서 분리되는 겉/속이라는 두 개의 영역은, 도시공간의 레벨에서는 일상적인 세계와 비일상적인 세계의 대립구조로 변환된다. 비일상적인 세계는, 주거의 '속'처럼, 강력한 금기, 은미隱微한 애매함, 무질서, 부정성, 周緣性, 體性感覺性이라는 일상적인 세계에서 분리되어, 배제된 負性(敗北, 隱蔽, 陰性 등의 마이너스적인 것)의 것들을 모아둔 장소이다. 일본의 근세도시에 입각해 보면, 에로스Eros(사랑)의 영역으로 일상적인 생활공간에서 신중하게 격리되어 있던 유곽과 寺院群 혹은 굿패거리, 被差別部落, 감옥 등이 그런 장소인데, 나쁜 장소로 일괄된 유곽과 굿패거리의 만남은 문학의 토포스(topos, 위상, 문학상의 상투적인 표현)로서 한층 중요한 의미를 가지고 있다. 前田愛, 『都市空間のなかの文學』, 筑摩書房, 1983, pp.67~68.

앞으로 일보, 뒤로 일보, 주저하면서 이층을 내려와, 획하고 툇마루를 돌아보니, 방에 있을 것으로 생각하고 있던 오세이가 입구의 기둥에 기대어, 하늘을 쳐다보고 생각에 젖은 얼굴……억! 하고 분조는 멈춰섰다. 오세이도 아무생각 없이 돌아보고, 갑자기 얼굴을 흐리고……획하고 방으로 뛰어 들어가 버린다. 장지문은 문설주와 얼굴을 부딪쳐, 두 세치 튀어 물렀다.

튕겨나간 문을 분조는 원망스러운 듯이 째려봤지만, 이윽고 망설이면서 두 세 걸음. 부들부들 떨면서 손잡이에 손을 걸어, 가슴과 함께 장지문을 밀면서 열어보니, 오세이는 책상 앞에 앉아서, 일심으로 벽을 응시하고 있다. (『浮雲』, p.281)

튕겨진 장지문을 원망스러운 듯이 쳐다보는 분조의 세밀한 묘사에 담겨진 해학의 효과가 있다. 하나의 장지문과 그와 함께 하는 몸짓이, 오세이와 분조의 결정적인 파국을 암시하는 장면이다. 이 장면에 앞서서, 안방의 요란스러움을 들여다보려는 분조의 코앞에서 오마사가 장지문을 꽝 달아버리는 장면이 있는데, 안방으로부터 소외당하는 분조의 상황이 세밀하게 서술되어 있다. 분조가 소노다집안園田家의 아래층으로부터 튕겨 져버리는 때에, 분조의 자의식은 '보이지 않는 제도'로서 집의 속박으로부터 벗어나 소노다집안의 실태를 들여다본다. 『우키구모』에서 집을 둘러싼 드라마에 악센트를 더하고 있는 것은 이러한 행동이 의미하는 공간의 변형으로, 이는 분조의 세계가 아래층 세계로부터 단절되어 가는 과정을 나타내는 또 하나의 숨겨진 맥락을 형성하고 있다.

사람의 마음이란 것은 동일한 일을 끊임없이 생각하고 있으면, 결국 너무 지나쳐서 사고력이 약해지는데, 분조도 마찬가지로, 계속하여 오세이의 일만을 걱정하고 있는 사이에, 언제부터라고 할 것도 없이 注意가 흩어져 한곳으로 집중되지 않게 되고, (…중략…) 이윽고 양손을 머리에 깔고 두러 누워서 천장을 응시하다 처음에는 예전처럼 오세이의 일을 이것저것 생각했지만, 그러던 중에 문득 천장의 나뭇결이 눈에 들어오며 갑자기 묘한 생각이 들었다.　　　　(『浮雲』, p.302)

이층의 방에서 홀로 처박혀 명상을 계속하는 분조는, 안방의 떠들썩함으로부터 소외당했지만 아래층의 기척에 모른척할 수가 없다. 『우키구모』의 세계에는 인물의 동작과 결부된 소리가 곳곳에 장치되어 있다. 격자문을 여는 소리, 툇마루를 통하는 소리, 장지문을 여닫는 소리, 장지문 너머서 들려오는 속삭임, 안방을 현란케 하는 높은 웃음소리, 사다리를 밟아 삐걱거리며 올라오는 혼다의 발소리, 오세이의 방에서 흘러나오는 시 읊조리는 소리들은 분조로서는, 의문의 메시지이기도 하고 아래층 세계에서 그에게 향하는 적의의 표현일 수도 있다. 분조에게 허락된 자유스런 공간은 갖가지 소리가 웅성거리는 이러한 기척의 공간이었다. 『우키구모』가 형성하는 내부 공간內 空間의 가장 기본적인 구조는, '밝은 공간'이 '어두운 공간'에 의해서 좁혀져 가, 결국은 '어두운 공간'으로 빨려들어 가버리는 과정으로서 파악할 수도 있을 것이다.

세속적 생활상生活相의 승리자, 관료적 입신출세주의자로서 악역惡役혼다의 캐릭터도 중요하다.

시류에 영합한 혼다는 분조와는 너무나 대조적이다. 관료조직의 정교한 톱니바퀴의 하나로서의 역할을 훌륭히 소화해내고 있다. '과

장님에게 잘 보인다'거나, '말이라도 걸어오면 먼저 서둘러 일어서서 자세하게 머리를 기울이고 경청하고, 다 듣고 나서 싱긋하며 공손하게 대답해 올린다'거나, '일요일에는, 근황을 여쭙는다고 과장님의 집에 찾아가 바둑 상대를 하기도 하고, 개인적인 일도 도와준다.'라는, 보신을 위해서는 아부·아첨·추종도 개의치 않는 인물이다.

말주변도 좋아서 '싹싹한 애교가 넘치고, 대단히 칭찬을 잘하는' 혼다가 분조에 실망한 오마사의 눈에 아무래도 믿음직스럽게 보여 오세이와 묶어줄 생각도 해본다. 오세이도 분조의 희망을 배반하고 혼다에게 매혹 당해 마음이 기울어간다.

오세이는 시대가 낳은 새로운 스타일의 여자이다. 한자와 영어를 배우고, 때로는 전통적인 일본여인의 모습으로, 신식 헤어스타일을 이해하거나, 더욱이 남녀교제의 득실 등등 귀동냥한 것을 입에 침이 마르도록 이야기하며 어머니인 오마사를 무식한 구식 여자라고 비판하기도 한다. 분조와 함께 새로운 세대를 대표하는 인간이다.

껍데기뿐인 새로운 스타일의 여자가 주체상실의 광대춤을 추고, 시대적 산물인 경박하고 재승한 사람(本田昇)에게 놀림 당하고, 너무나 평범한 여자의 비극으로 떨어져 간다. 이 인간 비극에는 시대조류에 대한 통렬한 비판이 있다.

(2) 신新·구舊, 선善·악惡의 대립

분조와 오세이 사이에, 어머니 오마사가 혼다를 끌어들여서 분조·오세이·혼다라는 애정의 삼각관계로 되는데 이것을 신구사상의 대립으로 도식화하면 다음과 같다.

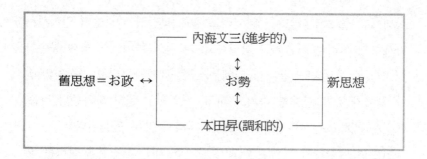

또 하나는, '정직'하고 '진보적'인 신사상인 우쓰미 분조內海文三와 '속물'이고 '타협적'인 신사상인 혼다 노보루本田昇 사이에 오세이가 개 재하여 애정의 삼각관계를 이루고 있다. 도표화하면 다음과 같다.

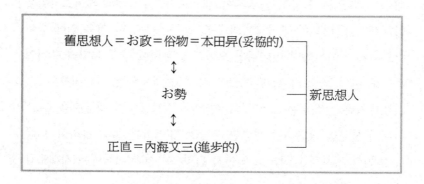

여기서, 우쓰미 분조內海文三적인 것과 혼다 노보루本田昇적인 것이 대립하여 결국 분조적인 것이 패배하는데, 이것이 이 작품의 구조 이고 비극이다. 위 두 개의 도식을 하나로, 즉 『우키구모』의 신구대 립은,

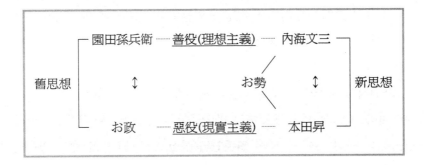

와 같은 도식으로 나타낼 수 있을 것이다. 즉 후타바테이 시메이는 네 사람이 만드는 네 개의 극의 한 가운데 오세이를 두고, 오세이가 각극에 동조·반발해 가는 동요의 상황을 관찰·묘사하여, '일본 문명의 이면裏面'을 비평했던 것이다.

후타바테이 시메이가 윤리문제로서—『우키구모』 작중의 내용은 아니지만—고뇌했던 것으로 '과부寡婦'의 문제가 있다. 그는 『미망인과 인도문제』에서,

> ……그래서 이번에는 러일전쟁 후에 크게 대두된 현상인 군인유족—미망인을 주인공으로서, ……도대체 나는 정부貞婦는 두 남자를 보지 않는다는 재래의 도덕주의를 반대하는 사람으로서, 천하의 과부寡婦는 재혼해야 한다고 주장하는 사람이다.……[130]

라고, '과부는 재혼해야 한다.'는 윤리문제도 구사상에서 근대사조로의 이행과정 중에서 일어난 문제였다.

『우키구모』의 등장인물은 모두가 뚜렷한 개성을 가지지 않고 대부

---

130 二葉亭四迷, 「未亡人と人道問題」(1906.10), 『筑摩現代文學大系 1』, 筑摩書房, 1977, pp.339~340.

분이 유사한 메이지 사회의 전형적 인물이다. 대부분의 메이지기 소설들처럼, 인물의 이름에는 각각 대표되는 역할을 암시하도록 배려된 흔적이 역력하다.[131]

　표면적인 서양교육, 분조와 혼다 사이를 왔다 갔다 하는 변하기 쉬운 마음, 확고한 의지가 결여된 바람둥이 같은 오세이야 말로『우키구모』의 화신化身이고, 당시 일본인의 상징으로 파악했을 수도 있을 것이다.

　반관료주의적 주제와 신구사상의 대립적 갈등구조의『우키구모』는 새 시대의 지식인이 자아각성으로 고뇌 하는 서생 우쓰미 분조와 시대의 역기능적 산물인 하숙집 딸 오세이와의 애정을 '어두운 공간'의 확대와 '밝은 공간'의 축소의 역학적 변화과정에서 묘사했다.

3) 한국 개화기 지식인의 정보전달

　1881년에 '신사유람단'이 조직되어 62명이 70여 일간 일본을 시찰하였는데, 그중 유길준, 우정수, 윤치호 등은 일본에 남아서 후쿠자와 유키치가 세운 게이오慶應의숙에서 공부했다. 관비유학생은, 그전에도 없지는 않았으나 이로써 그 시초로 삼는다. 1902년엔 33명이 관비유학생으로 일본에 갔는데, 그 속에 이인직이 포함되어 있다. 이인직이 유학을 떠날 때 그의 나이는 40세였으며, '동경정치학교'[132]에 들어

---

131 海內文三은 '文의 人＝儒敎的 道德觀念 속에서 성장한 知識人', 本田昇은 '立身出世'. 오마사お政는 '오세이お勢를 앞세워, 海內文三과 本田昇 사이에서 政治하는 못 믿을 사람', 오세이お勢는 '時勢의 흐름으로, 갈대처럼 이 남자 저 남자에게 마음이 움직이는 것'을 상징하고 있다.
132 동경정치학교는 자유당 당수이며 빅토르 위고의 정치소설도 번역한 바 있는 이타가키 다이스케板垣退助 등을 고문으로 삼아 松本君平이 간다神田에 세운 학교임.

갔으나 얼마되지 않아 미야코신문사都新聞社의 수습기자로 들어갔다.

문명개화와 부국강병으로 표상되는 제국주의 시대 속에 살아가기 위한 경쟁에서 한국 정부는 관비유학생에다 많은 기대를 걸었던 것 같다. 그런데 한국 유학생들이 망명해 간 한국인들과 교류하여 불온해지자 한국 정부가 학자금 송부를 중단하고 소환한 것으로 되어 있다. 이때 소환된 17명의 유학생 중에 이인직이 들어 있다.

이인직은 고종 등극 2년 전인 1862년 임술壬戌 음력 7월 27일에 태어나 1916년 11월 25일(丙辰年 음력 11월 1일) 55세를 일기로 세상을 떠났다.[133]

이인직은 1902년에 한국 관비유학생으로 일본에 파견되어 동경정치학교에서 청강생으로, 고마쓰 미도리小松綠의 문하생으로 수학했다. "명치 30년(1897) 전후로 생각되는데, 내가 간다神田의 정치학교에서 열국정치제도列國政治制度를 강의한 적이 있다. 그 무렵, 조중응趙重應과 이인직은 청강생으로 '열국정치제도'의 강의에 출석한 적이 있다. 그러한 관계로 내가 1906年初 이토伊藤통감과 같이 경성京城에 간 이래……"[134]를 운운하며 이인직과 조중응이 동학同學임을 밝혔다.

1903년에 귀국한 이인직은 1904년 러일전쟁에서 일본육군성 통역에 임명되어 제1군사령부에 배속되어 종군하였으며, 1906년에 『國民新報』의 주필을 지내고 『만세보萬歲報』의 주필을 거쳐, 『대한신문』 사장으로 된 것이 1907년이었다. 이때 그의 나이 45세였다. 그 후 중추원 부참의에 올라, 이완용의 신임을 받아 그의 비서로서 경술국치의 전초역을 맡은 비애국적 흔적을 남기고 있다. 1911년엔 경학원經學院

---

133 全光鏞,「李人稙研究」,『서울대 논문집』 6집, 1957, p.164 참조.
134 小松綠,「朝鮮合倂の裏面」(全光鏞,「李人稙 研究」,『서울대 논문집』 6집, 1957, p.169) 참조.

(성균관) 사성司成으로 취임했고 선능宣陵 참봉까지 지냈고 사성 재직 중 1916년에 사망한 것으로 되어 있다.

1910년초, 연극개량을 위한 시찰 명목으로 두 번째 도일을 하고 귀국하여 8월 4일, 남산 기슭에 있는 고마쓰 미도리의 관사를 방문하여,

> 이토伊藤 통감이 하르빈에서 조선인에게 암살당할 때, 일진회一進會에서도 제창이 있었고, 일본내에서도 유포된 합방설 등을 생각해보면, 서둘러 어떤 개혁을 일어켜야한다는 결론에 이른 것입니다. 그래서 나는 이수상李首相을 만나서, 빨리 그 거취를 정하도록 권했습니다.[135]

라는 내용의 이야기를 했다 한다. 즉 이완용李完用과 데라우치寺內 총독의 사이를, 이인직李人稙과 고마쓰 미도리가 경술국치의 예비상담을 했던 것이다.

여기서 주목되는 것은, 이인직은 일본의 개화사상만을 추종하고 신흥 일본의 침략적 근성이 노골적으로 나타난 역사적 상황에 대하여는 전혀 주의를 하지 않았다는 것이다.

이인직은 1911년 11월 7일 경학원 직원 및 각도 강사 등과 함께 동경 '다이쇼박람회大正博覽會' 참관과 명승名勝 참관의 목적으로 출장명령을 받고 일본에 간 것이 그로서는 3차 도일이다.

이인직은 일본에서 권력을 쥔 관의 엘리트 계층이 아닌 야당의 위치에서 정치소설의 기능과 신문사의 역할을 바라보고 있었던 것이다.

1906년『만세보』에 이인직의『血의 淚』가 연재되어 한국에 신문학이 성립되었다.

---

135 全光鏞, 위의 논문, p.171 참조.

이인직은 문학뿐만이 아니라, 연극·정치·언론 등의 개화 전반에 걸쳐서 계몽적으로 깊은 관심을 가지고 있었다.

김동인은 "한 개의 혜성이 나타났다. 국초菊初 이인직이었다. 황량한 조선의 벌판에 문학이라는 씨를 뿌려 놓고는 요절하였다. 혜성과 같이 나타났다가 혜성과 같이 사라졌다."[136]고 평했다.

4) 이인직의 『血의 淚』

이인직이 1906년 7월 22일부터 10월 10일까지 『만세보』에 연재하고, 1907년 3월 17일 광학서포壙學書舖에서 간행한 첫 장편 『血의 淚』[137]는 제목에서부터 일본식 어법을 택하고, 신문에 연재할 때 한자어의 음이나 뜻을 병기하는 일본식 표기법을 사용했던 것이다.[138]

『血의 淚』라는 제목은 지독한 역경을 갖은 고통을 다하여 견뎌내어 결국 행복을 붙잡는다는 뜻의 '피눈물 나는 고생을 했다'는 관용구에서 취해진 것이다. 이것은 『血의 淚』의 주인공인 김옥련이 고생 끝에 행복하게 된다는 것을 암시하고 있다.

---

136 金東仁, 「近代小說考(春園研究)」, 『東仁全集 8』, 弘字出版社, 1967, p.487.
137 『血의 淚』는, 1894년 청일전쟁의 전화가 평양일대를 덮쳤을 때, 7세의 여주인공 김옥련이 피난하는 도중에서, 부모와 뿔뿔이 헤어져서 부상을 당한다. 일본인에게 구조된 옥련은 이노우에井上라는 군의관의 주선으로 도일하게 된다. 일본에서 초등학교에 다닐 때, 이노우에가 사망한 뒤로는 이노우에 부인의 애물이 되어 자살을 하려다가 유학생 구완서를 만나서 같이 미국으로 유학한다. 워싱톤에서 공부하는 중에 극적으로 아버지 김관일을 만나게 되고, 구완서와 혼약한다. 한편 평양에서 옥련의 모친은 죽었다고 생각한 딸의 편지를 받고 꿈인지 생신지 놀랜다. 남주인공 구완서는 국가와 민족을 위하여 여러 가지 궁리를 하면서 학문을 닦고 귀국한다. 구완서·김옥련의 앞에는, 옥련의 모친이 사위로 생각하는 서일순이 나타나, 애정의 삼각관계로 전개되는 줄거리의 미완성으로 되어 있다.
138 全光鏞, 「新小說研究⑤」(「血의 淚」, 『思想界』 V432号, 1956)에 수록, p.251 참조.

(1) 타자의 주체성과 조선의 독립

『血의 淚』는 '청일전쟁'을 '일청전쟁'이라 부르는 것으로 시작되고, 일본군을 옹호하고 청나라 군사를 노골적으로 비난하는 태도로 서술되었으며 주인공 김옥련이나 약혼자 구완서의 미국유학이라든가, 그들이 주장하는 신교육·문명개화사상의 피력에 편승하는 것이라든가, 지문地文의 장면 진술을 통하여 스토리를 서술해 가는 양식이다.

ⓐ 일청전쟁의 총소리는 평양 일경이 떠나가는 듯 하더니 그 총소리가 그치매 사람의 자취는 끊어지고 산과 들에 비린 티끌뿐이라. (…중략…) 본래 평양성 중 사는 사람들이 청인의 작폐에 견디지 못하여 산골로 피란 간 사람이 많더니, 산중에서 청인 군사를 만나면 호랑이 본 것 같고 원수 만난 것 같다.[139]
ⓑ 평안도 백성은 염라대왕이 둘이라, 하나는 황천에 있고 하나는 평양 선화당에 앉았는 감사이라. (…중략…) 나라는 양반님네가 다 망하여 놓셨지요. 상놈들은 양반이 죽이면 죽었고

(『血의淚』, pp.20~27)

ⓒ 구씨의 목적은 공부를 힘써하여 귀국한 뒤에 우리 나라를 독일국같이 연방도를 삼되 일본과 만주를 한데 합하여 문명한 강국을 만들고자 하는 비사맥 같은 마음이요, 옥련이는 공부를 힘써하여 귀국한 뒤에 우리 나라 부인의 지식을   (『血의 淚』, pp.85~86)

ⓐ, ⓑ, ⓒ는 『血의 淚』(上篇)를 지탱하고 있는 기본 골격이다. 친일

---

139 이인직 『血의 淚』, 『新小說·翻案小說 1』(『한국개화기문학총서』 1, 아세아문화사, 1978, p.3) 이하 『血의 淚』의 인용은 같은 책, 쪽수만 기재함.

적인 사상, 탐관오리로 표상 되는 구정치인에 대한 혐오, 신교육 사상 등은 당시 한국적 실정을 가장 실리적인 측면에서 파악한 때문일 것이다. 작자 이인직은 40세까지도 벼슬을 하지 못하고 일본 관비유학을 다녀온 미미한 계층 출신으로 구정치인에 대한 증오와 신진세력인 일본을 청국보다 더욱 높이 평가했다. 더구나 러일전쟁 때, 일본 측 통역을 한 바 있는 이인직으로서는 무엇이 현실적이고 실리적인지를 민첩하게 파악했다 할 수 있다. 이러한 현실적인 감각을 이념의 레벨에서 '문명개화'로 표상한 것이다.

이인직은 『血의 淚』에서 지문의 서술을 통하여, 봉건적인 관료의 부패에 대해서는 지극히 비판적이고 공격적이었다.

> 평안도 백성은 염라대왕이 둘이라 하나는 황천에 있고 하나는 평양 선화당에 앉았는 감사라 황천에 있는 염라대왕은 나많고 병들어서 세상이 귀치않게 된 사람을 잡아 가거니와 평양 선화당에 있는 감사는 모성하고 재물있는 사람은 낱낱이 잡아가니 인간 염라대황으로 집집에 터주까지 겸관이 되었는지 (…중략…) 제 제물을 마음놓고 먹지 못하고 천생 타고난 제 목숨을 남에게 매어놓고 있는 우리 나라 백성들은 불쌍하다. (『血의 淚』, pp.14~15)

각 지방 관료와 양반의 탐욕과 부패상을 단죄하는 데 감정적 폭력으로서의 분노와 적의에 찬 비난으로 일관하고 있다. 관료는 완전히 윤리적 비하에 의해서 괴물화하고 있을 뿐만 아니라 관료와 양반·관속 등의 탐욕이 나라를 망치게 된 결정적인 원인이라고 보고 있다. 「血의 淚」에서 신분이 낮은 막동이의 푸념 형식으로 서술된 것에,

나라는 양반님네가 다 망하여 놓으셨지요. 상놈들은 양반이 죽이면 죽었고, 때리면 맞았고, 재물이 있으면 양반에게 빼앗기고, 계집이 예쁘면 양반에게 빼앗겼으니, 소인같은 상놈들은 제 재물 제 계집 제 목숨 하나를 위할 수가 없이 양반에게 매었으니   (『血의 淚』, p.92)

라고, 망국의 책임소재를 지배층의 잘못으로 간주하여 비난하고 종래의 봉건적 관료제에 대한 비판을 토로하고 있다.

긍정적으로 받아들여지고 있는 외국인들은 주인공을 자살이나 역경으로부터 구출하고 또 협조하는 역할을 하고 있다. 특히 일본인의 경우는 공사公使와 군의관에서부터 낭인·선원·기생에 이르기까지 모든 신분이나 계층을 불문하고 선의의 원리에 의해서 활동한다.

한편 영국인과 미국인들도 선의의 협조자로 제시되고 있다. 하지만 현격한 인종적인 차이 때문에 그 외양은 괴물로 희화화戱畵化되어 묘사되고 있다.

옥련의 키로 둘을 포개 세워도 치어다볼 듯한 키큰 부인이 얼굴에는 새그물 같은 것을 쓰고 무밑둥같이 깨끗한 어린아이를 앞세우고 지나가다가 옥련의 말하는 소리 듣고 무엇이라 대답하는지, 서생과 옥련의 귀에 바바……하는 소리같고 말하는 소리같지 아니한지라.

(『血의 淚』, p.68)

이런 묘사는 모두 주인공들이 서양인을 처음 보았을 때 받은 인상의 보편성이다.

신소설은 여성의 지위와 역할에 대해서 새로운 오리엔테이션을 제기하고 있다. 여성 해방을 위한 큰 변혁의 현상이라고 할 수 있는 것이다.

> 옥련이는 공부를 힘써하여 귀국한 뒤 우리나라 부인의 지식을 넓혀
> 서 남자에게 압제받지 말고 남자와 동등 권리를 찾게 하며 또 부인도
> 나라에 유익한 백성이 되고 사회상에 명예있는 사람이 되도록 교육할
> 마음이라.　　　　　　　　　　　　　　　　　　　　(『血의 淚』, p.88)

미국에 동행 유학한 구완서는 김옥련의 숙소로 찾아가서 옥련과
대화를 하는 장면에서 한국식과 미국식의 여성관과 결혼 제도의 차
이를 보여 주고 있다.

> 김관일은 딸의 혼인 언론을 하다가 구씨가 서양풍속으로 직접 언론
> 하자 하는 서슬에 옥련의 혼인 언약에 좌지우지할 권리가 없이 가만이
> 앉았더라.　　　　　　　　　　　　　　　　　　　　(『血의 淚』, p.85)

선택의 자유가 확보된 미국식의 결혼을 주장하자, 옥련의 아버지
인 김관일은 분명 부권의 권능이 신성화된 전통적인 관점에서 보면
두 사람의 대화가 명백한 위반 행위임에도 불구하고 아무 말도 하지
못할 만큼 무력화 돼 버린 것이다. 전통적인 윤리의 반전反轉을 의미
한다.

『血의 淚』의 구성에서 자살은 파멸의 계기가 아니고, 운명적인 반
전의 의미를 갖고 있다. 구조자는 대개 선의의 협조자다. 동기를 유발
시킨 사람들이 폭력적이고 악의적인 사람들임에 비해서 협조자는 궁
지를 해결해 주는 미덕을 가진 사람들이다. 『血의 淚』에서의 옥련의
구조자인 구완서는 옥련을 데리고 미국에 유학을 갈 뿐 아니라 이산

가족을 결합시키는 역할을 한다. 여주인공 옥련의 고아의식과 함께 당시의 급진개화파의 성향이 어떠했는가를 상징한 것이라 하겠다. 아울러 한국인이 낳고 일본인이 살리고 길러준 옥련의 무국적성無國籍性도 나타나 있다.[140]

현실도피의 수단으로 설정된 자살은 거의가 미수로, 나아가 제삼자의 구원에 의해 전화위복으로 반전되는 장치로 응용 되었다.

『血의 淚』에서는 최씨 부인 ↔ 고장팔, 옥련 ↔ 구완서라는 자살자와 구조자救援者의 관계가 이루어진다.

『血의 淚』에서 제기되고 있는 조혼반대와 연애결혼은, 그 당대의 사회적 문제로서 의미를 지니고 있다. 인습으로 굳어진 사회에서 새로운 가치관에 의하여 그 부당성이나 단점을 시정·개량한다는 계몽·교화에 그 목적이 있다.

> 사람들이 조혼하는 것이 옳은 일이 아니라 나는 언제든지 공부하여 학문지식이 넉넉한 후에 아내도 학문있는 사람을 구하여 장가들겠다. 학문도 없고 지식도 없고 입에서 젖내가 모랑모랑나는 것을 장가들이면 짐승의 자웅같이 아무것도 모르고 음양배합의 낙만 알 것이라.
>
> (『血의 淚』, p.72)

> 우리가 입으로 조선말을 하더라도 마음에는 서양 문명한 풍속이 젖었으니, 우리는 혼인을 하여도 서양사람과 같이 부모의 명령을 좇을 것이 아니라, 우리가 서로 부부될 마음이 있으면 서로 직접하여 말하는 것이 옳은 일이라.
>
> (『血의 淚』, p.84)

---

140 김춘섭, 「개화기의 소설인식 태도」, 『용봉논총』, 전남대학교, 1982, p.232.

거의 모든 작가들이 '개화운동'이라는 동일한 기치 아래에서 동일한 구호를 외쳤다는 것은 그 작품들이 개성을 찾지 못하고 있다는 증거가 된다. 문학작품이 개성을 지닌다는 것은 바꿔 말하자면 그 개개의 작품이 딴 어느 것과도 교환될 수 없는 유일무이한 독창적인 가치를 지닌다는 것을 의미한다.

이인직의 『血의 涙』는 청국과 일본의 청일전쟁에 제삼자적 입장인 한국인이 부상을 당해, 일본인 군의관 이노우에井上의 구조를 받아 일본에 보내어져 신학문을 익히는 과정을 묘사하였다. 아울러 이노우에 군의관이 죽자, 이노우에 부인의 재혼으로 인해 의지할 곳이 없어진 여주인공은 자살을 기도하였으나 구완서의 등장으로 구조되어 미국으로 건너가 신분상승을 하게 된다. 이렇게 타자로서 청일전쟁에 개입하고 그가 다시 다른 타자에게 구원되는 모드를 설정하여 주체성을 상실한 것은 국제사회에서 독립적 지위를 확보하지 못한 조선의 실정을 표상하는 듯하다.

(2) 신新·구舊, 선善·악惡의 대립

『血의 涙』의 근대적 성격 중에서 가장 특색 있는 것은 주제의식이었다.[141]

> 땅도 조선 땅이요 사람도 조선 사람이라. 새우 싸움에 고래등 터지듯이 우리 나라 사람들이 남의 나라 싸움에 이렇게 잔혹한 일을 당하는가. (『血의 涙』, p.14)

---

141 宋敏鎬, 「菊初李人稙의 新小說研究」, 『高大文理論集』 5輯, 1962, p.34 참조

라는 지문에서, 상황인식의 근저에는 이인직의 외세에 대한 반발이 숨겨져 있다.

『血의 淚』에서, 구사상의 소유자인 옥련 어머니와 신사상의 소유자인 구완서·옥련·서일순의 대립으로, 신구세대의 갈등을 도식화하면 다음과 같다.

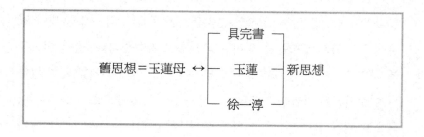

'정직'하고 '진보적'인 신사상인 구완서와 '속물'이고 '타협적'인 신사상인 서일순 사이에 사랑과 효도의 양자택일을 해야 하는 옥련이 개재되어 있다. 이 구도는,

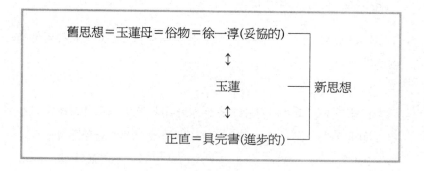

으로 정리할 수 있고, 다시 위의 두 개의 도식을 하나로, 즉 「血의 淚」

의 신구대립은,

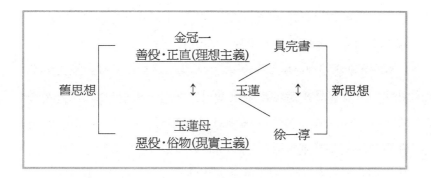

이는 『우키구모』에서의 善・惡, 新・舊 사상 대립의 구성과 유사하다고 할 수 있다.

5) 『浮雲』・『血의 淚』의 대조 분석

ⓐ 작자의 생애

후타바테이 시메이는 일본의 장래를 위하여 천하국가를 위한다는 무사武士적 사고에서 학문의 길을 택하고, 이인직은 한국 개화의 수단을 찾으려고 일본에 유학을 했다.

후타바테이 시메이는 일본의 가상적국으로서 러시아어과에 입학하여 정치・경제・사회 등에 관심을 가졌으며 실제 활동에서도 그런 분야에 관계를 맺었고, 이인직은 정치개혁을 위하여 정치학을 공부한 다음 신문사에 수습기자로 유학을 하다 귀국한 뒤에 정치계에서 활약했다.

국가를 위한다는 생각으로 후타바테이 시메이는 러시아로, 이인직은 일본으로 건너갔다. 이것은 두 사람 공히 외교가적 나아가서는 경세가적 지사기질의 소유자임을 시사하고 있다.

후타바테이 시메이는, 러시아어를 배우는 과정에 자신도 모르는 사이에 러시아 문학에 흥미를 갖게 되었고 이인직은 일본에서의 생활을 통하여 서양주의와 근대문학에 눈을 떴다고 할 수 있다. 이로서 두 사람 공히 처음부터 문학애호가로서가 아니라, 생활환경과 경세가적 지사기질로 인해 문학에 경사하게 되었다는 공통점을 들 수 있다.

후타바테이 시메이와 이인직의 작가배경을 비교하면 〈표 4〉와 같이 정리할 수 있다.

〈표 4〉 후타바테이 시메이와 이인직의 생애

| 후타바테이 시메이 | | 서력 | | 이인직 |
활동 내용	연령		연령	활동 내용
		1862	출생	
	출생	1864		↑
도쿄외국어학교 러시아어과	17	1881		
쓰보우치 쇼요 방문 「小說總論」 발표	22	1886		
『浮雲』 一篇 발표	23	1887		미
『浮雲』 二篇 발표	24	1888		
『浮雲』 三篇 발표 내각 관보국 번역원	25	1889		상
육군대학 교수	34	1898		1894~1895 〈청일전쟁〉
도쿄외국어대학 교수	35	1899		
		1900		↓
1차 러시아행(시장조사)	38	1902	40	1차 도일, 도쿄정치학교 →도都 신문 견습

		1903.2.	41	소환 귀국
〈러일전쟁〉		1904	42	육군성 통역 종군
		1906	44	『국민신보』『만세보』의 주필, 『血의淚』를 『만세보』에 게재
		1907	45	『대한신문』 사장, 『血의淚』 단행 본 발행(광학서포)
2차 러시아행(아사히 특파원)	44	1908		
귀국중 벵골 만에서 사망	45	1909		
		1910	48	2차 도일, 연극개량 운동
		1911	49	경학원 사성經學院司成
		1913	51	『血의淚』 下편 『모란봉』 발표
		1914	52	3차 도일, 다이쇼박람회 참관
		1916	54	총독부 의원에서 사망

ⓑ『우키구모』와 『血의 淚』의 構成

구성면에서의 공통점은,

① 제목이 작자의 사상을 표출하고 있다.
② 주인공이 당시로서는 드물게 여자로 되어 있다.
③ 주인공을 비롯한 중요한 등장인물의 대부분이 평범한 사람들
   이다.
④ 애정의 구성형태가 남 2 : 여 1의 삼각관계로 되어 있다.
⑤ 여주인공의 어머니가 두 연인 사이에서, 제삼의 남자를 권하고
   있다.
⑥ 작자 자신이 남주인공으로 투영되어 있다.
⑦ 결말이 준비되었으면서 중단되어 미완으로 끝난다.
⑧ 작가가 국익을 위하여 학문을 시작했으나, 수학 과정의 환경적
   영향으로 문학을 했다.

⑨ 경세가적 기질로 정치에 깊은 관심을 가지고 있었고, 관료로 근
무한 적이 있다.

는 점을 들 수 있다. 여기에 언문일치의 시도에 성공했다는 문장 구
성상의 공통점도 찾을 수 있다. 작품의 구성을 도표화하면 〈표 5〉처
럼 요약할 수 있다.

〈표 5〉『浮雲』와『血의 淚』의 구성

區分作品	『浮雲』	『血의 淚』	共通·差異点
題目意味	뜬구름, 위험, 덧없음	고생, 역경	思想의 表出
주인공	園田勢子(お勢)	金玉蓮(玉蓮)	女(당시로는 획기적)
주요 등장인물	①お勢 ②園田孫兵衛 ③お政 ④內海文三 ⑤本田昇 등	①玉蓮 ②金冠一 ③玉蓮母 ④具完書 ⑤徐一淳 등	평범한 인물들이, 西歐主義와 日本·美國을 무대로 활동.
애정의 삼각구도 형태	お勢 ↕ お政 ↙ ↘ 內海文三 本田昇	玉蓮 ↕ 玉蓮 母 ↙ ↘ 具完書 徐一淳	愛情의 三角關係 女主人公의 어머니가 중간 조정역을 자임함
작자	內海文三에 投影되었음	具完書에 投影 되었음	男主人公으로 投影
완결상태	未完	未完	未完
舞臺	日本	한국→일본→미국	①無批判的西歐化主判 ②세계진출↔超人 代替

그러나『우키구모』의 무대는 일본으로 한정되어 있으나,『血의 淚』
의 무대배경은 한국·일본·미국으로 확대된 상이점이 있다. 이것은
『우키구모』가 발표된 1887년, 메이지유신으로부터 20년간의 개화기
간을 거쳐 외래사조 비판이 대두될 여건이 어느 정도 성숙된 시기였
는데,『血의 淚』가 발표된 1906년은 갑오개혁으로부터 12년간의 개화

기간을 가졌다 해도 서구주의의 계몽단계에 있었기 때문에 문명을 비판할 요건이 성숙되지 못했음을 시사하고 있다.

ⓒ『우키구모』와『血의 淚』에 나타난 주제를 〈표 6〉과 같이 분석·정리할 수 있다.

〈표 6〉『浮雲』와『血의 淚』의 주제　　　　　(작품의 주제로 된 것은 'O'로 표시)

작품	자주정신	반관료주의	신학문의 섭취	풍속개량	신구대립	과부재혼	조혼폐지
浮雲	작자 전공	O	O		O	미망인 재혼	
血의淚	O	O	O	O	O		O

여기에 후타바테이 시메이와 이인직이 각각 일본과 한국에서 리얼리즘 소설의 선구적 역할[142]을 하여 높게 평가받고 있는 것도 동일하다. 이와 같이『우키구모』와『血의 淚』가 공통된 주제로서,

① 후타바테이 시메이는 국권신장을 위하여 동경외국어학교 러시아어과에 입학하고, 이인직은『血의 淚』에서 혼돈→자아의 각성·자주정신의 고취에 의한 국권신장을 주장하고 있다.
② 관료제에 대한 비판→반관료주의
③ 신학문의 섭취→서구주의
④ 풍속개량→미신타파·자유결혼
⑤ 애정의 삼각관계→신구사상의 대립

등으로 요약할 수 있다.

---

142 福田淸人·小倉修三,『二葉亭四迷』, 淸水書院, 1980, p.127 및 김동인,「韓國近代小說考」,『東仁全集 8』, 弘字出版社, 1967, p.587 참고.

ⓓ『우키구모』와『血의 淚』에서 유사하면서도 내용상의 성격에서
상이점은 다음과 같이 요약할 수 있다.

① 자주정신의 측면에서, 후타바테이 시메이는 그것의 각성으로부
   터 러시아어과에 입학하여 그곳에서 문학적 영향을 받아『우키
   구모』를 썼고, 이인직은『血의 淚』에서 혼돈으로부터 국가권력
   을 키우기 위해 자주의식이 강하게 고취되고 있다.

② 관료제에 대한 비판으로『우키구모』에서는 작중인물이 관리로
   등장하여 실제적으로 문제를 다룬 데 비해,『血의 淚』에서는 특
   정 상황이 작중인물 한 사람의 계몽연설조의 대사를 통해 서술되
   었다.

③ 학문이라는 것이 서구주의를 의미하는 것은 동일한데,『우키구
   모』에서는 그 장단점을 비평하고 있는데 대하여,『血의 淚』에서
   는 그것을 비판 없이 고취·계몽하고 있다.

④ 풍속개량의 측면에서,『우키구모』에서는 남녀평등·자유결혼의
   사조의 양상을 비판하고 있는데,『血의 淚』에서는 이것들을 일
   방적으로 고취하고 있다.

⑤ 신구사상의 대립도,『우키구모』에서는 남자가 '학문'이냐 '입신출
   세'냐로 新·舊, 善·惡이 대립하고 있는데,『血의 淚』에서는 여자
   가 남자에 대한 은혜냐 남자의 덕을 볼것이냐로 新·舊, 善·惡이
   대립하고 있다.

⑥ 과부의 재혼문제에 대하여, 후타바테이 시메이는「未亡人과 人
   道問題」에서, 이인직은『血의 淚』에서 거의 비슷한 시기에 '천하
   의 과부는 재혼하여야 한다'고 주장하고 있다.

⑦ 조혼폐지를 주장한 것은 이인직뿐인데, 이것은 이인직이 당시의
   한국이 미개한 원인을 잘 파악한 까닭이라 할 수 있겠다.

『우키구모』에서는 대개 여주인공 오세이의 언행을 통하여 일본 문명의 이면을 신구사상의 충돌·타협에 의해 파악하고 관료비판과 무비판적으로 수용된 서구주의를 포함한 문명에 대한 비평을 구현하려 했다는 것을 알 수 있는데, 이인직은『血의 淚』에서 남녀교제를 포함한 신사상·서구주의를 일반적으로 구완서를 통하여, 교화적 연설조로 주장하고 있다. 이 점이『우키구모』는 일본근대문학사에서 최초의 근대소설로 치는 이유인데 반하여,『血의 淚』는 한 단계 뒤쳐진 이유이기도 하다. 이를 도표화하면〈표 7〉과 같다.

〈표 7〉 작품 주제의 내용적 차이점

주제/작품	浮雲	血의 淚
자주정신	작자 스스로가 자주정신에 입각하여 러시아어과에 진학	국권신장을 위하여 자주 정신 고취
반관료주의	직장에서 분조·과장·혼다 사이에 야기되어, 관료주의 비판	망국의 책임을 관리에 두는 구완서의 연설조 대사.
학문의 섭취	서구주의의 장단점과 수용태도의 문제점을 비판.	서구주의를 무비판적으로 고취하는 수용태도
풍속개량	남녀평등·자유결혼 사조의 양상을 비판하고 있다.	남녀평등·자유결혼 등을 계몽적으로 대립
신구사상의 대립	남자는 학문이냐 입신출세냐로 신구, 선악 대립	여자는 남자에 대한 은혜냐 덕을 볼 것이냐로 신구, 선악 대립
과부재혼	1906년 10월「未亡人と人道問題」에서 재혼을 주장.	일본인 전쟁미망인을 예로 들어 재혼을 주장.
조혼폐지		당시 한국에서의 미개 원인의 하나로 남존.
대체적인 화자	오세이	구완서

이상과 같이, 두 작품의 주제가 많은 공통점을 가지고 있고 구성과 문장표현, 작가적 배경 등에서도 많은 유사점을 가지고 있다.

6) 지식인과 문학

한일 근대문학에서, 지식인의 내부모순의 문제는 먼저 이상과 현실의 모순으로 나타났다. 그것은 사회와 개인, 사회와 자연의 문제로서 지식인 내부 의식의 모순, 그 분열과 이중성의 문제로 전개되어 이성과 감성, '두뇌'와 '심장'의 모순 상극이 추구되었다. '자연인'으로 살아갈 것인가? '사회인'으로 살아갈 것인가? 이는 한일 근대문학에 새로운 문제를 제기했던 것이다. 단지 '사회'와 '자기' 사이의 대립모순이 아닌, 자기내부의 모순이 주제로 된 것이다. '사회인'이고자 하는 자신이, 한 사람의 인간 내부에 동시에 존재한다.

심장이 추구하는 것을 두뇌가 거부하고, 두뇌가 추구하는 것을 심장이 거부한다. 전통적 사고와 서구화에 의한 충격의 조화·상충의 부조화속에서 '新人間'을 발견한 근대작가들은, '심장heart'과 '두뇌head'가 모순상극하여, 행동 불가능이 되어 엉거주춤하는 지식인의 모습을 창조했다.

이인직이 문학적 영향을 많이 받았다고 일컬어지는 1차 도일이 1902년이며, 『血의 涙』가 1906년에 발표된 것, 당시의 시대적 배경과 공히 리얼리즘 소설의 선구적 역할을 한 점 등을 고려하면, '이인직의 천성＋성장환경에 의한 기질＋일본 유학 중의 개화사상＋α→『血의 涙』의 주제'를 추출할 수 있을 것이다.

위의 'α'라는 미지수는 한국의 전통사상·일본 유학 중에 습득한 각종의 계몽사상 등이 있겠지만 본인 기록에 의하지 않았기 때문에 확실치 않다.

여기서 비교했던 것은, 『血의 涙』가 『우키구모』로부터의 영향관계의 유무가 아니라 후타바테이 시메이와 이인직이 각각 일본과 한국의 문명개화기라는 상황을 통과하면서 '개인'·'국가'의 차이에 의해 어떠한 양상으로 나타날 수 있는가를 구명함에 있다.

후타바테이 시메이가 동경외국어학교에서 러시아 문학을 접하면서 획득한 문학적 소양을 『우키구모』에서 '일본 문명의 이면'의 비판으로 재생산하여 일본 최초의 근대소설로서 자리매김했다.

지식인의 역할은 정보 처리와 운반에 있다. 지식인의 본령은 정보의 처리에 있고 그렇기 때문에 지식인들은 사회적으로 대우받고, 정보의 운반은 그들에게 있어서 오히려 부차적인 역할에 지나지 않는다. 그런데 일본의 근대 지식인은 정보 처리에 극히 약했고, 처리했다 해도 대개는 단순한 처리였다. 현실을 보는 데 대단히 자의적인 추상화 경향이 있었고 현실인식에서 방법론적 반성이 부족했다. 그럼에도 불구하고 지식인의 언설言說은 일반인에게는 이해할 수 없었기에 더욱 귀중히 여겨지는 성향이 있었다.

일본의 후타바테이 시메이는 『우키구모』에서 신사상·선역의 주인공인 서생 분조가 이층의 하숙방에서 기숙한다. 하숙집 여주인 오마사가 딸 오세이와 결혼시키려는 은밀하게 계획하였으나 분조의 면직과 동시에 그 계획은 취소되었고, 이로써 준가족에서 하숙인으로 급락한 분조가 오세이와의 사랑문제로 고뇌함에 따라서 점점 어두워져가는 이층 다락방 공간을 묘사했다.

신소설에는 근대적으로 각성한 새로운 인간형들이 등장한다. 이는 '근대적 자아 각성'→'개성 발견'으로, 새로운 인간형들을 등장시킨 최초의 작품들이었다. 그런데 신소설에 나타나는 그러한 '자아의 인식' 또는 '개성의 발견'은 그 모든 작품들의 '문학적인 개성'을 의미하는 것은 결코 아니었다. '문학적인 개성'이란 모든 작품들이 서로 달리하고 있는 고유한 성격을 의미한다. 작품이 그와 같은 개성을 지니려면 그 스타일에서만이 아니라 주제면에서 개성이 나타나야 한다. 그런데 신소설은 그러한 개성을 거의 지니지 못했다. '개성에 눈뜨는 인간'들이 나타나기는 하지만 대부분의 작품들이 모두 유사한 주제를 가지고 사건만을 달리함에 지나지 않았던 것이다.

한국의 이인직은 『血의 淚』에서 신사상·선역의 주인공이며 전쟁고아인 옥련이 위기 탈출을 위한 자살에서 두 번이나 구원자를 만나서 신분 상승의 계기가 되었는데, 구원자와 사랑의 전개양상이 대단히 인위적·타율적·가공적으로 처리되었다.

두 작품이 남녀관계의 새로운 전개양상으로 신인간형 타자와 기생인寄生人의 사랑을 발견한 공통점이 있는데, 타자로서 기생인간寄生人間의 정체성에 대한 인식의 유무가 문제로 남는다.

후타바테이 시메이가 동경외국어학교에서 러시아 문학을 접하면서 획득한 문학적 소양을 『우키구모』에서 '일본 문명의 이면裏面 비판'으로 재생산하여 일본 최초의 근대소설로 위치했다.

이인직은 성장과정과 일본유학 중에 터득한 개화의지를 『血의 淚』에 삽입하여 '한국의 개화를 위한 계몽'을 암유적이 아니고 직설적으로 설파했다. 정치학을 전공하고 수습신문기자를 경험한 이인직의 문학적 한계라 할 수 있겠다.

이것은 시대적·작가적 배경 등이 초래한 주제·구성·신구사상의 대립·선악의 대립 등의 유사점에도 불구하고, 일본과 한국의 사회적 성숙도와 환경여건 등이 초래한 필연적인 문학적 상이점이라고도 할 수 있겠다.

4. 전쟁과 여성의 발견

메이지 천황의 정부가 당시의 조선이나 중국을 침략하여 '천황의 위엄을 해외에 떨치는' 방향으로 바뀌었을 때, 일본국내에서는 군국주의를 강화하여 군부의 정치적 입장과 군비확충이 더욱 강화되기 시작했다.[143]

조선을 제압하기 위하여, 메이지 정부는 청국과의 일전을 계획하게 된다. 조선제패의 야망은 조선의 관·민의 반일운동을 격화시켜 조선의 정치적 불안정을 조장하였다. 여기에 청국의 관여가 심화되자, 메이지 정부는 이에 대응하여 더욱 군사력을 강화하였다.

이러한 메이지 정부의 전제와 침략에 대항한 것이 자유민권운동이다. 이 운동은, 도쿠가와德川막부와 다이묘大名(에도시대의 지방영주)의 지배를 타도하고 일본의 근대적 통일을 실현하는데 근본적인 힘이 된, 일본국민의 반봉건 투쟁이 천황정부의 전제지배에 도전한 싸움이었다.[144]

청일전쟁[145] 이후 일본사회는 자본주의의 진행에 따라 발생한 사회

---

143 강화도사건 직후에 정해진 육군 직제 및 사무 관장에서는, 군부대신은 반드시 군인이 아니면 안되는 것이 명기되고, 더욱이 宣戰 出帥 및 지방 계엄의 명령을 내리는 일"을 육군대신이 천황에게 "주청하여 제가를 얻어 시행할 수 있"게 하는 등, 군부 즉 육군의 국가 지배기구내에서의 결정적인 우월적 지위가 확립되었다. 1878년 12월 참모본부 조례에 따르면, 참모본부는 천황 직속으로 용병·작전 등을 관리하는, 太政官(뒤의 內閣)에 버금가는 기구가 되었고, 그만큼 군부의 지위는 강력해졌다. 초대 참모본부장인 야마가타 아리토모山縣有朋는, 1880年 11月 〈隣邦兵備略〉을 써서 천황에 주상, 청국의 병력에 대항하기 위해 군비확장을 서두를 것을 주장했다. 中塚 明, 『近代日本と朝鮮』(新版)(三省堂選書 4), 東京: 三省堂, 1984, p.35 참조.

144 中塚 明, 『近代日本と朝鮮』(新版)(三省堂選書 4), 三省堂, 1984, p.60.

145 청일전쟁은 침략전이었다. 조선을 가운데 두고, 청국·러시아·일본 그리고 뒤편에 미국(가쓰라·태프트 밀약) 등의 나라들이 치르는 쟁탈전쟁이었다. 1910년에 현실화된 한일합방에 이르기까지의 과정을 보아도 일본의 방어전쟁이었다고는 할 수 없고 제국주의 경제가 지상명령으로 요구한 팽창정책, 침략전쟁으로밖에 볼 수 없다.

적 모순과 빈곤의 문제가 '사회문제'로 대두되고, 이에 대한 사회적 관심이 점차 고조되면서 문제 해결을 위해 '사회정책', '사회개량' 같은 새로운 접근이 시도된다.

『곤지키야샤金色夜叉』가 연재된 시기가 '청일전쟁' 직후부터 '러일전쟁' 직전의 사이라는 점에 주목해야 한다. 일본 제국주의 형성에 획을 그은 청일전쟁 이후 일본 자본주의는 비상한 상승기를 맞이한다. 그러나 이와 같은 상승이 일본 민중의 고통 위에서 이루어졌기 때문에 자유민권운동 이후 퇴조했던 민중운동의 고조를 초래했고 그것은 1901년 사회민주당의 탄생으로 귀결되었다. 제국주의 전쟁으로 평가되는 러일전쟁은 이와 같은 내부모순의 격화를 해결하려 한 일본 정부의 일대 도박이었다.

1900년대 일본의 사회소설로서 전통적인 관념과 인간성의 상충 즉, '전쟁·결핵·가족제도'의 틈바구니에서 '여성'을 묘사한 『호토토기스不如歸』[146]와, 1910년대 제국주의적 러일전쟁의 와중에 한국에서 번안되어 유사서구화類似西歐化를 묘사한 『두견성杜鵑聲』[147]을 '전쟁과 여성의 발견'을 주제로 비교하겠다. 아울러 이를 보다 선명히 하기 위해 '청일전쟁과 일본의 『곤지키야샤』'와 '러일전쟁과 한국의 『장한몽長恨夢』'에서 '전쟁과 위안문학'을 함께 살펴보기로 한다.

---

146 德富蘆花, 『不如歸』(1900)(『北村透谷·德富蘆花集』, 『日本近代文學大系』9, 角川書店, 1972)
147 鮮宇日, 『杜鵑聲』(1912~3)(『新小說·翻案小說 7』, 『韓國開化期文學叢書』1, 亞細亞文化社, 1978)

1) 청일전쟁과 일본의 『金色夜叉』

청일전쟁 이후 일본 경제의 변모는 산업혁명의 추진과 자본주의의
확립으로 요약된다. 특히 일본 산업의 중심을 이루었던 방적업을 비
롯하여 철도·제철 및 기계공업 등이 눈부신 발전을 이루었다. 그러나
공업화의 진전은 대량의 노동자를 낳고, 대자본의 형성은 빈부의 차
를 벌려 놓아 사람들의 위화감을 고조시켰다.

청일전쟁의 결과로 주목된 것은 청국의 약체화라는 사실이 유감없
이 폭로됐다 해도 좋을 것이다. 1896~1898년간에는 열강에 의한 중
국 탈취가 시작됐다. 러시아는 1896년에 '동청철도東淸鐵道' 부설권의
획득과, 일본을 가상적국으로 하는 〈청러밀약淸露密約〉에 이어 1897년
에는 함대로 '뤼순 항旅順港'을 점거하였고, 1898년 3월에는 '창춘長春~
뤼순旅順'간의 철도 부설권을 포함하여 요동반도의 장기조차권까지
거머쥐었다.

청일전쟁을 계기로 일본의 자본주의는 비약적으로 발전했다. 전쟁
에 의한 이익과 전승에 의한 거액의 배상금의 유입, 대만의 식민지
지배와 중국에의 불평등 조약에 의한 광대한 신시장 확보, 전후 군비
확장 등에 의해 거대한 정상자본政商資本을 선두로 하여 근대산업이
확립돼 간다.[148]

전후 1897~1898년에는 경제공황이 일어났다. 자본주의의 생산력
향상에도 불구하고 여전히 좁기만 한 국내시장의 한계는 생산력이

---

148 大政商 자본의 막대한 이익에 비하여, 농민과 노동자의 생활은 개선되지 않았다. 청
　　일전쟁 전비의 대부분은 근로인민의 부담으로, 전후, 1896년과 1899년의 2회에 걸친
　　세금 증가만으로도 청일전쟁전의 1년분의 조세수입에 필적할 정도로 거액이었다.
　　청일전쟁후의 물가 상승이 가중되어 인민의 생활을 압박했다.

높아지면 높아질수록 해외시장에 욕망을 불러일으켰다. 메이지 정부가 성립 이후 품고 있던 침략욕에 자본주의 본래의 침략욕이 더해져, 일본의 대외침략 충동은 더욱 강해진 것이다. 그러나 일본 자본주의의 경제력은 구미 여러 나라의 경제력에 비하여 훨씬 약하고, 〈시모노세키下關조약〉에 의해 청국에서 받은 특권도 오로지 영국을 비롯한 자본주의 국가에 의해 이용되어 자본력이 약한 일본 상인은 큰 힘을 쓰지 못했다.

1902년 〈영일동맹英日同盟〉[149]이 체결되자, 일본은 제국주의 열강의 한 축으로서의 지위를 공고히 하는 한편, 아시아에서 반제국주의운동(민족독립운동)을 압박하는 첨병으로서의 지위를 내세워 이웃 나라의 침략의 길을 열게 된다. '극동의 헌병'이란 천황제 아래에서 일본이 이와 같은 국제적 지위에 서는 것을 단적으로 나타낸 말이며, 노기 마레스케乃木希典[150]가 청일전쟁이 한창이던 1895년 1월에 중국 동북지방에서 읊은 시 또한 이를 잘 드러내고 있다.

新生の、年立かえる、
大空に、朝日まばゆく、
さしのぼる光ぞ皇の、
稜威いつなる。

---

149 1902년 2월, 일본은 제정러시아와 대결하려고, 미국의 중개 아래 영일동맹을 맺는다. 조선과 만주를 둘러싼 노일간의 대립은 일본을 자극하여, 일본은 군비확대에 박차를 가하였다. 미국과 영국의 재정적·군사적 원조를 받은 일본은, 7억 7천만 엔을 사용하여 신예 함정을 수많이 건조했을 뿐만 아니라 1천여 문의 대포를 가진 강력한 육군을 편성하여, 1903년의 여름에는 제정러시아와의 전쟁준비를 거의 완료하고 있던 것이다.
150 청일전쟁 때에 일본군을 지휘했던 노기 마레스케乃木希典(1849~1912) 장군은 러일전쟁 때도 여단旅團의 사령관으로 전쟁의 지휘를 했던 사람이다. 메이지 천황 서거에 따라 처 시즈코靜子와 함께 순사殉死했다.

唐土人も高麗人も、

大和心の萌え出でて

我が日の本の、民草と、

同じ恵みの、露に逢らん。

"천황의 위광은 신년의 넓은 하늘에 빛나는 아침의 태양과 같다. 중국인도 조선인도 드디어 일본정신을 함양하게 되어, 일본 천황의 보호아래서 일본인과 같은 천황의 총애를 받게 될 것이다"라는 뜻의 이 시는 제국주의적인 감정을 그대로 적나라하게 표현하고 있다. 훗날 일본은 이 노래에서 말한 바를 조선에서 실현했던 것이다.

1903년 4월 23일 일본 정부 수뇌부는,

① 러시아가 만주에서 철병하지 않은 것에 대해 엄중 항의한다.

② 만주문제를 기회로 조선문제의 해결을 기한다.

③ 조선에서 일본의 우월권을 러시아에게 인정시킨다.

④ 만주에서 러시아의 우월권을 일본이 인정한다.[151]

는 4항목을 당면의 대러시아 교섭의 방침으로 결정하고 일본이 조선을 지배하면 남만주의 측면을 치게 되므로 러시아는 일본의 요구를 들어주지 않을 것을 예견하고 대러시아 전쟁의 구체적인 계획을 세운 것이다.

1904년 2월 8일, 일본군의 러시아 함대 공격에 의해 '러일전쟁'이 시작됐다.

러일전쟁은 조선朝鮮·중국 동북中國東北(만주滿州)의 지배를 둘러싸

---

151 中塚 明,『近代日本と朝鮮』(『三省當選書』 4), 三省堂, 1984, p.59.

고 러시아·일본 양국이 치르는 제국주의 전쟁이었다. 일본 측에서는 청일전쟁 후의 자본주의 발달로 조선·만주 시장의 독점적 지배라는 경제적 욕구가 강하게 작용했기 때문에 러일전쟁을 치렀지만 조선을 군사·정치면에서 지배하려 한 메이지 정부의 야망은, 이 전쟁에서도 최대 목적의 하나였다.

조선정부가 1904년 1월 21일부로 러일전쟁에 중립을 선언함에도 불구하고, 일본 정부는 대러시아 선전포고의 2주후인 1904년 2월 23일, 조선정부에 〈한일의정서〉를 강요하여 조인시켰다. 이로써 일본 정부는 사실상 조선을 '보호국'화—식민지화하는 길을 크게 넓힌 것이다. 그 후 1904년 8월의 제1회 한일협약에 의한 고문정치의 실현과 1905년 11월의 〈을사늑약〉 등 일본에 의한 조선의 식민지화는 빠른 속도로 진행된다.

『곤지키야샤金色夜叉』와 같은 일본의 대중문학은 이러한 청일·러일전쟁을 치르는 과정에서 대두한다. 이것은 메이지·다이쇼시대의 일본이 반봉건적 사회라는 점을 반영하는 한편 극도로 억압적인 천황제 군국주의 아래 희망을 잃은 민중의 피로가 값싼 위안의 문학을 요구했음을 의미한다. 전통 문학의 자연스런 발전이 아니라, 서양문학을 모델로 만들어진 일본 근대문학은 국민문학 또는 민족문학으로서 국민 대중 속에 미처 뿌리내리기 전에 내외 여건의 악화로 일찍이 문단문학文壇文學이라는 좁은 세계로 퇴각함으로써 문학 속에서 삶의 문제에 대한 일정한 답을 구하는 독자대중의 요구를 충족시키지 못했던 것이다. 순문학 작가의 일종의 직무유기가 대중문학의 유행을 스스로 초래한 셈이다.[152] 이렇게 보면 봉건적 이데올로기를 약간의 변

152 桑原武夫, 『文學入門』, 岩波書店, 1950, pp.84~89 참조.

형을 통해서 생산하고 있는『곤지키야샤』는 그 예술주의적 외관에도 불구하고 근본적으로 1920년대 이후 유행한 일본 대중문학과 상통한 다고 말할 수 있다.

오자키 고요의 황금만능의 배금주의拜金主義 세태를 묘사한『곤지 키야샤』는 1897년 1월 1일『讀賣新聞』에 연재되어 35세로(1903) 오자 키 고요가 죽을 때까지 단속적으로 게재되었다.『金色夜叉』는 미완인 채로 끝나고, 후편은 제자들에 의해 가필·출판되었다.

'金色夜叉'란 고리대금업자로서, 고리대금업자는 메이지기의 소설 에 자주 등장하는 직업이다.『곤지키야샤』의 광고문에는 고리대금업 자는 "사람의 피를 빨고, 사람의 뼈를 씹는……대악마"[153]라고 쓰여 있다. 그러나 금전욕은 고리대금업자 혼자만의 것은 아니다. 주인공 하자마 간이치間貫—도 도중에 일변하여 금전욕, 물욕의 화신이 된다. 그 계기가 되는 것은 고리대금업자인 도미야마 다다쓰구富山唯繼[154]의 금력에 유혹된 오미야鴨澤お宮가 약혼자인 간이치를 배반한 행위 때문 이다. 오미야의 배신에 화난 간이치는 학업을 내던지고 스스로 금력 의 노예가 되어 고리대금업자의 앞잡이로 변한다.

『곤지키야샤』가 일세를 풍미한 것은 오자키 고요의 인물창조의 기 묘함이나 구성의 기묘함보다는 멜로드라마틱한 장면의 훌륭한 연출 에 있었다. 소설은 연재 중에 신파新派로 무대에 올려져 대성공을 거 두었다. 그중에서도 오미야에게 배신당한 간이치가 매달리는 오미야

---

153 本間久雄,『續明治文學史』上卷, 東京堂, 1955, p.37.
154 메이지시대 소설에 많은 예로서, 등장인물의 인명이 각각 작품 속에서의 캐릭터 또 는 역할을 상징하는 특색을 나타내는 경우가 많다. 富山의 경우는, 부모로부터 물려 받은 '山같은 富'이고, 貫—은 '裸體 一貫'의 뜻을 가진 이름이다. 貫—이 대리가 된 고리대금업자의 이름은 鰐淵.

를 꾸짖으며 탁 차버리는 아타미熱海 해안의 장면은 소설을 읽는 사람, 신파를 본 사람의 마음에 강한 인상을 남겼다. 오자키 고요의 작가적 재능, 때맞추어 발휘되는 인물·장면 묘사의 묘는 결코 무시할 수 없다.

『곤지키야샤』를 통해 오자키 고요는 교환가치에 지배되는 자본주의 사회에서 인간관계의 파탄을 비판하고 있다. 그러나 비판의 관점은 지극히 상식적이다. 물질적 가치에 대항할 수 있는 길은 사랑의 힘이라는 것이다. 그리하여 작가는 사랑을 버린 오미야의 불행한 결혼생활을 보여주고, 극도로 타락한 간이치를 사랑의 힘으로 회생시킨다.

도미야마 다다쓰구의 유혹을 물리치고 애인 사야마 모토스케狹山元輔(『長恨夢』의 崔元甫)와 정사情死를 결행하려는 기생 아이코愛子(『長恨夢』의 玉香) 앞에서 주인공은 감동의 눈물을 흘리며 다음과 같이 말한다.

> 아아……감동했습니다! 실로 훌륭한 것입니다! 당신은 목숨을 버리면서까지……이 사람을……따르려는 것입니까! (…중략…) 물론 그렇게 하지 않으면 안 될 일! 그것이 여자의 길이고, 그렇게 해야 할, 그렇게 해야 할 일입니다. 오늘날 이 극도로 경박한 세상에 도저히 그런 마음가짐을 가진 사람이 있으리라고 나는 결코 생각하지 않았습니다. 그래도 만약 있다면 얼마나 기쁠까, 그렇게 생각했던 것입니다. 나는 정말 기쁩니다! 오늘밤처럼 감동한 적은 없습니다. (『金色夜叉』)[155]

전형적인 신파조新派調다. 그런데 여기에 나타나는 사랑이란 실은 의리의 다른 표현이라 할 수 있다. 간이치는 진정으로 오미야를 '사랑'했는지도 의심스럽다. 오미야의 아버지가 의지할 곳 없는 처지가 된

---

155 尾崎紅葉, 『金色夜叉』(『尾崎紅葉集』, 『明治文學全集』 18, 筑摩書房, 1965, p.313)

간이치를 거둔 것도 은인의 아들이란 의리관계에서 그러했던 것처럼 오미야와 간이치의 사랑도 집안 간의 의리 지킴에 가까운 것이었다. 간이치의 분노는 결국 의리를 모르는 상놈들이 판치는 시민사회에 대한 몰락 사족의 원한인 바, 여기에서 시민사회에 대한 작가의 비판이 봉건적인 의리의 관점을 넘어서지 못함이 확연히 드러난다. 작가는 인륜이 땅에 떨어진 짐승 같은 세상을 개탄하고 오미야의 운명을 끝까지 희롱함으로써 통쾌한 복수를 하고 있는 것이다.

오자키 고요는 결국 자살하는 오미야와 정상적인 삶을 회복하지 못하는 간이치를 통해 물신숭배物神崇拜의 시민사회를 비판하고자 했다. 그러나 그가 생각해 낼 수 있는 치유 방법은 고작 봉건적인 의리라는 덕목밖에 없다. 또한 작가도 의리라는 것이 이미 빠른 속도로 진행하는 자본주의의 자기운동을 멈추게 할 수 없음을 뼈저리게 느끼고 있다. 그 때문에 이 작품은 그 빛나는 문장에도 불구하고 암울하다. '돈이냐, 사랑이냐' 식의 질문에 근거한 세계관으로는 당시 대내외적 모순이 그물처럼 얽힌 일본의 현실을 올바르게 형상화할 수 없음은 자명하며, 결국 허무주의로 떨어진 것은 당연한 일인지도 모른다.

『곤지키야샤』에서 오자키 고요가 제기한 사회문제의 핵심은 작품 제목이 가리키듯이 돈이다. 즉 황금만능의 배금주의拜金主義에 대한 비판인 것이다.

2) 도쿠토미 로카德富蘆花의 『不如歸』

구니키다 돗포國木田獨步는 1894~1895년의 청일전쟁에 민유샤民友社

의 해군 보도기자로 종군했다.

도쿠토미 로카의 형이자 민유샤의 사주인 도쿠토미 소호德富蘇峰는 청일전쟁 직전인 1894년 7월 23일의 『國民新聞』지상에 「好機」라는 논설을 실었다. "청국이 개전의 구실을 준 지금이야말로 수축적 일본을 팽창적 일본으로 바꿀 호기이다. 국운일전國運一轉을 위해 청국과 결전을 하라"는 것이다. 너무나 노골적인 제국주의적 논조이다. 이런 도쿠토미 소호가 구니키다 돗포를 청일전쟁의 종군기자로 파견한 것이다.

구니키다 돗포는 군함 '지요다千代田'에 승선하여 1894년 10월 21일부터 1895년 3월 6일 까지 비정기적으로 전황이라든가 군함 지요다千代田 안에서의 생활 등을 『國民新聞』에 보도했다.[156]

도쿠토미 소호德富蘇峰가 오에의숙大江義塾을 개교하였는데, 강의록의 일부가 『德富蘇峰資料集』(三一書房)에 수록되었다. 그중의 『自由·道德及儒教主義』는 1884년 사가본私家本으로 간행됐다. 이 책에서 유학자가 중시하는 『小學』을 인용하고 있다. 끝부분에,

日下實甫氏ノ歌ニ曰ク「杜鵑血に啼く聲は有明の月より外に聽く人ぞなし」ト吾人豈ニ筆ヲ投ジテ慨然タラザルヲ得ンヤ.[157]   (밑줄 필자)

---

156 「海軍從軍記」(1894년 10월 21일의 기사제목)는 國木田獨歩가 죽고 나서 1908년 11월 23일, 『愛弟通信』으로 左久良書房에서 출판됐다. [참고] 여기서 國木田獨歩는 조선의 대동강에 상륙하여 약 6시간동안을 체류한 적이 있다. 德富蘆花의 『不如歸』는 청일전쟁의 묘사장면에서, 이 國木田獨歩의 「海軍從軍記」를 게재한 『國民新聞』이나 이를 단행본으로 만든 『愛弟通信』을 보고 참고했거나, 『欺かざるの記』(前篇1908년 10월 15일, 後篇 1909년 1월 5일 左久良書房) 또는 『太陽』(1895년) 第一卷 第三號에 실린 須藤南翠의 「吾妻錦繪」를 참고했을 가능성이 있음.

157 中村靑史, 『民友社の文學』, 三一書房, 1995, pp.110~112. 德富蘆花의 『不如歸』를 『杜鵑聲』으로 번안한 선우일도, 이 德富蘇峰의 講義錄을 접했을 가능성이 있으며, 만약 접했다면 不如歸를 杜鵑聲으로 번안한 것도, 德富蘇峰의 講義錄에서 착안했을 가능성도 고려할 수 있다.

라고 맺고 있다. "두견새가 피를 토하며 우는 소리'는, 자신의 이 글에 귀를 기울여줄 사람은 거의 없을지도 모르나, 아무쪼록 자신의 진정을 읽고 알아주기 바란다"는 의미로 인용했겠지만, 이 글도 당연히 당시 오에의숙大江義塾에서 공부하던 도쿠토미 로카도 읽었을 것이고, 얼마큼의 세월이 지나 도쿠토미 로카가 세상에 발표한『호토토기스不如歸』와 맞추고 있음을 느낄 수 있다.

(1) 작가적 환경과『不如歸』

도쿠토미 로카(1868.10.25~1927.9.18)는 熊本縣 葺北郡 水堡 출생으로, 본명은 도쿠토미 겐지로德富健次郎이며, 도쿠토미 가즈타카德富一敬의 차남으로 태어났다. 1878년 형 도쿠토미 소호德富蘇峰(본명 猪一郎)를 따라서 교토京都에 가서 '도시샤同志社'에 들어가지만, 1880년에 형이 '도시샤'를 나와 도쿄東京로 갔기 때문에, 같은 시기에 퇴학하고 귀향하여 아버지가 설립한 '熊本公立學舍'에 들어갔다. 1881년에는 일단 귀향한 형 도쿠토미 소호가 설립한 오에의숙大江義塾에 들어갔다. 구마모토熊本로 돌아가서 '熊本英學校'에서 교직에 종사하다가 1887년에 형 도쿠토미 소호가 설립한 동경의 민유샤[158]로 들어가 교정이나 각종 해외기사의 번역에 종사하기 시작했다.

성장과정에서 주목해야 할 것은 기독교와 자유민권운동의 만남이다.

1884년 어머니가 세례를 받은 것을 계기로, 1885년 '메소지스트교회'에서 세례를 받고 시코쿠四國에서 전도에 종사하기도 하고, 이후

---

158 도쿠토미 로카는 1889년 5월 민유샤에 입사하여 1903년 1월 퇴사하여 약 14년을 근무했다.

여러 곡절이 있었지만 생애 동안 신앙을 버릴 수 없게 된다.

도쿠토미 로카가 그리스도교를 안 것은, "11세에서 13세까지의 도시샤에서 알게 된 '神'"(『副詞』 1-27-2)이라는 말에서 알 수 있듯이, 최초의 도시샤 시대였을 것이다. 『호토토기스』에서 기독교 사상이 큰 역할을 한 것도 이 만남에서 유래했다고 볼 수 있다.

1890년대 일본의 메이지 문학사에는 기독교 정신이 강력하게 나타난다. 무사도武士道의 윤리는 '主人'의 윤리이다. 무사도가 그대로 기독교로 전화轉化해 간 과정은, 어떤 의미에서는 로마제국의 귀족·지식인층에 기독교가 침투해 간 과정과 유사하다.

기독교는 주인인 것을 포기하고, 신에게 완전히 복종하는 것에 의해 '主體'를 획득했던 것이다. 기독교가 메이지의 몰락사족沒落士族을 회개시킨 것은 이 반전밖에 없었다.[159]

자유민권사상의 접촉은 그리스도교회에의 접근과 거의 같은 시기였다. 도쿠토미 로카가 자유민권운동에 접한 것은 1880~1885년의 약 5년간이다.[160]

1890년 2월에 민유샤에서 『國民新聞』이 창간되자, 도쿠토미 로카는 외국전보의 번역이나 해외사정의 소개 등을 담당하고 『國民新聞』과 『國民之友』에 사전史伝, 인물론, 번역, 번안 등을 하다가 창작적 문장이나 기행문 등을 발표하기 시작했다.

여섯 살 위인 형 도쿠토미 소호의 존재도 중요하다. 기린아의 드높은 영예에 20세에 가문을 상속받고 24세에 논단의 기수가 된 형에 비해, 우직한 도쿠토미 로카는 현형우제賢兄愚弟의 경향이 있었다. 도쿠

---

159 柄谷行人, 『日本近代文學の起源』, 講談社, 1980, p.99.
160 平林一·山田博光 編, 『民友社文學の研究』, 東京: 三一書房, 1985, p.133.

토미 소호에 대한 콤플렉스의 불식은 도쿠토미 로카의 자기 확립 과정에서 피할 수 없는 과제였고 평생 이 문제로 괴로워했다.

도쿠토미 로카는 1898년 5월 5일, 결혼 5주년 기념일에 아내 아이코를 동반하여 이카호伊香保로 갔다.[161] '伊香保溫泉·仁泉亭千明' 여관에서의 체재는 운명적 인연의 장이 되었다.

도쿠토미 로카의 작가적 자립은 야나기야柳屋에서 알게 된 후쿠이에 야스코福家安子로부터 오야마 이와오大山巖의 딸 오야마 노부코大山信子의 슬픈 이야기를 듣고, 쓰기 시작한 장편『호토토기스』[162]의 성공에 의해서부터이다. 이 소설은 연재 완료 후 반년에 걸친 추고가 가해진 뒤에 단행본으로 간행되어 대단한 반응을 불러,『곤지키야샤』와 나란히 메이지 문학의 베스트셀러가 되었다. 이것은 직후에 간행한 수필집「자연과 인생自然と人生」의 성공에 의한 재판再版 이후를 인세 계약에 의해, 그때까지의 봉급생활을 그만두고 경제적으로 자립했다. 1906년 성지를 순례하고 톨스토이를 방문하기도 했다. 1927년 9월 18일 이카호伊香保에서 병사했다.

---

161 高崎까지는 기차로, 시부가와까지 鐵道馬車로, 그리고 10km정도의 자갈 산길을 인력거로 갔다. 도중에서 高崎교회의 목사인 매형 大久保眞次郎 집에서 일박하고, 다음날 바로 伊香保까지 올라, 매형 大久保眞次郎가 소개해준 仁泉亭千明 여관에서 2주간을 체재한 적이 있다.

162 長篇小說,『國民新聞』明治31(1898). 11.29~明治32.5.24. 明治33년(1899). 1월 民友社刊 단행본은, 1900년 1월 15일 초판으로 2,000부 인쇄였다. 1894년 8월 1일의 宣戰(실질적 開戰은 1894. 7. 25)부터 1895년 4월 17일의 下關條約의 조인에 이르는 청일전쟁을 그대로 배경으로 한 장편소설이 德富蘆花의『不如歸』이다. 연재 끝과 초판에는 약 7개월 20일의 기간이 있었는데, 德富蘆花는 이 기간에 많은 부분을 고쳤음. 당시 民友社 출판물과 마찬가지로 조악한 종이 표지의 4x6판, 384페이지로, 정가는 30전이다. 인쇄로서 40엔을 받고, 뒤에는 권당 2전으로 약속. 헌데 이것이 히트를 쳐서 3월에는 재판을, 이후로는 매월 또는 격월간으로 증판 하여, 9년 후인 1909년 3월에는 100판에 이르고, 民友社에서만도 192판(1927년)까지 내었는데 이때 이미 50만부 이상이 팔렸다.
『近代社會文學集』(『日本近代文學大系』50), 東京: 角川書店, 1973, p.16.

(2) 전쟁·결핵·가족제도

『호토토기스』는 가와지마 다케오川島武男와 가타오카 나미코片岡浪子의 애정 이야기이다. 이 두 사람의 사랑을 당시의 사회통념과 음모에 의해 파괴하려는데 대한 분노, 가문의 존속만을 이유로 이혼시키는 불합리, 그리고 결국은 약자의 죽음으로 끝맺음되는 줄거리는 봉건제도를 유지·존속하려는 메이지 정권하에 시련 받는 많은 여성 독자의 공감을 샀던 것이다. 『호토토기스』는 나미코의 극히 소극적인 성격 때문에 그 비극성이 더욱 증폭되어 독자의 심금을 울린다. 나미코는 심약한 비극의 여주인공이지만 다케오를 향한 외길 애정 때문에 화내거나 탓할 수 없는 심정은 다케오의 언동으로 묘사되고 있다. 한편, 악역인 다케오의 어머니는 당시 사회체제 측에서 보면 극히 상식적인 질서의식의 대변자이기도 했던 것이다.

『호토토기스』의 전개는, 1893년 봄에 다케오와 나미코는 결혼하여 이카호伊香保 등으로 여행하며 행복한 신혼을 즐긴다. 다음 해인 1894년 2월에는 나미코가 폐결핵 발병의 증세가 보이고, 7월에 청일전쟁으로 다케오가 출정한 사이에 나미코는 친정으로 보내어진다. 휴가차 돌아온 다케오는, "어머님! 어머니는 나미코를 죽이고 거기다 이 다케오까지 죽였어요. 더 이상 보지 않겠습니다"[163]하고 요코스카의 연합함대의 기함 마쓰시마로 돌아가 버린다.

가와지마川島 미망인이 아들(다케오)에게 이혼을 권하는 장면에서,

그것은 사돈댁에 미안하고 나미코도 안됐지만, 병이 전염병이잖니,

---

163 德富蘆花, 『不如歸』 中篇10(『近代社會文學集』, 『日本近代文學大系』 50, 角川書店 1973, p.342) 이하 동

응! 아무리 생각해도 우리집안이 끊기면 안 되잖아, 응! 의리 없다거나 인정머리 없다고 할지 모르지만 이런 일은 세상에 허다하다. <u>가풍이 안 맞으면 이혼하고, 아이가 없어도 이혼한다. 나쁜 병이 있어도 이혼해, 이것이 세상 법이야 응! 알겠어?</u>[164] (『不如歸』中篇 6-3. pp.313~320)

봉건시대에서 떠받들어지던 『小學』의 "자식이 없거나 나쁜 병이 있으면 친정으로 돌아간다(子無なければ去る, 惡疾あれば去る)"란 도덕률이 메이지시대에도 엄존했던 것이다. 나미코에게는 자식도 없었고, 당시로서는 죽을병으로 알려진 폐결핵이란 질병도 있었다. 이 두 가지 이혼조건 중에 하나라도 있으면 이혼 당해야 하는 불합리한 상황에서 수많은 여성들이 고통당하는 사회현실, 이것은 도쿠토미德富 형제에게도 남의 일이 아니었다.[165]

나미코는 친정어머니가 역시 결핵으로 죽고 성격이 강한 계모의 손에 자랐다. 또한 시어머니에게 시달리는데 이것은 고래의 '계모학대繼母虐待'와 '고부갈등姑婦葛藤'을 답습한 것이다.

그러나 나미코가 죽는 것이, 계모나 시어머니의 악역이 아니고 결핵 때문이었다. 나미코를 남편인 다케오에 접근하기 어렵게 하는 것은 결핵이었다. 눈에 보이지 않는 결핵균이 나미코를 속세와 거리를 만든 것이다. 즉, 『호토토기스』에서 결핵은 자아와 세계와의 괴리를

---

164 其れは先方も氣の毒,浪も可愛想なやうなものじゃが, 病氣すつが惡かぢゃなッか, な. 何と思はれたて, 川島家が斷絶するよかまだ宣ぢゃなッか, な. 加之不義理の不人情の云ひなはるが此樣な例は世間に幾多もあります. 家風に合はんと離緣する. 子共が無かと離緣する. 惡い病氣があっと離緣する. 此れが世間の法, なあ武どん.
165 도쿠토미 로카德富蘆花는 자칫 이 세상에 태어나지도 않았을지도 모른다. 즉, 도쿠토미 가德富家에 여아女兒만을 네 명 연이어서 낳은 어머니 히사코久子는 친정에 보내어졌던(準離婚) 것이다. 헌데 다섯 번째 아이가 사내 즉 도쿠토미 소호德富蘇峰를 낳은 것으로 '子'를 낳은 것이다. '子'를 낳은 히사코는, 다시 미즈마다의 德富一敬의 집으로 돌아올 수 있었다. 즉 '子'는 단순한 '아이'가 아니라 '남아男兒'를 뜻하는 것이었다.

나타내는 일종의 은유인 것이며 나아가 나미코가 결핵에 의해 아름답게 시들어 가는 곳에 이 작품의 그 미학美學이 있다고 말할 수 있는 것이다.

서구에서는 18세기 중엽까지 결핵에 대해서 로맨틱한 연상을 하고 있었다. 결핵에 대한 동경이 확산됐을 때 속물이나 벼락부자에게 결핵이야말로 고상하고 섬세하며 감수성이 풍부한 것의 지표가 되었다. 또한 결핵을 앓는 사람의 얼굴은 귀족적인 용모의 새로운 모델로 되었다.[166]

실제로 사회적으로 만연하던 결핵은 비참한 것이다. 그러나 『호토토기스』에서의 결핵은 그것을 초월하여 오히려 아름다움으로 반전시키는 '의미'이다.

이윽고 다케오도 얼굴에 노기를 띠면서, "왜 불효입니까?"

"왜냐고? 왜구 뭐구가 다 무어야. 여편네 말만 듣고 어미 말은 듣지 않는 녀석, 불효자가 아니고 무어야? 부모가 고이고이 길러준 소중한 몸을 아무렇게나 해서 조상 대대로 내려오는 가문을 망치는 녀석이 불효자식 아닌가! 불효자식 다케오! 너는 불효자야! 큰 불효자식이야"

"그래도 인정상……"

"아직도 의리니 인정이니 하느냐. 너는 부모보다 여편네가 소중하냐? 이 바보천치 같은 녀석같으니라구. 툭 하면 아내, 아내, 아내만 들먹여, 부모는 어떻게 할 거야? 무얼 하더라도 나미코만 들먹이고 있어. 불효막심한 놈. 의절할거야"

다케오는 입술을 깨물고 북받치는 뜨거운 눈물을 삼키며, "어머님, 너무 하십니다"

---

166 炳谷行人, 『日本近代文學の起源』, 講談社, 1980, pp.120~122 참고.

(…중략…)

"왜 나미코와 이혼하지 않느냐"

"그러나 그것은一"

"그러나가 무어냐? 자! 다케오, 아내가 중하냐? 부모가 중하냐? 응? 가문이냐? 나미코냐? 一에라 이 미련한 자식"

(『不如歸』中, 6-4, pp.320~321)

여기서 말하는 '의리'는 소위 '가문'과 상통한다. '가문'을 긍정하려면 '의리'를 주장할 수 없게 된다. 그래서 다케오는 어쩔 수 없이 '의리'를 배제하고 오로지 '인정'으로서 항거한다. 모친이 불단에서 위패를 꺼내와서, "자! 아버지 위패 앞에서 다시 한 번 말해보아라. 자 말해봐! 조상대대의 위패도 보고 계신다. 자! 또 한 번 말해봐. 불효막심한 놈이!!"[167]라고 공격하는데도 다케오는 '인정'으로만 대응한다. 이 '인정'이야말로 나미코와의 '애정'이었다. 당시로서는 위패에 저항하는 것이, 불효자로 낙인찍히는 것이 외아들에게 얼마나 고통스러웠겠는가? 그럼에도 불구하고 다케오는 나미코와의 애정으로 살아갈 것을 선택한 것이다.

'黃海海戰'에서 다케오는 부상당하는데, 전쟁의 한가운데에서도 다케오와 나미코의 애정은 절절하게 연결되어 있다. 작자는 전쟁 직후인 5월에 야마시나山科역에서 엇갈려 스쳐 지나가는 기차의 차창을 통해 두 사람을 애절하게 해후시키고, 결국 나미코를 "아아, 괴로워! 고통스러워! 이제 다시는 여자 따위로……태어나지는 않을 거야.…… 아아!"(『不如歸』下篇, 9-2, p.409)하면서 죽어가게 한다. 이후 나미코

---

167 さ, 阿爺樣の前で, 今一度言つて見なさい, さ, 言つて見なさい. 御先祖代代の御位牌も見て御出ぢや. さ, 今一度言つて見なさい, 不孝者奴!!(『不如歸』中篇 6-3, p.321)

의 아버지 가타오카片岡중장과 다케오가 나미코의 묘 앞에서 조우遭遇
하는 결말로 구성했는데, 청일전쟁 3년 남짓 뒤에 쓰여진 전후문학
『호토토기스』에는 이 청일전쟁을 통과한 것으로 도쿠토미 로카의 뜨
거운 심정을 들여다 볼 수가 있다.

　『호토토기스』의 중요한 갈등 요인은 '결핵'·'전쟁'·'가족제도'의 3요
소로서, 청춘남녀의 의지를 압박하고 그들의 사랑을 더욱 애절하게
만드는 모티브로서의 기능도 지니고 있다.

　고부간의 갈등에 의한 가정비극, 그리고 여자로 태어나지 않겠다
는 여자의 비극으로 읽혀진 이 소설은, 다케오와 나미코의 순수한 애
정이 없었으면 성립되지 않았을 것이다. 이것은 부부애라기보다도
오히려 성애性愛(육체적 애정)를 무시해버린 애정이다. 이런 애정을
전제하고서만이 두 사람을 갈라놓는 시어머니姑·'家'(가문, 전통, 인
습)의 문제와 여성 일반의 문제를 제안할 수 있다. 이 남녀(夫婦)의
사랑은, '家'의 단독의 힘으로도 깨뜨릴 수가 없어서 폐결핵의 불가항
력적 방해요인의 힘을 빌려 겨우 '家'(姑)는 승리할 수 있었다.

　다케오와 나미코의 사랑은 청일전쟁 이전의 찰나지간이고, 전쟁
중에도 그야말로 순수애정으로 연결되었고, 전쟁 중에는 '家'(姑)에
의해 강제로 갈라진다.

　작자 도쿠토미 로카는 전쟁을 여성의 적으로 보고 있지 않다. 예를
들면, 하편 모두冒頭의 문장에는 '我聯合艦隊', '我本隊', '我先鋒隊' 등
'我'의 빈출도가 높다. 화자story teller는 함대의 병사들과 함께 일본의
제국주의·팽창주의로 맹진하고 있다.

　가족제도에 대해서는 필요악으로 보는 나름대로의 비판적 시각이
인정된다. 그러나 전쟁에 대해서는 끝부분에 "전쟁은 좋지 않은 것이

지요? 야마키씨!"라는 시어머니의 말이 유일한 것일 정도로, 전체적으로는 제국주의·군국주의적 팽창주의를 국가의 가능성을 개척해 가는 당연한 국가적 사업으로 인식하는 고등유민적高等遊民的 한계를 벗어나지 못하고 있다.

『호토토기스』를 각색한 신파극新派劇이 압도적인 인기를 얻은 배경으로서 1904~1905년에 벌어진 러일전쟁의 시의적절한 시류를 간과할 수 없는데, 작중의 청일전쟁은 러일전쟁으로 대치되어 관객의 공감을 얻었을 것이다.

『곤지키야샤』와 『호토토기스』는 공히 신파적 통속성을 가진 기묘한 운명의 감상적 로망스로서 영화나 연극으로 전달·계승되는 아이러니가 있다.

    ①『곤지키야샤』 – 근대의 배금拜金주의·금권주의에 대한 비판.
    ②『호토토기스』 – 봉건적 가족제도 하에서 여성의 지위 문제.

오늘날까지 변함없이 이 두 작품은 신파 무대나 영화계에서 독보적인데 이 또한 이 작품을 유행시키는 이유이기도 하다. 즉, 원작이 독보적인 신파극을 낳았고, 신파극의 히트가 다시 원작을 팔게 하는 순환적 재생산의 상호작용을 한 것이다.

『호토토기스』가 독자의 기대에 부응했던 요소로서는 가족주의에 의해서 압박당하는 부부애라는 이 작품의 주제 외에 형식적·외형적인 여러 가지가 있다. 『호토토기스』가 모델소설인 것도 대중성을 갖는 요인의 하나일 것이다. 중요한 것은 사실·소설에서 주인공의 계급일 것이다. 『호토토기스』는 『帝國文學』이 요청한 '華族界'와, 청일전

쟁 승전후의 군인우위의 사회를 반영해서 '군인계'를 중요한 '소재'로 하고 아울러 조연助演역으로 '사업계(紳商界＝大商人)'나 '종교계'를 대표시키는 것도 잊지 않았다. 이렇듯 상류사회의 자녀, 해군 군인과 같이 대중에게 어필하는 얘기의 남녀 주인공으로 용의주도하게 갖추었다. 나아가 이들에 의해 제공되는 모범적 부부(가정)생활의 환영幻影 ―'나미씨浪さん'라고 아내를 부르는 남편, 남편의 사진이나 외투에 가볍게 입 맞추는 아내, 동서양 절충으로 와실和室에서 부부가 홀짝이는 홍차 등등, 모든 것이 당시로서는 독자의 환상의 기대에 부응하는 것들이다.

3) 러일전쟁과 한국의 『장한몽長恨夢』

『장한몽長恨夢』은 『매일신보每日申報』에 연재(1913~1915)된, 조중환趙重煥(1863~1944)의 번안소설이다.[168] 조중환은 당시 유일한 언론 매체이자 총독부의 어용지인 『매일신보』 소설란에 일본 오자키 고요의 『金色夜叉』를 『장한몽』이라는 제목으로 독점 번안하여 연재하는 한편, 그 자신이 주도적인 역할을 하던 신파극단 '문수성'의 대표적 레퍼토리로 무대에 올렸다.

연재를 끝내고 단행본으로 출간된 『장한몽』은, 당시 널리 유행했던 신소설과 구소설을 압도하고, 신문학 최초의 베스트셀러로서 장안의 화제가 되었다. 『장한몽』의 출현으로 이른바 신소설의 시대는 실질적으로 끝나게 된 것이다. 번안소설 『장한몽』은, 일본에서 『곤지

---

168 『장한몽』은 『매일신보』에 1913년에 상편이 연재되고, 1915년에 중·하편이 연재되었다. 텍스트는 『韓國新小說全集 9』, 趙一齊 篇, 乙酉文化社, 1968으로 함.

키야샤』가 그러했던 것처럼 신파극의 대표적 레퍼토리로서 한국의 근대소설사와 연극사 양면에서 새로운 전기를 마련한 셈이다. 1900년대 문학이 가질 수밖에 없었던 정치성으로부터의 완전한 일탈이 그것인데, 『장한몽』은 공포의 무단 통치가 진행되었던 1910년대의 새로운 시대상황과 짝을 이루고 있다.

『장한몽』은 상권(총 12장)이 『곤지키야샤』의 전편 8장과 중편 4장을 거의 그대로 번안한 것인데 반해, 중권에 이르면 변형의 정도가 자못 심하다. 상권에 비해 원작에 대한 충실도가 매우 엷어진 것이다. 상권 연재가 독자들로부터 폭발적 인기를 얻게 되자, 번안자는 지나치게 흥분했던지 중권 제1장은 엉뚱하게도 다음과 같이 시작하고 있다.

> 춘흥을 못 이기어 죽창을 반개하니 저녁 이슬 붉은 꽃 날아드는 범나비야, 네 기상 좋을세라. 아침 안개 푸른 버들 왕래하는 꾀꼬리야, 네 모양 묘할세라. 고개를 건듯 숙여 방중을 돌아보니 금준미주는 춘색이 영롱하고 옥안미인은 추파가 은근하다.
>
> (『長恨夢』 중권 제1장, p.105)

이 단락은 원작 『곤지키야샤』에는 없는 부분이다. 그렇다고 이 흥겨운 율문이, 이 부분의 서두에 걸맞은 것도 아니다. 불필요하게 첨가된 이 율문을 상권의 인기에 취한 번안자 조중환이 한국의 『춘향전』과 같은 고대소설의 묘사기법을 흉내 낸 것이다. 중권 곳곳에 보이는 무리한 개조는 상권이 유지하고 있던, 개연성·필연성 같은 최소한의 소설적 논리마저 무너뜨리고 있다. 다음에 보이는 것처럼, 김중배와 결혼한 후의 심순애를 묘사할 때 특히 그러하다.

이렇듯 김중배의 사랑을 받고 있으되, 순애는 조금도 마음이 움직이지 아니하고 (…중략…) 비록 몸은 어찌한 잘못으로 이곳에 파묻히게 되었으나 나의 마음과 나의 몸은 이곳에 허락지 않으리라 하고 혀를 깨물고 맹세한고로 좌우로 청탁하는 김중배에게 몸을 허락지 아니하기를 삼사년 동안이나 지나되 그 굳게 먹은 마음을 온전히 이루었더라.

『長恨夢』 중권 3장, p.122)

순애는 위의 인용문에 보인 대로, 김중배와 결혼한 후에도 순결을 지키고 있는 것으로 그려져 있는데, 이 같은 설정은 억지에 가까울 정도로 부자연스럽다. 『곤지키야샤』는 이보다는 약간 그럴듯하다.[169] 『장한몽』의 마지막에서도 이 같은 통속성은 다시 확인된다. 하권은 중권과는 달리, 상당한 축약과 생략이 이루어지긴 했지만 『金色夜叉』의 줄거리를 대체로 유지하고 있다.[170] 그러나 문제는 돌연히 첨가된 마지막 장에 있다. 이수일과 심순애는 그들의 불행한 과거를 씻은 듯이 청산하고 행복한 결혼생활을 누리는데, 천연덕스럽게 다음과 같은 얘기를 주고받으며 작품이 마무리된다.

"우리가 이제는 일장춘몽을 늦게 깨달았으니 이후로는 세상에서 공익사업에 힘을 쓰도록 합시다."

---

169 伊藤整는 『金色夜叉』의 인물들이 육체성이 결핍된 歌舞伎的 성격을 가졌음을 지적한 바 있는데, 『장한몽』은 한술 더 뜨는 셈이다. 오미야는 결혼한 다음 해 봄 사내아이를 낳고 산후에 중병을 앓는 사이 아이는 폐렴으로 죽자, 다시는 富山唯繼의 아이를 낳지 않을 것을 결심한다.
『金色夜叉』 後篇 第3章 「尾崎紅葉集」(明治文學全集 18), 筑摩書房, 1965, p.213.
170 『장한몽』 下卷 1장에서 5장까지는 『金色夜叉』 속편 4장에서 신속편 3장까지 총 13장을 축약한 것이다. 尾崎紅葉이 『金色夜叉』를 미완으로 남기고 죽자, 그의 제자 小栗風葉(1875~1926)이 1909년 종편 12장을 첨가하여 완성하였다. 『장한몽』 하권 6장에서 13장까지는 이 종편에 해당한다.

"나는 무엇이든지 하시는 대로 시키시는 대로 따라갈 뿐이지요, 분 골쇄신이 되기로 어찌 거역하오리까?"

(『長恨夢』下卷 13章, p.299 밑줄 필자 이하 동)

『곤지키야샤』에서 두 주인공은 불행하게 끝을 맺는다. 사실 다른 길이 있을 수가 없는 것이다. 그러나 조중환은, 『장한몽』하권 6장에서 김중배를 파산시키고, 이수일과 심순애의 재결합을 바라는 독자 대중의 심리에 영합하여 『장한몽』전체를 스토리 중심으로 희화화戲畵化·희작화戲作化했다. 이와 같이 『장한몽』은 원작 『곤지키야샤』의 소설적 논리를 곳곳에서 파괴하고 있다. 그러나 이것은 대중문학적 성격으로 볼 때, 독자대중의 기대심리에 부응한 것으로 필연적인 결과라 할 수 있으며 원작자 오자키 고요가 차마 하지 못했던 것을 번안자 조중환이 과감하게 해낸 것이라고도 볼 수 있다.

4) 『류화우榴花雨』와 『두견성杜鵑聲』

김우진金宇鎭의 『류화우榴花雨』(1912)와 선우일鮮于日의 『두견성杜鵑聲』(1912~1913)은 일본 도쿠토미 로카의 작품 『호토토기스不如歸』를 번안한 소설이다.

(1) 金宇鎭의 『류화우』

1912년에 김우진에 의해 번안된 『류화우』의 대강의 줄거리는 다음과 같다.

① 여주인공 金雪貞은 일본 京都女子高等學校에 유학중이다(1912년 당시로서는 개화기 신여성의 표본이었던 일본유학으로 묘사됨).

② 김설정의 약혼자 崔榮鉉은 일본 해군사관학교를 졸업하고, 런던 해군대학에 유학중이다(시공간적 배경을, 1880년대의 일본에서 1910년대에 일본과 영국으로 확대).

③ 김설정의 이종사촌 강웅범은 난봉꾼으로, 김설정을 탐내나, 김설정은 그의 유혹을 물리치고 졸업 후에 서울로 돌아와 영현을 기다린다(이종사촌을 이성적으로 탐한다는 것은 근친결혼이 엄금된 한국의 법률로나 사회적 도덕률에도 맞지 않고, 근친결혼이 인정되는 일본적인 것이라 할 수 있음).

④ 영현은 런던 해군대학을 졸업한 후, 영국대사의 소개로 일본 해군중위가 되어 휴가를 받고 귀국하여 설정과 결혼한다. 영현이 부대로 돌아간 후, 강웅범은 설정의 결혼에 심한 상처와 충격을 받는다(러일전쟁을 전후하여, 러시아의 남하정책에 반대하는 영국과 일본이 공동의 목표로 러시아를 목표로 한 동맹을 맺은 상황을 응용).

⑤ 강웅범은 하녀인 춘섬을 시켜 김설정으로 하여금 시어머니 한씨 부인의 눈에 나도록 이간질한다. 한씨 부인은 며느리를 호되게 학대한다. 한씨 부인의 미움을 받고 쫓겨난 김설정은 병든 몸으로 광나루로 돌아온다. 이때 러일전쟁이 일어나고, 영현은 전장에서 김설정에게 편지를 보내 쾌유를 빈다. 집에서 한씨 부인이 새 며느릿감을 물색하다가 그 상대로 윤감역尹監役의 딸을 고르게 된다. 집에 휴가 나온 최중위는 어머니 몰래 김설정을 만나 신혼의 기분을 느낀다. 서로 선물을 교환하며 즐거운 시간을 보내다가 귀대하여 부상을 당하게 된다(제삼자의 개입에 의한 이간질은 고대소설이나 『셋추바이』 등에서 익히 이용).

⑥ 한씨 부인은 설정에게 영현이 부상으로 죽었다고 속이고 강원도 금성 숫골로 이사 가서 살게 한다(고대소설에서의 '계모학대' 또

는 '고부갈등'의 기법을 적용).

⑦ 김설정은 점점 건강을 되찾고 그곳에서 망부제望夫祭를 올리기도
한다(일본 유학까지 했던 개화기 신여성이 전통적 도덕률인 '여
필종부'의 모습을 보임).

⑧ 영현이 제대하고 돌아와 내각 서기국장이 되자 한씨 부인은 김
설정이 앓다가 죽었다고 속이고, 尹監役의 딸과 혼인시키려 하
나, 영현은 듣지 않는다(『春香傳』 등의 고대소설의 전형적인 出
鄕에서 금의환향).

⑨ 춘섬의 서방인 만성이 그 동안 일어난 음모를 일일이 적어서 영
현에게 전달하니 영현은 사건의 전말을 알고 분노한다. 영현은
금강산에 구경하러 갔다가 돌아오는 길에 숯골에 들러 친구인
장영식의 집을 찾는다. 장영식을 통하여 마침내 김설정을 만나
게 된다(고대소설이나, 『셋추바이』 같은 신소설에서 많이 사용
되었던 제삼자의 등장과 도움, 우연에 의한 '遭遇').

⑩ 한씨 부인은 참회하고 춘섬은 벙어리가 되면서 끝난다(고소설의
권선징악과 인과응보).

『류화우』는 대부분의 번안작품들과 마찬가지로, 원작이 지니는 문
학적 가치에는 미치지 못하고 로망스적 줄거리 전달에 멈추는 한계
를 극복하지 못하고 있다. 그러나 『류화우』는 『호토토기스』의 번안
임에도 불구하고, 고대소설의 구성기법과 『셋추바이』의 묘사기법을
원용하는 기법적 변화를 보이고 있다.

(2) 러일전쟁과 『두견성』

선우일鮮于日의 『두견성』[171]은 떠나가 버린 연인을 그리워하며 피

를 토하면서 우는 새라는 뜻의 제목으로, 『호토토기스』와 마찬가지로 표제에서 미리 비극적 운명을 예시한다. 이 같은 표제의 예시는, 독자로 하여금 동정의 눈물을 흘리게 함으로써 카타르시스를 느끼게하여 자신을 작품 속의 여주인공으로 대치시키는 자학적 취향이라할 수 있다.

『두견성』은, 다음에 보인 것처럼 번안소설임에도 불구하고 친일적 성격을 두드러지게 드러내 보이고 있다.

> ⓐ 동양풍운[172]에 일신을 의탁하야 좌세보 부두에셔 ⓑ「동아보젼을 위하고 국가를 위하야 한 번가면 다시 도라오기 어렵도다」하는 리병가에 삼촌간장이 다녹아지고 ⓒ 션젼죠칙에 팔뚝을 뽑내어(…중략…), ⓓ 이 국가의 대사를 당하야 창해의 한 조알과 갓흔 리붕남의 일신의 죽고사는 것을 엇지 다시 관념하리오. (…중략…) ⓔ 죽는 것은 붕남에게 대하야는 티끌보다 경하도다
>
> (『杜鵑聲』 하, p.443)

위의 인용문은 남주인공 붕남이 러일전쟁에 참전하는 장면으로, ⓐ와 ⓑ는 동아시아에서의 일본 제국주의 세력 확장을 위한 선전논리이고, ⓒ는 일본 천황에 대해 황국신민皇國臣民임을 자인하는 것이다. 또한 ⓓ와 ⓔ는 일본 정부가 그들의 제국주의 정책을 위해 일본 국민과 식민지 조선인에게 강요한 바 있는 참전 권장 논리이다. 『두견성』을 번안한 선우일은, 이 같은 일련의 친일적 논리를 작가적 고

---

171 보급선관版 상하 2권. 남편이 러일전쟁터에 나가고 없는 사이에 시어머니의 박해로 지병인 결핵이 악화되어 죽은 아내의 무덤을 찾아간 남주인공은 조선 사람이지만, 일본 군인으로 설정되어 있다.
172 원작『不如歸』에서 조선에서 벌어지는 청일전쟁의 '韓山風雲'을, 번안작『두견성』에서는 조선과 여순에서 벌어지는 러일전쟁의 '東洋風雲'으로 하고 있음.

뇌로 여과시키지도 않고 신파조新派調로 드러냄으로써 작가 자신도 의식하지 못하는 사이에 조선의 식민 지배를 위한 일본 정부의 대변인 역할을 담당하게 된 것이다.

도쿠토미 로카의 『호토토기스』와 선우일의 『두견성』의 서사를 비교해 보겠다.[173]

> ① 이층 높은 집에 주렴을 반쯤 걷고 대동강 건너편 금수봉 허리로 거진 거진 넘어가는 해를 무심히 바라보는 부인은 나이 불과 열팔구세 가량쯤 되얏는데 흑운 같은 머리를 서양제로 틀어언고 맵시있는 반양복치마를 반쯤거더잡고 한가히 섰는 모양은 아무에게 무슨 생각을 간절히 하는 것을 짐작할너라.
> (『杜鵑聲』 1회, p.273) (『不如歸』 上 1-1. p.224)

> ② 평양은 조선에 제일강산이라 물색도 신선하고 경치도 절승하야 뒤에는 부용이 핀듯한 봉만이오 앞에는 릉라를 펴놓은듯한 강수로다. 일은 봄불탄 잔디속 검읏 검읏하게 된 흙에서 멈둘네, 꽃다지 여러 가지 풀이 방춘화게 좋은 시절을 만나 너흘 너흘 하는 모양 프른 요를 깔듯한데 곱고 고은 각색 화초는 간간히 피엿으며 갓난아이 주먹같은 고사리는 여기 저기 웃득 웃득 나왓는데 한번 여기서 산보하면 길고 긴 봄날도 잊어버릴만한 곳이라
> (『杜鵑聲』 제5회, p.283) (『不如歸』 上 3-1, p.233)

위의 ①과 ②의 정경묘사의 경우, ①은 한국의 신소설 『설중매』에서 십칠, 팔세 여주인공의 첫 등장 장면과 흡사하다. ②는 『춘향전』의

---

173 텍스트는 「德富蘆花 '不如歸」, 『北村透谷·德富蘆花集』(日本近代文學大系 第9卷) 東京: 角川書店, 1972와 「鮮于日 '杜鵑聲」 『新小說·飜案(譯)小說 7』(韓國開化期文學叢書 I) 서울: 亞細亞文化社, 1978으로 한다.

광한루 묘사나 『설중매』 서막에서의 화창한 봄 날씨의 묘사를 연상케 한다.

③ 간혹 집에 들어오는 <u>무남</u>이가 말해도 어찌 할 수 없는 완고의 가풍이라 『杜鵑聲』, p.322)
時たま歸って來て武男が言えど、矢張手製の田舎羊羹むしゃりむしゃりとほほばらるるという (『不如歸』, p.265)

③에서 보는 것처럼 『호토토기스』의 남주인공 '다케오武男'를 『두견성』에서는 한자음 그대로 '무남'으로 표기하고 있다.

④ "이러케 누어 잇슨닛가 별 생각이 다나지 니제 몃해 잇다가 우리 나라가 어느 나라하고 싸흠을 해서 승전을 하면 무경이 옵바는 그때에 외부대신이 되어서 강화담판을 하고 집의 령감은 륙군대신이 되어서 수십만 대병을 지휘할 터이지 그때에 우리들은 무얼하누 적십자기나 들고 나갈가해도 몸이 잔약해서 안될걸, 오호호…… (『杜鵑聲』, p.364)
欺樣に寝て居ると, ね, 色色な事を考へるの. ほ……笑っちゃ嫌よ, 此れから何年かたッてね, 何處か外國と戰爭が起るでせう, 日本が勝つでせう, 其様するとね, お千鶴さん宅の兄さんが外務大臣で, 先方へ乘こんで講和の談判をなさるでせう, 其れから武男が艦隊の司令長官で, 何十隻と云ふ軍艦を向ふの港に列べてね……"
"其れから赤坂の叔父さんが軍司令官で宅のおとっんが貴族院で何億萬圓の軍事費を……"
"其樣すると妾は千鶴さんと赤十字の旗でも樹てて出かけるわ"
"でも身體が弱ちゃ出來ないわ.ほ……" (『不如歸』, pp.296〜297)

④에 보인 것처럼, 이들 작품 인물들의 사회의식은 매우 추상적이고 비현실적이다. 이들은 전쟁과 같은 중대한 문제를 감상적으로 막연하게 이해하고 있다. 이와 같은, 일본의 군국주의·국수주의에 의한 제국주의화를 깨닫지 못하는 고등유민적高等遊民的·소아적小我的 불철저함은 인텔리겐차의 특성이기도 하다.

⑤ 동양풍운이 더욱 급하야 明治삼십칠년(1904년) 이월삼일에 일본 셔는 내각회의가 되고 동사일에는 어젼회의가되야 아조 로국과 개전하기로 (…중략…) 여러군함이 좌셰보를 떠나는데 붕남이가 탄 련합함대 기함삼립은 다른 군함을 거느린 군함이라

(『杜鵑聲』, p.437)

明治삼십칠년(1904년) 이월 륙일 오후두시에 일본 련합함대는 좌셰보를 떠나 셔북으로 향하야 나아갈 때 로국군함 '와리양구'호와 '고레트'호는 인쳔항구에 잇다는 (…중략…) 인쳔에잇는 로국군함을 깨트려 (…중략…) 이월칠일새벽에 죠션해(朝鮮海)를 지나가다가 로국기선'로서아'호를 사로잡고 (…중략…) 려슌구로 향하야 나아갈세,　　　　　　　　　(『杜鵑聲』, p.439)

"압다 여러해를 싸흘 필요가잇나 래일이라도 려슌구를 막어놋코 뒤로는 륙군이 도라가 합이빈(哈爾賓) 쟝츈(長春) 등지의 텰도를 끈어노으면 차소위 복배슈덕(腹背受敵)이오 견대속에든 쥐 일반이니 그때에는 로국태평양함대 사령관 『스다루구』가 백기를걸고 항복하기를 쳥할 것은……"(『杜鵑聲』 下 제43회, p.440)

韓山の風雲はいよいよ急に,(1894年)七月の中旬廟堂の議は愈清國と開戰に一決して,同月十八日には樺山中將新に海軍軍司令部長に補せられ, (…中略…) 他の諸艦を率ゐて佐世保に集中す可き命を被りつ.　　　　　　　　(『不如歸』中 10, p.343)

明治二十七年(1894年)九月十六日午後五時,我聯合艦隊は戰鬪準
備を整へて大洞江口を發し,西北に向いて進みぬ.恰も運送船を護
して鴨綠江口附近に見へしと云ふ (…中略…) 松島を旗艦として
千代田, (…中略…) 午後五時大洞江口を離れ, 伸びつ縮みつ龍の
如く黃海の潮を捲いて進みぬ.   (『不如歸』, p.344)
   "北洋艦隊相手の盲おにごも最早吾輩はあきあきだ,今度懸ちが
いまして御眼にかからんけりゃ吾輩は, だ, 長驅 渤海灣に乘りこ
んで,   太沽の砲臺に砲丸の一も御見舞申さんと,かんにんぶくろ
がたまらん"   (『不如歸』下 1-1, p.345)

　도쿠토미 로카의『호토토기스』는 조선의 동학혁명에 의한 청일전
쟁을 시대배경으로, 사세보佐世保와 인천항구를 공간배경으로 삼아 메
이지 정부의 대표적인 대국민 계몽의 입장을 드러낸다. 번안작인 선
우일의『두견성』은 노구교사건에 의한 러일전쟁을 시대배경으로, 대
동강과 압록강을 공간배경으로 하여 메이지 정부의 선전논리에 편승
된 사고방식을 드러낸다. 바꿔 말하여,『두견성』과『호토토기스』는 사
회문제나 여성문제·제도문제·관습문제 등에 대해서는 비교적 예민한
문제의식을 드러내지만, 전쟁에 대해서만은 군국주의적·제국주의적
실체를 간파하지 못하고 시류에 편승한 한계가 있다고 할 수 있다.

5) 전쟁과 위안문학

　근대 일본사회의 정신구조는 견해에 따라 극히 단순하기도 하고
극히 복잡하기도 하다. 이것은 천황관이나 사족의 윤리, 관료제의 국
민적 삼투, 각양각색의 사상과 제도, 생활체계의 도입과 병존, 계급분

화의 진행과 투쟁의 격화 등이 복잡하게 얽혀 있기 때문이다. 이와 같은 복잡하고 혼란한 정신구조는 일본의 근대국가 형성이 대단히 단기간에 이루어진 데서 기인한다. 이것이 정치·경제·사회 및 문화의 다방면에 걸쳐 현저한 파행성을 초래하게 되고, 그리하여 표층表層의 근대성과 기층基層(심층)의 전근대성이 병존했다고도 볼 수 있다.

메이지·다이쇼시대의 일본은 반봉건적 근대사회를 지향하는 한편, 천황제 군국주의를 더욱 강화해가고 있었다. 이러한, 극도로 억압적인 사회구조 속에서 희망을 잃은 민중은 그들의 피폐함을 달랠 수 있는 값싼 위안의 문학을 요구하게 되었다. 오자키 고요의『곤지키야샤』 같은 대중적 성격이 짙은 문학이 그것이다.

일본의 식민통치하에 놓여 있던 한국의 경우도 비슷하다. 당시 한국의 민중은 일본의 가혹한 탄압과 절망적 현실을 잊을 수 있는 위안의 문학을 추구했다. 조중환의『장한몽』은 이같은 민족적 좌절감과 허탈감을 달콤하게 달래주는 위안문학을 대표한다.『두견성』의 출현과 인기도 이와 동일선상에 있다.

『호토토기스』는 전통적 가족제도 하에서 희생을 강요당하는 여권과 같은 사회문제에 대해서는 강한 개혁의 의지를 내보이지만, 청일전쟁과 같은 일본의 팽창주의·제국주의·군국주의 등에 대해서는 타협적 순응 내지는 찬양으로 일관하는 고등유민적 양면성을 보이고 있다. 이는 메이지 원년(1868) 출생인 도쿠토미 로카의 메이지 천황에 대한 이미지와 일치시켜볼 수 있는 일면이기도 하다.

『류화우』는 전통적 고대소설과『설중매』의 서사기법을 원용하고 있지만, 원작『호토토기스』의 문학성에는 미치지 못한 채 로망스적 줄거리 전달에 그친 한계를 지니고 있다.

『두견성』은 개화·여성교육·남녀평등·연애결혼·신교육 등에 대한 국민계몽이라는 긍정적 요소를 지니고 있지만, 다른 한편으로는 외세지향과 자기비하, 구사상·구세대·가문 등의 전통 무시, 친일적 성향 등의 부정적 요소도 함께 가지고 있다.

『호토토기스』와 『두견성』은 제국·패권주의적 전쟁의 폐해는 감지하지 못했다. 그러나 전쟁을 통해 새로운 사회문제, 태초부터 상존 하고 있었으나 미처 깨닫지 못하던 것을 찾아내게 되었다. '여성의 발견'이 그것이다.

제4부 한일 경향소설의 전개양상

한국문학은 신소설·신경향파소설·프롤레타리아소설 등이 개별적인 장르·작가·작품으로 연구되어 왔을 뿐, 경향소설의 동일연장선상에서의 검토·연구는 아직 찾아볼 수 없다.

때문에 한국 근대문학사는 신소설(정치소설)·번안소설(사회소설)·신경향파소설(사회주의소설)·프롤레타리아소설의 동일연장선상에서의 경향적 전통으로 연속되는 문학 형태로 연구되지 못하고 각각 별도의 장르로 연구되어 온 단절의 문학사였다. 게다가 남북분단에 의한 사상적 대립으로 야기된 '절반문학'적인 파행성을 면치 못했다.

1980년대에 한국에서 본격적인 연구가 이루어진 프롤레타리아문학에 대한 논의는, 이 방면에 깊은 관심을 갖고 있는 학자를 중심으로 집중적으로 연구된 것이 아니라 한국 학계 전체가 마치 이러한 연구 대열에 합류하지 않으면 학문적으로 고아가 되는 것처럼 생각하여 너나 할 것 없이 합세하기에 급급했던 것이다. 그러나 그처럼 비등했던 열기는 1990년대로 접어들면서 동구 유럽 공산주의 세력의 붕괴를 기점으로 완전히 냉각되고 이제는 프롤레타리아문학에 대한 연구 자체를 불필요 항목으로 인식하는 양상마저 나타나고 있다고 볼 수 있다.

경향소설傾向小說이란 영어의 'Tendency Novel'에서 유래한 것으로 특정의 주의·주장을 선전하려는 의도로 만들어진 문학을 뜻한다. 유사어로는 경향문학, 경향시가 있다. 1890~1930년대에 일본에서 공부한 한국 유학생들은 귀국하여 당시 일본에서 유행하던 여러 사조를 한국에 계몽·선전·운동하기 위하여 경향소설로 발표하였고, 단체를 조직하였고 일본에도 그 단체의 지부를 두어 일본과 교류하기도 하였다.[1]

한국의 경향소설 작가들은, 일본문학으로부터 그 대부분의 이론 및 실제를 영향 받았고 교류도 왕성하였다.

---

1 長谷川泉·高橋新太郎 編, 『文藝用語の基礎知識』, 至文堂, 1982, p.172 참고.
　작자 자신이 생각하고 있는 사회적·정치적 관념을, 문학을 통하여 선전하는 것으로, 이 경우 문학이 목적으로서가 아니라 정치사상 선전을 위한 수단이 된다. 따라서 사상 선전이 노골적이고 문학성이 부족하다고 얕잡아 보는 경우에 사용된다. 일본에서는, 자유민권사상의 선전과 연결된 메이지 10년대(1877년 무렵)의 정치소설, 사회주의 혹은 반전론과 연결된 1890~1910년대의 사회소설·사회주의소설, 1925년대 중엽 이후의 프롤레타리아문학 등을 일컫는 경우가 많다. 이렇게 볼 때, 한국은 일본의 경향소설(정치소설·사회소설·사회주의소설·프롤레타리아소설 등)을 대부분 수용하여 시대적 변화에 안내·계몽용으로 소개되었던 신소설·번안소설·신경향파소설·프롤레타리아소설 등이, 선전적 도구·수단의 전통을 이어받은 동일연장선상의 경향소설이라고 할 수 있을 것이다. 1890~1930년대에 일본에서 공부한 한국 유학생들은 귀국하여 당시 일본에서 유행하던 여러 사조를 한국에 계몽·선전·운동하기 위하여 경향소설로 발표하였고, 단체를 조직하였고, 일본에도 그 단체의 지부를 두어 일본과 교류하기도 하였다.
　독일 문학용어 사전에서 '경향문학(독, Tendenzliteratur)'에 대한 해설은 다음과 같다. 라틴어의 tendere(무엇을 위해 애쓰다. 노력하다.)에서 나왔음. 넓은 의미로는, 인류의 중요한 문제와 중대한 관심사에 대해 종종 주관적인 답변을 주며, 작가 자신의 모종의 이념·견해·고백을 구체화하면서 상아탑 속에 고립되어 예술을 위한 예술의 유미주의를 대변하지 않는 모든 문학을 지칭함.
　Metzler Literatur Lexikon Begriffe und Defintion: Günther und Irmgard Schweikle(Hrsg.) Stuutgart, 1990, p.457 참고.

여기서 다루고자 하는 내용은 다음과 같다.

① 1910년대 일본의 사회주의소설로서 노동자의 억압과 폭발의 반
응을 묘사한 미야지마 스케오宮嶋資夫의『고후坑夫』(1916)와 1920
년대 한국의 신경향파소설로서 망국의 한과 유랑을 도피와 참여
의 반전으로 승화·묘사한 최서해의 「탈출기脫出記」(1925)를 통
해, 양국의 '계급·식민지의 인식·유랑'의 문제를 비교한다.

② 1920년대 자본주와 노동자의 상호보완적 발생과 이해관계의 상
충相衝을 묘사한 일본 하야마 요시키葉山嘉樹의『우미니이쿠루히
토비토海に生くる人々』(1926)와 1920년대 유랑과 귀향 그리고 재
창조를 위한 출향을 묘사한 한국 조명희의「낙동강」(1927)을 통
해 양국의 '노사대립과 식민지 인식'을 비교한다.

③ 1920년대 후반 식민지 확보를 위한 제국주의적 전쟁과 피착취의
질곡으로부터 벗어나려고 투쟁하는 노동자를 묘사한 일본 고바야
시 다키지小林多喜二의『가니코센蟹工船』(1929)과 1930년대 전반
합법·절충적이며 대세 순응적으로 후퇴한 듯한 운동을, 노동·소
작쟁의를 제휴적으로 묘사한 한국 이기영의『고향』(1933)을 통해
양국의 '제국주의 인식과 조국·고향의 발견'을 조명, 비교한다.

1. 계급·식민지의 인식과 유랑

사용가치를 달리하는 상품의 교환 과정에서, 교환의 당사자인 A와
B의 인간관계는 실질적으로 완전히 대등하다. 노동력을 상품으로 파
는 노동자와 노동력을 사는 자본가 사이의 인간관계 또한 본질적으
로는 그러하다. 그 위에서 민주주의적인 일체의 관념과 제도, 생활양

식이 발전한다. 노동력이 상품화되고 자본재 생산이 행해지면서 잉여가치·자본재 재생산·계급지배가 성립하지만, 이때 발생하는 갖가지 모순은 자본주의 사회에서 평등의 질곡으로 작용한다. 자본주의 사회는 봉건사회에 비해 인류사회가 한층 발전한 형태를 나타낸 것이다. 사회적 모순이 한층 심각하게 엉키면서, 인간 생활의 여러 가지 영역은 장족의 진보와 해방을 실현하였다.

일본의 사회주의소설인 미야지마 스케오宮嶋資夫의 『고후坑夫』(1916)는 자신의 해방 욕구를 자각하지 못한 노동자 계급이 예외적인 개성을 통해 자아 해방의 길을 찾는 모습을 최초로 보여준 작품이다. 이 작품은 반역의 자연발생적인 성질과 그에 따른 흥분·상실 등의 경과를 사실적인 표현으로 상징적으로 나타냈다는 데 그 특색이 있는데, 『고후』에서처럼 지배와 종속, 부와 빈곤으로 대립하고 있는 사회현실을 타파하려는, 노동자라는 새로운 타입의 인물을 문학적으로 형상화하면서 다이쇼기 노동문학은 성립한다.

최서해崔曙海의 「탈출기脫出記」(1925)는 1920년대 신경향파소설을 대표하는 작품 가운데 하나이다. 최서해의 소설은 흔히 '소재 문학' 또는 '체험 소설'이라고 불리는데, 이것은 작가 자신의 만주에서의 유랑 체험을 바탕으로 하층민의 궁핍한 생활상, 빈궁에서 비롯하는 계층간의 갈등이 생생하게 표출되고 있기 때문이다. 「탈출기」는 식민지 조선의 궁핍화 현실을 사실적으로 재현, 당대사회의 모순에 대한 비판과 저항, 그리고 투쟁의식을 고취하고 있다는 데 그 특색이 있다.

1910년대 일본의 사회주의소설로서 노동자의 억압과 폭발의 반응을 묘사한 『고후』[2]와 1920년대 한국의 신경향파소설로서 망국의 한

---

2 宮嶋資夫, 『坑夫』(1916)(『近代社會主義文學集』, 『日本近代文學大系』 51, 角川書店,

과 유랑을 도피와 참여의 반전으로 승화·묘사한 「탈출기」[3]를 '계급·식민지의 인식·유랑'을 주제로 비교하겠다. 아울러 이를 보다 선명하게 하기위해, '일본 노동계급의 인식과 유랑'과 '한국 식민지의 인식과 유랑'을 통해, '계급과 식민지 그리고 문학'을 함께 살펴보기로 한다.

1) 일본 노동계급의 인식과 유랑

일본은 '청일전쟁'과 '러일전쟁'에서 승리한 후, 이를 계기로 하여 근대자본주의 체제와 국가관을 확립, 제1차 세계대전의 발발(1914)과 함께 세계적인 강자로 부상한다. 방적업을 비롯하여, 철도·제철 및 기계공업 등 공업화의 진전은 다수 노동자의 고용을 촉진했고 대자본의 형성은 빈부의 격차를 심화시켜 위화감을 고조시켰다.

국제적 조류로는 노동자계급이 승리한 1917년 11월의 러시아 볼셰비키혁명에서 큰 영향을 받았다. 노동자·농민의 정치권력인 사회주의가 처음으로 나타나 전 세계를 충격 시킨 사실을 볼 때 그 영향은 일본의 노동자·농민에게도 매우 큰 것이었음을 알 수 있다. 여기에서 주목할 것은 구보카와 쓰루지로窪川鶴次郎가 일본 노동자 계급의 투쟁과 같이, 조선의 3·1독립운동 역시 러시아 혁명의 영향아래에서 일어났다고 말하고 있다.

　　1919년 조선의 서울에서 발생하여 각지로 6개월 동안에 걸쳐 조선
　　독립의 폭동이 일어나, 관헌의 말로 표현할 수 없는 탄압이 행하여졌

1971).

3 崔曙海, 「脱出記」(1925)(『崔曙海단편소설집』, 한국문화사, 1994).

던 3·1사건(혹은 만세사건이라고 함)도 역시 이 러시아혁명에 의해서 전 세계에 불러일으킨 혁명적 정세의 한 현상인 것은 말할 것도 없을 것이다.[4]

이렇게 근대적 의미의 계급운동이 활발히 전개되기 시작한 이 조류 속에서 예술 분야에서도 새로운 주장으로 '민중예술民衆藝術'이 출현했다.

'민중예술'이라는 용어가 대두된 계기는 혼마 히사오本間久雄의 「민중예술의 의의 및 가치民衆藝術の意義及び價値」가 발표된 후부터이다.

이때까지 '인민', '평민'으로 번역되어 오던 'People'이 '민중'으로 번역되어 데모크라시의 배경을 떠맡아 부각되기 시작했다.

> 민중이란 말할 것도 없이 평민의 지칭이다. 상류계급 또는 귀족계급을 제외한 중류계급 이하 노동계급의 모든 것을 포함한 일반민중 일반 평민계급에 속하는 사람들이다. 따라서 민중예술이란 평민예술과 다름없다.[5]

이러한 민중예술론은 일본문학에 일종의 진보적 기운을 제공했다. 그러나 아직은 이것을 계급예술이라고 말할 수 없는 단계였다.

인간은 자칫 배외항쟁排外抗爭·종파주의宗派主義에 빠지기 쉽다. 양산量産에 의하여 저절로 팽창된 기성조직을 중핵으로 하는 기성 잠재

---

4 窪川鶴次郎,「文學史論」,『文藝戰線』, 1926.10, p.73.
"一九年に朝鮮の京城から發して各地に六か月にわたって朝鮮獨立の暴動が起り, 官憲の言語に絶した彈壓の行われた三·一事件(あるいは万歲事件といわれるもの)もまたこのロシア革命によって全世界にひき起された革命的情勢の現れであることは言うまでもないであろう."
5 本間久雄,「民衆藝術の意義及び價値」,『早稻田文學』 129호, 1916.8.1, p.2.

질서의 현재화顯在化라는 사태수습의 방법밖에 나오지 않기 때문이다. 군부나 관료 집단은 이와 같은 기성조직의 대변자의 전형이라 할 수 있고, 일본의 천황이라는 존재야말로 기성既成 잠재질서의 상징이었던 것이다.

1910년, 일본의 근대 천황제 확립자 야마가타 아리토모山縣有朋의 대리인이었던 가쓰라 다로桂太郎 내각 때, 일부의 테러리스트의 계획이 발각된 것을 계기로 사회주의자의 전위적前衛的 사상을 문제 삼은 소위 '대역사건大逆事件'[6]은 사회주의자·노동운동가의 활동뿐 아니라 일체의 민주적 개혁을 동결시켰고, 결과적으로 '동토凍土의 시대'를 형성, 자아를 관찰과 비판의 축으로 둔 자연주의 문학을 질식시켰다. 이 와중에서 이시카와 다쿠보쿠石川啄木의 『지다이하이사노겐죠時代閉鎖の現狀』(1910) 및 『요비코토구치부에呼子と口笛』(1911)는 오히려 사회주의를 지향하는 큰 시야와 용기를 보여주었고,[7] 오스기 사카에大杉榮와

6 급진적 사회주의자들의 메이지 천황 암살계획과 이에 대한 일본 정부의 탄압사건. 1907년의 사회당 사건, 1908년의 赤旗 사건, 그리고 정부의 사회주의 운동에 대한 탄압 강화 때문에 宮下太吉을 비롯한 4명의 급진주의자들은 천황을 암살하여 世人의 천황에 대한 미신을 타파하려고 계획했다. 이 계획은 1910년 5월 20일 발각되어 4명 모두 체포당했다. 일본 정부는 이를 기회로 사회주의자를 일소하기 위해, 幸德秋水 등 이 사건과는 무관한 사회주의자들을 체포, 비공개 재판을 거쳐 사형 12명, 무기징역 12명, 유기징역 2명으로 판결, 처형했다. 이를 계기로 최초의 노동자 보호법인 공장법이 제정 공포(1911)되는 등 약간의 사회 정책적 배려가 이루어졌다.
7 이시카와 다쿠보쿠石川啄木가─ 일해도 일해도 여전히 고달픈 나의 삶은 나아지지 않아 말끄러미 손만 보네(はたらけど はたらけど猶わが 生活樂にならざりぢっと手を見る·岩成之德·黃聖圭 共著, 『石川啄木의 명시감상100선』 서울: 시사일본어사, 1994, p.33) ─라고 읊었듯이, 이런 노동관은, 실제로 진행하는 경제체제와 모순하지 않을 수 없고, 이와 같은 모순이 20세기 초부터 심화되었다. 이와 함께 전근대적 노동관을 배양한 自然村의 기초조건이 없어져 갔다. 그래서 예로부터 "부지런한 부자는 하늘도 못 막는다(稼ぐに追い付く貧乏なし)"는 신념은 동요되어, 사람들은 "부지런한 가난뱅이(稼ぐに追い付く貧乏)"를 의식하자 노동의욕은 갑자기 감퇴하고, 한편에선 수단으로서의 노동이 문제로 되었다. 때문에 수심교육修身敎育이나 사회교화社會敎化에서 '근검역행勤儉力行'이 고취되고 이에 반한 행위를 심하게 비난하고 이데올로기적인 조치가 시도되었다. 그러나 낡은 노동관의 유지는 노동에서 목적 수단의 분리가 의식되면, 적어도 목적의 전환을 필요로 한다. '勞動의 神聖'이란 말은, 의외로 노동의 목적의식을

아라하타 간손荒畑寒村은 이러한 시대상황을 풀어 보려는 하나의 시도로 사상·문예지『近代思想』을 창간(1912)했다.『近代思想』은 오스기 사카에·아라하타 간손의 문학적 활동뿐만 아니라 무명이었던 이시카와 다쿠보쿠의 유작遺作을 소개하고, 미야지마 스케오와 미야지 가로쿠宮地嘉六 같은 대표적인 노동문학 작가들에게 문학적인 발판과 작품 발표의 기회를 제공했다.

다이쇼기의 중요한 의의는 다이쇼 데모크라시를 갖고 있다는 것이다. 메이지 데모크라시가 일본과 근대, 동양과 서양이란 모순 개념의 외발적인 접합이었다면, 다이쇼 데모크라시는 메이지헌법을 전제로 하는 제한군주제天皇機關의 범위 안에서 일본과 근대를 통일하는 시민의식個人意識으로 성립되었다. 메이지 데모크라시의 근간인 사족의식은 다이쇼기에 이르러 시민의식으로 대치되었다. 이는 메이지 사회주의 또는 사회소설이 소수 지식인(그 실체는 메이지적明治的 경국사상)의 지사적 기질을 핵심으로 하는 사상이었음에 비해, 다이쇼 사회주의는 시민의식이 확장된 사회의식으로 자리 잡았음을 의미한다.

일본의 근대사상에서, 메이지시대에는 소위 유교를 매개로 하여 이해되었음에 비하여 다이쇼시대에는 개인주의·자유주의·민주주의·사회주의로서 이해하여 뿌리내리고 널리 방법적으로 실용되는 단계로 들어섰다.

다이쇼 이후 대두된 '流民化'·'不在化'의 현상은, 농촌 부호長者의 '휴머니티'로 해결하던 농촌사회의 전통을 일변시켰다. 지주는 이미 소

흐리게 하여 낡은 노동관을 온존하는데 유효했는데, 나아가 노동 그 자체를 자기목적화하여 노동에 수반된 기쁨을 노동의 보수로 볼 수가 강조되게 되었다. 그리하여 뿌리 깊게 잔존했던 전근대적 노동관의 존재는, 1932년 이후 전개된 농촌갱생운동의 정책적 기초와 과제를 발견했다고 할 수 있다.

작인에게 인간적인 정감을 갖고 있지 않음에도, 소작인은 조상으로부터 전해진 '一系型家族'의 전통(二代, 三代家族)이라는 희미한 묵계의 기억 때문에 뭔가 지주에게는 범하기 어려운 의리를 갖고 있었다. 지주는 더 이상 소작인을 돌보지 않는데, 소작인은 여전히 지주에게 의존하려 하는 데서 이른바 '온정주의溫情主義(지주의존)'가 기능하는 場이 발견되었다. 그리고 '온정주의'를 매개로 하여 농민의 지주의존이 국가의존으로 유도되어, 국가 권력이 지주·보스·종가의 권위를 대신하게 되었다. 그렇다고 국가가 농민을 완전히 보호한 것도 아니다.

'국가 권력'이 종래의 '사회적 권력'을 대신하여 하층 계급으로 침투하고, 이 도체導體에 의해 '복종 ↔ 보호'의 관계가 형성된 것이다. 사회적 권력에 대신한 국가적 권력에 복종하고, 그에 의지하여 보호받는 계층은 인간계급으로 결정되는 데 길들여졌던 기층민基層民이었다.

노동을 자본과 교환하기 시작한 노동자들은, 지금까지 깨닫지 못하고 보지 못했던 자신들의 계급적 위치를 발견한다. 이들은 자신이 노동계급임을 새삼스럽게 인식, 그 반응으로 무의식적·개인적(미조직적)으로 반항하면서 끝없는 유랑으로 억압된 자신을 풀었고, 끝내는 폭발하여 사라져 간 것이다.

2) 미야지마 스케오宮嶋資夫의 『坑夫』-억압과 폭발-

『고후坑夫』[8]는, 심부름꾼·사환·갱부坑夫의 파수·고서적·막일꾼 등

---

[8] 『坑夫』는 大正期의 사회주의 문학 중에서 '노동문학' 최초의 작품이다. 1912년의 荒畑寒村의 「艦低」가 노동문학의 선구라 하지만, 이것을 노동문학으로 받아들여 발전시킨 움직임은 바로 나타나지 않고, 1916년 1월에 단행본으로 간행된 宮嶋資夫의 이 『坑夫』에 의해 비로소 새롭게 전개된 것이다.

미야지마 스케오(1886.8.1~1951.2.19)의 다양한 체험이, 갱부인 주인공 이시이 긴지石井金次의 이미지로 형상화된 작품이다.

배경으로는 1907년 2월의 아시오광산足尾銅山 폭동으로 촉발된 직접행동론의 좌절 이후, 사회 전체를 휩쓴 불신·비겁·의지박약에 대한 증오의 경험을 작품화한 것이다.

『고후』의 주인공 이시이 긴지는 아버지 때부터 갱부로 설정되었다. 누구에게도 떨어지지 않는 뛰어난 솜씨를 가지고 어느 광산에서나 뽐내며 통하는 인간이다.

> ① 산은 다이너마이트를 터뜨릴 때마다 크나큰 몸뚱어리를 꿈틀대며 괴로운 듯이 신음했다. 하지만 이시이로서는 그 처절하고 요란한 음향과 함께 쇠처럼 단단한 바위도 가루로 분쇄粉碎해 버리는 것이 날마다 맛보는 한없는 쾌감이었다.[9] 또한 그는 몇 만 년인지도 모르는 옛날부터 아무것도 닿은 적이 없는 산의 육질肉質을, 자신이 쥔 강철 정의 날 끝으로 한 번 망치질 할 때마다 파고 들어가는 기분을 탐하여 맛보았다. (…중략…) 정의 날에서는 눈에 보이지 않는 그 무언가가 손에서 팔로, 팔에서 전신으로 전해지는 것을 느꼈던 것이다.   (『坑夫』一, p.65)

1916년 1월에 단행본으로 간행된 『坑夫』는 발매 3일 후 발매금지가 되고, 紙型까지 압수당한다. 4년 후 단행본『恨みなき殺人』(聚英社의 「社會文藝叢書」의 一冊)에 부분 삭제로 게재, 합법적으로 유포되다가, 大正 9년(1920) 7月 간행된 宮嶋資夫의 소설집 『恨なき殺人』에 의해 비로소 일반인에게 공개되었다. 고리키의 「체르캇슈」에 가까운 『坑夫』는, 『近代思想』이나 『生活と藝術』 등에 실린 人民的 내지 사회주의적 경향의 작품에 비해 그 주제나 소재, 形象性, 규모의 비약적 성장을 나타내고 있으며 '노동문학'의 이름에 걸맞은 새로운 실체가 형성되었음을 드러내고 있다.

9 이 '快感'은 石井金次의 환경적·생리적 기질을 드러내고 있다. '쾌감'을 강조하기 위하여 '고통스럽게 신음하'는 산의 이미지가 사용되고 있다. 이와 같은 자연묘사는 기교적 요청에 근거한 것으로, 반드시 자연관 자체의 혁신을 의미하고 있는 것은 아니다.

이 서두 부분은 노동하는 육체의 강한 반응을 처음으로 정착시킨 대목이다.

산에 매장되어 있는 광물을 품고 있는 암석을 '산의 육질'로 표현하고 산이 "크나큰 몸뚱어리를 뒤틀면서 괴로운 듯이 신음했다"고 묘사하는 의인법, 다이너마이트를 터뜨리는 노동을 "날마다 맛보는 한없는 쾌감", "산의 육질을 자신이 쥔 정 날 끝으로 망치질 할 때마다 파들어가는 쾌감"은 '산의 육질'을 파쇄破碎 하는 이미지이다. 노동의 쾌감이 파쇄의 이미지[10]로 포착된 데에서, 다이쇼기 노동운동의 활성화와 함께 노동 그 자체가 적극적으로 파악된 것을 감지할 수 있다.

자연분쇄 이미지는 노동의 자각에서 나타난 것이다. "처절하고 요란한 음향", "가루로 분쇄하는", "몇 만 년인지도 모르는 옛날부터" 등은 상당히 유형적인 수사이다.

> 암흑 같은 동굴 속에서 <u>마음에 들지 않는 사람의 얼굴을 보는 일도 없이</u>, 있는 힘을 다 휘둘러 바위를 바수어 산의 육질로 뚫고 들어가는 동안만큼 그는 모든 염증마저도 잊고 있었다.　　　(『坑夫』, p.84)

밑줄 부분은 일반적인 인간 기피 현상이 아니라, 환경과 기질을 조건으로 한 이시이의 성장 과정에 의해 깊어진 고독의 표현일 것이다.

마을의 오나미お波라는 아가씨를 아내로 맞아, 단칸방에 새 살림을 차린 지 얼마 되지 않아 미야자와宮澤가 막장 깊은 곳에서 작업하다 떨어져 죽는다.

---

10 자연·상대 파쇄, 공격적 행위, 완벽한 처녀성으로서의 육체를 개척하는 관능적 행위가 노동 행위에서 맛보는 石井金次의 쾌감으로 묘사되고 있는데, 이 고독한 쾌락은 흉포한 쾌락과 상응한다.

② 미야자와宮澤의 몸뚱이는 완전히 갈기갈기 찢겨 부서져 있었다. 갱도에 떨어졌을 때, 온 몸무게로 떨어졌기 때문일 것이다 — 머리통은 엉망으로 으스러지고 반쯤 튀어나온 눈알은 원망스런 듯이 뭔가를 째리고 있는 듯했다. 입술은 석류처럼 엉망으로 찢겨 터지고, 부러진 목뼈는 볼품없이 꺾여 구부러졌다. 사체를 씻어 흐르는 물에 빨간 핏물이 섞여 있었다. — 인간의 신체를 할 수 없을 정도로 엉망으로 혹독히 파괴한 듯한 모습을 갱부들의 얼굴에는, 같은 운명에 대한 두려운 기색이 감돌았다.　　　　　　　　　　　　　　　　　　(『坑夫』, p.129)

석류가 익으면 옅은 홍색의 씨가 터져 나온다. 이와 같이 입술이 찢어져서 속살이 터져 나온 상태를 색조적色調的으로 묘사하는 것은 너무나도 선연하게 목격된 육체파쇄의 이미지[11]이다.

그 울림은 금방 하나가 되어서 따스한 봄날의 대기를 흔들고 창공 속으로 퍼져 사라졌다. (…중략…) 물처럼 푸르게 갠 하늘을, 은색 구름이 조용히 흐르고,　　　　　　　　　　　　　　　　(『坑夫』, p.67)
칠흑 같은 동굴 아래서 홀로 죽어 버린다면 화날 것도 슬플 것도 없어져서 모든 고통이나 염증으로부터 해방되어 완전히 자유로워질 것 같은 생각이 들었다. 동료가 비웃든 남이 조소하든 이런 것은 아무래도 좋다고 생각했다 — 그 순간 죽음은 그에게는 가장 아름답고 즐거운 것으로 생각되어 멈칫 일어선 것이다. (…중략…) — 죽음이 벌써 눈앞에 다가왔다 — 고 생각하니 그는 자신이 하는 것이 바보스러워 졌다. 이렇게 하고 있으면 곧 바로 죽을지 모른다고 생각하자, (…중략…) 본 갱도로 나와서 밖에서 흘러 들어오는 희미한 광선을 인식하자, 몸

---

11 인간·자아파쇄(방어적) 자연(상대)파쇄의 쾌감은 곧바로 인간의 육체(자아)파쇄의 이미지로 대체되면서 노동의 쾌감마저도 빼앗겨 버린다.

을 구부려 뛰어나왔다. 잔뜩 흐린 하늘과 비에 젖은 푸른 산을 우러렀을 때, 그는 과연 삶의 희열을 느꼈다. 크게 한숨을 쉰 그의 얼굴은 창백해 있다. 밥집으로 돌아와서 그는 한사람의 살아남은 축배를 마셨다.

(『坑夫』, p.128)

이 부분은 자연과 관능적으로 맺어진 지하 갱도 노동의 생생함이 있다. 자연과 육체적으로 공감하는 의인법은, 이시이가 이미 인간사회에서 찾아내기 어려운 것을, 代償(補塡)的으로 자연 속에서 찾아낸 것을 은연중에 묘사하고 있다.

어느 날 밤, 뒤척이다가 같은 방에서 자고 있는 갱부들을 둘러보니 모든 얼굴이 살아 있는 사람이라고는 할 수 없을 정도로 지쳐 있다.

그는 이런 외로운 깊은 산 속에서 맛있는 술이나 아름다운 여자를 가까이 할 수도 없고 위험이 많은 일로 쓸쓸히 허송세월로 중년이 되면 갱부 병에 걸려서 고목처럼 죽어 가는 사람들이, 덧없는 몸뚱어리를 진지하게 걱정하는 일도 없이 한가하게 자고 있는 모양을 보니 모두 다 두들겨 깨우고 싶어졌다. 그러나 그것은 결국 아무것도 아니라는 생각이 들자 그는 다시 밀려오는 외로움을 견딜 수 없었다.

(『坑夫』, p.96)

동료들의 현실에 대하여 이러한 비판을 가지고 있으나, "바작바작 밀려드는 초조한 생각에 그는 가만히 앉아 있을 수 없어서,"(『坑夫』, p.96) 마에타카前高의 처 오요시お芳를 떠올렸다. "그 무엇도 닿은 적이 없는" 육체도 아니지만, 매춘부도 아닌 신선하고 아름다운 타인의 처였기에, "이시이의 몸에서는 모험자같은 격정적인 조수가 솟아오른"

(『坑夫』, p.96) 것을 자각하면서 그녀를 비수로 위협한다. 허나, "그 풀죽은 모습을 보자 그의 피는 사냥감을 얻은 야수처럼 끓었다. 그는 목을 늘여서 램프 불을 불어 껐다. 넘어뜨려진 여자는 반항도 하지 않았다"(『坑夫』, p.97)에서처럼, 완벽한 처녀성으로서의 산의 육질을 파 들어가는 쾌감과는 다른 종류의 것이었다. "처음으로 그의 마음을 방문했던 부드러운 사랑"(『坑夫』, p.99)도 오요시가 자기와 도망갈 생각이 없다는 것을 알자 오요시가 "상당히 부정한 여자", "근성이 썩은 여자"(『坑夫』, p.104)의 모습으로 변질되고 만다. 적막과 비애는 분노의 최고조에서 육체파쇄 이미지로 발전한다.

> ③ "자신의 입으로 다이너마이트를 물고 불을 붙여, 근질거리는 몸을 가루로 만들어 날려 버리고 싶다고도 생각하고 있었다"
>
> (『坑夫』, p.105)

③도 ②와 같은 육체파쇄 이미지를 지향하고 있다.

"野州의 광산에 대폭동이 일어났을 때도, 천성적으로 빠르고 기민한 몸을 가진 이시이는, 폭동의 주동자보다도 용감히 싸웠다. 금방이라도 폭발하려는 도화선이 짧은 다이너마이트를 내던져"에서 보이는 바와 같이, 미야지마 스케오는 『고후』의 주인공을 적극적인 캐릭터로 설정하여 '주제의 적극성'을 분명히 하고 있다.

> 집을 태우고 사람을 상해하고, 피와 불이 난무하는 아비규환 속에서, 온몸에 넘쳐흐르는 반항의 집념을 불태웠으나, ……군대에 압도되어 몸이 둔한 대부분의 사람이 잡혔을 때도, 잽싼 이시이는 산 능선을 교묘히 빠져나갔다. (『坑夫』, p.92)

『고후』는 이시이가 동료 갱부들에 의해 참살 당하는 육체파쇄의 이미지에 의해 막을 내린다.

④ 얼굴은 눈코의 구별도 할 수 없을 정도로 울퉁불퉁 푸르딩딩하게 부어올라서 찢어 터진 곳에 응어리진 피가 역겨운 빛을 발했다. 분한 듯이 굳게 다문 입가엔 더러운 핏덩이가 말라붙어 있었다. (…중략…) 사방에 튄 핏자국은, 볶는 듯이 내려 쬐는 햇발에 말라붙어 검붉게 되었다. (『坑夫』, p.148)

이 종결은 새로운 육체파쇄의 이미지를 묘사하고 있다. 작자 미야지마 스케오의 아나키즘 사상 혹은 노동운동의 미성숙이란 사상적·역사적 접근 시도가 엿보이는 부분이다. ①같은 육체파쇄 이미지가 ②뿐만이 아니라 ③에 이르는 과정에서 시대를 앞지른 비극이 있었고, 미야지마 스케오는 바로 그 지점을 형상화하면서 사상과 육체파쇄의 이미지가 일체로 된 듯한 문학·문체를 창출했다 할 수 있다. 이는 다가올 신진 작가의 새로운 작품에 큰 영향[12]을 미친다.

노동자가 그 이전까지 보지 못하고 느끼지 못했던 자신의 계급적 위치를 발견하고, 국가적 권력·사회적 권력·자본가 권력의 억압에 대한 반응으로 저항·폭발하는 파쇄의 이미지로 주인공 이시이의 죽음이 말해 주고 있다.

만족할 수 없는 현실을 자각한 노동자가 적극적으로 지배와 종속,

---

12 아리시마 다케오有島武郎의 『カインの末裔』(主人公 廣岡仁右衛門의 無賴(不良)生活), 하야마 요시키葉山嘉樹의 『海に生くる人人』파쇄적 이미지(종착 항구에 도착했을 때, 창녀들을 숨겨서 데려온 사실을 들키지 않았다는 안도감에, 창녀들을 닿줄 있는 곳에서 피신시키지 않고 바로 닻을 내려 버려서, 숨겨 놓은 창녀들의 온 몸뚱어리가 갈기갈기 찢어져서, 배 밖으로 퉁겨져 나오는 묘사 장면), 고바야시 다키지小林多喜二의 『蟹工船』(주인공의 방랑)으로 이어지게 된다.

부와 빈곤의 사회 현실을 타파하려고 괴로워하고 방황한다. 이처럼 새로운 인간형human type을 문학적으로 표현함으로써 다이쇼기의 노동문학이 성립된 것이다.

3) 한국 식민지의 인식과 유랑

1917년 11월 러시아의 10월 혁명이 승리한 직후에, 일본의 참모본부는 시베리아 출병의 계획을 세웠다. 이 파병의 목적은 참모본부의 문서에 "파병의 목적은 과격파의 폭거나 적대행위를 진압하고, 지역의 치안을 유지하며, 온건한 사상을 가진 주민을 보호하고, 필요하면 독립운동을 지원 하는 것"으로 되어 있다. 과격파라는 것은 혁명파로서 즉 파병의 목적은 반혁명분자를 지원하고 새로운 혁명정권을 넘어뜨리고 러시아에서 극동을 분리하여 일본에 종속한 괴뢰정권을 만드는 것을 계획했던 것이다. 이 속마음을 감추기 위해, "극동에서 일본인의 생명이나 재산의 위협이 나타나고 있다"라는 기만적인 선언도 행해졌다. 당시 연해주에는 수천 명의 일본인이 살고 있었지만 그런 위협은 없었다. 블라디보스토크에 있던 일본총령사관인 기쿠치 요시로菊地義郎 총영사마저도, 이런 선언을 듣고 "연해주에는 질서가 있다. 보호의 필요성은 없다. 블라디보스토크에 군함을 넣는 것은 러시아인의 일본인에 대한 적의를 강화시킬 뿐이다"라고 이의를 제기했던 것이다.

그러나 이와 같은기쿠치 요시로 총영사의 말을 듣지 않고, 1918년 1월, 2척의 군함을 블라디보스토크에 입항시켰다. 거의 같은 무렵 영국의 군함도 입항시켰다. 4월 4일에서 5일에 걸쳐 블라디보스토크 시내에서 두 사람의 일본인이 살해됐다. 소련 측은 빨리 합동조사위원회를 만들자고 제안했으나 일본은 이를 거절했다. 그러는 사이 두 사람의 일본인 시체는 어디론가 사라져 버렸다. 그리고 소련은 통치능력이 없다고 일본과 영국의 해전대海戰隊가 상륙했던 것이다.[13]

일본군은 시베리아 출병 시, 처음으로 본격적인 빨치산 전쟁에 직면했던 것이다. 그리고 많은 러시아의 보통사람들을 살상했던 것이다. 이것은 조선의 3·1운동이나 간도빨치산 탄압·남경대학살 등에 선행한 전초적 악행이었다. 나아가 소련을 가상적국으로 한 선전으로, 전쟁전의 평화운동이나 사회운동을 말살하기 위한 1925년의 치안유지법 제정의 전제로 되었다.

시베리아 출병 시기는 실로 국제정치가 권력국가에 대항해서 해방되어 가는 역사적 출발점이었다고 생각할 수 있다. 간도·시베리아 지역은 조선인이나 중국인이나 러시아인 등, 여러 민족·인종이 나름대로 살던 곳으로, 사실상 여기에 사는 주민들은 국가관념이나 영역관념에 구속되지 않았던 것이다. 그것을 마음대로 그런 영역으로 구속시킨 것은 국가였다. 이렇게 '多國民·諸國民社會'를 몰랐기 때문에 일본은 이 지방에 파병과 출병을 했던 것이다.[14]

조선 독립을 의도한 3·1운동과 일본군의 시베리아 출병은 양자 사이에 대단히 유기적인 관계가 있다. 신생 소비에트·러시아에 대해 간섭한 것이 시베리아 출병인데, 사실 그 이면에는 또 하나의 목적이 있었다. 즉, 속주머니에 조선독립운동 탄압이라는 또 한 자루의 칼을

---

13 ミハイル·スベタチェフ, 「スタ-リニズムと抑留」, 日本社會文學會 編, 『植民地と文學』, オリジン出版センタ-, 1993, pp.47~49.
14 芳井硏一, 「國防史における暗黑の章」, 日本社會文學會 編, 『植民地と文學』, オリジン出版センタ-, 1993, p.56.

숨기고 있었던 것이다. 일본군은 블라디보스토크의 공격과 동시에 간도에 출병했다. 이것은 '二重出兵'인데, 그 목적은 조선독립운동을 탄압하기 위한 것이었다.

현재 '두 개의 한국'이라고 하는데, 사실은 '남한', '북한', '일본의 한국', '시베리아의 한국', '사할린의 한국', '중국의 한국', '중앙아시아의 한국', '아메리카의 한국'의 '여덟 개의 한국'이 있다. 이 한국의 민족분열에 대하여 '중앙아시아의 한국'과 '아메리카의 한국'의 '두 개의 한국'에 대하여는 일본이 면책할 수 있다. 그 나머지 '여섯 개의 한국'에 대하여는 일본은 책임을 면할 수 없다.[15]

한국에서 사회주의 사상이 대두하기 시작한 것은 3·1 운동을 전후해서였다. 이 배경에는 러시아에서 일어난 볼셰비키 혁명의 직·간접적 영향도 부인할 수 없지만, 가장 큰 이유는 식민지 하에서의 현실이 우리의 민족운동에 사회주의적 요소가 수용되도록 자극했기 때문이다. 한국의 민족운동은 민족적 사회주의 내지 사회주의적 민족주의의 색채가 짙었고, 이러한 상호영향의 요소 때문에 해방 전까지의 사회주의 운동은 우리 민족 운동사의 일정 부분을 차지한다.[16]

1920년대 사회주의 운동의 흐름은 다음의 3기로 나누어 살필 수 있다.

① 1919년~1921년 사이, 점진 및 급진적 민족주의 운동의 전진과 민족주의 운동 안에서의 사회주의적 경향의 출현.

---

15 高橋治, 「シベリア出兵と朝鮮」, 日本社會文學會 編, 『植民地と文學』, オリジン出版センタ-, 1993, pp.35~38.
16 조지훈, 「한국민족운동사」, 『한국문화사 대계』 제1권, 고려대 민족문화연구소, 1979, p.737 참조.

② 1922년~1923년 사이, 민족주의 운동 안에서의 사회주의 운동의 분열과 사회주의 운동 안에서의 분파가 발생.

③ 1924년~1925년 사이, 민족·사회주의 진영 간의 대립이 노골화되고 사회주의자들의 전선 통일을 위한 조직 정비 완료.[17]

사회주의 사상이 당시 한국에 받아들여져 민족주의 운동의 체계 안에서 사회주의적 경향이 발생하게 된 데에는 몇 가지 구체적 요인이 있다.

① 중산층의 민족주의자들은 일반적으로 보수적이기 때문에 혁명적일 수가 없었고 자연히 자치론 등을 운위하였던 바, 이에 대한 타개책으로서의 새로운 사상이 요구되었다.

② 당시 한국의 사회적 상황은 주권이 없는 식민지 하에서의 많은 제약으로 민족 혁명운동이 불가능하다고 판단하여 전환점을 사회주의적 경향으로 하였다.

③ 청원 형식의 독립운동으로는 무리라고 판단한 젊은 층의 대안이 요구되었다.

④ 사회주의자의 슬로건 '현실 타파의 반항적 개혁주의로서의 입장'이 민중들의 동경의 대상이 됨.

⑤ 임시정부 내의 일부 민족주의자들까지 고려공산당에 가입했다. 이는 볼셰비키 사상에 공명共鳴해서는 아니었다. 임시정부에 소련이나 코민테른 이외에 외국의 지원세력은 없었다.[18]

---

17 김준엽·김창순, 『한국공산주의운동사』 제2권, 고려대 아세아문제연구소, 1970, p.27 참조.
18 김준엽·김창순, 같은 책, 1981, p.27 및 신일철의 『신채호의 역사사상연구』, 고려대출판, p.283 참조.

조선의 사회주의 사상이 1920년대 중반 이후 지식청년들을 위시하여 다가올 프롤레타리아문학 작가와 비평가들에게 적지 않은 영향을 미친 것은, 이 시기 사회주의 사상이 갖는 의미는 결코 무시할 수 없음을 말하고 있다.

일제가 조선을 합병하고 그들 식민지 체제의 장기 존속을 위해 행한 대변혁 중의 하나는 토지조사사업이었다. 1910년 합병과 함께 '토지조사국'이 설치되면서 본격적인 토지 수탈의 근거를 마련한 그들은, 1912년에 〈토지조사령〉을 반포 실시, 1920년경에는 토지약탈 정책의 일단이 완료되기에 이른다. 조선총독부가 토지조사사업을 실시한 일차적인 목적은 막대한 총독부 소유지를 확보하여 식민지 지배의 경제적인 기반을 만드는 데 있었다.

토지조사사업으로 방대한 토지가 조선총독부 및 동양척식주식회사와 일본인 지주에게로 넘어갔다. 이는 그만큼 조선인이 토지를 상실했음을 뜻하며 그것도 조선인 지주보다 자작농 및 자소작농自小作農이 주로 토지약탈의 대상이 되었다.[19]

이 토지조사사업은 농민을 토지 그 자체로부터 분리시켰으나, 지주와의 봉건적 착취관계는 자유계약이라는 형태로 그 겉모양만 달리한 채 여전히 계속되었다. 토지를 잃은 많은 농민은 공업노동자로 전신轉身하지 못하고 종래의 봉건적 영세농적 생활양식 아래 소작농으로 재편되었다. 농경의 영세성과 반봉건적 소작관계는 오히려 확대 재생산되고, 자작自作·자소작自小作을 희생하여 대지주 층으로 토지가 집중되어 반노예적 빈농층이 증가하였다. 이는 지주와 소작인과의

---

19 홍이섭, 「일제 식민지 시대의 역사적 성격」, 『한국근대사론』 제1권, 지식산업사, 1979, p.9 및 강만길, 『한국현대사』, 창작과비평사, 1984, p.91 및 이기백, 『한국사신론』, 일조각, 1966, p.361 참조.

계층적 대립을 첨예화시켰다.

토지조사사업을 마무리 지어 막대한 토지의 소유주가 된 조선총독부는, 1920년대에 산미증식계획産米增殖計劃을 시행한다. 이 계획은 단순히 조선에서 생산되는 쌀을 일본으로 운반해 가는데 그치지 않고, 일본에서 필요로 하는 쌀을 한국에서 계획적으로 생산해 내게 하는 것이었다. 이로써 독자적인 국민경제 단위를 이루어온 조선경제는 완전히 해체되었고, 일본으로의 쌀 수출을 목적으로 하는 쌀 중심의 단종경작형單種耕作型 산업구조가 확립[20]되었다.

이 시기에 행해진 산미증산계획은 일본인을 위한 증산계획이었다.

① 토지개량사업과 대규모 수리사업으로 인하여 중농 소농의 상당
  수가 농토를 팔게 되어 경제적 기반을 잃고 이농하였다.
② 소작인들은 수리조합비 등의 과중한 부담에 시달려야 했다.
③ 쌀의 과다한 일본 수출로 인해 국내의 쌀값을 올려놓는 결과를
  가져왔다.[21]

토지의 매매·양도·저당의 자유 확인을 계기로 상품 및 화폐경제가 농촌으로 급격하게 침투했다. 조세제도·전매제도 등의 압력으로 말미암아 자작농 및 자작 겸 소작농의 급격한 소작농으로의 전락이 이루어지고, 지주의 횡포에 따른 소작농의 이촌離村·이농離農·이산離散은 급속도로 진행되었다. 이렇게 한국 농촌의 파괴가 시작된 것이다.

1920년대 전반기에 일어난 소작쟁의 상황은 다음 〈표 8〉과 같다.

---

20 김문식, 「일제하의 농업」, 『일제하의 경제침탈사』, 민중서관, 1976, p.67 참조.
21 송건호, 『한국현대사론』, 한국신학연구소, 1977, p.77.

<표 8> 소작쟁의 발생 상황

구분	1920	1921	1922	1923	1924
건 수	15	27	24	176	164
참여 인원	4,140	2,967	3,539	6,060	6,929

(자료 : 朝鮮總督府 警務局, 「最近に於ける朝鮮治安狀況」, 1933)

소작쟁의의 원인은 1920년과 1921년의 경우 소작료 감액 요구가 가장 높은 비율을 차지하고 있었다. 그러나 1922년 이후에는 소작권 취소 및 이동으로 인한 분규가 가장 많았다. <표 9>에서 보는 바와 같이 1924년 같은 경우에는 총 164건 중 76.8%인 126건이 소작권 취소 및 이동 분규였다.

<표 9> 소작쟁의 원인별 누년 비교 표[22]

구분	1920	1921	1922	1923	1924
소작권취소 및 이동분규	1	4	8	117	164
소작료 감액요구 증액반대	6	9	5	30	22
지세 및 공과의 지주부담 요구	3	2	2	11	5
소작권취소 소송	-	-	1	-	-
부당 소작료 반환요구	1	1	-	1	1
소작료 운반 관계	1	-	-	2	-
지주 및 소작인 반감反感	-	2	1	-	-
소작료 사정방법	1	6	1	6	2
지세 반환 요구	-	-	-	2	-
기타	2	3	6	7	7
계	15	27	24	176	164

<표 9>의 소작쟁의의 원인을 살펴보면, 1920년과 1921년에는 소작

---

22 朝鮮總督府 警務局, 『最近に於ける朝鮮治安狀況』, 1933, p.168.

료 감액요구가 가장 높은 비율을 차지하고 있었지만, 1922년 이후에는 소작권 취소 및 이동으로 인한 분규가 가장 많았다. 1924년과 같은 경우에는 총 164건 중 그 76.8%인 126건이 소작권 취소 및 이동 분규였다.

한국 농민은 자작농의 상태에서 소작농의 상태로 전락하게 되었다. 이런 현상은 한국인의 궁민화窮民化와 고향 상실 및 국외 유출 문제 등의 식민지 사회의 병리와 직결된다.

일제 식민지하의 1910년대 후반기에서 1920년대에 걸쳐 수많은 농민이 유랑의 길로 떠났는데, 이중에 상당수가 일본으로 도항渡航하였다.[23] 재일조선인의 형성과정은 조선과 일본의 두 측면에서 고려할 수 있다.

① 조선은 일본의 식민지 지배, 수탈의 강화, 특히 토지수탈에 의해 조선농민이 토지를 떠나지 않을 수 없게 되어 일본으로 도항이 증가하였다.
② 일본은 저임금 노동자에 대한 일본자본의 요구가 있어 조선인을 도입했다.

특히 제1차 세계대전에서의 호경기에 방적, 석탄, 철도공사 등 여러 분야에서 저임금 노동자의 도입이 시도되었다. 이들 자본가 측의 요구에 대하여 조선총독부는 적극적으로 허가를 해주었다. 1917년 1월부터 6월까지 조선총독부가 내준 노동자 모집 허가인원은 1,690명이었지만, 실제로 3,365명이 도항했다.[24]

---

23 姜東鎭, 「3·1運動 이후의 勞動運動」, 尹炳奭·愼鏞廈·安秉直, 『韓國近代史論 Ⅲ』, 知識産業社, 1977, pp.233~235.

당시의 한국인 노동자의 저임금에 부채질을 가한 바 있던 농민의
이농자 수를 보면 〈표 10〉에서 보는 바와 같다. 이는 조선총독부 당
국의 통계에 기초한 것으로서, 실제 수는 이보다도 더욱 많았으리라
고 추측된다.[25]

〈표 10〉 농업으로부터의 전업자 수(1924~1925년)

구분	전업자 수
국내의 노동자로 전환한 사람	69,644명
일본으로 도항한 사람	25,038명
상업으로 전환한 사람	23,725명
공업 및 잡업으로 전환한 사람	16,879명
일가이산―家離散	6,835명
시베리아로 이주한 사람	1,091명
만주로 이주한 사람	3,133명
기타	3,497명
계	148,842명

조선문화에 대한 일제의 식민지 정책은 언론, 집회, 출판 등의 자
유를 빼앗는 것으로 처음 표면화되었다.[26] 일본이 조선에서 펼친 문
화정치文化政治는 세계의 여론에 밀려 시행된 기만적인 표면적 완화였
다. 그들의 식민정책의 근본에는 조금도 변화가 없는 정책의 전환이
었을 뿐, 오히려 더 간교한 통치방법이었다.

---

24 桶雄一, 「協和會-戰時下朝鮮人統制組織の研究」, 『天皇制論叢』 5, 社會評論社, 1986,
   p.11.
25 朝鮮總督府 內務局 社會課의 「農家經濟에 關한 調査」(1925년 9월)에 의거. 姜東鎭,
   같은 책, 1977, pp.190~194 재인용.
26 〈을사보호조약〉의 체결을 전후하여, 비분강개한 우국충정은 충천한 세력이었다. 일제
   통감부는 이를 제지하기 위해 소위 〈광무신문지법光武新聞紙法〉을 제정시켰다. 이 법률
   은 1907년 7월에 법령 제일호로 제정, 공포된 것으로, 이미 통감부시대에 조선민족의
   언론·출판을 탄압한 최초의 조치였다.

합방 이후 1910년대의 동화교육同化敎育 시도는 문화정치의 기만적 성격을 대변해 주고 있다.

① 조선인을 일본 신민으로 육성하는 일을 교육의 목적으로 한다.
② 점진주의를 취한다.
③ 근로의 습관을 형성하는 일에 힘쓴다.
④ 보통교육 및 실업교육에 주력한다.
⑤ 國語(일본어)의 보급을 도모한다.[27]

등의 충량한 신민교육의 이념으로부터 3·1운동 후 1920년대의 내선일체內鮮一體 강조로 변환하는 강경교육정책의 우회도 마찬가지이다.

유토피아를 찾아 간도間道로 떠난 조선인은, 그 어디에도 이상국은 없고 타국에서 빈궁의 질곡을 헤매던 끝에 조국을 떠올리게 되었고 나를 따뜻하게 감싸주는 어머니같은 조국이 아닌, 싸늘하게 동토의 땅으로 변해버린 '식민지 조국'을 보았던 것이다.

4) 최서해의 「탈출기」 ─도피와 참여의 반전─

1920년대의 한국소설의 중요한 특징 하나는 빈궁의 묘사가 증가한 현상이다. 그런 만큼 1920년대와 1930년대에 걸친 한국소설의 등장인물은 빈자의 상像에 의해서 지배되는 경향이 현저했다. 이런 현상은 다음 시대 소설의 한 특징으로까지 연장되고 있다. 물론 민담民譚[28]이

---

27 韓基彦 外, 『日帝의 文化侵略史』, 民衆書館, 1970, p.17.
28 일반적으로 민담구조의 갈등 형식에서 富者와 貧者는 그 表象內容이 각기 대립적이다. 즉, 敵對的 /親愛的, 無慈悲/慈悲, 貪慾/謙遜, 不滿/滿足, 僞善/率直, 虛僞/正直 등으로 짝을 이루어 대립되고 있다. 이와 달리 옛 歌辭에는 가난이 선비의 문화로 받아

나 전대소설에서도 부자와 빈자의 이원론적 대립은 갈등요소로 되어 왔다.

이처럼 가난한 사람들의 위상이 상승됨에 따라, 삶의 조건인 가난 貧窮과 생활양식의 문제가 절실하게 부각되고, 이는 '빈궁문학貧窮文學'의 발생으로 이어진다.

신경향파新傾向派의 등장과 1925년 7월 KAPF의 결성은 경제적 환경으로서의 가난의 문제를 이념의 각도에서 더욱 예각화되었다. 朴英熙·金基鎭·趙明熙·李益相·李箕永·崔曙海 등의 작품은 이런 현상들과 적잖게 관련되어 있다.

1920년대 중반 이후의 '민족주의 문학'과 '신경향파 문학'은, 전자의 목적이 민족전체의 중심문제를 객관화하려 했음에 비해, 후자의 경우 계층갈등을 중심한 주관적인 목적을 도식화했다는 점이 다르다고 할 수 있다.

이러한 현실인식에 대한 두 개의 큰 흐름이 문학적인 관심사로 수용됨으로써, 한국소설은 당대 상황에서의 인간 정서와 형태를 드러내는 데 적극성을 띠게 되었다. 삶의 사회적 결정론 및 사회경제적인 환경론이 중시되었고, 계급투쟁의 한 모습으로서 살인·방화 등의 범죄적인 폭력이 소설에서 강조되는 경향이 현저해졌다.

최서해(본명 崔鶴松)는 1901년 1월 21일 함경북도 성진 임명에서 빈농의 아들로 출생하여 30세의 젊은 나이에 요절하기까지 가난에 허덕였다.

최서해는 1915년 함경북도 성진에서 보통학교를 마칠 무렵부터 문

들여지기도 했다. 또 富/貧에 惡/善의 대립개념이 첨가되어, 興夫傳＝兄(富, 惡)↔弟 (貧, 善), 1920～1930년대 소설은 日帝(富, 惡, 加害者)↔朝鮮(貧, 善, 被害者)의 構造를 이루고 있다.

학에 뜻을 두었으나 모진 가난 속에서 머슴살이, 나무장수, 물장수, 도로공사판의 노동자, 승려로 방랑하는 등 하층사회의 쓰라림을 겪으며 문학세계를 추구하였다. 그의 대부분의 작품은 가난을 제재題材로 하였기 때문에 사건의 배후에는 늘 가난의 어두운 그림자가 웅크리고 있었던 것이다.

최서해는 아직 그 출발 동기는 확실치 않으나 몇 개의 자료에 의하면 유년시절 이별한 독립군인 부친을 찾으려 기미년 이후 만주 간도 지방으로 5년간의 유랑생활을 한 사실[29]이 있는데, 이 유랑체험은 작품에 재현됐다. 그의 처녀작 「吐血」(『東亞日報』, 1924.1.28~2.4)을 비롯하여, 「故國」(『朝鮮文壇』, 1924.10), 「탈출기」(同 1925.3), 「박돌의 죽음」(同 1925.5), 「기아와 살륙」(同 1925.6), 「큰물진 뒤」(『개벽』, 1926.12), 「白金」(1926.2), 「해돋이」(1926.3), 「異域寃魂」(『東光』, 1926.11), 「무서운 印象」(同 1926.12), 「미치광이」(1926.12), 「돌아가는 날」(1926.12), 「紅焰」(『朝鮮文壇』, 1927.1), 「異風雨時代」(『東亞日報』, 28.4.4~12) 등이 만주의 간도생활을 배경으로 작품화된 것이다. 서해의 만주 5년간의 유랑체험은 서간체소설書簡體小說 「탈출기」와 반자전체半自傳

---

29 朴祥燁은 「曙海와 그의 劇的 生涯」(『朝鮮文壇』 第4號 第4卷)의 회고문에서 최서해가 間島로 간 이유에 대해 음울한 가정 분위기와 기미독립운동 전후 사회의 우울한 분위기만을 지적했으나, 같은 함경도 출신으로 계속 친교가 있었던 巴人 김동환은 「殺風景하고 쩌른 生涯」(『朝鮮中央日報』, 1934.6)에서 독립군인 아버지를 찾으러 갔다고 밝힌다. 최서해 부친 직업에 대해서도 박상엽은 몰인정한 漢醫라고만 하나, 파인 김동환은 '曙海의 三週忌'(『朝鮮中央日報』, 1934.6)에서 韓末 정부의 지방관리로 만주, 시베리아 접경인 흑룡강 부근에서 독립운동에 가담했었다는 상반된 기록을 남긴다(金基鉉, 「崔曙海의 傳記的 考察」, 『語文論集』 第16輯, 高大國文學研究會, 75면). 한편 金根洙의 고증에 의하면 『조선민족운동연감』(在上海 일본 총영사관 경찰부 제2과 간행)에 임시정부 명령에 복종하는 독립운동단체의 직속기관에 편집과가 있었는데, 편집과장에 윤석우, 서기는 최학송崔鶴松으로 기록되었다고 한다.(1919.12 현재) 그렇다면 崔曙海는 1919년 9월 이후 12월 사이 間島로 탈출하고 탈출동기는 독립운동이었던 것이다.(金根洙 「崔曙海는 獨立軍이었다」 『月刊讀書』 1978.9, p.27)

體 소설인 「해돋이」, 그리고 「故國」 등에서 출국 동기와 경로까지 겸하여 소상히 밝혀진다.[30]

최서해는 간도 방랑의 체험을 바탕으로, 다른 작가에게서는 찾아볼 수 없었던 간도 이민사회의 빈궁문학을 확립한 것이다.

간도 등지의 방랑을 끝내고 귀국한 최서해는, 『無情』을 읽고 감명을 받아 편지왕래[31]로 사사師事하던 이광수를 찾아 상경한 뒤 1924년 『朝鮮文壇』지의 현상모집에 「故國」이 입선됨으로써 문단에 등장했다.

「탈출기」는 「기아와 살륙」이 「토혈」을 개작한 것처럼, 『朝鮮文壇』(창간호)의 투고모집에 응모하여 가작佳作으로 발표된 감상문을 개작한 것이다. 「탈출기」가 개작 탈고된 것은, 작품 후미에 표기된 '25년 正月 作'으로 미루어 볼 때, 1924년 가을 극빈에 허덕이는 노모와 어린 처자를 두고 상경한 후 보름 동안 김동환金東煥의 하숙방에 있을 때나, 그 해 춘원春園의 소개로 3개월간 楊州 奉雲寺에서 중노릇을 할 때 추고하였을 것으로 추정된다.[32] 1925년 초 춘원은 소설로 개작한 서해의 「탈출기」를 추천하여 『조선문단』에 발표된 것이다.

최서해가 체험한 사실을 토대로 8년 동안(1924~1932)의 활동에서 약 50편의 단편과 1편의 장편[33]을 발표했다.

> 崔曙海의 출현은 혜성과 같았다. 그의 작중인물은 모두 貧人이다.
> 그 상대자로 富人이 있다. 결말로 살인이나 방화로 집어넣었다. (…중

---

30 金哲, 「1920년대 신경향파 소설 연구」, 연세대대학원 박사논문, 1994, pp.92~93.
31 金東仁, 「作家四人」, 『每日申報』, 1931.1.1.
32 尹弘老, 『韓國近代小說研究 -20年代 리얼리즘小說의 形成을 中心으로-』, 一潮閣, 1982, p.234.
33 「號外時代」, 『每日申報』, 1930.2.10~1931.8.1, 310회 연재.

략…) 체험의 산물인 그의 작품은 당시 독서계에 많은 센세이션을 일으켰다. 당시의 우리들의 작품은 대개 유산계급이나 무산·유식계급을 취급 한데 반하여 그는 무산계급을 제재로 하였다. (…중략…) 작자가 먼저 흥분하기 때문에 클라이맥스의 박진력이 부족한 것도 결점이다.[34]

위의 인용은 김동인의 서해에 대한 평가이며, 이 밖에 서해의 작품에 관한 지적으로 중요한 것들을 추려 보면 다음과 같다.

① 서해의 소설은 빈궁과 반항의 문학이다.[35]
② 배경이 간도로 된 작품이 많고 주인공은 대부분 가난하나 착한 사람들이다.[36]
③ 서간체와 정경묘사체의, '눈물과 웃음'이 지배적인 톤tone을 이루고 있다.[37]
④ 소설을 양식화하면서 하층인에서 지식인으로 관점의 상승을 꾀했다.[38]
⑤ 사상성이 빈곤하고 소설적인 기교가 부족하다.[39]
⑥ 경향파문학으로서의 가치가 있다.[40]

주인공의 사상을 통하여 사회에 대한 불만을 직설적으로 토로하는 최서해의 서간체소설은 주제 표출의 양상을 뚜렷이 보여 주고 있다.

34 金東仁, 「韓國近代小說考」, 『東仁全集』⑧, 弘字出版社, 1964, p.597.
35 金宇種, 「崔曙海研究」, 『李崇寧博士頌紀念論叢』, 1968.6, p.168.
36 金哲範, 『韓國新文學大系』(中), 耕學社, 1977, p.366.
37 金允植·김현, 『韓國文學史』, 民音社, 1973, p.162 및 金柱演, 「울음의 文體와 直接話法」, 『문학사상』 26卷, 1974.11, p.230.
38 曺南鉉, 『일제하의 지식인 문학』, 평민서당, 1978, pp.16~32.
39 金宇種, 『韓國現代小說史』, 宣明文化社, 1968, pp.214~216.
40 白鐵, 『朝鮮新文學思潮史』, 白楊堂, 1950, p.65.

서간체소설 양식은 상대방에게 자신의 의사를 전달하는 수단이므로 개인의 감정이 명료하게 나타난다. 이러한 주제 표출 방식은 그가 사사받은 춘원의 영향 또는 평소 즐겨 읽었던 사소설의 모방으로 보인다. 그의 작품에서 드러나는 경구적 문구, 설교적인 묘사는 춘원 이광수의 상투적인 수법과 흡사하기 때문이다.

한국 최초의 서간체소설인 이광수의 「어린 벗에게」와 관련하여, 일본문학과의 영향 관계를 고려한 주종연朱鐘演은 다음과 같이 지적하였다.

서간체소설이 일본을 거쳐 한국에 이입된 것은 사실인데, 구체적으로 어떤 형태로 이루어졌는지에 대해서 거의 알려져 있지 않다. 이에는 본격적인 비교문학적 시도가 필요하지만 아직 과제로 남겨있다.[41]

위의 지적처럼, 서간체소설 형식은 일본으로부터의 영향에 의한 것임이 명백해 보인다. 이어서 이 일본이란 막연한 시사를 보다 세밀하게 통찰하려 한 조진기趙鎭基는, 아리시마 다케오有島武郎의 서간체소설 「宣言」(1915)과 「小さき者へ」(1916)[42]를 들어, 1920년대 한국의 서간체소설의 형성에 큰 영향을 미쳤다고 보았다.[43] 여기에 진일보하여, 정귀련丁貴連은 1920년대에 한국에서 서간체소설의 붐을 일으킨 선구적 작품은 이광수의 「어린 벗에게」이며, 이는 구니키다 돗포의 「おとづれ」로부터 스토리와 테마에서 영향을 받았다고 지적하고 있

---

41 朱鐘演, 「李光洙의 初期短篇小說拷」, 『崔南善과 李光洙의 文學』, 새문사, 1981, p.127.
42 『小さき者へ』는 1921년 韓國語로 飜譯되고, 『宣言』은 당시의 유학생 및 지식인들이 널리 애독했다.
43 조진기, 「한국근대리얼리즘소설의 서술양식과 작가의식」, 『한국근대리얼리즘연구』, 새문사, 1989, pp.221~222.

다.[44] 「어린 벗에게」는, 한국의 고전소설이나 1910년대의 신소설에서
는 찾아 볼 수 없는 서간체 소설로서 새로운 서술양식을 제시한 문학
사적 의의를 지니는데, 따라서 한국의 서간체소설의 흐름은 구니키다
돗포의 「おとづれ」＋α(아리시마 다케오의 「宣言」・「小さき者へ」)→
이광수의 「어린 벗에게」＋구니키다 돗포의 「おとづれ」＋α(아리시
마 다케오의 「宣言」・「小さき者へ」)→최서해의 「탈출기」로 보아도 크
게 무리는 아닐 것 같다.

「탈출기」는 동양적 윤리관에서 절대시하는 '수신제가치국평천하'
의 순위개념을 무시하고, 한 집의 가장인 주인공 朴군이 제가齊家를
하지 않고 집을 나오게 된 과정을 그리고 있다. 그 형식은 박군이 김
군에게 보내는 서간문 형식으로, 박군은 자기의 도덕적 갈등[45]에 충
격을 준 김군에게 자기의 과거행동을 사회적・심리적 이유를 통해 변
명한다.

박군의 사회인식은 동시대의 조선인이 겪어야 하는 이민군移民群의
극한적인 생활고가 상부구조의 모순에 있다는 데서 비롯된다. 박군
은 제도의 모순을 소외된 극한(간도이민으로서의 하층민)상황에서
절실하게 깨닫는다. 중국인支那人의 밭을 도조나 타조로 얻어 죽도록
일해 봐야, 1년 양식 빚도 못 되고 그것도 얻기 힘들어 온돌장이(구들
고치는 사람), 삯김, 삯심부름, 삯나무, 두부장사, 대구어大口魚장사 등
갖은 짓을 다하나 인간이 살아갈 수 있는 최소한의 생존—식욕충족

---

44 丁貴連, 「國木田獨步と若き韓國近代文學者の群像」, 筑波大學 博士學位論文, 1996,
    pp.50~52 참고.
45 사실 朴군의 모델인 최서해 자신도 「脫出記」를 쓸 무렵 똑같은 위치에서 가족을 놓아
    둔 채 이광수를 찾아 갔고, 이광수의 소개로 양주 봉운사에서 지내면서 정신적 고통을
    겪던 시기이기도 하다.

마저 할 수 없게 된 박군의 처지는 현실의 모순을 깨닫고 저항할 수밖에 없게 된다.

박군의 출가는 결코 그 가정에 대한 애정이 모자라서가 아니다. 오히려 그는 어려운 살림과 고생 속에서도 가족에 대한 남다른 애정을 가지고 있는 사람이다. 가족에 대한 애정과 인간적 의리에 투철한 박군이 어찌하여 출가하는가? 라는 물음에 대해 다음과 같이 해명하고 있다.

　　김군, 나도 사람이다. 情愛가 있는 사람이다. 나의 목숨 같은 내 가족이 유린 받는 것을 내 어찌 생각지 않으랴? 나의 고통을 제3자로서는 만분의 일이라도 느낄 수 없을 것이다. 　　　　　　(「탈출기」, p.49)

「탈출기」의 인물들은 처음에는 대체로 순박한 인물들로 그려져 있다. 그들은 가난하지만 양심을 가지고 성실하게 살아가고자 한다.

　　나는 여태까지 세상에 대하여 충실하였다. 어디까지든지 충실하려고 하였다. 내 어머니, 내 아내까지도…… 뼈가 부서지고 고기가 찢기더라도 충실한 노력으로 살려고 하였다. 　　　　　(「탈출기」, pp.24~25)

이러한 「탈출기」의 주인공처럼, 서해 소설의 하층인들은 본시 도덕적인 선량함과 인간적인 성실성을 지닌 인물들이었다. 다음의 ① 에서 보는 것처럼 수난의 땅 간도지방에서 생명을 위협 당하는 절박한 상황에 놓인 그들에게 있어, 삶이란 고통의 연속일 뿐이다. 그것을 참고 견디는 것만이 유일한 삶의 방법이 되고 있는 것이다. 그래서 ②에서 보는 대로, 이들은 현실을 객관적으로 인식하기 시작한다. 성실하면서도 몽매하고 착하고 부지런한 사람을 받아들여 주지 않는 사회제도에 대한 인식의 변화가 일어난 것이다.

① 김군! 내가 고향을 떠난 것은 5년 전이다. (…중략…) 간도는 천부금탕이다. 기름진 땅이 흔하여 어디를 가든지 농사를 지을 수 있고 농사를 지으면 쌀도 흔할 것이다. (…중략…) 나는 농사를 지으려고 밭을 구하였다. 빈 땅은 없었다. 돈을 주고 사기 전에는 한 평의 땅이나마 손에 넣을 수가 없었다. 그렇지 않으면 중국인의 밭을 도조나 타조로 얻어야 한다. 1년내 중국 사람에게서 양식을 꾸어먹고 도조나 타조를 얻는대야 1년 양식 빚도 못될 것이고 또 나같은 시로도(아마추어)에게는 밭을 주지 않았다.　　　　　　　　　(「탈출기」 2, p.50)

② ―나는 여태까지 세상에 대하여 충실하였다. 어디까지든지 충실하려고 하였다. 내 어머니, 내 안해까지도……우리의 충실을 받지 않았다. 도리여 충실한 우리를 모욕하고 멸시하고 학대하였다. 우리는 여태까지 속아 살았다. 포악하고 허위스럽고 요사한 무리를 용납하고 옹호하는 세상인 것을 참으로 몰랐다.　　　　(「탈출기」 6, p.56)

그리하여 마침내, 박군은 "포악하고 허위스럽고 요사한 무리를 옹호하고 있는 세상"에 대하여 선전포고를 한다.

나는 더 참을 수 없었다. 나는 나부터 살리려고 한다. 이때까지는 최면술에 걸린 송장이었다. 제가 죽은 송장으로 남(식구)들을 어찌 살리랴. 그러려면 나는 나에게 최면술을 걸려는 무리를, 험악한 이 공기의 원류를 쳐 부시려고 하는 것이다.　　　　　　(「탈출기」 6, p.57)

일본 제국주의가 통치하는 자본주의 사회제도 아래서는 아무리 노력해도 살 수가 없다는 뼈저린 체험은, 더 이상 현실을 참을 수 없다는 부르짖음으로 나아가게 한 것이다.

이 작품의 특징은 개인적인 체험을 내보이는데 그치지 않고, 식민지 사회의 구조적 모순을 자각해 나가는 과정을 드러냈다는데 있다. 박군의 탈출은 조선의 백성으로서 구조적인 빈궁을 타개하기 위한 출가出家였다고 할 수 있을 것이다.

작가의 주제의식이 투영된 주인공은 개인의 문제를 제도나 사회구조의 문제로 인식해서, 단체에 가입하여 투쟁을 벌이거나 사회에 대한 강한 적개심을 드러내는 인물로 변화해 간다.

> 나는 이것을 인간의 생의 충동이며 확충이라고 본다. 나는 여기서 무상의 법열을 느끼려고 한다. 아니 나는 벌써부터 느껴진다. 이 사상이 나로 하여금 집을 탈출케 하였으며 ××단에 가입케 하였으며 비바람 밤낮을 헤아리지 않고 벼랑끝보다 더 험한 ×선에 서게한 것이다.
> (「탈출기」, p.57)

최서해는 처음부터 사회주의의 관점에서 현실을 보려고 한 것은 아니다. 그러나 결과적으로는 이에 동조하였다. 그에게 있어서 일본 제국주의의 조선식민지 통치를 반대하며, 일제 통치하의 사회 제도를 파괴하는 것은, 생의 충동이며 확충이었던 것이다.

朴은 과거의 노예적 순응에서 탈출하여 근대정신을 핍진한 체험에서 이해하게 되고, 자신의 숙명과 책임성을 보다 높은 세계로 참여시킨다. 바꿔 말하여 朴의 공격성, 증오감, 외향적인 참여로의 전환은 부당한 제도의 억압이 극한 상황에 이르렀을 때 필연적으로 폭발한 결과라 할 수 있다.

최서해 작품의 보조인물은 대개 유형적인 인물로서, 주인공의 가족 즉 노모·젊은 아내·어린 자식으로 구성되어 있다. 이는 최서해의 가족 상황을 작품에 반영한 것으로, 당시 조선의 하층계급 가정의 전형을 보여주고 있다.

> 그것은 귤껍질橘皮이다. 거기는 베먹은 잇자국이 낫다. 귤껍질을 쥔 나의 손은 떨리고 잇자국을 보는 내눈에는 눈물이 고였다.
> 김군! 이때 나의 감정을 엇더케 표현하면 적당할가?
> —오죽 먹구십헛스면 오죽 배곱헛스면, 길바닥에 내던진 귤껍질을 주어먹을가! 더욱 모비쟌은 그가 아아 나는 사람이 아니다. 그러한 안해를 나는의심하였구나! 이놈이 엇지하야 그러한 안해에게 불평을 품엇는가? 나갓흔 간악한 놈이 어듸잇스랴. 내가 량심이 붓그러워서 무슨 면목으로 안해를 볼가?—이렇게 생각하면서 나는 늦겨가며 눈물을 흘렸다. 귤껍질을 쥔인채로 이를 악물고 울었다. (「탈출기」 3, p.53)

위의 인용문은 가난을 강조하지 않았음에도, 가난의 애절함을 절실히 느끼게 한다. 인물들의 정적인 행동 속에서 성격이 암시되고 있다. 남편을 어려워하는 아내, 귤껍질을 먹다 들켜 미안하고 겸연쩍어하는 아내의 성격이 묘사된다. 그리고 아내를 의심하면서도 그 자리에서 힐책하지 않는 남편의 모습에서 그 역시 아내를 어려워하고 있다는 것이 드러난다. 그러면서도 아내가 없는 틈에 몰래 아궁이를 뒤져보는 모습은 그의 인간적인 약점을 그대로 드러내며, 사실을 확인하고는 충격을 받고 눈물을 흘리는 모습에서는 심리적 변화마저 여실히 나타난다.

최서해의「탈출기」가 유형적이며 단조롭고 평면적 특성이 현저하게 노정 되는 결점과 서투른 기교에도 선풍을 일으킨 것은 다음과 같은 몇 가지 이유에서 연유한다고 볼 수 있다.

① 당시 독자들은 동인지 출신 작가들의 설익은 인생론이나 소위 유탕문학遊蕩文學에 식상食傷했다.
② 빈궁貧窮만을 통해 본 극한적인 상황이라는 너무나도 이색적인 제재(소재)이다.
③ 빈궁에 대한 본능적인 항거를 감행하여, 독자들에게 항일의식을 고취시켜 주었다.
④ 당시의 유행 사조였던 신경향파 문학의 대표적인 존재로 간주되었다.[46]

최서해는「탈출기」에서, 견디기 어려운 식민지 현실에서 유토피아를 찾아 간도로 떠난 개인적 도피가 그 도피처에서 겪은 삶의 질곡 속에서 국가의 독립 쟁취를 위한 참여로 승화되는 구도, 즉 도피를 참여로 반전시켰다고 할 수 있다.

5) 계급과 식민지 그리고 문학

이 근대 지식인의 모순과 의식의 분열은, 근대사회의 모순이 격화하여 그 비참한 양상을 뚜렷이 하였고 경향소설의 자기주장·선전, 그 해방운동이 시대를 움직이기 시작했을 때 더욱 심각해졌다. 소시민적 지식인의 생활을 사회의 하층에서 살아가는 사람들을 묘사하는

---

46 蔡壎,『1920年代 韓國作家研究』, 一志社, 1978, pp.97~98.

것에 의해, 새로운 빛으로 조명했다.[47]

빈궁 저변에 깔려 있는 인간은 언제나 그 원인에 대하여 저항하기 마련이다. 저변에 깔려 있는 인간이 그 상층구조를 향해 저항한다는 것은 사상적인 설명이 붙기 전부터 이미 본능적인 형태로 나타나는 필연적인 현상이다. 여기에 상층구조와 하층구조와의 반목이 형성된다. 그 반목의식은 다름 아닌 계급의식이다. 계급의식은 상층구조에 속하는 인간들이나 하층구조에 속하는 인간으로서의 계급의식을 지니고 있다. 그러나 이 계급의식은, 사회주의자들이 말하는 것처럼 모든 유산계급을 착취자로 고발하려는 그러한 계급의식이 아니라 오직 자기 자신에게 직접적으로 빈궁의 고통을 주는 자에 대해서만 느끼는 본능적인 계급의식이었다. 그러므로 그 계급의식은 반드시 유산·무산을 구별하는 계급의식이 아니라 경우에 따라서는 누구에게라도 향할 수 있는 피압박자로서의 모든 압박자에 대한 계급의식이었다.

미야지마 스케오의 『고후』는, 절대주의적 자본주의 질서에서 성장한 노동자 계급의 인간적인 에너지가 노동자의 해방을 모색할 수 없었기 때문에 개인적인 반역 속에서 자신을 파멸시켜 가는 경위를 묘사한 작품이다. 노동문학의 문학적 성립을 강력하게 알린 하나의 기념비라고도 할 수 있다. 당시 일본의 노동자 계급이 드디어 예외적인 개성을 통해 자아 해방의 길을 찾기 시작하나, 구체성 없이 방황하면서 반역의 자연발생적인 성질에 따라 흥분하고 상실하는 경과를 강렬한 사실적인 표현에 의해서 상징적으로 묘사한 데 『고후』의 특색이 있다.

서해의 「탈출기」는 일제의 식민지 하에서 조선인의 삶의 실상과

---

47 伊豆利彦, 『日本近代文學硏究』, 新日本出版社, 1979, pp.227~228.

이민문제, 즉 빈궁한 삶을 살아가는 사람들의 물질적이고 심리적인 기갈 및 행태를 재현한 것이다. 「탈출기」의 등장인물들은 어느 면에서나 가난의 표본적 인물들이다. 파멸의 순간에 그들은 그 같은 파멸의 요인이 타자의 비정이나 억압에 있다고 믿는다. 서해는 이 작품에서, 가출이나 이주 및 유랑의 뿌리 뽑힌 생활을 통해 고초를 제시한다. 그리하여 궁핍과 정치적 이유에서 비롯되는 사회적 유동현상으로서의 집단적이고 개인적인 이민과 유랑 및 탈가脫家, 그리고 그런 상황의 고통을 담아 보인 것이다.

「탈출기」는 일제의 식민지 하에서 조선인의 삶의 실상과 이민 문제, 즉 빈궁한 삶을 살아가는 사람들의 물질적이고 심리적인 기갈 및 행태를 재현한 것이다.

일본의 대표적 사회주의소설인 미야지마 스케오의 『고후』와 한국의 대표적 신경향파소설인 최서해의 「탈출기」를 비교 분석해 보면, 〈표 11〉과 같이 정리할 수 있다.

〈표 11〉 『坑夫』와 「탈출기」 비교 분석

	미야지마 스케오宮嶋資夫의 『坑夫』	최서해의 「脫出記」
작가	• 宮嶋資夫(1886.8.1-1951.2.19), 도쿄 출생 • 설탕도매상·미스코시오복점三越吳服店 사동, 에조시야繪草紙屋에서 아르바이트, 공창 발전소工廠發電所 기관계, 방랑생활노동운동에 일시적 관심, 고리대금업자의 대리광산의 현장사무원. 「婦人公論」기자, 「都新聞」의 통신원, 「勞動者」의 편집인, 「근대사상」의 발행인. 아나키스트. 노동문학	• 최서해(1901-1933), 함경도 성진 출생. • 머슴살이, 나무장수, 물장수, 도로공 사잡부, 중, 방랑, 신문기자, 방인근이 주관하는 『조선문단』의 기자, 노모와 부인, 자식이 남았음. 아나키스트. KAPF 참여.

작품 작품 배경 주인공	• 『坑夫』: 중편, 1916.1. 〈근대사상사〉 간, 다이쇼기 사회주의 '노동문학', '근대사상'의 영향 아나키즘, 다이쇼 시대의 견문(체험)을 작품화한 처녀 작 1907년 2월 아시오 구리광산足尾 銅山의 대소동의 경험을 작품화. • 이시이 긴지石井金次: 노동의 쾌감→파괴의 쾌감 고독한 쾌락→흉포한 쾌락 상응相應 파쇄적破碎的 이미지→자연파쇄自然破 碎 (공격적)→육체파쇄肉體破碎 (방어 적)→자기파쇄自己破碎 (타의적). 자연과 육체의 공감→의인법(代償(補塡)的) 도망자→방랑적→동료들과 충돌 다발. 참살당하면서 육체파쇄肉體破碎의 종 말로 막을 내림. 노동자계급의 자각 →방법론은 개발하지 못했으나 지배 대 종속, 부 대 빈곤의 대립 갈등구 조를 통한 새로운 인간형 창출.	「脫出記」: 단편. 1925.3.1. 『조선문단』 6호. 신경향파의 대표작. 중국 간도 등지의 경험이 전도적全圖的으로 작 품화. • 당시 조선인의 공통명제: 식민지에서 해방. 빈궁으로부터 해방. • 자본주의 사회제도의 파괴→생의 충 동·확충, 체험으로 깨달음. 기층민중· 몽매한 사람들의 인식의 변화과정을 세밀히 묘사. • 서간체 소설양식→기법적 특성→시 제의 현재성→자유로운 형식→직접 화법적 묘사. • 직접 목적단체에 가입→투쟁으로 강 한 적개심 당대 현실사회의 계급적 대립, 빈부의 대립을 통한 철저한 반 항의 문학.
문학 영향	• 아리시마 다케오의 「カインの末裔」 (주인공의 無賴生活). • 하야마 요시키의 「海に生くる人々」 (肉體 破碎的이미지). • 고바야시 다키지의 『蟹工船』(주인공 의 放浪)	• 1920년대 중반 이후의 프로문학과 접점. • 박영희, 김기진, 임화 등과 동시대이 면서도 프로문학과는 색을 달리하는 저항문학.
환경 요소 사상 사회	• 메이지유신→근대산업화(정부주도) 교통, 통신. • 청일전쟁→자본주의 확립: 공업화→ 빈부차→위화감고조→'사회문제'→ '사회정책', '사회개량'→1901년 사회 민주당 선언. • 러일전쟁→강화조약조인: 1905.9.5. 히비야 방화사건日比谷燒打事件→다이 쇼 데모크라시. • 메이지 40년대 독점자본→제국주의	• 1923년 신채호 〈조선혁명선언〉, 자강 적, 독립적, 저항적 민족주의↔문화 적 민족주의, 최린 〈자치운동〉, 이광 수 〈민족개조론〉, 최남선 〈조선주의〉. • 1920년대 아나키즘: 무정부주의 사 상(1923년 9월) 일본 관동대지진과 박 열사건. • 사회주의 사상→일본 유학생을 통해 서 지식청년들이 사회주의 사상 적극 적 수용.

	정치·문학→마르크시즘→대역사건 →메이지 사회주의	
문학	• 메이지 이후→근대문학: 속박, 전통, 봉건→지식, 정치의 해방→번역문학 →정치소설＝시대사조時代思潮의 산물. 도쿠토미 로카의『不如歸』(사회소설). • 기노시타 나오에의『火の柱』(초기 사회주의소설). • 미야지마 스케오의『坑夫』(사회주의소설과 프로소설의 가교역할)	• 신소설, 한문체소설, 역사전기체소설. 몽유체소설, 토론체소설 등의 개화기소설. • 3·1운동으로 민족문학의 대두와 피지배민족의 빈곤으로 인한 저항문학 체현. • 동물적이고 생명보존과 종족보존을 위한 원천적인 삶을 위한 항거→자연발생적 초기 프롤레타리아문학(사회주의＝신경향파)

〈표 11〉을 정리해 보면 다음과 같다.

① 미야지마 스케오와 최서해는 방랑과 막노동꾼으로 밑바닥 인생을 영위했으며 신문사 기자, 노동운동, 아나키스트의 경력을 가지고 있음.

② 각각 일본과 한국에서 사회주의소설과 신경향파소설의 대표 작가로 인정됨.

③ 각자가 자국의 문단문학의 무력함에 반발하여 '노동문학'과 '빈궁문학'·'서간체소설'을 이루었음.

④ 작자의 삶 속에서의 체험이 작품에 상당히 투영되었음.

⑤ 주인공의 인식변화 과정에서,『坑夫』는 압박→폭발→파쇄의 반전으로 노동계급을 인식하고 유랑하며 돌파구를 추구하는데,「탈출기」는 도피→승화→참여의 반전으로 유랑의 과정에서 식민지를 인식함.

미야지마 스케오는 『고후』에서 노동계급의 감지感知에 의한 무의식적 반항과 유랑 과정에서 압박해 들어오는 자본에 대한 강한 반탄력의 결과를 파쇄로 반전했고, 최서해는 「탈출기」에서 식민지와 유·무산계급을 연계하여 파악하고 그 해결점을 찾지 못해 유토피아를 찾아 유랑하는 주인공의 개인적 도피가 국가의 독립 쟁취를 위한 참여로 승화되는 구도 즉, 도피를 참여로 반전시켰다고 할 수 있다.

2. 노사대립·식민지 인식

1848년 칼 마르크스가 〈공산당 선언〉을 발표한 이래, 세계는 160여 년 동안 자본주의와 사회주의 간의 치열한 경쟁과 투쟁의 장이었다. 사회주의의 종주국이었던 구소련과 동구권이 무너지고 다른 공산국가들도 탈공산주의의 길을 걷고 있다.

이와 같은 현상은 승리와 패배로 구분될 문제가 아니라 세력의 균형을 유지하는 대칭축이었다고 볼 수도 있을 것이다. 이 세상의 '선'과 '악', '정'과 '사', '승'과 '패' 등 인간에 의한 규정은 절대적인 것이 아니라 상대적인 것이어서, 이것을 해결·추구하는 데 '원칙적인 것'만을 가지고 판별하는 것은 위험하다. 또한 '밤'과 '낮', '남'과 '여', '추위'와 '더위', '남극'과 '북극', '상승'과 '하강' 등의 모든 우주적 현상은 절대적이 아니라 균형 잡힌 대칭적 조화였던 것이다. '원칙'에 '역학적 관계'라든지 '힘의 문제' 또는 '정서의 문제' 등을 고려해서 접근해야 할 것이다. 반대로 원칙 대신 폭력을 쓸 땐 정열이 이성을 억누르게 되고, 정열과 이기심은 자유에 위협이 된다. 공룡의 멸망 시기가 공룡

에게는 비관적이었지만 포유류에게는 낙관적이었다는 것은 관점의
상충성을 나타내고 있는 것이다.

1917년 러시아 혁명과 코민테른의 결성(1919)은 문학면에서도 공
산주의적 문학 운동의 전개를 자극한다. 사회주의 문학은 1920~1930
년대에 프롤레타리아문학으로 전개되었다. 러시아 프롤레타리아 작
가동맹을 비롯한 소련의 여러 문학조직을 필두로 독일·프랑스·미국·
헝가리·체코슬로바키아·스페인·중국·일본·한국 등에서도 문학운동
조직이 왕성하게 활동하기 시작했다. 이윽고 그들은 실제적인 연대
를 이룩하여 1930년대에는 하리코프에서 〈국제혁명작가동맹國際革命
作家同盟〉이 결성되었고, 4개 국어로 『國際文學』을 발행하였다. 그러
나 1933년 나치 지배로 시작되는 전쟁의 시대 속에서 각국의 프롤레
타리아문학운동은 몰락에 접어들어, 해체되거나 유명무실해졌다.

프롤레타리아문학은 프롤레타리아 혁명이라는 공산당의 이념과
정치주의적인 문학 이론에 의해 특징지어졌다. 이 문예 사조는 인간
을 계급적인 존재로 자각하고, 변혁에 적극 동참하는 새로운 혁명적
인간상을 만들어냄으로써 이제까지의 문학과는 전혀 다른 성격을 보
여 주었다. 인간과 환경의 관련성을 집요하게 탐구하고, 새로운 시야
와 감수성 및 사고를 창조함으로써 세계문학사상 종래에 없었던 새
로운 경향의 작가와 작품을 등장시켰던 것이다.

이와 같은 특징 때문에, 당시 일본과 한국의 프롤레타리아문학은
자생적인 것이라기보다는 외부로부터 수용된 문학이라 할 수 있다.

프로문학은 계급의식에 입각하여, 문학 행위를 통해 정치적 문제
를 해결하려 했다는 점에서, 정치와 문학의 직접적 접목이라는 새로
운 문제를 낳았다.

그런데 1920년대 일본과 한국의 프롤레타리아문학을 논하기에 앞서 먼저 확실하게 해 두지 않으면 안 되는 문제가 있다. 그것은 일본과 한국이 처한 시대적인 상황이 너무도 다르다는 것이다. 물론 프로문학의 본래 목적은 계급의식타파를 통한 프롤레타리아 계급의 해방에 있겠지만, 그렇다고 하더라도 오직 무산계급에만 관심을 쏟을 수 있는 일본과 식민지에 처해 있는 한국의 상황은 굉장한 차이가 있는 것이다.

식민지 한국에서 프로문학은, 피지배 민족의 처지에서 패배의식이 팽배한 가운데, 이를 극복하고자 하는 염원과 노력의 일환으로 이루어졌다는 점에서 특징적이다.

일본에서는 『種蒔く人』가 발행되고 프로문학의 방향전환이 이루어진 이후부터는 프롤레타리아 혁명을 위한 적극적인 투쟁의 자세가 확립되기 시작했다.

한국에서는 근대문학의 성립과 좌익문학의 성립이 중첩되는 면이 많았다. 또한 한국의 프로 문학은 일본 프롤레타리아문학의 지대한 영향 아래 놓여 있었다. 카프 시대의 프로 문학은 신경향파소설과는 달리 계급간의 갈등을 예각화시켰다. 이 시기는 문학 운동의 조직화로 요약되는데, 이에 따라 프로 문학 운동은 일정한 정치적 목적에 의해 추진된다. 따라서 작품은 살인, 방화, 폭행, 절규로 종결짓는 개인과 개인 사이의 복수 행동을 지양하고, 계급과 계급간의 투쟁을 의도적으로 드러내게 된다.

1920년대 전반 자본주와 노동자의 상호보완적 발생과 이해관계의 상충을 묘사한 일본의 『우미니이쿠루히토비토海に生くる人々』[48]와 1920

---

48 葉山嘉樹, 『海に生くる人々』(1926), 『葉山嘉樹·小林多喜二·德永直』(『日本文學全集』

년대 후반 유랑과 귀향歸鄉·재창조를 위한 출향出鄉 등을 묘사한 한국의 「낙동강洛東江」[49]을, '노사대립·식민지의 인식'을 주제로 비교하겠다. 아울러 이를 보다 선명하게 하기 위해 '일본의『種蒔く人』와 방향전환' 그리고 '조선총독부의 문화정치와 방향전환'에서 '공간반전'과 '귀향·출향의 반전'을 함께 살펴보기로 한다.

1) 일본의『種蒔く人』와 방향전환

일본의 프롤레타리아문학은 본래는 혁명문학 내지 프롤레타리아 혁명문학이라고 칭해야 할 것이다. 같은 시기에 세계적으로 성립·발전한 사회주의적 내지 공산주의적 혁명문학도, 그 국제조직은 〈국제혁명작가동맹國際革命作家同盟〉이라고 이름 붙였다. 혁명작가, 혁명문학 내지 프롤레타리아혁명문학이라고 자기 규정하는 것이 보통이었다. 천황제하의 검열이 '혁명'이라는 말을 금지어로 하여 이 두 자를 긍정적인 의미로 인쇄하면 곧바로 발매 금지되었기 때문에, '프롤레타리아혁명문학'이라고 하는 의미로 '프롤레타리아문학'이라고 하는 명칭을 사용하게 되었던 것이다. 더욱이 이것은 1917년의 러시아혁명 직후에 그곳에서의 프롤레타리아 문화·예술이라는 말이, 프롤레타리아 혁명적인 문화·예술이라는 의미로 널리 사용되게 되었던 영향이기도 하다. 일본 프롤레타리아문학운동의 문을 열었던 동인지『種蒔く人』[50]는 러시아혁명을 옹호하는 것을 창간할 때부터 목표로 삼

37, 筑摩書房, 1970)
49 趙明熙, 「洛東江」(1927), 정인택·조명희 編,『韓國近代短篇小說大系』26, 太學社, 1989.
50『種蒔く人 La Semanto』은 1차는 土崎에서 동인지 형식으로 3호까지 1921년에 나왔으나, 문단에 영향을 미치기 시작한 것은 제2차 운동으로 1923년에 동경에서 제1호가

았다. 소련의 문화혁명기[51]의 문화·문학은 일본을 포함해서 세계 각국으로 강렬한 영향을 미쳤고, 모스크바를 본거지로 국제적인 문학조직이 만들어지기에 이르렀다.[52] 일본의 '프롤레타리아문학'은, 이와 같이 20세기 초의 세계적인 문학 동향에 편승한 것이었다. 상당수의 작품이 〈국제혁명작가동맹〉의 기관지 『國際文學』에 따로 번역되거나 단행본으로 번역 출판되어, 일본의 현대문학은 이때 비로소 세계에 동시대 문학으로서 알려져 읽혀지기에 이른다.

『種蒔く人』는 바르뷔스[53]를 중심으로 전개한 프랑스의 '클라르테(光·빛)' 운동의 일본적 이식이었다. 『種蒔く人』의 주창자인 고마키 오미小牧近江(본명 近江谷駒)는 1912년 7월, 16세 때 아버지를 따라 프랑스에 건너가 파리의 관립 앙리4세교에 들어갔는데, 프랑스 체재 중에 제1차 세계대전이 일어나, 프랑스 반전운동의 분위기를 체험했다.

고마키 오미는 제1차 세계대전 후(1918년 가을) 바르뷔스에 의해 주도된 '클라르테' 운동에 접근하여 그 영향을 받았다.

고마키는 이 클라르테 정신에 입각한 운동을 일으킬 것을 마음먹고 귀국(1919년말)하였는데, 이것이 『種蒔く人』의 발행 동기가 되었다.

나온 후부터이다.

平野謙은 『種蒔く人』 동인의 사상적 경향을 다음 3개 파로 분류했다. ① 사회주의적 작가 : 荒畑寒村, 荒川義英, 長谷川如是閑, 加藤一夫, 山川亮, 加井眞澄 ② 노동자 출신 : 宮地嘉六, 宮嶋資夫, 新井紀一, 中西伊之助, 內藤辰雄, 吉田重金 ③ 사회주의 경향의 기성작가 : 小川未明, 秋田雨雀, 有島武郞, 藤森成吉, 江口渙.

51 1917년의 혁명 직후부터 1930년대 초까지 스탈린주의의 확립에 의한 소비에트문화의 體制化期.

52 '三一書房刊 『資料 世界프롤레타리아文學運動』 전6권'에 그 자료가 포괄적으로 모아져 있다.

53 불란서의 저널리스트·반전작가(1873~1935). 제1차 세계대전을 계기로 급진적인 반전주의자·국제주의자가 됨. 그는 작품의 소재와 주제를 주로 하층사회에서 찾았다. 인간본능의 진실을 드러낸 『地獄 L'Enter』을 발표, 종군의 체험을 쓴 『砲火 Le Feu』로 1917년에는 콩쿠르 상을 받았다. 1919년 전쟁을 통한 진리탐구의 소설 『클라르테』를 발표, 소위 클라르테 운동을 벌여 전위적 문화활동을 전개했다.

제1차 『種蒔く人』(1921년 2월간)는 3호로 폐간되고, 1921년 10월에 村成正俊·사사키 다카마루佐々木孝丸·야나세 마사무柳瀬正夢·마쓰모토 고지松本弘二가 가세하여 발간된 제2차 『種蒔く人』가 일반적으로 이 운동을 대표하였다. 동인도 그 후 히라바야시 하쓰노스케平林初之輔·쓰다 고조津田光造·마쓰모토 준조松本淳三·아오노 스에키치靑野季吉·마에다코 히로이치로前田河廣一郎·나카니시 이노스케中西伊之助 등이 가세하여 일본의 프롤레타리아문학운동 최초의 조직적 기관지가 되었다.

재간再刊 『種蒔く人』는, 土崎版과는 달리 노동문학이나 민중예술의 작가·시인을 포함하여 반전평화와 반자본주의의 입장에 선 사람들의 사상적 공동전선이었다.

그 발간에는 아리시마 다케오有島武郎를 비롯한 山川均·足助素一(叢文閣 主人)·相馬黑光, 그 밖에 有名 無名의 원조가 있었다.

무라마쓰 마사토시村松正俊가 기초한 창간선언문[54]에서는 '神의 否定'과 '혁명의 진리옹호'를 선언하고, 「題言」[55]에서는 러시아의 기근구제를 사상가에게 강력히 촉구함으로써 사상과 사회문제를 주제로 삼았다. 따라서 이 『種蒔く人』는 노동계급의 잡지가 아니라 인텔리겐치아의 잡지였으며 일종의 사상운동을 위한 동인지였다.

창간호에서 주목해야 할 것으로, 무라마쓰 마사토시의 「사상가에

---

54 『種蒔く人』, 創刊號, 1921.10, p.2 "……現代に神はいない. ……眞理は絶對的である. 故に僕たちは他人のいない眞理をいふ. ……見よ, 僕たちは現代の眞理のために戰ふ. 僕たちは生活の主である. 生活を否定するものは遂に現代の人間でない. 僕たちは生活のために革命の眞理を擁護する. 種蒔く人はここに於て起つ一世界の同志と共に!"
55 『種蒔く人』, 創刊號, 1921.10, p.2의 「題言」에 "思想家に訴ふ. 思想家よ, 汝の行動と汝の呼びによって瀕死せんとする同胞にパンと醫藥を與へしめよ. 汝, 思想家よ, 汝の呼びが常に空虛の悲哀を血と汗の持主たる永遠の奴隷に與ふるに過ぎないものならばさらば汚れたる歷史の屈服者よ永遠の瞑想家よ慘敗者よさらば机上の思想家よ, 汝が永劫の墓に眠れ!"라는 글이 있다.(이것은 八峯이 月灘에게 보낸 편지내용과 흡사하다.)

호소함思想家に訴ふ」과 야마카와 히토시山川均의 「노동운동과 지식계급勞動運動と知識階級」(1920년 5월)이 있다. 「사상가에 호소함」이 러시아 혁명의 옹호를 호소한 것이라 한다면, 「노동운동과 지식계급」은 노동운동에서 지식계급의 역할을 해명하려는 것이다. 히라노 겐平野謙이 말했듯이, 『種蒔く人』는 보다 많은 문학적 인텔리의 잡지였기에 당연히 거기에서 노동운동과 지식계급의 관계를 규정해둘 필요가 있었다.

당시의 표준적 지식인론이라 할 수 있는 야마카와 히토시의 「로동계급과 지식계급」(1920년 5월)에서 볼 수 있듯이, 지식계급, 즉 중간계급은 자본주의 사회의 조직과 질서에 봉사해 왔다. 따라서 야마카와 히토시는, 지식인 계급이 결국 분해되어 무산계급화하는 것에 의해서만 노동계급과 협력할 수 있다고 주장하고 있다.

아오노 스에키치의 문학운동 이론은 1923년 1월에 나온 「文藝運動と勞動階級」・「階級鬪爭と藝術運動」의 두 논문에 기초한다. 이는 히라바야시 하쓰노스케의 「文藝運動と勞動階級」보다 약 반년이 늦은 시기였다. 아오노 스에키치는 운동이론과 동시에 지식인론에도 관심을 보여 「知識人の現實批判」(1922년 5월), 「解放戰と知識階級」(1923년 6월), 「新知識人について」(1923년 11월) 등을 썼다. 원래 지식인론은 노동계급의 자각의 고조에 대응하여 일어난 것이다.[56] 「解放戰と知識階級」에서, 아오노 스에키치는 지식계급을 세 종류로 분류하고 있다. 그것은 ① 노동계급과 일체가 되어 혁명을 수행하는 사람. ② 노동계급과 일체가 되겠다고 하면서도 완전히 정반대의 길을 걷는 사람. ③ 노동계급과 도저히 같이 할 수 없는 운명을 가진 사람이다. 이

---

56 森山重雄, 『序說 轉換期の文學』, 東京: 三一書房, 1974, pp.27~29.

경우, 제삼의 사람들은 문제되지 않기 때문에, 주로 비판은 제2의 사람들, 즉 아나키즘적인 지식인에게 쏠리게 된다. 아오노 스에키치는 第二種의 지식인을 '정신주의적인 부르주아의 末流'라고 규정하고, 第一의 지식인을 '勞農新人' '新知識人'으로 불렀다. 그러나 이런 판정을 내리는 기준이 대체 어디에 있는가는 확실치 않다. 단지 조직상 노동계급과 함께 걷고, 조직을 순화하는 것에 의해 신지식인으로 탈바꿈한다고 생각했던 것 같다. 여기에서 히라바야시 하쓰노스케[57]와 비슷한 시기에 제1차 공산당에 가입한 아오노 스에키치의 자세를 파악할 수가 있다.

『種蒔く人』는 1923년 8월호로 실질적인 종간을 했는데, 이 8월호가 가루이자와輕井澤에서 정사情死한 아리시마 다케오有島武郞의 추도를 겸하고 있는 것은 실로 아이러니하다. 아리시마 다케오의 정신적·물질적인 원조로 시작된, 이 프롤레타리아문학 최초의 조직적 기관지는, 우연의 일이지만 아리시마 다케오의 죽음과 함께 끝났다. 프롤레타리아문학은 격심한 내부 대립과 분열의 계절을 맞이한다.

『種蒔く人』는 서로 다른 사상·입장을 가진 예술가·사상가들의 신

---

57 원래 예술주의적 경향이 농후했던 히라바야시 하쓰노스케는, 1920년 가을 무렵, 이치가와 쇼이치市川正一·아오노 스에키치 등과 國際通信社에 들어가, 외국전문 번역을 하면서 마르크시즘 연구에 몰두, 사회주의적 경향으로 변해갔다. 아오노 스에키치의 『文學五十年』에 의하면, 그들의 사회주의 연구 재료는 山川均의 「無産階級」이었던 것 같다. 1921년 10월, 이치가와 쇼이치, 아오노 스에키치 등과 「無産階級」을 발행하고, 1922년 1월 『種蒔く人』의 동인이 되었다. 아오노 스에키치는 平林初之輔가 마르크스주의로 전환한 것에 대하여, 대개 혁명의 물결이 고조되었던 시기의 전환이 그러하듯이, 平林初之輔도 "약간의 사회주의 문헌에 접했겠지만, 진정 지식적으로 파악된 것은 훨씬 나중이었다"고 말하며, 자기 경계의 의미를 더하여, "마르크스주의의 방법론, 즉 유물변증법을, 제대로 파악하고서 출발하지 않았던 것은, 무어라 해도 당시의 사회주의 혹은 무정부주의에서 마르크스주의로의 '전향轉向'이 인텔리의 아킬레스건이었다."고 반성하고 있다. 단, '아킬레스건'이 유물변증법에 한해서만 관계한 것인지 아닌지는 의문이다. 한국도 같은 경향이었음.
森山重雄, 『序說 轉換期の文學』, 東京: 三一書房, 1974, pp.15~16.

흥무산계급을 위한 공동전선으로 출발했지만 어느 틈엔가 아나키즘과 볼셰비즘의 투쟁을 전개하고 있었으며, 2년도 채 못 되는 사이에 마르크스주의를 중심축으로 삼게 되었다. 즉, '계급예술론', '지식계급론', '사회주의 운동으로서의 예술운동론'을 위시한 정치와 문학의 문제를 중심으로, 결국에는 정치우위성을 수용할 수밖에 없는 방향으로 전환하고 있었던 것이다.

'관동대지진'이 일어나자 이 운동은 일거에 좌절됐다. 『種蒔く人』, 『解放』, 『新興文學』 등, 이 운동과 관계가 있는 잡지·기관지가 거의 괴멸해 버린 것이다. 이런 상황 속에서, 가네코 요분金子洋文이 중심이 되어 「種蒔き雜記」(1924年 1月刊)를 발표, 대지진 당시 유언비어 날조에 의한 조선인 학살을 조사·보고함으로써 '백색白色테러'에 항의한 것은 특기할 만하다.

「批判と行動」이라는 서브타이틀을 내걸었던 『種蒔く人』가 일체의 행동을 금지 당하고 동인들간에 이견이 심화되어 해산된 이후, 아오노 스에키치靑野季吉, 히라바야시 하쓰노스케平林初之輔, 무라마쓰 마사토시村松正俊, 이마노 겐조今野賢三, 가네코 요분金子洋文, 나카니시 이노스케中西伊之助, 마에다코 히로이치로前田河廣一郞, 야마다 세이자부로山田淸三郞, 무토 나오하루武藤直治, 사사키 다카마루佐々木孝丸 등 『種蒔く人』 시대의 동인들이 참여하여 2개 항의 강령[58]을 내걸고 『文藝戰線』(略稱 『文戰』)을 창간함으로써 프롤레타리아문학의 발표기관은 재차 확립되었다.

이 과정에서 실천적인 자극제 역할을 한 것은 당시 '도쿄제국대학

---

58 一. 我等は無産者階級解放運動に於ける藝術上の共同戰線に立つ.
　　一. 無産階級解放運動に於ける各個人の思想及行動は自由である.

東京帝國大學'의 〈마르크스주의연구회〉이었다. 하야시 후사오林房雄, 나카노 시게하루中野重治, 가와구치 히로시川口浩, 가지 와타루鹿地亘, 가메이 가쓰이치로龜井勝一郎, 야마다 세이자부로山田淸三郎 등이 그 동인이었는데, 그들은 후쿠모토주의福本主義[59]의 영향하에 있었다.

프롤레타리아문학운동은 아오노 스에키치 등의 그룹과 나카노 시게하루·구라하라 고레히토藏原惟人 등의 그룹으로 분열한다. 정치 레벨로 말하면, 야마가와 히토시派(후에 노동파勞農派)와 후쿠모토주의派로 분열한 것이다. 이것은 메이지·다이쇼기부터의 사회주의 운동으로 연결되는 것과, 이와 완전히 단절된 것과의 대립이다.

실질적으로 프롤레타리아적 감각과 작품은 전자에 해당한다. 즉 루카치가 말하는 것은 경험적인 것이 아니라 절대적인 '타자他者'로서의 프롤레타리아트이다. 이것만이 인텔리를, 혹은 부르주아적 문학을 경험해 온 사람을 움직이게 한다는 것이다. '후쿠모토주의福本主義'의 핵심적 이론은 나카노 시게하루와 같은 작가에게 지지되었다.

이때 후쿠모토주의의 신봉자인 마르크스주의자들은, 다이쇼적인 것을 부정했다.[60] 마르크스주의가 소위 '다이쇼적인 것'으로부터 단절로서의 '전향'이었는가 하는 점은, 전향의 시대에서 확실해 진다. 후

---

59 1925~27년경, 일본 공산당 내에 나타난 후쿠모토 가즈오福本和夫를 대표자로 하는 좌익기회주의·섹트주의. 후쿠모토주의의 기본적 특징은 노동자계급이 정치투쟁으로 나아가기 위해서는 '이론투쟁'에 의해서 이질분자를 분리시키고 순수분자만을 결합시켜야 한다는 '분리·결합'의 이론으로, 당시 해당주의解黨主義를 극복하는 과정에서 당내에 널리 퍼졌다. 이는 당을 소수의 지식인 집단으로 하고 대중조직으로부터 고립시킴으로써 노동조합 등의 대중단체 내부에서 좌익 부분의 분열을 합리화시키는 이론이었다. 이 편향은 대중투쟁의 실천과정 속에서 극복되었으며, 27년 테제에서 그 오류를 이론적으로 공격받았다.
60 福本主義者들의 政治·文學的 性向이 明治·大正期의 政治小說·社會小說·社會主義小說 등과의 同一延長線上에서의 전개·발전이 아닌, 완전한 단절을 그 모티브로 하고 있다.

일의 전향은 '다이쇼적인 것'으로의 귀환이었던 것이다.

이 시기 마르크스주의로의 '전향'은 프랑크푸르트에서 루카치나 코르슈 등 서구 마르크스주의자와 교류했던 후쿠모토 가즈오福本和夫의 이론을 배경으로 했다. 후쿠모토 가즈오는 레닌을 언급하고 있지만 실제로 그의 이론은 루카치에 근거한 것이다.

마르크스주의적 정치이론에 대한 일본에서의 발전을 기간별로 보면, ① 야마가와주의山川主義 시대(1921~1926년 초) ② 후쿠모토주의 시대(1926~1927)로 구별할 수 있다.[61] 이 두 주의는 상호 대립하면서 각기 주장하는 사상을 문학에 유입시키기 위한 운동을 전개하였다.

야마가와주의가 일본의 무산계급운동의 중심적 역할을 하고 있을 때, 후쿠모토 가즈오는 1924년 9월 프랑스와 독일 유학에서 귀국한다. 그는 귀국 직후부터 1928년까지 본명과 호조 가즈오北條一雄라는 필명을 사용하면서 20여 편의 마르크스주의에 대한 논문[62]을 썼다. 그의 논문은 대개 헤겔의 『法哲學批判序說』 중에 있는 마르크스 · 레닌의 말을 직접 인용했기 때문에, 당시 마르크스주의에 대한 지식이 미미하였던 일본에서는 그와 대적할 이론가가 없었다. 그는 당시 '일본의 마르크스'로 불렸다.[63]

후쿠모토 가즈오는 1925년 10월호 『マルクス主義』誌에 「'방향전환'은 어떠한 여러 과정을 택할 것인가, 나는 현재 어느 과정을 지나고 있는가ー무산자 결합에 관한 마르크스적 원리」[64]라는 긴 제목의

---

61 上野壯夫 編, 「解禁された日本共産黨事件」, 『戰旗』, 1929.12, p.144.
62 栗原幸夫, "福本主義", 「プロレタリア文學とその時代」, 『文學案內』(1), 1971, 平凡社, p.30.
63 박명용, 『한국 프롤레타리아 문학 연구』, 글벗사, 1992, p.94.
64 『マルクス主義』, 1925년 10월호, 「'方向轉換'はいかなる諸過程をとるか我はいまそれのいかなる過程を過ぎしつつあるかー無産者結合に關するマルクス的原理」

논문을 발표하였다. 그는 이 논문에서 단일협동전선당의 제창에 이르는 일본 사회주의 운동의 역사를 경제운동에서 정치운동으로의 '방향전환' 과정으로 파악했다. 이에 '결합하기 전에 우선 깨끗이 분리하지 않으면 안된다.'는 〈무산계급에 관한 마르크스 원리〉를 적용하여, 결국 대중운동의 전개에 앞서 의식이 부족한 대상을 분리하여 마르크스주의의 선진분자가 혁명의식을 주입시킨 후 결합한다는 것인데, 이것이 그 유명한 '후쿠모토주의' 즉 '分離·結合論(헤쳐 모여)'이다.

후쿠모토주의는 급속하게 마르크스주의자들을 매료시켜 나갔고, 지금까지의 야마가와주의를 밀어내고 1926년 12월 4일의 일본공산당 재건대회[65]에서 일본공산당의 방침이 되었다. 이렇게 후쿠모토주의가 일본 사회주의 운동에 마르크스의 성향을 뚜렷하게 드러낸 가운데 아오노 스에키치는 『戰旗』(1926년 9월 3권 4호)에 「自然生長と目的意識」을 발표하였다.

「自然生長と目的意識」에서 "프롤레타리아 계급의 투쟁목적을 자각하고서 비로소 계급을 위한 예술로 된다"고 쓴 아오노 스에키치의 소론은 큰 반응을 일으켰는데, 그 뒤 얼마 되지 않아서 나온 「自然生長と目的意識再論」(1927년)에서, 아오노 스에키치는 다음과 같이 자설을 부연 설명하고 있다.

---

[65] 제2차 일본공산당은 1926년 12월 3일 福島縣 下穴原 溫泉旅館에서 후쿠모토 가즈오, 사노 후미오佐野文夫 등이 창립대회 준비위원회를 개최하고, 12월 4일 山形縣 五色溫泉 宗川旅館에서 창립대회를 열었다. 의장에 사노 후미오, 정치부장에 후쿠모토 가즈오가 선출되었다. 1928년 3월 15일(3·15事件) 전국에서 853명이 검거되어 제2차 일본공산당은 해당解黨 위기에 처했다. 1928년 10월 코민테른에서 온 이치가와 쇼이치가 재조직에 착수하려 하였으나 1929년 제2차 검거선풍(4·16事件)으로 290명이 검거되었다. 그 후 계속 재건활동이 전개되었으나, 1935년 3월 4일 완전히 붕괴되었다. 한편 『戰旗』(1930.3.15., 4·16기념 임시증간호, pp.72~77)에 따르면, 1930년 2월 현재 일본공산당 사건으로 복역 중인 당원은 조선인 36명을 포함한 총 403명으로 밝혀졌다.

그것이 문학작품인 이상, 인간-프롤레타리아트-의 감각과 감정
에 호소하는 것이 아니면 안 된다. 이야말로, 인간은 살기 위해서는 먹
지 않으면 안 된다는 것과 마찬가지로 시간과 공간을 초월한 사실이
다. 나는 프롤레타리아 작가에게, 목적의식의 파악을 요구하긴 했지
만, 그 문학적 약속을 무시하라고는 하지 않았다. 그런 것을 말했다하
면, 그야말로 문학적 분야에서의 요구로 되지 않게 된다.[66]

　'문학적 약속'을 이처럼 예리하게 느끼고 있던 아오노 스에키치에
게 문학을 남의 일처럼 감정교류도 없이 평가하는 것은 대단히 어려
운 일이었다. 아오노 스에키치는 목적의식의 파악과 동시에 문학으
로서의 '質'도 요구한 것이다.

　아오노 스에키치의 '목적의식론目的意識論'은 레닌의 정치이론을 변
형시킨 것이다. '목적의식론'은 러시아 사회민주노동당의 성립과 그
활동을 촉진시켰던 레닌의 「무엇을 할 것인가-우리 운동의 긴박한
문제What is be done?」[67]의 정치적 이론과 방법을 문학이론에 기계적으
로 도입하여 상응시킨 것으로 밝혀졌다.[68] 아오노 스에키치는 이와
같은 레닌의 정치이론서를 번역하여 「マルクス主義」(1925.8~9)에
게재한 바 있다. 여기에 영향을 받은 아오노 스에키치가 목적의식론
을 들고 나온 것은 충분히 가능한 것이다.

　한편, 레닌의 「무엇을 할 것인가」라는 글도 레닌의 독창이 아니라
는 사실이 밝혀졌다. "나를 완전히 개조시킨 사회주의자 중 가장 위

66　靑野季吉,「自然生長と目的意識再論」,『靑野季吉 小林秀雄集』(7쇄)(日本現代文學全
　　集), 新日本出版社, 1991, p.40.
67　1901년 가을부터 1902년 2월까지 집필한 것으로, 1902년 2월 슈투트가르트에서 간행
　　되었다.
68　박명용,『한국 프롤레타리아 문학 연구』, 글벗사, 1992, p.161.

대했고, 사회주의 실현 가능성에 대한 실제적인 문제를 제기하고 미래에 실현될 사회주의의 예상도로, 평생 동안 생활의 지침과 원동력이 되어 주었던 니콜라이 체르니셰프스키Nikolai chrnyshevsky(1828~1889)의 소설인 「무엇을 할 것인가」의 제목을 따서 쓴 것이다"[69] 이 소설의 줄거리는 '새로운 사람들'의 견해의 승리를 보이려는 목적을 가지고 있으며 사건의 모든 발전을 이 과제로 귀결시킨 것이다.[70] 즉, 니콜라이 체르니셰프스키의 「무엇을 할 것인가」(소설)→레닌의 「무엇을 할 것인가」(정치이론서)→아오노 스에키치의 「목적의식론」(문학론)으로 발전했다고 할 수 있을 것이다.

마르크스주의에 입각한 러시아 문학이론가들의 이러한 견해가, 일본이나 한국에 영향을 주었을 것임은 추측하기에 그리 어려운 일이 아닐 것이다.

2) 하야마 요시키葉山嘉樹의 『海に生くる人々』
－작가투영과 공간반전－

하야마 요시키(1894~1945)의 『우미니이쿠루히토비토海に生くる人々』[71]

---

69 니콜라이 체르니셰프스키Nikolai chrnyshevsky 著, 김석희 譯, 『무엇을 할 것인가』, 1990, 동광출판사, p.446.
70 비노 그라도브 著, 金永錫 외 譯, 『文學入門』, 선문사, 1946, p.91.
71 일본의 산업노동 문학으로, 광산업계의 『坑夫』, 섬유업계의 『奴隷』·『工場』, 해상업계의 『海に生くる人々』 등의 소설작품이 서술된 것이다. 『海に生くる人々』의 작품 줄거리는 다음과 같다.
기선 만주마루万壽丸는 자신의 배腹 안에 삼천 톤의 석탄을 채우고, 눈보라 속에서 요코하마를 향해 간다. 무로란항 출항이래, 날씨는 험악하고 실습 선원이 큰 부상을 입었다. 허나 선장과 고급선원은 제대로 치료도 해주지 않은 채 좁은 선원실에 방치했다. 또한 난파선으로부터의 구조를 요청하는 신호도 선장의 명령으로 못 본 채 지나쳐버려 하급선원들은 끊임없이 생명의 위협을 당하면서 요코하마 사이의 항해를 계속한다. 배의 일체의 일은 선장만이 알고 있고 노동자들은 회사에서 오는 자신들의 식비가는 노동운동의 상승과 앙양의 시대를 대표하는 획기적인 작품이다. 미야지마 스케오宮嶋資夫의『고후坑夫』와 같은 사회주의문학은 노동자가 현실의 투쟁에 근거하지 않았기 때문에 사회에 대한 항의·증오와 반역 그리고 감정의 표현에 멈추어 고독과 비애의 감정이 감돌고 있는데, 하야마 요시키의『우미니이쿠루히토비토』와 같은 프롤레타리아문학은 노동자의 눈으로 자연과 사회를 파악하여 노동자를 인간으로 육체와 감정 그 내적 충동의 근원을 표현하여 새로운 문학 세계를 창조했다.

와세다早稻田대학에 약 1년간 재적한 적이 있는 하야마 요시키는 인텔리 냄새가 전혀 없다고는 할 수 없지만, 대학을 중도에서 퇴학하고는 1913~1914년에 사이에 칼카타 항로 화물선의 수습선원을, 이어서 1916년에 홋카이도北海道의 무로란室蘭 ↔ 요코하마橫浜 항로의 석탄선 만지마루万字号의 삼등 선원을 체험했다. 그때의 실제 체험이『우미니이쿠루히토비토』에, 무로란에서 석탄을 싣고 요코하마에 왕래하는 석탄선 만주마루萬壽號의 승무원들로 분할하여 투영되어져 있다.

> 『海に生くる人々』는, 말할 것도 없이 작자의 체험으로 쓰인 것으로, 작중의 주요 인물 후지와라藤原는, 작자의 분신으로 보인다. 가끔 작자

얼마인지도 모르고, 선원수첩은 사무실에 반납되어져 있어서 인간으로서의 생존권마저 주장할 수 없다. 선장은 요코하마에 도착하자 깊은 밤에 살그머니 하급 선원들에게 엄청난 파도 속에서 전마선을 젖게 하여 집에 가고, 홋카이도에서는 첩이 있는 곳으로 달려간다. 가혹한 노동조건에 대한 선원들의 심한 불만과 분노가 높아져, 노동운동의 경험이 있는 창고지기인 후지와라는 그들을 점차 조직화해 간다. 무로란 항구에서 수습선원의 부상수당을 요구했으나 선장은 일축하고 첩이 있는 곳으로 가 버린다. 결국 선원들은 들고 일어선다. 새해를 요코하마에서 보내기 위해 배가 서둘러 무로란을 출항하는 날을 잡아서 그들은 8시간 노동제, 임금증액, 산업재해 수당의 회사 부담 등 7개 항에 걸친 요구를 가지고 선장을 압박하여 스트라이크는 승리한다. 허나 배가 요코하마에 도착했을 때, 스트라이크 지도자들은 항만 경찰서의 경찰에 의해 연행·체포되어, 퇴직·유치장·미결감·감옥이란 길이 그들의 앞에 기다리고 있었다.

가 후지와라에게 말하게 하거나, 地文에서 반자본주의적인 논의를 즐기는 것을 알 수 있다. 그러나 그것이 작품 효과를 방해하지 않고, 제1차 세계대전 후에 일본의 노동운동의 초기에 '時代'를 묘사하고 있는 것은, 작자가 실제로 『海に生くる人々』의 투쟁을 해본 경력가의 강력함이 보증된 것이다. 아울러 고바야시 다키지小林多喜二의 『蟹工船』에 큰 영향을 주었다.[72]

하야마 요시키의 사상형성이 구체적인 양상을 가지고 나타난 것은 1921년 이후 나고야名古屋에서의 활동이다. 하야마 요시키는 여러 직업을 전전하다 나고야에 가서부터는 본격적으로 노동운동을 하여 급진적인 지도자의 한사람으로 감옥에 수감되어, '감옥監獄'은 행동의 중지·제약임과 동시에 그를 극히 불안정한 정신 상태로 몰아붙인 기능을 한 것이다.[73]

하야마 요시키에게 '감옥'이란, 육체의 움직임이 억압된 공간이고 육체의 움직임과 맥락을 같이 하여 전개되는 '관념'이 그 자연성을 상실하고 제멋대로 좌충우돌하는, '육체'와 '관념'이 극단적으로 분열하는 공간(상상의 세계)이다. 때문에, '자유분방하게 좌충우돌하는', '관념'을 제어하여 정신분열을 회피하고 안정을 꾀하는 것이, '감옥'이란 밀실공간에서 살아가는 하야마 요시키의 생활방법이었다. 여기에 하야마 요시키가 채용한 생활의 구체적 방법이란, '관념'을 '가공의 세계'의 틀 속에서 기능시켜 그 '가공의 세계'를 '현실의 세계'로 착각錯覺·전이轉移하여 그 '가공의 시공간'을 자신의 삶으로 만든 것이었다. 육체적인 삶을 거부당한 밀실공간에서 하야마는 관념적인 삶을 '자유

---

72 山田淸三郎, 『日本プロレタリア文學史』(下), 理論社, 1973, p.40.
73 前田角藏, 『虛構の中のアイデンティティー日本プロレタリア文學硏究序說』, 法政大學出版局, 1989, p.53.

분방'하게 떠돌게 함으로써 자신의 행동성을 확보한 것이다. 하야마 요시키는, '허구적 공간'에 자신의 삶을 해방시키는 것으로 살아가는 다른 또 하나의 행동성, 즉 문학적 삶의 존재의 가치·양식을 확보한 것이다.

이 '감옥'이란 '변환장치'가 없었으면, 『우미니이쿠루히토비토』는 原題 『難破』인 채로 1917년경부터 착수되었다 해도 누구에게도 말하지 않고 쓰지 않고, 가슴에 간직한 채이거나 잊혀진 채 사라져 버렸을 것이고, 작가 하야마의 탄생도 없었을 것이다. 하야마 요시키는, '감옥'과 『우미니이쿠루히토비토』의 관계를 「代表作について」에서 증언하고 있다.

　　監獄에서는 공상도 환상도, 꿈도, 추억도, 그때에 존재하는 자기 자신도, 싹 바뀐다. (…中略…) 공허한 상태에서, 인간은 살아갈 수가 없다. 때문에 과거의 잘나갔던 생활의, 그리고 그 당시는, 생각할 시간이 부족했던 삶을, 생각하는 것으로, 그 독방의 공허한 공간에서, 시간을 메우는 것이었다. (…中略…) 나로서도 무서울 정도의 스피드로 써갔다. 그리고 그것은 내가 일찍이 살았던 사실이 아니고, 그 독방 속에서 바다 냄새를 맡고, 극심한 노동에 헐떡거리는 착각을 일으켰다. 그것은 크나큰 흥분이었다. 크나큰 환희였었다.

　　　　　　　　　　　　　　　　　　　　（『九州文化』, 1935年 8월호）

하야마 요시키에게 '감옥'은 문학자 하야마 요시키 탄생의 장치임과 동시에 전향을 촉진하는 기제이기도 했다. 감옥에서 『우미니이쿠루히토비토』를 썼을 뿐만 아니라 전향을 결심했던 것이다.

『우미니이쿠루히토비토』의 특색 중의 하나는 선원 개개인의 취향이 선명하게 대조적인 데 있다. 어떤 사람은 창녀에 관한 것만 생각하며 근무한다. 어떤 사람은 맛있게 먹을 것만을 생각하고 있다. 그리고 후지와라를 비롯한 소수의 사람은 프롤레타리아트의 해방을 꿈꾸고 있다.

> 깊숙이 넓게 들어간 무로란 항의 태평양쪽으로 터져 있는 입구 정면으로 오구로섬이 뚜껑 역할을 하고 있는 형세다. 눈은 홋카이도 전역에 걸쳐서 지면에서 구름까지의 두께로 옆으로 흩날리고 있다. 기선 만주마루萬壽號는, 자신의 배 안에 삼천 톤의 석탄을 채우고, 눈보라 속을 요코하마를 향해 간다. 배는 지금 막 오구로섬을 빠져나가는 중이다. 이 섬을 빠져나가면 엄청난 파도가 밀려오고 있다. 만주마루萬壽號는 데크까지 물에 잠긴 선체로, 태평양의 성난 파도를 조심스럽게 내다본다. 그리고 과감히 용솟음치면서 나아간다. 그녀가 출산의 몸으로 달릴 수 있는 최고 속력이, 브리지에서 엔진으로 명령되었다.[74]

『우미니이쿠루히토비토』는 이와 같은 서막으로, 만주마루에 승선한 선원 對 선장으로 반영된 노사 간의 이해나 도덕적인 대립이, 항해 중에 노동쟁의를 일으켜 이 투쟁의 과정에서 해상 노동자의 계급의식이 성장해 가는 경과를 묘사하고 있다. 해상 노동자의 계급투쟁을 주제로 취급한 것으로서는, 일본에서는 아마 최초였을 것이다.

작중에서 후지와라藤原는 오쿠라小倉에게,

> 자네의 생명은 자네에게 영원히 소중한 것이지만, 부르주아적 입장에서는 자네의 생명을 착취할 수 있는 동안뿐, 필요할 때뿐인 거야! 산업 예비군은 무수히 많은 거야! 우리들은 지금 하나 빠짐없이 그런 상

---

74 葉山嘉樹, 「海に生くる人々」, 『葉山嘉樹集·小林多喜二·德永直集』(日本文學全集 37 筑摩書房), 1970, p.5.(이하『海に生くる人々』인용은 동일)

황 하에 있는 거야.　　　　　　　　　　　(『海に生くる人々』, p.93)

라고 말한다. 이는 작자 하야마 요시키가 후지와라로 하여금 오쿠라에게 말하게 한 것이라 한다면, 이는 추상성抽象性과 산업예비군의 존재가 일본 산업구조의 전체상全體像 속에 아직 정착되지 않은 채라는 한계성을 나타냈다 할 수 있겠다.

후지와라는 오쿠라가 변화하기를 희망하지만 오쿠라의 갈등에서 보이는 '이기심', '무사안일주의', '겁쟁이' 등은, 오쿠라의 심층에 자리하는 마을 문제의 표층에 지나지 않고, 이러한 현상의 더욱 깊은 곳에는 원리가 갖는 이상을 계급적 시점으로 판단하여야만 진정하게 오쿠라를 전환시킬 수 있을 것이다.

선장의 성격은 소설의 모두에서 만주마루가 무로란室蘭을 출항하면서 바로 부각된다. 만주마루 키의 쇠줄에 걸려 넘어져 부상한 보이장 야스이安井를 무시해버리는 냉혹·무자비한 태도로, 선장은 고작 4마일 앞의 난파선을 지나쳐버린다. 인간 생명의 존엄은 자기들의 배에서도 다른 배에서도 선장의 안중에 없다. 선장이 추구하는 것은, 아내가 기다리는 요코하마에서도 첩이 있는 노보리베쓰 온천에서도 오로지 자신의 쾌락뿐이다. 불합리한 명령에 따르지 않는 선원은 위험분자이든가 업무태만자로 낙인찍어버린다.

ⓐ 후지와라는 열심히 말했다. 그는, ⓑ 白水를 눈앞에 두고 이야기하고 있는 듯이, ⓒ 감격하고, ⓓ 행복한 듯이 ⓔ 자신의 이야기에 심취되어 있는 것이었다. 그는 여기까지 이야기하고서, 그 좋아하는 담배에 불을 붙이고, ⓕ 몸속 전체에 연기가 다다르게 하듯이 ⓖ 깊고 길게 ⓗ 담배를 빨았다.
　　　　　　　　　　　(『海に生くる人々』, p.31)

이것은 白水에 관한 일만 자 분량이 넘는 삽화插話의 중간부분인데, ⓑ~ⓔ는 ⓐ의 설명적 형용이고, ⓕ~ⓖ는 ⓗ의 설명적 형용이라 할 수 있다.

이 작품에서 프롤레타리아의 이론적 지도자로 되어 있는 후지와라는 '작자 하야마 요시키의 이상화된 분신'이라 할 수 있겠다. 후지와라에 관한 묘사를 보면, "28세의 대단히 과묵하고 까다로운 사람(『海に生くる人々』, p.5)"으로 등장한다. 〈표 12〉는 후지와라가 등장하는 장면과 후지와라의 행동을 정리한 것인데, ⑦의 다음에 波田·小倉·西澤과 쟁의 계획을 하고 오쿠라를 이론적으로 설득하며 마지막에 선장과의 교섭 장면에 등장한다.

〈표 12〉에서처럼 구체적인 노동 장면은 거의 묘사되어 있지 않고, ③부터 ⑦까지는 관념적인 이론의 진술로 되어 있다. ②와 ⑦에서는 수습 선원에 관계된 문제를 인간애가 아닌 계급적 시점으로 수렴하고 있다.

〈표 12〉 후지와라가 등장하는 장면과 후지와라의 행동　　　　　　( ) 안은 章

	후지와라의 등장 장면	비　고
①	서두의 폭풍우가 몰아칠 때, 1인용 램프 실에서 램프를 닦으면서 『창고를 지키는 놈은 창고나 지키면 돼』라고 보슨에게 대꾸했던 것을 회상한다.(1)	후지와라, 이후 반항적인 성격으로 등장한다.
②	보이장을 도와주러 온 칩메이트에 대해서, 『네놈들에게 네놈들의 목숨은 소중하겠지만 인간의 목숨이 얼마나 소중한지를 느껴 본 적이 없을 게야. 그렇지?』 그는 명백히 칩메이트에게 도전.(5)	지배자와 그 앞잡이에 대한 반감과 반항의 자세를 명확히 한다.
③	小倉, 波田과 보이장의 침대 쪽에서. 『小倉군. 「인간은 만물의 영장」이라는 인간이 만든 말이 있잖아. 그런데 말이야?』(7)	이론가 후지와라가 구체적으로 등장해서 이론진술을 시작한다.

④	식사 후 수부들이 곯아 떨어져 버린 뒤 후지와라는 波田와 둘이서 과거를 회상한다.『내가 내 자신의 일을 다른 사람에게 듣고서 야심을 일으킨 것은 전혀 쓸데없는 감상주의 때문이야 -』(10)	이 부분은 독립된 하나의 작품으로도 볼 수 있을 만큼의 양과 형식을 갖추고 있지만 전후 관계가 빈약하다.
⑤	三上의 거룻배 사건에 관해서 小倉과.『선장에게 사죄하러 간다구? 그거야 네 맘이겠지. 하지만 도대체 무얼 사죄하겠다는 거야? 고용조차 해주지 않은 보이장의 부상을 방치해 두고서. 너 혼자만-』(22)	생활 차원에서의 발언이기는 하지만 공식적인 면이 보인다.
⑥	칩메이트의 욕설로 인해 맨 처음 스트라이크가 시도된다.『이건 아직 아무것도 아니야. 우린 이런 하찮은 이유로 스트라이크까지 가지는 않아.』(29)	조직의 지도자로 묘사. 냉정·이론·결단력은 갖고 있지만 행동의 이미지를 살리지 못했다.
⑦	보이장의 상처 치료를 선장으로부터 거부당한 뒤『노동계급은 네 경우처럼 확실하게 드러난 경우에만 자본재 생산 때문에 그 생명이 위급한 처지에 놓이게 된다는 것을 자각하게 되지-너로서는 네 생명이 항상 소중하겠지만 부르주아로서는-』(32)	계급적인 시점의 진술이며 독백으로 봐도 될 정도의 태도로 이야기한다. 보이장에 대해서 지나치게 냉혹하다.

'白水'는 고토쿠 슈스이幸德秋水[75]를 의식하게 하는데, 白水는 '전과 4범'으로, "감옥에 갈 때마다 외국어를 연구했던 것 같다"라는 것으로 미루어 오스기 사카에大杉榮를 암시하고 있다고 볼 수도 있다.

후지와라의 이야기를 듣고 있는 波田은, "白水라는 사람은 후지와라의 이름이 아닐까" 하고 생각할 정도니까, 하야마 요시키는 고토쿠 슈스이→오스기 사카에→후지와라가 계승하는 방법을 아나키즘·볼셰비키즘 논쟁에 구애되지 않고 제언하려 했던 것이다.

미카미三上나 오쿠라의 에피소드 외에,『海に生くる人々』에서는 에

---

75 고토쿠 슈스이幸德秋水(1871~1911) : 評論家, 社會主義者, 無政府主義者.

치고 나오에즈越後直江津에서의 창녀 묘사 혹은 노보리베쓰登別의 유곽에 대한 선원의 향수 등, 이 시대의 프롤레타리아문학의 장점이었던 노동자의 여성숭배로 볼 수 있다.

> 상냥한 여성! 그것은, 그들(勞動者)에게는, 무엇보다도 소중한 보물이었다. 일체의 역사에서 학대 받아온, 가련하고 연약한 여성! 그들이 반항할 필요가 없는, 그들(勞動者)에 의해서라도 애호 받지 않으면 안 되는 학대받는 여성, 그것은 학대받고 시달려온 노동계급과 대단히 닮은 운명을 가지고 있다. (『海に生くる人々』, p.51)

학대받는 여성과 노동자의 동일화로, 그들(勞動者＝三上·小倉)의 창녀에 대한 갈구는 인간의 '사랑'에는 거짓이든 진정이든, 사막같이 목말라 있는 것이다. 사막에서는 오아시스의 신기루를 여행자가 보듯이 그들은 '사랑'의 신기루를 찾아 헤맸기 때문에 '사랑'의 허상虛像을 보았을지도 모른다.

『우미니이쿠루히토비토』는 작가 하야마 요시키의 노동운동과 체험이 투영된 작품이다. 당시 일본에서는 프롤레타리아 문제가 점차 현실적인 문제로 부각되고 있었다. 작가가 실제 체험을 바탕으로 하여 노사 대립과 투쟁을 생생하게 그려낼 수 있었던 것은 이 때문이다. 한편, 하야마 요시키가 투옥되었던 감옥과 작품에 등장하는 선원들의 선실이라는 육체적으로 제약된 공간이, 정신적으로 홋카이도에서 요코하마 나아가 홍콩·싱가포르까지 확산된 공간, 즉 작가·등장인물이 공히 공간반전空間反轉의 대응이었다고 할 수 있다.

혁명사상의 역사는 '万壽號'에서 아나키스트·볼셰비키의 공동투쟁으로도 집약되고 있다. 유물론에 기반을 둔, 문단적으로는 이질적인 美가, 『고후』 후 10년이 지난 1926년에 또다시 『우미니이쿠루히토비토』로 확립된 것이다. 그리고 프롤레타리아문학의 주류는 하야마 요시키에서 고바야시 다키지의 『가니코센蟹工船』으로 발전·승계 된다.

3) 문화정치·관동대지진·방향전환

정치와 문학의 내면적인 등질성을 더욱 중요시한 것은 프롤레타리아문학이었다. 한국의 경우 민족의 해방은 부르주아 진영에서나 프롤레타리아 진영에서나 공동 목표였다. 그런데 부르주아의 형성 자체가 천황제로 되어 있는 일본 제국주의와 어느 정도 동질적인 요소를 내포한 것인 만큼, 부르주아 진영의 해방 운동은 상대적으로 강도가 약했다. 이에 반해 프롤레타리아 운동은 비합법적이었다. 이 운동은 일본의 '國體'에 해당되는 천황제를 정면으로 부정하면서 시작되기 때문이다. 이렇게 볼 때 1920년대 한국에서의 정치 운동이란 프롤레타리아 운동을 직접적으로 지칭하게 된다. 프롤레타리아문학은 천황제 하에서 안존하기를 강요하는 일체의 힘에 대한 '맞대응'이었다. 문학이 가능한 한도에서 비문학적인 풍경을 가지고 있어야 했기 때문이다.

1920년대 일본 제국주의 지배자는 조선의 전 민족적인 〈3·1독립운동〉에 위협을 느껴 직접적인 무력지배를 피하고, 천황제하의 지배에 반하지 않는 한에서 약간의 결사·언론의 자유를 인정하는 소위 '문화정치'라는 지배방식으로 전환했다. 그러나 그 이면에서는 '一府郡 一警察署, 一面 一駐在所' 원칙에 의해 경찰력이 강화되고 있었다. 일본

의 지배정책에 조금이라도 반대하거나 비판적인 내용을 가진 언론·
출판활동, 정치·사상운동은 〈신문지법〉, 〈출판법〉, 〈보안법〉, 1919년
〈제령 제7호制令第七號〉(정치에 관한 범죄 처벌의 건) 등에 의해 지독
하게 감시 받았다. 다음의 내용은 출판감독 기준인 '안녕 질서 방해'
의 주요한 내용으로, 보안법·제령 위반 등으로 검열 당했다.

①황실의 존엄을 모독할 우려가 있는 사항
②신궁, 황릉, 신사 등을 모독할 우려가 있는 사항
③조국肇國의 유래, 국사의 대요를 곡설曲說, 분갱紛更하거나 국체
   관념을 동요시킬 우려가 있는 사항
④국기國旗, 국장國章, 군기軍旗 또는 국가에 대하여 모독할 우려가
   있는 사항
⑤군주제를 부인하는 듯한 사항
⑥공산주의, 무정부주의의 이론 내지 전략·전술을 지지·선전 또는
   선동하는 사항
⑦조선의 독립을 선동 혹은 그 운동을 시사·상찬하는 사항
⑧조선민족의 의식을 앙양하는 듯한 사항
⑨조선총독의 위신을 훼손 혹은 조선통치정신에 위반하는 듯한 사
   항[76]

〈치안유지법〉이 1925년 4월 일본의 국회에서 통과되어 공포되자
마자, 그것은 '칙령 제175호'[77]에 의해 조선에서도 시행됐다.
  일본 제국주의의 지배하의 식민지 조선에는 천황의 명령(칙령勅令)
은 물론이고 조선 총독의 명령(제령制令)이 법령으로 시행되었다. 처

---

76 岩村登志夫, 『在日朝鮮人と日本勞動者階級』, 校倉書房, 1972, pp.87~96 참고.
77 치안유지법을 조선·대만 및 홋카이도에서 시행하라는 명령.

음에는 '긴급칙령안緊急勅令案'으로, 이어서 일본 정부에 의해 공포된 '조선에 시행해야할 법령에 관한 건'에서 정하여져 조선총독은 조선에서 입법권은 물론, 사법·행정권을 장악하고 조선인에 대한 생사여탈의 권한을 행사했다.

조선에서의 법령은, '① 조선에 시행할 목적으로 제정한 법률 및 칙령, ② 칙령에 의해서 조선에 시행하는 법률, ③ 제령 및 긴급제령, ④ 경술국치 이후 존속을 인정한 구한국 법령, ⑤ 법률 및 제령의 위임에 의한 명령' 등에 의해 정해졌다.

제령에 의해 공포된 〈조선민사령〉, 〈조선형사령〉(1912) 등에서는 사법관의 권한이 강대해졌다. 이 법률들은 봉건적 형벌의 측면도 유지하면서 식민지 조선의 지배와 탄압에 맞추어 만들어져, 조선인의 기본적 인권이 무시된 점이 많았다.[78]

이와 같은 시대적 상황을 고려할 때, 1920년대 문학을 개관하는 데 무엇보다 먼저 염두에 두어야 할 점은 식민지 총독정치에 대한 한민족의 저항과 창작 활동과의 연관성일 것이라 할 수 있다.

1919년의 〈3·1독립운동〉 이후도 일본 제국주의의 조선에 대한 식민지 지배는 보다 가혹하게 추진되었다. 조선인의 도일渡日 인구도 해가 감에 따라 증가했다.[79]

〈표 13〉 조선인의 도일 인구의 변화

기간	1910~1919	1920~1925	1926~1938	1933~1945
도일인구	34,678명	142,501명	599,847명	246,523명

---

78 岩村登志夫, 『在日朝鮮人と日本勞動者階級』, 東京: 校倉書房, 1972, p.88.
79 朴在一의 『在日朝鮮人に關する綜合調査研究』(新紀元社刊, 1957, 6월) 참고.

1926~1938년은 자유스런 도일·출국이 금지되었던 시기다. 그럼에도 불구하고, 강제징용 시기였던 1939년~1945년에 비해 거의 3배 가까운 숫자를 보이고 있다. 이것은 전 인구의 8할이 농민인 조선에서 농촌에서의 핍박이 얼마나 많은 이촌농민離村農民을 유발시켰는가를 증명하고 있는 것이다.

1923년 9월 1일 오전 11시 58분 44초, 이윽고 미증유의 '관동대지진'이 시작되었다. 가옥의 도괴倒壞, 지면의 균열과 함몰은 말할 것도 없고, 간다神田, 혼고本鄕, 고이시카와小石川, 아사쿠사淺草, 이어서 코오지마치麴町 부근에서 화재가 일어나고, 불이 불을 불러 긴자銀座, 교바시京橋, 니혼바시日本橋 일대가 눈 깜짝할 사이에 화염에 휩싸였다. 지진은 9월 5일 오전 6시까지, 실로 936회가 있었고 그 피해는 도쿄東京를 비롯하여 가나카와神奈川, 시즈오카靜岡, 치바千葉, 사이타마埼玉, 야마나시山梨, 이바라기茨城에 까지 미쳤는데 특히 도쿄東京시와 요코하마橫浜시는 지옥도를 연상케 했다. 그리고 전 지역을 통하여 사망자수는 99,331명, 행방불명 43,476명에 이르고 물적 손해는 100억 엔이 초과된다고 한다. 러일전쟁의 전사자가 약 5만 명, 전비 약 15억 엔이므로 이 대비를 봐도 관동대지진이 얼마나 막대한 피해를 초래했는가 이해할 수 있을 것이다.

당시 일본의 지배계층은, 이 미증유의 재난으로 인해 혼란해진 민심수습과 점차 도일이 많아져 큰 세력으로 되어가고 있는 조선인에 대한 탄압과 급속히 성장하고 있던 일본의 노동자계급과 사회주의자에 대한 '내란진압'을 위하여 작전을 세웠다. 그 때문에 관동대지진은 근대일본의 씻기 어려운 '치부'로서 기억되지 않으면 안 되었고, 양식 있는 일본인들에 의해서도 극심한 비난을 면치 못했다.[80]

조선인이 '폭동을 일으켰다'던가 '우물에 독약을 풀어서 일본인을 죽이려하였다'는 등의 소문이 퍼지기 시작했다. 처음부터 근거 없는 유언비어에 지나지 않았지만, 갓 성립된 야마모토 곤베山本權兵衞 내각은 계엄령을 폄과 동시에, 이 '조선인 폭동'의 소문이 사실무근임을 알면서도 그것을 명확히 부정하려고도 하지 않고 오히려 계획적으로 조장하고, 군대·경찰·자경단自警團[81]이 한뜻이 되어 다수의 조선인을 체포·살해했다. 그것을 본 일본의 일반인들도 각처에서 자경단을 만들어 분별없이 조선인을 학살했던 것이다.

날조된 유언비어의 진행은 다음과 같다.

① 9월 1일 오후 '해일 밀려올 것임', '이어서 대지진도 있을 것임'

② 9월 2일 미명 '조선인이 방화함', '조선인이 강도질 함'

③ 9월 2일 오전 10시경 '어제의 화재는 대부분 불순한 조선인이 방화 또는 폭탄 투척에 의한 것임'

④ 9월 2일 오후 2시경 '조선인 약 삼천 명, 이미 多摩川를 건너서 洗足村 및 中廷附近에 내습하여 지금은 주민과 전투중임', '橫濱方面에서 내습하는 조선인의 수는 약 이천 명으로 총포, 도검 등을 휴대하고 이미 本鄕의 철교를 건넘'

⑤ 9월 2일 오후 4시경 '大塚 화약고 습격의 목적을 가진 조선인이 이제 그 부근으로 밀집하려 함', '조선인 이 삼백 명이 橫濱方面에서 神奈川縣의 수챗구멍으로 들어가 방화한 뒤, 多摩川를 건너, 多摩河 川原으로 진격 중임'

---

80 朴春日, 『增補 近代日本文學における朝鮮像』, 東京: 未來社, 1990, pp.144~145.

81 미즈노 렌타로水野練太郎가 도시빈민층의 혁명적 역량의 폭발을 억제하기 위해, 도시 중산층을 '황실皇室의 울타리'로 자경단自警團을 조직하여 도시빈민층을 감시한다는 구상이었다.

⑥9월 2일 오후 6시경 '조선인 약 이백 명, 品川署 관내 仙台坂에
쳐들어와서, 흰 칼날을 휘두르며 약탈을 행하여 자경단과 투쟁중
임', '조선인 등은 미리부터 혹은 기회를 틈타서 폭동을 일으킬
계획이 있었는데, 지진이 돌발하여 예정 행동을 변경하여 일찍이
준비해둔 폭탄 및 독약을 유용하며, 동경을 전멸하려고 함. 샘물
을 마시고, 과자를 먹으면 위험함'

(警視廳 『大震火災誌』)[82]

이와 같은 유언비어는 다음과 같이 발생·유포·확대되었다.

① 내무대신 미즈노 렌타로水野鍊太郎 등에 의한 계엄령 공포의 결
   의와 준비가 1일 밤부터 2일에 걸쳐서 진행되었고, 동시에 '朝鮮
   人 暴動取締' 전문의 기초도 이루어져 있다. 그리고 후속 조치의
   정당화를 위한 유언비어의 유포공작을 당연히 생각할 수 있다.
② 근위부대인 제1사단이 관동계엄사령부에 올리는 보고 중에, 유
   언비어의 조작 이유로는 '시내 일원의 질서유지를 위한 000의 호
   의적 선전'이란 것이 있는데, 이 伏字는 '內務省' 혹은 '警察官'으
   로 생각된다.
③ 2일 오후에는 경시청 관하의 시부야, 나카노, 시나카와, 히비야
   의 각서에서 '조선인 내습'의 보고가 속속 들어왔다. 이것은 분명
   히 경찰서가 유언비어를 날조하여 보고한 것이 된다.
④ 2일 오전부터 오후에 걸쳐, 군대 또는 경관에 의해 '조선인 내습'
   내용을 가진 게시나 등사 인쇄물이 배포되어져 있었다.[83]

---

82 朴慶植, 『天皇制論叢 6』(『天皇制國家と在日朝鮮人』, 增補改訂版) 東京: 社會評論社,
   1986, p.59.
83 朴慶植, 같은 책, 1986, p.60.

이상의 사실로 처음에는 약간의 자연발생적 유언비어도 있었겠지만 일본인의 집단적 약탈행위부터 식량폭동(쌀소동米騷動을 연상했을 것임)[84]의 발발을 염려한 내무대신 미즈노 렌타로水野鍊太郞 등 내무관료에 의한 음모설로 보는 경향이 있다.

越中谷利一은 『관동대지진의 회상關東大震災の思い出』에서 다음과 같이 진술하고 있다.

> 이와 같은 살육도, 단지 군대의 단독행동에 의해서만 행하여지는 것이 아니었다. 이 조선인 살육에는, 읍내의 소방단이라든가 자경단들이 가세하여 한층 극심함을 더했다. 아무튼 군대에서 총을 빌려 차고 다니므로 더욱 살벌했다. 종국에는 "군부대에서는 총을 빌리고 읍의 유지들로부터는 술을 얻어 마시면서 한 마리라도 죽이지 않으면 만나서 정말로 할 말이 없다"고 하면서, 다른 자경단에서 죽여서 버려진 조선인의 시체를 몰래 훔쳐간다는 상황이었다.[85]

일본인의 민족 배외주의排外主義, 조선·중국 인민에 대한 차별·멸시의 사상이 이 사건을 통하여 조장된 것은, 이 연장선상에서 벌어질 '만주사변'으로 시작되는 오랜 전쟁의 불길한 전주곡이 된 것이다.

조선인을 학살한데 대하여 재일조선인은 9월 말, 백무白武, 변희용卞熙瑢, 한위건韓偉健, 박사직朴思稷 등, 북성회北星會, 동경조선기독교청년회東京朝鮮基督敎靑年會, 천도교청년회天道敎靑年會 간부가 발기인이

---

84 제1차 세계대전 중에 격증했던 도시빈민층은 소작빈농층과 함께 쌀소동米騷動의 주된 세력을 형성하고 있었다. 관동대지진이 일어나자, 관헌은 빈민층과 빈농층이 쌀소동 재발의 원동력이 될 소지가 있다고 판단하여, 자경단을 구성하여 배타적 폭력집단의 원동력이 되었다.

85 岩村登志夫, 『在日朝鮮人と日本勞動者階級』, 東京: 校倉書房, 1972, p.90.

되어 많은 방해와 곤란에도 불구하고 조선인 박해사실을 조사 하여, 1923년 12월 말에 일화일선청년회관日華日鮮靑年會館에서 재동경조선인대회在東京朝鮮人大會를 개최하여 다음과 같은 내용의 성명을 발표했다.

> ① 被虐殺朝鮮人은 2,611명이다(11月末까지의 調査)
> ② 지진 당시에 조선인의 범죄 사실은 전혀 없음
> ③ 유언비어의 출처는 일본 정부 당국임
> ④ 유언비어의 동기는 일본인 민심의 동요를 방지하고 한일 무산계급의 분리를 꾀하기 위한 정략임
> ⑤ 유언비어의 전파자 또한 일본·정부 당국임[86]

1919년 2월, 동경의 유학생들이 중심이 되어 '창조사創造社'를 설립하여, 동인지『創造』를 발행했다. 이것은 근대 조선 최초의 문예동인지였다. 최초의 동인은 김동인金東仁, 주요한朱耀翰, 전영택田榮澤, 최승만崔承萬, 김환金煥 등 5명으로, 나중에 김관호金觀鎬, 김억金億, 김찬영金瓚永, 이광수李光洙, 이일李一, 오천석吳天錫, 임장화林長和 등이 가세했었다.[87] '3·1운동'의 실패는 한민족으로 하여금 민족적 좌절과 짙은 허무주의에 빠지게 하였다.『폐허』(1920),『장미촌』(1921),『백조』(1922) 등에는 이 같은 정서가 짙게 반영되어 있다.

1920년대 초 유학생을 중심으로 한 재일在日 청년 인텔리들은 많은 연구 서클이나 사상단체를 조직했다. 예를 들면 〈흑도회黑濤會〉, 〈북성회北星會〉, 〈일월회日月會〉, 〈도쿄조선무산청년동맹회東京朝鮮無產靑年

---

86 朴慶植,『在日朝鮮人運動史－8·15解放前』, 東京: 三一書房, 1979, pp.149~150.
87 任展慧,『日本における朝鮮人の文學の歷史』, 法政大學出版局, 1994, p.87.

同盟會〉,〈삼월회三月會〉,〈신흥과학연구회新興科學研究會〉 등이다. 이들은 민족주의, 사회주의, 무정부주의 등의 사상체계가 확립되지 않은 면도 있어서 민족적인 역량을 충분히 발휘할 수 없는 약점도 가지고 있다. 그러나 이들은 조선 노동자 계급과 결합함으로써 조직적 역량을 발휘할 수 있게 되었다.[88]

　1920년대 초의 동인잡지에 의한 낭만시대는 오래 가지 않았다. 낭만주의적 경향에 대한 비판이 일어남과 함께, 새로운 집단적 문학운동으로서 프롤레타리아문학이 등장했기 때문이다. 1922년경부터 싹트기 시작한 프롤레타리아문학은 한국문학사상의 순서로 보자면 예술지상주의자들에 대한 반동의 결과였다. 예술지상주의파에 대한 반동은 프롤레타리아문학의 씨앗이 뿌려지기 전에 이미 이광수의 공격으로 개시되고 있었다. 김동인을 비롯한 다수의 동인지 작가들은, 이광수의 계몽적·설교적·교화적인 문학, 목적의식이 뚜렷이 노출된 문학에 반발하고 있었다. 그리하여 이광수는『創造』,『廢墟』,『薔薇村』,『白潮』파들의 문학적 자세에 대한 최초의 비판자로 나서기 시작했다.

　이광수의 문학은 자유연애결혼을 설교조의 문체로 주장하고, 구식결혼 제도를 비판·계몽한다. 이러한 사실은 「어린 벗에게」·「少年의 悲哀」, 또는 장편『無情』에서 이미 증명된 바이다. 이광수가 이러한 장·단편이나, 「子女中心論」·「婚姻論」 등의 논문을 통하여 오직 똑같은 계몽적인 주제를 반복하고, 때때로 소설에서 사건 진행을 중단하고 장황한 설교로 지면을 메운 것은 이광수 작품이 목적문학적임을 입증하고 있다. 이광수는 예술성의 추구 이상으로 사회교화적 목적의식을 더 중시했고, 그래서 그의 작품은 예술적 形象性을 상실할 수

88 朴慶植,『在日朝鮮人運動史 − 8·15解放前』, 東京: 三一書房, 1979, p.44.

밖에 없었다.

이광수의 이와 같은 경향에 반기를 든 예술지상주의적인 동인지 작가들은, 출발점은 좋았으나 그들대로의 맹점을 노출하기 시작했다. '현실로부터의 이탈'과 '개인적인 향락주의'가 그것이다. 동인지를 시작했던 김동인은 처음부터 "사회적인 효용성은 문학이 근본적으로 아랑곳할 바가 못된다"는 태도를 지니고 있었다. 따라서 그의 예술지상주의적인 문학은 사회의 현실적인 문제에 외면할 가능성을 내포하고 있었다.

이광수는 1921년 정월 벽두에 김동인 등의 신진들에게 다음과 같은 비판을 가했다.

Art for art's sake라는 예술상의 격언은 예술을 타부문의 文化(政治나 敎育이나 宗敎나)의 노예상태에서 독립시키는 意味에 있어서는 대단히 훌륭한 格言이지마는, 그 범위를 지나가서 사용하면 이는 "개인은 자유다."하는 格言을 無制限으로 사용함과 같은 害惡에 빠지는 것이외다.

生에 대하여 貢獻이 없는 것, 더구나 害를 주는 것은 그것이 무엇이든지 다 惡이니 文藝도 만일 個人의, 特히 우리 民族의 生에 害를 주는 자면 마땅히 두드려 부술 것이외다. Art for life's sake야 말로 우리의 취할 바라 합니다. (…중략…)

明治以來의 日本文壇에서 가장 貢獻이 大하고 生命이 長한 文士로 누구나 許하는 坪內逍遙・森鷗外, 年前에 作故한 夏目漱石諸氏等을 보더라도 坪內氏는 劇과 沙翁의 作品에 粧威며 森鷗外氏는 醫學者요 獨逸文學者요 漢文學에 深하며, 夏目氏는 學識이 深博한 英文學者요, 日本古文學과 漢文學에도 專門家의 壘를 摩할 만하지 아니합니까. 或은 二, 三年에, 오래야 五, 六年이 못하여 文壇에서 스러지는 버섯 같

은 日本文士들 속에서 三十年來 우뚝이, 뻣뻣이 文壇의 最前線·最高 點에서 指揮의 地位를 保하여 온 그네의 特徵은 實로 刻苦한 工夫와 深博한 一種 或은 數種의 專門學識 및 工夫를 견디는 堅强한 意志力 과 克己와 勤勉이외다. (…중략…)

이를 보더라도 文士에게 修養이 어떻게 必要한가를 알지니, 하물며 文士가 同時에 思想家요, 社會의 指導者요, 社會改良家요, 靑年의 模 範이 되어야 할 여러 가지 重任을 함께 負擔한 現代의 우리나라의 文 士리오. 우리나라의 文士되는 자는 眞實로 刻苦에 刻苦를 加하고 勉 勵에 勉勵를 加하여 工夫하고 工夫하고 修養하고 修養하여야 할 것이 외다. (…중략…)

우리 文士들은 마땅히 師表인 自覺, 民衆의 引導者인 聖徒인 自覺 을 가져야 할지니, 그의 一言가 一同은 오직 敬虔하고 오직 眞摯하여 야 할 것이외다. 이러한 責任을 自覺하는 우리 文士들은 發憤하여 過 去의 意識的 最少 抵抗主義的 데카당스적 生涯를 벗어버리고 一刻이 바쁘게 덕성과 건강과 지식, 聖識에 합당한 健全한 인격의 作成에 착 수 노력하여야 할 것이외다.

아아, 사랑하는 半島의 靑年 文士諸位여.(1920.11.11)[89]

위 인용문에서, 우리는 당시 예술파들의 약점의 일면을 충분히 짐 작할 수 있다. 여기서 이광수가 "民族의 生에 害를 주는 자"라고 한 것은 바로 그 예술파 신진들의 일부 경향을 지적한 것이요, 그것을 "두드려 부술 것이외다"라고 한 것은 그러한 신진들을 무찌르자는 것 이었다. 그리고 "民族의 生에 害를 주는 자"는 "데카당스의 亡國情調" 에 빠진 청년문사들이요, 그 문사들은 김동인·김억·황석우黃錫禹·홍

---

89 이광수, 「文士와 修養」, 『創造』 8號, 1921.1.(『李光洙全集』 16, 삼중당, 1963, pp.19~ 27)

사용洪思容 등 대다수의 신진들을 가리킨다고 할 수 있다. 이 신진들이 1919년부터 등장하여 작당 음주하며 창작의욕을 돋구고 기생과의 청춘대화에서 인생을 알고, 그런 분위기 속에서 창작의 기초가 될 인생경험을 찾아나갔던 것은 유명한 초창기의 에피소드다.[90] 즉, 이러한 작품들은 식민지 조선의 정치·경제적인 문제에 대해 의도적이라할 만큼 도외시하거나 무관심했던 것이다. 이런 문학에 대한 이광수의 대응은 비판적이었다. 이와 같은 경향은 프롤레타리아문학과 달리 순수파 문학운동에 대한 내적·자연발생적인 반동이었다고 볼 수 있다.[91]

새롭게 등장한 프롤레타리아문학파 또한 예술지상주의파 문학을 공격했다는 점에서는 이광수와 동일하다. 그들은 사회의 이익을 위해서만 문학이 필요하다고 생각하고 "될 수 있으면 선동煽動하려고 했다"는 점에서 이광수와 궤를 같이 한다. 그러나 이광수와 프롤레타리아문학파는 사회 현실의 문제성에 대한 비판적 사상 경향이 '교화敎化'와 '혁명'으로, 전연 다른 것이었기 때문에 주제 면에서 공통성은 없었다.

팔봉 김기진[92]은 동경유학 중에 아소 히사시麻生久와 친구가 되어

---

90 金東仁의 「先驅女」에 등장하는 문학청년들의 생활은 또한 자신을 비롯한 『創造』파, 『白潮』파들의 기생놀이 방법까지 생생하게 고백한 르포르타주였다. 이와 같은 고백기사나 춘원의 전기설교적 비판문에 나타나 있는 것처럼, 그 당시의 작품들이 'Art for life's sake'가 아니라 'Art for art's sake'에 기울어, 현실 문제를 외면한 귀족적인 遊戱文學으로 추락한 일면이 있었던 것이 사실이다. 특히 金東仁의 「弱한 者의 슬픔」, 「배따라기」, 羅稻香의 「幻戱」, 「별을 안거든 울지나 말걸」 등은 선택된 행운아들의 배부른 고민이나 감상을 그린 것이었다.

91 金宇鍾, 『韓國現代小說史』, 成文閣, 1978, pp.200~203 참조.

92 1903년생인 金基鎭은 1920년 培材中學을 마치고 18세에 渡日, 立敎大를 다니다가, 1923년 5월에 귀국하게 된다(八峯, 「韓國文壇側面史」, 『思想界』 56號, p.137). 그는 八峯이란 雅號를 使用하게 된 연유를 다음과 같이 쓰고 있다. "『開闢』雜誌에 「支配階級化와 被支配階級化」를 쓴 일이 있는데 金起田氏가 먼저 그 內容이 좀 過激하다 해서

그의 사회주의 문학론에 자극 받은 바를 다음과 같이 기록하고 있다.

> 긴상은 文學을 해서 무얼 하요? 당신은 트루게네프를 좋아하신댓
> 죠? 당신의 朝鮮은 50年 前의 ×××(러시아?)와도 彷佛한 點이 있오. 處
> 女地에 씨를 뿌리시오. 솔로민이 되기 쉽소. 트루게네프가 되는 것이
> 아니라 인사로프가 되든지 솔로민이 되는 것이 얼마나 有意하오?[93]

이러한 일본의 사회적 분위기 속에서 문학 수업을 하던 김기진은 잡
지『種蒔く人』에 번역 발표되었던 로맹 롤랑과 앙리 바르뷔스의『클라
르테』에 크게 자극 받고, 아울러 사회주의자 아소 히사시와 접촉하면
서 그의 직접적인 영향을 받았다.

김기진은 1923년 5월 〈토월회土月會〉의 연극공연을 계기로 귀국한
다. 1923년 7월과 9월의 두 번에 걸친 공연을 끝낸 김기진은, 그의 형
김복진과 연학년延鶴年·안석주 등과 더불어 〈토월회〉에서 탈퇴한다.
김기진·김복진·연학년은, 박영희·김형원·이익상·이상화와 더불어
새로운 경향의 문예운동을 꾀한다는 목적 하에 〈파스큘라PASKYULA〉
를 결성한다. 회원의 머리글자를 따서 만든 것으로, 결성 취지는 '인
생을 위한 예술', '현실과 싸우는 예술'을 지향한다는 것이다. 구성원
은 기자·시인·조각가 지망생·화가·극연출 지망자 등으로, 시나 소설
을 쓰는 사람들로만 동인을 결성했던 당시의 문예운동 단체들과는
색다른 단체였다.

〈파스큘라〉와 유사하면서도 특이한 성격의 문화운동 단체로 〈염

變名을 勸告하므로 故鄕 忠北 淸州의 八峯山으로……"(「雅號의 由來」,『三千里』4卷
1號, p.35)
93 金八峯, 「나의 文學靑年時代」, 『新東亞』 4卷 9號, p.131.

군사〉가 있었다. 염군사는 비교적 높은 사회적 관심을 가지고 있었지만, 파스큘라의 문화적 소양이 염군사를 훨씬 능가했다.

1925년 8월 23일 단일조직인 〈조선프롤페타리아예술동맹KAPF〉이 결성되었다.[94]

'프롤레타리아문학운동'은 문학에 사회주의적 목적의식을 이식하여야 한다는 주장이 대두된다. 이러한 목적의식은 일본의 아오노 스에키치에 의하여 주장[95]되고, 한국의 경우는 박영희에 의해서 수용,[96] 이를 둘러싸고 이론투쟁이 전개되었다.

'목적의식'을 둘러싼 '방향전환논쟁'은 1926년 11월, 회월 박영희가 단편소설 「地獄巡禮」(『朝鮮之光』)와 「徹夜」(『別乾坤』)를 발표하자, 김기진이 월간지 『朝鮮之光』에 「文藝時評」을 써서 비판[97]함으로써 시작되었다. 직설적인 이념이나 생경한 관념 노출이 소설의 긴장감을 약화시킨다는 것은 프롤레타리아문학에서 일반적으로 볼 수 있는 약점인데, 박영희의 소설에도 이런 약점이 나타났다는 것이다.

김기진의 비평에 대해, 박영희는 「투쟁기에 있는 문예비평가의 태도」(『朝鮮之光』, 1927년 1월)에서 "프롤레타리아 全文化가 한 건축물이라 하면 프롤레타리아 예술은 그 구성물 중에 하나이니 서까래도

---

94 기본적으로는 〈염군사〉와 〈파스큘라〉의 통합으로 이루어진 것이었지만 당시 새로운 창작 경향을 내보이며 작품활동을 전개하기 시작한 조명희, 이기영, 한설야 등도 참여했다. 조직적 활동이 본격화 된 것은 1926년 「文藝運動」이란 준기관지를 발간한 이후라고 보고있다.
95 青野秀吉는 1926년 9월의 『文藝戰線』에 발표한 논문 「自然成長と目的意識」에서, 目的意識의 定義를 내렸다. 1927년 1월에 「自然成長と目的意識再論」을 『文藝戰線』에서 발표했다.
96 朴英熙, 「文藝運動의 方向轉換」, 『朝鮮之光』, 1927.4월(임규찬·한기형 편, 「제1차 방향전환과 대중화논쟁」, 『카프비평자료총서 3』, 태학사, 1990, pp.126~132)
97 김기진은 이 글에서 "이 작품은 기둥도 석가레도 없이 빨간 지붕만 덮어놓은 건축물과 같다"고 비판하고 있다.(김기진, 「文藝時評」, 『朝鮮之光』, 1926.12, p.93)

될 수 있으며 기둥도 될 수 있으며 기와장도 될 수 있는 것이다. 군의 말과 같이 소설로써 완전한 건물을 만들 시기는 아직은 프롤레타리아문예에서는 시기가 상조한 공론이다"[98]라고 반론했다.

김기진은 다시 「無産文藝作品과 無産文藝批評－友人 懷月君에게」를 써서 반격하였다. 이 반론에서, 김기진은 박영희의 감정적 태도를 날카롭게 비판한다. 그는 박영희가 자신이 말한 "소설이란 하나의 건축물이다"란 것을 너무 제멋대로 해석했다고 말하며, 이것을 근간으로 출발한 박영희의 논지는 "대단히 히스테릭한 것"이며, 이를 부정하기 위해서 "본의가 아닌 논리의 비약을 시도했을지도 모른다"[99]라고 했다. 프롤레타리아문학에서도 어디까지나 문학으로서의 최소한의 선을 지키려 한 김기진의 태도는 일본의 대중화 논쟁의 나카노 시게하루를 상기시킨다.

논쟁은 결국 박영희의 승리로 끝나고, KAPF의 방침은 본격적인 계급 혁명을 위한 문학운동으로 선회하기 시작한다. 방향전환에 대한 이론투쟁은 문학의 목적의식을 강조하면서도 그것을 어떻게 작품화할 것인가라는 방법론을 제시할 수 없었다는 한계를 가지고 있었다. 김기진은 이 한계를 최초로 인식했던 사람이었다. 후에 김기진은 조명희의 소설 「낙동강」을 목적의식에 기반을 둔 '第二期 作品'으로 규정하면서, 작품 제작에 대한 방법론을 탐구하기 시작한다. 「낙동강」은 방향전환 이후 프로문학 작품의 성격과 창작 방법의 특징을 단적으로 보여주는 소설이라 할 수 있다.

---

98 임규찬·한기형 편, 『제1차 방향전환과 대중화 논쟁』, 태학사, 1990, p.35.
99 金基鎭, 「無産文藝作品과 無産文藝批評－友人懷月君에게」, 『朝鮮文段』 第4卷 2號, 1927년 2월.

4) 조명희의 「낙동강洛東江」-재창조를 위한 출향-

1920년대 전반의 포석抱石 조명희趙明熙[100]는 당시 대부분의 지식층 청년들에게서 흔히 보는 것처럼, 이른바 '사상의 혼동' 속에서 방황했었다. 『레미제라블』을 읽고 인도주의에 감화[101]되는가 하면 니체의 초인사상超人思想에 빠져들기도 하고, 러셀 풍의 자유주의적 정신에 감화되어 당시 사회와 제도에 불만을 가지고 사회주의에 상당한 관심을 쏟기도 했고 민족의 궁핍한 현실을 통분, 자유와 평등이 보장된 이상국을 꿈꾸기도 했다.[102]

1920년대 후반 한국문학이 정치적 투쟁으로 발전해야 한다고 주장되던 때에, 조명희는 방향전환의 결과를 보여주는 「낙동강洛東江」을 1927년 7월 『朝鮮之光』에 발표했다.

「낙동강」[103]은 1920년대 후반 KAPF 문예운동의 정치성을 소설로

---

100 포석 조명희는 1894년 충북 진천의 처사적인 사대부 집안에서 태어났다. 고향에서 서당·초등학교를 다닌 뒤, 서울의 중앙고등보통학교를 다니다가 1914년 학교를 중퇴하고 북경사관학교에 입학하기 위해 가출했지만 중형에 의해 돌아오게 된다. 3·1 운동이 일어났을 때는 투옥되기까지 했으며, 1919년 겨울 일본으로 건너가 동경 동양대 철학과를 다니다가 1923년 봄에 귀국한다. 1920~1925까지 주로 희곡과 시를 창작, 1923년에 「희곡집」과 1924년에는 「봄잔디밭 우에」라는 시집을 간행했다. 1925년부터는 「땅속으로」와 같은 단편 소설의 창작에 전념한다. 1928년 소련으로 망명하여 시·평론 등과 『만주 빨치산』 등의 장편소설을 창작했다. 그의 사망일은 1942년 2월 20일로 조사되었다. 황동민, 「작가 조명희」, 『포석 조명희선집』, 조명희 문학유산위원회, 1959, 3~4면 및 조명희, 「생활기록의 단편」, 같은 책, p.254 참조.
101 조명희, 「늦겨본 일 몇까지」, 『개벽』, 1926.6, p.22.
102 정덕준, 「포석 조명희의 현실인식」, 『고려대 어문논집』 22집, 1981, pp.193~199 참조.
103 「洛東江」의 이야기 전개를 보면 다음과 같다.
  ① 낙동강 구포 벌의 풍경→뱃노래 ② 계급이 생기고 벌판에 임자가 생겨 백성들은 굶주리게 되었다. ③ 이른 겨울 밤, 병보석으로 출감한 박성운과 그 일행이 낙동강을 건너간다. ④ 박성운은 사상 전환으로 사회주의자가 되었다. (㉮ 박성운은 농부의 아들이다. ㉯ 군청 농업조수를 지내다 독립운동에 참가, 1년 반 교도소생활을 했다. ㉰ 西間島로 이주, 독립운동에 노력하다가 사회주의자로 변신하여 귀국했다) ⑤ 귀향하여 농민운동을 전개하던 박성운은 갈밭 사건으로 투옥되고 심한 고문을 당했다.

형상화하는 데 성공한 작품으로 평가받았다. 중농의 몰락과 소농의 빈농화, 계급 분화의 문제가 비교적 구체적으로 다루어져 있고 유산 계급에 대한 전투적인 반항을 내보이고 있다는 점에서 그러하다.

「낙동강」은 1927년 소위 방향전환 직후 발표되어 평단의 대단한 주목을 받았다. 김기진은 ① 참패하는 인생의 전자태全姿態를 그리면서도 현재 생장生長하는 일계단의 인생을 기록함으로써 절망의 인생이 아닌 열망의 인생을 그렸다는 것, ② 독자의 감정이 최후에 이르러 어떤 방향으로 향해야 할 것인가를 제시했다는 점, ③ 작품의 인물이 각자 그에 상응한 성격과 풍모를 부여하여 안전眼前에 방불케 했다는 점 등을 지적하면서 무산계급 문학운동 제2기의 선편先鞭을 던진 작품이라고 격찬했다.[104] 이에 반해 조중곤은 제2기의 작품의 요건으로서, ① 현단계의 정확한 인식, ② 마르크스주의적 목적의식, ③ 작품행동, ④ 정치 투쟁적 사실을 내용으로 할 것, ⑤ 표현 등을 거론하면서, 이를 전제로 할 때 「낙동강」은 '자연생장기自然生長期'의 작품으로는 성공했을지 모르겠으나 제2기적 목적의식적 작품이라고는 할 수 없다고 일축한다.[105]

　　아니다. 그래도 여기 있어야 한다. <u>우리가 우리 계급의 일을 하기 위하여는 중국에 가서 해도 좋고 인도에 가서 해도 좋고 세계의 어느</u>

---

⑥ 형평사원과 장꾼들과의 패싸움 때 '로사'를 만나 사랑하게 되었다.(㉮ 로사는 형평사원(백정)의 딸이다. ㉯ 여고보와 사범과를 마치고, 여훈도가 되었다. ㉰ 박성운의 영향을 받아 여성동맹원이 되고, '로사 룩셈뿌르크'로 개명했다) ⑦ 박성운의 장례행렬이 강 언덕을 지나간다. ⑧ 첫눈 내리는 날 늦은 아침, 로사는 북행열차를 타고 구포를 떠난다.

정덕준, 「낙동강'의 구조, 시간양상」, 『한림어문학』 1집, 1994, p.259 참조.

104　金基鎭, 「時感二篇」, 『朝鮮之光』, 1927.8, pp.9~11.
105　趙重滾, 「낙동강과 제2기적 작품」, 『朝鮮之光』, 1927.10, p.13.

<u>나라에 가서 해도 마찬가지다.</u> 하지마는 우리 경우에는 여기 있어 일하는 편이 가장 편리하다. 그리고 우리는 죽어도 이땅 사람들과 같이 죽어야 할 책임감과 애착을 갖고 있다.

(「낙동강」, p.458 – 밑줄 필자)

「낙동강」에서 박성운이 보여주는 사회운동은 계급해방을 추구함과 동시에 일제의 수탈상과 잔인성을 폭로하고 그에 대한 항변의 성격을 가짐으로써 민족 해방을 지향한다. 박성운의 죽음 자체가 일제의 잔악성을 암시하는 것이기도 하다. 그래서 「낙동강」은 프로문학이라기보다 오히려 민족적인 것에 더 깊은 관계를 갖는 것이라고 평가받기도 한다.[106] 그러나 밑줄 친 부분에서 볼 때 이 작품은 조중곤이 지적했듯이[107] 계급해방운동에 우선적 의미를 부여하고 있음이 분명하다. 그러나 이론적으로는 이차적 혹은 하위의 가치 영역에 있는 것이라 하더라도, 작품 속에 드리워진 애잔한 정서는 민족적 색채를 강력히 반영하고 있다.

이 강과, 이 인간! 지금 그는 서로 비통하게 떨어지지 않으면 아니 될건가?
봄마다 봄마다/불어 내리는 낙동강물/구포龜浦벌에 이르러 넘쳐넘쳐 흐르네-/흐르네 - 에 - 헤 - 야 -/ (…중략…) /천 년을 산, 만 년을 산/낙동강! 낙동강!/하늘ㅅ가에 가 - ㄴ들 꿈에나 잊을소냐 - /이칠소냐 - 아 - 하 - 야 -.

(「낙동강」, p.444)

---

106 김윤식, 『韓國近代文藝批評史硏究』, 一志社, 1978, p.64.
107 趙重滾, 「낙동강과 제2기적 작품」, 『朝鮮之光』, 1927.10, p.13.

구슬프게 이어지는 뱃노래를 통해 조명희는 자신의 애틋한 정서를 드러낸다. 그것은 '구포 벌에 이르러 넘쳐 흐르는', 이 강물과 운명을 같이하는 사람들에 대한 간절한 그리움이다.[108]

> 그가 처음으로, 자기 살던 옛마을을 찾아와 볼 때에 그의 심사는 서글프기 가이 없었다. 다섯 해 전 떠날 때에는 백여호 촌이던마을이 그동안에 인가가 엄청나게 줄었다. 그대신에 예전에는 보지도 못하던 크나큰 함석집웅 집이 쓰러져가는 초가집들을 멸시하고 위압하는듯이 둥누렀이 가로 길게 놓여있다. 그것은 묻지 않아도 동척창고임을 알 수 있다. 예전에 중농中農이던 사람은 소농小農으로 떨어지고, 소농이던 사람은 소작농小作農으로 떨어지고, 예전에 소작농이던 많은 사람들은 거이 다 풍지박산하여 나가게되고 어렸을때부터 정 들던 동무들도 하나도 볼 수 없었다. 그들은 모두 도회로, 서북간도로, 일본으로, 산지사방 흩어져 갔었다.   (「낙동강」, pp.455~456)

박성운의 민족애는 강마을 구포의 현실을 목도하면서 구체화·행동화된다. 만주·북경·상해 등지로 떠돌아다니며 독립운동에 노력하다가 확실한 사회주의자로 변신, 귀국하여 찾아간 고향은 1920년대 식민지 농촌사회가 다 그러했던 것처럼, 풍비박산으로 파괴되어 있었다. 떠날 때 백여 호의 대촌大村이었던 마을에는 크나큰 함석지붕의 동척東洋拓植株式會社 창고가, '쓰러져가는 초가집들을 멸시하고 위압하는 듯이' 마을 한가운데 가로놓여 있을 뿐 황량하기 이를 데 없었다. 구포의 황폐함, 궁핍한 농촌현실은 마침내 박성운을 대중 속으로 뛰어들게 만든다. 그는 '죽어도 이 땅 사람들과 같이 죽어야 할 책임감

---

108 정덕준, 「낙동강의 구조, 시간양상」, 『한림어문학』 1집, 1994, pp.259~261 참조.

과 애착'으로 농민운동을 전개한다. 박성운은 '선전'·'조직'·'투쟁' 세
가지의 프로그램을 정하고, 농촌야학을 실시한다.

　경술국치 이후 실시된 토지조사사업과 산미증산계획 그리고 동양
척식회사와 일본인의 개인농장 등을 통한 토지겸병으로 조선인 토지
소유자들이 계속 농토를 잃고 소작인으로 전락하거나 이농인구가 되
어갔다.

　　일본인과 조선인의 비례로 보면 조선인은 매년 지주는 자작으로 화
　하고 자작은 자작겸 소작으로 화하고 자작겸 소작은 순소작으로 화하
　는 반면에 일본인은 매년 소작은 자작으로 화하고 자작은 지주로 화하
　여 매년 농가호수가 증가하는 까닭에 조선인의 생활상태는 나날이 퇴
　보하여 살 수 없어 남부여대男負女戴로 정든 고향을 등지고 북만주로
　향하게 되었다.[109]

　1920년대 조선의 농촌사회는, 조선총독부 측에서는 토지조사→토
지수탈→농민착취→만주이민 설득의 과정으로, 농민 측에서는 대지
주→소지주(중농), 소지주→자작농(소농), 자작농→소작농, 소작농→
이농離農·이민移民으로 이어지는 궁핍화가 극에 달해,[110] 계층 영락화
가 급속히 진행되면서 빈민수가 급증하고 소작쟁의도 빈번해진다.[111]

---

109 『동아일보』 1928년 8월 1일 자.
110 1920년대 식민지 사회의 농촌 궁핍화의 현실에 대해서는, 조동걸, 『일제하 한국 농민
　　운동사』, 한길사, 1979, pp.97~107 참조.
111 1920년대 조선 농민의 분포를 보면, 1918~22년에 자작농 20.4%, 자·소작농 39.0%,
　　소작농 40.6%에서, 5년 후(1923~27)에는 자작농 20.2%, 자·소작농 35.1%, 소작농
　　44.7$로, 다시 5년 후(1928~32)에는 자작농 18.4%, 자·소작농 31.4%, 소작농 50.2%
　　로, 10년 사이에 자·소작농이 격감한 반면 소작농이 급증하는 계층 영락화가 나타난
　　다(조기준, 『한국 자본주의 성립사론』, 대왕사, 1977, p.390 참조)
　　소작쟁의는, 1922에 24건에서 1924년에 164건, 1928년에 1,590건으로 급증하는데,
　　대부분 일본인 지주를 상대로 소작권 박탈과 소작료율로 발생된다.(조동걸, 『일제하

조명희는 주인공 박성운으로 하여금 이 같은 농민운동을 구체적으로 묘사하지 못하고 관념적觀念的·추수적追隨的으로 처리해버림으로써, 작가의 지사형志士型 인간으로 운동의식에는 비분강개형이나 리얼리티에 대한 문학적 한계를 극복하지 못했다. 이는「낙동강」의 소설성을 훼손하고 문학적으로 실패한 결과의 원인이 되기도 한다. 그럼에도 불구하고 조명희는 이전 작품에서보다는 사회주의 이념이 객관화되고 조직화되었음을 볼 수 있다.

주인공 박성운 구속의 계기가 된 것은 갈밭 사건이다. 낙동강 기슭의 갈밭이 '촌민村民의 무지無知'로 말미암아 국유지로 편입되었다가 다시 일본인에게 불하되자, '갈을 팔아 옷을 구하고 밥을 구하던' 이곳 농민들은 살 길이 막연해진다. 갈밭을 자신들의 목숨이나 다름없이 알던 농민들은 갈밭 파수꾼에게 시비를 걸고 마침내 사람까지 상하는 싸움이 벌어진다. 이때 박성운은 농민의 생존이 걸린 '갈밭사건'에 농민들과 행동을 같이한다. 그래서 그는 선동자로 몰려 구속되고, '지독한 고문'으로 중병에 걸리고 그 후유증으로 끝내 병사한다.

장터거리에서의 패싸움사건 또한 작가가 지지하는 계급을 명확히 나타냄으로써 작가가 궁극적으로 지향하는 바를 암시해 주고 있다. 어느 장날에 백정들과 장꾼들 사이에 싸움이 벌어졌을 때, 박성운은 청년회원·소작조합원·여성동맹원 등을 이끌고 앞장서서 백정들을 지원한다. 그는 백정을 더 이상 멸시와 천대의 대상이 아니라 더불어 일해야 할 '형제요 동무'로 간주, 사람들의 '새 백정'이라는 '조소와 만매를 무릅쓰고' 백정을 두둔한다. 봉건적 신분의식에서 벗어나 백정을 정당한 노동자로 간주하고 그들의 권리를 주장하는 것은, 노동해

한국 농민운동사』, 한길사, 1979, pp.111~121 참조)

방을 지향하는 작가 조명희의 계급의식을 보여주는 부분이다. 객관
화되고 투철해진 작가 조명희의 현실인식은 「낙동강」의 결말에서 더
욱 뚜렷해진다.

> 그가운데에는 긴 싯구詩句같이 이렇게 벌려서 쓴것도 있었다……
> (…중략…)
> 「그대는 죽을 때에도 날더러, 너는 참으로 폭발탄이 되라, 하였나이
> 다. 옳소이다. 나는 폭발탄이 되겠나이다.」 이것은 묻지 않아도 로사의
> 만장임을 알수 있었다.
> 이해의 첫눈이 푸득푸득 날리는 어느 날 늦은 아침, 구포역에서 차
> 가 떠나서 북으로 움직여 나갈 때이다. 기차가 들녘을 다 지나갈 때까
> 지, 객차 안 들창으로 하염없이 바깥을 내여다 보고 앉은 여성이 하나
> 있었다. 그는 로사이다. 아마 그는 돌아간 애인이 밟던 길을 자기도 한
> 번 밟아 보려는 뜻인가 보다. 그러나 필경에는 그도 머지 않아서 다시
> 잊지 못할 이 땅으로 돌아올 날이 있겠지.」
>
> (「낙동강」, pp.465~466)

농민의 삶을 통해 1920년대 농촌의 궁핍한 현실과 그 구조적 모순
을 형상화하고 있다. 그리고 박성운과 로사[112]의 삶을 통해 현실극복

---

112 「낙동강」의 여주인공의 이름을 로사라 붙인 것이, '로사 룩셈뿌르크'란 이름을 본뜬
것임을 작중에서 밝히고 있는 점을 고려한다면, 이 소설의 민족과 계급간의 관계 설
정이 마르크스주의자 중에서도 민족과 계급에 관해서 독특한 생각을 갖고 있었던 로
사 룩셈뿌르크로부터 영향을 받았을 가능성이 있다. 로사 룩셈뿌르크는 프롤레타리
아트의 통일된 정치 투쟁이 무모한 민족 투쟁으로 대치되어서는 안 된다고 못 박은
뒤, 제국주의 시대에 '민족의 이익'을 위한 투쟁이라는 것은 거대한 식민지 권력 관계
에서, 또한 '제국주의 열강들의 장기판 위에서 단지 졸병에 불과한' 소민족들에 대해
서나 모두 속임수에 불과하다고 부연했다. M. 레위·배동문 엮음, 「마르크스주의와
민족문제」, 『마르크스주의와 민족문제』, 한울, 1986, pp.137~139 참조. 이강옥, 「趙
明熙의 작품세계와 그 변모과정」, 金允植·鄭豪雄, 『한국 근대 리얼리즘 작가 연구』,
文學과知性社, 1988, pp.201~202 참조.

의 가능성을 제시한다. 박성운의 이념과 운동 정신이 로사에게로의 전이轉移·계승繼承이 그것이다. 조명희는 「낙동강」에서 주인공 박성운이 모진 고문에 병사하게 하고는 그 애인 '로사'로 하여 박성운이 해외에서 활동했던 코스를 돌아 프롤레타리아 혁명과 조국해방을 위해 다시 돌아 올 날을 기약하며 떠나는 형식으로 끝내고 있다. 더 큰 민족운동의 역량을 키워 귀향할 것을 기약하고 떠나는 출향을 설정했다. 즉 '재창조'를 위한 '귀향歸鄕·출향出鄕의 반전反轉'이였다.

5) 공간과 귀향·출향의 반전

이 시기의 마르크스주의의 융성도 동일선상의 맥락이다. 마르크스주의자는 이 시기를 노동운동이란 경제적 계급의 개념으로 논했다. 그런데 이 시기에 현저한 것은, 경제적인 카테고리로서는 설명할 수 없는 대중大衆의 출현이였던 것이다. 마르크스주의에서는 언제나 이러한 '대중' 개념은 예전의 부르주아 사회학적인 것으로 비판되었던 것이다. 이 시기의 마르크스주의의 팽창은 이러한 대중사회화에 의한 것이라고 할 수 있다.[113]

NAPF의 기관지였던 『戰旗』나 『NAPF』의 목차에 KAPF 작가들이 눈에 띤다. 물론 정식으로 일본문단에 데뷔를 한 사람이 없었던 건 아니지만 KAPF의 운동 상황이나, 노동쟁의들이 NAPF의 기관지에 실리고 NAPF작가의 글들을 KAPF의 기관지에 싣고 있음을 볼 수 있다. 일본작가 중에는 한국인을 통해 '반천황제反天皇制', '반제국주의反帝', '무산계급의 해방'을 외친 작가[114]도 있었다. 또한 NAPF 내부에 조선협

---

113 柄谷行人, 『近代日本批評』(昭和編 下), 福武書店, 1991, pp.21~22.

의회가 설치되어 있었던 점과도 관계가 있을 것이다.

하야마 요시키는 '나고야공산당사건'의 피고였기 때문에, 배라는 밀실 속에서도 사회주의자 후지와라를 등장시켜 하타에게 '자본론'을 읽게 하며 정직한 오쿠라에게 중요한 역할을 맡겨 '스트라이크'로까지 스토리를 전개시켜 갔다. 이와 동시에 예외적으로 승선하지 않은 인물 후지와라에게 사회주의를 교화시킨 인물로서 '白水'라는 이론적 활동가를 묘사하고 있다.

일본에서 관동대지진 후의 사상풍경은 '고향'(다이쇼적인 것)이 없다. 동시에 서구에서도 전통적인 핵심을 상실한 시대로, 미국과 소련이라는 '신세계', 역사적 시험국試驗國이 빛을 발하기 시작했다. 러시아의 아방가르드(前衛派)와 아메리카의 대중문화는 서구의 '심오深奧한 정신성精神性'을 배척하고, 테크놀로지의 의미를 인정한다는데 공감하고 있었다.

일본의 계급혁명사상의 역사는 '万壽號'에서 아나키스트·볼셰비키의 공동투쟁으로도 집약되고 있다. 문단적으로는 이질적인 美가 육체를 받드는 사상으로서, 『고후坑夫』 이후 10년이 지난 1926년에 또다시 하야마 요시키의 『우미니이쿠루히토비토』로 확립된 것이다. 이어서, 프롤레타리아문학의 주류는, 하야마 요시키에서 고바야시 다키지의 『가니코센蟹工船』 연장선상으로 진전된 것이다.

『우미니이쿠루히토비토』는 작자가 투옥되었던 감옥과 작품의 선실船室이라는 육체적으로 제약된 공간이, 정신적으로 확산된 공간 즉, 공간반전空間反轉이었다고 할 수 있다.

---

114 나카니시 이노스케中西伊之助의 '황토에 싹트는 것', 나카노 시게하루의 '비나리는 品川驛' 등.

한국 프롤레타리아문학이 거의 맹목적이고 추수주의적으로 일본의 이론을 받아들이고, 심지어 이론논쟁까지도 그대로 답습했던 사실, 그리고 프롤레타리아문학운동이 당시 '식민지 반봉건성'이라는 사회의 특수성을 인식하지 못한 채 전개됨에 따라 주체적 문학운동으로 승화되지 못했다는 사실 등은 상당한 아쉬움을 남게 한다.

조명희는 「낙동강」에서 '피학대계급 = 프롤레타리아 = 조선사람'으로 파악하고 농민운동의 발전적 계승과 새로운 출발을 효과적으로 형상화했다.

「낙동강」의 구성은 시간적으로 '현재 → 과거 → 현재'로, 공간적으로 '귀향 → 죽음→ 이향'과 박성운의 장례행렬에 이은 로사의 '이향'은 새로운 출발을 의미하는 '재창조'라 할 수 있다.

경찰당국의 고문으로 중병이 들어 끝내 병사하는 박성운의 죽음은 현실적으로는 운동의 실패요 좌절이다. 그러나 그의 죽음은 일제의 갖가지 탄압으로 농민운동이 실패할 수밖에 없는 시대적 고뇌만을 증언하는데 그치지 않았다. 박성운이 추구한 것은, 낙동강이 끊임없이 흐르는 것처럼, 로사에 의해 '재생'됨을 암시한다. '폭발탄'이 되어야 한다는 박성운의 말대로 '폭발탄'이 되겠다는 로사의 다짐, 그리고 '돌아간 애인이 밟던 길을 자기도 한 번 밟아보려는 뜻인가 보다.'라는 조명희의 추량적 진술이 그러하다.

로사의 '이향'은 박성운의 유지를 계승·실천·승화하기 위한 것으로, 좌절과 실패로 점철된 박성운의 체험의 한계를 극복하고자 한다. 즉 강화된 현실참여를 위한(재충전·재창조) 일시적 현실도피인 것이다.

하야마 요시키의 『우미니이쿠루히토비토』와 조명희의 「낙동강」을

비교·정리하면 〈표 14〉와 같다. 이를 판독해 보면 다음과 같이 정리
할 수 있을 것이다.

① 작가 자신의 경험과 신념(선원, 유학과 농촌계몽)을 작품에 투영
   하고 있다.
② 두 작가가 당시 유행하던 외국작가들의 작품을 탐독하여 영향을
   받았다(하야마 요시키 : 톨스토이, 도스토옙스키, 고고리. 조명희
   趙明熙 : 괴테, 하이네, 타고르, 니체, 러셀).
③ 두 작품의 구성은, 노동자계급 ↔ 자본가의 대립·갈등구조와 식
   민지의 유식계급·노동자계급 ↔ 日帝 자본주의의 대립·갈등구
   조로 되어 있다.
④ 『海に生くる人々』이 장편소설로 北海道↔橫濱 간 왕복의 석탄
   운반 선상船上을 무대로, 「낙동강」이 단편소설로 낙동강·間島·
   國外로 국경을 월경하는 무대로 되어 있다.
⑤ 『우미니이쿠루히토비토』에서는 성공했던 것 같던 노동쟁의가 관헌
   의 개입·체포로 후일을 기약하는 종말(목적의식에 의한 조직적 투
   쟁을 예고)로, 「낙동강」에서는 주인공 박성운의 사망으로 정인情人
   이었던 로사가 재창조를 위한 출향으로 끝남(제2의 주인공 창조).

〈표 14〉 『海に生くる人々』과 「낙동강」 비교

	海に生くる人々	낙동강洛東江
작가	• 하야마 요시키葉山嘉樹 : 1894. 3. 12~ 1945. 10. 18, 福岡縣出生. • 父 葉山荒太郎는 維新后에 官吏로 되어 1893년에 福岡縣 京都郡守가 됨. 하야마 요시키는 1913에 早稻田 高等預科 文科에 입학했으나 船員을 꿈꾸어, 동년말 除籍됨.	• 조명희趙明熙 : 국외 월경(러시아로 추정)했기 때문에 『朝鮮之光』 1927 년 3월호에 실린 「生活記錄의 斷片 -文藝에 뜻을 두던 때부터-과, 1979년 7월 20일 김소운과의 대담 (『金素雲隨筆集』 3권)을 인용.

		• 칼카타 行 讃岐丸의 견습선원. 1918년에 3등항해사가 되어 室蘭↔요코하마의 石炭運送船 万字丸에 승선→항해중 발을 부상당해 下船하여 치료한 후, 1919년 귀향. 明治專門學校(現 九州工大)의 서무과에 근무→톨스토이, 도스도에프스키, 고고리 작품을 탐독. 1920년 待遇問題로 校長과 불화로 解雇→名古屋시멘트회사의 工務係. • 勞動組合 結成推進을 계기로 罷免의 경험→「唯が殺したか」「セメント樽の中の手紙」. 1921.6.→名古屋新聞 入社. • 1923.6→제1차공산당사건→拘禁·未決囚→檢閱속에서「淫賣婦」『海に生くる人々』작업	• 1895년생. 忠北, 鎭川生. 日本 早稻田大學 英文科→러셀流의 자유주의적 정신과 '보헤미안'적 괴테·하이네·타고르 등을 탐독. 1927년 국경을 월경. 북간도를 경유 러시아로 갔다는 후문(불확실). • 中學校 中止→北京 士官學校 입학挫折→新舊 小說耽讀=『紅挑花』, 『雉岳山』,『鬼의 聲』,『秋月色』,『구운몽』,『옥루몽』,『삼국지』(특히 감격한 소설이라 함),『無情』,『開拓者』 등의 단행본과 『泰西文藝新報』, 『創造』,『三光』,『日本文藝俱樂部』 등의 잡지의 작품.『洛東江』(1927. 5. 14. 脫稿)을 발표.
작품	작품	『海に生くる人々』, 長篇小說, 1926. 10. 改造社刊	「洛東江」, 短篇小說, 『朝鮮之光』 69호(1927. 7).
	배경	• 日本의 北海島↔요코하마間 항해 石炭運送船. • 작자의 석탄 수송선 万字丸 乘船經驗이 소재素材	낙동강→서북간도·북경·상해→낙동강→국외 • 작자의 국경 월경이후 경험·애국심이 소재素材
	등장	• 三上·藤原·波田·西澤·小倉등 勞動者 階級↔船長·技士長·機關長·會社 등 資本家와 下手人들의 葛藤·對立構造.	박성운·로사·마을사람 등 식민지 피수탈민 유식·노동자계급↔일본 제국주의·부르주아의 갈등·대립구조
	주인공	• 藤原=反抗的→불만감 표현→노동자혁명 이론 진술→過去回想=이시가와와의 인연을 진술하여 자신의 사회주의와 계급투쟁 의식에 대한 설명→선장에 의한 거룻배 사건이 발단→심부름하는 아이의 부상의 치료에 대한 문제 제기로 트러블→스트라이크를 위한 조직화→협상을 위	• 박성운: 하층출신의 유식자로 군청조수→독립운동에 참가→1년반 투옥→서북간도·북경·상해 독립운동→사회주의자로 귀향(낙동강)→조선인의기아→농민운동→갈밭사건투옥→병 보석→구포벌의 뱃노래→백정과 장꾼들 패싸움→로사(백정의 딸→여고보와 사범과졸업→

		한 조직화→협상에는 일단 성공→운송선 정박후 체포→노동자들의 계급투쟁에 대한 자각과 언젠가 복수를 기약하면서 끝난다.	여훈도→박성운의 영향 동맹원)와 사랑→박성운의 장례행렬→첫눈내리는 이른 아침 로사는 북행열차를 타고 박성운의 행적을 되풀이한다.
문학적 진행 과정		• 明治以後→近代文學＝속박·전통·봉건→지식·정치적 해방→번역문학→정치소설＝時代思潮의 산물. 德富盧花『不如歸』(사회소설). 宮嶋資夫『坑夫』(사회주의소설과 프로소설의 架橋役割). 하야마 요시키『海に生くる人々』(本格的프로문학) 도스도에프스키, 고고리 탐독	• 개화기소설 탐독. 3·1독립운동→민족문학의 대두와 피지배 민족의 빈곤→저항문학 체현. 최서해「脫出記」(자연발생적 프로문학＝신경향)→조명희「낙동강」(목적의식 프로문학＝방향전환)「레미제라블」최서해.니이체.러셀 탐독.
정신 구조		• 후지와라(藤原) : 勞動運動의 과거로 寡默·組織的. • 主人公 藤原의 放浪·無賴生活과 自己破碎. 필리핀 삽화의 破碎的이미지＝肉體破碎 • 노동자 계급의 자각→방법론은 개발하지 못했으나 支配 對 從屬, 富 對 貧困의 對立·葛藤構造를 통한 새로운 人間型 創出. 장래에 조직적 투쟁을 기약→희망을 위한 질곡으로	• 고향과 외국생활 등의 경험이 작품화. 빈곤과 피지배 그리고 소작권 박탈 등 당시 조선인의 공통 명제→빈곤과 日帝로부터의 해방. 자본주의 제도 파괴→해외 활동에서 사회주의자화 귀향→빈곤과 계급과 일제로부터의 해방을 위한 투쟁→애인 로사를 사회주의자로→주인공 사망→로사가 미래를 위해 새로운 출발(제2의 주인공 창출)
시대 수용 과정 양상		• 明治維新→근대산업화(정부주도), 淸日戰爭→資本主義 확립＝工業化→貧富差深化→違和感 고조→(社會問題)→社會政策·社會改良→1901년 사회민주당 선언. • 露日戰爭→1905.9.5.강화조약 日比谷燒打事件→明治 40년대 獨占資本.大正데모크라시→大逆事件→帝國主義. 政治와 文學→마르크시즘	• 1923년 신채호〈조선혁명선언〉민족주의↔문화적 민족주의, 최린〈자치운동〉, 이광수〈민족개조론〉, 최남선〈조선주의〉. 1920년대 아나키즘＝무정부주의(1923년 9월 관동대지진과 박열사건. 사회주의→일본 유학생. 지식 청년층에서 사회주의 적극적 수용＝민족과 국가가 日帝로부터 생존과 해방이 궁극적 목표.

언제나 그 자리에 있는 땅을 그냥 고향으로만 알고 삶을 영위했던 조선인이 경술국치 이후 비로소 식민지를 인식했다. 고향과 조국을 빼앗기고서 비로소 '고향과 조국을 발견'한 조선인은, 이미 자신의 조국이 아닌 고향을 출향하여 유랑하다 돌아온 고향에서 최후를 맞이하고, 그 뒤를 따라 로사는 다른 조선인이 조국을 찾으러 고향을 떠나는 「낙동강」을 조명희는 보았던 것이다. 더 큰 민족운동의 역량을 키워 귀향할 것을 기약하고 출향을 설정하고 있다. 즉 재창조를 위한 '귀향과 출향의 반전'이었다.

두 작품 모두 전대의 소설에 비해 계급의식이 투철해지고 투쟁의식이 고양된 모습을 보인다. 그러나 「낙동강」이 '계급' 위에 '민족'을 겹쳐 놓은 데 반해, 『海に生くる人々』은 선원들과 선장의 대립을 통해 순수한 프롤레타리아와 부르주아의 대립을 그려냈다는 점에서 양자는 구별된다.

3. 제국주의 인식과 조국·고향의 발견

프롤레타리아문학이 '허구虛構'의 문제를 고찰하려고 할 때, 필수 통과의례로 제기되는 것은 작자의 정치의식과 작품의 리얼리티 혹은 예술성(문학성)과의 관계를 둘러싼 이항대립적二項對立的 문제이다. 이는 작품에서의 정치성과 예술성(문학성), 즉 정치와 문학의 문제로 바꿔 말할 수 있다.[115]

---

115 前田角壯, 『虛構の中のアイデンティティ―日本プロレタリア文學研究序說』, 法政大學出版局, 1989, p.22 참고.

프롤레타리아문학은 빈약한 창작에 비해 이론이 과한 문학이라 할수 있다. 프로문학의 이념이 유물론에 의거한 이념이기 때문에, 이 세계관에 맞는 예술을 창작한다는 것은 예술 본래의 자율성과 심한 충돌을 야기한다. 이론과 창작의 괴리가 생긴 것은 이 때문이다. 특히이 운동 초기에는 투쟁해야 했던 많은 내외 논적論敵의 존재와 논의의 정론성政論性 때문에 상대적으로 창작이 등한시될 수밖에 없었다.

마르크스주의의 영향으로 한국과 일본의 근대문학은 급격한 소용돌이에 휘말렸다. 한국과 일본의 풍토에 충분히 뿌리내리지 못하고이식된 마르크스주의는 관념적이고 미숙한 상태에 놓여 있었다. 다원적인 사고방식이나 완충장치를 장착한 응용을 거치지도 못했다. 때문에 외부로부터의 갑작스런 충격이 지식계층에 이변을 일으켰다. 프로문학 진영 자체에서도 많은 논란과 혼선이 거듭되었다. 방향전환은 이와 같은 혼란 속에 일정한 방향과 기준을 제공하였다. 이후지속적인 논쟁을 통해 프로문학론자들은 자신의 이론을 정교화 해나갔으며, 이론이 정교화 됨에 따라 창작의 성과도 늘어났다.

고바야시 다키지는 일본의 프롤레타리아문학을 대표하는 작가이며 공산주의 문학의 확립을 위해 가장 순수하게 싸웠던 작가였다.

또한 이기영은 한국 농민소설의 대표적 리얼리즘 작가로서 자신이처한 현실을 사회발전의 전체 속에서 묘사하려는 일관된 노력으로왕성한 창작활동을 한 작가였다.

1920년대 후반 식민지 확보를 위한 제국주의적 전쟁과 피착취의질곡으로부터 벗어나려고 투쟁하는 노동자를 묘사한 일본의 『가니코센』[116]과, 1930년대 전반 합법·절충적이며 대세 순응적으로 후퇴한

---

116 小林多喜二, 『蟹工船』(1929) 『葉山嘉樹·小林多喜二·德永直集』(『日本文學全集』 37)

듯한 운동을, 노동·소작쟁의를 제휴적으로 묘사한 한국의 『고향』[117]을, '제국주의 인식과 조국·고향의 발견'을 주제로 조명하고자 한다. 아울러 이를 보다 선명하게 하기 위해, '일본의 문학결사와 예술대중화론'과 '한국의 추수주의적 볼셰비즘'을 통해 '정치와 문학'을 함께 살펴보기로 한다.

1) 일본의 문학결사와 예술대중화론

일본의 프롤레타리아문학운동의 내부에는, 과거의 문학을 부르주아 문학으로 일거에 부정해 버리는 경향이 강했는데 문학을 계급적 입장이나 작자의 이데올로기로 환원하는 이 경향에 대하여 고바야시 다키지는 반대했다.[118]

〈일본프롤레타리아문예연맹日本プロレタリア文藝連盟〉은 1926년 11월 10일 제2회 대회를 열고 비마르크스주의자, 즉 아나키스트인 가토 가즈오加藤一夫, 에구치 간エロ渙, 나카니시 이노스케, 오가와 미메이小川未明, 아키타 우자쿠秋田雨雀, 신보 타다시新房格, 마쓰모토 준조松本淳三 등을 제명하고 〈일본프롤레타리아문예연맹〉을 〈일본프롤레타리아예술연맹日本プロレタリア藝術連盟〉(약칭 '프로예藝')으로 개칭하면서 〈마르크스예술연구회〉의 하야시 후사오林房雄, 나카노 시게하루, 가지 와타루 등을 합류시켜 마르크스주의자를 중심으로 한 조직이 되었다.

아나키스트를 제거한 이후, 조직 내에서 이론적 갈등을 보이던 〈일

筑摩書房, 1970.

117 李箕永, 「고향」(1933), 『李箕永長篇小說 고향』(기민근대소설선 4), 기민사, 1987.
118 伊豆利彦, 『日本近代文學研究』, 新日本出版社, 1979, p.223.

본프롤레타리아예술연맹〉은 1927년 6월 9일 확대 중앙위원회를 개최하고『文藝戰線』파의 아오노 스에키치, 하야마 요시키, 하야시 후사오, 다구치 겐이치田口憲一, 가네코 요분, 구라하라 고레히토, 마에다코 히로이치로, 야마다 세이자부로 등 16명을 배격했다. 이로써 〈일본프롤레타리아예술연맹〉은 도쿄제국대학파東京帝國大學派를 중심으로 하는 첨예 극좌極左 분자들이 주도권을 잡았다. 그리고 다음날 1927년 6월 10일「雜誌『文藝戰線』을 박멸한다」는 결의문을 채택했다. 이 결의는『文藝戰線』을 '소시민적 반동성'으로 힐책하고 다음과 같이 말했다.

배반자는 우리들에 있어 적보다 증오해야 할 것이다. 그래서 이들을 극복하는 길은 다만 한 가지, 그들을 공격하고 파괴하고 말살하는데 있다. 잡지『文戰』은 계급을 배반했다. 우리들은 그를 멸망시킬 것이다.[119]

이렇게 〈일본프롤레타리아예술연맹〉은 그들의 입장과『文藝戰線』파와의 투쟁을 명백하게 선언하고, 1927년 7월에는 기관지『プロレタリア藝術』을 창간했다.

한편, 〈일본프롤레타리아예술연맹〉에서『文藝戰線』을 가지고 탈퇴한 아오노 스에키치, 하야시 후사오 등『文藝戰線』파들은 1927년 6월 19일 〈노농예술가연맹勞農藝術家聯盟〉(약칭 〈노예勞藝〉)을 결성하고『文藝戰線』이『種蒔く人』이래 프롤레타리아 예술운동의 중심기관으로서 기여해 온 공적을 들어 장래를 위하여 탈퇴한 것에 긍지를

119「宣言」,『プロレタリア藝術』創刊號, 1927.7, p.104.

가졌다.

〈노예〉는 〈프로예〉와 달라서, 투쟁의 주요강령을 예술 전선에 두었다. 그러나 〈노예〉도 『文藝戰線』 이래의 옛 동인과, 구라하라 고레히토[120]·하야시 후사오·야마다 세이자부로·후지모리藤森 등 비교적 새로운 혼성 부대였다. 프롤레타리아 예술운동은 1926년 중엽부터, 전무산계급적 정치투쟁의 무대에 올라 방향전환을 꾀하려 했다. 방향전환이 전무산계급적 투쟁의식의 획득에 있다는 것은 후쿠모토福本주의와 일맥상통한다. 그 구체적인 행동의 기준을, ① 의식과정의 투쟁, ② 정치과정의 투쟁, ③ 국제과정의 투쟁의 셋으로 나눈 것도 후쿠모토주의의 영향이다.[121]

〈노예〉는 1927년 11월의 정기총회에서 분열했다. 탈퇴한 주요 인물들은 구라하라 고레히토·하야시 후사오·야마다 세이자부로·사사키 다카마루佐々木孝丸·무라야마村山 등 30여 명, 잔류 주요인물은 아오노 스에키치·마에다코 히로이치로·가네코 요분·고마키 오미·하야마 요시키·고보리小堀·사토무라里村·히라바야시平林 등 10여 명이다. 탈퇴자들은 〈전위예술가동맹前衛藝術家同盟〉(약칭 〈전예前藝〉)을 결성하여 〈노예〉·〈전예〉·〈프로예〉의 삼파정립三派鼎立 시대를 형성하게 된다.

1928년에 〈노농예술가연맹勞農藝術家聯盟〉파를 제외하고, 아나키스트뿐만 아니라 각 동인잡지의 신인들까지 포함한 좌익예술가 대연합이 추진되어 3월 13일 〈좌익문예가총연합〉이 결성되었다. 이틀 후에 3·15사건으로 공산당 대검거가 있자 주춤하다가, 1928년 3월 25일 총연맹의 결성을 추진하던 〈일본프롤레타리아예술연맹〉과 〈전위예술

---

120 藏原惟人은 東京外語 露文科 졸업 후, 2년간 모스크바에 유학한 경험을 바탕으로 프롤레타리아문학논쟁에서 마르크스주의 예술이론가로 등장했다.
121 森山重雄, 『序說 轉換期の文學』, 東京: 三一書房, 1974, p.78.

가동맹〉이 연합하고, 1928년 4월 26일 〈전일본무산자예술연맹全日本無産者藝術聯盟〉 NAPFNippon Proleta Artiste Federation가 결성되었다. 5월에 기관지 『戰旗』[122]를 창간하고 〈노농예술가연맹〉의 『文藝戰線』과 대립하고 점차 운동의 주도권을 장악해 들어감에 따라 소위 NAPF 시대로 들어서게 되었다.

이 NAPF는 〈프로예〉와 〈전예〉의 사이에 벌어진 예술론의 심한 대립을 해소하지 못한 상태에서 NAPF의 체제 내에 그대로 내포된 채로의 통합이었다. 그 대립은, 구라하라 고레히토藏原惟人와 나카노 시게하루라는 대조적 지도자격인 두 사람에 의하여 표면화되었는데, 이것이 '대중화논쟁大衆化論爭'으로 나타났다.

이들 논쟁의 핵심적인 문제는 ① 나카노 시게하루와 가지 와타루鹿地恒가 주장하는 '정치적 프로그램'과 '예술적 프로그램'의 문제, ② 구라하라 고레히토와 하야시 후사오가 주장하는 '본래적 프롤레타리아문학'과 '대중적 프롤레타리아문학'으로 구분하여 이원적二分法으로 접근하는 예술운동과 직접적 선전·선동의 문제였다고 할 수 있다.

문학의 대중화 문제에 대한 나카노 시게하루와 구라하라 고레히토의 관점의 차이는, 나카노 시게하루가 "어떻게 하여 모든 피압박 민중 속으로 프롤레타리아문학을 접근시킬 것인가?" 라는 것을 중시한 것에 대하여, 구라하라 고레히토는 "어떠한 프롤레타리아문학을 대중 속에 접근시킬 것인가?" 라는 문제에 초점이 놓였던 것이다.

---

122 『戰旗』는 非合法下의 공산당의 합법적 선전·계몽·교육 등을 자연히 맡게 되었고, 이 때문에 한때는 26,000부를 발행하기까지 했다(『文藝戰線』도 10,000부 전후. 당시의 프롤레타리아문학잡지의 힘이 얼마나 컸던가를 짐작케 한다). 오늘날 일본프롤레타리아문학 중에 특히 중요한 작품의 대부분은, 評論·戲曲·詩·短歌·하이쿠俳句까지를 포함하여 모두 三一書房刊 『日本프롤레타리아文學大系』 전 9권에 정리되어 있는데, 그중에서도 나프파의 비중이 제일 크다.

이 논쟁은 예술을 '감정의 조직'[123]으로 간주하는 입장과 '감정과 사상을 사회화하는 수단'[124]이라고 주장하는 입장의 대립이었는데, 이것은 "좀 더 큰 틀로 보면 순진한 낭만주의자로서의 나카노 시게하루가 운동의 요구와 국제적 권위를 양손에 들고 압박해 오는 구라하라의 현실주의에 대해서, 어떻게 저항하고 굴복했는가 하는 것"[125]이었다.

1928년 5월 NAPF의 『戰旗』 창간호에는 구라하라 고레히토의 「프롤레타리아 리얼리즘에의 길」이 실렸다. 구라하라 고레히토의 글은, 전위前衞의 관점에서 프롤레타리아 리얼리즘을 주장하여,[126] 프롤레타리아문학의 새로운 창작방법론으로서 널리 주목받았다. 구라하라 고레히토의 이 평론은 리얼리즘의 주체로서 공산당의 관점을 표출했다는 점에서 시대의 요구에 적절하게 응했던 것이다.

프롤레타리아 작가는 어떠한 태도를 가지고 현실을 그려야 할 것인가?

프롤레타리아 작가의 현실에 대한 태도는 어디까지나 객관적, 현실적이어야만 한다. 그는 모든 주관적 구성으로부터 떠나 현실을 관찰하고 그것을 그려내지 않으면 안된다. 그리고 이러한 의미에서 그는 리얼리스트일 수밖에 없으며, 또 발흥하고 있는 계급의 입장에 선 자로서 그들이야말로 현재의 리얼리즘의 유일한 계승자가 될 수 있다.[127]

---

123 中野重治, 「藝術について」, 『中野重治全集』(6), 1959년, 筑摩書房 所收, p.191.
124 藏原惟人, 「生活組織としての藝術と無産階級」, 『戰旗』 1928년 4월호(『日本프롤레타리아文學評論集 4』), 新日本出版社, 1990, p.109.
125 栗原幸夫, 『プロレタリア文學とその時代 - 文學案內(1)』, 平凡社, 1971, p.83.
126 일본에서 프롤레타리아 리얼리즘의 이론은, 藏原惟人의 「生活組織としての藝術と無産階級」(『前衞』, 1928.4), 「プロレタリア・レアリズムへの道」(『前衞』, 1928.5)를, 이어서 「再びプロレタリア・レアリズムについて」(『東京朝日新聞』, 1929.8.11〜14)를 통해 형식을 갖추었다.

이렇게 프롤레타리아 작가를 '객관'과 '현실'에 놓고 설명한 구라하라 고레히토는 프롤레타리아 리얼리즘과 부르주아 및 소부르주아 리얼리즘과의 관계를 밝힌다. 즉 부르주아적 리얼리즘은 추상적인 '인간의 본성'에서 출발하고 있는데, 현실사회로부터 분리된 인간이 존재할 수 없듯 '본성' 자체도 시대·환경과 밀접한 관계가 유지되어야 하며, 그것이 분리될 경우 작가가 그리는 것은 현실이 아니라 추상이라는 것이다. 따라서 그들은 인간의 개인적·본능적 생활은 그려낼 수 있으나 그것을 전체적인 사회생활의 일부로서는 그려내지 못한다고 주장한다. 프롤레타리아 작가는 모든 사회적 문제를 '개인적 본성'으로 돌리려는 인식 방법을 거부하고, 개인문제를 사회적 관점에서 바라보는 인식태도를 가져야 하며 오로지 현실을 전체성과 발전 과정에서 파악해야 한다는 것이다.

프롤레타리아 작가는 무엇보다도 먼저 명확한 계급적 관점을 가져야 한다. 명확한 계급적 관점을 가진다는 것은 전투적 프롤레타리아트의 입장을 가진다는 것이다. 전연방 프롤레타리아 작가동맹의 유명한 표현을 빌면 프롤레타리아 작가는 프롤레타리아 전위의 '눈으로써' 이 세계를 보고 그려야 한다. 프롤레타리아 작가는 이러한 관점을 획득하고 그것을 강조할 때 진정한 리얼리스트가 될 수 있다. 왜냐하면 현재 이 세계를 진실로 그 전체성에서, 그 발전 속에서 볼 수 있는 자는 전투적 프롤레타리아뿐이며, 프롤레타리아 전위를 제외하고는 달리 없기 때문이다.[128]

---

127 藏原惟人,「プロレタリア・レアリズムへの道」,『戰旗』, 1928.5 및 조진기,『日本프롤레타리아문학론』, 태학사, 1994, p.327.
128 藏原惟人의「プロレタリア・レアリズムへの道」(『戰旗』, 1928.5) 조진기,『日本프롤레타리아문학론』, 태학사, 1994, p.329 재인용.

여기에서 구라하라 고레히토는 명확한 '계급적 관점'을 제시하며 프롤레타리아 작가는 '전위의 눈'으로 세계를 보고 그려야 함을 강조하고 있다. 주제 역시 해방에 필요한 것에서 취해야 하며, 프롤레타리아의 계급적 관점에서 '주관적 구성없이, 주관적 가식 없이' 묘사해야 한다고 말하고, '전위의 눈'과 엄정한 리얼리스트의 태도만이 프롤레타리아 리얼리즘의 작가가 실천해야 할 것이라고 주장했다. 이는, 당시 프롤레타리아문학에 존재하고 있던 주관적·관념적 경향에 대한 비판이며, 자연주의적·일상주의적 리얼리즘에 대한 도전이었다.

NAPF의 '예술대중화' 논쟁은 나카노 시게하루의 「소위 예술의 대중화론의 오류에 대하여いわゆる藝術の大衆化論の誤りについて」, 『戰旗』(1928. 6)에서 발단된다. 나카노 시게하루의 주장은 '전위적 엘리트의식'에 집약시킬 수 있다. 즉 대중의 의식 정도가 낮다고 해서 문예의 정도를 낮추어 대중에 영합하는 것을 부정하는 입장이다. 이것은 '있어야 될 대중'은 결코 저급하지 않다는 전제에서 출발한 것이다. 그러나 '있어야 될 대중'이 곧 '있는 대중'은 아니다. 이 논의의 결함은 '대중=피지배계급=계급의식'의 소유자로 사유한 일원론적 인식에 있다.[129] 이에 대해 구라하라 고레히토가 반론을 제기했다. 구라하라 고레히토는 나카노 시게하루의 주장이 일종의 이상적 추상론이어서 실제적이 못 된다는 것이다. 프로문학운동은 실천적으로는 대중을 교화함에 중대한 임무가 있다는 것이다. 구라하라 고레히토는 『戰旗』를 프로예술운동의 지도적 기관지 또는 대중의 선전·선동(아지·프로)기관이라 보는 것은 오류라 했다. 그는 『戰旗』에 예술운동의 최고 권위를 갖게 하면서 따로 대중지를 만들어 대중을 지도 획득하는 방안을 주

129 吉本隆明, 『藝術的抵抗と挫折』, 未來社, pp.118~119 참고.

장하였다.[130] 이 견해는 루나챠르스키적 노선으로, 프로예술 확립을 향한 노력과 예술을 이용하여 대중을 아지·프로화 하는 운동과 혼동 하지 말 것을 주장한 것이다. 나카노 시게하루의 이론이 一元的·이상주의적이라면 구라하라 고레히토는 二元的이라 할 수도 있다.

위 두 사람의 대중화론이 원칙적·이념적이며 추상성을 띤 데 비하여, 대중의 본질을 지적하여 해결을 모색하려 한 이론가 하야시 후사오林房雄는 프로 대중문학을 다음과 같이 정의했다.

'대중'이란 원래 정치적인 개념으로, '지도자'에 대립되는 말이다. 마르크스주의적으로는 대중이란 정치적으로 무자각無自覺한 층이라 정의된다. 프롤레타리아 운동의 의식적인 활동요소에 대하는 무의식적인 요소인 것이다. 현실의 프롤레타리아 계급 속에, 이러한 심리에 있어, 의식에 있어, 앞서가는 층과 뒤떨어진 층이 있다는 것으로부터 심리적 의식적 산물인 우리들의 문학에도 두 종류가 발생한다. 진보된 층에 받아들여지는 문학과 뒤떨어진 층에 받아들여지는 문학인데, 후자를 우리들은 프롤레타리아 대중문학이라 한다.[131]

---

130 藏原惟人,「藝術運動當面緊急問題」,『戰旗』, 1928.8, p.18. "我我は今まで機關誌「戰旗」を「大衆化」せんとし,それを廣く工場, 農村の廣汎なる未組織大衆の中心に「持込まん」として, 失敗した. 失敗は當然である. 我我が誤っていたのだ. 過去に於いて「戰旗」は同時に藝術運動の指導機關であり, また廣汎なる大衆のアジ·プロの機關であり得ると考えていた. それは間違いである. 我我は今, この藝術運動の指導機關と大衆のアジ·プロの機關とを斷然區別しなければならない. このことから生れて來る實踐的結論は何か? それは極めて簡單である. 我我の機關誌「戰旗」を眞に藝術運動の指導機關たらしむべく努力すると共に, 廣く工場,職場,農村等に持込み得べき大衆的繪入雜誌の創刊に向ってあらゆる效力を爲さなければならない."

131 林房雄,「大衆文學問題」,『戰旗』, 1928.10, p.99 "'大衆'とは, 元來政治的な槪念であって, 〈指導者〉に對する言葉だ. マルクス主義的には大衆とは政治的無自覺な層と定義される. プロレタリア運動內に於ける意識的な活動要素に對する無意識的な要素のことだ. 現實のプロレタリア階級の中に, かかる, 心理に於いて, 意識に於いて, 進んだ層と遲れた層のあることから, 心理的意識的產物である吾吾の文學にも二つの種類が生れて來る. 進んだ層に受入れられる文學と遲れた層に受入れられる文學と. 後者を指して吾吾はプロレタリア大衆文學という."

대중의식의 자각도 차이에 착안한 것은 그만큼 구체성을 띤 것이라 할 수 있다. 하야시 후사오의 대중화에 대한 결론은 필연적으로 두 종류의 결말에 이른다. 첫째는 현실에서 노동대중이 애독하는 작품을 연구할 것이며, 이때 그 작품 속에는 비프로적 내용이 있더라도 두려워할 필요가 없다는 것이다. 둘째는 대중에 읽히기 위해서도 복잡·고급한 내용은 필요치 않으며, 유희적 요소로서의 재미를 포함하지 않으면 안 된다는 것이다. 유희적 요소를 강조하는 이 견해가 원칙론자들의 눈에는 NAPF적인 것에서의 일탈로 보였을 것이다. 이 때문에 하야시 후사오의 이 견해는 결국 성공을 거두지 못하고 말았는데, 이것은 일본 프롤레타리아 예술운동이 구체적인 대중사회로부터 유리된 '독선적 운동'[132]임을 반증하는 것이다.

프롤레타리아문학의 정립과 함께 문제가 되었던 것은 농민문학의 위상을 어떻게 규정할 것인가 하는 문제였다. 1930년 5월 NAPF는 「예술대중화에 관한 결의」 (3)항에서, '농민투쟁과 노동자투쟁과의 결합'과 '농민 등의 대중적 투쟁의 의의'[133]을 발표함으로써 일본 최초의 농민문학론을 제기한다. 그리고 1930년 11월 하리코프에서 개최된 국제혁명 작가동맹 제2회 국제대회에서 농민문학에 대한 관심이 제기되자, 1931년 3월 〈나프〉 내에 〈농민문학연구회農民文學硏究會〉가 결성됨으로써 본격적인 논의가 시작된다.[134]

고바야시 다키지는 프롤레타리아문학과 농민문학의 관계를 다음

---

132 吉本隆明, 『藝術的抵抗と挫折』, 未來社, p.123.
133 松山敏, 「日本プロレタリア文學運動についての報告」, 『ナップ』, 1931.6, pp.11~12.
134 이 논의는 '나프' 맹원들 사이에 벌여졌으며, 1927년 나온 잡지 『農民』파의 犬田卯, 中村星湖, 加藤武雄 등은 ① 강권 없는 사회 ② 무착취의 평등사회 ③ 농공합치의 자치사회 등을 내걸고 '흙의 정신'을 표방, 중농주의를 제창했는데, 1930년에는 '나프'와 대립했다.

과 같이 말한다.

> 우리가 농민문학이라고 부를 때는 그것이 어디까지나 프롤레타리
> 아트의 관점에서 농민을 취급한 작품이라는 의미로서 프롤레타리아문
> 학 이외의 어떤 것도 아니다. 단지 프롤레타리아트를 취급하는 작품에
> 대한 편의상 농민문학이라는 데 지나지 않는다.[135]

농민문학과 프롤레타리아문학을 동일한 것으로 간주하는 생각이
다. 이와 같은 견해에 대해 시바타 가즈오柴田和雄는 「농민문학의 올
바른 이해를 위하여」를 통해, 반대 의견을 펼쳤다. 그는 빈농의 투쟁
은 토지를 위한 투쟁이기 때문에, 프롤레타리아 이데올로기를 지지
한다고 해도 농민문학이 곧 프롤레타리아문학과 일치하는 것은 아니
라고 주장했다.

> 농민문학을 프롤레타리아문학과 기계적으로 대립시킨 것은 절대로
> 옳지 않다. 농민 문학은 종국에는 프롤레타리아문학에 일치하는 것이
> 다. 따라서 우리는 농민 문학에 대한 프롤레타리아적 영향을 확보하고
> 점차로 그 전위부분을 프롤레타리아문학에서 획득해 온 것처럼 노력
> 해야 한다. 그러나 전체로서의 농민문학이 프롤레타리아문학 속에 해
> 소되기 위해서는 오랜 역사적 단계가 필요하다.[136]

시바타 가즈오는 현재의 농촌이 '과도기'이기 때문에 농민문학이

---

135 小林多喜二, 「藝術大衆化に關する決議」, 『中央公論』, 1931.5, p.16.
136 柴田和雄, 「農民文學の正しき理解のために」, 『ナップ』, 1931. 6·7월 합병호, p.42.
　　柴田和雄은 藏原惟人의 筆名인데, 일부의 논문에는 '柴田利雄'으로도 쓰고 있으나
　　여기서는 당초 『나프』지에 이 글을 쓰면서 사용한 '柴田和雄'을 썼다.

곧 프롤레타리아문학이 될 수는 없다고 밝히고 나서, 그러나 오랜 역사적 단계를 거친 후 종국에는 농민문학도 하나의 '프롤레타리아문학'이 된다는 의견을 내세웠다. 그의 이러한 주장은 소련을 모델로 하고 있다. 즉, 농업의 집단화·기계화로 인해 지주의 모범농장이 정부 경영이 됨으로써 농촌과 도시의 차이가 해소되어 자연히 동일한 문학이 된다는 것이다. 이와 같은 논의를 통해 농민문학은 노동자문학(프롤레타리아문학)의 동맹자문학으로 규정되고 프롤레타리아문학 속으로 서서히 해소되어 갈 문학으로 자리매김 되었다.

마르크스주의자에 대한 탄압과 전향을 직접적으로 초래한 것은 코민테른의 27년 테제가 천황제 타파를 제일목표로 했다는 사실이다. 천황제를 표적으로 한 것 자체는 잘못되지 않았으나 야마가와 히토시山川均파 즉 노농파勞農派는 경제적인 사회진화론에 따르면, 천황제와 대결할 필요가 없다고 생각하고 있었다. 이의 현대적 의미는 천황제가 있기 때문에 일본의 경제는 성공했다는 타입의 논의와 같다. 공산당 간부 사노佐野·나베야마鍋山의 전향성명轉向聲明(1933년)은 마르크스주의의 포기가 아니라 코민테른의 일본 정세분석의 잘못을 고치고, 천황제하天皇制下에서 공산주의를 실현하려는 것이었다.[137]

이상에서 살펴본 바와 같이 일본의 프롤레타리아문학은 정치 혁명의 도구적 개념으로 받아들여졌기 때문에, 정치적 이념의 변화에 따라 문학결사文學結社가 이합집산하였다.

---

137 柄谷行人, 『近代日本批評』(昭和編下), 福武書店, 1991, p.35.

2) 고바야시 다키지小林多喜二의『蟹工船』

고바야시 다키지[138]의 『가니코센蟹工船』은 다양한 자료 조사에 의해 만들어진 작품이다. 고바야시 다키지는 북양어업北洋漁業의 조사자료를 수집하고 있던 산업노동조사국産業勞動調査所[139] 하코다테函館 지소원支所員이며, 캄차카의 소비에트 국영 트러스트 하코다테 지사에 근무하고 있던 오타루小樽상고 시절의 동기생 혹은 하코다테합동노동조합원들, 오타루해원조합원들, 또 실제 게 어선蟹工船의 노동자들로부터 얻은 탐문조사 내용을 소재로『가니코센』을 집필하였다.

(1) 창작배경과 집단묘사

고바야시 다키지와 그의 문학에 결정적으로 영향을 끼친 사람은 구라하라 고레히토藏原惟人였다. 고바야시는 구라하라의 요청에 답하기 위해 작품을 썼다고 해도 좋을 만큼 구라하라의 열렬한 신봉자였

---

138 小林多喜二(1903～1933)는 秋田縣 北秋田郡 下川沿川口에서 아버지 스에마쓰, 어머니 세키의 차남으로 태어났다. 1907년 12월 일가는 백부 慶義를 의지하여 홋카이도 오타루小樽로 이주하였다. 1916년 백부의 도움으로 오타루상업학교에 입학, 新富町에 있는 백부의 집에서 통학하였다. 1918년부터 교지校誌의 편집원이 되어 短歌·詩·小品 등을 쓰기 시작했다. 1920년에 회람문집『素描』를 발행,『中央文學』,『文章世界』 등에 시를 투고하여, 문학에 열의를 더했다. 1921년 백부의 도움을 받아, 小樽高商에 입학. 1924년 小樽高商을 졸업 후 北海道 拓植銀行 小樽支店에서 근무했다.『種蒔く人』으로부터 강한 영향을 받고 志賀直哉에 깊이 감동했다. 1928년 '3·15사건' 직후에 전일본무산자예술동맹NAPF이 결성되자 5월에 상경하여 藏原惟人를 알게 된 이후, 이론적 영향을 강하게 받았다. 1932년 3월말부터 문화단체에 가해진 탄압을 피해서 지하활동으로 옮겨, 활동과 집필을 계속했다. 1933년 2월 20일, 연락 중에 炎坂에서 今村恒夫와 같이 체포되어 築地署에서 고문으로 살해됐다.
139 1924년, 野坂參三을 所長으로 창립. 마르크스 입장에서 일본의 정치·경제·사회의 분석·구명함과 동시에 국제정세 조사도 겸했다. 잡지『産業勞動時報』및『인터내셔널』을 간행했다. 관헌의 탄압 때문에 1933년 폐쇄 당했다. 山田淸三郎,『プロレタリア文學史』下卷, 理論社, 1973. pp.207～208.

다. 그의 대표작 『가니코센』[140]도 구라하라의 논문 「프롤레타리아·리얼리즘에의 길プロレタリア·リアリズムへの道」에 추수追隨하여 집필된 것이다.[141] 명확한 계급적 관점에 입각하여 현실 속에서 무용한 것, 우연

---

140 『蟹工船』 중편소설. 『戰旗』 1929년 5~6월. 후편이 실린 6월호는 발매금지發禁. 1929년 9월, 11월과, 1930년 3월, 전기사戰旗社 刊의 3책 중, 처음의 2책은 발매금지으로 되었으나, 배포망에 의해 반년 간에 3만 5천부 발행. 전후 일본평론사판 전집은 노트 원고의 참조로 복원되었는데, 히라바야시 오스케平林浩介 보존의 전편全篇 원고가 발견되어, 1968년에 원본전집定本全集으로 거의 완전히 복원되었다. 1926년의 게공선 어업으로 일어난 사건을 소재로 해서, 북양어업의 상세한 조사에 의한 것이다. 홋카이도의 토목공사 인부, 광산의 노동자, 이주농민, 동북지방의 농민, 어부, 학생들을 계절노동으로 고용, 국가산업이라는 명목아래, 지독히 잔혹한 린치로 위협하면서 노예 노동을 강요하여 회사는 큰 돈벌이를 한다. 감독은 지치부마루秩父丸라는 배의 구조신청에도 아랑곳하지 않고 작업을 위해, 그리고 그 배에 걸린 보험료를 위해 몇 백 명의 노동자의 목숨을 그대로 버리게 한다. 어느 날 행방불명된 가와사키 선川崎船 한 척이 되돌아온다. 그들은 러시아인들에게 구조되었다가 돌아온 것이다. 그리고 그들은 처음으로 프롤레타리아 계급의 위대함과 노동자의 세상이 되어야 한다고 배우게 되고, 이것을 같은 노동자들에게 전하게 된다. 감독의 횡포는 나날이 더해져만 간다. 본토의 노동자들에게는 스트라이크니 쟁의니 하여 자본가의 강요가 통하지 않게 되자 자본가들은 홋카이도 사할린 등지로 옮기게 된다. 정부의 그 어떤 간섭도 받지 않기 때문이다. 오히려 캄차카의 게 어선蟹工船에서는, 제국을 위해서라느니 애국이라느니 하는 이유로 오직 노동자들만을 혹사시키는 것이다. 그러나 노동자에게 있어 유일하게 제국의 구축함만큼은 눈물을 흘리게 하는 묘한 어떤 것이 있었다. 동료의 죽음을 너무도 소홀히 처리하는 감독에게서 더 이상 남의 일처럼 방치할 수만은 없다며, 스트라이크의 의미도 모르는 무식한 노동자들이 자본가의 앞잡이 격인 감독을 비롯한 관리자들을 향하여 일어선 것이다. 그러나 이 게 어선에서의 스트라이크는 자기편이라 믿었던 제국함대의 군대에 의해 저지당하고, 9人의 대표가 착검한 해군에게 끌려가는 것으로, 믿었던 제국(天皇制)에 대한 실망과 함께 오직 노동자에게는 노동자만이 있을 뿐이니, 그들끼리 다시 한 번 일어서자고 결의하면서 끝을 맺는다.

141 고바야시 다키지는 1928년 5월 13일경에 상경하여, 藏原惟人를 처음으로 만났다. 이 때 화제의 중심이, 「プロレタリア·レアリズムへの道」(『戰旗』昭 3. 5)로 되었을 것은 쉽게 상상할 수 있다. 5월 24일에 오타루에 돌아온 고바야시 다키지는, 5월 26일부터 「一九二八년三月十五日」에 착수했다. 「一九二八年三月十五日」이, 藏原惟人의 「プロレタリア·レアリズムへの道」의 이론에 의해 시도된 작품이란 것은 부정할 수 없을 것이다. 이어서 발표한 『蟹工船』도, 藏原惟人의 「プロレタリア·レアリズムへの道」의 이론에 입각하여 썼음을 작자 고바야시 다키지는 藏原惟人 앞으로 보낸 편지에서 밝히고 있다. 藏原惟人의 「プロレタリア·レアリズムへの道」는 공포와 분노라는 서로 모순되는 감정에 얽혀서, 일종의 분열적인 표현주체에 빠진 고바야시 다키지에게, 한편으로는 前衛의 眼目, 다른 한편으론 리얼리스트의 태도를 요청하는 것으로 위기타개의 가능성을 준 것이다. 소위 藏原惟人의 「プロレタリア·レアリズムへの道」는, 고바야시 다키지의 個人性(私)을 虛構空間으로 변환하는 방정식으로서 機能(役割)했던 것이다.

적인 것들을 제거하고 프롤레타리아의 해방에 필요한 것, 필연적인 것만을 끄집어내라고 제창한 구라하라의 이론에 고바야시는 대담하게도 지극히 충실히 따랐던 것이다. 그래서 고바야시는 죽을 때까지 구라하라와 두터운 신뢰 관계를 가지면서 지냈다. 『戰旗』5·6월호에 게재한 『가니코센』은 『一九二八年三月十五日』을 상회하는 평가를 받았다. 이 두 작품은 〈국제혁명작가동맹〉의 기관지 『世界革命文學』에 역재譯載되어, 고바야시 다키지가 뛰어난 혁명작가로서 국제적으로 널리 알려지게 된 계기를 마련해 주었다.

『가니코센』은 하야마 요시키의 『우미니이쿠루히토비토』에서 영향을 받은 소설인데,[142] 고바야시 다키지 자신의 체험에 근거하지 않은 것이 『우미니이쿠루히토비토』의 경우와 다르다. 고바야시 다키지는 실제로 『가니코센』에 승선한 사람들에게 취재한 이야기 가운데 소설로 효과적이라 생각되는 것들을 선택하여 서사하는 방법을 택한 것이다.

『가니코센』에 묘사되어 있는 밑바닥 삶을 영위하는 홋카이도北海道의 노동자·농민의 모습은 고바야시 다키지에게는 결코 남의 일이 아니었다. 고바야시 다키지는 그 노동자·농민 속에서 자신의 양친을 보았고, 자매를 보았고 자기 자신을 보았던 것이다. 여기에 평생 그들과

---

142 고바야시 다키지가 하야마 요시키의 第一作品集 『淫賣婦』를 읽었던 것은 1926년 5월이었다. 고바야시 다키지가 『防雪林』을 쓰고, 프롤레타리아문학의 길을 걷기 시작하는 데 이 하야마 요시키와 『淫賣婦』를 통한 만남은 결정적인 의미를 갖고 있다. 1929년 1월, 고바야시 다키지는 하야마 요시키 앞으로 보낸 편지에, "지금은 불행하게도 서로가 정치적 입장을 달리하고 있습니다만, –귀하가 막심·고리키에게 영향받은 것처럼, 저는 귀하의 뛰어난 작품에 의해, '가슴'으로부터 되살아났다 해도 좋을 것입니다."고 썼다. 문학·예술을 정치적 입장이나 이데올로기의 문제로 환원하는 것에 반대하여, 문학·예술 그 자체의 힘을 중시하는 고바야시 다키지였다. 그는 "葉山嘉樹의 「海に生くる人々」은 우리에게 칼을 생각게 하는 '코란'이었다."고 쓰고 있다. 前田角藏, 『虛構の中のアイデンティティ–日本プロレタリア文學硏究序說』, 法政大學出版局, 1989, pp.48~49 참조.

함께 살고 함께 투쟁하며, 지속적으로 그들의 투쟁을 묘사했던 고바야시 다키지 문학의 강렬한 리얼리티의 근거가 있다.

캄차카 바다에서 조업하는 이 게 어선蟹工船에는 다양한 노동자가 타고 있다. 동북지방에서 돈벌이 온 어부, 홋카이도北海道 감옥에서 시달린 토공土工, 시바우라芝浦에 있었던 공원, 알선업자에게 속아서 헛고생만 했던 학생 등이 그들이다. 잡부는 가난한 집안의 14, 15세의 소년들이었다. 작중에서 이름이 주어진 사람은 감독인 아사카와淺川뿐이다. 아사카와는 『우미니이쿠루히토비토』의 선장을 훨씬 상회하는 무자비하고 흉포한 사내로 묘사되어 있다.

『가니코센』에 대해서 고바야시 다키지는 "노동의 '집단'이 주인공으로 되어 있다"고 했다. 이 점에 대해 당시 구라하라 고레히토는 "프롤레타리아 작가는 집단을 묘사하기 위하여 개인을 완전히 매몰해 버려도 좋을 것인가?"[143]라고 지적했다. 그러나 『가니코센』이 '개인을 완전히 매몰해 버렸다'는 것은 좀 지나친 표현이다. 집단 묘사에 역점을 두고자 한 방법으로 개인의 성격이나 심리 묘사가 억제되어 있지만, 나름대로의 개성을 지닌 다양한 인물상이 나타나고 있기 때문이다. 어부와 잡부를 보더라도, '하코다테 빈민굴의 어린이뿐'인 잡부,

---

143 藏原惟人는, 「作品と批評『蟹工船』その他」(『東京朝日新聞』, 1929.6.17~18)에서, 고바야시 다키지가 藏原惟人에게 보낸 편지에, 작가의 의도가 "①『蟹工船』이란 특수한 현상을 통하여, 식민지의 착취를 폭로함과 동시에, 그 경제적, 국제적 관계 등을 분명히 한 것. ② 프롤레타리아 예술대중화를 위해서, 여러 가지 형식상의 노력을 한 것의 세 가지 점에 있었다"고 말하고 있다며, 이에 대해서 藏原惟人은 "작자의 노력은 '거의 완전하다고 말할 수 있을 정도로까지 성공하고'있고, '근래 우리들이 접할 수 있었던 가장 우수한 작품의 하나이다.'라고 극찬한다. 그러나 이 작품에는 '지나치게 집단을 묘사하려고 한 나머지, 개인이 그 속에 완전히 매몰 돼 버릴 위험'이 있는데, 유물사관에도 '프롤레타리아적인 지도자-개인의 관념은 엄연히 존재'하고 있고, '각 계급, 각 층의 대표자로서의 개인의 성격이나 심리도 묘사'했어야 했었다"고 한다. 津田孝, 『小林多喜二の世界』, 新日本出版社, 1985, p.53 참고.

아키타, 아오모리, 이와테 등지에서 온 '농민과 어부', '유바리夕張 탄광에서 칠 년이나 갱부坑夫를 했던' 사내, '고무신 회사의 공원이었던' 사내, '학생 신분'의 어부 등 다양하다. 다양한 노동자들의 출신과 성격은, '노동의 집단'으로서의 리얼리티를 유지하는 중요한 요소로 장치되어 있다.

『가니코센』은, 하코다테函館 즉 육지의 인간세계에서 밟히고 치여, 더 이상 육지에는 있을 수가 없게 되어『가니코센』에 승선한 어부들이, 그럼에도 불구하고 "어이, 지옥에 가는 거야!" 하고 무식하고 거칠게 외치는 말로 시작된다. '지옥'에 가려하는 이 어부들에게는 그래도 하코다테가 그리운 인간적 세계이고 '천국'이다. 船上에서 그들은 뜨거운 시선으로 하코다테를 응시한다. 그들은 육지에서는 더 이상 생계를 유지할 수 없어 배를 타면서도, 『가니코센』의 위험하고 잔인한 노동을 생각하면 육지를 그리워하지 않을 수 없는 것이다. 여기에 그들의 더할 수 없는 비참함과 인간세계에 대한 애절한 동경이 있다.

"어부는 손가락까지 타 들어간 담배를 침과 같이 버렸다"라는 말은, 어부의 절망과 반항적인 자포자기의 마음을 표현하고 있다. 떨어져 가는 담배는 지옥에 떨어져 가는 그들의 운명을 나타낸다. 그리고 이 모두冒頭는 "그는 온몸에서 술 냄새가 풍겼다"로 맺고 있다. 이 한마디는, 이 어부의 비참한 삶과 극한에 몰린 절망을 날카롭게 찌르고 있다. 어부는 자신의 고뇌를 술과 도박으로 잊을 수밖에 달리 방법이 없다. 그리고 그 술과 도박이 그를 파멸시킬 것이다. 작가는 이와 같은 절망적 순환을 상정함으로써 민중의 어둡고 참담한 모습을 선명하게 표현하고 있다.

『가니코센』에 등장하는 인물들은 대부분이 광부·농부·막노동꾼·

공원工員 등 빈민의 경력을 지닌 자들이다. 그들은 막다른 곳에서 게 어선에 올라, 과거지사를 이야기한다. 다음은 이러한 형식을 빌려, 일 본 전국에서 벌어지고 있는 상황을 묘사한 장면들이다.

① "어처구니없는 곳이야. 하지만 나도 빠져 나오긴 했지만 말이야

......"

② 어부는 시바우라芝浦에 있는 공장에서 일한 적이 있었다. 그곳에 대한 이야기가 시작됐다.

③ 내지內地에서는 노동자가 '콧대가 높아'져, 자본가가 무리한 요구 를 할 수 없게 되고, 시장도 거의 다 개척이 되어 막다른 골목에 부딪히게 되자 자본가는 '홋카이도, 사할린으로!' 발톱을 뻗치고 있었다. 그곳에서 그들은 조선이나 대만의 식민지에서처럼 제멋 대로 '혹사'시킬 수 있었다. 자본가는 다른 사람이 감히 입 밖에 도 꺼내지 못하는 일들을 서슴없이 해치웠다.

④ 근처 감옥에서 일하고 있는 죄수들을 오히려 부러워했다. 특히 조선인들은 조장과 감독은 말할 것도 없고 같은 동료 토공土工들 에게까지 '짓밟히는' 대우를 받아야 했다.

⑤ 홋카이도에서는 어느 철도의 침목을 막론하고 그것을 하나하나 가 문자 그대로 노동자의 살갗을 벗겨내고 만든 '死海'였다. 축항 공사의 매립지에서는 각기병에 걸린 토공들이 산채로 '사람기둥' 이 되어 매장되었다. 홋카이도의 그런 노동자를 '문어'라고 했다. 문어는 자신이 살아가기 위해서는 자신의 다리도 먹어 버리기 때문이다. 문어야말로 노동자의 바로 그 모습이 아닌가! (…중략 …) '국가'를 위해 노동자는 '굶주림에 시달리고' '몰매를 맞고 죽 어'갔다.

⑥ 그리고 '입식농부'─홋카이도에는 '이주농부'가 있다. '홋카이도

개척' '인구 식량 문제해결, 이주장려' (…중략…) 논밭을 빼앗겨
버린 內地의 빈농들을 선동해서 이주를 장려했고, 네다섯 삽만
파 해치면 온통 점토층으로 되어 있는 토지로 내몰렸다.
　⑦ – 內地에서는 언제까지나 잠자코 '당하고만 있을 수 없는' 노동
자들이 한 덩어리가 되어 자본가에게 반항하고 있었다. 그러나
'식민지'의 노동자는 그런 사정과는 완전히 '차단'되어 있었다.
(『蟹工船』四, pp.238~241)

　①, ②에서 나타나는 바와 같이 당시 노동자들의 사정은 과거사에
대한 회고와 삽화插話로 묘사된다. 이는 이름 없는 노동자의 회고 등
을 통해 표현되고 있기 때문에, 특정한 개인이 아니라 전체 노동자들
의 실태로 전달된다. ③은 홋카이도에서는, 식민지인 조선이나 대만
의 노동자와 마찬가지로 노동자들이 인간 이하의 취급을 받고 있다
는 내용인데, ④를 보면 유난히 조선의 노동자에게는 잔악한 방법이
동원되었다는 사실이 간접적으로 드러난다. ⑤에서는 살아남기 위해
자기 자신을 갉아 먹어야 하는 문어 같은 생존양상을 묘사하고 있다.
⑥에서는 '홋카이도 개척'을 위한 이주농민을 묘사하고 있다. 토지구
획 작업에 의해서 소작농 화하는 농민의 실태가 드러난다. ⑦은 일본
본토本州, 內地에서는 노동자 단결이 가능하나, 조선과 대만 그리고 홋
카이도 노동자들에게는 그러한 정보가 차단되어 있다는 내용이다.
　작가는 이와 같이 이름 없는 노동자들의 회상을 집약함으로써 당
시 노동자들이 겪어야 했던 고통을 집단적, 전체적으로 드러내주고
있다.

(2) 제국주의 인식

『가니코센』에서 일본해군의 묘사는, 혹사에 견디다 못해 일어선 노동자의 투쟁을 진압하는 구축함 수병水兵들의 무장한 모습이 종결終結에 서사되어, 제국해군帝國海軍이 '국민의 편이 아니'라는 충격적인 현실에 당황한다. 고바야시 다키지는 노동하는 피지배자의 입장에서 제국주의의 실상을 바라보았다. 고바야시가 발견한 것은 자국의 노동자에게 총구를 겨누는 군대였으며, 민중을 착취하고 악랄한 방법으로 그들 위에 군림하는 부도덕한 지휘자 국가권력國家權力과 자본가資本家였다.

상급수병上級水兵과 함장사이에 가로놓인 모순도 리얼하게 묘사되어 있다. 출항전 蟹工船의 살롱에서 '회사의 중요 멤버인 선장과 감독' 등과 술을 마신 뒤 귀함歸艦하는 함장의 모습과 수병들의 분노를 고바야시 다키지는 다음과 같이 묘사했다.

> 술 취한 구축함의 나리는 용수철을 장치한 인형처럼 비틀비틀한 발걸음으로, 기다리고 있는 작은 배로 오르기 위해 트랩을 내려갔다. 수병水兵이 위아래에서 자루에 넣은 돌무더기 같은 함장을 부둥켜안고 어쩔 줄을 모르고 있었다. 손을 내밀어 휘젓기도 하고 발버둥치기도 하며 마음대로 아우성치는 함장은 몇 번이나 바로 앞에 있는 수병의 얼굴에 침을 내 뱉었다.
> "밖에서는 이러쿵저러쿵 그럴듯한 말을 하고서는 요따위야!"
> 함장을 배에 태우고, 한 수병이 트랩 거는 곳에서 로프를 떼어내면서, 힐끗 함장 쪽을 보며 낮은 소리로 말했다.
> "해치워 버릴까?"

두 사람은 잠시 숨을 멈추었다. 같이 소리를 내어 웃기 시작했다.

(『蟹工船』, p.218)

고바야시 다키지는 천황제 정부의 경찰이나 군대의 제국주의적 본질을 예리하게 추궁하면서도, 하급 경관이나 수병들을 결코 권력기관의 충실한 말단으로서만은 파악하고 있지 않은 것이다.

① '잠깐' 급사가 바람이 불지 않는 구석 쪽으로 끌고 갔다.
　"재미있는 일이 있다니깐"하는 말과 함께 이야기를 시작했다.
② -새벽 두 시경이었지 (…중략…) 폭풍우 때문에 모두들 뜬눈으로 밤을 지새우고 있었다. 그때였다. "선장님, 큰일 났습니다. SOS 가 들어 왔습니다."(…중략…)
　"지치부마루秩父丸입니다. 본선과 나란히 항해 중이었습니다."
　(…중략…)
　"쓸데없이 옆길로 빠지라고 누가 명령했지?"
　그걸 명령했던 건 선장이 아니던가?- 선장은 너무 갑작스런 상황 때문인지 잠시 말뚝처럼 멍하니 서있었지만 곧바로 다시 자기입장을 되찾았다.
　"선장으로서야"
　"선장으로서라구?"
　감독은 선장 앞을 가로막으면서 선장을 조롱하는 듯한 말투로 윽박질렀다.
③ "이봐, 이게 누구 배야. 회사가 전세를 냈잖아. 그러니까 말할 자격이 있는 건 회사대표인 스다須田 씨와 바로 나야. 네놈은 선장이라고 뭐 대단한 것인 줄로 알고 있는 모양인데 똥 닦은 휴지만도 못하는 주제에 말이야. 알겠어?- 그런 일에 끼어들었다간 일

주일은 도로 아미타불이 돼버린다구. 내가 농담하고 있는 줄 알아? 하루만 늦어도 어떻게 되는지 알지? 게다가 秩父丸에는 엄청나게 많은 보험금이 들어 있어. 고물딱지 배지만 침몰하면 오히려 이득을 보게 돼 있다구."(…중략…)

치익치익하면서 길게 꼬리를 물고 스파크가 일어나더니 갑자기 소리가 딱 멈추어 버렸다. (…중략…) 통신원은 몸을 비틀어 회전의자를 빙글 돌렸다.

"침몰입니다……"(…중략…)

"승무원 452명, 이것이 마지막. 구조될 가망 없음. SOS. SOS 이게 두세 번 계속되더니 끊겨 버렸습니다."(…중략…)

학생출신은 "음. 그래"하고 내뱉듯 말했다.

(『蟹工船』 二, pp.222~223)

①은 과거사를 삽입하는 진술 방식을 취하고 있다. ②는 지치부마루(秩父丸)로부터 구조신청의 과정과 감독·선장의 주도권을 둘러싼 대립에서 감독이 선장보다 상위 명령권자로 군림하는 자본주의적 사고의 일면을 펼치고 있다. ③은 지치부마루의 구조요청에 응하여 배와 425명의 승무원의 인명을 구조하는 것보다 어획량 확대로 회사의 이윤추구와 보험금을 더욱 중요하게 생각하는 비윤리적 실상을 고발하고 있다.

당시의 게 어선은 '선박 관리법'에도 '공장 관리법'에도 구애받지 않는 상태였으므로 싸구려 고물 배로 위태위태하게, 노동자의 생명은 고려의 대상도 되지 않은 상황에서 오로지 이윤추구의 호재로 활용되었다. 그 실상은 다음과 같다.

때문에 단지 배 한 척으로 몇 십만 엔의 돈이 굴러 들어오는 蟹工船에 그들이 혈안이 되어 있는 것도 전혀 무리는 아니다. 蟹工船은 공장선工場船이지 항해선航海船이 아니기 때문에 항해법이 적용되지 않았다. 20년간을 한 번도 거르지 않고 써먹었기 때문에 침몰시키는 게 당연할 수밖에 없는, 마치 비실비실 죽음을 앞둔 '매독환자' 같은 배가 염치도 없이 거죽에만 짙은 화장을 하고 하코다테函館항으로 돌아왔다. 러일전쟁에서 '명예로운' 절름발이가 되어 생선 내장처럼 내팽개쳐진 병원선病院船이며 운송선이 유령보다도 더 추한 몰골로 나타난 것이다.

약간만 증기를 더 많이 내 품게 하면 파이프가 터져서 파편이 튀었다. 러시아의 감시선에 쫓겨서 스피드를 올리면 (몇 차례나 그런 적이 있었음) 배의 이곳저곳에서 우지끈 부서지는 소리가 났고 지금은 금방이라도 조각조각 풀어 헤쳐져버릴 듯했다. 마치 쉴 새 없이 몸을 부들부들 떨고 있는 중풍환자의 모습 그대로였다.

그러나 그런 모습에는 아랑곳하지 않았다. 왜냐하면 일본제국을 위해서라면 무엇이든 다 일으켜 세워야 할 때였기 때문이다. 게다가 蟹工船은 다름 아닌 공장이었다. 그것도 공장법의 적용을 받지 않는다. 그러니까 제멋대로 써먹어도 되는 것이 바로 이 배였다.

교활한 중역은 이 일을 '일본제국을 위한'다는 명분을 내세웠다. 그리고 거짓말처럼 돈이 중역의 호주머니 속으로 굴러 들어오는 것이다.

(『蟹工船』二, p.224)

러일전쟁 후에 일본 군사력이 강해지고 제1차 세계대전의 와중에서 일본이 군수물자 및 일용품 수출로 급격하게 제국주의화 되어가는 과정의 한 단면이 보인다. 이와 같은 과정에서 폐선 되어야 마땅할 게 어선은, 일본제국을 위한다는 허울 좋은 명분 아래 노동자의 목숨을 담보로 권력자의 탐욕을 채워주고 있었던 것이다.

해상 노동자들에 대한 '사회주의교화社會主義敎化'는 러시아인들과의 만남으로 다음과 같이 서사되어 있다.

① 다음날 아침 가와사키 선은 반쯤 물에 잠긴 채로 캄차카 해안에 떠밀려 왔고 선원들은 인근의 러시아인에 의해 구조된 것이다.

② 그들은 그곳에서 이틀간 머물면서 기력을 회복한 뒤 복귀하게 되었지만 "돌아가고 싶은 사람은 없었다." 누가 그런 지옥에 돌아가려 하겠는가. 그들의 이야기는 이게 전부가 아니었고 보다 흥미 있는 것들이 숨겨져 있었다.

③ "일본 아직 안 돼. 일하는 사람 이것.(배를 움켜쥔다) 일하지 않는 사람은 이것.(거드름을 피우며 상대를 때리는 시늉) 이것은 절대 안 돼!— 일하는 사람 이것.(박차고 일어서서 돌진하는 자세. 상대를 쓰러뜨린 뒤 짓밟는 모습) 일본 모두 일하는 사람. 좋은 나라.— 프롤레타리아!— 알겠어." (…중략…)

"일본, 일하는 사람, 한다.(일어서서 대항하는 자세) 기쁘다. 러시아 모두 기쁘다. 만세.— 당신네들 배로 돌아간다. 당신네들의 배. 일하지 않는 사람 이것.(뽐내는 체한다) 당신네들 프롤레타리아, 이것, 한다! (권투 흉내— 그리고 나서 서로 손을 잡는 모습을 하더니 다시 돌진해 나가는 자세) 괜찮아, 이긴다!— 알겠어."

"알겠다." 자기도 모르는 새에 흥분한 젊은 선원이 갑자기 중국인의 손을 붙잡았다.

"해내겠어. 기필코 이루어 내겠어!"

(『蟹工船』 三, pp.231~233)

①은 과거로 돌아가는 이 작품의 변함없는 삽화 스타일이다.

②는 프롤레타리아 혁명에 성공한 러시아를 찬양하는 내용이다.

이는 이인직의「血의 淚」에서 청국의 총탄에는 납이 들어 있고 일본군의 총탄에는 납이 들어 있지 않다는 親日的 묘사를 연상케 한다.

③은 프롤레타리아가 뭉쳐서 계급투쟁을 하면 일본에서도 러시아처럼 행복한 노동자가 될 수 있다는 노동자 해방에의 염원을 묘사하고 있다.

『가니코센』은 '배'임과 동시에 '공장'이기도 한 특이한 '공간'이다. 동시에 여러 가지 '사물', '인간', '언어'가 모아지고 선발되어 공존하는 인공적인 공간이기도 하다.[144] 이 작품 속에는 훗카이도北海道의 '문어'통 노동의 실태나, 러시아 측으로부터의 적화赤化 선전, 게 어선에서의 노동을 둘러싼 착취의 구조, 이와 관련한 정치의 상부구조 등, 게 어선에 의한 노동 착취를 둘러싼 여러 문제가 제기되고 있다. 허나 그러한 정보나 지식은 소박한 독자에 대한 지적인 계몽은 될지언정, 인물과 상황의 상호작용에 의한 작품의 내적 동력으로 삼투되지 못했다는 본질적인 문제를 안고 있다. 소재가 소재 그대로이고, 모티브화되어 있지 않은 것이다. 그것은, 문학작품으로서는 중대한 결함인 동시에 고바야시 다키지의 문학에 대한 인식의 문제와 관련하고 있다. 일본의 프롤레타리아문학뿐만 아니라 프롤레타리아 예술 대부분이 이러한 제재와 주제로 일관된 것을 고려하면,『蟹工船』은 프롤레타리아 예술이 가지고 있는 결함을 전형적으로 내포하고 있다고 할수 있을 것이다.

『가니코센』의 결말에는 '附記'가 첨가되어 있다. 작가는 '부기'에서,

---

144 日高昭二,「『蟹工船』の 空間」,『日本近代文學』第40集, 日本近代文學會, 1989, p.101.

① 두 번째의 노동쟁의는 성공했다는 것

② 다른 선박에서도 노동쟁의나 동맹파업이 있었다는 것

③ 감독이나 雜夫長 등은 생산과잉으로 회사에 불이익을 주었다고 해직당한 것

④ 경험을 쌓은 어부나 잡부는 새로운 일터로 들어갔다는 것

등을 요점으로 하는 4항목을 열거하고 있다.

'부기'는 『가니코센』을 작품으로서 완결시켰음에도, 억지로 내용을 추가하고 있는 것인데, 이것은 마르크스주의적 혁명가를 지향하는 고바야시 다키지가 작품 외부에서 얼굴을 내밀어 버린 것이다.

고바야시 다키지는 '빈농의 자식'이란 자각으로 민중과 가장 깊은 곳에서 결합됐다. 그는 홋카이도의 노동자와 농민을 고향에서 쫓겨난 빈농과 그 자식들로서 포착했다. 때문에 홋카이도라는 한정된 공간에 있는 노동자들의 투쟁과 고뇌를 그리면서도, 모든 모순을 통일적·입체적으로 그 근원부터 선명하게 부각시킬 수 있었던 것이다.

고바야시 다키지 문학의 근저에는 깊은 굴욕감이 있다. 고바야시 다키지의 문학은 굴욕감으로부터의 탈출을 기도하는 노력 중에 발전했다. 때문에 그의 소설들은 어둡고 우울하다. 이는 고바야시 다키지의 어두운 내면세계內面世界를 반영한 결과이다.

3) 한국의 추수주의적 볼셰비즘

카프KAPF의 이론논쟁은 나프NAPF(전일본무산자예술연맹全日本無産者藝術連盟)의 지대한 영향 아래서 진행되었다. 카프의 지도부인 박영희, 김기진, 이북만, 임화 등은 논쟁을 진행하는 가운데, NAPF의 구라

하라 고레히토, 나카노 시게하루, 하야시 후사오 등의 이론을 수용하여 그 성격을 분명히 해 나갔다. 이러한 이론논쟁은 지도이론의 수립이나 지식인 작가들의 의식을 높이는 데는 효과가 있었다. 그러나 그이론이 문화 수준이 낮은 대중에게는 이해되지 않았기 때문에, 대중에게는 이론을 주입시키기보다는 그 이론에 입각해 쓰인 작품을 읽히는 편이 더 효과적이란 결론에 도달했다.

일본 프롤레타리아 시詩의 대명사라 할 수 있는 나카노 시게하루의 「비 내리는 시나가와역」[145]은 조선으로 귀국하려고 비 내리는 날, 시나가와역品川驛에 모여든 조선인을 보고 노래한 것이었다.

일본의 잡지 『改造』 1929년 2월호에 발표된 이 詩는, 바로 조선프롤레타리아예술동맹(카프) 도쿄지부의 기관지 『無産者』 1929년 5월호에 기재되어, 조선의 독자에게도 널리 읽혔다. 이 시를 번역 게재했던 김두용金斗鎔, 이북만李北滿, 임화林和 등 조선의 프롤레타리아문학자들은 「비 내리는 시나가와역」에 서 있었던 그들의 '반역심'이 "비에 젖어 대머리 안경 곱사등이인 쇼와천황을 생각했고", 비에 젖어 "자네들을 추방하는 일본천황"에 반발하지 않으면 안 되었을 것이었다. 그러나 조선인에 의해 쓰인 천황제 또는 천황에 대한 관점은 찾아 볼수 없다.

프롤레타리아문예운동에서 대중은 부르주아의 대타의식對他意識에서 비롯된 '노동자'와 '농민'이었다. 그러나 실제로 프롤레타리아문예

---

145 「雨の降る品川驛」, 辛よ さよなら/金よ さよなら/君らは雨の降る品川驛から乘車する
李よ さよなら/もう一人の李よ さよなら/君らは君らの父母の國にかえる
君らの國の河はさむい冬に凍る/君らの叛逆する心はわかれの一瞬に凍る
海は夕ぐれのなかに海鳴りの聲をたかめる/鳩は雨にぬれた車庫の屋根からまいおりる
君らは雨にぬれて君らを逐う日本天皇をおもい出す/君らは雨にぬれてはげ眼鏡猫背
の彼をおもい出す

이론이나 조직은 대부분 '노동자'를 대상으로 이루어졌다. 이에 대한 반성으로 1928년경부터 농민을 대상으로 문예운동을 하려는 인식의 변화가 나타났다.

> 우리는 농촌을 향하지 않으면 안된다. 왜냐하면 현재 조선의 빈농이 극도로 ××적일 뿐만이 아니라……노동자가 농촌의 빈농에 영향을 준다는 것은 오류이다. 1887년 러시아와 같이 도시의 공장으로 6, 7할을 보낸다고 하면 농촌으로 3, 4할을 보내야 한다. 이 적용은 잘못이다.[146]

당시 조선 민중의 대부분을 점하는 것은 농민이었으며, 농민 문제는 가장 심각한 현실 문제로 대두되고 있었다. 농민 문제는 식민지 수탈과 세계적 공황에 연결되어 있었다. 1929년 뉴욕 주식시장의 붕괴에서 시작하여 자본주의 국가에 파급된 세계대공황에 일본도 휩쓸리게 되었다. 1931년 만주사변 이후의 군수軍需 경기에 의해 탈출했지만, 농업의 공황상태는 계속되었다. 식민지 한국에서는 농산물가의 폭락과 농업생산의 압박, 소농小農의 위축, 독점자본의 부담 전환과 수탈의 강화 등으로 농민의 몰락현상이 심각한 지경에 이르고 있었다. 많은 조선의 농민들이 고향을 떠나 유랑생활(만주이민)[147]을 시작

---

146 李北滿, 「朝鮮에서의 無產階級文藝運動의 過去와 現在」, 『戰旗』 創刊號, 1928.5, p.24.

147 일본에서 만주로의 농업이민이 국책으로 계획·실시된 것은 1931년의 만주사변과 1932~1933년의 만주건국 이후이다. 한편 1933년이라 하면 일본은 만주사변이 일어난 지 2년째가 되고, 국제연맹에서 탈퇴하여 제2차 세계대전의 서막을 향해 내딛기 시작한 해이다. 그러나 민중의 생활은 물가의 앙등, 노동자의 임금 저하 등으로 궁핍해지고, 농민은 1931년 東北·北海道의 대기근에 이은 전국적인 농업과국에 이르고 있었다. 1936년 8월 廣田 내각은 대륙에 대한 농업이민을 가장 중요한 국책으로 내걸고 '20개년 백만 호 송출계획'을 결정하여 대량이민이 시작됐다. 그 후의 내각도 이 국책을 이어받고, 1945년 패전 때까지 만주 개척자 수는 일본 전국에서 32만 명에

한 것도 이 때문이다.

1931년의 만주사변을 계기로 사상탄압을 강화하기 시작하였다. 〈카프〉의 해산을 제의하는 여론도 높아져 갔다.

프롤레타리아문학으로서 본격적인 농민문학론이 대두된 것은 김기진金基鎭의 「농민문학론에 대한 초안」(『朝鮮農民』, 1929.3)에서 부터이다. 이 글은 거의 동시에 발표되었던 대중화론에서 비롯되었다. 김기진은 대중화론의 "어떻게 쓸 것인가(1)"에서 제재의 대상, 즉 독자의 대상을 '노동자'와 '농민'으로 한정한 바 있다. 여기에서의 '노동문예론農民文藝論'은 '운동'의 구체적 실천 방안이라 할 수 있다. 즉, 농민은 노동자보다 지식수준이 낮기 때문에 농민만의 작품 형식이 있어야 한다는 것이다.

> ① 우리들의 농민문예는 농민으로 하여금 봉건적 또는 소시민적인 의식과 취미로부터 떠나서 서로 단결하고 나아가게 하는 도구가 되어야 한다. 이것이 우리 농민문예의 전 정신이다.
> ② 농민들의 거의 전부는 무식한 사람이니 우리들의 글은 그들의 귀로만 듣게 하고서도 용이하게 이해할 수 있는 글이어야 한다.
> ③ 소설의 제재는 농민의 생활상에서 취할 것이며 혹은 농민 이외의, 즉 지주 또는 자본가 내지 소시민 계급의 생활상에서 취한다 할지라도 그것은 반드시 농민의 생활과의 대조로서만 취할 것이다.
> ④ 동시에 소설가는 세미한 심리묘사를 버리고 뚜렷뚜렷하게 사건과 인물의 경우와 거기서 생기는 갈등과 인정의 유로와 사회비판 등을 보여주기에 전력을 다할 것이다. 그리고 인물의 경우와

이르렀다.
中村政則, 「勞動者と農民」, 『日本の歷史 29』, 小學館, pp.398~404 참조.

사건의 진행과 결말은 객관적, 현실적, 실제적, 구체적이어야 하며 따라서 전체의 필법도 사실적이어야 한다. 다만 군데군데 가다가 감정의 격동의 정도에 따라서 추상적, 공상적, 주관적 묘사를 섞는 것은 무방하다.

⑤ 시에서 그 의도와 내용은 소설에 대하여 말한 바와 같으며 그 형식만은 재래의 민요조를 취하여 그들의 입에 친한 맛을 주고 쉽게 정들게 하여야 한다. 서사시의 형식도 좋다.

⑥ 모든 문장은 낭독에 편하고 듣기에 편하도록 되어야 한다.[148]

이것은 '대중소설론大衆小說論'에서 언급한 내용과 형식을 평이하게 나열한 것이다. '대중소설론'과는 차이가 없어 농민문학론으로서의 방법 제시로는 크게 미숙하다. 이 문학론은 종래의 노동자·농민, 즉 '대중'에서 '농민'을 분리해 내는 진전은 있었지만, 평이한 농민문학론이라 할 수 있다.

김기진의 농민문학론 제기는 프로문학 작품이 대중에게 읽히는 방법을 탐구하는 노력의 일환으로 이루어졌다는 점에서 의미가 있다. 그 동안 현실과 유리되어 이론을 위한 이론을 탐구한 듯한 인상을 주던 프로문학의 논의가 구체적인 현실을 위한 이론으로 나아간 사실은, 당대 현실에 접목하기 시작한 프로문학 이론의 진전된 모습으로 평가할 수 있을 것이다. 그러나 농민문학론과 대중화의 요구는 문단의 지엽에서 소강되고, 카프의 중심부에서는 동경 지부에 있던 카프 소장파를 중심으로 예술의 볼셰비키화가 시작되었다.

임화林和는 「조선 프로 예술가의 당면의 긴급한 임무」(『中外日報』, 1930. 8. 8~16)를 통해 "예술운동을 볼셰비키화 하자"고 제창하였다.

---

148 金基鎭, 「農民文學에 對한 草案」, 『朝鮮農民』, 1929.3, p.24.

그는 공산주의의 세계관만이 프롤레타리아의 세계관인 이상, 프롤레타리아의 예술은 필연적으로 공산주의 예술이어야 한다고 말하고, 이 과업을 수행하기 위해서는 "자신의 이데올로기적 불철저를 극복하고 진실로 혁명적인 마르크스주의적 관점에 서는 것"이 필요함을 역설하였다. 특히 과거에 "노동자 농민을 그린다"라고 하는 것은 너무나 막연하였으므로, 마르크스주의적 기준에 따라 그것을 묘출하기 위한 예술적 태도에 대하여 의식적인 투쟁적 노력이 필요하다는 것이다. 따라서 프로예술가는 첫째 프롤레타리아트의 혁명적 과제와 결부된 '전위의 관점', 즉 프롤레타리아 리얼리즘의 관점에서, 둘째 프롤레타리아트와 그 당이 국제적·국내적 정세 속에 당면하고 있는 과제와 밀접히 결부된 제재를 찾아야 된다는 볼셰비키적 태도를 요구하였다.

카프의 볼셰비키화는 나프의 직접적인 영향 속에서 이루어졌다. 일본의 나프는, 1930년 4월 6일 제2회 대회를 열어 예술대중화 문제에 대해 '문예운동의 볼셰비키화'의 슬로건 아래, 10개 항의 제재선택의 기준을 만든 바 있다.

① 전위 활동을 이해시키고, 그것에 관심을 집중시키는 작품
② 사회민주주의의 본질을 모든 측면에서 폭로한 작품
③ 프롤레타리아 영웅주의를 정당하게 현실화시킨 작품
④ 조합 파업을 그린 작품
⑤ 대공장 내의 반대파, 쇄신동맹 조직을 묘사한 작품
⑥ 농민투쟁의 성과를 노동자 투쟁과 연결시킨 작품
⑦ 농민, 어민 등의 대중적 투쟁의 의의를 명확하게 밝힌 작품

⑧ 부르주아적 정치, 경제과정의 현상들을 마르크스주의적으로 연
　결시킨 작품

⑨ 전쟁, 반파쇼, 반제국주의 투쟁을 내용으로 하는 작품

⑩ 프롤레타리아트의 국제적 연대감을 고취시키는 작품[149]

　이와 같은 예술이 묘사해야 할 제재 기준의 일람표가, 권환이 예술
운동의 볼셰비키화를 주장하면서 제시했던 제재선택의 공급원이 되
어 한국에서 그대로 반영되었다.

　권환은 「조선 예술운동의 당면한 구체적 과정」(『中外日報』, 1930.9.
2~16)을 통해, 먼저 작품을 제작함에 있어 내용은 프롤레타리아트의
해방을 목표로 마르크스주의의 이데올로기, 즉 전위의 사상으로 해
야 한다고 주장하고, 제재 선택의 규정은 다음과 같이 세분했다.

① ××(前衛 : 필자. 이하 동)의 활동을 이해하기 위한 것에 주목을
　환기시키는 작품.

② 사회민주주의, 민족주의 ×(정)치운동의 본질을 ××(폭로)하는 것.

③ 대공장의 ×××× 제너랄 ×××

④ 소작 ××(쟁의)

⑤ 공장, 농장 내 조합의 조직, 어용조합의 ××(반대), 쇄신동맹의 조직

⑥ 노동자와 농민의 관계이해

⑦ ××××(제국주의)의 조선에 대한 ××(착취)를 ××(폭로)시키며, 그
　것을 맑스주의적으로 비판하여 프롤레타리아트의 ××(투쟁)을 결
　부한 작품.

⑧ 조선 토착 부르조아지와 그들의 주구가 ×××××(제국주의자)와 야

149　栗原幸夫,「プロレタリア文學とその時代」,『文學案内』①, 平凡社, 1971, pp.145~
　　146.

합하여 부끄럼 없이 자행하는 적대적 행동, 반동적 행동을 폭로하여 또 그것을 맑스주의적으로 비판하여 프롤레타리아트의 ××(투쟁)을 결부된 작품.

⑨ 반 ×××××(파쇼, 반제 전쟁)의 ××(투쟁)을 내용으로 하는 것.

⑩ 조선 프롤레타리아트와 일본 프롤레타리아트의 연대적 관계를 명확하게 하는 작품.[150]

위에서 보듯이 ⑦항과 ⑧항만 조선내의 현실에 관해 언급하고 있을 뿐, 나머지는 일본 프롤레타리아 작가 동맹의 결의를 상당 부분 답습했다고 볼 수 있다.[151]

이처럼, 프롤레타리아문학은 일본의 문학론이 우리의 문학론으로, 그들의 이론투쟁이 우리의 이론투쟁으로 이어져 방향전환을 거듭해 왔다. 카프의 잣대가 일본의 이론으로 재어진 점은 프롤레타리아문학이 지닌 특수성, 즉 프롤레타리아문학이 국제적으로 추수주의追隨主義적인 색채를 띠고 있었던 점에 기인했다고 볼 수 있다. 그러나 김기진의 농민문학론이나 대중화론에서 나타나는 바와 같이, 프롤레타리아의 이념을 한국화하고, 일본 제국주의의 식민지로부터 벗어나려는 노력 또한 지속되고 있었다.

이상에서 한국의 프롤레타리아문학이 추수주의적 볼셰비즘으로 전환해 간 과정을 살펴보았다. 볼셰비키와 이후, KAPF는 구체적인 창작 방법론을 탐구하던 중, 제2차 검거(1934년 2월부터 30여 명이 검거당함) 등 일제의 탄압으로 인해 전향자가 속출, 마침내 1935년 5월 21

---

150 權煥, 「朝鮮藝術運動의 當面한 具體的 過程」, 『中外日報』, 1930.9.4.
151 이기영의 『고향』은, 한국 카프의 ⑥ ⑦ ⑧항을 응용하는 듯하지만, 농촌의 '소작쟁의'와 공장의 '노동쟁의'를 연계시킨 점은, 일본 나프의 ⑥항의 취지와도 相關했을 가능성을 추측해 볼 수 있다.

일 김남천, 임화, 김팔봉(김기진)의 협의하에 김남천이 경기도 경찰부에 해산계를 제출함으로써 해산하기에 이른다.

4) 이기영의 『고향』

정호웅鄭豪雄은 민촌民村 이기영[152]에 대하여 한국 근대소설사의 한 축을 담당했던 프로 소설을 대표하는 가장 우수한 작가로서 민촌문학民村文學은 이론주도의 프로 문학을 실체화하는 것이라는 점과 프로 문학의 맹점인 추상적 관념성을 리얼리즘 정신을 통해 극복하여 농민문학의 새로운 형식을 창출하였다는 점을 들어, 새로운 형식 창출을 위해 부단히 노력한 작가로 평했고,[153] 『고향』은 발표 당시 민촌문

---

152 民村 李箕永은 충남 아산군 배방면 회룡리에서 1895년 5월 29일 출생했다. 부친 이민창은 덕수이씨 충무공 파로서 20세 때 무과에 급제하여 상경한 후 가정을 돌보지 않아 이기영은 매우 가난한 환경에서 성장했다. 그나마 1898년 천안으로 거처를 옮긴 후 소작농으로 전락하고 1905년에는 모친상을 당하고, 1908년에는 어린 나이로 결혼하게 된다. 그 후 1917년에는 누에치기실습에서 일했는데 이때의 체험이 그의 대표작 『故鄕』의 배경으로 잘 처리되어 있다. 그리고 1918년 부친을 잃게 된다. 1919년에는 天安郡 교원으로 3년간, 이후 湖西銀行 천안지점 행원으로 1년 근무하다가, 1922년 일본 동경의 正則英語學校에 입학하지만 1923년 관동대지진 때, 조선인 학살에 못 견디어 귀국하고 만다. 1924년에 처녀작 「오빠의 비밀편지」를 『개벽』에 발표하여 문단에 데뷔한 후, 다음 작품인 「가난한 사람들」(1924), 「民村」(1925), 「쥐 이야기」(1925) 등을 발표한다.
1926년 프로 문단의 구심점이었던 『朝鮮之光』사에 편집인으로 입사하면서 민촌은 본격적인 창작 활동을 펼쳤다. 노골적인 투쟁의식이 투영된 1933년 작 「鼠火」·「故鄕」이 그것이다.
1931년 카프 1차 검거에 구속되었다가 집행유예로 풀려났으나, 1934년의 2차 검거 시에는 형을 받고 2년여의 옥살이를 경험하였다(민촌은 카프의 중앙위원이었다). 2차 대전 때 강원도에 소개하고 있다가 해방과 함께 월북했다. 남로당계의 임화·김남천·설정식 등은 주도권 싸움의 와중에서 희생되었으나, 북로당에 가담한 민촌은 살아남아 송영·한설야 등과 함께 북한 문학을 주도하다가 1948년 지병으로 사망한 것으로 전해진다. 金允植·鄭豪雄, 『한국 근대 리얼리즘 작가 연구』, 文學과知性社, 1988, p.61 및 金宇鐘, 『韓國現代小說史』, 成文閣, 1978, pp.222~223. 권유, 『李箕永小說論』, 태학사, 1933, pp.213~214 참조.
153 金允植·鄭豪雄, 「李箕永論 - 리얼리즘 정신과 농민문학의 새로운 형식」, 『한국 근대

학의 정점이면서, "경향소설의 제일 큰 기념비"[154]라는 찬사를 받은 작품이다.

(1) 작가투영과 집단묘사

1933년 11월 15일부터 1934년 9월 21일까지 『조선일보』에 연재된 『고향』[155]의 구조적 특성은, 모든 사건이 주인공 한 사람에게 수렴되지 않고 집단을 묘사하고 있다는 점에 있다. 이는 공동체의식의 발현이며, 작가 이기영이 말하고 있는 리얼리즘의 구현이라고 할 수 있다.[156]

이기영은 작품『고향』이 발표된 시대와 창작 의도를 다음과 같이 기술하였다.

　　소설의 중심에는 김희준이란 주인공을 내세웠다. 김희준은 농촌 출신의 인텔리였다. 그는 그의 고향인 원터 마을 사람들의 불행을 자기 자신의 불행으로 인정하였고 마을 사람들 모두가 다 잘 살 수 있는 유토피아를 꿈꾸었다.

　　이와 같이 고향과 마을 사람들에 대한 사랑으로 불타는 그의 젊은 가슴은 인민의 압제자들과 착취자들에 대한 미움으로 가득 차게 하였으며, 김희준은 농민운동의 탁월한 투사로, 조직자로 형상 하였으며

리얼리즘 작가 연구』, 文學과知性社, 1988, pp.53～56.

154 김태준,『조선 소설사』, 학예사, 1939, p.271 및 임화「소설문학의 이십년」(『동아일보』 1940년 4월 18일 자)

155『故郷』은 지주의 가혹한 착취를 반대하여 소작쟁의를 일으킨 충청남도 원터 마을 농민들의 투쟁을 기본 줄거리로 취급하면서 이에 호응하여 日本 재벌이 경영하는 製絲 공장 노동자들이 동정 파업을 조직하는 것으로써 勞農同盟의 사상적 지향을 심화·발전시키자는 주제를 내보이고 있다.

156 조진기,「이기영의 '고향' 연구」,『嶺南語文學』제20집, 1991, p.44.

열렬한 애국자로 성장시키려 하였다.[157]

『고향』의 주인공 김희준은 동경유학을 마친 인텔리이다. 중농 계급 출신인 김희준은 인간성을 존중하는 선량하고 온화한 호남자였으나, 몰락한 집안의 자식으로 봉건적인 조혼무婚의 희생이 되어 청춘의 꿈을 꿀 수 없는 환경에 놓여 있었다. 주인공 김희준은 고독한 외로움을 달래면서 왕성한 투쟁의식으로 청년회 활동에 매진하는 한편 농민들을 격려하여 조직화하였다.

『고향』에 등장하는 인물들은 지주(마름)와 소작농민이 서로 대립하고 있다. 그러한 고향의 현실 속에서 희준은, 농민 편에서 농민을 이끌고 지주와 싸우는 인텔리가 된다.

> 그의 외로운 그림자가 논둑길 밑으로 따라온다. 넓은 들과같이 마음속에도 공허를 가져왔다. 그는 자기의 생활이 무의한 것 같았다. 인간이란 이렇게 하치 않은 존재인가? 하는 가소로운 생각도 난다.
>
> 그는 금시로 허무한 생각이 들어가서 만사가 무심해졌다.
>
> 무엇때문에 사는가? 놈들은 모두 조그만 사욕에 사로 잡혀서 제 한 몸 생각하기에 여념이 없지 않은가? 그래서 말로나 글로는 장한 소리를 하지만 뱃속은 돼지같이 꿀꿀거리는 동물이야.
>
> (『고향』 상, 「달밤」, p.162)

인텔리로서의 고뇌와 심리적 갈등에 대한 묘사가 리얼하다. 인텔리이기 때문에 사회의 모순에는 지극히 민감하게 반응하고 허위에는 견디지 못한다. 또한 사소한 일에 감격하고 흥분하는가 하면 금새 절

---

157 이기영, 「나의 창작생활」, 『두만강』 제1부, 조선작가동맹출판사, 1954, p.471.

망하는, 동요되기 쉬운 심리도 가지고 있다.

『고향』에는 이와 같이 주인공이 자기를 반성하면서 의지를 다지는 장면이 나타난다.

> <u>달그늘은</u> 마침내 원터 동리를 왼통으로 삼키고 말았다. 다만 인동이네 집 지붕 닷머리를 겨우 남긴 <u>한줄기 광선</u>이 그 언저리를 훤-하게 할 뿐이었다.
>
> 희준은 한동안 돌아서서 그것을 우두커니 쳐다보고 있었다. 사방으로 우겨 쌓는 <u>어둠속에서 최후까지 싸우고 있는 한점의 광선</u>-그것은 무심한 가운데 어떤 충동을 주지 않는가?
>
> 희준은 지금 자기를 마치 이 한점의 광선에 비기고 싶었다. 자기는 지금 묵은 인간의 어둠속에서 겹겹으로 에워쌓여 있지 않는가-모든 <u>인습과 무지한 어둠 속에 이기적 암흑속에서 홀로</u> 싸우고 있지 않은가? 그것들은 참으로 무섭고 영맹하게 자기에게 적대한다. 그것들의 압력이 너무도 거대하기 때문에 자기는 때로 실망하고 주저하고 회피하려 하지 않았든가? (…중략…) - 그렇다-<u>광명은 어둠을 물리치는데</u> 위력이 있고 공로가 있는 것이다. 비록 조그만 <u>광명이라도 그 앞에는 어둠이 범접하지 못한다.</u>
>
> <u>어둠을 무서워하는 광명이란 있을 수 없다.</u> 그런 것이 있다면 그것은 반디불과 같이 금시에 사라지고 말것이 아닌가? 그렇다면 <u>광명을 향하여 나가는 지금의 자기가 어둠을 무서워 할것이</u> 무엇이냐?
>
> (『고향』상, 「그들의 부처」, pp.217~218 - 밑줄 필자)

주인공은 때때로 농민에게 실망이나 환멸을 느끼는데 그에 대한 심리적 묘사도 리얼하다. 밑줄 친 부분들은, 주인공 희준의 활동을 상징하는 달·한줄기 광선·광명 등의 '밝은 공간'과, 퇴치의 대상을 상징하는 그늘·어둠·암흑 등의 '어두운 공간'의 대비를 통해 대조적 이미지를 선명하게 부각시킨다. 희준의 활동에 의해 '어두운 공간'이 점차 잠식되어 '밝은 공간'화 되어 가는 '공간 반전'의 이미지가 암시되고 있다.

희준은 예민하고 자의식이 강한 인물이다. 그는 김선달과 조첨지의 충고와 비판을 거울삼아 자신의 소시민적 인텔리 근성을 비판하기도 한다. 자기를 반성하고 고민하는 희준의 모습은 당시까지의 계몽주의적인 작품에 나타나는 주인공의 모습과는 다른 면이다.

> ① 이까짓 일을 하며 세월을 보내고 있담. 무엇 때문에 사는가? 놈들은 모두 조그만 사욕에 사로잡혀 (…중략…) 그것들과 같이 일을 해보겠다는 나 자신부터가 같은 위인이 아닐까? (…중략…) 그렇다! 그들도 사람이 아닌가! 잘 지도하면 된다.   (『고향』 상, pp.162~163)

> ② 사실 희준이는 그 동안에 마음이 틔어 왔다. 그런데 그들이 너무도 자기의 속마음을 이해하지 못하는 대로 그는 점점 그들을 저주하고 싶었다. 생활은 싸움이다. 그는 어디서나 이 생각을 잊어서는 안 될 줄 알았다. 그만큼 그의 앞길은 점점 험준하여 때로는 아득한 생각을 갖게 한다. '내가 이 짐을 끝까지 질 수 있을까!'   (『고향』 상, p.216)

①은 말만 앞세우며 언제나 유흥 기분에 들떠 술타령·계집타령을 일삼는 청년회원들에 실망한 희준이 달빛 아래 들길을 '고독'과 '공허'와 '허무'한 생각에 젖어 걸으며 토하는 독백이며, ②는 귀향 후 1년이 지난 뒤 희준이 그 동안의 자신을 재점검하는 내용이다. 기미년 3·1 독립운동 이후의 향학열 고조가 탄생시킨 청년회란, 추상적인 이상

주의에서 구체적 현실주의에로의 사회운동 노선변화와 밀접한 관련이 있는, 당대 청년들의 열정을 반영하는 단체이다. 그러나 일제 지배체제의 정비와 함께 불처럼 타올랐던 그들의 순수한 열정도 식어간 것이다. 작가는 ①에서 10년도 채 못 되어 소시민적 안락주의에, 술과 마작에 빠진 청년회원들의 실상을 묘사하고 있다. ②는 소소유자小所有者인 농민의 보수성과 숙명론적 인생관을 명백하게 드러내고 있다.

이와 함께 위의 인용은 자기비판을 감행하는 주인공의 모습을 묘사했는데, 이는 민촌 문학에서 나타난 새로운 양상이다.『고향』에 이르러 민촌 문학은 대상의 이념화·고정화에서 벗어났던 것이다.

『고향』에서 특히 주목되는 것은 작품의 뚜렷한 자전적 성격이다. 주인공 김희준의 내력은 많은 부분이 작가 자신의 내력과 비슷하다. 동경유학과 관동대지진으로 인한 귀국, 조혼早婚,[158] 가족 구성, 아우의 소작 농사에 의한 생계유지 등은 민촌의 회고와 정확히 일치한다. 김희준은 작가의 이상적 분신이라고도 말할 수 있다. 요컨대 이 작품은 이기영이 동경에서 귀국한 직후의 참담한 생활과 앞길을 모색하는 과정에서의 내면 갈등을 김희준을 통하여 여실히 묘사한 것이 할 수 있다.

이기영은 이 작품에서, 인텔리 지식인의 내면 풍경을 그려내는 동시에 농촌생활을 묘사하는 데 주력했다. 젊은 농촌 남녀의 로맨스, 그들의 풍부한 희망·동경·공상, 전통·인습에 대한 반항, 전편에 넘치는 정서의 풍부함, 이런 것이 무리 없이 잘 묘사되어, 등장인물들의 건강한 로맨티시즘을 보여 준다. 여기에 등장하는 농민들 곧, 김선달·

---

158 이기영은 14살, 그의 아내가 16살 때 조모의 수연 기념으로 강제 결혼한 것으로 되어 있는데 이는『故鄕』의 주인공 김희준의 경우와 동일하다(『고향』상, p.209).

원칠·인동·막동·조첨지·칠득·곽첨지·박성녀·업동의 모친·국실·방개의 모친·방개·칠득의 모친 등은 한 사람 한 사람이 전형적인 한국의 농민상農民像을 나타내고 있다.

"누가 남의 송아지를 때려 쫓었서? 응! 누구여. 남의 송아지를 쫓은 것이!" (…중략…)

"쇠값이 무슨 쇠값이야. 누구한테 상아때질이냐! 이년 누구한테 떼를 쓰는냐? 이년" (…중략…)

"이년 누구를 치니? 너는 네 에미 애비도 없니? 이 화냥년아!" (…중략…)

"그럼 못봐! 이 ××랭이를 찢어 죽일 년!" (…중략…)

"이년아, 너는 누구보구 한테 껴 놓고 이년들이라니? 늙은이가 하필 무슨 욕을 못 해서 화냥년이라니? 화냥질하는 걸 어떤년이 밧니?"

"그년들 화냥질했다 소리가 그리 대단한가베! 이년아 어미년이 화냥질하다 부족해서 자식년까지 시키면서 그런 소리를 어디서 벌리고 하니? 아가리가 남대문 구멍만해도 못 하겠다." (…중략…)

"이 개 ×으로 빠진 년아! 누구보구 늙은 여수 같다니 내 메누리가 어쨌단 말이냐? 그래 이년아……" "저런 늙은 잡년 보았나! 이년아 너도 메누리를 서방질시켜서 논을 얻지 않었서? 똥 묻은 개가 겨 묻은 개보고 더럽다더니, 저년이 그쪽일세!" (…중략…)

"내가 사람을 잡을 년이냐? 네 년이야말로 그래서 사람을 잡어 먹었지! 손자새끼 잡어 먹지 않었니? — 오장이를 죽이지 않었서? 샛서방을 달머서 키울 수가 없으니까, 오장이에다가 담어서 실경에다 언저 죽이고 무엇이 어쩨? — 수명장수한다기에 그랫더니 고만 죽었더라고, 이년아 어디다가 닭 잡어 먹고 오리발 내미는 게야? 마른 하눌에 벼락을 마질 년들 같으니?" (…중략…)

별안간 외마디 소리를 한 번 지르더니 그는 토막나무가 쓰러지듯이 모둘뜨기로 넘겨 박힌다. 두 눈은 여전히 무섭게 지루 뜬 채로- (…중략…)

그렇다면 에라 내 한 목숨만 없어지면 이런 꼴 저런 꼴 안 볼 테니 차라리 내가 죽는 편이 났지 않으냐고-그는 지금 아모도 없는 틈을 타서 양잿물을 입 안에 터러 넣은 것이었다. (…중략…)

쇠득이는 똥 한 바가지를 퍼들고 우루루 달려가드니 마당에 섰는 백룡이 모친 얼굴에다 고만 느닷없이 그것을 끼었었다.

(『고향』 상, 「이리의 마음」, pp.190~202)

농민들의 추악한 싸움은 가장 한국적인 농민의 모습을 드러내 준다. 이기영은 농촌 출신으로 농민의 현실을 잘 알고 있던 작가였다. 때문에 관념적으로 이상화된 농민을 그리지 않고, 여러 농민의 유형(타입)을 구체적으로 잘 묘사함으로써 농촌의 실상을 재현할 수 있었던 것이다. 농민의 기쁨과 슬픔, 그리고 분노와 비탄, 또 그 추잡한 싸움과 소박한 남녀의 교류 등은 당대 한국 농촌의 풍경을 그대로 반영하고 있다.

이기영은 풍속과 심리 묘사의 과정에서 다양한 농민들의 성격을 성공적으로 형상화하였다. 변화하는 세상을 전혀 이해하지 못하는 구시대 인물 조첨지, 구세대 사람으로서의 일정한 한계 속에서도 김희준을 이해하고 그에 동조하는 김선달·원칠·박성녀, 여울목에 띄는 물고기(『고향』 상, p.13)처럼 농민의 건강한 생명력을 가진 농촌 청년 인동, 가난에 밀려 공장 노동자로 변신, 착취당하는 순결한 농촌 처녀 인순 등이 그것이다. 특히 농민들의 토지에 대한 애착과 소유욕·보수성 등을 여실하게 그려내었다는 것은 중요하다. 또한 그들의 가식 없는 언어를 통해 심리와 생활상을 드러내는 작가의 수완은 놀라운 바 있다.

다양한 농민들의 성격과 특징은, 가난이라는 공통된 현실을 바탕으로 하여 전체적으로는 한국 농촌의 일반적 풍경을 형성한다. 많은 인물의 집합을 통해 하나의 전체적인 집단의 모습을 그려냈다. 그것도 농민 개개인의 성격을 세밀하게 묘사함으로써 농민의 전체적 특징을 형성해 냈다는 점에서 양자는 구별된다.

『고향』은 이렇듯 전형적 상황에 놓여 있는 여러 인물들의 전형적 성격 창조에 성공함으로써 당대 농촌 현실의 총체성을 담아낸 일반 농민문학의 새로운 형식을 확립하였다.

(2) 전통접목과 노농제휴

『고향』에서 '두레'가 갖는 의미는 무엇인가? 두레조직이 매개가 되어 김희준은 지도자로서 적극적인 역할을 구체화할 수 있었고, 이 조직이 기반이 되어 소작쟁의의 투쟁도 가능해졌다. 때문에 작품에서 두레의 비중은 상당히 크다고 할 수 있다. 두레가 농악을 수반한 문화양식이었을 뿐 아니라, 본질적으로는 공동적 노동양식에 해당되는 것이었다는 것은 잘 알려진 일이다. 두레는 비록 봉건적 한계를 지녔지만, 한국 민족 고유의 작업공동체로서 의의를 지니고 있다. 일제에 의한 식민지 시대에도 농촌사회에서 널리 볼 수 있는 노동조직으로 두레가 유지되었다는 것은 각종 자료를 통해서도 확인된다.[159] 식민

---

159 두레에 관해서는 인정식의 『조선노동잡기』(동도서적, 1943), 『조선문제사전』(신학사, 1948) 및 신용하의 「두레공동체와 농악의 사회사」(『한국근대사회사연구』 일지사, 1987, p.510) 참조. 실제로 원터 마을이 있던 충청남도는 많은 수의 두레를 유지하고 있었던 지방임이 조사결과 밝혀지고 있다. 1915년의 자료에 의하면, 충청남도 홍성

지시대 초기까지만 해도 성행했던 이 두레조직이 일제말기에 이르러서 급속도로 소멸해 갔다는 지적[160]은 두레공동체의 성격과 관련하여 음미할 만한 대목이다.

『고향』에서, 두레는 인텔리 김희준과 마을 사람들이 인간의 위대한 힘에 대한 신뢰를 갖게 해주는 계기가 되었다. 두레의 성과로『고향』에 등장하는 인물들은 자신들의 생활방식과 인생관을 반성하게 된다.

> ─그들은 오히려 원시적인 우매한 생각에 사로잡혀 있었다. 인간의 생산력이 유치하였을 때 자연에게 압박을 당하고 사회 환경의 지배를 받을 때 그들은 이것을 불가항력으로 돌리는 동시에 인간을 무력하게 보고 따라서 '숙명적'인생관을 갖게 되지 않았던가? 지금 이들에게 노동은 신성하다. 사람은 누구나 병신이 아닌 다음에는 노동을 해서 먹고 사는 것이 가장 옳은 일이라고 농사짓는 것과 석탄 캐는 것과 고기 잡는 것과 길쌈하는 것 같은 생산적 노동은 그것들이 우리 사람의 생활에 직접적으로 필요한 것인 만큼 더욱 귀중한 일이라고 설명을 한댓자, 잘 알아 듣지 못한다. 그들은 놀고서도 잘 사는 사람을 부러워한다.
> (『고향』 상, 「두레」, p.289)

여기서 작자는 인간이 환경에 종속된 경우는 인간의 의식마저도 지배되어 버린다는 관점을 제시하고 있다. 그런 의미에서 식민지 시대에 일제와 지주로부터 이중의 고통을 받고 있던 민중은, 암담한 현실을 타개하기 위해서 새로운 이념과 각오를 필요로 했다. 또한 새로

군의 경우 행정상의 마을 수里數가 139개였던데 비해, 두레의 수는 197개, 농악의 수는 882개에 달하고 있었던 것이다.

160 신용하, 「두레공동체와 농악의 사회사」, 『한국근대사회사연구』, 일지사, 1987, p.507.

운 이념을 실현시킬 수 있는 구체적인 방법이 있어야만 했다. 그 방법의 하나가 두레였다. 두레는 『고향』에서 제기된 현실극복의 방법을 구체화시켰다. 『고향』의 농민들은 두레를 통해 민중 개개인의 힘을 결집하고 공동체 의식을 함양함으로써 현실에 적극적 대응을 시도했다.

> 장목을 해 꽂은 깃대에는 기폭이 펄펄 날리었다. 그들은 정자나무 밑에다 농기를 내 꽂고 우선 한바탕을 뛰고 놀아 보았다.
> 김선달은 상쇠잡이로 앞을 서고 막동이, 덕칠이, 인동이, 박서방, 백룡이, 상출이, 월성이, 또 누구 누구 한잡이꾼은 넉넉하였다. 쇠득이는 장삼을 입고 춤을 추었다.(…중략…)
> 아침해가 뾰즈름이 솟을 무렵에 이슬은 함함하게 풀끝에 맺히고 시원한 바람이 산들산들 내 건너 저편으로부터 불어온다. 깃발이 펄펄 날린다—장잎을 내뽑은 벼 포기위로는 일면으로 퍼-렇게 푸른 물결이 굼실거린다.
> 두레가 난뒤로 마을사람들의 기분은 통일되었다. 백룡이 모친과 쇠득이 모친도 두레 바람에 화해를 하게 되엇다. 인동이와 막동이 사이도 옹매듭이 풀어졌다.　　　　　(『고향』상, 「두레」, pp.285~287)

위의 예문에서 보는 바와 같이 두레는 아침 해와 푸른 물결이 상징하는 것처럼 희망에 찬 힘찬 민중의 도약을 예고해 준다.

『고향』에서 두레를 통해 나타내고자 했던 사상은 공동체주의다.[161] 작품의 공간적 배경인 원터마을은 촌락 공동체로서 훌륭히 형상화되었고, 또한 두레가 형성되는 공동적 기반이다. 따라서 작품의 공간적

---

161 이재선, 「반항의 시학과 상상력의 제한—이기영의 '고향론'」, 『세계의 문학』 50, 1988 겨울.

요소와 더불어 작품에 나타난 두레는, 공동적 노동 양식을 잘 보여줌으로써『고향』이 내포하는 성격의 하나로서 공동체 주의를 나타내주고 있다.

> 그것은 두레를 반대하거나 자기에게 손해가 돌아올까 해서 겁내는 것이 아니라 역시 희준이의 세력이 커질까봐서 시기하기 때문이다. 그는 스스로도 너무 자겁함이나 아닌가하고 은근히 자기를 꾸짖어 보기도 하였으나 어쩐지 마을사람들이 희준이를 가까이 하는 것 같은 생각은 자기의 지위가 흔들리는 것처럼 불안이 없지 않았다.
>
> (『고향』상, 「두레」, p.278)

안승학은 그가 마름이 되는 데 큰 도움이 되어 준, 충실한 심복 학삼으로 하여금 두레를 거부하게 만든다. 마을 사람들에게 두레를 내면 손해가 된다는 소문을 퍼뜨리게 함으로써 두레에 반대한 것이다. 그것은 위의 인용문에서 나타나는 바와 같이 두레 자체에 대한 반대라기보다는 희준에 대한 반대이다. 희준 때문에 상대적으로 마을 사람들에 대한 자신의 위치가 위축되거나, 마을 사람들이 일치단결하여 자신에게 대항하게 되는 것을 두려워 한 것이다. 그러나 이러한 승학의 마음속을 감지한 희준이 미리 학삼을 단속함으로써 안승학의 계략은 좌절되고, 두레는 마을 사람들의 적극적인 참여와 호응 속에서 성공을 거두게 된다. 그 결과로 마을 사람들의 마음도 통일되어 사소한 갈등이 해소됨은 물론, 지식인 희준도 그들과의 생활에 보다 가까워질 수 있었던 것이다.

『고향』에서 두레는 인간성 회복의 계기로 작용하여 갈등을 해결하는 구실을 담당한다. 두레는 또한 작가의 인간성 옹호 및 축제적 성격의 일면도 가미하고 있다. 두레가 이 작품 속에서 담당하고 있는 기능은 마을 사람들의 의식을 통합하는 데 있었다고 할 수 있다. 그것은 마을 사람들과 마름 안승학의 대결 구도에서 두레가 기능 하는 바를 통해 알 수 있다. 두레는 안승학에게 농민에 대한 공포와 자신에 대한 불안을 갖게 하는 반면, 상대적으로 농민의 단결된 힘을 증가시키고 있는 것이다.

『고향』의 중요한 서사 단락은 김희준과 농민들이 전개하는 '소작쟁의'와 안갑숙이 주도하는 제사공장의 '노동쟁의'를 '노농제휴勞農提携'로 연계 묘사한 점이다.

> "글쎄 그건 몰르지만 갑숙이라고 부르지 않고 옥희[162]라고 부르는 것을 보면 아마 회사를 속이고 드러간 게야" (…중략…)
>
> "그런데 기애가 감독하고 좋아한다는 소문이 났겠지, 그것은 감독이 기애를 퍽 위하기 때문에 그런 소문이 났다는데 이번 통에도 옥희는 빠지지 않았겠어?" (…중략…)
>
> "그럼……고두머리와 그중 큰애 하나가! 고두머리는 참말로 험상궂지만, 얼굴도 억둑억둑 얼근 것이 그래서 조고만 애들은 모두 기애를 무서워하겠지." (…중략…)
>
> 옥희는 이번 일노 경호에게 부탁할 것도 있었지만은 그것보다도 고두머리를 감독의 힘으로 나오게 한데 대하야, 경호가 무슨 오해를 갖지 않았을까 해서 한번 조용히 면회를 하고 싶었든 것이다. (…중략…)
>
> "다시 말하면 이번 일이 외부의 손이 미친 것이냐 그렇지 않으면 내부에서 발생된 일이냐 말이야?" (『고향』하, 「재봉춘」, pp.568~577)

---

162 실제로는 안갑숙이나, 김희준의 도움을 받아 나옥희라는 가명으로 제사공장에 위장 취업을 하여 노동쟁의를 주도하는 역할을 한다.

안갑숙은 가출 후 김희준의 도움으로 제사공장에 여공으로 들어가 노동쟁의를 주도한다. 안갑숙을 중심으로 하는 노동자들은 쟁의를 실천하고 운동의 전위부대 역할을 하게 된다. '소작쟁의'와 '노동쟁의' 를 연계시킨 '노농제휴'는 투쟁을 승리로 이끌어 가는 원동력은 되었 으나, 최후 승리의 결정적 요인이 조금 억지처럼 되어 버린 것이 흠 이다.

"저 — 얼마 되지 안어요...지금 제게 있는 것이 이뿐인데, 매우들 옹 색할 테니 한때 죽거리로라도 쓰게 해주서요!" (…중략…)

그는 자기가 모아 두었든 것과 또한 동무에게 꾼 것을 그전부터 생 각했든만큼 정성껏 모아온 것이다. (…중략…)

"아 또 가지고 오셨서요? 어떻게 또!……" (…중략…)

옥희는 희준이 앞으로 가까히 와서 그의 귀까로 입을 대고 한동안 무엇을 소곤소곤하였다. 그리는대로 희준이는 눈을 똑바로 뜨고 잠착 히 있었다.

"그랬으면 좋겠군요. 나도 그런 생각을 가지고 있었는데요."

하고 희준이도 그제야, 자기의 계획을 말하였다. 옥희는 다 듣고 나 서 생글생글 좋아하면서, "네, 그럼 그렇게 해보서요. (…중략…) 어떻 게든지 쉬 — 해결을 짓도록 (…중략…) 전 고만 가겠서요."

(『고향』 하, pp.653~668)

댁은 이 동네서 부자요 행세하는 양반인지 모르나 따님은 공장의 여직공으로 경호하고 좋아지내니 (…중략…) 만일 기어코 못들어 주 신다면 마름댁의 추태를 세상에 폭로하고

(『고향』 하, 「고육계」, p.678)

안갑숙(나옥희)의 주도적 활약은 노동쟁의 중에 동료 여공들의 희생을 최소화시키는 일과 원터마을의 소작쟁의를 물심양면으로 지원하는 일로 나타난다. 안갑숙은 또한 김희준에게 그녀의 아버지(안승학)를 협박할 수 있는 계교—그들에게는 고육책일 수밖에 없는—를 일러주기도 한다.

『고향』에서 노농 제휴의 모티브는 이론 논쟁의 성과를 반영한 결과라 할 수 있다. 농민문학을 프롤레타리아문학의 동맹문학으로 규정하고, 철저한 프롤레타리아의 주도권 아래에서 농민문학을 프롤레타리아문학 안에 해소시켜 나간다는 것이, 카프가 정립한 농민 문학의 위상이다. 『고향』은, 갑숙이라는 인물을 통해 프롤레타리아의 농민 지원을 보여 줌으로써, 이와 같은 카프의 규정을 철저히 따르고 있는 것이다.

5) 정치와 문학

일본과 한국의, 프롤레타리아문학 대중화논쟁大衆化論爭은 내용에 차이가 있다. 일본의 대중화 논쟁에서 나카노 시게하루의 '대중을 위한 내용론'과 구라하라 고레히토의 '대중을 위한 형식론'이 대립했던 것에 비하여, 한국의 대중화 논쟁에서는 김기진의 대중화 요구가 회월의 내용 제일주의와 맞서 싸우지 않으면 안 되었던 것이다.

한국에서의 '대중화론大衆化論'은 예술론으로 심화되지는 못 했다. '대중화론'은 시대적인 요구에 따라 KAPF의 2차 방향 전환에 하나의 계기를 제공함으로써 그 역할을 완수한 결과가 되어 버렸다. '제2차 방향전환' 다음, '조선 프롤레타리아문학운동'은 더 이상 조선의 식민지적 현실을 강조한다거나 민족해방을 위한 투쟁에서의 역할을 의식한다거나 하는 일이 없어져 버렸다. 민족주의적인 의식은 세계적인 계급혁명을 하는 데 방해가 된다고 보고, 오로지 볼셰비즘의 길을 걷기 시작했던 것이다. 그만큼 이들의 이론은 철저함으로만 치닫고 있었다.

한국의『고향』과 일본의『가니코센』이, 한일 경향소설에서 기존의 정치·사회적 모순과 정면으로 대결하려 했다는 것에 최대의 의의가 있다. 그러나 봉건적인 것을 많이 포함하고 있던 근대 속에서, 자아확립에 뜻을 두었던 근대문학의 지향에서 너무나 급격한 정치적 성향으로의 비약이 있었으며 그것이 약점이기도 했다.

일본 고바야시 다키지의『가니코센』과 한국 이기영의『고향』의 작가·구성·배경·인물 등의 유사·상이점들을 정리하면 다음 〈표 15〉와 같다.

〈표 15〉『蟹工船』과 『고향』 비교

	蟹 工 船	故 鄕
작가	고바야시 다키지 小林多喜二(1903~1933) 일본 홋카이도 小樽商業中·高 日本拓植銀行 小樽支店	이기영(1895~1984). 충남, 영진학교, 동경 세이소쿠영어학교正則英語學校. 충남 천안 소작小作.
발표	1929, 5·6月 9·11月〈戰旗〉. 種蒔く人 →3·15 검거→文藝戰線→관동대지진 →대중화론, 검열 심함	1933.11.15-1934. 9. 21『조선일보』. KAPF→1차(민족주의→통속소설→2차(볼셰비즘)→만주사변
배경	하코다테·캄차카 영해의 바다에서 蟹工船의 어로작업 중의 노동쟁의.	충남 원터. 농촌과 일본인이 경영하는 製絲공장에서의 소작쟁의와 노동쟁의
투쟁	해상의 蟹工船에서 사보타지	공장과 농촌에서의 노동·소작쟁의의 노농제휴

소재	당시 蟹工船의 어로활동을 탐문조사	작가 자신의 소작 및 농촌 계몽활동을 투영
인물 묘사	집단묘사 – 개인의 성격·심리 매몰, 그러나 개인의 심리묘사가 리얼	작중 스토리를 통하여 이념·교화적 성격이 강함. 각양 각인의 전체적 구도 속에 개인이 존재.
신기법	경향문학의 경직성 – 어로작업 묘사가 리얼	민족주의의 우유부단성 →두레로 대치(통속적)
전개	프롤레타리아 이론에 편승, 국제 상황과 일본의 제국주의적 지향을 비판하는 과정에서 사회주의화.	농촌 구래의 인습과 정서에 편승. '두레'와 애정문제를 쟁의와 결부시켜 화합 및 승리, 나아가 해방에 접목. 농촌 묘사 리얼
대립	船主·監督 對 船員, 資本家 對 無産階級. 國家機關 對 庶民大衆, 列强對 植民	工場主·監督 對 勞動者, 地主·마름 對 小作者, 日本＝資本 對 朝鮮＝프롤레타리아, 列强 對 植民
주인공	선원의 일원으로, 프롤레타리아 이론과 노동쟁의의 유경험자.	소작·조혼·농촌계몽의 유경험자. 농촌 인텔리로 농촌생활과 애정 묘사에 한계가 있음.
애정 문제	주로 부부. 가문과 마을을 구하기 위한 돈벌이가 목적. 창녀와의 욕정해결.	애정 문제가 이념·이론적 사고에 의해 정리 되어감. 춘향전·심청전 등의 고소설적 연애관.
상황 설정	1차 세계대전이 끝나고, 일본이 제국주의적인 자본국화에 혈안이 되어, 해외 시장개척과 병참기지 건설 등의 국제적 상황을 적확히 포착.	한국 농촌의 '두레'라는 전통과 남녀 간의 애정을 이용하여 노동·소작 쟁의를 해결하고, 내부적 화해의 연장으로 식민지 문제 해결 기도.
小說 結構	노동쟁의 실패-새로운 시작을 기약. 구성양식에서 근대적, 서사기법은 인정적人情的·희작적戱作的	해피 엔드로 고소설적 요소와 농촌묘사 리얼. 구성양식은 고전적, 서사기법은 근대적 사실주의.

『가니코센』은 홋카이도의 하코다테 항구와 캄차카 영해의 바다에서 어로 작업을 하는 게 어선의 노동쟁의를 리얼하게 묘사한 작품이다. 이 소설에서는 '가난貧', '고독孤獨', '물신화物神化'로부터의 탈출을

지향하는 프롤레타리아 드라마가 게 어선이라는 지극히 한정된 의식적·인공적인 공간을 무대로 전개된다. 작가는 철저한 탐문조사를 바탕으로 하여, 강하고 거친 선으로 노동자들의 집단적 윤곽을 묘사하였다. 이 소설에는 다양한 출신의 노동자들이 등장하는데, 이들은 모두 이름 없는 전체 노동자의 하나로만 나타나 있다. 작가는 이들의 회고를 통해 게 어선 노동자들의 전체적인 실상을 집단적으로 그려낸다. 노동자들은 인간 취급을 받지 못한다. 그들은 소위 인간적인 감정까지도 착취당하고 있었다. 고바야시 다키지는 노동자들의 비참한 처지와 절망적 상황을 날카롭게 추급하여, 게 어선 즉 일본 제국주의라는 현실이 강요하는 비인간화非人間化의 양상을 부각시키고 그 비참한 곳에서부터 일어나는 인간적 감정을 묘사해 낸다.

『가니코센』은 '선주·감독 對 선원, 자본가 對 무산계급, 국가기관 對 서민대중의 대립·갈등을 기본구조'로 하고 있다. 노동쟁의 실패와 새로운 시작을 기약하는 구성양식은 근대적이며 사실주의적이지만, 서사기법은 고대소설적 양식인 인정적人情的·희작적戲作的인 면을 벗어나지 못하고 있다.

이에 대해 이기영은, 『고향』의 주인공 희준을 통해 '조혼폐지·농촌계몽을 주장'함으로써, '자신이 겪었던 인습의 쓰라린 경험을 문학적으로 승화'시키고 있다. 『고향』은 작가의 직접적인 농촌생활 경험을 바탕으로 하여 농민 집단을 리얼하게 묘사한 작품이다. 특히 주인공 희준의 모습 속에는 작가 자신의 삶의 여정이 많이 투영되어 있다.

이기영은 『고향』에서 자신의 삶을 주인공 김희준으로 투영하였고, 농촌의 살아 있는 인물들을 집단으로 묘사했으며, 두레라는 전통 노동양식을 농민 화합으로 접목시키는 한편 '노동쟁의'와 '소작쟁의'를

'노동제휴勞農提携'로 승화시켰다. 또한 주인공 희준의 활동을 상징하는 '밝은 공간'과 퇴치의 대상을 상징하는 '어두운 공간'을 대치시켜 놓고, 희준의 활동에 의해 '어두운 공간'이 점차 잠식되어 '밝은 공간'화 되어가는 '공간반전空間反轉'의 이미지를 보여 주었다. 해피 엔드의 구성양식은 구소설적이지만, 서사기법은 근대적 사실주의라 할 수 있겠다.

『고향』의 구도는 '지주·마름 對 소작자, 공장주·감독 對 로동자, 일본=자본 對 조선=프롤레타리아, 열강 對 식민의 대립·갈등구조'로 짜여 있다. 즉, 계급혁명을 민족의 독립운동과 직결시킴으로써 '민족'과 '계급'의 문제를 동시적으로 포착하고 있는 것이다.[163] 이기영은 일본 제국주의를 적으로 간주하고, 피학대계급=프롤레타리아 계급=조선민중으로 파악했다.

『고향』에서 다양한 농민들의 성격과 특징은, 가난이라는 공통된 현실을 바탕으로 하여 전체적으로는 한국 농촌의 일반적 풍경을 형성한다. 많은 인물의 집합을 통해 하나의 전체적인 집단의 모습을 그려낸 점은 고바야시 다키지의 『가니코센』과 같다. 그러나 고바야시가 노동자를 이름 없는 개인으로 그리면서 성격 묘사나 심리 묘사를 자제한 것과는 반대로, 이기영은 농민 개개인의 성격을 세밀하게 묘사함으로써 농민의 전체적 특징을 형성해 냈다는 점에서 양자는 구별된다.

『고향』은 농민 문제를 부각시킴으로써 상대적으로 프롤레타리아 계급 의식이 어느 정도 수그러져 있는 모습을 보여 준다. 그것은 한국의 『고향』(1933.11)이 일본의 『가니코센』(1929.5)보다 4년 반 늦게

---

163 서은혜, 「1920年代のおける韓·日兩國の文學の比較研究序說」, 東京都立大學 碩士學位論文, 1985, pp.207~208 참조.

쓰인 사실과 무관하지 않다. 프롤레타리아 혁명이라는 목적을 표면에서 가린 것은 1931년 만주사변 이후로 제국주의화에 혈안이 된 조선총독부의 더욱 심해진 검열을 피하면서, 해방 이론의 정치적 논리를 스토리 이면으로 소화시킨 이기영의 문학적 센스였을 것이다.

고바야시 다키지는 『가니코센』을 통하여 일본의 제국주의를, 이기영은 『고향』을 통하여 식민지화된 고향·조국을 발견했던 것이다.

프롤레타리아문학의 주장을 가리켜 '이상론理想論'이라 칭하는데, 프롤레타리아문학논쟁의 어느 한편이 언뜻 현실주의적인 것 같으면서도 그 본질은 극히 추상적이고 관념적인 것이었다. 그러나 실제의 프롤레타리아문학운동에서 구라하라 고레히토나 임화같은 지도자들은 추상적인 수준에서 출발하여 논리적으로 짜여진 이론이 대단히 힘을 발휘할 수 있음을 알았다. 왜냐하면 프롤레타리아문학운동은, 이론으로 안내된 '방침方針'에 의해서 문학의 문제를 해결할 수가 있다는 사고를 전제하고 있었기 때문이다. 이런 관념에서 보면 이들은 문학자였다기보다는 운동가였다고 할 수 있을지도 모른다.

제5부 결론

　종래의 한국과 일본 간의 비교문학적 연구는, 대부분이 '작가 1인
對 1인, 한 작품 對 한 작품 사이에서 이루어진 수용과 영향의 문제에
국한해 고찰'한 것으로, 이 연구들은 근대문학의 형성과정이라는 역사
적 시점이 결여되어 있었다. 그러나 수용과 영향이 작가 개인의 문제
가 아니라 양국 근대문학 형성과정과 관련된 문제이므로, 이점을 명
확히 드러내는 것이 오늘의 연구과제라는 것을 인식할 필요가 있다.
　본고에서는 韓日 近代小說의 각 영역, 특히 傾向小說의 연구에서
무시·간과되었다고 생각되는,

> ① 문학의 연속성. 과거·현재·미래의 문학을 연속적으로 파악하려
> 　는 입장.
> ② 일본의 천황제가 한일문학韓日文學에 끼친 영향 및 시대조류와의
> 　사상적 관련성.

③ 연속되는 사조의 접목과 상황·이론·작품을 종합적으로 연구하
　　려 했다는 점.
④ 한국의 통일문학에 대한 비전을 제시하려 노력하여야 한다는 점.

등의 고려가 필요 불가결하다고 생각된다.

　문학활동을 지금까지 작가와 작가, 작품과 작품을 독립영역으로
파악하여 비교연구했던 시각에서 탈피하여, 어떤 형태로든 계속되는
시간대時間帶에서 상호 연계성의 공유가 있음을 인정해야 한다.

　문학을 시대와 분야별로 연계시키지 않고 파악했던 지금까지의 태
도를 지양하고, 점點과 점點이 아니라 시간의 동일연장선상의 흐름으
로 연결하는 선형적線形的 비교연구에도 그 방점을 두어야 할 것이다.

　따라서 상충·대립 관계에서 벗어나지 못하는 '절반문학' 상태에 놓
인 남북문학을 융화·공유·상승의 패러다임에 의한 '통일문학'으로 승
화시켜야 할 것이다.

　필자는 위와 같은 점을 감안하여 종래 무관한 것으로 분류되어온
한일 경향소설들을, 연계성 공유와 그 시간의 흐름에 중점을 둔 시각
과 방법, 즉 선형적線形的 비교연구로 정리하였다.

　구한말 식민지 조선이나 군국주의 일본에서의 근대문학 특히 경향
소설은 말할 나위 없이 시대 상황과의 동기적 관련 아래 형성되었고,
이들 소설은 동시대의 다른 소설 작품들과 마찬가지로 1860~1930년
대라는 특수한 역사적·사회적 시대 상황이 빚어낸 갖가지 모순에 대
해 객관적 인식을 바탕으로 변혁시키려 하는 현실 지향적 성격을 강
하게 드러내 보였던 것이다. 이 시기의 경향소설은 바로 이러한 점
때문에, 그리고 우리의 경우 해방 이후뿐 아니라 오늘날에도 남북분

단의 상황과 관련하여 현재성을 띠고 있다는 점에서 특히 관심의 대상이 되기도 한다.

본 연구는 이러한 소설과 사회의 밀접한 상호 관련성을 기본 전제로 하여 한일 양국의 근대문학, 특히 '문학과 사회'의 관계가 훨씬 다양하고 진하게 얽혀있는 傾向小說을, 약 70년여 간의 시간대를 통하여, 비교 검토하는 것을 기본 축으로 삼아 연구를 진행하였다.

즉, 1860년~1930년대 사이의 한국과 일본의 근대소설 중에서 시대적 상황과 문학의 상관성, 즉 '문학과 환경'·'문학과 사회성'·'문학과 정치' 등을 중심으로 허구화된 한일 경향소설을 대조함으로써, 한일 경향소설의 발생·성장·변화의 양상과 유사·상이성을 밝히려 했다.

충격으로 표현되는 서구와의 접촉 양상에 의하여 동일 기반에 놓여 있었던 동양은 각각 다른 방향으로 그 역사를 진행시켰다.

일본은 1853년 '구로부네 사건'에 의하여 〈미일화친조약〉을 체결(1854)함으로써 일찍부터 서양 각국과 수교하였다. 한국은 1875년 '운양호雲揚號사건'에 의하여 일본과 〈강화도조약江華島條約〉을 체결(1876)함으로써, 뒤늦게 서구문화와 공식적으로 접촉하게 되었다.

충격의 시기에는 문학적 형상화의 작업이 분명하게 나타나지는 않았다. 그것은 그 충격을 정리할 수 있는 시간적 여유를 가진 다음에야 가능했던 것이다. 일본에서는 '개국화신開國化新'을 정부의 기본방침의 하나로 했던 메이지 원년(1868)이고, 한국에서는 개화당 정권이 정치제도를 근대적으로 개혁했던 1894년의 갑오개혁이 그러했다.

메이지 신정권은 '부국강병', '문명개화'의 기치 아래 번적봉환藩籍奉還·폐번치현廢藩置縣을 시작으로, 학제·징병령의 공포, 태양력의 채용 등 서양 제국의 정치와 사회제도를 모델로 한 일련의 개화적인 정책을 조성한 근대적 통일국가로의 제일보를 내디뎠다.

사조로서는 공리주의, 실용주의, 주지주의의 풍토가 강했고, 온 나라가 서구화에 주력했다. 일본의 모든 힘은 천황제 기구를 통하였고 젊은이들은 입신출세의 꿈을 안고 서양의 실용적 신학문에 전념을 다했다. 때문에 천황제 기구와 입신출세주의 사이에 충돌은 예정되었던 것이다.

이와는 달리 한국의 조선왕조는 권력의 현상 유지를 위해 외국 세력을 들여와 조선의 개혁세력을 탄압하는 것도 주저하지 않았다. 이러한 사실은 동학 농민봉기에 대한 정부의 대처에 의해 명백히 드러났다. 근대적인 사회제도를 확립시킨다고 선언한 갑오개혁을 기점으로 조선은 한 번 더 커다란 변동을 맞게 됐다.

이 시기 근대적인 문학활동은 '계몽소설'과 '창가'와 '신체시'로 집약할 수 있다.

따라서 서구의 충격에 대한 양국의 대응 방식은 매우 달랐다고 할 수 있다. 일본은 조직적·대등적·팽창적·공격적·제국주의적 세력확장의 국가운영으로 작용·대응하였고, 한국은 상당부분 강제된 방어적·현상유지를 위한 국가·개인보호로 작용·대응하였다.

가나가키 로분은 『아구라나베安愚樂鍋』(1871)에서, 무사상적 희작자戲作者로서 메이지 초기의 시대사조와 세태에 재빨리 편승하였다. 가나가키 로분은, 쇠고기 전골을 개화의 상징으로 회중시계 등을 문화기호文化記號로 작품화함으로써, 전통적 기법으로 새로운 문화를 창조하였다. 이 작품은 메이지 신체제하의 신제도·신풍속에 대해 긍정을 근저로 하고 있다.

한국의 신소설에 나타난 항일정신은 다른 저항정신에 비교해 매우

빈약하다. 일본을 선진국으로서 숭배하였기 때문에서 비롯된 결과로
보인다.

안국선의 『금수회의록』(1908)은 인간만이 독점하고 있는 가치체계
라고 할 '효', '분수', '정직', '우정', '의리', '인륜', '충성' 등이 동물들의
것으로 반전反轉되고, 오히려 동물의 표상들인 '검은 마음', '간사', '좁
은 소견', '왜소함', '우둔', '잔인성' 등이 인간의 성정性情으로 전도되었
다. 즉, '인간'과 '짐승'의 가치반전價値反轉이었다고 할 수 있겠다. 이는
안국선에게 도덕론자·인도주의자·종교가로서의 사상적 지향이 저류
低流하고 있음을 시사한다. 그는 전통에 대한 안타까움을 나타내면서
'복제신풍속複製新風俗'을 표상적 상징으로 묘사했다.

『아구라나베』와 『금수회의록』은 개화의 순기능과 역기능 묘사라
는 상이점에도 불구하고, '전환기轉換期적 세태世態'를 상징적 풍자로
묘사했다는 공통점을 지니고 있다.

입신출세주의의 산물인 언론과 자유민권운동이 왕성해지고 천황
제 기구가 이에 보조를 맞출 수 없게 되자, 메이지 정부는 1875년 6월
28일·29일에 〈참방률〉·〈신문지조례〉를 제정하여 언론 탄압을 가했
다. 자신들의 정견·주의·주장·선전의 장場을 빼앗긴 자유민권운동가
들은 대체수단으로서 번역·정치소설·엔카演歌(演說歌의 줄임)를 내놓
게 된 것이다.

서구의 휴머니즘이 일본의 근대문학에 처음으로 나타난 것은 정치
소설이었다. 개인과 국가의 자각도 아직 명확하지 않은 미분화의 시
대에, 소박한 모습으로 인류적 휴머니즘을 펼친 것이 정치소설의 주
목할 만한 특질이다. 정치적 계몽에 의한 교양주의적 경향, 권력 지배
에 대한 저항과 그로부터의 해방, 인권의 옹호, 결혼(애정)의 자유가

없는 봉건적 인습의 비판에 의한 인간성 회복이 정치소설의 사상 구조를 이루는 휴머니즘이었다. 이와 같은 정치소설의 특징은 정치와 문학이 많은 곡절을 거쳐 긴밀하게 결합한 결과이다. 정치소설의 발생은 문학개량 의식이 정치와 굳게 밀착되어 있었음을 보여 준다.

『셋추바이雪中梅』(스에히로 뎃초는 1886년, 구연학의 번안은 1908년)에서는 남자주인공 구니노 모토이와 여주인공 오하루가 우연히 만나서 이야기하고, 사진 등의 소도구에 의하여 서로의 근본을 알고 해피·엔딩 하는 '소설적' 이야기 구조를 지닌 작품이다. 한편 구니노 모토이가 봉기를 계획했다고 하여 체포되는 과정은 '정치성'을 드러낸다. 스에히로 뎃초는 『셋추바이』에서 이 '소설성'과 '정치성'을 절묘하게 조화시켜, '정치'와 '문학'의 '통일'을 기하고 있다. 구체적으로 그것은 '지사의 사상과 가인의 사랑과의 만남'이었다고 할 수 있을 것이다.

최찬식의 『금강문』(1914)은 그 구성과 주제가 『雪中梅』와 유사점이 많아 힌트를 얻은 것이 아닌가 하고 생각된다. 지배자와 피지배자만이 존재하는 시대의 새로운 인간 스타일의 '정치적 인간'을 창조했다는 점에서 '정치소설'이라 할 수 있다.

근대일본의 잡지에서 중시된 미국 작가는 기독교주의에 근거한 도덕적 문학자들이었다. 이들의 소개는 일본의 교육·계몽·서구화에 크게 공헌했다 할 수 있다.

후타바테이 시메이가 동경외국어학교에서 러시아문학을 접하면서 획득한 문학적 소양을 『우키구모浮雲』에서 서생書生과 하숙집 딸의 사랑을 소재로 '일본 문명의 이면裏面의 비판'으로 재생산하여 일본 최초의 근대소설로서 위치한다.

이인직은 성장과정과 일본유학 중에 터득한 개화의지를 『血의 淚』

에 삽입하여 '한국의 개화를 위한 계몽'을 서사나 암유적이 아니고 직설적으로 설파했다. 근대화와 신사상新思想의 절대선絶對善을 묘사한 것이다. 이는 정치학을 전공하고 신문사 수습기자를 경험한 이인직의 문학적 한계라 할 수 있겠다.

두 소설은 비슷한 시기에 발표되었지만, 『浮雲』이 일본 최초의 근대소설의 면모를 보여 주는 것과는 대조적으로, 한국의 『血의 淚』는 신소설에 머물러 있었다. 이것은 시대적·작가적 배경 등이 초래한 주제·구성과 신구新舊사상·선악善惡의 대립 같은 유사점에도 불구하고, 일본과 한국의 사회적 성숙도와 환경여건 등의 차이가 초래한 필연적인 문학적 상이점이라고도 할 수 있겠다. 두 작품에서 타자他者로서의 아이덴티티에 대한 인식의 여부가 문제로 남는다.

도쿠토미 로카의 『호토토기스不如歸』(1900)는 선우일에 의해 『두견성杜鵑聲』(1912~1913)으로 번안되었다. 『호토토기스』는 부부를 중심 단위로 하는 새로운 가정 및 윤리로서 '근대'를 표현하고 있다. 이에 대립하는 대상은 '家, 姑'(가문·전통·인습=봉건제도)이다. 결과적으로 '가문'과 '봉건제도'의 비판이 그 모티브이다.

鮮宇日의 『두견성』은 개화·여성교육·남녀평등·연애결혼 등에 대한 국민 계몽·교화라는 긍정적 부분도 있으나, 외세지향·자기비하·친일적 경향 등의 부정적 요소도 공존하고 있다.

도쿠토미 로카의 『호토토기스』는 청일전쟁을, 선우일의 『두견성』은 러일전쟁을 그 시공간적 배경으로 하고 있다. 여권女權에 관한 사회문제에는 개혁의 의지를 보이면서, 청일전쟁·러일전쟁 등의 일본의 팽창·군국주의에는 타협적으로 순응·찬양하는 도쿠토미 로카나, 급진파 계열의 사상을 표출한 신소설이 환상적 개화론에 경사 되어

무주체 동화주의·패배주의에 빠진 결과 '국권수호'라는 민족의 시대적 대명제에 역행했다. 따라서 두 작가는 고등유민적高等遊民的 양면성을 보이고 있다고 할 수 있다.

『호토토기스』와『두견성』은 제국·패권주의적 전쟁의 폐해는 감지하지 못하면서 언제나 존재했었으나 깨닫지 못했던 것을 보았다. 그것은 다름 아닌 '여성의 발견'이었다.

제1차 세계대전이 끝나자마자 곧 피압박민족들은 그들을 지배하던 제국주의 국가에 대하여 강력한 민족운동을 일으키게 되었다. 특히 제1차 세계대전이 끝난 후에 만들어진 베르사이유체제가 전승국의 이익을 고려한 나머지 민족자결주의의 원칙이 동구東歐에서만 적용되고 아시아·아프리카 지역의 식민지·종속제국에는 채용되지 않게 되자, 이는 식민지·종속제국의 민족독립투쟁을 크게 자극시키는 결과가 되었다. 그리하여 이러한 지역에서 일련의 민족독립투쟁이 제1차 세계대전 직후부터 요원의 불길처럼 일어났던 것이다.

따라서 아시아·아프리카에서 근대적인 노동운동이 일어난 것은 모두 제1차 세계대전 직후인 1920년대부터이며, 그 노동운동도 민족독립투쟁의 일환으로서 전개된 것이 공통적인 현상인 바, 이것이 유럽의 근대 노동운동과는 다른 특색이라 하겠다.

미야지마 스케오의『고후坑夫』(1916)는 절대주의 자본질서 안에서, 이 법망의 권위를 믿지 않을 정도로까지 성장한 노동자계급의 인간적인 에너지가 자신들의 해방의 방안을 찾을 수 없었기 때문에 개인적인 반역 속에서 자신을 파멸시켜 가는 경위를 강렬하게 묘사한 것으로, 노동문학의 성립을 강력하게 알린 하나의 기념비적 작품이다.

한국에서는 1923년을 전후하여 사회주의적인 신경향 문학이 나타났다. 무산계급을 대변한 신경향파 작가는 서해 최학송이었다. 최서해의 「탈출기」(1925)에서, 최서해는 빈궁의 참상을 고발하면서도 원인을 계급의식에 의해 처리하려고는 하지 않았다. 그 원인을 중국인·일본인·공사장의 감독 및 고용주 등 모든 면에서 묘사함으로써 피압박 민족의 반항과 해방 기원을 표현하고 있다.

미야지마 스케오는 『고후』에서 노동계급의 감지에 의한 무의식적 반항과 유랑 과정에서 압박해 들어오는 자본에 대한 강한 반탄력의 결과를 파쇄破碎로 반전反轉했고, 최서해는 「탈출기」에서 식민지와 유·무산계급을 연계하여 파악하고 그 해결점을 찾지 못해 유토피아를 찾아 유랑하는 주인공의 개인적 도피가 국가의 독립 쟁취를 위한 참여로 승화되는 구도, 즉 '도피가 참여로 반전'된 구도를 보여주고 있다. 한국에서 이광수와 프롤레타리아문학파는 사회현실의 문제성에 대한 비판적 사상경향이 '혁명革命'과 '교화敎化'로, 전연 다른 것이었기 때문에, 주제면에서 공통성이 없었던 것이다.

일본이 식민지를 영유한 순간부터 일본인은 구미歐美의 식민지주의에 실천적으로 따르면서도 이데올로기로서의 인종주의를 드러낼 수가 없었다. 그 결과 '일선동조론日鮮同祖論', '내선일체론內鮮一體論'이나 '황국신민론皇國臣民論'과 같은 기묘한 논리나 '대동아공영권大東亞共榮圈' 따위의 이념을 만들어 내었지만 지배와 피지배 관계의 경우, 이 이념을 관철할 수 없었다.

하야먀 요시키의 『우미니이쿠루히토비토海に生くる人々』(1926)는 해상 노동자들의 여러 타입type과 성격을 묘사하면서 그들이 점차 계급적인 자각을 하여 조직적인 투쟁을 전개해 가는 과정을 보여 준 작품이다.

하야마 요시키에게 '감옥'은 문학자 하야마 요시키 탄생의 장치裝置

임과 동시에 전향轉向을 촉진하는 기제機制이기도 했다. 그는 '감옥'에서『우미니이쿠루히토비토海に生くる人々』를 썼을 뿐만 아니라 전향을 결심했던 것이다.

『우미니이쿠루히토비토』는 하야마 요시키가 투옥된 감옥과 작품에 등장하는 선원들의 선실이라는 육체적으로 제약된 공간이, 정신적으로 홋카이도에서 요코하마 나아가 홍콩·싱가포르로까지 확산된 공간 즉, 작가·등장인물이 공히 '공간반전空間反轉'의 대응이었다고 할 수 있다.

조명희의 「낙동강」(1927)은 피지배 계급이 나아갈 방향으로 조직적·계획적인 행동성을 제시했다. 이는 식민지 아래 놓인 미조직적 저항과 국가의식의 생성으로 나타났다. 이 작품에서 주인공 박성운의 죽음으로 이야기를 끝맺지 않고 로사의 이향離鄕을 통해 박성운의 유지를 계승·실천·승화하기 위한 것으로, 당면 운동의 한계를 극복코자 한 탁월한 현실 인식의 발로라 하겠다. 이는 곧 재창조를 위한 '귀향歸鄕과 출향出鄕의 반전反轉'이었다.

경술국치 이후, 조선인들은 토지를 빼앗기고 고향을 떠나 유랑하다가 비로소 식민지 조국을 인식하여 다시 돌아온 식민지에서 최후를 맞고, 연인 박성운 죽음의 한계를 극복하여 조국을 찾기 위해 떠나는 로사를 통해 「낙동강」을 조명희는 보았던 것이다.

두 작품은 모두 보다 투철해진 계급의식 아래 고양된 계급투쟁의 의지를 보여 주고 있다. 스토리는 일시적인 좌절로 끝나지만 계급투쟁의 미래를 약속함으로써 낙관적인 전망을 보여주는 것은『우미니이쿠루히토비토』의 경우도 마찬가지이다. 후지와라의 체포와 구속은 노동운동의 실패로 나타나는 것이 아니라, 운동 역량 성숙을 위한 재창조의 기약으로 전망되고 있는 것이다. 다만 「낙동강」이 '계급' 위에

'민족'을 겹쳐 놓음으로써 식민지 현실을 인식하고 있는데 반해, 『우미니이쿠루히토비토』는 프롤레타리아와 부르주아와의 대립, 곧 노사 대립을 표현하고 있다는 점이 다르다.

『우미니이쿠루히토비토』는 '노사의 대립'을, 「낙동강」은 '식민지 인식'을 묘사했다.

『고향』에서 많은 인물의 집합을 통해 하나의 전체적인 집단의 모습을 그려낸 다양한 농민들의 성격과 특징은 고바야시 다키지의 『가니코센蟹工船』과 같다. 그러나 고바야시 다키지가 노동자를 이름 없는 개인으로 그리면서 성격묘사나 심리묘사를 자제한 것과는 반대로, 이기영은 농민 개개인의 성격을 세밀하게 묘사함으로써 농민의 전체적 특징을 형성해 냈다는 점에서 양자는 구별된다.

고바야시 다키지는 면밀한 탐문 조사 끝에 『蟹工船』(1929)에서 집단묘사를 보여 준다. 『가니코센』은 '제국군대－재벌－국제관계－노동자'의 역학적 관계 속에서 노동자 집단을 파악하려 한 고바야시 다키지의 시점을 반영하고 있다. 여기에 반전·반군국주의와 절대천황제 비판을 복선伏線으로 한 점이 『우미니이쿠루히토비토』와 결정적으로 다른 점이다.

『가니코센』은, '선주·감독 對 선원, 자본가 對 무산계급, 국가기관 對 서민대중의 대립·갈등구조'를 나타내고 있으며, 노동쟁의 실패와 새로운 시작을 기약하는 구성양식에서 근대적 사실주의적이지만, 서사기법에서는 고대소설적 양식인 인정적·희작적인 경향들이 엿보인다.

이기영李箕永은 농촌의 실태와 농민생활에 대한 꾸준한 탐구로 일관한 작가이다. 『고향』을 통해 그는 자신의 농촌 생활 경험을 바탕으로 농민 개개인의 성격을 리얼하게 형상화하였으며, 개성적인 농민의 집합을 통해 전체적, 집단적인 농민의 실태를 보여 주었다. 특히 주인공 희준에게는 작자의 개인적인 여정이 투영되어 있다. 그는 희준의 조혼폐지·농촌계몽을 통해, 인습으로 말미암아 겪어야 했던 자신의 쓰라린 경험을 문학적으로 승화하고 있다.

『고향』은 두레라는 전통 노동양식을 통해 농민의 화합과 단결을 촉진시켰다. 한편 마름의 딸 갑숙을 공장에 취업시켜 '노동쟁의'와 '소작쟁의'를 '노농제휴勞農提携'로 승화시켜 승리로 이끌고 있는 것이다.

주인공 희준의 활동을 상징하는 '밝은 공간'과 퇴치의 대상을 상징하는 '어두운 공간'을 대치하여 놓고, 희준의 활동에 의해 '어두운 공간'이 점차 잠식되어 '밝은 공간'화 되어 가는 '공간반전空間反轉'의 이미지를 암시하고 있다.

『고향』 구도를 지주·마름 對 소작자, 공장주·감독 對 노동자, 일본=자본 對 조선=프롤레타리아, 열강 對 식민의 대립·갈등구조를 나타내고 있다. 즉, 계급혁명=민족의 독립운동이라는 공식을 '민족'과 '계급'의 문제를 동시적으로 포착하고자 했다는 사실이다. 그는 적敵으로서 제국주의를 들고, 피학대계급=프롤레타리아계급=조선민중으로 파악했다. 해피엔딩으로 구성양식은 구소설적이지만, 서사기법은 근대적 사실주의라 할 수 있겠다.

고바야시 다키지는 『가니코센』에서 일본의 '제국주의 인식'을, 이기영은 『고향』에서 식민지로 전락한 '고향·조국의 발견'을 묘사했던 것이다.

지금까지의 한일 경향소설의 양상을 비교해보면 〈표 16〉과 같이 정리할 수 있다.

<표 16> 한일 경향소설의 양상 비교

구분		일본	한국
ⓐ 개화기 충격대응		1868, 서구직수입 조직적, 대등적, 팽창적, 공격적, 제국주의적 국가운영	1894, 일본을 통하여 강제된 방어적, 현상유지의 국가·개인 보호차원적
ⓑ 개화기소설	① 戲作小說	①『安愚樂鍋』 滑稽, 無思想, 思潮에 小乘的 便乘. 개화의 순기능적 전환기 세태 묘사	①「禽獸會議錄」諷刺, 西歐的變化에 大乘的, 儒敎的抵抗. 개화의 역기능적 전환기 세태 묘사
	② 政治小說	②『雪中梅』 정치소설의 발생. 미래 바람직한 정치적 인간 발견	②『雪中梅』·『金剛門』 新時代 個人盛衰記. 전통과 신형 정치유형 접목
	③ 近代小說	③『浮雲』(他者로서 寄宿者의 自我, 新日本文明의 裏面을 批判)	③『血의淚』 寄宿者의 危機와 幸運, 朝鮮에 新人間型의 發見. 개화의 절대선 묘사
	④ 社會小說	④『不如歸』 기존인습의 非人間性과 급격한 新思潮의 再考 呼訴.. 청일전쟁과 여성	④『杜鵑聲』 봉건사고의 再考와 新思潮 속도 제동 호소. 러일전쟁과 여성
ⓒ 경향소설	① 社會主義	①『坑夫』(新社會構造, 資本主義에 대한 無意識的 抵抗·告發) 계급인식과 유랑	①「脫出記」(植民地國民의 삶의 構造·現場을 고발→해방기원) 식민지 인식과 유랑
	②③ 프로小說	②『海に生くる人々』 노사대립과 공간 反轉 ③『蟹工船』 제국주의 인식	②『洛東江』 식민지의 인식과 귀향·출향의 反轉 ③『故鄉』 조국·고향의 발견

위의 〈표 16〉은 다음과 같이 판독할 수 있다.

ⓐ의 서구의 충격에 대하여 일본은 조직적·대등적·팽창적·공격적·제국주의적 세력확장의 국가운영으로 작용·대응하였고, 한국은 상당부분 강제된 방어적·현상유지를 위한 국가·개인보호로 작용·대응을 하였다고 할 수도 있다.

ⓑ의 한일 개화기소설에서, 일본의 작품은 주로 '① 개화의 순기능적 전환기 세태 묘사 ② 서구화에 따른 바람직한 정치유형政治類型 ③ 일본 문명의 이면 묘사 ④ 청일전쟁과 여성'을, 한국의 작품은 주로 '① 개화의 역기능적 전환기 세태 묘사 ② 전통적 통치이념과 서구적 정치유형의 접목 ③ 돗포의 절대선絶對善 ④ 러일전쟁과 여성'을 묘사했다. 즉, 일본의 개화기소설은 인간발견을 위한 허구虛構로 승화된 문학으로 진행된데 비해, 한국의 개화기소설은 국민교화國民敎化를 위한 정보전달로 반전反轉된 문학으로 진행되었다고 볼 수도 있다.

한국의 대부분의 개화기소설 작가들이 일본유학 중에 감득·체득했던 계몽·선전·정치사상을 작품화했다. 일본의 근대소설에 비하면, 문학의 허구성보다는 정치적 사상성을 중점적으로, 작품의 지문地文을 통하여 진술적으로 서사하는 등의 한계를 보이고 있다.

ⓒ의 한일 경향소설에서, 일본의 작품은 주로 '① 노동계급의 인식과 유랑 ② 노사대립과 공간반전 ③ 제국주의 인식'을, 한국의 작품은 주로 '① 식민지의 인식과 유랑 ② 식민지의 인식과 귀향·출향의 반전 ③ 조국·고향의 발견'을 묘사했다. 즉, 일본의 경향소설은 노동운동·계급투쟁에 의한 계급해방을 위한 묘사였고, 한국의 경향소설은 제국주의에 대한 저항과 계급투쟁을 조국해방운동으로 승화시킨 묘사였다고 할 수 있다.

신소설·번안소설·신경향파소설까지는 민족주의에 깊이 뿌리내리고 있었지만 프롤레타리아소설에서는 세계주의에 사상적 기초를 두고 있고, 그 사회사상은 결국 스탈린의 세계적 공산지배정책과 직결된 것이기 때문에 배제되어야 한다는 한국적 사정을 외면할 수 없는 정치·국방 차원의 이데올로기가 우선된 처사였을 것이다.

일반적으로 부르주아 문학은 모든 것을 긍정하는데서 출발하여 기교적·말초신경적·유희적인데 반해, 프롤레타리아문학은 사회악社會惡을 부정 혹은 부정하는 준비로 출발하여 정세적·전투적임을 강조한다.

일본의 경향소설 작가들은 실제로 정치에 관여했으며, 도카이 산시·스에히로 뎃초·하야마 요시키 등은 투옥된 경험이 있다. 즉 자신의 정치적 경력과 노동쟁의의 경험, 감옥살이, 현장조사 등의 체험이 작품에 용해되어 있으므로 한국의 근대소설에 비하면 정치적 사상성보다는 문학적 허구성을, 등장인물들의 대화에 의해 묘사했다. 개화기 이후 한국의 근대 문학은 결국 뒤늦은 개화와 식민지 현실이라는 조건에서 벗어날 수 없었던 것이다.

일본문학에서, 고향의 문제(출향〈이향, 도주, 이농, 유학〉·유랑·귀향)를 주된 테마로 하는 소설은, 지방청년들이 입신출세를 꿈꾸고 대도회로 출향했다가, 자유민권운동이 급격하게 퇴색해 가는 1890년 전후에 입신출세에 회의적이 되자 '정치에서 문학으로'라는 인식전환을 초래하면서 출향·이향·도주·이농·유랑·유학에서 귀향으로 유턴하고, 귀향의 문학적 테마가 많이 사용되고 있다.

한국문학에서 『금수회의록』, 『금강문』, 『血의 淚』, 『두견성』, 「탈출기」, 「낙동강」, 『고향』 등은 공통적으로 '출향·유랑과 귀향의 구성'을 이루고 있다.

1910년 경술국치 이후 조선총독부의 조직적인 토지수탈정책에 의해 한국인은 고향도 잃어버렸다. 농민의 대부분은 토지를 잃고 기생지주寄生地主가 된 일본인의 소작인으로 전락하든가 빈곤과 압정壓政으로부터 탈출하기 위하여, 유토피아를 찾아서 만주·시베리아 등으로 출향·도주·이농→이주移住하였으나, 어디에도 유토피아의 땅은 없고 빈곤의 밑바닥을 유랑流浪하다가 끝내 고향으로 돌아올 수밖에 없었다. 즉 귀향歸鄕하였던 것이다. 그러나 돌아온 농민들을 기다리고 있던 것은, 따뜻하고 아름다운 어머니 같은 고향이 아니라, '착취搾取'당하여 '묘지墓地'처럼 황폐해진 '고향'이었다.

자연주의 계통의 소설은 일본과 한국의 근대에 상당히 뛰어난 작품이 있다. 경향문학운동은 자연주의를 훨씬 뛰어넘는 의식적이고 조직적인 문학운동이었으면서도 오늘날에 남겨진 뛰어난 작품은 드물다. 경향소설은 '계몽·교화敎化·혁명의 정치·계급적 관점'에 의해 묘사할 것을 요구하는 이론인데, 그것이 배타적인 '획일·당파성'의 취향을 추구하는 단계에서부터 쇠퇴로 향했다고 할 수 있을 것이다. 즉 프로문학은 정치소설(신소설)·사회소설(번안소설)·사회주의소설(신경향파소설) 등의 근대문학이 달성한 것을 의욕적으로 받아들이지 않고, 오히려 그것과 단절에 가까운 형태로 추진된 것이다.

일본과 한국의 근대문학에서 국민적 동향이 특별히 주목할 만한 것은 근대문학이 국민문학으로 성립하지 않고, 소시민 인텔리겐치아의 근대적·인간적 자유에의 요구는 절대주의 권력과의 대결을 회피하여 문단적 자기봉쇄에 불완전한 실현을 갖고, 그것이 근대문학의 주류로 된 것이다. 또 문학은 광범한 대중의 생활과 그 민주주의적·인간적인 요구로 깊게 결부되지 않아서 일본 근대문학 속에서도 국민 생활의 발전 자체 속에서도 국민적인 문학에의 동향은 언제나 충동으로 또한 단서로서 생산되면서 일관된 발전의 역사를 창출하지 못하고 국민적 동향과 근대문학의 주류와의 통일도 실현되지 않았다는 점이다. 이것은 일본의 근대국가를 공화국으로 '아래로부터' 국민적인 코스에 의해 건설된 좌파 자유민권적인 동향이, '위로부터'의 천황제하에서 절대주의적 국가건설의 코스에 의해 결정적으로 타격·패배당한 역사적인 경과와 대응되며, 한국의 피식민지 인텔리겐치아의 사고와 표현의 한계일 것이다.

참고문헌

1. 韓國資料

① 基本作品集

『기민근대소설선』 4(李箕永長篇小說 고향 상·하) 기민사, 1987.

『崔曙海단편소설집』 한국문화사, 1994.

『한국개화기문학총서』 1(新小說·翻案小說 1) 亞細亞文化社, 1978.

『한국개화기문학총서』 1(新小說·翻案小說 2) 亞細亞文化社, 1978.

『한국개화기문학총서』 1(新小說·翻案小說 3), 亞細亞文化社, 1978.

『한국개화기문학총서』 1(新小說·翻案小說 7), 亞細亞文化社, 1978.

『한국근대단편소설대계』 26(정인택·조명희 編) 太學社, 1989.

『한국신소설전집』 卷四(崔瓚植 編) 乙酉文化社, 1968.

② 新聞

『동아일보』, 『조선일보』, 『중외일보』.

③ 雜誌

『개벽』, 『문학사상』, 『思想界』, 『세계의 문학』, 『小說·評論集』, 『新東亞』, 『朝鮮農民』,

『朝鮮文壇』, 『朝鮮之光』, 『現代文學』.

④ 著書類

강동진, 『日帝의 韓國侵略政策史』, 한길사, 1980.

계훈모 編, 『韓國言論年表 附錄 言論關係法令』, 대한민국 국회도서관, 1973.

고려대학교, 『한국문화사대계』 5, 민족문제연구소, 1969.

권영민, 『한국민족문학론연구』, 민음사, 1988.

권 유, 『李箕永小說論』, 태학사, 1993.

김동인, 『東仁全集』 8, 弘字出版社, 1967.

김문식, 『일제하의 경제침탈사』, 민중서관, 1976.

김영모, 『한말 지배층 연구』, 한국문화연구소, 1972.

김영민, 『한국근대문학 비평사 연구』, 도서출판 世界, 1989.

_____, 『한국문학비평논쟁사』, 한길사, 1992.

김영호, 『한국현대사』 6권, 신구문화사, 1974.

김우종, 『韓國現代小說史』, 成文閣, 1978.

김윤식, 『박영희연구』, 열음사, 1989.

_____, 『林和硏究』, 文學思想社, 1989.

_____, 『韓國近代文藝批評史硏究』, 一志社, (1985.

_____, 『韓國近代文學思想史』, 한길사, 1984.

_____, 『韓國近代小說史硏究』, 乙酉文化社, 1986.

_____, 『韓國文學史論攷』, 一志社, 1973.

_____, 『한국문학의 리얼리즘과 모더니즘』, 民音社, 1989.

김윤식·김현, 『韓國文學史』, 民音社, 1973.

김윤식·정호웅, 『한국리얼리즘문학연구』, 탑출판사, 1987.

김윤식·정호웅 편, 『한국근대리얼리즘 작가연구』, 文學과知性社, 1988.

김윤환, 『한국노동운동사 I』, 청사, 1982.

김준엽·김창순, 『韓國공산주의운동사』 제2권, 고려대 아세아문제연구소, 1970.

김채수, 『일본 사회주의운동과 사회주의문학』, 고려대학출판부, 1997.

김철범, 『韓國新文學大系(中)』, 耕學社, 1977.

김충식·김현, 『韓國文學史』, 民音社, 1973.

김태준, 『조선 소설사』, 학예사, 1939.

니콜라이 체르니세프스키 著, 김석희 譯, 『무엇을 할 것인가』, 동광출판사, 1990.

박명용, 『한국프롤레타리아문학연구』, 글벗사, 1992.

박재일, 『在日朝鮮人に關する綜合調査研究』, 新紀元社, 1957.

박철석, 『韓國現代詩의 史的 研究』, 세종문화사, 1989.

박춘일, 『增補 近代日本文學における朝鮮像』, 東京:未來社, 1990.

백 철, 『朝鮮新文學思潮史』, 白楊堂, 1950.

송건호, 『한국현대사론』, 한국신학연구소, 1977.

송민호, 『韓國開化期小說의 史的 研究』, 一志社, 1976.

신용하, 『韓國近代史와 社會變動』, 文學과知性社, 1983.

_____, 『한국근대사회사연구』, 일지사, 1987.

역사문제연구소, 『카프문학운동연구』, 역사비평사, 1989.

윤병로, 『한국 근·현대 작가·작품론』, 성균관대학교출판부, 1994.

윤병석·愼鏞廈·安秉直, 『韓國近代史論 Ⅲ』, 知識産業社, 1977.

윤홍로, 『韓國近代小說研究』, 一潮閣, 1982.

이광린, 『한국개화사상연구』, 일조각, 1980.

이광린·신용하, 『史料로 본 韓國文化史-近代篇』, 一志社, 1984.

이광수, 『李光洙全集 1』, 삼중당, 1963.

_____, 『李光洙全集 16』, 삼중당, 1963.

이기백, 『韓國史新論』, 一潮閣, 1976.

이능화, 『朝鮮基督教及外交史』, 永信아카데미 韓國學研究所 影印, 1977.

이명재, 『植民地時代의 韓國文學』, 중앙대학출판부, 1991.

이병기·백철, 『國文學全史』, 신구문화사, 1968.

이부영, 『分析心理學』, 一潮閣, 1979.

이선영 외, 『한국근대문학비평사연구』, 도서출판 세계, 1989.

이재선, 『韓國現代小說史』, 弘盛社, 1979.

_____, 『韓國開化期小說研究』, 一潮閣, 1980.

임규찬, 『일본프로문학과 한국문학』, 연구사, 1987.

임규찬·한기영 編, 『카프비평자료총서』 전8권, 태학사, 1990.

임영택·최원식 編, 『오늘의 思想新書』 ④(韓國近代文學史論), 한길사, 1982.

임인식(임화), 『문학의 논리』, 학예사, 1940.

장사선, 『한국리얼리즘문학론』, 새문사, 1988.

정덕준·서종택, 『한국현대소설연구』, 새문사, 1990.

정종진, 『韓國現代詩論史』, 太學社, 1988.

조기준, 『한국 자본주의 성립사론』, 대왕사, 1977.

조남현, 『일제하의 지식인 문학』, 평민서당, 1978.

조동걸, 『일제하 한국 농민운동사』, 한길사, 1979.

조동일, 『한국문학통사』 4권, 知識產業社, 1986.

조연현, 『韓國現代文學史』, 成文閣, 1985.

조진기 편역, 『日本 프롤레타리아 文學論』, 태학사, 1994.

주종연, 『崔南善과 李光洙의 文學』, 새문사, 1981.

진단학회 편, 『韓國史』(現代編), 乙酉文化社, 1963.

채 훈, 『1920年代 韓國作家研究』, 一志社, 1978.

최민지, 『日帝下民族言論史論』, 日月書閣, 1978.

한계전, 『韓國現代詩論研究』, 一志社, 1983.

한국경제사학회 編, 『韓國史時代區分論』, 乙酉文化社, 1970.

한국민중사연구회 編, 『한국민중사 Ⅱ-근현대편』, 도서출판 풀빛, 1986.

한기언 外, 『日帝의 文化侵略史』, 민중서관, 1970.

한우근, 『韓國通史』, 을유문화사, 1970.

홍문표, 『韓國現代文學論爭의 批評史的 研究』, 陽文閣, 1980.

홍이섭, 『한국근대사론제』 1권, 지식산업사, 1979.

_____, 『韓國史의 方法』, 探求堂, 1974.

홍일식, 『韓國 開化期 文學思想研究』, 悅話堂, 1980.

⑤ 論文類

김 철, 「1920년대 신경향파 소설 연구」, 연세대 박사논문, 1894.

김동환, 「1930年代 韓國傾向小說研究」, 서울대 대학원, 1987.

김두근, 「1920년대 한국프로문학운동연구」, 중앙대 대학원, 1988.

김순전, 「日本近代精神雜誌文學」, 『全南大學校 論文集 語文編』 제30집, 1985.

김시태, 「韓國프로文學批評研究」, 동국대 대학원, 1977.

김춘섭, 「개화기의 소설인식태도」, 『용봉논총』, 전남대학교, 1982.

_____, 「開化期小說에 나타난 諷刺的 戲畵」, 『전남대학교 논문집』, 1986.

박남훈, 「카프 藝術大衆化論의 相互疏通論的研究」, 부산대 대학원, 1990.

박명용, 「韓國프롤레타리아 文學研究-比較文學的 觀點에서」, 홍익대 박사논문, 1990.

서경석, 「1920~30年代 韓國傾向小說研究」, 서울대 대학원, 1987.

송민호, 「菊初李人稙의 新小說研究」, 『高大文理論集』 5輯, 1962.

엄창호, 「김기진의 소설대중화론 고찰」, 연세대 대학원, 1986.

이공순, 「1930年代 創作方法論小考」, 연세대 대학원, 1986.

이승희, 「韓·日프로文學의 關係樣相」, 동국대 대학원 석사논문, 1991.

장사선, 「八峯 金基鎭 研究」 서울대대학원, 1974.

정덕준, 「낙동강」의 구조, 시간양상」, 『한림어문학』 1집, 1994.

정호웅, 「1920~1930年代 韓國傾向小說의 變貌過程研究」, 서울대 대학원, 1983.

조남현, 「1920年代 韓國傾向小說研究」, 서울대 대학원, 1974.

홍정선, 「新傾向派批評에 나타난 '生活文學'의 變遷過程」, 서울대 대학원, 1981.

芹川哲世, 「한일개화기정치소설의 비교연구」, 서울대 석사논문, 1975.

_____, 「1920~30년대 한일 농민문학의 비교문학적 연구」, 서울대 박사논문, 1993.

2. 日本資料

① 基本作品集

『明治大正文學全集』 第二卷, 春陽堂, 1931.

『世界プロレタリア文學運動』 1~6卷(全6卷), 三一書房, 1973.

『日本プロレタリア文學大系 序』 1~8권(전9권), 三一書房, 1968.

『日本プロレタリア文學集』(全40卷·別冊 1), 新日本出版社, 1990.

『日本プロレタリア文學評論集』(全7卷), 新日本出版社, 1990.

『日本古典文學大系』 63, 『浮世風呂』, 岩波書店, 1985.

『日本古典文學大系』 64, 『春色梅兒譽美』, 岩波書店, 1962.

『日本古典文學全集』 47, 『洒落本·滑稽本·人情本』, 小學館, 1980.

『日本古典文學全集』 49, 『東海道中膝栗毛』, 小學館, 1980.

『日本近代文學大系』第1卷(明治開化期文學集), 角川書店, 1978.

『日本近代文學大系』第2卷(明治政治小說集), 角川書店, 1978.

『日本近代文學大系』第3卷(坪內逍遙集), 角川書店, 1978.

『日本近代文學大系』第4卷(二葉亭四迷集), 角川書店, 1978.

『日本近代文學大系』第5卷(尾崎紅葉集), 角川書店, 1978.

『日本近代文學大系』第9卷(北村透谷·德富蘆花集), 角川書店, 1972.

『日本近代文學大系』第50卷(近代社會文學集), 角川書店, 1978.

『日本近代文學大系』第51卷(近代社會主義文學集), 角川書店, 1978.

『日本近代文學大系』第57卷(近代評論集), 角川書店, 1978.

『日本近代文學大系』第58卷(近代評論集), 角川書店, 1978.

『日本文學全集』37(葉山嘉樹·小林多喜二·德永直集), 筑摩書房, 1970.

『日本現代文學全集』1(明治初期文學集), 講談社, 1969.

『日本現代文學全集』3(政治小說集), 講談社, 1965.

『日本現代文學全集』3(政治小說集), 講談社, 1980.

『日本現代文學全集』17(德富蘆花集), 講談社, 1966.

『筑摩現代文學大系』1(平內逍遙·二葉亭四迷·北村透谷集), 筑摩書房, 1980.

② 新聞

『朝日新聞』.

③ 雜誌

『國文學』, 『文藝戰線』, 『新興文學』, 『日本近代文學』, 『新小說』, 『戰旗』, 『前衛』, 『種蒔く人』.

④ 著書類

姜東鎭, 『日本の朝鮮支配政策史研究』, 東京大學出版部, 1981.

_____, 『日本言論界と朝鮮』, 法政大學出版局, 1984.

姜在彦, 『朝鮮の開化思想』, 岩派書店, 1980.

關良一,「浮雲'考」,『日本文學硏究資料叢書』, 1979.

龜井俊介,『ナショナリズムの文學』, 硏究社, 1961.

金宇鍾 著, 長璋吉 譯,『韓國現代小說史』, 龍溪書舍, 1975.

吉田精一,『現代日本文學史』, 筑摩書房, 1965.

大久保利謙 編,『近代史史料』, 吉川弘文館, 1984.

大久保典夫,『物語現代文學史-1920年代』, 創林社刊, 1984.

도날드 킹 著, 德岡孝夫 譯,『日本文學歷史 ⑩』 中央公論社, 1995.

_____,『日本文學歷史 ⑫』 中央公論社, 1996.

藤田省三,『天皇制國家の支配原理』, 未來社, 1976.

武田幸男,『世界各國史17-朝鮮史』, 山川出版社, 1985.

朴慶植,『在日朝鮮人運動史-8·15解放前』, 三一書房, 1979.

_____,『天皇制論叢』 6(天皇制國家と在日朝鮮人〈增補改訂版〉), 社會評論社, 1986.

朴春日,『近代日本文學における朝鮮像』, 未來社, 1985.

炳谷行人,『マルクスの可能性の中心』, 講談社, 1978.

_____,『日本近代文學の起源』, 講談社, 1988.

_____,『近代日本批評 (昭和編) 下』, 福武書店, 1991.

福田淸人,『二葉亭四迷－人と作品』, 淸水書院, 1980.

福田淸人·小倉修三,『二葉亭四迷』, 淸水書院, 1980.

福澤諭吉,『學問のすすめ』(第39刷), 岩波書店, 1980.

本鄕隆成 外 編,『近代日本の思想(1)』, 有斐閣, 1979.

富田 仁 外,『日本近代文學と西洋』, 駿河台出版社, 1984.

北條常久,『種蒔く人』, 櫻楓社, 1992.

飛鳥井雅道,『日本プロレタリア文學史論』, 八木書店, 1982.

山邊健太郎,『日本統合下の朝鮮』, 岩波新書, 1983.

山田淸三郎,『プロレタリア文學史(上·下)』, 理論社, 1973.

_____,『プロレタリア文化の靑春像』, 新日本出版社, 1983.

_____,『日本프롤레타리아文學史(下)』, 理論社, 1973.

森山重雄,『序說 轉換期の文學』, 三一書房, 1974.

三好行雄 外3人,『近代文學史 1-明治の文學), 有斐閣選書, 1980.

三好行雄·竹盛天雄,『近代文學 1-黎明期の近代文學), 有斐閣, 1978.

_____,『近代文學 2-明治文學の展開), 有斐閣, 1977.

_____,『近代文學 3-文學的近代の成立), 有斐閣, 1977.

三好行雄編,『日本の近代小說 1』, 東京大學出版會, 1986.

_____,『日本の近代小說 2』, 東京大學出版會, 1986.

桑原武夫,『文學入門』, 岩波書店, 1950.

小田切秀雄,『二葉亭四迷-日本近代文學の成立』, 岩波書店, 1970.

_____,『日本近代の社會と文學』, 法政大學出版局, 1970.

_____,『昭和の作家たち 1』, 第三文明社, 1979.

_____,『社會文學・社會主義文學硏究』, 勁草書房, 1990.

宋敏鎬著・金學鉉 譯,『朝鮮の抵抗文學－冬の時代證言』, 拓殖書房, 1977.

松本三之介,『新NHK市民大學叢書』8(明治精神の構造), 日本放送出版協會, 1984.

松原正,『文學と政治主義』, 地球社, 1993.

矢野峰人,『比較文學』, 南雲堂, 1956.

植手通有,『日本近代思想の形成』, 岩波書店, 1974.

神島二郎,『近代日本の精神構造』, 岩波書店, 1982.

亞紀書房編集部 編,『論集・天皇制を考える』, 亞紀書房, 1985.

安岡昭男,『日本近代史』, 藝林書房, 1982.

岩村登志夫,『在日朝鮮人と日本勞動者階級』, 校倉書房, 1972.

柳田泉,『明治初期の文學思想(上・下)』, 春秋社, 1965.

_____,『政治小說硏究(上・中・下)』, 春秋社, 1967.

栗原幸夫,『プロレタリア文學とその時代』, 平凡社, 1978.

_____,『藝術の革命と革命の藝術』, 社會評論社, 1990.

依田憙家,『日本近代國家の成立と革命情勢』, 八木書店, 1971.

伊豆利彦,『日本近代文學硏究』, 新日本出版社, 1979.

日本文學18,『政治と文學』, 學生社, 1976.

日本文學協會編,『日本文學講座』6(近代文學), 大修館書店, 1988.

日本社會文學會編,『植民地と文學』, オリジン出版センタ, 1993.

任展慧,『日本における朝鮮人の文學の歷史』, 法政大學出版局, 1994.

笠原一國,『日本史便覽』, 評論社, 1974.

長谷川泉・高橋新太郎 編,『文藝用語の基礎知識』, 至文堂, 1982.

前田角藏, 『虛構の中のアイデンテイテイ』, 法政大學出版局, 1989.

前田愛, 『都市空間のなかの文學』, 筑摩書房, 1983.

中山泰昌, 『新聞集成 明治編年史』(全16卷), 財政經濟學會, 1937.

中村光夫, 『日本の近代小說』, 岩波書店, 1979.

_____, 『近代文學をどう讀むか』, 新潮社, 1980.

_____, 『明治文學史』, 筑摩書房, 1980.

中村靑史, 『民友社の文學』, 三一書房, 1995.

中塚 明, 『三省堂選書』4(新版 近代日本と朝鮮), 三省堂, 1984.

川副國基, 『近代日本文學論』, 早稻田大學出版部, 1968.

淺井淸 編, 『硏究資料現代日本文學』 第一卷(小說・戱曲 1), 明治書院, 1980.

桶雄一, 『天皇制論叢』5(協和會-戰時下朝鮮人統制組織の硏究), 社會評論社, 1986.

板本文庫2, 『源氏物語玉の小櫛』, 國書刊行會, 1974.

平岡敏夫, 『明治文學史の周邊』, 有情堂, 1976.

⑤ 論文類

徐恩惠, 「1920年代における韓・日兩國の文學の比較硏究序說」, 東京都立大學碩士學位
論文, 1985.

丁貴連, 『國木田獨步と若き韓國近代文學者の群像」, 日本筑波大學博士學位論文, 1996.

富田仁, 「'早稻田文學'とフランス文學」, 『比較文學』 第九卷, 1966.

찾아보기

437

작품·신문·잡지